15人의 거장들

현대 독일어권 극작가 연구

양혜숙 編

문학동네

차 례

15인의 독일어권 연극 거장들

내가 대학에 진학할 당시(1955~1959) 한국은 6·25 동란을 겪은 바로 직후였다. 산등성이마다 공비 소탕을 하느라 불태워져 까까중이 되었고, 사회는 온통 가난으로 뒤덮여 부자라는 단어가 불필요할 정도로 평준화되어 있었다. 남학생들은 군복을 물들인 복장으로, 여학생들은 원피스 한 벌에 구두 한 켤레만 있으면 충족감으로 대학을 다녔다. 그러면서도 우리는 칸트를, 헤겔을 그리고 괴테를 논하며 희망과 낭만 속에서 인생을 지탱해 왔다.

당시만 해도 남녀 유별을 유난히 앞세운 유교문화권의 사회에서 여자로 태어난 내가 하고 싶은 것은 건축설계사나 외교관이었다. 그러나 그 어느 것 하나도 용납될 것 같지 않아 나는 아주 약삭빠르게 보수적인 사회 여건을 소리 없이 따르기로 했다. 큰 사업가에게 시집가서 여행을 많이 하고 파티나 열어 많은 사람들을 접하며 인생을 남편의 그늘 속에서 만끽하기로 하고, 혹 글 쓰는 재주가 있어 가끔 글을 쓰며 살 수 있다면 더없는 인생이 될 것으로 생각하였던 것이다.

그러던 중 여러 개의 외국어를 배우기 위해 진학한 나는 대학 4년을 다니고도 전공 분야인 독일어 하나 제대로 가늠할 수 없는 자신을 보고 너무나 암담하였다. 졸업을 앞둔 나의 고민은 두 가지로 압축되었다. 그 하나는 보수적으로 엄하게 자란 교육환경 때문에 스스로의 모습을 찾을 수 없다는 사실이었다. 이것은 가장 가까운 사람들과 멀리 떨어져 있으면서 '나' 스스로의 참모습을 보고 싶다는 욕망을 낳았다.

또 하나는 내가 지금까지 배워온 독일어 실력이 얼마나 되는지, 독일어라는 언어의 창을 통해 넘나들 수 있는 세계로의 길은 나에게 얼마나 넓은 세상을 선사할 것인가가 매우 궁금했다. 그리하여 나는 대학을 졸업한 다음해(1960년)에 독일 유학의 도정을 시작하였고 그 생활은 내게 두 가지를 성취하게 해주었다. 하나는 남편의 그늘 속에서가 아니라 남편과 더불어 교수라는 직업을 통해 나 스스로의 인생을 개척하게 해주었다는 점이며, 또 하나는 독일 문화가 지니고 있는 심오하고 독특한 세계를 통해 한국 문화의 장단점을 읽을 수 있는 능력을 선사해 주었다는 것이다.

모든 가치가 서양의 것으로 편중되던 당시, 미국이나 유럽을 안다는 것은 매우 영광스러운 일이었으며 귀하고 드문 기회였다. 이러한 가능성을 그것도 독일 정부가 주는 장학금으로 열어갈 수 있게 된 기쁨은 유학을 만류하는 가족의 반대를 간단히 물리칠 수 있는 무기가 되어 주었다.

나의 유학생활은 나에게 한국인으로서의 긍지와 한국 문화가 가지고 있는 특성과 본질을 보게 하는 지름길이 되어 주었다. 나는 독일에 가서야 비로소 태극기의 그림이 뜻하는 의미를 설명할 줄 알게 되었고, 한국의 역사와 문화에 대해 좀더 올바른 식견을 가지고 접근할 수 있게 되었다.

6년 반 동안 독일에 머물면서 배운 것은 너무나 많다. 그 중에서도 가장 큰 수확을 얻게 해준 것은 '나를 찾는' 끊임없는 구도의 길이었다. 가장 '자연스러운 나'를 만나기 위해 나는 많은 시간 동안 나를 관찰했고, 나를 발견해 냈으며, 나를 확인하였다. 이러한 '나'를 찾는 수업은 오늘에도 이어지고 있으며 언제 어떻게 왜 '자연스러운 나'가 흩어지고 분열하는지를 면밀히 좇는 습관은 세 자녀의 엄마로서, 남편을 가진 아내로서, 시부모님과 부모님, 시대의 형제들과 내 형제들, 선후배, 제자들, 그 밖에 사회에서 만난 많은 귀한 분들과의 관계를 맺으면서도 지속되고 있다. 이는 참으로 독일 유학에서 얻은 가장 큰 선물이다. '자연스러운 나'. 그러한 내가 맺는 사람들과의 관계, 그 관계를 가장 성실하고 진실되게 이어가고 싶은 욕구와 한계, 이를 통해 나는 선험적인 존재로서가 아니라 참자아와 참존재Existenz로서 자신을 인식하게 되었다. 체험을 통해 인식되는 나, 사회 그리고 세상은 굳이 호프만스탈E. T. A. Hofmannstahl의 실존Existenz과 선험의 세계Pre Existenz의 개념으로 설명하지 않아도 나로 하여금 참자아와 참존재를 인식하게 해주었다.

독일 문학을 전공하면서 얻은 또 하나의 수확은 독일인과 독일 문화가 지니고 있는 일관성Konsequenz, 논리성, 합리성을 알게 모르게 몸에 익혀 나의 일상에 적용해 본다는 점이다. 나에게는 한국인의 피가 흐르고 있기에 즉흥성과 순발력이 뛰어난 반면 일관성 있는 행동과 논리적인 사고가 억지로 엮여 가기는 하지만, 우리 민족이 가지고 있는 장점인 동시에 단점인 즉흥성과 순발력이 나의 삶의 역동성을 더해 주고 있는 것도 사실이다. 어찌 되었든 독일 문학을 전공한 학도로서 나는 독일 문학을 가르치며 독일 문학을 통해 나의 삶을 영위할 수 있는 영광을 누릴 수 있게 된 것에 대해 감사하고 있다.

독일 문학을 전공하며 나는 연극평론가라는 또 하나의 직업을 덤으로 얻었다. 20여 년 동안 한국 연극계에서 연극평론가로 활동하고 있는 나는 연극평론을 통해, 또한 국제활동을 통해 쌓아온 지식과 안목으로 우리 공연문화의 본질과 문제점을 파악할 수 있게 되었고, 나름대로 진단하고 체계화해야겠다는 사명감을 가지게 되었다. 독일 문학을 연구하는 학자로서, 가르치는 교수로서, 번역가로서, 통역가로서 그리고 평론가로서 30여 년 동안 살아온 나는 오늘 한국공연예술원을 설립하고(1996), 한국의 독창적 공연예술(흔劇)에 대한 정열로 인생을 마무리하려 한다. 한국 공연예술의 독창성을 개발, 체계화하여 새로운 장르 개발을 통해 현대화를 추구하고 있는 오늘의 작업은, 무엇보다도 독일 연극을 비록 학교 내에서이긴 하지만 평균 격년마다 한 편씩 무대 위에 올리면서 얻은 경험과 지식이 큰 바탕이 되었다. 이는 원래 세상을 입체적이고 조감도적으로 보고자 하는 나의 성향에서 비롯된 결과로 생각된다. 읽고 쓰고 생각하는 것으로 상상의 나래를 총동원하는 문학의 한계가 나에게는 보고 생각하고 만들어보는 연극 쪽으로 기운 것도 나의 다방면적인 호기심과 세상을 입체적·복합적으로 보고자 하는 경향과 맞닿아 있는 것으로 사려된다.

특히 독일 유학시절 독문학을 전공하며 부전공으로 공부한 철학과 미술사는 서양 문화를 이해하는 데 큰 도움을 주었다. 특히 「릴케R.M. Rilke 1876~1926)의 문학에 나타난 시대관과 사회관」에 관한 석사 논문을 마치며 갖게 된 세기말 서양 문화현상에 대한 호기심은 박사 논문을 통해 「독일 표현주의 연극에 나타난 서사적 요소」를 살펴보게 해주었다. 이는 나로 하여금 독일을 비롯한 유럽, 더 나아가 세계의 큰 변화의 물결을 가져온 세기말 현상의 원인과 결과를 유추해 보고, 오늘날 우리가 살고 있는 현실과의 관계를 추론해 보는 데 커다란 힘이 되어 주고 있다. 이렇게 독일의 희곡과 연극의 발전 과정을 주된 관심 분야로 삼으면서 활동해온 나의 독일 문학도로서의 삶은 오늘 여러 동료들과 제자들의 모음집인 『15人의 거장들』이란 책을 간행하게 해준 배경이 된다고 생각한다.

이번에 간행되는 『15人의 거장들』은 우선 그 목적을 기록과 보존에 두지 않고 소개와 접근에 두었다. 르네상스 이후 서양 연극의 근간을 이루고 있는 근대극, 즉 요지경 무대를 주축으로 발달해온 리얼리즘 연극의 테두리를 깨고 스트린드베리A. Strindberg를 비롯하여 유럽 연극계에 새물결을 파도처럼 몰고온 세기말 현상의 반영인 여러 이즘, 청년파Jugendstil, 표현파Ezpressionism, 다다파Dadaism 등이 스치고 난 다음 독일 연극의 축을 이루고 있는 15인의 거장을 한국에 소개함으로써 오늘의 독일 연극문화를 한국에 소개하고 그 적용을 유도하는 데 목적을 두었다.

그리하여 우선 피스카토르E. Piscator와 더불어 서사극의 거장으로 세계에 알려진 브레히트B. Brecht와, 기록극의 대가이며 독일 시극(詩劇)의 거장인 바이스P. Weiss, 산업화 사회를 섬세한 관찰과 유머, 풍자로 새롭게 조명하는 신사실주의의 기수 호르바트Ödön von Horvath를 바탕에 깔아 독일의 현대연극 발전에 주춧돌이 되어온 세 작가를 우선 소개하기로 한다.

정치극 일변도로 독일어권 연극을 몰고가며 서사극이란 새로운 연극이론을 발전시킨 브레히트와 대비를 이루는 작가가 호르바트이다. 그는 사회를 섬세하고 면밀하게 관찰하여 풍자와 유머로 당시의 사회를 비판, 바르게 이끌어 가고자 한 신사실주의 계열의 작가로, 그의 후계자로는 플라이서M.L. Fleißer, 크뢰츠F.X. Kroetz, 추의 미학으로 세계 영화계의 거장이 된 파스빈더R.W. Fassbinder를 빼놓을 수 없다. 굵은 선으로 사회와 인간을 유형화하며 관객에게 학문과 지식의 시대에 걸맞은 관찰과 판단을 요구한 브레히트의 정치극, 서사극이 놓치고 간 것을 충분히 보완하는 호르바트 계열의 작가가 어떻게 독일 연극의 균형을 잡아가고 있는가를 살펴보는 좋은 보완책이 되기를 바란다.

근 반세기를 분단의 상황 속에서 지낸 동독과 서독 연극의 발전 과정을 엿보려면 브레히트의 우산을 뚫고 그 독창성을 자랑하며 이미 동독 시절 서방 세계에 이름을 떨친 하이너 뮐러Heiner Müller를 살펴봐야 한다. 그 누구보다도 공산주의자로 자처하면서도 공산주의의 한계와 맹점을 통열히 비판, 자신의 작품 속에 인간의 본질과 본능을 그리며, 그로 인해 체제라는 사회제도의 보자기 속에 감추어지지 않는 인간의 모습을 힘차고 분명하게 그려내면서 현대사회가 가지고 있는 통렬한 힘에 반항한 뮐러의 작품 세계는, 게르만족만이 가지고 있는 육중한 힘과 저항을 담고 있으면서도 물질문명을 맹목적으로 추종하는 현대사회와 문화의 그 몽매한 흐름을 통절히 꾸짖고 있는 것이다. 무엇보다도 극한 상황 속에서 한 인간이 어떻게 변질, 마모되는지 그 모습을 누구보다 역력하게 그려내는 희곡작가로서의 뮐러의 재능과 뚝심 있게 버텨온 그의 인생관과 존재관은 그를 영원한 기인으로 남아 있게 하고 있다. 다른 한편 동독 사회 속에서 반체제로 몰리지 않으면서 꾸준히 작업해온 폴커 브라운Volker Braun의 역사극은 체제와 역사 속에 묶여 살아보지 않은 적이 없는 모든 인간에게 그 표현이 어쩔 수 없이 미흡하게 남을 수밖에 없는 현실을 감수해야 함도 삶의 미덕임을 알게 해준다.

반면 서방 현대연극의 거장으로 알려진 베른하르트Thomas Bernhard, 슈트라우스Botho Strauß, 한트케Peter Handke 등은 1960년대와 70년대 브레히트와 바이스의 정치극과 기록극이 휩쓸고 있는 독일 연극풍토에 반기를 들면서 2차대전을 겪지 않은 작가의 세대로 다가오고 있었다. 신주관주의라는 개념으로 독일 문학의 가장 강점인 인간의 내면 세계를 보는 투시도가 새롭게 등장한 세 거장에게서 각기 다른 형태를 취한다. 하지만 궁극에 가서는 전후 독일 연극이 소홀히 해온 인간의 개인적 느낌과 정서, 그 내면 추구의 치밀함이 독일 연극계를 다시 주도하며 독일인의 자존심과 섬세함, 치밀함을 나타내고 있다. 비록 그 표현방법은 각기 다르나 이들 세 사람의 거장은 비사회적이고 비정치적으로 치우쳐 있던 독일 문학의 전통을 다시 일깨워 이어받는 시기가 왔음을 알리며, 전후 정치적·사회적으로만 편중되어 있던 독일 연극의 균형을 잡는 데에 기여하고 있다.

15인의 거장 연극작가 중에는 최근 세계적으로 두각을 나타내고 있는 여성작가를 빼놓을 수 없다. 오랫동안 여성문학의 후진성을 비난하던 독일 문단에 나타난 옐리네크Elfried Jelinek와 라인스하겐Gerlind Reinshagen은 연극분야에서뿐만 아니라 타분야에서도 두각을 나타내며 여성문학인 특유의 관찰과 접근방법으로 인간과 사회를 투영하고 있다. 그들의 필력 또한 남성작가의 폭과 깊이를 능가하며 새로운 시각으로 성의 문화와 잘못된 성개념으로 빚어지는 전통 보수사회를 어떻게 재인식, 재조명해야 하는지에 새로운 지평을 열어주고 있다.

그 외에도 발저Martin Walser, 도르스트Tankred Dorst 등 연극계와 문

화계의 유행을 좇지 않으며 꾸준히 나름대로의 인간관과 세계관, 인생관을 고수하며 극작을 하고 있는 명실상부한 두 거장을 조명하여 시류와 유행에 초연할 수 있는 작가상을 소개해 본다.

마지막으로 소개하는 타보리Georg Tabori는 삶의 아픔과 슬픔을 연극 속에 불사르고 있는 연극인 그 자체이다. 그의 열정과 철저함은 세계 연극계를 황홀경으로 인도하며, 그의 냉철함과 정열은 동시에 지금까지 보지 못했던 독일 연극의 풍요로움과 포근함마저 느끼게 해준다. 삶의 구석구석에 배인 연극인으로서의 그의 인생은 연극의 안팍을 함께 살고 가는 거장으로 기록될 것이다. 극작·연출·연기·디자인 등에 이르기까지 그의 연극으로의 철저한 귀의(歸依)는, 앞으로도 연극인의 삶이 타보리의 삶만큼 총체적이며 입체적으로 철저하게 연극적으로 엮이기는 어려울 것이라는 훌륭한 본보기를 남길 것이다.

이렇게 많은 독일 작가를 소개하며 의도한 바는 한국 희곡계나 연극계에 독일 연극이 가지고 있는 다양한 진수를 맛보이는 데 큰 목적이 있다. 하지만 그보다 더 귀중하게 생각할 것은 한국 정서가 가지고 있지 않은 독일인의 정신과 정서에 뿌리내린 그 철저한 탐구정신과 분석기법, 생동감의 표출과 진솔함을 면면이 배울 수 있는 일종의 입문서이길 바란다. 독일 현대희곡과 연극에 이르는 창문의 구실을 해주는 책이 된다면 더할 수 없는 기쁨과 영광이 될 것이다.

끝으로 연구와 가르침으로 바쁜 와중에 이 책을 위해 글을 써 주신 동료 교수 염승섭님·이병애님, 후배 교수이신 임호일님·김미란님·김기선님·이원양님, 직계 후배나 제자가 아니면서도 이 글에 응해주신 교수 이승진님·장은수님·정민영님·이상면님, 제자로서 이 책이 나오도록 음으로 양으로 힘을 다해준 최민숙·장혜순·송백희·이영희·윤시향 교수님 들께 진심으로 감사드리는 바이다. 특히 이 책의 시작에서 출판에 이르기까지 손발로 뛰어준 윤시향, 송백희 두 교수님께는 제자라는 멍에가 이 책의 출간으로 인해 영광과 기쁨으로 변하길 바라는 마음이 크다.

그 외에도 멀리서 가까이서, 알게 모르게 오늘의 내가 있도록 지켜보아 준 독문학계의 여러 선배님들과 후배님들, 그리고 연극계의 여러 선생님들과 선후배님들에게 감사하는 마음 크며, 나의 오늘이 있기까지 함께해준 가족들에게도 이 자리를 빌려 감사함을 전하는 바이다. 마지막으로 이 어려운 시기에 이 책의 출판을 맡아주신 문학동네 사장님과 편집인들에게 감사의 마음을 전한다.

1998년 5월 12일
일산 대화동에서 양혜숙

Peter Weiss
페터 바이스
-저항의 예술, 예술의 저항

이 상 면(연세대)

작가 소개 : 페터 바이스 Peter Weiss (1916~82)
— 청년 화가 · 영화감독 · 극작가, 다재다능한 예술가의 일생

서독에서 1960년대 중반 이후 정치극의 작가로 유명했던 페터 바이스는 베를린과 포츠담 사이의 바벨스베르크Babelsberg에서 섬유공장을 경영하는 헝가리계 유태인 아버지와 당시 저명한 연출가 막스 라인하르트Max Reinhardt 밑에서 연극 배우를 했던 스위스 출신의 어머니에게서 태어났다. 브레멘과 베를린에서 유년과 청소년 시절을 보냈고, 1933년 히틀러 등장 이후에는 독일을 떠나 1934년(18세) 영국으로 가서 런던 근교에서 살다가, 1936년 체코로 갔다.

체코 체류 시절인 1936~38년에 바이스는 프라하미술아카데미에서 미술수업을 받았으며, 네덜란드 화가인 브뤼겔Breughel과

보쉬Bosch의 회화로부터 많은 영향을 받았다. 또한 이 당시에는 프라하 출신으로서 독어로 작품을 쓴 카프카Kafka의 작품들—특히 「심판」 등— 을 탐독했으며, 헤세Hesse와 서신교환을 했고 스위스에 가서 그를 방문하기도 했다. 나치가 1938년 보헤미아 지방Sudetenland을 점령하자, 바이스의 가족은 다시 1938년 스웨덴으로 이주했는데, 바이스는 1939년(23세)에 스웨덴으로 뒤따라가서 1944년(28세)부터는 스톡홀름에 정착했다. 이후 1940년대 후반부터 바이스는 문학창작을 시작하면서 주로 산문Prosa을 썼다. 그러나 미술작품들과 마찬가지로 그의 초기 산문들은 인정받지 못한 채로 남아 있었다.

제2차 세계대전 직후 1946년(30세)에 바이스는 스웨덴 신문의 통신원으로서 베를린에 다시 와서 몇 년간 머무르기도 했다. 바이스는 1940~50년대에 스톡홀름에서 미술작업을 계속했으며, 1940년대의 그림에서는 초현실주의 화가인 빅토르 브라우너Victor Brauner로부터 영향이 있었고, 1950년대에 자주 시도했던 콜라주 작업에서는 막스 에른스트Max Ernst로부터의 영향이 크다. 이 당시 1950년대에 접어든 30대 후반의 바이스는 자신의 예술작업을 영화 분야로 넓혀 가서 실험영화와 전위영화, 기록영화들을 만들었다. 영화작업에서 바이스는 스페인 출신의 초현실주의 영화감독인 루이 부뉴엘Luis Buñuel에게서 지대한 영향을 받았고, 아르토Artaud의 잔혹극Theatre of Cruelty 이론에도 관심을 가졌다. 또한 1950년대 초반부터 바이스는 프랑스의 부조리극 작가들인 이오네스코Ionesco, 장 주네Jean Genet, 베케트Beckett의 희곡에 집중적으로 몰두했다.

바이스의 초기 산문 「마부 몸의 그림자」(1952)가 1959년(43세) 서독에서 출판되면서(Suhrkamp 출판사) 연이어 다른 산문들도 나왔고, 1962년부터 그는 서독 47그룹의 문학활동에 참여했다.

그의 희곡들은 초기 작품인 「탑」(1948)과 「보험」(1952)을 제외하고는 주로 1960년대에 씌어졌고, 세 번째 희곡인 「밤손님」(1963)이 처음으로 전문극단에 의해 공연되었다(서베를린 쉴러 극장 소극장, 1963). 그 후에 씌어진 「마라/사드」(1964)는 서베를린 쉴러 극장에서 스위나르스키의 연출로 성공을 거두었고(1964), 피터 브룩Peter Brook이 연출한 런던 공연과 뉴욕 방문공연도 대성공을 거두면서 중년의 바이스(48세)는 이제 극작가로서 국제적인 명성을 얻었다. 또한 「마라/사드」는 초연 이듬해에 있었던 동독 로슈토크에서의 공연도 역시 크게 주목을 받았으며, 동구권 다른 나라들에서도 공연이 되었다.

곧 이어 바이스는 기록극Dokumentartheater의 형식으로 나치 시대 때 강제수용소에서의 잔혹행위들을 폭로하는 「조사」(1965)를 썼으며, 이 작품은 동서독의 여러 극단에서 공연과 낭독이 되었다. 바이스는 「조사」 이후에 발표한 「분단 세계에서 작가의 10가지 작업점」(10 Arbeitspunkte des Autors in der geteilten Welt, 1965)에서 사회주의적 독재와 자유의 억압은 반대하지만, 분단된 세계에서 사회주의 사회를 선택한다는 정치적 입장 표명을 하면서 일종의 '사회주의 선언'을 한다.

동독의 동베를린 예술원은 1966년 바이스에게 하인리히 만 상Heinrich-Mann-Preis을 수여했으며, 이듬해에 스웨덴에서는 스톡홀름 문화상인 칼 알버트 안데르손 상Carl Albert Anderson Preis을 수여했다. 이 당시 마르크시즘의 영향을 받아 정치적 입장의 변화를 가져온 바이스는 이후로 서구 자본주의와 서독 사회에 대해 비판적인 작품을 내놓았다. 포르투갈의 제국주의적 식민지 지배를 비판하는 「루지타니아 허수아비들의 노래」(1967)와 미국의 베트남 전쟁을 비판하는 「베트남 담론」(1968)을 발표하면서 바이스는 제3세계에 연대감solidarity을 표명하였고, 1968년 북베트남

(월맹)을 방문했으며, 같은 해 서베를린에서의 학생운동 대열에 참가하기도 했다. 하지만 바이스는 같은 해 체코에서 일어난 '프라하의 봄' 항거 후 소련 군대의 체코 진입에 반대하는 데모에 참가했고, 스탈리니즘적 방법을 거부하며 사회주의에 대한 기존의 정치적 입장을 수정했다.

그 후 바이스는 스탈린의 경직된 사회주의 체제를 비판했던 러시아의 혁명가 트로츠키를 복권시키는 희곡 「망명 중의 트로츠키」(1969)를 썼는데, 이 작품은 서독에서 초연이 실패로 끝났고, 동독과 소련에서는 격렬한 비난을 일으켰으며 공연되지 않았다. 다음에 나온 「휠덜린」(1971~72)은 고전주의 시대의 시인 휠덜린에게서 그 동안 가려졌던 혁명적 사상을 드러내는 작품으로서 다시 서독 무대에서 비교적 성공을 거두었다. 다음에 바이스는 카프카의 소설 「심판」(Der Prozeß)을 각색한 「심판」(1974)을 발표하고 반응이 좋지 않자, 「저항의 미학」 3부작을 완성한 후 1981년에 다시 새롭게 쓴 「新審判」(1982)을 내놓았다.

「마라/사드」 이후에 씌어진 바이스의 희곡작품들은 「망명 중의 트로츠키」만 제외하고 모두 동독에서 공연되어, 바이스는 세계가 냉전으로 대립하던 시대에 동서독 양 진영에서 모두 공연된 드문 극작가가 되었다. 그러나 작가는 동서로 대립된 세계에서 이데올로기적으로 상이한 두 해석을 모두 인정하면서 스스로 모순에 빠지기도 했다. 서구의 '좌파 예술가'로서 바이스는 분단시대의 상황과 그 한계에서 벗어날 수 없었던 점이 있다. 결국 바이스는 동서독 무대에서 상이한 해석에 한계를 느끼고, 1970년대에는 드라마 창작에서 벗어나 서사 형식에 치중했다. 거의 10년에 걸쳐 씌어진 3부작의 소설형식 「저항의 미학」(Die Ästhetik des Widerstands, 1972~81) 속에서 바이스는 자신의 미학이론을 서술했고, 이 작품은 서독의 예술이론 분야에서 진지하게 논의가 되었다.

바이스는 1981년 쾰른市 문학상Literatur-Preis der Stadt Köln을, 1982년에는 브레멘 문학상Bremen-Literatur-Preis을 받았으며, 바이스가 타계한 직후에는 서독에서 가장 권위있는 게오르그 뷔히너 상Georg-Büchner-Preis이 수여되었다. 바이스는 「마라/사드」, 「조사」와 같이 독일에 대해 비판적인 작품들과 「분단 세계에서 작가의 10가지 작업점」 때문에 뷔히너 상을 받지 못할 것으로 생각했다.

주요 작품연보

＊1935～49년

회 화 유화 「기계가 인류를 공격한다」(Die Maschinen greifen die Menschheit an, 1935)
「대세계극」(Das große Welttheater, 1937)
「정원 연주회」(Gartenkonzert, 1938)
「도시 변두리의 장터」(Jahrmarkt am Stadtrand), 「서커스」(Zirkus, 1940)
「지옥의 묵시록」(Apocalypse)
펜화 「퍼레이드」(Die Parade, 1945)

산 문 「추방자」(Der Vogelfreie, 기록 Dokument I, 1947)
「섬에서 섬으로」(Von Insel zu Insel, 1947)
「이방인」(Der Fremde, 1947)
「패배자」(Die Besiegten, 1948)

희 곡 「탑」(Der Turm, 1948, 초연 1950)

＊1950～59년

산 문　「결투」(Das Duell, 1951)
「馬夫 몸의 그림자」(Die Schatten des Körpers des Kutschers, 1952)

희 곡　「보험」(Die Versicherung, 1952, 초연 1971)

영 화　「시도 I-V」(Studie I-V, 1952～55, 깨임, 환각, 해방, 교환극 등 16mm 실험영화)

영화론　「아방가르드 영화」(Avangardefilm, 1955)

영 화　「파우스트 박사의 스튜디오」(The Studio of Dr. Faust, 1956, 16mm 실험영화)
「그림자 속의 얼굴들」(Gesichter im Schatten, 1956, 16mm 기록영화)
「법의 이름으로」(Im Namen des Gesetzes, 1957, 35mm 기록영화)
「우리는 이제 무엇을 하나?」(Was machen wir jetzt? 1958, 35mm)

회 화　콜라주 「千日夜話」(1957)
「馬夫 몸의 그림자」(1959)

영 화　「실종자」(Der Verschollene, 1959, 35mm 극영화)

＊1960～69년

산 문　「부모와의 이별」(Abschied von den Eltern, 1959～60)

영 화　「유혹」(Verlockerung, 1960, 35mm)
「건물 앞면 뒤에」(Hinter den Fassaden, 1960, 16mm)

산 문　「도피점」(Fluchtpunkt, 1960～61)

번 역 「미스 줄리」(Miss Julie, 1961, 스트린드베리 작)
「몽상극」(A Dream Play/Ein Traumspiel, 스트린드베리 작, 1962)

회 화 콜라주 「부모와의 이별」(1962)

산 문 「정상성 법칙을 거부하며」(Gegen die Gesetze der Normalität, 1962)
「세 보행자의 대화」(Das Gespräch der drei Gehenden, 1962)

희 곡 「밤손님」(Nacht mit Gästen, 1963, 초연 1963)
「모킨폿 씨는 어떻게 고통에서 벗어나는가」(Wie dem Herrn Mockinpott aus dem Leiden ausgetrieben wird, 1963, 1968, 초연 1968)
「마라/사드」(Marat/Sade 1963~64, 초연 1964)
「조사」(Die Ermittlung, 1964~65, 초연 1965)

에세이 「분단 세계에서 작가의 10가지 작업점」(10 Arbeitspunkte eines Autors in der geteilten Welt, 1965)

강 연 「나는 나의 도피처로부터 나왔다」(I Come out of My Hiding Place, 1966. 4. 25. 미국 프린스턴 대학)

희 곡 「루지타니아 허수아비의 노래」(Gesang vom lusitanischen Popanz, 1965~66, 초연 1967)
「베트남 담론」(Viet Nam Diskurs, 1966~67, 초연 1968)

에세이 「기록극에 대한 노트」(Notiz zum dokumentarischen Theater, 1968)

에세이 및 인터뷰 모음집 『보고』(Rapporte, 1968)

희 곡 「망명 중의 트로츠키」(Trotzki im Exil, 1968~69, 초연 1970)

＊1970～79년

희 곡　「휠덜린」(Hölderlin, 1970～71, 1971～72, 초연 1971)

에세이 및 인터뷰 모음집 『보고 2』(Rapporte 2, 1971)

예술론　「저항의 미학 1～3」(Die Ästhetik des Widerstands, I부 1972～75, II부 1976～78, III부 1979～80)

희 곡　「심판」(Der Prozeß, 1974, 초연 1975)

「신심판」(Der neue Prozeß, 1981, 초연 1982)

기본 참고문헌

1. Otto F. Best: Peter Weiss. Vom existentialistischen Drama zum marxistischen Welttheater, Bern / München 1971.
2. Manfred Durzak: Frisch-Dürrenmatt-Weiss. Deutsches Drama der Gegenwart zwischen Kritik und Utopie, Stuttgart 1972.
3. Wolfang Kehn: Von Dante zu Hölderlin. Traditionsauswahl und Engagement im Werk von Peter Weiss, Köln / Wien 1975.
4. Manfred Haiduk: Der Dramatiker Peter Weiss, Berlin (Ost) 1977.
5. Heinrich Vormweg: Peter Weiss(Autorenbücher 21), München 1981.
6. Ingeborg Schmitz: Dokumentartheater bei Peter Weiss. Von der 'Ermittlung' zu 'Hölderlin', Frankfurt / M. 1981.

7. Heinz Ludwig Arnold(Hg.): Text + Kritik Nr. 37: Peter Weiss, München 1982(제2판).
8. Rainer Gerlach(Hg.): Peter Weiss, Frankfurt / M. 1984.
9. Gunilla Palmstierna-Weiss / Jürgen Schutte(Hg.): Peter Weiss im Leben und Werk, Frankfurt/ M. 1991.
10. Robert Cohen: Peter Weiss in seiner Zeit. Leben und Werk, Stuttgart 1992.

작품 설명

(순서 : 1. 창작 및 공연기록 2. 작품형식 3. 작품내용 4. 작품해석)

1. 「탑」(Der Turm)

집 필 1948

출 판 스웨덴어판 1948/ 독어판 1963
(출판 시점에는 잡지 게재도 포함됨)

초 연 1950, 스톡홀름 스튜디오 극장

독일어권 초연 1970, 비엔나 테아터 암 벨베데레 Theater am Belvedere. 그 외 1962~69년 사이 방송극으로 여덟 번 방송됨

형 식 방송극, 구성 단막극

등장인물 파블로, 카를로, 감독관, 행정직원(여), 난쟁이

탑 속에는 서커스 단원들이 단장과 행정직원(여)의 엄격한 감시 속에서 살고 있다. 작가의 분신인 파블로는 탑에서 성공적으로 탈출한 후에 자기 발로 다시 되돌아온다—자신의 외적인 해방이 파편적이고 기만적이라고 여기면서. 진정한 자유는 그의 내적인 해방을 전제로 한다고 생각하기 때문이다. 파블로는 자신의 갇힌 상황에 대해 다음과 같이 말한다—"어느 곳이나 한계가 있다. 내가 만졌던 것도—한계. 탑 속에서의 모든 말, 모든 감정은 갇혀 있다. (…) 나는 나를 부수어버리기 위해 여기에 있다." 파블로는 채찍을 휘두르는 단장과 행정직원(여)으로부터 압박을 받다가 작품 마지막에는 그를 묶었던 밧줄로부터 벗어나며 자유에 도달한

다. 탑에서 굉음이 나며 물소리가 커지는 가운데서 파블로는 선언하듯이 말한다. "채찍은 나에게 해당되지 않는다—아무것도 여기서 더 이상 나를 건드릴 수 없다—모든 것은 과거이다—나는 자유이다."

바이스의 문학창작에서 첫번째 희곡작품인 「탑」은 방송극으로 씌어졌다. 스웨덴어로 먼저 씌어진 이 짤막한 작품에서는 작가에게 지대한 영향을 끼친 카프카의 문학세계가 지배적이다. 바이스가 1930년대에 프라하에서 미술아카데미를 다닐 때인 1937년에 카프카의 「심판」을 읽으면서 카프카 문학과 접하게 되었는데, 망명 중이던 바이스는 고립감 속에서 카프카처럼 자기자신 속에 침잠했다—작품의 배경이 되는 탑 속의 세계는 고립의 상징이다. 바이스는 프라하 출신의 유태계 체코인으로서 독일어로 창작활동을 했던 카프카에게서, 유태계 헝가리인 아버지를 두었으며 역시 독일어를 모국어로 사용하는 자신과 동질성을 느꼈을 것이다.

사실 우연치 않게 카프카의 초기 소설들처럼 바이스의 초기 희곡들과 산문작품들도 자서전적 성격을 띠고 있다. 「탑」에서의 상황은 바이스와 가족과의 상황과 유사하고, 작품 이야기에는 그의 가족 이야기, 부모와의 잘못된 관계가 포함되어 있다. 등장인물에서 주인공 파블로는 탑 속에 갇혀 있는 사람은—카프카처럼—자기자신 속에 갇혀 있는 바이스이고, 카를로는 자기해방을 위해 노력하지 않는 사람(남동생)이고, 넬리에게는 교통사고로 죽은 여동생에 대한 기억이 담겨 있다. 서커스 단장에게는 아버지의 모습, 그리고 여 행정직원에게는 어머니의 모습이 담겨 있으며, 탑 속의 세계에 비유적으로 나타나면서 파블로를 묶는 밧줄은 시민사회의 규범들을 의미한다. 바이스의 부모는 탑 바깥의 세계를 부정적으로 보았지만, 바이스는 이것을 끊고 시민사회(가정)에서 외부세계로 나가고 싶어했다. 작품의 마지막에 파블로는 내적으로 외적으로 자유를 얻으며 탑 속의 세계에서 벗어나면서 "재탄생으로서 해방과 처음으로 부모와의 이별"[1]을 시도한다.

비현실적이고 이해할 수 없는 세계가 묘사되고, 불합리한 조직에 굴복당하는 나약한 개인의 모습이 보였던 점에서 「탑」에서는 '카프카적 세계'(kafkaesque world)가 보인다(특히 카프카의 억압적 부모와 왜곡된 부모-자식 관계가 묘사되었던 「변신」, 「판결」과도 비교 가능하다). 여기에 대해 독문학자 만프레드 하이둑Manfred Haiduk은 "이 방송극에서는 현실적인 것과 초현실적인 것, 비전적인 것과 몽상적인 것이 넓은 공간을 차지한다"[2]고 언급한다. 이것은 바이스가 이전의 미술작업에서 영향받았던 초현실주의와도 밀접한 관계가 있다.

2. 「보험」(Die Versicherung)

집 필 1952, 출판/스웨덴어판 1952, 독어판 1967년
초 연 1963, 스웨덴 괴테보르그Göteborg 대학생 극단
독일어권 초연 1971, 에센 시립극장
연 출 한스 노이엔펠스Hans Neuenfels
구 성 19장
시간-공간 불확정

---

1) Rainer Gerlach: Isolation und Befreiung. Zum literarischen Frühwerk von Peter Weiss, in: R. Gerlach(ed): Peter Weiss, Frankfurt/M. 1984, p. 166.
2) Manfred Haiduk: Der Dramatiker Peter Weiss, Berlin(East) 1977, p. 18.

등장인물 경찰서장과 부인, 퀴벨 박사, 보험 감독관 1, 2,
카지노 감독관, 간호사 등

작품에는 특정한 사건 내용이 없고, 연속성이 없는 이야기와 갑작스런 사건들이 진행된다. 경찰서장 알폰스는 성대한 만찬을 제공하면서 그의 재산에 대한 모든 손해보험들의 해약을 고려한다. 파티 손님들은 괴상한 광인 퀴벨 박사의 밀실로 이끌려가는데, 퀴벨 박사는 손님들을 괴롭힘당하게 하고, 레오는 경찰서장 부인을 유혹하여 쓰레기통 속에서 성관계를 갖고 그녀를 그곳에 내버려둔다. 그러는 동안에 바깥에서는 전쟁과 혁명이 발발하여 경찰서장 알폰스는 직위를 잃어버리고, 술 취한 경찰에게 두들겨 맞고 경찰서로 끌려간다. 민중들을 이끄는 레오는 외침과 호루라기 소리가 섞인 혼란 속에서 "자유—자유—혁명 만세—독재 타도"를 외치고, 경찰들은 민중들을 쫓고 민중들은 거리에서 여기저기로 흩어진다.

이 짤막한 희곡이 보여주는 기괴하고 혼란스런 상황들 속에서 작가는 부르주아적 자본주의 사회의 붕괴를 묘사한다. 전통적인 드라마 형식이 파괴된 이 작품에서는 특정한 사건 진행이 없고, 장면들은 콜라주 식으로 구성되어 있다. 이야기는 직선적으로 전개되지 않고 나선형으로 진행된다. 작품에서는 내레이터가 등장하고, 과장되게 확대된 얼굴 모습들이 나타나고, 대도시의 이미지가 삽입되기도 하면서 여러 내용들의 다층적 구조가 존재하는 혼합기법Mischtechnik이 사용되고 있다. 그래서 이 작품의 특성은 "다매체적이고multimedial 전위적인 희곡과 실험적인 영화대본 사이의 혼합형식"[3]이라고 말해진다.

이것은 진행되는 사건 외에도 한 장면에 여러 가지 차원들이 함께 묘사되는 기법인데, 독문학자 만프레드 두르작Manfred Durzak은 작품에서 이러한 혼합기법의 사용이 대부분 "형식주의적 유희들"(formaistische Spielereien)[4]로 소모되고 있는 점을 지적했다. 그러나 작가는 물론 이에 대해 생각을 달리한다. 바이스는 자신의 작품에 대해 "이 희곡의 초현실주의적－환상적인 surrealistisch-visionär 형식은 당시 나의 영화작업들과 밀접하게 관련이 있다. 원래 나는 혼합기법으로 된 무대공연을 상상했으며, 여기서는 개별적인 장면들이 묘사 외에 다양한 차원들에서 영상화되어 삽입되며 진행된다. 나는 다층적 인상을 불러일으키려고 했다"[5]고 설명한다. 이 시기에 주로 실험영화들과 전위영화들을 만들던 바이스는 초현실주의 영화감독인 루이 부뉴엘에게서 지대한 영향을 받았는데, 그의 영화에서 이러한 기법들이 자주 사용된다.

로버트 코헨Robert Cohen은 연극에서 볼 때, 작품의 이런 초현실주의적 요소는 프랑스의 1940～50년대 부조리극(不條理劇, absurd theatre)과 연관이 있다고 하며, 이 작품과 같은 시기인 1950년대 초반에 나온 희곡들인 이오네스코의 「대머리 여가수」(1950), 「의자들」(1952)과 장 주네의 「하녀들」(1947), 「발코니」(1955) 들을 지적한다.[6] 작가 스스로도 프랑스의 부조리극과 이오네스코, 주네, 베케트 작품의 중요성을 인정했다.[7] 실제로 바이스가 현대사회에서 개인이 비인간화된 모습을 묘사하는 장면들

---

3) R. Gerlach: Isolation und Befreiung, p. 174.
4) Manfred Durzak: Dürrenmatt-Frisch-Weiss, Stuttgart 1972, p. 263.
5) Peter Weiss: Notiz zu "Die Versicherung"(1968), in: P. Weiss: Stücke I, Frankfurt/M. 1976, p. 454.
6) Robert Cohen: Peter Weiss in seiner Zeit, Stuttgart 1993, p. 80.
7) P. Weiss: Rapporte(1968), Frankfurt/M. 1968, p. 17, 51, 67.

가운데에는 베케트의 이미지 세계와 서로 통하기도 한다. 예를 들면 제14장에서 레오와 경찰서장 부인 에르나가 쓰레기와 오물들로 더럽혀진 채로 쓰레기통에서 기어나오는 장면은 훗날 베케트가 희곡 「마지막 게임」(Endgame, 1957)에서 다시 비슷하게 묘사하게 된다.

이 작품의 연극적 수용은 대단히 늦었다. 작품의 스웨덴어판이 1952년 출간된 지 14년 후인 1966년에 스웨덴의 괴테보르그 대학생 극단에 의해 초연되었고, 1967년 독일어판이 나오고서 4년 후 1971년, 즉 작품 집필 19년 후에야 서독의 전문극단인 에센 시립극장에서 공연되었다. 이 작품은 '공연 불가능한'(unspielbar) 것으로 여겨져서 공연이 기피되었다. 그 이유는 특정한 사건 진행이 없는 극형식에서 초현실주의적이고 환상적 장면들의 영상적 세계와 이들의 콜라주 구성, 또 다양한 효과들과 더불어 과장된 연극성Theatralik이 있는 작품에 직면해서 연출의 어려움이 있기 때문이다. 연극비평가 에른스트 벤트Ernst Wendt는 이 작품이 "연극무대를 위해서는 너무 일찍 나타났다"[8]고 언급했다.

3. 「밤손님」 (Nacht mit Gästen)

집 필 1963, 출판 1963
초 연 1963, 서베를린 쉴러 극장 소극장Werkstatt
연출/데릭 멘델Deryk Mendel
동독 초연 1966, 로슈토크 민중극단Rostocker Volkstheater

---

8) Theater heute, H 5/1971, p. 37, 38. M. Haiduk : Der Dramatiker Peter Weiss, p. 23.

연출 / 파나요티스 하리토글로우 Panajotis Haritoglou
형　식　단막극-살인극 Moritat
시간-공간　밤, 어느 오두막집
등장인물　남자, 여자, 두 어린이, 손님, 경고자(이웃집 남자)

간단하고 무서운 사건 내용은 직선적이고 연속적으로 진행된다. 악한 어릿광대 로젠롯이 한 가정에 침입하여 부부를 칼로 협박하자, 남자는 바깥 갈대밭에 숨겨둔 금상자를 주기로 약속한다. 그가 금상자를 갖고 오려고 나간 동안에 침입자는 그의 부인과 잠을 자고, 이웃집 남자(경고자)가 그 동안에 와서 강도를 조심하라고 말해준다. 남자가 금상자를 갖고 돌아온 후에는 서로 격투가 벌어져서 침입자는 여자를 칼로 찌르고, 이웃집 남자는 잘못 보고 남자를 찔러 죽인다. 그리고 나서 침입자와 이웃집 남자는 서로를 칼로 찔러 살해한다. 부모를 잃은 두 어린이가 금상자를 열어보니 마른 가축사료만 들어 있다.

바이스는 「보험」(1952) 이후 산문창작과 영화작업에 몰두하다가 10여 년 만에 다시 희곡을 창작했다. 부제 '모리탓'(Moritat)은 살인에 관한 그림, 노래라는 뜻으로 '모르트탓'(Mordtat ; 살해행위)에서 변형된 단어이며, 단순화되고 거친 방법들로써 살인 이야기가 묘사되는 형식을 말한다. 작품은 민중적 카스퍼 연극(Kasper-Spiel ; 인형으로 하는 어릿광대 익살극)에 근거하고 있어서, 거칠고 우스꽝스러운 요소를 포함하고 있다. 이런 형식을 바탕으로 하면서 작품의 표면적 유쾌함 속에서는 과장된 것, 공격적인 것과 섬뜩한 것이 드러난다. 바이스는 길거리나 장터에서 행해지던 가설무대 연극 Schaubuden-Theater이 이런 요소들을 포함하고 있었으며, 「밤손님」은 바로 이들을 재생시켜 보려고 했다고 말

한다.[9)]

작품 내용은 실존적 불안과 공허함에 대해 다시 생각하게 한다. 작품은 시작하자마자 칼 든 악한의 위협으로 인해 불안과 공포에 떠는 상황이 곧바로 전개된다. 또한 작품 앞부분에 이미 주제와 관련된 질문이 아이들에 의해 던져진다. 무서운 침입자에 놀란 두 아이들은 다음과 같이 묻는다. "대체 페터 크루제는 어디에 있나/ 빨간 블라우스를 입고/ 불처럼 빨간 블라우스를 입고/ 그가 위기에 있는 불쌍한 사람들을 도와준다."[10)] 곤궁에 빠진 사람들의 '희망'이 되는 페터 크루제는 작품 끝까지 나타나지 않는다. 성인들이 피흘리며 싸우고 죽은 후에 남은 어린이들이 열어본 상자 안에 있는 것은 금이 아니라 마른 지푸라기들에 불과했다. 섬뜩하고 무시무시한 싸움 뒤에 남는 것은 공허함뿐이다.

이 작품은 1963년 서베를린 쉴러 극장Schiller-Theater의 소극장Werkstatt에서 영국인 팬터마임 공연가 데릭 멘델Deryk Mendel에 의해 초연되었으며, 연출자는 작품 내용의 신체동작적 표현을 부각시켰다. 그 후 1964～65년에 작품은 프랑크푸르트, 함부르크, 바젤, 뮌헨 등지의 소극장에서 공연되었고, 뮌스터와 본 대학에서 대학생 극단의 공연도 있었다. 또한 동독 로슈토크 민중극단Rostocker Volkstheater에 의해 1966년에 동독 첫 공연이 있었다. 동독 로슈토크 대학의 독문학자 만프레드 하이둑에 의하면, 로슈토크 민중극단의 공연에서는 인형극의 인위적 요소들이 강조되고, 양식화된 동작과 리듬있는 발성이 통합된 시위적 연기방식demonstrative Spielweise이 보여졌다.[11)]

---

9) P. Weiss: Zu "Nacht mit Gästen", in: P. Weiss: Stücke I, p. 456.
10) P. Weiss: "Nacht mit Gästen", in: P. Weiss: Stücke I, p. 94.
11) M. Haiduk: Der Dramatiker Peter Weiss, p. 39.

4. 「모킨폿 씨는 어떻게 고통에서 벗어나는가?」 (Wie dem Herrn Mockinpott aus dem Leiden getrieben wird?)

집　필　1963, 1968, 출판 1968
초　연　1968, 하노버 주립극장Landestheater Hannover
　　　　연출/호르스트 찬클Horst Zankl
동독 초연　1976, 로슈토크 민중극장
　　　　연출/한스 안젤름 페르텐Hanns Anselm Perten
형　식　11장(제1판은 10장)
시간-공간　불확정
등장인물　모킨폿, 그의 부인, 부인의 정부, 부르스트, 경영자, 의사, 관청직원, 신, 천사

이야기는 직선적이고 연속적으로 전개되고, 부조리한 상황에서 인간의 행동이 우습게 묘사된다. 모킨폿은 이유를 알지 못한 채 감옥에 수감되어 있다가 현금 뇌물을 강요받아 주고 나서 석방된다. 집에서 부인은 정부(情夫)와 내통하고 있고 남편을 욕하고 내쫓는다. 모킨폿이 다니던 회사에서 고용주는 그를 아는 척하지 않고, 그의 자리에는 이미 다른 사람이 일하고 있다. 모킨폿은 병원에 가서 검진을 받는데, 질문 검사에서 두 개의 답안 가운데 모킨폿은 번번이 잘못된 답으로 유도되며, 의사로 변장한 부르스트에 의해 두개골을 열고 심장을 꺼내는 수술을 받는다. 모킨폿은 관청에서 도움받기를 원하지만, 관청직원은 상투적이고 애매모호한 말들로 답변한다. 천사는 신(神)에게서 충고를 듣도록 권하는데, 모피 외투를 입고 실린더를 들고서 시가를 입에 물고 등장한 신은 모킨폿의 사정을 이해하지 못한다.

「모킨폿…」은 어릿광대극Hanswurstiade으로서 기괴하고 풍자적grotesk-satirisch인 효과를 이용하고 카스퍼 연극(Kasperspiel, 인형 익살극)과 대중적 소극(笑劇, Posse), 우인극(愚人劇, Narrenspiel)의 형식들을 포함하고 있다. 모킨폿, 부르스트(Wurst; '소시지'라는 뜻) 등과 같은 등장인물들의 연기에서는 무성영화에서 채플린의 연기와 슬랩 스틱slap stick의 요소들이 있어서 우스꽝스럽고 과장된 동작들이 있다.[12] 바이스는 바로 전 작품 「밤손님」에서 시작된 연극양식이 여기서도 계속되고 있으며 민중극, 장터의 연극, 가설무대Schaubude 연극적 요소들을 언급한다.[13]

작품에서 주인공 모킨폿은 제도화된instutionalized 사회기관과 가정에서 이유를 알 수 없게 부당하고 불합리한 대우를 당한다. 그가 경험하는 전반부의 세 정거장 감옥, 가정, 회사에서 모킨폿은 합리적으로 설명되지 않는 힘들에 의해 내쫓기고 내몰린다. 그 다음의 후반부 세 정거장인 병원, 관청, 신(종교)에게서 모킨폿의 문제와 아픔, 고민들이 해결되기는커녕 오히려 잘못 대우받고 이해받지도 못한다. 병원과 관청은 자신들이 행해오던 규정에 따라 모킨폿을 대할 뿐이고, 특히 병원에서는 진찰 아닌 진찰에 이어서 의사가 모킨폿의 두개골을 열고, 심장을 꺼냈다가 환자의 바지 위에 떨어뜨린 후에 다시 제자리로 갖다 놓는 해괴한 수술이 진행되면서 작품의 기괴성은 고조된다.

「모킨폿…」은 복잡해진 현대 산업사회의 "사회적 관계들에서 고통받는 소시민에 대한 작품"[14]이며, 인간 억압적인 사회기관들이 희화(戱畵)처럼 보여지고 있다. 바이스는 현대 산업사회와 관

12) M. Haiduk: Der Dramatiker Peter Weiss, p. 41, 43.
13) P. Weiss: Stücke I, p. 458.
14) R. Cohen: Peter Weiss in seiner Zeit, p. 196.

료사회에서 알 수 없는 힘, 권력, 조직에 의해 억압당하는 개인의 모습을 통해 소외된 인간을 묘사하고 있다. 작품의 출발 상황에서 모킨폿이 이유를 알 수 없이 감옥에 수감되어 있는 것은 카프카의 「심판」에서 요셉 K가 역시 원인 모르게 체포되는 상황과 유사하다. 「모킨폿…」에서는 부조리한 현실이 비현실적 세계처럼 묘사되고, 기괴연극grotesque theatre의 형식을 통해 인간이 소외된 세계가 드러난다. 작품의 이러한 특색은 무엇보다도 부조리 연극의 영향이 크며, 이 점에서 「모킨폿…」은 「보험」(1952)과 주제상에서 상통한다.

그 외의 작품에서도 주인공 모킨폿은 자주 부르스트와 파트너가 되어 등장하는데, 이것은 베케트의 「고도를 기다리며」(Waiting for Godot, 1955)에서 두 배역인 블라디미르-에스트라곤의 역할과 유사하다. 바이스 스스로도 이미 1950년대 초반에 프랑스의 부조리극과 이오네스코 작품의 중요성을 인정했고, 1950년대에 파리에 갔을 때(1952, 1958, 1960년) 베케트와 만나면서 서로 교류를 했다.[15] 특히 모킨폿이 반복해서 장화를 신는 장면은 「고도를 기다리며」에서 등장인물이 구두를 자꾸 신는 장면과 유사하다.

작품의 공연은 1968년의 제2판을 토대로 이루어졌다. 하노버 주립극장에서 호르스트 찬클Horst Zankl의 연출로 1968년 초연된 이후 1960년대 말에서 1970년대 초에 뮌헨, 슈투트가르트, 비엔나, 뮌스터, 튀빙겐, 서베를린 등지의 소극장에서 공연이 이어졌다. 외국에서의 공연은 스톡홀름(1968), 모스크바 타간카 극장(1969), 오슬로(1969), 자그레브(1969), 부다페스트(1970) 등 여러 곳에서 있었다. 동독에서는 서독에서 초연된 지 7년 후인 1975

---

15) 참조, P. Weiss: Rapporte (1968), p. 17, 51, 93~94.

년에 예나Jena 대학생 극단에 의해 처음 공연되었고, 이듬해에 로슈토크 민중극단에서 한스 안젤름 페르텐Hanns Anselm Perten의 연출로 공연되었다. 국내에서는 극단 가교에 의해 1995년 4월 서울 예술의전당 자유소극장에서 초연이 있었다(제목 「목공지 씨」, 번역 이지형). 젊은 연출자 이송은 극단의 젊은 연기자들이 함께 만든 공연에서 원전에 충실한 연출을 하면서 부조리하고 기괴한 현실세계에서 인물들이 받는 억압과 당혹감을 강조하였다.

5. 「마라/사드」(Marat/Sade)

원 제 사드 씨의 연출로 샤랑통 정신병원 극단에 의해 공연된 장 폴 마라의 박해와 살해

집 필 제1, 2판 1963~64, 제3판 1964. 4(서베를린 공연대본)
제4판 1964. 8(런던 공연에 근거)
제5판 1965. 3(로슈토크 공연에 근거)

출 판 서독/1964(제3판), 1965(제5판)
동독/1965(로슈토크 공연판)

초 연 1964. 4. 서베를린 쉴러 극장
연출/콘라드 스위나르스키Konrad Swinarski
무대장치/페터 바이스, 구닐라 팔름스티르나-바이스Gunilla Palmstierna-Weiss

런던 공연 1964. 8. 왕립 셰익스피어 극단
연출/피터 브룩Peter Brook
무대장치·의상/구닐라 팔름스티르나-바이스

동독 초연 1965. 3. 로슈토크 민중극장

연출/한스 안젤름 페르텐 Hanns Anselm Perten
(서독 방문공연, 1965~67)

형　식　2막 33장(제1막 1~26장, 제2막 27~33장)

시간-공간　1793, 파리 — 1805, 파리 근교 샤랑통 정신병원 — 1964, 작품 집필시기 — 관객의 관극 시점/독자의 독서 시점

등장인물　마라, 사드, 코르데이, 끌미에르, 보도자, 뒤프레, 자크 루, 4 가수, 환자들

나폴레옹 집권 때인 1808년 파리 근교 샤랑통 병원의 환자들은 역시 수감자인 사드 후작의 지도로 프랑스 혁명에 관한 연극공연을 한다. 연극에서 코르데이가 마라를 살해하는 행위가 세 번 반복되는 동안 혁명에 비판적이고 개인주의적인 사드와 과격한 혁명가 마라가 혁명과 인간 삶에 관한 토론이 벌어지면서 혁명과 역사발전에 대한 대립적인 세계관이 논쟁을 벌인다. 그러나 논쟁은 환자들의 발작과 난동에 의해 자주 중단되고, 승려이며 과격한 혁명의 선동가인 자크 루는 이때마다 환자(민중)들의 무력투쟁과 억압적인 병원 탈출을 부추긴다. 반면 지롱드당의 뒤프레는 수녀원 출신의 코르데이와 함께 혁명의 와중에서 벗어나 도망치기를 권유하지만, 코르데이는 여전히 마라 살해에 대한 생각을 버리지 않는다.

작품의 마지막에 코르데이가 마라를 살해하자 흥분한 환자들은 간호사들을 때려눕히고, 나폴레옹 초상화를 받들고 "해방"을 외치며 대소란을 피운다(제3~4판). 작품의 제5판에서는 마지막 장면에서 환자들의 소란 후에 승려 자크 루가 무대 앞으로 뛰어나와서 환자와 관객에게 "너희는 언제 보는 것을 배울 것인가/너희는 결국 언제 이해할 것인가"라는 외침이 추가된다.[16)]

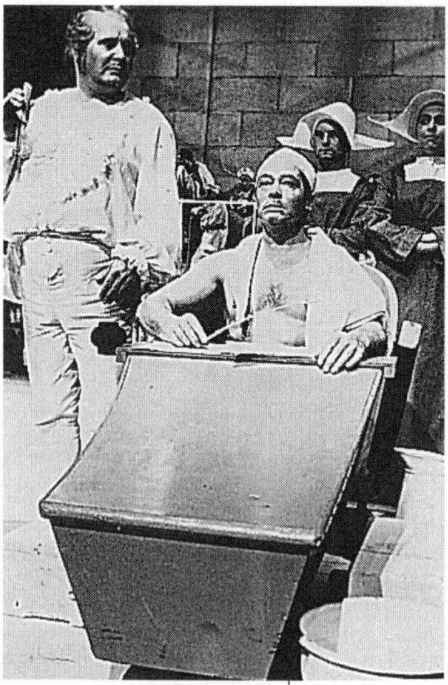

「마라/사드」
주연/페터 모스 바허
연출/콘래드 스비나르스키
쉴러극장, 서베를린, 1964

극중극Spiel im Spiel 형식의 작품은 몽타주 장면들로 느슨하게 구성되어 있으며, 모두 33장면들은 시간-공간적으로 다층적 구조를 포함하고 있다. 우선 작품의 복합적인 시간 구성을 살펴보면, 나폴레옹 집권 때인 1808년 파리 근교의 샤랑통 정신병원에서 프랑스 혁명의 와중인 1793년 파리에서 코르데이가 마라를 살해하는 사건이 공연되는 동안, 연극에서는 이 두 시점(時點)이 교차적으로 진행된다. 작품 속에서는 사건 진행이 극중극 속의 현재(1808년)에서 과거(1793년)로 회귀하고, 다시 현재로 복귀하면서 작품은 나선형적으로 진행된다. 그리고 이 모든 것은 1964년의 시점에 씌어졌고, 작품 속에서 작가는 극 중의 사건들을 자꾸만 작품의 창작 시점(작가의 현재 시점)에서 돌아보게 하므로 '작가의 현재 시점'이 작품의 바깥 틀로서 추가되며, 또한 공연 때의 관객은 더 훗날

16) 작품 마지막의 에필로그 장면에서 자크 루의 이 대사를 제외하면 제3~5판까지의 대본에서 근본적인 변화는 없고, 내용은 거의 같다. 제3판에 있던 서베를린 초연에 근거한 상세한 지문들이 제5판에서는 연출에게 자유로운 무대형상화의 가능성을 주기 위해서 대폭 생략되고, 대사들의 위치 이동이 있을 뿐이다. 참조, Karlheinz Braun: Vergleich der fünf Fassungen des Stückes, in: Materialien zu Peter Weiss' "Marat/Sade", Frankfurt/M. 1967, pp. 29~30.

의 시점에서 극중 사건들을 보게 된다. 이렇게 작품 속에는 1808 샤랑통 정신병원—1793 파리—1964 서독(현재 관극/독서시간)과 같이 최소한 3차원 내지 4차원의 시간-공간이 중첩되어 있다.

작품 내용에 있어서 코르데이가 혁명가 마라를 살해한다는 핵심적 사건은 간단하지만, 그 외에 여러 가지 주변 상황들이 전개된다. 과격한 사회개혁적 혁명가 마라와 개인주의적이고 역사비관적이며 인간의 욕망에의 종속성을 믿는 사드가 벌이는 논쟁은 작품에서 대립적인 두 세계관을 대변한다. 작품의 이념적 부분이 되는 마라/사드 논쟁은 혁명과 사회발전에 대한 진보적·회의적 입장을 나타낸다. 역사상에서 마라와 사드는 서로 만난 일이 없고, 사드는 마라의 장례식에서 스스로 작성한 조의문을 읽은 적이 있으며, 혁명에 참여하였으나 잔혹해지는 혁명과정에 환멸을 느끼고 혁명대열에서 멀어졌고, 나폴레옹 시대에는 외설적인 소설을 써서 샤랑통 정신병원에 수감되었다. 바이스의 창작 속에서 서로 만나게 되는 두 인물은 민중 역할을 하는 정신병원 환자들 앞에서 자신의 혁명관과 세계관을 주장하며 토론을 벌인다. 마라를 적극적으로 지지하는 인물로는 당장 지배계급을 쳐부술 것을 외치는 승려 자크 루가 있고, 사드의 측면에는 코르데이와 지롱드 당원 뒤프레가 있다.

지방의 수녀원에서 온 코르데이는 '공포정치' 시대에 피의 살육으로 치닫는 혁명의 소용돌이를 제지하고자 마라를 살해하기로 결심하였고, 뒤프레 역시 과격한 마라의 입장을 반대하지만 코르데이와 연애에 빠져 같이 도망치자고 한다. 코르데이는 인도주의적 관점에서 혁명을 보고 있다고 말하고 있지만, 실제 역사상에서 볼 때 코르데이는 혁명에 대한 뚜렷한 사상적 근거에서 행동한 것은 아니었고, 당시 마라는 이미 병들고 극도로 쇠약해져서 임종을 앞두고 있었다.

그 외에도 극중극의 배경이 되는 정신병원은 작품의 이해를 한층 더 복잡하게 만든다. 샤랑통 정신병원에는 정신질환자들만이 아니라, 정치적인 이유로 수감된 환자들도 있으므로 민중 역할을 하는 환자들에게는 정치적 차원도 포함되어 있다. 즉 환자들의 발작과 난동에는 자유의 억압에 대한 저항적 의미가 있어서 혁명가 마라를 지지하는 요소가 되기도 한다. 미해결로 끝나는 마지막 장(33장)에서 병원장 끌미에르의 나폴레옹 숭배에 따르는 환자들의 나폴레옹 찬양과 폭동, 그리고 그 후의 과정은 공연에 따라 다르게 변형될 여지가 많다.

작품 내에는 매우 다양한 연극효과들이 포함되어 있다. 브레히트의 서사극the epic theatre 기법과 아르토의 잔혹극Theatre of Cruelty의 방법들이 있으며, 그 외에도 음악 · 노래 · 집단안무 · 팬터마임 장면이 있어서 작품에는 상당히 풍부한 연극장치 Theaterapparat가 내장되어 있다. 작품의 복합적 시간-공간 구성과 이러한 무대효과stage effect들에 대해 작가 바이스는 마라와 사드의 논쟁은 사실상 '현재의 논쟁'임을 분명히 하면서, "역사적 소재가 계속 전달되고, 계속적으로 다양한 방향들로부터 영향을 받게 되는, 연극적으로 매우 현대적인 형식들을 취했으며, 현재적 관점이 항상 다시금 들어온다"[17]고 설명한다.

이러한 작품 내의 여러 가지 요소들로 인해 작품의 외면적 주내용인 마라/사드의 정치적 · 철학적 토론과 코르데이의 마라 방문, 살해가 정신병원 분위기 속에서 혼란과 비현실적인 세계 속으로 변화될 가능성이 있다. 더구나 작품 속의 '중심사건'도 해석

---

17) Ernst Schumachers Gespräch mit Peter Weiss, "Engagement im Historischen" (August 1965), in: Theater der Zeit, Berlin(East), No. 16/1965, pp. 4~5 ; reprint: R. Gerlach/M. Richter(ed): Peter Weiss im Gespräch, Frankfurt/M. 1986, p. 84.

자의 관점에 따라 달라질 수 있고, 민중 역할을 하는 환자들과 4 가수들의 노래, 춤과 행동, 정치적 성향을 어떻게 정하느냐에 따라 작품의 정치적 해석도 달라진다. 즉 실제 연극공연에서 작품 내의 어떤 부분에 중점을 두느냐에 따라, 또한 미해결로 남겨둔 마지막 장면의 형성에 따라 작품해석이 달라질 수 있다. 그러므로 작가는 연출자의 무대해석Bühneninterpretation을 통해 작품의 정치적 · 예술적 해석을 보여주는 권한을 내맡겼다. 이처럼 연출자에게 '열려 있는 공연대본'(offene Spielvorlage) 같은 특성을 지니고 있는 「마라/사드」는 "연출자의 희곡"(director's play)[18] 이기도 하다. 그래서 카를하인츠 브라운Karlheinz Braun은 작품에서 "국제적인 극단의 연출자들을 매혹시킨 것은 (마라/사드의 정치적 · 철학적 토론 외에도) 샤랑통에서 사드 연극의 항상 새로운 변주들을 충분히 시도하게 하는 형식"[19]이라고 언급했다.

「마라/사드」는 세계의 유명무대에서 공연되어 대부분 성공을 거두어 작가에게 국제적인 명성을 가져다주었다. 서베를린의 쉴러 극장에서 1964년 3월 폴란드 출신의 연출가 콘라드 스위나르스키에 의한 초연 연출은 1960년대 서독 연극사에서 하나의 사건이 되었다. 초연 직후 작품에 대해 비평가들은 "브레히트 이후 독일에서 첫번째로 가장 의미있는 무대작품"[20], "최고 지성적인 천재

18) Susan Sontag: Marat/Sade/Artaud, in: Partisan Review, Spring/ 1965, p. 213.
19) Karlheinz Braun: Schaubude-Irrenhaus-Auschwitz. Überlegungen zum Theater des Peter Weiss, in: Materialien zu Peter Weiss, "Marat/ Sade", p. 172.
20) Karena Niehoff: Die Ermordung des J. P. Marat, in: Süddeutsche Zeitung, 2/3. 5. 1964.

의 필적"[21]이라는 표현과 더불어 서독의 연극무대를 벗어나 세계무대에 내세울 수 있는 작품이 나왔다고 감격적인 어조로 극찬하였으며, 작품과 공연은 비상한 주목을 끌었다. 하지만 반면에 야코비 Jacobi 같은 철학자는 이 총체극은 "정신적으로 장식된 서커스"[22]라고 작품의 내용적 빈약함에 대해 혹평을 가하기도 했다. 이에 대해 사회철학자 하버마스Habermas는 작품 내용이 나치의 만행을 비유적으로 드러내고 있는 점을 처음 통찰하면서 바이스의 작품은 독일 사회에서 '극복되지 못한' 역사적 문제성을 다루면서 "밀쳐진 과정의 폭로가 중요시된다"[23]고 말하며, 야코비의 견해를 반박했다.

스위나르스키는 작품의 두 주인공 마라와 사드를 균형있게 설정하고 환자, 가수 등 연기자들의 집단동작과 노래, 음악의 요소들을 조화롭게 형상화하는 '미학적 총체극'을 보여주었다. 같은 해 8월 런던에서 피터 브룩Peter Brook이 왕립 셰익스피어 극단 The Royal Shakespeare Company과 함께 아르토의 '잔혹극'(Theatre of Cruelty) 수단들로써 올린 공연도 성공이었으며, 이듬해 1965년 12월~1966년 4월에 가진 뉴욕 공연도 대단한 성공이었다. 이로써 바이스의 작품은 영미권에 널리 알려지게 되었다. 뉴욕 공연 후 피터 브룩은 런던에 돌아와서 1966년에 연극 공연을 영화로 만들었다. 브룩의 공연 이후 서독에서는 브룩의 잔혹극적 연출방법을 따르는 공연들이 잇따라 시도되었다(예를 들면

---

21) Friedrich Luft: Verrückte spielen Weltgeschichte nach, in: Die Welt, 2. 5. 1964.

22) Johannes Jacobi: Peter Weiss-ein Dramatiker von Weltrang? in: Die Welt, 24. 5. 1964.

23) Jürgen Habermas: Ein Verdrängungsprozeß wird verhüllt, in: Die Zeit, 12. 6. 1964.

1964년 브라운슈바이크, 비스바덴, 에센 공연 등).

서베를린 초연 다음해(1965)에는 동독에서도 공연되어 역시 성공을 거두었다. 로슈토크 민중극장의 총감독 한스 안젤름 페르텐은 바이스의 작품에서 자본주의, 특히 서구와 서독 자본주의 비판을 강조하는 동독 독문학자들의 마르크스주의적 작품 해석을 근거로 대본에서 상당히 많은 부분을 수정하면서 '로슈토크 공연 대본'(Rostocker Fassung)을 만들었다. 페르텐은 공연에서 민중(프롤레타리아)의 편에서 사회주의적 개혁을 주장하는 마라의 입장을 대폭 부각시키고, 사드의 부르주아적 · 퇴폐적이고 개인주의적이며 역사 비관적인 입장을 매우 약화시키는 연출을 보여주었다. 동서 냉전의 시대에 양쪽에서 모두 공연된 독일 희곡작품들은 많지 않았는데, 로슈토크 민중극단은 이 공연을 갖고 1966년에 서독의 여러 도시들로 방문공연을 가기도 했다. 그 후 곧 이어 「마라/사드」는 동베를린과 라이프치히 그리고 동구권 다른 나라(유고슬라비아, 헝가리, 폴란드)에서도 공연되었다.

이렇게 분단된 세계 상황에서 서방측과 동독측에서는 작품에 대해 정치적으로 서로 상반된 해석을 보였다. 작가 바이스는 서베를린과 런던 공연 후 1964년 11월에 가진 인터뷰에서 자신은 마라와 사드의 두 극단적인 세계관에서 중간에 위치하는 "제3의 관점 der dritte Standpunkt을 대변한다"[24]고 말했다. 그러나 이듬해 1965년 3월의 로슈토크 공연 직후에는 그는 "마라의 원칙이 정당하고 우월한 것으로서 본다"[25]고 말했다. 여기서 볼 때, 이 당시

24) Interview with Peter Weiss(A. Alvarez), Nov. 1964(BBC London); 축소판, in: Theater heute, Sonderheft "Theater 1965", p. 89. 인터뷰 전문 재수록, in: The New York Times, 1965. 12. 26. 독어판은 R. Gerlach/M. Richter(ed): Peter Weiss im Gespräch, p. 57(pp. 50~58).

작가에게서는 무정부주의적·개인주의적 세계에서 사회참여적이고 개혁적인 입장을 옹호하는 방향으로 정치적 태도의 변화가 보인다.

「마라/사드」 작품은 이 세 공연 이후에도 세계의 여러 유명 극단에서 공연이 되었다. 스톡홀름의 왕립 드라마 극장(1965), 파리의 사라 베른하르트 극장(1966), 밀라노의 피콜로 극단(1967) 등 초연 이후 3년 동안 30여 개 나라 이상의 주요 무대에서 공연되었다. 또한 이 작품은 무대연극 이외에도 오페라·야외극·무용극 등 갖가지 공연형식으로 보여졌고, 1967년에는 함부르크의 북독 방송국(NDR)에 의해서 서독 최초의 컬러 필름으로 제작되면서 작품은 모든 매체들에게 제공되어 갖가지 공연형식으로 보여졌다.

국내에서는 프라이에 뷔네 Freie Bühne 학생극단이 자체 번역한 대본으로 1981년, 1984년에 비공식 공연을 시도하였다. 바이스가 1988년 해금된 이후에는 서울과 지방의 대학생 극단들에 의해 가끔 공연되었으며, 그 가운데에는 1994년 중앙대학교 연극과 학생들이 이 학과 최치림 교수의 연출로 공연을 올렸다. 이 공연에 참여했던 위성신은 이듬해 1995년 4월 극단 오늘의 「마라/사드」 공연에서 연출을 맡아 동숭동의 오늘 소극장에서 공연을 했다.

---

25) Das Gespräch mit Peter Weiss, in: Demokrat, Berlin(East), 30. 3. 1965.

6. 「조사」(Die Ermittlug)

집　필　1964～65, 출판/서독 1965, 동독 1965
초　연　1965. 10. 19. 서베를린 자유민중극단Freie Volksbühne 외 14극단 동시 개막
연출/에르빈 피스카토르Erwin Piscator
음악/루이지 노노Luigi Nono
※ 같은 날에 14동서독 극단들이 뮌헨, 쾰른, 동베를린, 드레스덴 등지에서 공연과 낭독
형　식　11장 聖譚曲(오라토리오), 기록극
시간-공간　1964～65년 서독
등장인물　피고 1～18, 판사, 증인 1～9(강제수용소에서 피해자), 원고 대표

나치의 전범(戰犯) 기록 재판을 다룬 '프랑크푸르트 아우슈비츠 재판'(1963. 11～1965. 8)을 토대로 작품이 구성되었다. 「조사」는 아우슈비츠 재판Auschwitz-Prozeß의 연극장면적 묘사라는 점에서 이 작품은 '창작된' 것이 아니라, 재판 기록이 '재구성되었다'고 볼 수 있다. 작품은 재판 형식을 취하고 있어서, 특정한 사건 전개 없이 피고와 원고의 진술로만 진행된다. 증인 1과 2는 아우슈비츠 강제수용소(Konzentrationslager: KZ)에서의 행정요원의 입장을, 그리고 증인 3～9는 강제수용소에서 생존자들의 입장을 대변한다. 18명의 피고인은 강제수용소에서의 나치 대원들로서 자기 이름을 갖고 등장하는데, 프랑크푸르트 재판에 나온 실제 인물들의 이름과 동일하다.

모두 11장이 진행되는 동안 증인들은 강제수용소에서 자신들이 겪은 고통과 고문, 학대, 강제노동, 생체실험, 가스실에서의 몰

살 등에 대해 진술한다. 각 장은 '부두의 노래', '숙소의 노래', '그네의 노래', '생존 가능성의 노래', '릴리 토플러의 최후에 관한 노래', '하사관 슈타르크의 노래', '검은 벽의 노래', '페놀의 노래', '벙커 블록의 노래', '치클론 B의 노래', '난로의 노래'로 이어진다. 제1장 '부두의 노래'(Gesang von der Rampe)에서는 살해를 위한 수용자 선발과정이 진술되고, 다음 장들에서는 수감된 유태인들의 강제노동에서 독일의 대기업들이 노동력을 착취하고, '그네의 노래'에서는 사디즘적 고문이, 그리고 '검은 벽의 노래'에서는 검은 벽 앞에서 처형당하는 것, '페놀의 노래'에서는 수감자들을 대상으로 하는 생체실험에서 페놀 주사를 실시하여 반응을 검사하고 나중에는 가스실로 보내는 것들이 증언된다. 이런 인간 생체실험을 통해 독일의 의학-약학업체들은 약학과 의학의 대폭적인 발전을 가져왔던 사실들이 드러난다. 마지막 제11장 '난로의 노래'(Gesang von Feuerofen)에서는 1944년 여름 2만 명 가량이 가스실에서 살해당하고, 화장터에서 시체들이 대량 소각된 사실이 진술된다.

이러한 경악스럽고 끔찍한 행위들에 대해 당시 SS대원, 의사, 기업인, 혹은 강제수용소의 직원이었던 피고들은 증인들의 진술을 부정하거나, "잘 기억이 나지 않는다"고 하며, 자신은 "수동적인 역할을 담당했을 뿐"이고, "제국의 비밀스런 일에 대해서 우리는 더 이상 알 수 없었다", "당시 명령에 따르기 위한 것이었다" 혹은 자신들은 "명령을 수행했을 뿐이다"라고 하면서 책임회피의 전형적 어구들만 반복한다.

부계(父系) 쪽으로 유태인이었던 바이스는 개인적으로 강제수용소에 끌려가 고통 속에서 죽어간 친구들과 자기 민족을 생각하면서 살아남은 자신에 대해 '양심의 가책'(schlechtes Gewissen)을 갖고 있었으며, 이런 작품을 쓰게 만들었다. 강제수용소에서의 잔혹상을 고발하는 「조사」의 연극무대는 역사적 범죄에 대한 심판장이 된다. 재판에서는, 나치의 강제수용소에서는 가혹행위뿐만 아니라 현재(작품 창작시기) 여러 서독의 대기업들이 강제수용소에서 유태인들의 노동력을 착취하였고, 의학과 약학은 유태인들을 대상으로 생체실험한 결과로 발전되었다는 점들도 드러난다. 그러면서 작가는 나치와 서독 사회가 연장선상에 있음을 암시한다. 당시 나치 때의 사회 모든 분야와 조직들은 간접적 동조를 했든 직접적 행동을 통해서이든, 강제수용소에서의 유태인 집단학살Massenvernichtung에 관여되었다는 것이 폭로된다.

하지만 피고들에게서 공통적인 것은 강제수용소에서의 잔혹행위들에 대해 죄의식을 갖고 있지 않다는 점이다. 작가는 이들의 책임회피적인 진술을 통해 과거 나치 행위에 대한 '집단적 죄'(kollektive Schuld)를 묻고 있다. 한 개인이 아니라, 이 모든 억압과 학대, 집단학살을 가능케 한 '그 체제'(das System)가 문제였다고 작가는 본다. 그리고 작품의 마지막 부분에 피고 1의 대사에서 보이듯이, 이들은 서독은 이제 선진공업국이자 복지사회에 도달했으므로 과거는 망각하자는 발언을 한다. 여기서는 서독 사회가 나치시대와 연장선상에 있으며, "아우슈비츠와 다른 곳에서 행해진 것에 대한 그들의 죄와 공범죄Schuld und Mitschuld를 무시하고 밀쳐버리려는 전후(戰後) 서독 사회에 대한 작가의 불만"[26]이 드러나고 있다. 이 때문에 「조사」는 과거에 대한 작품일 뿐만 아니라, '현재에 대한 작품'이기도 하다. 그럼으로써 작가는 강제수용소를 연극형식으로 재구성하여 보여주면서 1960년대 서독 사회의 도덕성과 정치의식에 대한 문제를 제기하고 있다.

26) Heinz Geiger: Widerstand und Mitschuld, Zum deutschen Drama von Brecht bis Weiss, Düsseldorf 1973, p. 120.

이 작품의 창작시기는 1960년대 중반으로 종전 후 20년 만에 전범(戰犯) 재판이 시작되던 때였으며, 학생운동 직전의 시간이었다. 이 당시는 1940년대 후반 동서냉전의 시작과 함께 들어섰던 보수적인 아데나워 정권 시대를 지나서 비로소 과거의 어두운 나치 역사(1933～45)에 대한 반성과 비판이 거론되기 시작하였다. 이러한 때에 나치의 잔혹행위들을 직접적으로 진술하는 기록극 「조사」는 예술분야에서 처음으로 역사반성 문제와 네오나치즘을 제기하면서 여전히 보수적인 분위기가 지배적이던 서독 사회에 큰 파장과 논란을 일으켰다. 또한 사실 진술적인 기록극 형식의 작품이 공연이 가능한지에 대해서도 회의적인 반응이 많았다.

바이스는 「조사」를 통해 '기록극'(Dokumentartheater)이라는 새로운 드라마 형식을 창조하였다. 이것은 사실적 자료Fakten에 근거하며, 전통적 의미의 플롯 혹은 사건 진행과 인물들의 성격화 Characterization가 존재하지 않는 형식으로서 정치사회적 상황과 민감한 현실문제를 소재로 취하는 '정치적 연극'이다. 바이스는 몇 년 후에 발표한 '기록극에 대한 노트'(Notiz zum dokumentarischen Theater, 1968)에서 기록극은 "우선적으로 정치적 광장politisches Forum이 되려고 하며 예술적 성과를 포기한다"[27]고 하며, 사회현실 문제들에 대한 정치적 계몽에 목표를 두는 연극형식이라고 언급했다.

이렇게 분명하게 자기 문학의 정치성을 밝힌 것은 바이스에게는 중대한 전환에 속한다. 이 당시 바이스는 세계관적 변화와 더불어 예술관의 변화를 경험했다. 이전까지의 초현실주의적이고 개인주의적 단계에서 바이스는 1960년대 중반 「마라/사드」를 고

---

27) P. Weiss: Notiz zum dokumentarischen Theater (1968. 3.), in: Rapporte 2, p. 96.

비로 마르크시즘에 영향을 받으면서 사회참여적 관점하에서 독일의 과거역사 반성과 서구 자본주의 비판으로 경도된다. 「조사」의 완성 후이며 초연 직전에 발표한 「분단 세계에서 작가의 10가지 작업점」(10 Arbeitspunkte des Autors in der geteilten Welt, 1965)에서 바이스는 "사회주의 노선들이 내게는 유효한 진실을 포함하고 있다"[28]고 밝힌다. 물론 그는 사회주의 체제의 경직성과 자유의 억압, 과거에 저질러진 과오들을 인정하며 유보적인 입장에서 사회주의를 받아들이면서도, 자본주의 사회보다 사회주의 사회에서 더 나은 사회체제를 본다고 말한다.[29]

최근에 나치 강제수용소에서의 참혹상은 역시 유태계 미국인 감독 스티븐 스필버그Steven Spielberg가 1990년대 중반에 만든 영화 「쉰들러 리스트」(Schindler's List, 1995)에서 다시 묘사되었다. 스필버그 감독은 폴란드에서 강제수용소 세트를 만들어서 아우슈비츠 강제수용소에서의 생활을 흑백필름 속에서 재현하였다. 이 영화에서는 유태인들의 강제징발과 이동, 강제노동, 이유 없는 총살, 생체실험, 가스실, 화장터 장면 등에서 당시 소름끼치는 억압과 착취의 상황이 사실적으로 묘사되었으며, 감정이 배제되고 냉정한 진행 속에서 사건들에 대한 판단이 관객에게 맡겨졌다.

과거역사 반성을 위한 계기로 삼는 의미에서 동서독의 14극단들은 1965년 10월 19일 같은 날 같이 개막공연과 낭독Lesung을

---

28) P. Weiss: 10 Arbeitspunkte des Autors in der geteilten Welt, in: Dagens Nyheter, Stockholm, 1. 9. 1965; Neues Deutschland, Berlin (East) 2. 9. 1965(P. Weiss: Rapporte 2, p. 22)

29) 바이스의 이러한 '사회주의 입장 표명'으로 인해 바이스는 국내에서 1988년까지 '금지작가'에 속해 있었고, 공식적으로 작품 번역과 공연이 될 수 없었다.

시작했다. 서베를린 · 뮌헨 · 쾰른 · 로슈토크 · 포츠담 등에서는 공연이 있었고, 동베를린 · 드레스덴 등지에서는 낭독이 이루어졌다. 서베를린 자유민중극장에서의 연출은 1920년대에 정치 선동극과 서사극의 선구자로 저명한 연출가인 에르빈 피스카토르 Erwin Piscator가 맡았고, 유명한 현대음악 작곡가인 루이지 노노 Luigi Nono가 음악을 맡았다. 노년의 피스카토르는 연극적 수단들을 포기하고 단순하고 간소함 그리고 흑백의 색조로 무대를 구성했고, 원고와 증인들은 감성없이 말하도록 연출했다.

영국에서도 피터 브룩의 연출로 왕립 셰익스피어 극단의 작품 낭독이 있었고, 같은 해에 스웨덴에서는 저명한 영화감독이자 연극연출가인 잉그마르 베리만Ingmar Bergman이 스톡홀름 왕립극단에서 연출을 했다. 베리만은 과거 나치 행위의 폭로가 아니라, 나치의 잔재가 남아 있는 '오늘날 서독 사회'의 현재화에 초점을 맞추었다.[30] 로슈토크 민중극장의 공연은 한스 안젤름 페르텐이 연출을 했고, 이듬해 1966～67년에는 서독 방문공연도 가졌다. 그 이후에도 1960년대 후반에 독일어권에서는 뤼벡, 슈투트가르트, 취리히, 만하임, 에어푸르트, 라이프치히 등과 외국에서는 암스테르담, 파리, 밀라노, 헬싱키, 오슬로, 프라하, 바르샤바, 뉴욕 등 여러 무대와 이스라엘의 텔아비브에서 낭독과 공연이 있었다.

7. 「루지타니아 허수아비의 노래」 (Gesang von lusitanischen Popanz)

집　필　1965～66, 출판/서독 1967, 동독 1968

30) 참조; M. Haiduk : Der Dramatiker Peter Weiss, p. 154.

초　　연 1967. 1. 26. 스톡홀름 스칼라 극장Scala Teater
연출/에틴 글라저Etienne Glaser
무대장치 · 의상/구닐라 팔름스티르나-바이스
독일어권 초연 1967. 10. 6. 서베를린 샤우뷔네 암 할레셴 우퍼 Schaubühne am Halleschen Ufer
연출/카를 파릴라Karl Paryla
동독 초연 1967. 12. 19. 로슈토크 민중극장
연출/ 한스 안젤름 페르텐(1967, 서독 방문공연)
형　　식 2막 11장(제1막 1～5장, 제2막 6～11장)
시간-공간 불확정
등장인물 7명의 연기자(3 남자와 4 여자), 3～4 악사, 대형 허수아비 1

'루지타니아'는 포르투갈의 로마자 이름이며, 이 작품에서 작가는 포르투갈의 아프리카 앙골라 식민지 지배를 비판한다. 작품의 11장면에서는 역사적 사실들을 근거로 식민정책에서의 착취와 비인간적 억압, 살해행위들이 재연된다. 모두 7명의 연기자는 유럽인과 아프리카인의 역할을 바꾸어 가면서 연기하고, 간단한 소도구들을 사용한다. 무대에 세워지는 대형 허수아비는 식민지 지배자인 포르투갈의 독재자 살라자르와 나토에서 포르투갈과 연맹한 나라들, 그리고 더 나아가 서구 제국주의 전체를 상징한다. 이 허수아비의 쇠 입을 통해 억압자들의 말, 즉 독재자, 교회, 은행, 대기업의 위선적 말들, 군 장교들의 명령들이 리듬있는 구절들로 말해진다. 앙골라와 모잠비크의 피압박자들은 허수아비 주위를 돌면서 말하고 춤추고 노래한다. 마지막 장면에서 이들은 허수아비에게서 칼과 회초리, 종교단체 휘장을 빼앗고, 그를 쓰러뜨리고 나서 희망에 차서 노래한다—"이미 도시들과/숲과 산 속에서 많은 사람들이/그들의 무기를 모아 놓으며/가까이 온 해방을 조심스럽게 계획하면서."

「조사」에서 보여진 바이스의 서독 자본주의 비판이 「루지타니아 허수아비의 노래」에서는 서구 자본주의의 제국주의에 대한 비판으로 이어지며, 작가의 제3세계에 대한 연대solidarity가 보여진다. 형식적으로 볼 때에 사실적 자료만을 토대로 한 「조사」와는 달리, 「허수아비」에서는 연극적 수단들이 다시 활용되고 있다. 대형 허수아비, 가면, 노래, 집단안무 등이 다소 절제되기는 하지만 상황 전달을 위해 사용된다. 노래, 코러스, 집단무용이 혼합되고, 전통적 의미의 사건 내용Handlung은 존재하지 않는다. 작가는 1920년대 정치극에서 사용되던 레뷔Revue와 선동극Agitprop 형식을 현대적으로 차용하고 있으며, 장면들은 몽타주 성격을 띠고 있어서 11장면들은 각각 독립된 이야기를 갖고 있다. 작품은 7명의 연기자가 역할 교환을 해가며 극이 진행되는 집단창조적 즉흥극의 형식을 취하고 있다. 그럼으로써 식민지 지배자와 피지배자의 교환 가능성도 암시된다.

제목에 이미 '노래'라는 말이 있듯이, 작품에는 음악적 요소가 풍부하며 느슨하게 구성된 오페라 대본Libretto 같은 성격을 띠고 있다. 실제로 스톡홀름 초연 때에는 공연 내내 음악이 동반되었고, 대본에서 많은 부분이 노래로 불렸다.[31] 작품에는 코러스, 장터의 노래, 돌림노래와 춤, 팬터마임, 그림자극과 더불어 카바레와 서커스의 요소들이 포함되어 있다. 만프레드 하이둑은 기록극적 요소와 민중극 요소가 같이 포함되어 있는 것이 특색이라고 하며, 예를 들면 노래 "땅을 찢어라, 그것을 파헤쳐라, 그것을 던

---

31) R. Cohen : Peter Weiss und seine Zeit, p. 171.

져버려라" 같은 구절은 서아프리카 노예 해안에서 온 전쟁노래에 근거한다고 하며, 여기서 '땅'은 적의 몸과 동의어라고 지적한다.[32]

작가와 그의 부인이 무대미술과 의상 분야에 참여했던 스톡홀름에서의 초연(1967. 1)에 곧 이어 서베를린의 샤우뷔네에서 공연이 있었으며, 두 달 후에는 동독 로슈토크 민중극장에서 다시금 한스 안젤름 페르텐의 연출로 공연이 있었다. 집단창조적이며 즉흥극의 방식이 활용된 스웨덴 공연은 성공적이었던 반면에, 서베를린 공연은 그다지 주목을 끌지 못했다.[33] 그 이후 1960년대 후반～1970년대 초반 독일어권에서는 함부르크 · 비엔나 · 뤼벡 · 아헨 · 브라운슈바이크 · 카셀 등지에서 공연되었고, 유럽에서는 오슬로(국립극장) · 제네바 · 베른 · 암스테르담 · 로마 · 볼로냐 · 부다페스트(국립극장) · 아테네 · 리스본 등지에서 공연되었다.

아프리카 문제를 다루는 이 작품에는 미국의 흑인 극단이 관심을 가져서 1968년 12월 뉴욕 오프 브로드웨이의 흑인 앙상블 극단Negro Ensemble Company이 공연을 하고, 런던과 로마에 가서 방문공연도 했다. 작품이 제3세계에서의 식민지 문제를 직접적으로 다루고 있는 까닭에, 1969～71년 남미와 아랍의 여러 도시에서 큰 반향을 일으킨 공연들이 있었다. 남미에서는 1969년 우루과이의 한 노동조합 극단이 작품을 자신들의 문제(지배자-피지배자)로 바꾸어서 공연을 했고, 아프리카에서는 카이로, 바그다드, 다마스쿠스에서의 공연이 성공을 거두었다.[34]

---

32) M. Haiduk : Der Dramatiker Peter Weiss, p. 165.
33) 참조; Jochen Vogt : Peter Weiss, Hamburg 1987, p. 103.
34) 참조; M. Haiduk : Der Dramatiker Peter Weiss, p. 172.

8.「베트남 담론」(Viet Nam Diskurs)

원　　제　압박자에 대항하는 피압박자의 무장투쟁 필연성에 대해서와 혁명의 토대를 소멸시키려는 미국의 시도에 대한 실례로 베트남에서 장기간 지속된 해방전쟁의 전사(前史)와 경과에 대한 담론

집　　필　1966～67, 출판/ 서독 1968, 동독 1968

초　　연　1968. 3. 20. 프랑크푸르트 시립극장 Städtische Bühnen Frankfurt

연출・개작/ 하리 북비츠 Harry Buckwitz

무대장치・의상/ 구닐라 팔름스티르나-바이스

동독 초연　1968. 3. 31. 로슈토크 민중극장

연출/ 한스 안젤름 페르텐(1968, 서독 방문공연)

형　　식　2부 22장(제1부 11장, 제2부 11장)

시간-장소　시간 불확정, 베트남의 어느 곳

등장인물　15명의 연기자(2명 여자), 악사 약간 명

오랜 역사 동안 강대국의 지배와 침략에 저항하며 살아온 '베트남 민중의 항쟁사(抗爭史)'라고 할 수 있으며, 작품 제목이 이미 작품의 주장을 말해주고 있다. 제1막에서는 과거 2500년간의 역사 진행에서 베트남 민중의 계속되는 해방전쟁부터 1954년 프랑스 식민세력의 퇴각까지가 다루어지면서 베트남인들의 자주 정신이 드러난다. 중국의 침략과 지배, 1860년 이후 1954년까지의 프랑스에 대한 투쟁, 그리고 1945년부터 시작된 미국의 개입에 대항해온 베트남 민중의 꿋꿋한 생명력이 묘사된다.

제2막은 미국과 베트남과의 전쟁이 지속되었던 기간으로서 1954년부터 1964년까지의 짧은 시간이 다루어진다. 각 장면에서

는 메가폰을 이용하여 사건 진행의 시간-공간이 제시된다. 미국의 베트남 침공 이유들에 대해서 반(反)공산주의, 350만 실업자의 고용, 원료 획득, 군수산업의 확장 등이 열거된다. 전쟁에서 미국이 폭격으로 베트남인들 생존의 모태가 되는 농지를 초토화시키고, 온갖 화학무기와 신무기 등 인간 대량 살상무기들을 실험하면서 베트남을 파괴하고 있다는 것이 지적된다.

분량은 상당히 길지만, 간결하고 간략한 언어로 씌어진 이 작품은 정치 팸플릿 같은 성격을 지니고 있다. 작품은 브레히트의 교훈극적 성격을 띠고 있으며, 베트남의 역사 진행을 집단창조 방식으로 연극화하면서 인물의 행동, 즉 게스투스Gestus는 '공통적인 것', '전형적인 것'을 묘사할 것을 작가는 요구한다.[35] 또한 작가는 연극적 표현수단을 극도로 절제되게 사용할 것을 작품의 앞부분 지문에 써놓고 있다. 무대는 '단순함'을 지향하면서 흰색을 기본색으로 하고 장식적 장치가 불필요함이 언급되고 있으며, 음악은 극 진행에 설명적인 기능을 갖지 않고 이국적(異國的, exotic)이지 않을 것이 요구된다. 따라서 음악과 노래·의상·소도구·가면 등도 필요한 부분에서만 사용되고, 이들의 다양한 무대효과는 포기된다. 베트남 대표자들은 검은색 옷을 입고, 식민지 지배자들은 흰색 옷을 착용하며 헬멧·가발·무기 같은 소도구들을 겸비하여 피지배 민중들과 확연히 구별된다. 「루지타니아 허수아비의 노래」에서처럼 흑-백의 구분이 선-악의 구분과 연결된다. 그러나 이러한 작품의 '단순화' 요소들과 더불어 특정한 사건 전개가 없는 점으로 인해 작품이 단조로울 위험성이 있다. 이 점은 무대공연에서 여실히 드러난다.

---

35) P. Weiss : Stücke II/1, pp. 75~76.

작품 내용에서 볼 때 서구 자본주의 세계의 제국주의적 성격을 비판하고, 제3세계와 연대감을 취하는 바이스의 정치적 입장이 「루지타니아 허수아비의 노래」에 이어서 계속되고 있다. 이 작품은 중국과 프랑스, 미국의 제국주의적 지배와 침략에 대항하면서 살아온 베트남 민중의 역사를 말해줄 뿐만 아니라, 아이젠하워 대통령부터 케네디를 거쳐 존슨에 이르기까지 미국 전쟁정책의 연속성을 고발하고, 베트남은 미국에서 제작된 폭탄과 화학무기 등 모든 신무기의 실험장이 되고 있음을 폭로한다. 이와 더불어 전쟁 이면에 있는 경제침투를 지적하면서 전쟁에서 자본주의 대기업들이 막대한 이익을 거두고 있는 점이 지적된다(이것은 「조사」에서 이미 강조된 점이기도 하다). 또한 서구의 좌파들과 노동자들이 베트남 전쟁에 대해 연대감을 보이지 않고 침묵하고 있는 것에 대해서도 작가는 비판의 화살을 던지고 있다.

한편 바이스는 베트남에 대해시 객관적인 관찰자가 아니라, 사회주의 진영인 북쪽 베트남에 어느 정도 동조하는 관점에 있다. 그는 남쪽 베트남에 대해 북쪽 베트남의 침략은 결코 일어나지 않았다고 보며, 베트콩이 1950년대 후반~1960년대 초 남베트남에 대해 가한 파괴와 살해행위들, 그리고 독재자 호치민의 압제적 가혹행위들에 대해서는 거의 언급하고 있지 않다.[36] 그 외에도 등장인물 가운데에는 역사상에서 그들의 실제 발언과는 다르게 이 작품에서 재구성된 곳도 있다. 작품에는 이처럼 역사적 사실에다가 허구적 구성이 합해져 있는데, 바이스는 「기록극에 대한 노트」

---

36) 베트콩은 조직적으로 남베트남의 마을 지도자와 교사들을 살해했으며, 그 숫자가 1960~61년에는 4000여 명까지 달한다. 호치민은 지주들을 포함하여 많은 사람들을 살상하고 10만 명 가량을 강제수용소에 수감했고, 1956년 농민반란 후에는 일부를 강제 이주시켰으며 일부는 처형했다.

(Notiz zum dokumentarischen Theater, 1968)에서 '기록극'은 객관성 추구가 아니고, '당파성'(黨派性, Parteilichkeit)이 존재한다고 언급했다.[37] 또한 그는 시사주간지 「슈피겔」(Der Spiegel)과의 대담에서 베트콩의 파괴적 행위와 관련해 그것은 미국에 대항하는 "방어전쟁의 한 부분"이며, "(북)베트남인들은 적대적인 군사력으로부터 남베트남을 해방시키기 위해 다른 선택이 없다"[38]고 말했다. 한편 이 당시 1968년 5～6월에 바이스는 연극작업을 같이 하는 부인과 함께 북베트남을 방문하여 정치와 문화계의 지도자들과 대화를 가졌다.

초연은 베트남 전쟁이 한창 진행 중이던 1968년에 서독 내 미군기지 중심지인 프랑크푸르트에서 있었는데, 경찰들이 극장 주변에 배치되어 만일의 사태에 대비하였다. 작가가 오랫동안 연습에 참여하였으며, 그는 부인 팔름스티르나-바이스와 함께 무대장치와 의상을 디자인했다. 무대의 시각적 요소들에서는 장식적 수단들이 절제되고 단순화와 양식화가 시도되었다. 연출자 하리 부크비츠Harry Buckwitz는 작품에 씌어진 작가의 요구대로 무대에서 연극적 수단들을 절제하고 '간소함'을 추구했다. 공연으로 인한 논란으로 인해 연출자 하리 북비츠는 프랑크푸르트 시립극장의 연출직에서 물러났다. 그 후 「베트남 담론」은 연극무대에서 성공적이지 못했다. 초연 후 뮌헨의 캄머슈필레Kammerspiele 극장에서 변형된 대본으로 올린 공연(1968)이 있었지만 반향을 얻지 못했으며, 공연은 서독에서나 국제적으로 1960년대 말과 1970년

37) P. Weiss : Rapporte 2, s. 99.

38) "Spiegel" – Gespräch mit Peter Weiss (July 1968), "Amerika will den Völkermord", in: Der Spiegel, 5. 8. 1968, pp. 66~74. R. Gerlach/ M. Richter(ed): Peter Weiss im Gespräch, pp. 164~165.

대 초반에 몇 차례 시도될 뿐이었다.[39]

동독에서도 로슈토크와 동베를린 외에는 더 이상의 공연이 없었다. 작가는 동독 로슈토크 민중극장에서 마지막 연습 때에도 참여했으며(한스 안젤름 페르텐 연출/개막 1968. 3. 31), 동베를린의 베를린 앙상블 Berliner Ensemble에서도 공연 때의 시연회(1968. 5. 1)에 참가했다. 베를린 앙상블의 연출자 루트 베르크하우스 Ruth Berghaus는 대본을 대폭 축소하고 대본 내용들의 이동을 하여, 공연을 소극장 연극의 간소한 형식으로 만들었다. 공연 시간은 두 시간도 채 못 되었는데, 이는 원래 대본에서 1/2 가량만을 취한 분량이다. '브레히트 양식Brecht-Stil에 따라' 공연되었다는 연출의 해석이 있었지만, 동독의 독문학자 만프레드 하이둑은 베를린 앙상블의 공연이 "작품의 역사성을 이용하지 못하고, 오히려 해쳤다"[40]고 평가했다. 국내에서는 프라이에 뷔네 학생극단이 스스로 번역을 하여, 1992년 8월 동숭동의 하늘땅 소극장에서 초연을 했다.

9. 「망명 중의 트로츠키」 (Trotzki im Exil)

집　필　1968～69, 출판 1970
초　연　1970, 뒤셀도르프 샤우슈필하우스 Schauspielhaus Düsseldorf
연　출　하리 북비츠 Harry Buckwitz
형　식　2막 15장(제1막 1～9장, 제2막 10～15장)

---

39) 참조; J. Vogt : Peter Weiss, p. 106.
40) M. Haiduk : Der Dramatiker Peter Weiss, p. 198.

시간-공간 1902~40년 러시아, 런던, 시베리아, 멕시코 등
등장인물 트로츠키, 레닌, 스탈린, 부하린, 볼셰비키, 플레하노프, 파르부스, 에미 헤닝스, 후고 발, 트로츠키의 부인과 딸, 그의 서기와 친구들, 노르웨이 의사 등

20세기 전반 트로츠키의 행적들이 시간순이 아니라 주제상의 연관에 따라 정거장식으로 구성된다. 1막의 1~9장은 트로츠키의 회고 속에서 그의 인생경력과 망명과 체포, 정치활동 등이 보여진다. 제1장은 1928년 모스크바에서 스탈린의 명령으로 트로츠키가 세 번째이자 마지막으로 알마아타로 귀양가는 것으로 시작한다. 다음 장에서 시간은 거슬러올라가서 차르시대 때 그의 추방(1902), 소비에트 페테스부르크의 대변인으로 첫번째 체포, 1907년부터 10년 동안의 이주 생활, 그리고 이 기간 동안 1905년 취리히에서 레닌과의 만남이 보여진다. 여기서 트로츠키는 국제적으로 전개되어야 할 '영구혁명'(permanent revolution)을 주장하여, 소련에만 국한된 국가혁명을 독재적인 방법으로 공고히 하려던 스탈린과 대립하게 된다. 그 후 그는 1915년 취리히의 카페 볼테르에서는 다다이즘의 주창자들과 만나고, 1917년 볼셰비키 혁명 후 적군(赤軍)을 창설하고, 1924년 레닌의 죽음 이후에는 일찍이 스탈린과 그의 독재적 관료국가에 반대하며 국제적 투쟁을 옹호하다가, 결국 1930년대에 '반혁명자'(反革命者)와 '파시즘의 대리인'으로 몰린다. 2막의 10~15장은 트로츠키가 1929년 소련을 떠난 후의 망명생활을 다루며, 그가 멕시코에 있을 때 1940년 소련 비밀경찰대원에 의해 암살되는 것으로 작품은 끝난다.

바이스는 「트로츠키」에서 이전의 기록극들과는 다른 형식을 시도하고 있다. 「조사」, 「루지타니아 허수아비의 노래」, 「베트남 담

론」에서 보여졌던 역사적 사실 위주에 건조하고 절제된 묘사 방식이 포기되고, 「트로츠키」에서는 역사적 상황 속에서 이야기가 구성되면서 작가는 인물들의 행적과 사상을 추적한다. 무엇보다도 바이스는 이 작품에서 인정받지 못하고 실패한 러시아 혁명가 트로츠키를 명예회복시키려는 의도를 갖고 있다. 실제 역사 진행에서 왜곡된 트로츠키의 사회주의 노선이 후반부의 장면에서 나오는 그의 '유언'(Testament)을 통해 언급되면서 트로츠키와 바이스는 이렇게 항변한다. "사회주의는 그의 이름하에 행해진 범죄에도 불구하고 변화 가능하고 개선되고 혁신될 수 있다." 그리고 오로지 국제혁명만이 "궁극적으로 착취와 폭력, 전쟁을 지양할 수 있다."

이 작품은 희곡으로서 근본적인 문제들을 내포하고 있는데, 비평에서 작품의 메마른 언어형식과 혼란스런 구성이 작품의 구조적 약점으로 평가되었다. 서독의 유명한 연극비평가 헤닝 리슈비터Henning Rischbieter는 분명히 반(反)스탈린적 작품인 「트로츠키」는 "사상적으로나 미학적으로 집중되지 못하고, 임의적이고 피상적이며, (…) 역사적 상황들이 충분히 가시화되지 못하고, 정치적 견해 차이가 구체화되지 못하면서 계속되는 작품의 정치 논쟁들에서는 표어들과 속단들을 쌓아 놓음으로써 바이스는 개별적 주제성을 단순화시켰다"[41]고 지적했다. 동독 쪽에서는 바이스가 「마라/사드」 초연 이후 스스로 비난했던 '제3의 관점'(der dritte Standpunkt)을 다시 취하고 있다고 비판했고, 바이스의 사회주의 이해가 매우 추상적이고 모순적이라고 언급했다.[42]

---

41) Henning Rischbieter: Neue Stücke—für welches Theater? in: Theater heute, Vol. 3/1970, p. 40.

42) 참조; M. Haiduk: Der Dramatiker Peter Weiss, p. 206, 207. 하이둑

학생운동이 지속되던 시기인 1970년 뒤셀도르프에서 하리 북비츠가 연출한 초연 이후에는 트로츠키에 대한 해석문제로 찬반 양론이 있었다. 사실 이미 공연 직전의 총연습 때에 극장 바깥에서 이 작품에서 드러난 사회주의에 대한 작가의 견해에 반대하는 대학생들의 데모가 있었다.[43] 공연은 실패였고, 하노버에서의 공연(Franz Reichert 연출) 이후 서독의 연극무대에서 이 작품은 거의 공연되지 않았다. 사회주의 동구권에서 이 작품은 아예 공연되지 않았을 뿐만 아니라 격렬한 반박을 불러일으켰다. 소련의 유명 작가이며 저널리스트인 레프 긴스부르그(Lew Ginsburg, 「조사」를 러시아어로 번역했음)는 바이스에게 공개서한을 보내며, 그가 역사적 사실을 왜곡했다고 비난했다.[44] 동독에서도 바이스는 비난받았으며, 1970년 '원치 않는 인물'(unerwünschte Person)로 분류되며 동독 입국이 금지되었다.

10. 「횔덜린」(Hölderlin)

집　필　제1판 1971~72, 제2판 1973
출　판　서독 1973, 동독 1975(로슈토크 공연에 근거)
초　연　1971, 슈투트가르트 뷔르템부르크 국립극장
Würtembergisches Staatstheater
연출/페터 팔리취Peter Palitzsch

교수는 Werner Mittenzwei, Brigitte Thurm 같은 독문학자, 연극비평가들의 견해를 들고 있다.

43) 참조; J. Vogt: Peter Weiss, p. 108.

44) 참조; 바이스의 답변 서한. P. Weiss: Offener Brief an Lew Ginsburg (1970. 4. 4), in: P. Weiss: Rapporte 2, pp. 105~131.

동독 초연 1973, 로슈토크 민중극장
연출 / 한스 안젤름 페르텐(서독 방문공연 1974, 1976)
형 식 2막 8장과 프롤로그, 에필로그(제1막 1~5장, 제2막 6~8장)
시간-공간 프랑스 혁명 후 19세기 전반 독일
등장인물 횔덜린, 싱클레어, 헤겔, 괴테, 쉴러, 피히테, 셸링, 카를 오이겐 공작, 아우텐리트 의사, 수제테 곤타르, 횔덜린의 어머니, 마르크스, 코리스 등

바이스는 프랑스 독문학자 피에르 베르토Pierre Bertaux의 논문 「횔덜린과 프랑스 혁명」(Hölderlin und die französische Revolution, 1969)과 루카치의 저술 「괴테와 그의 시대」(Goethe und seine Zeit)의 영향을 받고서 고전주의 시대의 시인 횔덜린(1770~1843)의 전기에서 그 당시(1970)까지 덮여진 부분을 재조명한다. 횔덜린은 희랍사상에만 도취적인 시인이 아니라 혁명적 사상을 지녔던 진보적인 지식인이었다. 횔덜린은 18세기 말 직접 프랑스 여행을 하면서 프랑스 혁명 사상에 깊이 고취되었지만, 독일의 여러 공국들에서는 압제적인 분위기가 지속되고 독일 지성들에게서 보수·반동적 사상을 접하고 나서, 횔덜린은 좌절하고 정신이상이 되어 튀빙겐 탑 속에 36년간(1807~43) 칩거하며 여생을 보냈다. 이러한 '혁명적 시인'의 비극적 삶의 행적과 당시의 사회 상황이 모두 8장에서 횔덜린과 동시대인들인 헤겔, 괴테, 피히테, 귀족들, 친구 싱클레어와의 관계를 통해 드러나며 횔덜린과 혁명의 관계가 재조명된다.

제1막의 다섯 장은 19세기 초반 독일에서의 상황과 관련된다. 1793년 튀빙겐의 대학생들인 횔덜린, 헤겔, 셸링과 친구들은 파리의 바스티유 감옥 습격 4주년을 기념하는데, 카를 오이겐 공작은

횔덜린이 혁명 비밀조직의 회원임을 고발한다. 이듬해 1794년 횔덜린은 프리츠 폰 칼브 부인의 가정교사직을 잃어버리고, 예나에서 쉴러에게 혁명사상을 전하려다 실패하며, 예나 대학에서는 피히테의 강연 도중에 체포된다. 또한 1798년 횔덜린은 곤타르 공작 부인 집에서 물러난다.

제2막은 횔덜린의 미완성 희곡작품 제시와 고립, 고난의 길을 보여준다. 1799년 횔덜린은 친구들 앞에서 자신의 혁명극 「엠페도클레스의 죽음」(Der Tod des Empedokles)을 시위하듯이 제시한다. 횔덜린은 1802년 파리에서 나폴레옹이 집권을 하고 복고적인 체제로 회귀되는 상황을 목격하고서 깊이 실망하여 정신이상이 된다. 1806년 횔덜린은 아우텐리트 의사의 병원에서 진료받다가 환자 구속용 가죽조끼Zwangsjacke에 묶인 채 소리친다 — "나는 자코뱅 당원Jakobiner이 되려는 것이 아니다!" 마지막 장에서는 영혼이 병든 횔덜린이 튀빙겐 탑 속에 칩거하며 보내는 36년이 압축된다. 그의 인생 마지막 해인 1843년에 젊은 마르크스가 노년의 횔덜린을 방문하여, 그가 자신보다 반세기 전에 가졌던 혁명에 대한 '신화적 예감'(mythologische Ahnung)을 격려한다.

작가는 프랑스 혁명의 시기에 청년 시절을 보내며 독일의 정황이 변화되기를 꿈꾸었지만, 좌절하면서 정신분열증 속에서 외롭게 죽어간 역사적 인물 횔덜린에 문학적 상상력을 동원하여 재구성하였다. 이 점에서 이 작품은 사실(史實)에 충실한 역사극이 아니라, 보수·반동적인 반혁명자(反革命者)들에 대항하는 희곡으로 씌어진 논박이다. 형식적으로 볼 때에, 바이스는 작품에서 코러스, 음악 등의 연극적 수단들을 과도하지 않게 활용하고 있다. 내레이터 역할을 하는 코러스는 노동자들로 구성되었고, 장면 시작할 때에 역사적 경과와 주인공 주변의 상황을 간략히 전달해주는 역할을 한다.

실제로 횔덜린은 피에르 베르토의 논문이 서술하듯이, 과격한 자코뱅Jakobin 당원이 아니라 인도주의적 지롱드Gironde 당의 지지자였으며, '프랑스 혁명의 봄'을 기다렸다(이 점은 작품에서 명료하게 부각되지 않는다). 그러나 차가운 겨울이 계속되던 독일에서는 그만큼의 자유주의적 생각도 받아들여질 수 없었다. 따뜻한 바람이 불지 않고 억압적인 군주제가 지속되며 차디차게 얼어붙은 독일 여러 공국들의 정치·사회 상황 앞에서 횔덜린은 좌절하고 충격을 받아서 정신이상에 빠져버린다. 그러므로 그가 걸린 정신분열증의 원인은 개인적 병보다는 사회적 상황에 있음을 바이스는 암시한다.

횔덜린의 동시대인들이며 독일의 대표적인 지성에 속하는 헤겔, 괴테, 쉴러, 피히테, 셸링은 보수·반동적이고 국가주의적인 생각을 드러내면서 횔덜린의 생각에 동조하지 않고 귀족들, 하인리히 폰 칼브, 디오티마 등은 중상주의(重商主義)와 제국주의적 생각을 갖고 있다. 작품에서 이들 가운데 사회개혁적이지 않거나 혁명적인 사상을 갖지 않은 인물들은 희화되고 있다. 즉 당시 독일의 모든 지배계급들은 횔덜린의 시각에서 볼 때에 '시끄러운 기회주의자들'이다. 이처럼 작품은 좌파적 시각에서 본 독일 지성인들에 대한 비판이며, 프랑스 혁명 후 독일의 보수적 정치와 지성에 대한 패러디parody이다.

혁명시대를 살았던 역사적 인물에서 소재를 취하는 바이스의 방법이 이 작품에서도 보여진다. '작가와 혁명'은 마라부터 시작되고 트로츠키로 이어지면서 횔덜린에게까지 지속되었던 주제이다. 그리고 사실 여기에는 바이스 자신의 모습, 즉 그의 문학창작 행위도 포함되고 있다. 마라에게서 과격한 혁명이 좌절된 모습이 보였다면, 트로츠키에게서는 그의 멕시코 망명생활과 스웨덴에 있는 작가 자신의 모습이 중첩되고, 횔덜린에게서는 '혁명적 양심'으로서, 또 '혁명의 신화적 예언자'로서 작가를 인정하는 바이스의 생각이 드러난다. 작품 마지막 부분에서 마르크스는 횔덜린에게 말한다—"근본적 변화들의/준비를 위해/두 가지 방법이 유효하다/하나는/구체적인 역사적 상황의 분석이고/또 다른 하나는/깊숙한 개인적 경험의/환상적 형성이다."[45] 이처럼 마라-트로츠키-횔덜린에게는 '혁명적 작가'의 모습이 들어 있으며, 작가와 행동의 문제, 작가와 사회참여의 문제는 바이스의 문학창작 초기부터 끊임없이 맴돌았던 주제이다.

초연은 슈투트가르트의 뷔르템베르크Würtemberg 국립극장에서 페터 팔리취Peter Palitsch의 연출로 이루어졌다. 이어서 함부르크의 도이체스 샤우슈필하우스Deutsches Schauspielhaus에서 클라우스 파이만Claus Peymann, 그리고 서베를린의 쉴러 극장Schiller-Theater에서 한스 홀만Hans Hollmann의 연출로 공연이 있었다. 그 이후 여러 극장에서 이어진 서독의 「횔덜린」 공연들 가운데에서는 이 세 곳에서의 연출이 주목을 받았다. 팔리취는 슈투트가르트에서 보다 간소한 형태로 연출을 하여 작품 속의 연극적 과장과 인위성Theatralik을 축소했던 반면에, 함부르크의 파이만과 서베를린의 홀만은 다양한 연극장치들(특히 무대장치와 의상에서)을 적극적으로 활용하는 연출을 보였다. 파이만은 1795년 예나 대학에서의 학생운동과 1968~69년 서독의 학생운동을 연관시키면서 1960년대 말~1970년대 초의 현실적 시사성을 부각시킨 점이 특징적이다. 연극비평가 폴커 카나리스Volker Canaris는 풍부한 연극장치를 보인 파이만의 함부르크와 홀만의 서베를린 공연에 대해 내용적 빈약함을 지적하면서, 팔리취의 슈투트가르

45) P. Weiss : Stücke II/2, p. 410.

트 공연에서 연극장면의 상황들이 더 직접적이고 분명하게 형상화되었다고 평했다.[46]

동독에서는 또다시 로슈토크 민중극단이 한스 안젤름 페르텐의 연출로 이 작품을 공연하였다. 페르텐은 작가와 긴밀히 상의하면서—「마라/사드」의 경우처럼—작품의 제2판(1972)을 다시 수정하여 공연대본을 만들었다. 그는 공연에서 주인공에 대한 감정이입과 거리 유지의 통합적 관점에서 횔덜린의 모습을 청년과 노년 시절의 두 배역으로 나누어 연기하도록 했다.[47] 이로써 페르텐은 「마라/사드」 이후 「트로츠키」만 제외하고 바이스의 모든 희곡작품을 연출하였다.

Ⅱ.「新審判」(Der neue Prozeß)

집　필　1981, 출판 1981
초　연　1982, 스톡홀름 왕립 드라마 극단
연출/구닐라 팔름스티르나-바이스 · 페터 바이스
독일어권 초연　1983, 서베를린 자유민중극단
연출/로베르토 키울리 Roberto Ciulli
동독 초연　1984 베를리너 앙상블
연출/악셀 리히터 Axel Richter
형　식　3막 33장
시간-공간 자본주의 사회의 어느 곳

46) Volker Canaris: Schwierigkeiten mit einem großen Stück, in: Theater heute, No. 11/1971, p. 28, 32.
47) M. Haiduk: Der Dramatiker Peter Weiss, p. 229.

등장인물 요셉 K, 그루바하 부인, 몬탁 양, 화가 티토렐리, 은행장, 은행직원들 등

보험회사 직원 요셉 K는 보험회사의 잘못으로 인해 집을 잃은 여자를 도와준다. 기업의 양심을 보여준 것으로 평가되는 K는 자신의 의지와 달리 회사에서 상승한다. 그러는 도중에 회사는 이익을 위해 K를 착취하고, K는 그 회사가 정부와 법조계와 재계, 미국과 관련된 군부와 결탁해 있고, 다국적 기업인 회사의 제국주의적 사업정책을 알게 되고, 이 회사는 궁극적으로 전쟁을 목표로 하고 있다는 것도 간파하게 된다. 그의 순박한 인도주의는 현실 앞에서 부서지고, 그는 화가 티토렐리를 통해 이 사회 속에서 자유로운 삶이 있는 마지막 피난처는 예술이라는 것을 알게 된다. K가 그의 여비서와 함께 도망가려고 할 때, 과거의 동료였던 프란츠와 빌렘이 그를 총으로 쏜다.

카프카의 세계가 짙게 드리워졌던 첫 희곡작품 「탑」(1948)에서 출발했던 바이스의 드라마 세계는 그로부터 33년 후, 이제 1981년 그의 창작 말년에 다시 카프카에게로 되돌아가고 있다. 바이스는 1975년에 카프카의 「심판」(Der Prozeß)을 각색한 작품을 썼으나 부정적인 비평을 받았다. 그 후 「저항의 미학」(Die Ästhetik des Widerstands)을 쓰고 나서, 바이스는 다시 카프카의 소설 「심판」 각색에 착수하여 「신심판」을 내놓았다(전에 각색된 「심판」의 개정판이 아니다). 새롭게 만들어진 「신심판」에서는 카프카 소설에서 내용적 요소와 단테의 「신곡」(神曲)에서 형식적 요소(3막 33장 구조)가 차용되었다.[48] 물론 자본주의 사회 조직체(기업)

48) R. Cohen : Peter Weiss in seiner Zeit, p. 274.

에서의 착취와 인간성 말살을 고발하려는 정치적 의도는 새 각색본에서도 남아 있으며, 주인공 K는 그가 더욱더 노력할수록 더 나은 세계의 순교자가 되고 있는 점이 더 부각된다.

「신심판」에서 요셉 K는 세계개혁자이고 평화주의자이며 인도주의적 사회활동가의 심정을 갖고 있다. 회사는 자본주의 사회의 상징이며, 회사와 정치와 법조계, 군대 조직과 함께 자행되는 착취와 조작에서 비인간화와 인간소외의 문제가 드러난다. 바이스는 주인공 요셉 K에게 자본주의 사회에서 비판적 좌파 지식인의 모습을 심어 놓았는데, 그는 마르크시스트적 이성의 대변자이다. 그렇다고 해도 K가 '마르크시즘적 희망'을 보고 있지는 않다. 그와 가까운 불구인 여자 몬탁은 핍박받은 자의 목소리를 대변하지만 세계개혁을 믿지 않는다. "이 세계개혁자들은 항상 큰 고백자들이다. 그들은 약자들에게 고백한다. 여기서 개선이 되어야 한다고 그들은 외친다. 그리고 개선이 된다. 그들을 위해서! 항상 그들을 위해서!"

이 절망의 소리는 바이스가 더 이상 사회주의적 혁명의 이상을 믿지 않는다는 것을 의미한다. 그 때문에 로버트 코헨Robert Cohen은 이 작품에서는 "「조사」 이후의 작품들과 달리 사회주의적 관점이 아니라 반(反)자본주의적 관점이 지배적"[49]이라고 지적한다. 화가 티토렐리에게서 K는 예술에 관심을 갖지만, 예술의 기능에 대해서 회의하며 묻는다—"예술가 주변에서 재앙이 커진다면, 어떻게 그는 예술에 잠겨 있을 수 있을까?" 이것은 학생운동이 정점에 이르렀던 시기인 1968년에 미학적 수단으로써 세계를 변화하려고 연극을 시도했던 바이스 내부에 있던 질문이었다.

바이스와 그의 부인이 연출한 스톡홀름 왕립 드라마 극단의 공

---

49) 앞 글, p. 281.

연(1982)은 주목을 받았지만, 키울리 Ciulli가 연출한 서베를린 자유민중극단의 독일 초연(1983)에서 관객들은 냉담한 반응을 보였다.[50] 비평가들은 카프카 소설에 있는 미묘하고 위협적인 힘들이 바이스의 희곡에서는 사라졌다고 보았다.

50) 참조; J. Vogt: P. Weiss, p. 134.

참고문헌

1. 작가의 작품

Weiss, Peter: Stücke I, Frankfurt/M. 1976.

Weiss, Peter: Stücke II/1, Frankfurt/M. 1977.

Weiss, Peter: Stücke II/2, Frankfurt/M. 1977.

Weiss, Peter: Rapporte, Frankfurt/M. 1968.

Weiss, Peter: Rapporte 2, Frankfurt/M. 1971.

2. 작가에 대한 연구자료

2.1. 논문 · 저서

Materialien zu Peter Weiss, "Marat/Sade", zusammengestellt von Karlheinz Braun, Frankfurt/M. 1967.

Cohen, Robert: Peter Weiss in seiner Zeit, Stuttgart 1992.

Durzak, Manfred: Dürrenmatt-Frisch-Weiss, Deutsches Drama der Gegenwart zwischen Kritik und Utopie, Stuttgart 1972.

Geiger, Heinz: Widerstand und Mitschuld, Zum deutschen Drama von Brecht bis Weiss, Düsseldorf 1973.

Gerlach, Rainer(ed): Peter Weiss, Frankfurt/M. 1984.

Gerlach, Rainer/Richter, Matthias(ed): Peter Weiss im Gespräch, Frankfurt/M. 1986.

Haiduk, Manfred: Der Dramatiker Peter Weiss, Berlin(East) 1977.

Vogt, Jochen: Peter Weiss, Hamburg 1987.

2.2. 인터뷰 · 연극비평

Ernst Schumachers Gespräch mit Peter Weiss, "Engagement im Historischen"(August 1965), in: Theater der Zeit, Berlin (East), No. 16/1965, pp. 4~7; reprint: R. Gerlach/M. Richter(ed): Peter Weiss im Gespräch, Frankfurt/M. 1986, pp. 82~93.

Interview with Peter Weiss(A. Alvarez), Nov. 1964(BBC London); 축소판, in: Theater heute, Sonderheft "Theater 1965", p. 89. 인터뷰 전문 재수록, in: The New York Times, 1965. 12. 26. 독어 번역으로 재수록, in: R. Gerlach/M. Richter (ed): Peter Weiss im Gespräch, pp. 50~58.

Das Gespräch mit Peter Weiss, in: Demokrat, Berlin(East), 30. 3. 1965.

"Spiegel"-Gespräch mit Peter Weiss(July 1968), "Amerika will den Völkermord." in: 'Der Spiegel', 5. 8. 1968, pp. 66~74: reprint: R. Gerlach/M. Richter(ed): Peter Weiss im Gespräch, pp. 164~65.

Canaris, Volker: Schwierigkeiten mit einem großen Stück. "Hölderlin"-Inszenierungen in Stuttgart, Hamburg, Berlin, in: Theater heute, No. 11/1971, pp. 28~32.

Habermas, Jürgen: Ein Verdrängungsprozeß wird verhüllt, in: Die Zeit, 12. 6. 1964.

Jacobi, Johannes: Peter Weiss—ein Dramatiker von Weltrang? in: Die Welt, 24. 5. 1964.

Luft, Friedrich: Verrückte spielen Weltgeschichte nach, in: Die Welt, 2. 5. 1964.

Niehoff, Karena: Die Ermordung des J. P. Marat, in: Süddeutsche Zeitung, 2/3. 5. 1964

Rischbieter, Henning: Neue Stücke —für welches Theater? Zu Ionesco "Triumph des Todes", Handke "Quodlibet", Sperr "Koralle Meier", Weiss "Trotzki im Exil", in: Theater heute, No. 3/1970, pp. 36～40.

Sontag, Susan: Marat/Sade/Artaud, in: Partisan Review, Vol. 32/No. 2(Spring/1965), pp. 210～19.

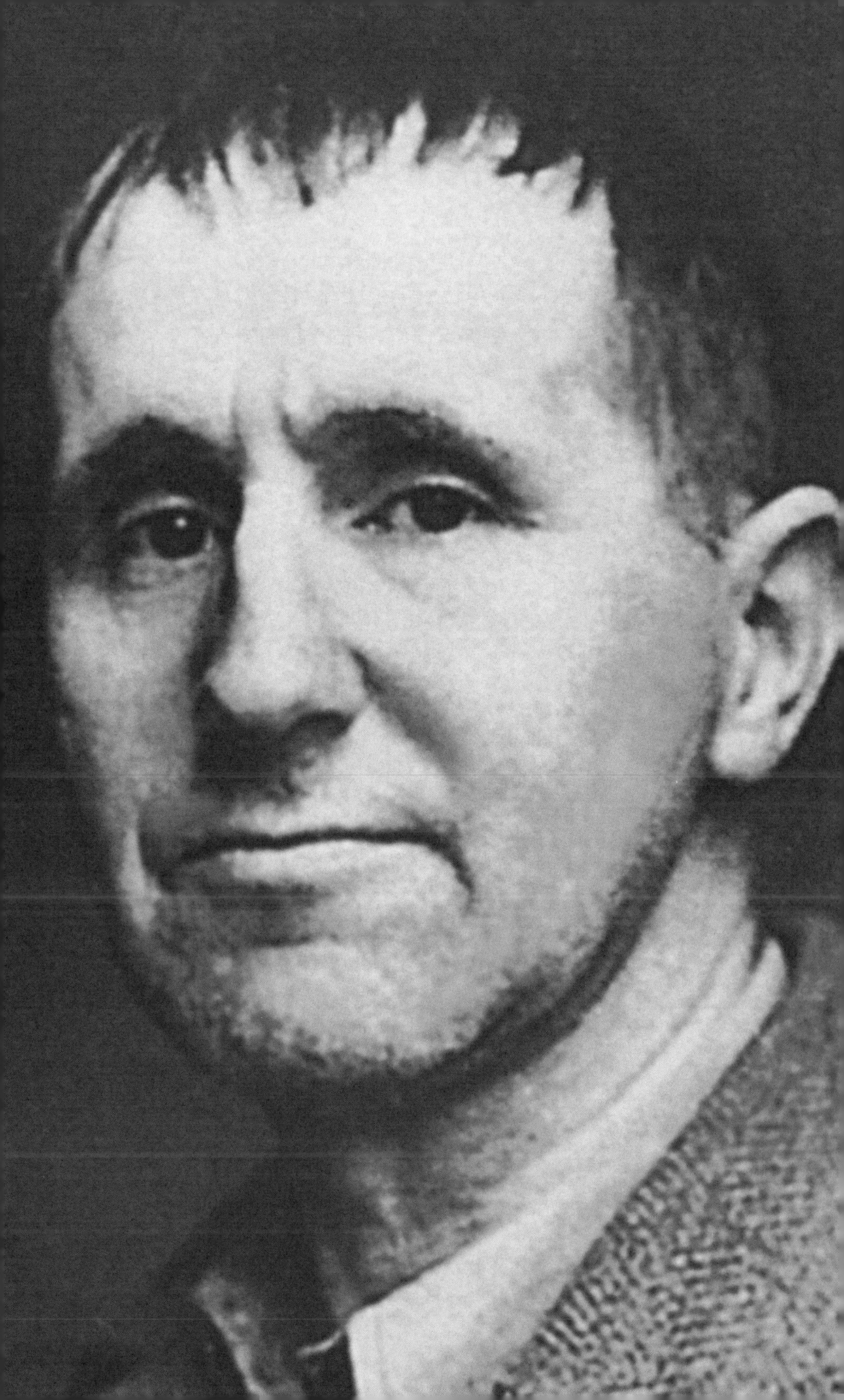

Bertolt Brecht

베르톨트 브레히트

-현실의 모순을 보여주는 사실주의 연극

이승진(원광대)

1898년 브레히트는 뮌헨에서 기차로 반시간 남짓 떨어져 있는 도시 아우구스부르크에서 태어났다. 그는 유복한 집안에서 자라났다. 아버지는 제지공장에 취직하여 후에 공장장으로까지 출세하였으며 집을 여러 채 소유할 정도로 부유했다. 그는 자신의 아들이 시민사회의 표본적인 구성원이 되기를 원했다.

브레히트는 이러한 아버지의 소원을 받아들여 스무 살이 되던 1918년 뮌헨의 의과대학에 입학한다. 그러나 그의 관심을 끈 것은 평탄한 미래가 보장되는 의사로서의 수업이 아니라 대도시 뮌헨의 연극과 카페였다. 의대생활[1]이 천성에 맞지 않았던 브레히

1) 그러나 이 짧은 시기 동안 자연과학을 접한 것은 그에게 대상을 과학적으로 분석, 실험하며 그것을 통해 결론에 도달하는 훈련을 시켜주었다. 이러한 습관은 그의 서사극 이론의 정립에도 영향을 준다.

트는 결국 1년 만에 대학을 포기함으로써 그가 받은 정규교육은 끝나게 된다. 이후 스무 살이 갓 넘은 청년 브레히트는 베를린으로 이주하기까지 아우구스부르크와 뮌헨을 오가는 생활을 한다.

작가 브레히트의 삶을 그 발전과정에 따라 나누어볼 때 아우구스부르크와 뮌헨을 오가며 활동하던 이 시기는 그 첫 단계에 해당한다.[2] 이 당시 그는 자신이 속해 있고, 아버지가 물려주기 원하던 부르주아 시민사회가 무엇인가 잘못되어 있다는 것을 느끼고 있었다. 특히 부르주아 사회를 가능케 했으며 또 지탱해주던

---

2) 브레히트의 발전과정에 대해서는 소위 '단계론'(Phasentheorie)이 많이 알려져 있다. 이 이론은 동독의 학자들에 의해 개발되어 1970년대 말까지도 일반적으로 수용되었으며 한국에서는 이 이론이 부정된 요즈음도 무비판적으로 소개되고 있다.
이 단계론에 의하면 첫 단계는 브레히트가 마르크스를 접하기 이전인 1926년까지로 '무정부적이고 허무주의적'인 생각을 갖고 있던 시기이다. 두 번째 단계는 1931년 또는 1933년까지의 시기로서 브레히트가 '기계론적인 마르크시스트'로서 아직 변증법적 사고를 제대로 하지 못하는 단계이다. 이 시기 대표적인 작품들이 '학습극Lehrstück'이다. 마지막 세 번째 단계는 브레히트가 망명을 떠나게 되는 1933년 이후로 이 시기에 이르러서야 브레히트는 변증법적으로 사고를 하는 '성숙한 마르크시스트'가 된다.'
얼핏 논리적으로 보여지는 이 단계론은 그러나 첫 두 시기의 브레히트를 제대로 평가하지 않으려 한다는 점에서 비판을 받았다. 즉 이 이론의 추종자들은 첫 두 단계를 세 번째 단계의 성숙한 마르크시스트가 되기 위한 습작기로 간주하여 이 기간 동안 이루어진 독창적이고 생산적인 작업을 무시하고 있다. 그러나 이 이론은 슈타인벡의 '학습극' 연구, 크놉의 「브레히트 편람」(Brecht Handbuch) 등의 성과로 인해 이제는 완전히 극복되었으며 최근의 연구서들은 브레히트의 모든 시기의 작업에 내재하는 고유성과 독창성에 초점을 맞추어 연구되고 있다(예를 들어 '브레히트 매체실험 연구' 등).
(참조; Jan Knopf: *Brecht Handbuch*. Theater. Eine Ästhetik der Widersprüche. Stuttgart 1980. S. 412)

기독교 사상과 '개인'(Individuum)에 대한 믿음에 대해서 브레히트는 혐오에 가까운 부정적인 태도를 보이게 된다.

계몽주의 이후 서구의 역사를 볼 때 계몽주의적 사고와 프랑스혁명 이후 봉건왕조로부터 해방된 시민계급은 이제 시민 개개인이 자기 주장을 역사의 흐름에 반영시킬 수 있는 '위대한 개인'이 되었다. 그러나 20세기 물화된 자본주의 사회는 더 이상 이러한 개인을 허용하지 않았다. 마르크스의 말처럼 인간은 가장 근본적인 행위인 생산행위에서부터 소외되었다. 그 결과 대부분의 개인은 사회에서 '소외된 인간'으로서, 희곡 「사내는 사내다」(Mann ist Mann)에서 서술되는 것처럼 "아니오"라고 말할 수도 없는 "아무것도 아닌 존재"가 되어버렸다.

브레히트가 직시한 이러한 문제는 그의 문학에 지대한 영향을 미친다. 그 첫번째 결실로 1918년 「바알」(Baal)이 씌어진다. 작품 제목이면서 동시에 주인공의 이름이기도 한 바알은 기독교의 신에 대항하는 이교도들의 신이다. 그는 이 작품에서 부르주아 사회를 유지시키는 기독교적 도덕률을 철저히 무시하며 그와 관련 맺는 모든 인물들(연인, 친구, 친구의 연인, 이웃)을 쾌락의 제물로 삼는다. 이 작품에서 브레히트는 현대인이 스스로 개인임을 확인할 수 있는 길은 오직 철저한 쾌락일 뿐이라고 말한다. 청년 브레히트가 가졌던 이와 같은 허무는 동시에 그가 자신이 비판하는 현실을 극복하는 방법을 찾지 못하고 있었다는 것을 뜻한다. 그러므로 그의 초기 작품은 극복을 위한 긍정적인 대안을 제시하지 못하고 기존의 사회, 즉 기독교 시민사회에 대한 철저한 부정에 머무르고 있다.[3)]

---

3) 이러한 부르주아 사회에 대한 비판은 1년 후 씌어진 「한밤의 북소리」(Trommeln in der Nacht, 1919)에서도 계속된다.

1924년에 씌어진 「사내는 사내다」는 브레히트가 시민사회에 대한 이러한 부정에 바탕을 두고 이제 새로운 형태의 개인성을 추구했다는 점에서 의미있는 작품이다. 이 작품에 등장하는 부두 노동자 갈리게이는 전형적인 소외된 인간으로서 더 이상 자신의 정체성을 찾지 못하는 인간형이다(그가 '아니오'라는 말을 하지 못한다는 것은 그가 남과 구별되는 자신의 고유성을 주장할 수 없다는 것을 의미한다). 갈리게이는 자본주의 속에서 상실된 개인의 정체성을 군대라는 집단 속에서 찾게 된다(갈리게이는 부인의 심부름을 다녀오다 부족한 한 명의 조원을 보충하려는 기관총 조에 발견되어 그 네 명 조원의 한 명인 예레이야 입으로 변신한다). 여기서 군대는 집단성을 대표하는 사회이다. 즉 넷이라는 복수의 단위가 되어야 그 기능이 이루어지는 사회이다. 갈리게이는 잊어버린 자신의 정체성을 이 넷 중의 하나인 예레이야 입이 되어서 다시 찾게된다(그는 이제 비로소 '아니오'라고 할 수 있게 된다). 물론 이 정체성은 부르주아 사회의 개인의 정체성이라는 개념과는 다른 정체성이다. 그는 집단 속에서 새롭게, 다시 말해 네 명의 기관총 조라는 집단 속의 한 사람이 되어 자신에게 주어진 기능을 확인, 행사하게 됨으로써 다시 자신의 정체성을 확립시키는 것이다. 그러므로 이 작품에서 브레히트가 말하고자 한 것은 집단 속에서의 개인성의 소멸이 아니라, 그 집단 속의 하나가 됨으로 해서 새롭게 얻어지는 다른 형태의 개인성의 획득이다.

1922년부터 브레히트는 유럽 최대의 도시 베를린을 접하게 되며 1924년 자신의 활동공간을 베를린이라는 '도시의 정글'로 옮기면서 그의 문학은 새로운 전기를 맞게 된다. 그가 체험한 베를린은 1차 세계대전의 패전국이라는 낙인하에 정치, 경제, 문화 등 사회의 모든 면에서 어려움과 혼란 속에 놓여 있던 대도시였다. 바이마르 공화국의 허약한 정치, 경제는 수많은 빈자들을 만들어

내었으며 특히 "고기를 먹기 위해" 농촌에서 도시로 몰려든 사람들은 그들의 희망과는 달리 "빵도 먹지 못하는" 생활을 해야 했다. 바로 이 혼돈의 시대에 그의 대도시 체험은 시작되며 그것은 곧 그의 문학의 소재가 되었다. 그러나 철저히 자본주의 법칙에 의해 움직여지는 대도시 인간들의 삶의 방식은 남부독일 출신의 브레히트에게는 너무도 풀기 어려운 방정식이었다. 다시 말해 브레히트는 소외된 도시인들을 보면서 고전 비극처럼 인간사를 더 이상 이러한 개인간의 갈등으로 그릴 수 없게 되었으며[4] 또 이들 뒤에 존재하는 자본주의의 메커니즘 역시 이해할 수 없었다. 그 결과 그는 이후 몇 년 간을 단 한 편의 드라마도 완성하지 못하게 된다. 브레히트는 이 기간을 다음과 같이 회상하고 있다:

> 나는 그때 한 연극을 위해 그 배경으로서 시카고의 곡물시장이 어떻게 돌아가고 있는가에 대한 지식이 필요하였다. (…) 그러나 아무도 (…) 이 곡물시장의 돌아가는 일들을 충분히 설명해주지 못했다. 나는 그때 이 일들이 도저히 설명될 수 없는, 즉 이성으로서는 파악할 수 없는 비이성적인 것이라고 생각하게 되었다. (…) 그 결과 계획했던 드라마는 중단되었고 대신 나는 마르크스를 읽기 시작하였다. (…) 그때야 비로소 내가 갖고 있던 산발적인 실제 체험들과 인상들은 제대로 살아 있는 지식이 되었다. (WA[5] 20, 46)

---

4) 참조; Klaus-Detlef Müller (Hrsg.): Bertolt Brecht. Epoche-Werk-Wirkung. München 1985. S.114f.

5) Bertolt Brecht: Gesammelte Werke in 20 Bden. Frankfurt a. M. 1967에 대한 약칭.

여기서 미완성의 드라마라고 언급되어 있는 「백정 조우」는 브레히트에게는 1920년대 중반을 정리하는 의미를 갖는 중요한 작품이었다. 그는 이 작품에서 자본주의를 대변하는 곡물시장과 그 속에서 일어나는 투기와 가격 조작을 다루려고 하였으며, 다른 한편으로는 살 곳을 찾아 도시로 상경하나 몰락하고 마는 인물인 미첼의 가정 이야기를 다루려 했다. 그러나 그는 당시 이 두 개의 사건 진행을 그 상호 관련성 속에서 묶어낼 수 있는 능력과 지식을 갖고 있지 못하였다. 그 때문에 인물들을 상호 관련성 속에서 설정하고 이들이 벌이는 사건들을 제대로 파악, 서술할 수가 없었던 것이다. 브레히트는 이러한 능력을 마르크스를 접하고 유물변증법적인 인식론과 정치경제학적인 분석능력을 얻은 후에야 얻게 된다.[6]

이처럼 마르크시즘은 브레히트에게 무엇보다도 현실인식의 틀을 제공해주었다는 데에 가장 큰 의미가 있다. 그리고 이 마르크시즘을 통해 브레히트의 현실비판은 그 극복을 위한 대안을 찾게 된다. 이제 그는 자신의 "계급을 떠나" 마르크시스트가 되며 브레히트의 문학 또한 크게 변모한다.

자본주의 사회를 도둑질하는 사회로 풍자한 「서푼짜리 오페라」(Die Dreigroschenoper)가 큰 성공을 거두어 대중적인 인기를 얻기 시작였으며 1929년부터는 「시도」(Versuch)라는 이름하에 실험적인 작품들이 발표되기 시작한다. 망명 이전까지 네 번 발간된 이 「시도」라는 새로운 출판 형태에는 여러 편의 학습극[7]들과 오페라 「마하고니 시의 흥망성쇠」(Aufstieg und Fall der Stadt

---

6) 참조; Helfried W. Seliger: Das Amerikabild Bertolt Brechts. Bonn 1974. S. 109ff.
7) Lehrstück, '교육극'으로 번역되는 경우도 있다.

Mahagonny), 이론서 「서푼짜리 소송」(Der Dreigroschenprozeß) 등의 중요한 작품들이 실리며, 이 작품들은 변증법적 연극이라고도 불리는 그의 '서사극' 발전의 중요한 도정을 보여주고 있다.

특히 1919~33년 사이 「시도」에 발표되었던 일련의 학습극 Lehrstück은 매우 실험적인 형태의 연극유형으로서 전통적인 아리스토텔레스적 연극에 대한 브레히트의 개혁작업이 체계적으로 시작되었음을 의미한다. 대부분의 학습극들은 그 분량이 매우 짧으며 등장하는 인물 역시 많지 않다. 예를 들어 「동의에 관한 바덴의 학습극」(Das Badener Lehrstück zum Einverständnis)에는 조종사, 정비사 세 명, '학습한 합창단' 등이 등장한다. 이 극은 대서양 횡단비행을 하다 추락한 한 명의 조종사와 세 명의 정비사가 자신들의 비행에 대해 뽐내며, 당당히 도움을 요청하는 것으로 시작한다. 하지만 이들은 '학습한 합창단'과 대화를 나누면서 자신들이 잊고 있었던 것, 즉 비행의 원래 목적이 인간을 위한 것이었다는 점을 깨우치게 된다. 그 결과 끝까지 이 깨달음을 거부하는 조종사는 무대에서 사라지게 되고 이 깨달음을 받아들인(동의한) 세 명의 정비사는 무대에 그대로 남아 새로운 인물로 다시 태어나게 된다.

이 「바덴의 학습극」에서 보여지는 것처럼 학습극이 전통적인 연극과 다른 점은 사건의 진행이 매우 미약하며, 등장인물 역시 타인과 구별되는 특별한 개성을 갖고 있는 인물Charakter이 아니라 단지 있을 수 있는 여러 자세, 태도들의 전형적인 견본만을 보여주는 '견본인물'이라는 점이다.

그 예로 「바덴의 학습극」에 등장하는 인물들은 구체적으로 개성을 갖고 있는 '일회적인' 인물들이 아니라 단지 그들이 하는 기능에 따라 비행사, 정비사, 합창단의 지도자 등으로 표시되어 있다.[8] 이것은 브레히트가 전통적인 연극에서 등장하는 드라마적 개인을 포기하고 기능적 형상인 '견본인물'을 무대 위에 등장시켰다는 것을 의미한다.[9] 이러한 점은 브레히트 스스로도 다음과 같이 확인하고 있다. 그는 학습극의 하나인 「조치」에 대한 주석에서 "(…) 연기자들은 다만 그 사건을 이해하고 판단하기 위해 알아야 할 네 사람의 그때그때의 자세를 보여주기만 하면 된다" (GBA[10] 24, 100)라고 말한다. 그러므로 학습극에 참여하는 사람들은 역할을 번갈아 맡아가면서 그 역할이 대변하는 상이한 기능을 학습할 수도 있으며, 더 나아가 이러한 역할변경으로 인한 학습은 서로 대립되는 자세를 취하는 사람들의 역할을 모두 맡아봄으로써 연극공연을 변증법적 학습의 장이 되게 한다. 이렇게 볼 때 학습극은 어떤 교의나 구체적인 행동지침을 제공하는 데 목표가 있는 것이 아니라, 보다 광범위한 상황에 맞게 대처할 수 있는 '자세'(Verhalten)들을 제시하는 데 1차적으로 기여하고자 했던 것이다. 또한 이 자세는 벤야민이 지적한 것처럼 연기자들이 직접 참여하면서 재생, 복제 가능한 '자세견본'이어야 한다.[11] 이러한 '학습을 위한 연극'에 참여하는 연기자는 그러므로 관객이 필요 없다. 그는 '관객 없이, 자기자신을 위해'[12] 연기하게 된다.

이러한 실험적인 연극은 브레히트가 전통적인 연극이 행하던

---

8) 교육극 「조치」에서도 텍스트에 나오는 인물들은 자신의 이름을 부여받지 못하고 다만 그들의 주요 기능에 따라 '비행사', '교사', '당 지부장', '상인' 등의 직책명으로 불린다.

9) 오제명: 『브레히트의 교육극』, 한마당, 1993, 144~158쪽 참조.

10) Bertolt Brecht: Werke in 30 Bden. Große kommentierte Berliner und Frankfurter Ausgabe. Berlin und Frankfurt a. M. 1988ff의 약칭.

11) 오제명: 위의 책 147~154쪽 참조.

12) 슈타인벡은 이것을 교육극의 기본법칙Basisregel이라고 정의하였다. (참조; Reiner Steinweg: Das Lehrstück. Brechts Theorie einer politisch-ästhetischen Erziehung. Stuttgart 1972. S. 87)

기능을 개조하려는, 다시 말해 연극을 '기능전환' 시키려는 작업이기도 하다. 그는 이제 관객이 예술을 대하는 습관을 완전히 바꾸어야 한다고 보았다. 그가 보기에 전통적인 '아리스토텔레스적 연극'은 무대와 객석의 분리와 수동적인 관객을 전제로 성립된다. 이러한 연극에서 관객(예술 수용자)은 상품 소비자처럼 생산으로부터 완전히 배제된 채 일방적인 소비향락의 주체(소비자)로 전락해버렸다. 브레히트는 이제 이러한 종속 관계를 타파하고 예술의 소비자를 생산자의 위치로 끌어올려 활성화시키는 것을 핵심 내용으로 하는 '생산자 예술'(Produzentenkunst)이라는 미학적 프로그램을 구상하는데, 그 실천의 하나가 학습극이다.[13]

문학 수용자를 소비자가 아닌 생산자로 만든다는 것은 곧 문학을 수용자가 사용하여 무엇인가를 생산해낼 수 있도록 문학의 사용가치를 강조하는 작업이 된다. 여기서 그의 문학의 큰 특성 중의 하나인 '사용가치'(Gebrauchswert)라는 개념이 이제 그의 문학의 중심부에 자리잡기 시작한다. 문학작품이 높은 사용가치를 지닌다는 것은 곧 이 작품이 독자에 의해 '사용'된다는 것, 즉 수용자가 문학작품을 통해 현실을 올바로 인식하는 데에 사용된다는 것을 의미한다. 그러므로 연극무대라는 생산장치의 기능전환이 궁극적으로 추구하는 것은 문학을 통한 학습이다. 하지만 교육의 수단으로 문학이 사용된다고 하더라도 문학을 이데올로기의 선전매체로 사용[14]한다는 의미에서의 사용가치를 뜻하는 것이 아니다. 이럴 경우 독자는 피동적인 입장을 취하게 되며 작가가 전

13) 오제명: 「자세견본으로서의 극중인물 — 브레히트 교육극의 인물구성에 대하여」, 실린 곳: 송동준 (외): 『브레히트의 서사극 — 유형학적 고찰』(서울대학교 출판부, 1993), 79~103쪽, 81쪽 이하 참조.

14) 선전선동을 1차적 목표로 했던 피스카토르, 방엔하임, 볼프 등의 예술.

하는 메시지는 그가 시집 『가정 기도서』에서 비판한 것처럼 무비판적으로 "처먹히게"되는 것이다. 그러므로 브레히트는 독자가 작품을 읽고 수동적이 아니라 주체적이고 능동적으로 현실을 인식하고 배워나갈 수 있도록 배움의 장을 마련해주려 했다. 이럴 때 독자들은 이 배움터를 사용해가면서 스스로 주체적인 학습을 할 수 있게 되는 것이다. 학습극 작품들은 바로 이러한 사용가치를 추구한 것이며, 또한 언제나 독자에 의해 변증법적으로 지양될 수 있는 것이다.[15)]

이처럼 "학습극의 형식과 내용은 '생산자 예술'이라는 상연미학과 '자세훈련'이라는 교육목표에 종속되어 있다."[16)] 그리고 학습극은 관객의 '교육/학습'을 1차적인 목표로 설정하였다. 브레히트는 이러한 작업을 통해 좀더 장기적인 실천전략, 다시 말해 '연기를 통해 자세를 훈련'하는 교육과정을 통해 연기자의 인성을 철저히 변화시킴으로써 나중에 보다 근본적인 변혁실천에 나설 수 있기를 기대하였던 것이다.[17)] 하지만 급변하는 무대 밖의 현실은 작가들에게 긴 안목으로 관객의 교육과 학습을 위한 작품을 쓸 수 있는 시간을 허용하지 않았다.

1930년으로 접어들면서 바이마르의 정정(政情)은 점점 혼탁해

---

15) 이런 의미에서 그는 1932년에 씌어진 시 「인간에 의해 생산된 모든 것에 대해」(Von allen Werken)에서 다 떨어지고 손자국이 난 냄비, 손잡이가 닳은 칼과 포크 등의 낡은 형상을 처음의 모습보다 개선된 형상으로 묘사하고 있으며 가장 고귀하고 행복한 생산품들이라고 찬양한다.

16) 오제명 : 앞의 논문 85쪽. 이 밖에도 조길례 : 「변화를 위한 동의—브레히트 교육극의 문화사적 연원과 전개과정」(서울대학교 박사학위 논문, 1995)은 생산자 미학을 바이마르 공화국 당시의 다양한 문화운동과 관련시켜 연구하고 있다.

17) 위의 논문 83쪽 참조.

진다. 극우세력인 나치의 세력이 급성장하게 되었고 좌파와 치열한 투쟁을 벌이는 시대가 되었다. 이러한 상황은 작가들에게 보다 분명한 정치노선과 직접적이며 투쟁적인 문학활동을 요구하게 되었다. 이러한 시대분위기에 맞게 브레히트에게도 일련의 투쟁적인 시들이 나타나며 막심 고리키의 동명 소설을 희곡으로 번안한 「어머니」가 씌어진다. 그러나 공산당과 사민당, 또한 사민당 내의 상이한 노선 등으로 분열되었던 좌파는 나치와의 싸움에서 패배하였고 1933년 1월 히틀러가 제국 수상에 임명되면서 그에 반대하던 많은 지식인들은 망명길을 재촉하게 된다.

1933년 4월 제국 의사당이 불탄 다음날 브레히트는 조국을 떠난다. 이후 1949년 베를린으로 돌아갈 때까지 브레히트는 17년간 "신발보다 더 나라를 바꾸어"(GBA 12, 87)가며 망명생활을 해야 했다. 망명 초기 오스트리아, 스위스, 프랑스를 떠돌던 브레히트는 덴마크의 해변 스벤보르에 정착한다. 이 시기 브레히트는 자신의 망명이 그렇게 오래 걸리리라고는 생각하지 않았다:

벽에 못을 박지 마시오
외투는 의자에 던져놓으시오
무엇 때문에 나흘씩이나 묵을 걱정을 하시오?
내일이면 당신은 돌아갈 것입니다.
(—「망명기간에 관한 단상」의 1연)

그러나 나치는 승승장구하였고 망명생활은 기약없어 보였다. 그는 1939년 스웨덴으로 거처를 옮겼으며 이곳마저 위험해지자 1941년 모스크바를 거쳐 블라디보스토크에서 미국행 배를 타게 된다.

1941년 6월 브레히트는 소련을 거쳐 미국으로 건너가 할리우드 부근의 산타모니카에 자리잡게 된다. 이후 6년간의 미국 망명은 그의 생애 가운데 가장 어려운 기간으로 기록된다. 경제적인 어려움은 그를 "아침마다 밥벌이를 위해/거짓을 사주는 장터"(GBA 12, 122)로 나가게 했으며 할 수 없이 그는 영화대본까지 쓰게 된다. 그러나 그가 가장 견디기 힘들었던 것은 독일어를 모르는 사람들 속에서 자신이 살고 있다는 점이었다. 이것은 곧 그의 작품을 읽고 보아줄 독자, 관객이 그의 주위에 없다는 것을 뜻하는 것으로서 작가에게는 치명적인 약점이었다. 결국 그는 무대를 위한 드라마가 아니라 '책상서랍에 넣기 위한 작품'들을 쓰게 된다. 그러나 다른 측면에서 볼 때 이 기간은 그가 현실에 맞대응하기보다는 보다 차분하게 긴 안목으로 작품을 구상하고 집필할 수 있는 시간이 될 수 있었으며 우리에게도 많이 알려진 그의 대작들이 이때 씌어진다. 또한 그의 사실주의 이론과 이에 바탕을 둔 그의 '서사극'(Episches Theater) 이론도 이때 완성된다.

그의 사실주의 미학을 생산·서술·수용의 측면에서 재구성해 보면, 우선 작가가 작품을 생산해낼 때 그 출발점이 되는 대상의 선택과 인식과정은 이 모든 대상을 의심의 눈초리로 다시 보는 것에서 시작한다. 브레히트의 서사극도 이러한 인식태도에서 시작하며, 이것은 브레히트가 헤겔의 명제 "알려져 있다는 것은 단지 그것이 알려져 있기 때문이지, 그것이 인식되었기 때문은 아니다"(Das Bekannte berhauptet ist darum, weil es bekannt ist, nicht erkannt)[18]에서 배워온 인식태도이다. 브레히트는 그의 연극에서 관객들과 함께 무대 위의 (이미 잘 알려져 있는) 대상을 사실적

18) G. W. F. Hegel: Werke in 20 Bden. Auf d. Grundlage d. Werke v. 1832~1845 neu editierte Ausgabe. Redaktion Eva Moldenhauer und Karl Karkus Michel. Frankfurt a. M. 1986. Bd. 3. S. 35.

으로 인식하고자 한다. 그러므로 이러한 인식태도는 대상을 의심하는 태도이며, 브레히트는 작가로서 관객들이 무대 위의 대상을 알려진 것과는 다르게 볼 수 있도록 그 대상을 '낯설게 만들어' 제시한다. 브레히트는 이러한 자세를 '낯설게 하기'(Verfremdung)[19]라는 개념으로 포괄하였다. 그는 이 '낯설게 하기'라는 개념에 대해 다음과 같이 말하고 있다:

> 어떤 사건이나 인물을 낯설게 만든다는 것은 우선 간난히 말하면 이 사건이나 인물에서 자명하고 잘 알려진 것, 명백한 것을 제거하고 이 사건 및 인물에 대해 놀라움과 호기심을 불러일으키는 것을 말한다. (WA 15, 301/GBA 22, 554f.)

이러한 인식태도[20]는 곧 인식대상과 거리를 두고자 하는 태도이며 기존의 연극에서 관객에게 요구되는 자세와는 상반된 관람태도이다. 전통적인 연극에서 배우들은 자신이 맡은 인물에 자신을 완전히 몰입시키며 관객은 이러한 배우의 매개를 통해 희곡의

---

19) 브레히트에 의해 만들어진 이 단어는 '낯설게 하기' 이외에도 '소외', '소격', '생소화', '기이화', '이화' 등의 다양한 용어로 번역되고 있다. 유감스럽게도 아직 국내 브레히트 학계의 번역 용어 통일은 이루어지지 않고 있다.
20) 그의 이러한 인식자세는 시 「어떤 책 읽는 노동자의 의문」이라는 그의 시에 잘 표현되어 있다. 이 시에서 한 노동자는 역사책들을 읽다가 다음과 같은 의문을 품게 된다. "성문이 일곱 개나 되는 테베를 누가 건설했던가?/책 속에는 왕의 이름만 나와 있다/ 왕들이 손수 돌덩이를 운반해왔을까?/ (…)/젊은 알렉산더는 인도를 정복했다/ 그가 혼자서 해냈을까?/ 시저는 갈리아를 토벌했다. 적어도 그는 취사병 한 명쯤은 데리고 있지 않았을까?/(…)/역사의 페이지마다 승리가 나온다/승리의 향연은 누가 차렸던가?/ 10년마다 위대한 인물이 나타난다/거기에 드는 돈은 누가 냈던가?/ 그 많은 사실들/그 많은 의문들."(GBA 12, 29f.)

인물과 자신을 동일시해 그들과 같이 울고, 또 같이 웃는다(감정이입). 이를 위해 전통적인 연극은 무대 위의 사건이 마치 현실 속의 사건인 것처럼 보이기 위해서 객석의 조명을 끄며 관객들의 모든 시선을 무대 위의 사건진행으로 몰입시킨다(요지경 무대, Guckkastenbühne). 이처럼 감정이입이 된 상태에서는 독자의 비판적인 관람태도는 불가능해지며 관객은 등장인물들의 비극적인 결말에만 관심을 가질 뿐 그 원인과 과정에 대해서는 무관심하게 된다.

브레히트가 자신의 연극에서 배제하고자 했던 것은 이와 같은 수동적인 관람자세였다. 그러므로 그는 우선 무대 위에서 벌어지는 일들이 현실이 아닌 작가에 의해 재구성된 허구의 연극일 뿐이라는 점을 관객이 인식할 수 있도록 온갖 장치를 설정한다. 그 결과 그의 연극은 조명을 킨 채 공연되거나, 반쯤 가린 무대 커튼을 통해 소품의 교체 등이 그대로 노출되기도 한다. 또 많은 작품에는 서사문학에서나 등장하는 서술자들이 등장하며, 이 서술자는 매 장면마다 연극의 줄거리를 미리 이야기해줌으로써 관객에게 연극의 결말보다는 그 결말에 도달하는 과정과 원인을 파악하게 한다(「갈릴레이」). 또는 이러한 줄거리가 써어진 영사막이나 커튼이 내려오기도 하며(「억척어멈과 그 자식들」) 상대방과 마주보고 대사를 전달하던 배우가 갑자기 관객을 보고 말을 하거나 또는 노래를 하는 등(「사천의 선인」)의 다양한 방식을 통해 관객들은 무대에서 벌어지는 일들에 몰입하기보다는 무엇인가 "이상하다, 낯설다, 왜그럴까?"라는 질문들을 갖게 되며, 스스로 그 원인에 대해 생각하면서 이 낯설게 다가오는 대상을 새롭게 인식하게 된다.

이러한 기본적인 미학구상을 염두에 두고 서사극의 실천적인 측면을 살펴보면 우선 서사극이 갖고 있는 인간해방의 기능을 생각해볼 수 있다. 그 이유는 서사극이 '낯설게 하기' 기법을 통해 인간의 소외를 야기하는 사회를 당연한 것이 아니라 무엇인가 이상한 것으로 '낯설게 만들고', 이 사회를 지배하고 있는 법칙을 부각시켜 관객들로 하여금 이에 대한 인식을 가능케 하기 때문이다. 더 나아가 이러한 사실적인 인식은 이들에게 현실변혁에 대한 가능성을 믿게 하고 그 필연성에 동의하게끔 만든다.[21] 그러므로 '서사극'은 관객들에게 '구체적인 진실'을 전달해주기 위해 노력한다. 브레히트에게서 '구체적'이라는 용어는 헤겔적인 의미로서 조금 단순화시킨다면 인식대상을 그 대상이 갖고 있는 여러 모순된 측면을 통해, 또 이들의 연관 관계 속에서 변증법적으로 파악하는 것을 의미한다.[22] 이때 관객은 예를 들어 화랑에서 한 대상에 대해 서로 상반된 시각에서 그려진 두 그림을 접하게 되었을 때 관객이 이 두 그림 사이를 오가며 나름대로 대립을 지양시켜 한 단계 더 높아진 합명제Synthese로서의 그림을 그려내는 경우를 상상할 수 있는 것처럼, 관객들은 무대에서 현실의 모순된 모습들을 접하게 되며 스스로 이 모순을 극복하는 해답을 내게 된다. 그러므로 브레히트의 연극은 현실 극복의 해답은 관객의 몫으로 남겨 놓은 채 이 현실의 모순을 보여주는 데에 자신의 역할을 한정하며 이 과정에서 관객들에게 사용되기를 원한다(사용가치).

---

21) 송동준 : 「소외극과 게스투스극으로서의 서사극」, 실린 곳: 송동준 (외): 『브레히트의 서사극—유형학적 고찰』(서울대학교 출판부, 1993), 1~52쪽, 26쪽 참조.

22) 헤겔을 변증법의 위대한 스승으로 생각했던 브레히트는 망명지 덴마크에서도 자신의 작업실 기둥에 "진리는 구체적이다"라는 헤겔의 명제를 늘 붙여놓았다고 한다.
헤겔적인 의미로 '구체적'이라는 개념에 대해서는 Karel Kosik : Die Dialektik des Konkreten. Eine Studie zur Problematik des Menschen und der Welt. Aus dem Tschechischen v. M. Hoffmann 1967. Frankfurt a. M. 1986을 참조할 것.

「사천의 선인」
수이타 역/기젤라 슈타인
연출/하리 부크비츠
무대장치/
카를 에른스트 헤르만
루르축제극단,
레클링하우젠, 1969

그 좋은 예가 「사천의 선인」으로서 이 작품에서 브레히트는 한 인간을 분리시켜 착한 본성을 갖고 있으나 현실을 몰라 이용만 당하는 '센테'와 자본주의 법칙을 잘 알고 이를 이용할 줄 아는 '수이타'라는 대립되는 두 인간형을 만들어내어 독자들을 주체적인 학습무대로 유도한다. 이때 관객들은 단순히 예술 소비자가 아니라 생산자가 된다.

이와 같이 변증미학에 바탕을 둔 브레히트의 서사극을 유형별로 분석해보면 일반적으로 두 가지, 즉 역사극과 비유극의 두 유형으로 분류할 수 있다.

브레히트가 문학을 통해 현실과 투쟁하려 하면서도 약간은 우회적인 이러한 연극을 생산한 사실은 그가 망명지에서 관객들로부터 고립되어 있었다는 사실을 고려할 경우 이해 가능하다. 즉 나치스와의 투쟁이라는 현실의 가장 시급한 현안을 외면하지 않더라도 지속적으로, 다시 말해 전쟁이 끝나 고국에 돌아가서 다시 독일어를 이해하는 관객을 만날 때도 그 타당성을 가질 수 있는 작품을 쓰려 한 노력의 결과이다. 이처럼 시의성Aktualität을 상실하지 않되 지속적인 효과를 지닐 수 있는 작품이 되기 위해 브레히트의 드라마는 역사극과 비유극이라는 형태를 지니게 된 것이다.[23]

---

23) 이원양: 「역사극으로서의 서사극」, 실린 곳: 송동준 (외): 『브레히트의 서사극—유형학적 고찰』(서울대학교 출판부, 1993), 105~163쪽, 115쪽 참조.

역사극으로서 잘 알려진 「억척어멈과 그 자식들」(Mutter Courage und ihre Kinder)은 부제 "30년 전쟁의 연대기"가 말해주듯이 '30년 전쟁'(1618~48) 기간 동안 전쟁터를 따라다니며 술과 생필품 등을 팔아 돈을 벌려는 '억척'스러운 여자 안나 피얼링과 그녀의 자식들의 이야기를 다루고 있다. 그녀는 때로는 신교측에, 때로는 구교편에 붙어 전쟁을 돈벌 수 있는 기회로 활용하려 하나 결국 두 아들과 딸을 모두 잃게 된다. 하지만 이러한 상황에서도 억척어멈은 "다시 장사를 해야 할 텐데"라고 하면서 마차를 끌고 장사를 하러 전쟁터로 나선다.

'억척어멈'의 역할을 맡은 브레히트의 부인 헬레나 바이겔의 명연기로 세계적 명성을 얻은 이 작품에는 서사극으로서의 다양한 특징이 잘 나타나 있다. 우선 브레히트는 이 작품에서 종교전쟁으로 '알려져 있는' 30년 전쟁이라는 역사적인 소재를 다루면서도 이 전쟁을 기존의 잘 알려진 것das Bekannte과는 다른 시각에서 이 소재를 다루고 있다.

그 첫번째 시도로서 브레히트는 이 전쟁이 종교전쟁이 아니라 단지 하나의 장사에 불과할 뿐이라는 점을 강조하고 있다.[24] 이러한 시각은 전쟁의 본질을 이미 파악하고 있는 억척어멈의 "전쟁은 또 다른 형태의 장사일 뿐/그저 치즈 대신 탄약을 쓰지요" (GBA 6, 61)라는 노래에서도 잘 드러나 있다. 이처럼 역사적인 사실을 새롭게 보는 것은 서사극의 가장 본질적 특성인 대상을 '낯설게 만드는 것'으로서 이를 통해 대상의 숨겨진 본질을 드러나게 한다. 그리고 이러한 역사적인 소재의 선택을 통해 관객들은

임한순: 「비유극으로서의 서사극」, 실린곳: 송동준 (외): 『브레히트의 서사극 — 유형학적 고찰』(서울대학교 출판부, 1993), 205~246쪽, 210쪽 참조.

자기 시대의 역사적 사건, 즉 제2차 세계대전도 결국은 또 다른 형태의 장사일 뿐이라는 점을 깨닫게 된다. 이처럼 역사적 사건에 대한 새로운 해석은 현실을 회피하는 것이 결코 아니며, 그 전형적인 특징으로 인해 지속적으로 (있을 수 있는 미래의 전쟁들에서도) 수용될 수 있는 시도이기도 하다.[25)]

「억척어멈과 그 자식들」
억척어멈 역/헬레네 바이겔
연출/브레히트
베를린앙상블, 동베를린,
1949

또 다른 특징으로서 주목해야 할 것은 이 드라마가 갖고 있는 민중사적인 입장이다. 브레히트는 이 드라마의 부제를 '30년 전쟁의 연대기'라고 붙이면서도 역사를 위대한 인물들, 즉 왕과 귀족 등의 위대한 인물들 위주로 서술하는 기존의 시각을 거부하고 민중의 입장에서 새롭게 관찰하고 있다. 또한 이 작품에서는 30년 전쟁의 역사적 사건과 주인공 억척어멈의 사소한 개인적 운명이 동일한 차원에서 언급되고 있다. 이러한 톤은 이 드라마의 전편을 흐르고 있다. 이처럼 브레히트는 종래 역사 서술의 시각을 바꿔 민중의 시각으로 역사를 보면서 소위 정사(正史)의 영웅적 이데올로기의 기만성을 폭로한다.[26)]

희곡 「억척어멈과 그 자식들」은 이 밖에도 많은 서

---

24) 전쟁의 본질에 대해 억척어멈은 "전쟁은 또 다른 형태의 장사일 뿐/그저 치즈 대신 탄약을 쓰지요"(GBA 6, 61)라고 노래를 부른다.
25) '역사화'(Historieren)에 대해서는 GBA 22, 545f 참조.
26) 이원양: 앞의 논문 146쪽 참조.

사극적 요소를 지니고 있다. 우선 12장면으로 구성된 이 희곡은 매 장면마다 줄거리 요약이 주어진다.[27] 그 결과 관객들은 극의 줄거리 진행보다는(예를 들어 모병관들의 꾐에 넘어가 군인으로 나선 큰아들 아일립이 결국 죽는다는 것을 미리 알게 됨으로써) 무대 위의 사건이 "어떻게, 왜" 이루어졌는가 하는 사건 진행의 원인과 과정에 관심을 갖게 된다. 이를 통해 관객들은 무대 위의 인물들에게 자신을 무비판적으로 감정이입시키지 않게 되며 계속 관찰자로서 비판적인 관객의 역할을 하게 된다. 이러한 생산적인 수용은 브레히트가 학습극 실험 이래 계속 견지한 태도이기도 하다.

이 밖에도 이 극에서는 억척어멈이 부르는 노래가 많이 등장하며, 우리에게 익숙한 브로드웨이의 뮤지컬과는 달리 이 노래들은 극의 사건 진행을 중단시키는 역할을 함으로써 자신도 모르게 무대의 사건에 빠져들어 배우와 그가 연기하는 인물에 감정이입하려는 관객들로 하여금 냉정한 자세를 그대로 유지할 수 있도록 도와준다.

1948년에 기술된 「연극을 위한 작은 지침서」(Kleines Organon für das Theater)에서 브레히트는 '서사극' 대신 '과학시대의 연극'(Theater des wissenschaftlichen Zeitalters)이라는 용어[28]를 사용한다. 브레히트는 스스로 20세기를 '과학시대'라고 명명하면서 자신의 문학에도 과학적인 지식과 방법론을 도입한다. 이러한

---

27) 예를 들어 첫 장면에 대해 브레히트는 이 장면이 시작되기 전 다음과 같은 내용요약을 제시하고 있다: "1624년 봄. 용병대장 욱센쉐르나는 폴란드 원정을 위하여 달라르네에서 모병을 하고 있다. 억척어멈이라고 불리는 이동주보의 주인 안나 피얼링은 아들 하나를 잃게 된다."(GBA 6, 9)

28) 브레히트는 '서사극'이라는 용어가 너무 형식적으로 받아들여지는 경향이 있자 서사극을 '변증법적 연극'으로 바꿔 부르기도 했다.

노력은 과학시대를 사는 한 사실주의자의 시도로서 그 구체적인 결실들 중 하나가 '비유극'의 형태로 나타나게 된다.

무엇보다도 비유극은 그 대상인식에서 자연과학의 방법을 받아들인다. 고전주의 연극과 달리 '서사극'은 현실에 대해 하나의 완결된 총체적인 모습을 담아내려 하지 않는다. 대신 현실의 한 단면만을 잘라내어 그 현실을 탐구되어야 할 미지의 대상으로서 설정하며, 그 구체적인 인식을 독자들이 얻을 수 있도록 해준다. 이러한 방법은 자연과학에서 '모델'을 설정하여 '실험'을 통해 대상에 대한 인식을 얻는 방법과 유사하다. "표본Modell 제작은 원래 자연과학 분야의 실험에서 효과적으로 사용되어 온 방법이다. 과학자는 특정 현상의 눈에 보이지 않는 법칙성을 발견 또는 확인하기 위해 표본을 만들어 이용한다."[29] 이처럼 직접 볼 수 없는 사회의 특정한 기능과정을 인식 가능하도록 만들기 위해 모델 설정을 '축소', '집약', '단순화'시키는 방법은 자연과학적이면서도 동시에 변증법적인 인식방법이다.[30] 브레히트는 이와 같은 자연과학의 인식방법을 연극에 도입해 눈에 보이지 않는 사회의 법칙을 관객들에게 보여준다.

표면적으로는 미국 시카고의 갱들을 다룬 「아르투로 우이의 상승」[31]은 브레히트가 1941년 완성시킨 대표적인 비유극으로서 히틀러의 등장과 집권과정을 미국 갱사회를 통해 비유적으로 보여주고 있다. 이 '갱드라마'(Gängsterstück)의 무대는 시카고로 경제위기로 인해 야채업은 파산 위기에 빠진다. 꽃양배추 트러스트

29) 임한순 : 앞의 논문 219쪽.

30) 윤시향 : 「Bertolt Brecht의 반파시즘 연구」, 이화여자대학교 박사학위 논문, 1990, 140쪽 참조.

31) 구판에서는 "아르투로 우이의 저지 가능한 상승"(Der aufhaltsame Aufstieg des Arturo Uis)이라고 제목이 붙어 있었음.

를 지배하는 기업가들에게 갱 두목 우이가 접근해 남아도는 야채를 팔아주겠다고 하지만 거절당한다. 기업가들은 우이의 제안을 거절한 대신 청렴한 정치가로 '알려진' 덕스버로우에게 뇌물을 제공하고 융자를 받아 자신들의 빚을 갚는 데 사용한다. 우이는 이러한 사실을 알고 덕스버로우를 협박해 자신의 보호를 받도록 요구한다. 뇌물사건으로 시의회의 조사를 받게 된 덕스버로우는 우이의 제안을 받아들인다. 우이는 서서히 본색을 드러내 야채상인들에게 그들을 보호해준다는 명목으로 보호세를 요구한다. 그리고 그의 도움을 거부하는 상인의 창고에 방화를 한다. 우이는 덕스버로우의 유언을 조작해 그의 권한을 완전히 이양받으며, 자신의 오랜 동료인 로마와 그의 부하들을 제거해 일인지배 체제를 확립한다. 우이는 그 도시의 야채업계를 장악하고 더 나아가 전 세계의 야채업계를 지배하겠다고 공언한다.

이 극에서 벌어지는 사건은 대부분 실제의 역사적 사건을 비유적으로 서술하는 것으로서 무대 위의 사건과 실제 사건을 구체적으로 대비시킬 수 있다. 이 시기에 실제로 일어났던 일을 요약해 보면, 1929년 시작된 경제 대공황 시기 프러시아의 융커들이 대통령 힌덴부르크에게 농장을 뇌물로 주고 '오스트힐페'(Osthilfe) 자금을 지원받는다. 그 후 오스트힐페 추문으로 곤경에 빠진 힌덴부르크는 히틀러를 수상으로 지명해 그에게 합법적인 집권을 가능하게 만들어준다. 권력을 장악한 히틀러는 제국의회에 방화를 사주하였으면서도 공산당원을 범인으로 조작해 좌파 사회주의 세력을 몰아내며 자신의 동료이자 조직의 2인자인 룀을 제거한다. 권력장악에 완전히 성공한 히틀러는 전쟁의 야욕을 드러내 체코, 폴란드를 위협한다.

이 「아르투로 우이의 상승」에서 무대 위에서 벌어지는 시카고의 야채시장과 그 이권을 둘러싼 다툼은 히틀러의 집권을 가능케

한 바이마르 공화국 말기의 정치·경제적인 상황을 관객들이 사실적으로 인식 가능하도록 브레히트가 인위적으로 설정한 모델이다. 그는 실제 사건과 유사성이 있는 모델을 설정해 당시의 자본가들과 부패한 정치인들이 어떠한 지배 메커니즘을 구축하고 있었는가를 비유적으로 보여주고 있다. 그리고 민족주의와 사회주의를 교묘하게 이용해 민족사회주의라는 허상을 만들어 집권에 성공한 히틀러의 본모습을 자본가와 정치인들을 공갈, 협박하는 갱들에 비유해 보여주고 있다. 이처럼 비유극은 유사성에 바탕을 두어 관객들이 현실인식을 과학적으로 실행하도록 유도하는 사실주의 연극의 한 유형이다.

미국 망명기간 동안 브레히트는 국빈대우를 받으며 산 토마스 만과는 달리 언제나 FBI의 감시대상으로 지내야 했다. 결국 전쟁이 끝나고 1947년 미국에서 보수적인 매카시 선풍이 불 때 그는 '반미행위위원회'에 소환된다. 브레히트는 그를 반미적인 공산당원으로 몰려는 이 위원회의 심문에 대항해 스스로 공산당원임을 부정한다. 이것은 거짓이 아니었다. 물론 그가 스스로 마르크시스트라는 점을 한 번도 부정하지 않았음에도 불구하고 그는 자신의 생애 동안 한 번도 공산당에 가입한 적이 없었다. 그것은 어떠한 것과도 거리를 두고 비판적인 관계를 유지하려 한 브레히트다운 행동이었다.

반미위원회에서 심문을 받고 난 다음날 브레히트는 미국을 떠나 스위스로 향한다. 그는 이곳에서 2년간 머물며 「억척어멈」을 공연하고 연극 이론서 등을 쓴다. 브레히트는 고국을 옆에 두고 생활한 이 2년 동안 자신이 돌아갈 독일을 놓고 고민한다. 자신의 고향이 있는 서독과 이념이 같은 동독 사이에서 그는 결국 그에게 극장과 작업실, 같은 이데올로기를 보장한 동쪽을 택한다.

1949년 성신강림절 휴가 때 브레히트는 17년간의 망명생활을 끝내고 동독에 도착한다. 그는 그날의 감격을 이렇게 노래한다:

내가 돌아왔을 때
내 머리는 아직 회색이 아니었다
그래 나는 기뻤다

산을 넘는 노력은 이제 우리 뒤에 놓여 있다
우리 앞에 놓여 있는 것은 평원의 노력일 뿐이다.
(GBA 15, 205)

아무리 망명이란 험준한 산을 넘어온 역정이 이제 과거의 일이라고 하더라도 그의 앞에 놓여 있는 평원에서의 노력 역시 간단한 것은 아니었다. 그는 극단 '베를린 앙상블'을 창단하였지만 폐허더미로 바뀐 부서진 극장에서 연극을 해야 했다. 1954년 베를린 앙상블이 드디어 전용극장을 갖게 되면서 브레히트는 베를린 쉬프레 강가의 아름다운 이 극장에서 자신의 작품을 무대에 올리고 또한 고전의 작품들을 번안, 연출하는 데 몰두한다.

비록 당의 문화정책과 마찰은 있었지만 브레히트의 말년은 비교적 평온했다. 주중에는 자신의 전용극장과 사무실에서 연출에 몰두했고 주말에는 정부가 준 부코우의 별장에서 시작에 몰두하는 생활을 보냈다. 그렇지만 그는 안주하지 않았으며 언제나 집권 공산당과 일정한 거리를 두고자 노력했다. 이 점은 1953년 여름 노동자 봉기 때 당과 당간부를 비판하면서 씌어진 시집 『부코우 비가』에 잘 나타나 있다. 이 시기 브레히트는 동독문화상 은장과 스탈린 상도 받았으며 자신의 작품들이 교과서에 실리는 것을 볼 수 있었다. 국민작가로 추앙받으면서 자기가 일할 무대, 글을 쓸 수 있는 장소, 자신의 글을 읽고 보아줄 관객이 도처에 있는 삶은 그가 항상 꿈꾸어 오던 것이었다.

1956년 8월 브레히트는 베를린 앙상블에서 「갈릴레이」의 연습 장면을 보다 심장마비로 쓰러져 8월 14일 생을 마감한다. 그는 일찍이 자신의 묘비명을 세우지 말라는 유언을 남겼으며 그 결과 그의 시신은 아무런 장식 없이 그가 평소에 존경했던 철학자 헤겔의 묘가 마주 보이는 도로테아 공동묘지에 묻히게 된다.

베르톨트 브레히트는 58년이라는 비교적 짧은 생을 살았다. 그러나 그가 산 20세기 전반기는 두 번의 세계대전과 자본주의와 물질문명의 폐해가 극단적으로 나타났던 그야말로 혼돈의 시기였다. 브레히트는 이 시기를 결코 멈춤 없이 자신이 신봉했던 변증법적인 자세로 언제나 세상에 맞대응하면서 그 세상과 투쟁했다. 그가 마르크시스트로서의 길을 걸었던 것은 세상의 부조리에 분노한 부르주아 계급의 아들로서 그 혼돈된 현실을 구체적이고 사실적으로 인식하고자 한 노력[32]의 결과였다. 또한 그 이데올로기를 끝까지 견지할 수 있었고 그 이데올로기가 아직 쇠퇴하지 않았던 시기에 미래를 꿈꾸며 눈을 감을 수 있었던 그는 행복한 삶을 살았다고 말할 수 있을 것이다.

20세기도 다 끝나가는 요즈음 사회주의는 자본주의에 대한 대체이데올로기로서의 기능을 상실하였다. 그렇지만 잊지 말아야 할 것은 자본주의의 모순이 그렇다고 사라진 것은 아니라는 점이다. 브레히트가 60여 편의 드라마에서 보여주고자 했던 것은 바로

---

32) 이러한 점에서 브레히트의 서사극은 모두 넓은 의미의 교육극으로(1920년대 말의 '학습극'으로서의 의미가 아니라) 볼 수 있을 것이다. 즉 그의 연극은 배우면서 즐기고 즐기면서 배운다는 인식론적이고 미학적인 기능을 서로 보완 상승시킨다. (송동준, 앞의 논문 7쪽 참조)

이 현실의 모순이었으며, 이 모순의 존재는 곧 그것이 극복 가능하다는 것을 말해주는 것이기도 했다. 그를 세계적으로 유명하게 만들어준 서사극 역시 이러한 노력의 결과였으며, 이러한 현실의 모순을 보여주는 사실주의 문학은 어느 시대에서나 살아 있는 문학이 될 수 있을 것이다.

모순은 희망이다![33]

---

33) 부르주아 미학을 비판한 「서푼짜리 소송」의 모토.

참고문헌

1차 문헌

Brecht, Bertolt: Gesammelte Werke in 20 Bden. Frankfurt a. M. 1967.

Brecht, Bertolt: Werke in 30 Bden. Große kommentierte Berliner und Frankfurter Ausgabe. Berlin und Frankfurt a. M. 1988ff.

Hegel, G. W. F.: Werke in 20 Bden. Auf d. Grundlage d. Werke v. 1832~1845 neu editierte Ausgabe. Redaktion Eva Moldenhauer und Karl Karkus Michel. Frankfurt a. M. 1986.

2차 문헌

Knopf, Jan: Brecht Handbuch. Theater. Eine Ästhetik der Widersprüche. Stuttgart 1980.

Kosik, Karel: Die Dialektik des Konkreten. Eine Studie zur Problematik des Menschen und der Welt. Aus dem Tschechischen v. M. Hoffmann 1967. Frankfurt a. M. 1986.

Müller, Klaus-Detlef(Hrsg.): Bertolt Brecht. Epoche-Werk-Wirkung. München 1985.

Seliger, Helfried W.: Das Amerikabild Bertolt Brechts. Bonn 1974.

Steinweg, Reiner: Das Lehrstück. Brechts Theorie einer politisch-ästhetischen Erziehung. Stuttgart 1972.

송동준:「소외극과 게스투스극으로서의 서사극」, 실린 곳: 송동준

(외) : 『브레히트의 서사극—유형학적 고찰』(서울대학교 출판부, 1993), 1~52쪽.

오제명 : 『브레히트의 교육극』(한마당, 1993).

오제명 : 「자세견본으로서의 극중인물— 브레히트 교육극의 인물구성에 대하여」, 실린 곳 : 송동준 (외) : 『브레히트의 서사극—유형학적 고찰』(서울대학교 출판부, 1993), 79~103쪽.

윤시향 : 「Bertolt Brecht의 반파시즘 연구」(이화여자대학교 박사학위 논문, 1990).

이원양 : 「역사극으로서의 서사극」, 실린 곳: 송동준(외) : 『브레히트의 서사극—유형학적 고찰』(서울대학교 출판부, 1993), 105~163쪽.

임한순 : 「비유극으로서의 서사극」, 실린 곳: 송동준 (외) : 『브레히트의 서사극—유형학적 고찰』(서울대학교 출판부, 1993), 205~246쪽.

조길례 : 「변화를 위한 동의—브레히트 교육극의 문화사적 연원과 전개과정」(서울대학교 박사학위 논문, 1995).

Heiner Müller
하이너 뮐러의 연극미학

정 민 영(한국외대)

역사쓰기의 장소로 극장을 확보하는 것이 중요하다[1]—하이너 뮐러

1. 브레히트 이후 가장 의미있는 독일어권 극작가

하이너 뮐러Heiner Müller(1929~1995)는 구동독 출신으로 동독에서보다는 서구 연극계에서 더욱 주목받은 특이한 극작가에 속한다. 그의 생애를 살펴볼 때, 그가 본격적인 작업을 시작한 1950년대 이후 사망에 이르기까지 그의 도정은 비난과 오해 그리고 찬사가 한꺼번에 뒤섞인 모순의 과정이었다.

동독 문화정책과의 마찰로 인한 출판 및 공연 금지의 역경에서부터 통독 이후 이미 저명인사가 된 그에게 가해진 '슈타지 가담' 전력에 대한 비난에 이르기까지 그는 계속 어려움을 겪었다.

1) Alexander Kluge, Heiner Müller: Ich schulde der Welt einen Toten. Gespräche/Hamburg 1996, 34쪽.

그러나 1980년대 이후 양 독일에서는 그의 문학을 중요하게 평하는 글들이 쏟아져 나왔고, 1990년에는 프랑크푸르트 연극제 '엑스페리멘타 6'(1990. 5. 19~6. 4)이 그에게 헌사되었다. 겉으로 드러나는 이 같은 현상은 이 작가에 대한 명확한 평가를 어렵게 만드는 것이긴 하나, 다른 한편으로는 독일 문단에서의 그의 특수한 위치를 암시해주는 것이기도 하다.

제2차 세계대전이 종식되고 1949년 전쟁의 폐허 위에서 건립된 독일민주주의공화국(DDR)은 1950년대에 들어서면서 '사회주의 건설'을 모토로 국가의 모든 정책을 이에 맞추어 이끌어나가기 시작했다. 동독의 출범정부인 사회주의통일당(SED)은 우선 전쟁으로 인해 극도로 피폐된 경제상황에서 정신적인 것보다는 물질적 생산성 향상에 주력해야 했고, 이에 따른 당의 정책에 문학도 그 계획의 한 요소로서 일익을 담당해야 했다. 이러한 당의 요구는 1950년대에서 60년대에 이르기까지 생산현장의 노동력 향상을 고무하는 소위 '생산문학', '건설문학'을 양산해 냈다. 극문학 분야에서도 이에 발맞추어 '생산극'이 등장하게 되었다.

이 시기에 극작활동을 시작한 하이너 뮐러 역시 소재는 우선 생산현장의 모습이었으나 당정책에 따른 노동생산성 향상과 사회주의 건설을 위한 긍정적이기만 한 내용의 생산극은 그의 작업과 거리가 멀었다. 뮐러의 관심사는 동독의 생산현장 및 사회 내부의 여러 가지 모순과 갈등이었다. 때문에 이 시기의 뮐러의 극작활동은 당시의 정치적 조건, 당의 문화정책과 마찰을 일으킬 수밖에 없었다. 이 시기에 씌어진 뮐러의 극작품들은 그 소재가 생산현장이라는 점에서만 다른 생산극들과 '생산극'이라는 명칭을 공유할 수 있는 것이었다.[2]

---

2) 「헐값 노동자」(Der Lohndrücker 1956), 「수정」(Die Korrektur 1판 및 2

「헐값 노동자」가 1958년 3월에 라이프치히 시립극장 스튜디오 무대에서 초연되고 같은 해 9월, 「수정」과 연결되어 베를린의 막심 고리키 극장에서 공연된 후 이 작품에 대한 비평은 상당히 긍정적이었다. 디터 크란츠는 "지금까지 볼 수 없었던 수준으로 우리 공화국에서 인간의 발전을 묘사하는 극작품"[3] 이라고 평했다. 뮐러는 이러한 찬사를 배경으로 1959년에 하인리히 만 상(賞)을 수상했다. 그러나 동독 문학계의 인정과 그에 따른 영예는 오래 지속되지 못했다. 동독 비평계는 뮐러의 극작품에 나타나는 인물들의 행동이 인과 관계를 갖고 있지 못하며 짧은 장면의 연속으로 이루어진 작품구조가 사건의 지속적인 진행을 방해한다고 지적하고, 특히 노동자를 이끄는 당지도부의 역할 표현이 미약하다고 비난하기 시작했다. 이러한 상황에서 뮐러는 1959년 1월 사회주의통일당 중앙위원회 제4차 총회에서 당총서기 발터 울브리히트에 의해 "반정부적 성향"[4] 이라 비난받으면서 자가활동에 어려움을 겪게 된다.

그러나 무엇보다도 뮐러의 극작방식이 오해와 몰이해의 대상이 되고 당의 문화정책과 마찰을 빚으면서 그의 초기 극작활동이 가장 큰 타격을 입게 되는 것은 「이주해온 여인 혹은 시골에서의

판, 1957~1958), 「이주해온 여인 혹은 시골에서의 삶」(Die Umsiedlerin oder Das Leben auf dem Lande, 1961 ; 1964년에 「농부들」Die Bauern 로 제목을 바꿈), 그리고 「건설」(Der Bau, 1965)이 1950년대와 60년대에 씌어진 하이너 뮐러의 중요한 생산극이다.

3) Dieter Kranz : "Zwei produktive Versuche im Maxim-Gorki theater Berlin", in : Theater der Zeit, 10/1958, 43쪽.

4) Walter Ulbricht : "Der Weg zur Sicherung des Friedens und zur Erhöhung der materiellen und kulturellen Lebensbedingungen des Volkes", in : Dokumente zur Kunst-, Literatur- und Kulturpolitik der SED(1946~1970), hrsg. v. Elimar Schubbe, Stuttgart 1972, 543쪽.

삶」을 무대에 올리면서 이어진 일련의 제재조치로 인해서였다. 이 작품은 동독의 초기, 사회주의 건설기에 있었던 경제적 조치인 토지개혁(1945)에서부터 농업집단화(1960)에 이르는 과정을 배경으로 여기에서 드러나는 사회구조의 문제를 파악하고자 한 것이었다. 뮐러는 당시 재능을 인정받고 있던 젊은 연출가 트라게렌B. K. Tragelehn과 공동작업으로 1961년 9월 30일 베를린-카를스호르스트 경제대학의 학생무대에 이 작품을 올렸다. 그러나 이 작품에서는 사회주의 건설의 성공에 대한 찬양도 긍정적 주인공도 존재하지 않는 사회의 모순과 그늘진 면에 대한 시각—이는 솔직하게 역사를 취급하는 뮐러의 시각이었다—이 부각됨으로써 공연은 당의 강한 반대에 부딪혔다. 작업에 참여한 학생들은 반성문을 써야 제적을 면할 수 있었으며 연출자 트라게렌은 일하던 극단에서 무기한 해직되었고 뮐러는 이 사건에 직접 개입한 동독 작가연맹에서 제명되었다.[5]

동독 무대에서 뮐러의 연극을 수용하는 새로운 단계는 「시멘트」(Zement, 1972)의 공연(초연: 1973년 10월 12일, 베를린 앙상블)으로 시작된다. 당시 동베를린의 연극계는 1970년대 초부터 중반에 이르기까지 스타니슬라브스키와 브레히트의 공연 모델 답습을 극복하기 위해 혁신적이고 자극적인 공연을 통해서 동독의 연극을 새롭게 일으키려는 노력을 하고 있었다. 이러한 분위기 속에서 발표된 「시멘트」에 대한 동독 문학계의 반응은 예전과 상당히 달랐다. 뮐러의 작품에 짙게 깔려 있는 동독 사회의 암울한 면과 모순에 대한 예전의 비난은 「시멘트」에 대한 평에서 "이 모순은 앞으로 계속될 발전을 위한 추진력으로 작용한다"[6]라는 긍정적 평

5) 이 사건은 Der Fall Heiner Müller. Dokumente zur "Umsiedlerin", Sinn und Form, 3/1991, 429~486쪽에 상세히 기록되어 있다.

가로 그 가치판단이 뒤바뀐다. 이후 동베를린의 헨쉘출판사는 그 동안 흩어져 있던 뮐러의 극작품을 한데 모아 출간하였다.[7] 비평계는 헨쉘출판사 선집의 출간을 뮐러의 독창성과 그가 묘사하는 모순에 더욱 정확하게 접근할 수 있는 기회를 제공한 것이라고 환영했다. 이 선집의 발문을 쓴 롤프 로머는 뮐러를 "우리의 가장 생산적인 극작가 중의 하나"[8]라고 치켜세웠다. 그러나 뮐러에 대한 평가가 이러한 인정으로만 완전히 뒤바뀐 것은 아니었다. 당의 공식적인 문화정책은 계속해서 뮐러의 폭넓은 극작활동에 걸림돌로 작용했다. 「마우저」(Mauser, 1970)는 동독이 존재하는 동안 그곳에서 공연은 물론 출판조차 할 수 없었다. 「게르마니아 베를린에서의 죽음」(Germania Tod in Berlin, 1971), 「군들링의 삶 프로이센의 프리드리히 레싱의 잠 꿈 비명」(Leben Gundlings Friedrich von Preußen Lessings Schlaf Traum Schrei, 1976), 그리고 「햄릿기계」(Die Hamlet maschine, 1977)는 동독 무대에 오르기까지 10년 이상이 걸렸다. 이는 뮐러의 작품들이 동독의 역사를 비관적으로 보고 있다는 일방적 평가에 기인하는 것이었다.

이러한 어려운 상황에서 하이너 뮐러가 동독 무대에서 제자리를 찾게 된 때는 그 스스로 자기 작품을 연출하기 시작한 1980년대에 들어서였다. 1980년 11월 3일 뮐러는 긴카 촐라코바Ginka Tscholakowa와 공동으로 베를린의 '민중무대'(Volksbühne)에서 자신의 「임무」(Der Auftrag, 1979)를 연출했다. 연극인들은 뮐러의 극작품이 갖고 있는 여러 가지 가능성을 공개적으로 논의하

---

6) Karl-Heinz Hafranke: "Individualgeschichte und Gesellschaftsprozeß in unserer neuen Dramatik", in: Weimarer Beiträge, 4/1976, 16.

7) Heiner Müller: Stücke, Henschel Verlag, Berlin 1975.

8) 앞 책, 399쪽.

며 그의 작품을 옹호했다. 그 후 1988년 1월 29일, 「헐값 노동자」를 뮐러 스스로 '독일극장'(Deutsches Theater)에서 연출하여 동독뿐만 아니라 서독의 극비평계로부터 칭송받기까지 동독 무대는 뮐러의 극작품에 지속적인 관심을 보였다. 동독 문학계와 연극계는 뮐러의 텍스트가 갖고 있는 동독 사회주의 현실에 대한 비판을 건설적 비판의 잠재성으로 파악했고 현대연극으로서의 그의 새로운 극작방식에 가치를 두기 시작했다. 동독의 예술아카데미는 1982년 뮐러를 받아들였고 1986년 뮐러는 동독국가상을 수상했다. 뒤이어 1988년 2월 18일 작가연맹이 뮐러를 다시 받아들임으로써 뮐러는 1961년 제명사건 이후 26년 만에 다시 동독의 공식적인 인정을 받게 되었다. 그리고 1990년 7월 16일, 뮐러는 동독 예술아카데미 원장에 피선됨으로써 동독 문학의 대표자 반열에 들게 되었다.

동독에서의 뮐러 수용과정을 종합해볼 때 분명히 드러나는 것은, 그에 대한 연극적 수용이나 학문적 수용이 꾸준히 이어지며 발전해 나간 것이 아니라 당의 제재조치 등 문화정책에 따른 분위기에 편승되어 나타나는 단절 또는 건너뜀의 수용과정이라는 점이다. 초기에 나온 뮐러의 극작품에 대한 글들은 사회주의 리얼리즘의 틀 속에서 긍정적 주인공, 당파성 그리고 현실표현과 관련하여 그 부족성 내지 오류를 찾아내고 그것의 개선을 요구하는 데 치중되어 있었다. 그에 대한 논의가 증가되면서부터는 한편으로 역사 비관주의라는 비판이 두드러지게 나타났다. 그러나 이러한 비판에도 불구하고 동독 비평계의 뮐러에 대한 귀결점은 그의 작품들을 사회주의 국민문학에 대한 기여로 받아들이는 데 있었다.

1960년대 말까지 이데올로기 차원에서 동독 문학에 무관심했던 서독 문학계는 1970년대에 들어 정부의 긴장완화 정책으로 또 다른 하나의 독일에 대한 관심이 싹트기 시작하면서 동독 문학에 관심을 보이기 시작했다. 동독 문학은 독일 문학의 한 범주로서 연구의 대상이 되었으며, 이러한 상황 속에서 서독 문학계는 동독 내에 독특한 위치를 차지하고 있던 하이너 뮐러를 뒤늦게나마 발견하였다. 동독에서 뮐러에 대한 연구가 헨쉘출판사의 작품집 발간으로 큰 전환기를 이루었던 것과 마찬가지로 서독에서도 뮐러에 대한 접근은 서베를린의 로트부흐Rotbuch 출판사가 11권에 이르는 뮐러의 작품집을 1974년부터 발간함으로써 본격화되기 시작했다.[9]

서독의 연극계가 먼저 주목한 뮐러의 작품은 고대(古代)의 작품과 신화를 소재로 다룬 극작품, 예를 들면 「필록테트」(Philoktet, 1958~64), 「헤라클레스 5」(Herakles 5, 1966), 「폭군 오이디푸스」(Ödipus Tyrann, 1966), 「프로메테우스」(Prometheus, 1967~68), 「호라치 사람」(Der Horatier, 1968) 등이었다. 특히 「필록테트」는 1968년 7월 13일 뮌헨의 레지덴츠 극장에서 초연된 이후 1980년대 말까지 30회 이상 공연을 기록한 최대의 성공작이었다.

1960년대 말과 1970년대에 고대극 및 신화의 번안 작품으로 뮐러가 서독 연극계에 큰 관심을 불러일으킨 후 1980년대 서독에서 뮐러의 극작품을 수용하는 데 결정적인 기여를 한 극장은 '보쿰 앙상블'이었다. 보쿰 앙상블은 1981년 9월 7일 「심장」(Herzstück, 1981)의 초연을 시작으로 1982년 4월 7일 「사중주」(Quartett, 1980), 1983년 4월 22일 「황폐한 물가 메데아자료 아르고호 사람들이 있는 풍경」(Verkommenes Ufer Medeamaterial Landschaft mit Argonauten, 1982), 1985년 2월 14일 「해부 타이

---

9) 뮐러가 죽은 뒤 그의 작품 판권에 대한 분쟁이 있었는데 현재 판권은 로트부흐 출판사와의 소송에서 승리한 주어캄프Suhrkamp 출판사가 갖고 있다.

터스 로마의 몰락 셰익스피어 주석」(Anatomie Titus Fall of Rom Ein Shakespearekommentar, 1984)을 초연했다. 이후 서독 무대는 계속해서 그의 1980년대 작품에 관심을 두었다. 이러한 서독 무대의 뮐러 수용상황은 처음부터 선별적이라는 점이 눈에 뜨인다. 그의 극작에 중요한 초기 생산극들이 공연 프로그램에서 제외되었다는 사실은 그것이 이념적 조건과 정치적 상황의 고려에서 이루어진 일임을 쉽게 짐작할 수 있게 한다.

뮐러의 작품에 대한 서독의 학문적 연구는 1974년 볼프강 쉬벨부쉬가 브레히트와의 관련점을 기본시각으로 뮐러의 초기 생산극과 고대극 번안작품을 집중 조명한[10] 이후 1980년대 초부터 꾸준한 수적 증가를 보인다. 특히 1980년과 81년에 나온 게니아 슐츠와 게오르그 빅하우스의 각론작업[11]은 뮐러의 극작품에 구체적으로 접근할 수 있는 기회를 마련해주었다. 이후 엄청난 수적 증가를 보인 뮐러에 대한 논의[12]는 연구관심의 다원성과 이질성의 혼란스러운 모습을 나타낸다. 각 텍스트에 대한 분석 내지 접근 시도와 함께 작품의 특별한 문화사적 관련점, 모티프 연구, 브레히

10) Wolfgang Schivelbusch: Sozialistisches Drama nach Brecht. Drei Modelle: Peter Hacks-Heiner Müller-Hartmut Lange, Darmstadt/Neuwied 1974.

11) Genia Schulz: Heiner Müller, Stuttgart 1980(Metzler 197). Georg Wieghaus : Heiner Müller, München 1981(Autorenbücher 25).

12) Ingo Schmidt, Florian Vaßen: Bibliographie Heiner Müller: 1948!~1992, Bielefeld 1993 참조. 이 책에는 1992년까지 발행된 23권에 이르는 뮐러에 관한 단행본에 대한 서평과 함께 2,300여 건의 논문, 에세이, 극비평 등이 정리되어 있다. 여기에는 동독에서 나온 문헌들이 포함되어 있다 하더라도 1980년대 이후 서독에서 뮐러에 관한 글들이 얼마나 쏟아져 나왔는지 쉽게 파악할 수 있다. 1996년에는 이 책의 후속판이 나왔다.(Ingo Schmidt, Florian Vaßen : Bibliographie Heiner Müller, Bd. 2, 1993~1995, Bielefeld 1996)

트의 '학습극'(Lehrstück)과의 관계, 신화 수용의 현대적 형태, 셰익스피어와의 관계, 작품에 나타나는 여성상, 제3세계의 테마, 부정의 미학 그리고 몽타주, 콜라주 기법 등의 극구성 문제, 텍스트에 토대를 둔 뮐러의 역사개념 연구 등이 그것이다. 이러한 학문적 연구의 방향은 그 다원성 및 이질성에도 불구하고 극장에서의 뮐러 수용과 비슷하게 그의 1980년대 이후의 후기 작품에 상대적으로 집중되고 있는 현상을 보인다. 여기에는 특히 그의 후기 작품이 갖는 초현실주의와 아르또의 영향, 그리고 유럽의 아방가르드와의 관계 내지 실험적 극작방식이 연구의 중점을 차지한다.

이와 같은 연구현황으로 볼 때 뮐러는 독일 문학에서 중요한 연구대상으로서 자리매김되고 있다고 할 수 있다. 그는 이미 1970년대 중반 "브레히트 이후 가장 의미 있는 독일어권 극작가", "동독의 가장 중요한 작가"[13]라는 찬사를 시작으로 1980년대 말에는 "베케트와 필적하여, 그리고 베케트 이후 1950년대 이래로 연극이라는 매체나 드라마 생산에 더불어 영향을 주고 있는 작가가 바로 뮐러라는 사실은 분명하다"[14]라는 평가를 받았다.

그는 「볼로코람스크 국도 1～5」(Wolokolamsker Chaussee I～V, 1984～1987) 발표 이후, 1995년 12월 30일 지병이던 암과 폐렴으로 눈을 감을 때까지 새로운 극작품을 내놓지 않았다. 그러나 그는 꾸준히 작업하고 있었다. 그는 결국 마지막 극작품을 죽은 뒤에 보여주었다. 「게르마니아 3. 죽은 남자에 붙은 유령」

---

13) Roland H. Wiegenstein: Länger als Glück ist Zeit, und länger als Unglück. Entfremdung und Widerspruch im Werk Heiner Müllers, in: Merkur, 2/1976, 159쪽.

14) Theo Buck: Von der fortschreitenden Dialektisierung des Dramas. Anmerkung zur Dramaturgie bei Bertolt Brecht und Heiner Müller, in: Forum Modernes Theater, Bd. 4, 1/1989, 23쪽.

(Germania 3 Gespenster am toten Mann, 1996)은 그의 유작으로서 그의 작업을 다시 돌아볼 기회를 만들어주었다. 이제 그의 작업에 대한 연구를 더욱 구체화할 때다.

2. 체험을 통한 글쓰기

작가의 체험은 그것이 어떠한 형태로든 주제로나 형식으로나 작품에 중요한 요소로 작용한다는 사실을 전제한다면, 작가의 생애와 작품과의 관련성 분석은 작품분석의 객관적인 결과를 도출해내는 데 큰 의미를 지닌다. 이러한 관점에서 하이너 뮐러의 삶과 그의 작품을 비교해보면 뮐러에게도 역시 자신의 체험이 극작에 뚜렷한 동인으로 작용하고 있음이 드러난다.

지금까지 이루어진 수많은 인터뷰와 대담에서 밝힌 뮐러의 사회적 · 역사적 체험에 관한 부분과, 개인적 삶의 체험에 관한 부분, 그리고 두 편의 산문 「아버지」(Der Vater, 1958)와 「사망신고」(Todesanzeige, 1975)는 그의 작품과 체험의 관련성 분석을 위한 자료를 제공한다. 우선 뮐러에게 가장 뚜렷하게 작품과 연결되는 체험은 유년 시절, 파시즘과 그 폭력의 체험이다. 사회민주당원이던 아버지가 나치돌격대원(SA)에 의해 체포되던 날부터 그 이후의 어려운 생활, 강제수용소로의 아버지 면회, 아버지의 서베를린으로의 도주 그리고 아버지와의 마지막 만남에 이르기까지 뮐러의 머리에 선명하게 각인되어 있는 기억을 담고 있는 「아버지」는 이렇게 시작된다.

> 1933년 1월 31일 새벽 4시, 독일 사회민주당원인 아버지는 침대에서 체포되었다. 나는 잠을 깼다. 창문으로 본 하늘은

깜깜했고 시끄러운 목소리와 발소리가 들렸다. 동시에 책들이 바닥으로 쏟아졌다. 난 아버지의 목소리를 들었다. 낯선 목소리보다 더 분명히. (…) 문틈으로 나는 한 사내가 아버지의 얼굴을 때리는 걸 보았다. 난 떨면서 이불을 턱까지 끌어올리고 침대에 누워 있었다. (…) 그들은 모두 셋이었다. (…) 나는 그들이 아버지를 데리고 나가는 소리를 들었다. 그 다음엔 혼자 돌아오는 어머니의 발소리가 잠시 들렸다.[15]

이것이 뮐러에게 민족사회주의와 그 폭력형태와의 첫번째 만남이며 이 기억은 그에게 사라지지 않는 악몽이다. 뮐러는 한 대담에서 위의 기억을 이야기하면서 아버지가 체포되던 순간을 "내 연극의 첫번째 장면"[16] 이라 규정한다. 그만큼 이 체험은 독일 파시즘의 야만성과 폭력에 대한 대응으로서 뮐러의 극작에 중심적인 하나의 모티프로 자리한다. 그러나 이러한 파시즘 폭력의 모티프는 뮐러의 작업에 단순히 그 고발 형태로 머무는 것은 아니다. 그에게 폭력은 삶과 일상에서 나타나는 폭력을 넘어 인간 사이의 교류 형태, 개인과 집단과의 관계까지 확장되며 나아가 그 역사적 원인에 대한 논의로 발전한다. 「호라치 사람」과 「마우저」, 그리고 독일을 주제로 하는, 다시 말해 독일 역사에 나타나는 폭력행위의 성격과 원인을 다루고 있는 세 작품 「살육」(Die Schlacht, 1951~74), 「게르마니아 베를린에서의 죽음」, 「군들링의 삶 프로이센의 프리드리히 레싱의 잠 꿈 비명」, 그리고 「그림쓰기

---

15) Heiner Müller: Der Vater, in: 같은 저자: Germania Tod in Berlin, Berlin 1977, 20쪽.(이후 본문에 V. 쪽수로 표기함)

16) Heiner Müller: Gesammelte Irrtümer, Frankfurt/M. 1986, 90쪽.(이후 GI로 줄여 표기함)

(Bildbeschreibung, 1984)는 뮐러의 폭력체험이 뚜렷하게 작용한 작품들이다. 뮐러의 다음과 같은 말은 폭력체험이 그의 작업에 얼마나 중요한 역할을 하고 있는가를 대변한다.

> 글을 쓰게 되면 자신에게 각인된 기본경험에 의존하게 된다. 나의 기본경험은 폭력으로서의 국가였다. 한편으론 파시즘의 폭력, 다른 한편으론 공산주의의—말하자면 스탈린주의의—대응 폭력이었다. 나는 이것에 나 자신을 동일시할 수 있었다. 상당히 주관적이고 내 개인사적인 이유에서. 물론 그것은 한 드라마 작가에겐 생산적인 상황이었다.[17]

「아버지」에 나타나는 또 하나의 중요한 체험은 아버지에 대한 실망, 다시 말해서 아버지에게서 느낀 배신감이다. 히틀러가 고속도로를 건설할 때 뮐러는 학교에서 이에 대한 작문을 해야 했다. 당시 직업이 없었던 아버지는 작문을 할 필요가 없다고 말해 놓고, 후에 생각을 바꿔 고속도로를 건설하면 아버지가 다시 일자리를 얻게 되니 기쁘다라는 내용의 문장을 불러준다. 뮐러의 "작문은 상을 받게 되었고 아버지는 고속도로 공사에 일자리를 얻었다."[18] 뮐러는 아버지가 불러준 "그 문장이 내게 배반의 충격을 불러일으켰다"[19]라고 술회한다. 아버지의 기회주의는 뮐러에게 깊은 인상으로 자리한다.

이것이 뮐러의 두 번째 전기적 모티프라 할 수 있으며, 여기에

---

17) Heiner Müller: Gesammelte Irrtümer 3, Frankfurt/M. 1994, 154쪽. (이후 GI 3으로 줄여 표기함)
18) Heiner Müller: Krieg ohne Schlacht. Leben in zwei Diktaturen. Eine Autobiographie, Köln 1992, 24쪽. (이후 KoS로 줄여 표기함)
19) 앞 책.

서 결과로 나타나는 작품이 배반을 관점으로 혁명을 테마화하고 있는 「마우저」와 「임무」라 할 수 있다. 이 배반의 모티프는 유럽 혁명 모델의 좌초 과정을 세계사와의 관계 속에서 형상화하는 데 기본 동인으로 작용하며 1970년대 뮐러의 미학적 특수성을 만들어내는 데 중심 역할을 담당한다. 하이너 뮐러는 아버지를 통한 체험으로 일찍부터 기형화된 현실을 접할 수 있었다. 여기에서 나오는 것이 그의 모든 작품에 스며 있는 "다른 것에 대한 희망"[20] 이다. 항상 무엇인가 다른 것을 추구하는 그의 의지는 이미 「아버지」에 잘 나타나 있다.

어쩌면 죽은 아버지가
더 좋은 아버지였을지도 모른다.(V. 20)

나는 아버지가 상어였으면 하고 바랐다.(V. 22)

하이너 뮐러는 1944년 15세의 나이에 학생징집군의 일원으로 나치 노동봉사에 참여하고 16세 때 미군의 포로가 되는 고초를 겪으며 2차 세계대전 속에서 전쟁의 실상을 체험했다. 산문 「사망신고」에서 끈질기게 뮐러를 따라다니는 어린 독일 병사 "닭상"(닭相, Hühnergesicht)의 이야기는 전쟁의 체험기록이다.[21] 닭상 이야기의 전체를 지배하고 있는 죽음에 대한 의식은—뮐러는 실제로 어린 독일 병사를 죽이진 않았으나 이 산문에서는 뮐러가 그를 세 번 죽이는 살인의 환상이 나타난다—낡은 것과 새로운

20) Heiner Müller : Rotwelsch, Berlin 1982, 154쪽.(이후 RW로 줄여 표기함)

21) 뮐러는 이 이야기가 분명한 체험의 기록임을 이렇게 밝히고 있다. "「사망신고」에 나오는 닭상은 픽션이 아니다." (KoS, 40쪽)

것 사이의 전환점, 물화(物化)된 역사로부터 주체의 해방 또는 과거의 회상 등 여러 가지 상이한 형태의 모티프로 발전한다. 또한 이 산문에 나타나는 파시즘의 폭력과 파시즘에 의해 일어난 전쟁 체험은 「살육」, 「트랙터」(Traktor, 1974), 「볼로코람스크 국도 1, 2」에서 구체적으로 반영된다. 「사망신고」에 전쟁 체험을 통한 이러한 죽음의 의식과 연결되어 있는 것이 아내였던 잉에 뮐러(Inge Müller)의 자살에 대한 기록이다.

그녀는 1966년 6월 1일 41세의 나이로 자살했다. 아내의 자살은 특히 뮐러의 후기 작품에 여성의 성역할 문제, 역사에서의 남성과 여성의 관계라는 테마가 두드러지게 나타나는 데 기여한다. 「시멘트」의 다샤를 통해 어머니와 가정주부, 남성의 소유물로서의 전통적인 여성역할에 대립하는 여성상을 만들어냈던 뮐러는 남성 중심의 역사에 저항하는 여성해방의 모습을 계속해서 만들어낸다. 이 모습은 죽음과 폭력의 모티프가 연결된 극단적 파괴 형태로서 「햄릿기계」의 오필리어/엘렉트라, 「사중주」의 메르퉤이, 그리고 「황폐한 물가 메데아자료 아르고호 사람들이 있는 풍경」의 메데아가 보여주는 외부를 향한 공격, 남성사회에 대한 공격에서 구체적으로 드러난다.[22] 아내 잉에 뮐러의 자살로 겪었던 깊은 고통은 뮐러로 하여금 인간을 더욱 자세히 관찰하게 만들었고 거의 모든 사물에서의 다른 관계에 대한 희망을 더욱 추구하게 만들었다. 체험을 통한 글쓰기, 그것은 하이너 뮐러에게 "자신의 여러 가지 경험을 가공하는 하나의 방법"[23] 이다.

---

22) 뮐러의 작품에 나타나는 여성의 역할문제에 대해서는, 정민영 : 「하이너 뮐러의 작품에 나타난 여성상」, 실린 곳 : 박선호 외: 『하이너 뮐러 연구』 (서울 ; 한마당, 1998), 79~117쪽 참조.

23) Heiner Müller : Gesammelte Irrtümer 2, Frankfurt/M. 1990, 132쪽. (이후 GI 2로 줄여 표기함)

3. 역사의 실체 찾기

하이너 뮐러는 역사를 논의하고 역사의 극복을 위한 작업에 몰두하며 역사에 저항한다. 역사는 뮐러의 초기 작품에서부터 마지막 작품까지, 그것이 어떠한 형태로 표현되든지 불변의 테마로 지속된다. 그는 남다른 역사의식으로 자신의 삶의 체험을 역사의 체험으로 받아들인다. 역사를 다루는 뮐러의 작업은 단순히 지나간 과거의 시간을 재서술하는 것이 아니다. 그는 지나간 과거의 역사가 갖고 있는 어두운 면과 치부를 여지없이 드러내며 현 시대의 흐름에 존재하는 모든 모순들을 철저히 파헤친다. 뮐러는 이렇게 말한다.

> 어떤 역사적 소재를 취해서 그것을 깨끗하게 베껴내기, 난 그것을 할 수 없다.[24)]

뮐러는 「헐값 노동자」, 「수정」, 「이주해온 여인 혹은 시골에서의 삶」 그리고 「건설」로 이어지는 초기 생산극 계열의 작품에서 동독 사회주의 건설기의 모순과 갈등을 숨김없이 표현한다. 그는 솔직한 표현으로 국가 이념과 개인, 개인과 개인, 개인과 사회 등 여러 형태 간의 갈등구조와 모순구조를 밝혀내고 비판한다. 그의 입장에서 모순과 갈등 드러내기는 그 드러냄을 거울삼아 새롭고 완전한 사회의 건설을 관객들에게 일깨워주기 위한 하나의 전략이자 "좀더 인간적인 세계를 위한 투쟁"[25)]이다. 뮐러는 다음과 같이 말

---

24) GI, 34쪽.

25) Uwe Wittstock : Die schnellen Wirkungen sind nicht die neuen, in : Text + Kritik 73, Heiner Müller, München 1982, 11쪽.

한다.

> 나는 갈등을 믿는다. 그 밖에 나는 아무것도 믿지 않는다. 내 작업에서 내가 시도하려는 것은 갈등에 대한 모순과 대결에 대한 의식을 강화시키는 일이다. 다른 방법은 없다. 답과 해결은 내게 흥미를 주지 못한다. 나는 어떤 대답이나 해결도 제공해줄 수 없다. 내게 흥미로운 것은 여러 가지 문제와 갈등이다.[26]

이 같은 기본구도에서 사회주의 건설기의 동독 사회가 갖는 모순을 비판하던 뮐러의 시각은 1960년대 중반부터 변화하기 시작한다. 사회모순의 해결을 위해 그 모순을 드러내 보이며 혁명적 변혁을 추구하던 뮐러에게 변혁은 그의 기대와 달리 쉽게 이루어지지 않는다. 시대는 변화하고 있으나 모순 없는 사회로의 전환은 지루한 과정에 머물고 있을 뿐이다. 이러한 상황은 뮐러에게 실망으로 다가서며 다른 각도에서의 역사적 성찰을 요구한다. 현실의 상황과 역사를 함께 생각하는 뮐러는 발전하지 못하고 있는 현시대의 역사적 근원을 찾아내고자 한다.

여기에서 뮐러의 시각은 유럽인의 정신적 기저에 깔려 있는 신화와 고대(古代) 그리스 극작품들로 향한다. 진정한 사회주의 변혁을 이루지 못하고 여전히 야만의 상태에 머물러 있는 역사의 더딘 진행과정의 근본적 원인은 신화와 고대의 야만적 성격에 있다는 것이 그의 판단이다. 야만의 시대로서의 고대 — 뮐러의 역사의식은 일차적인 현실의 모순비판과 그 논의를 넘어 미래를 위한 좀더 깊은 성찰과정으로서 신화와 고대가 감추고 있는 야만성을

26) GI, 86쪽.

향한다.

「호라치 사람」에서 볼 수 있듯이 뮐러가 고대에서 취하는 소재는 전쟁과 폭력, 그리고 그로 인한 인간의 야만화라는 테마로 발전한다. 고대의 사건들은 그에게 "지배권을 둘러싼 싸움"[27]으로 인식된다.

동독 사회주의 사회는 여전히 이러한 전쟁과 폭력의 야만화에서 벗어나지 못하고 있다. 다시 말해 역사의 현재는 고대의 야만성이 보여주는 과거에서 더 발전하지 못한 상황에 머무르고 있다. 「필록테트」의 프롤로그는 뮐러가 파악하는 고대가 어떠한 것인지 극명하게 보여준다. "인간이 인간의 불구대천의 원수였고/학살이 익숙한 것이었으며 삶이란 것이 위험한 것이었던/과거"[28]가 바로 뮐러가 해석하는 고대의 모습이다.

신화와 고대의 영웅들을 둘러싼 대립과 싸움이 철저한 계급 대립에서 일어난다고 본다면 이러한 야만성을 벗어나지 못한 고대는 마르크스주의의 의미에서 뮐러가 파악하는 진정한 사회주의(=역사) 이전의 시대, 즉 전사(前史, Vorgeschichte)의 시기에 해당된다. 이때 전사는 뮐러의 역사이해에 본질적 개념을 형성하는 것으로 계급사회의 형성 과정에서부터 현재까지 계속되고 있는 권력투쟁, 억압, 착취, 노예화 그리고 야만성 내지 잔인성이 지배하고 있는 모든 사회 상황을 뜻한다. 간단히 말해서 뮐러가 말하는 전사의 사회형태는 진정한 사회주의가 이루어지기 이전의 야만적 상태이다.

뮐러의 관점에서 동독은 이 야만의 사회, 전사의 상황에 존재한

---

27) Heiner Müller: Der Horatier, in: 같은 저자: Mauser, Berlin 1978, 45쪽.

28) 앞 책, 7쪽.

다. 죽음과 야만으로 특징지워지는 고대의 모습이 현재의 사회구조와 동시에 존재하고 있다는 점을 그는 놓치지 않는다. 이러한 동시적 사회구조의 대립은 그에게 역사발전을 위해 반드시 논의되어야 할 대상이다. 때문에 전사의 형태에 머물고 있는 동독에서 역사라 이름할 수 있는 다른 새로운 사회가 건설되기 위해서는 동독 역사에 대한 논의가 더욱 중요해질 수밖에 없다. 동독에 존재하고 있는 전사의 모든 잔존물은 극복되어야 하며 이를 위해서 역사의 비판적 분석은 필수적이다.

이제 뮐러의 역사적 시각은 자신이 속한 동독 자체 그리고 독일의 역사로 향한다. 그는 독일 역사의 어두운 면, 숨겨진 면 그리고 갈등과 모순의 상황을 극단적이라 할 만큼 밝혀내고 비판한다. 여기에서 그가 시선을 집중하는 곳은 파시즘의 폭력으로 얼룩진 과거, 그리고 프로이센의 신하 근성과 절대봉건주의이다. 뮐러의 입장에서 이것은 극복되어야 할 과거의 유산이며, 독일 역사가 갖고 있는 비참성이다. 이 비참성은 독일 역사에서 치유되지 않은 채 여전히 무거운 짐으로 역사발전을 억누르고 있다는 것이 뮐러의 시각이다. 그는 이러한 독일의 역사구조를 폭로하기 위해 극단적인 메타포와 모티프를 사용한다. 민족사회주의의 지배 시기와 1945년 4월 러시아군의 베를린 입성 시기를 배경으로 다섯 개의 장면을 몽타주 형식으로 담고 있는 「살육」을 보자.

뮐러 스스로 "파시즘이라는 테마는 당면문제이며 그것이 우리의 생애에 남아 있게 될 것이 두렵다"[29] 라고 말하고 있듯이 「살육」은 일상의 삶에서 저질러지는 인간의 야만적 모습을 보여준다. 첫번째 장면의 형제 살해, 두 번째 장면의 동료 살해와 인육을 먹

---

29) Heiner Müller: Ein Brief, in: 같은 저자: Theater-Arbeit, Berlin 1975, 124쪽.

는 모습, 세 번째 장면의 가족 살해, 네 번째 장면의 배우자 살해, 그리고 마지막 다섯 번째 장면의 탈영병 희생시키기의 극단적 테러 상황은 민족사회주의의 독재가 끝난 이후에도 파시즘의 야만성이 그대로 개인의 의식 상태와 행동에 지속적으로 영향을 미치고 있음을 인식시킨다.

이 같은 폭력의 역사는 독일 역사의 부분일 뿐만 아니라 인류 전체의 역사가 갖는 뒷모습이기도 하다. 자기난도질의 역사, "도살장"[30] 으로서의 역사—이것이 뮐러가 보고 있는 역사의 한 단면이다. 기형화한 독일 역사의 모습은 「게르마니아 베를린에서의 죽음」에서 더욱 분명하게 드러난다. 팬터마임 형식의 열한 번째 장면인 '야경화'를 제외하고 둘씩 쌍을 이루는 총13개의 장면으로 이루어진 이 작품은 독일의 과거와 현재를 대비시키면서 분열된 독일 역사를 보여준다.

16세기 이후 독일 민족의 어머니, 민족의 성스러운 심장으로 상징되어온 여신 게르마니아는 히틀러와 괴벨스 사이에 태어나는 기형늑대(=서독)의 출산을 돕는 산파로 등장하며 기형아 출산에 화가 난 히틀러는 게르마니아를 대포로 없애버린다. 서방의 세 강대국, 미국, 영국, 프랑스를 암시하는 성자 3인은 아이의 출산에 고문기구를 선물한다. 서방의 힘, 군비확장 정책은 독일의 분열, 게르만인의 분열을 낳았음이 상징적으로 표현된다. 이와 함께 뮐러는 독일 역사 자체가 갖고 있는 독일 분열의 원인을 분석한다. 프로이센의 프리드리히 2세와 방앗간 주인의 일화를 연기하는 두 광대를 통해 군국주의와 이에 맞서지 못하는 민중의 무력함이 비판되고, 2차 세계대전에서 독일이 파국적 패배를 당한

---

30) Heiner Müller: Germania Tod in Berlin, in: 같은 저자: Germania Tod in Berlin, 72쪽.

「게르마니아 베를린에서의 죽음」 마지막 장면 "암병동, 마우러힘멜 Krebsstation, Maurerhimmel". 연출/프리츠 마르크바르트 무대장치·의상/카를 크나이들 베를린앙상블, 동베를린, 1989

스탈린그라드 전장(戰場)에 모여든 니벨룽겐 용사들의 자신에 대한 난도질로 독일인들의 끊임없는 자기파괴가 풍자된다. 과거의 역사는 현재에도 여전히 극복되지 못한 채 지속되고 있다. 이처럼 독일의 과거사와 현대사에서 독일인들이 숨기고 싶어하는 그늘진 면을 드러내는 데 집중되었던 뮐러의 역사적 시각은 1970년대 말부터 동독, 독일이라는 지역성을 탈피하고 유럽, 세계의 역사로 확장된다. 유럽은 뮐러에 의해 완전히 파국적으로 규정된다. 유럽은 역사가 존재하지 않는 폐허이다.

「햄릿기계」에서 햄릿은 유럽의 폐허를 뒤로 하고 자신의 가족사를 회상한다. 특히 서유럽은 뮐러에게 역사의 움직임이 없는 죽은 장소이다. 그는 "자기가 소유하고 있는 것을 어떻게 지키고 잃지 않을 것인가. 이것이 서방의 유일한 일"이기 때문에 "서유럽에 역사는 더 이상 존재하지 않는다. 유럽의 역사 복안은 완전히 고갈되어 있다"[31] 라고 말한다.

유럽의 국가들은 고도의 과학과 기술의 발전이라는 그들의 질서구조 속에 응고되어 있으며 석화(石化)되어 있다. 이 정지된 역사의 이면에 존재하는 것

31) GI, 72쪽.

은 폭력의 순환이다. 여기에서 폭력은 핵 위협과 같은 물리적 힘의 폭력이기도 하고 인간의 사고능력을 말살하고 망각을 부추기는 TV와 같은 현대의 영상매체가 가하는 비가시적 폭력이기도 하다. 이러한 세계에서 인간들은 단지 현재만을 살아가고 있으며, 결국 이들에게서 볼 수 있는 것은 사유능력을 상실한 개인적·집단적 망각의 상황뿐이다. 따라서 "예술작품이 할 수 있는 유일한 일은 세계의 또 다른 상태에 대한 동경을 일깨우는 일이다."[32] 뮐러는 다음과 같이 요구한다.

> 우리가 필요로 하는 것은 더 많은 유토피아이다. 그런데 그것은 위험에 처해 있다. 여기에서 유토피아가, 무엇보다 유토피아에 대한 의지가 일상을 통해 마비될 위험에 빠져 있으며 우리는 그것을 주의해야 한다. 그 의지를 앗아가 버리도록 내버려두어서는 안 된다. 필요로 하는 것은 이미 말했듯이 더 많은 유토피아, 더 많은 환상, 그리고 환상을 위한 더 많은 자유공간이다.[33]

이를 위해 뮐러는 제3세계로 눈을 돌린다. 정체화한 유럽의 역사에 역으로 영향을 줄 수 있고 환상의 자유공간을 제공해줄 수 있는 것은 동등권과 자율을 위한 투쟁으로 살아 있는 제3세계이다. 뮐러의 말을 들어보자.

> 필요한 변화 또는 개혁은 제3세계의 발전에 달려 있고, 이러한 상황은 모든 것들이 역사를 기다리고 있는 거대한 대기

32) 앞 책, 133쪽.
33) 앞 책, 174쪽.

소와 같다.[34]

나는 제3세계를 기다리고 있다. 양편은 제3세계를 기다리고 있다. 제3세계는 서방에겐 커다란 위협이나 우리측엔 커다란 희망이다.[35]

뮐러에게 제3세계의 역동적 움직임은 바로 진보적 힘이며 따라서 희망은 제3세계에 있다. 「임무」에 등장하는 세 명의 혁명밀사 가운데 사스포르타는 제3세계의 노예, 유색인을 대변하며 제3세계의 목소리는 그를 통해 들려온다. 그에게 자기 종족의 해방을 위한 혁명은 부활을 의미한다.[36] 이에 반해 백인, 지식인을 대표하는 드뷔송은 혁명에 구역질을 느끼며 자신의 임무인 자메이카에서의 노예봉기를 포기한다. 그가 느끼는 혁명에의 권태감은 역사의 원동력인 변화추구에 대한 유럽 사회의 무관심과 그로 인한 역사의 정체를 암시한다. 뮐러의 희망인 제3세계의 발전은 "세계의 기회균등"으로 이루어지는 "세계역사"[37] 라는 개념으로 이어진다. 이 세계역사는 세계적인 연대사회라는 의미로 이해할 수 있으며 뮐러에게 있어서 목표점이다.

뮐러는 자신의 연극을 도구로 하여 역사에 대한 생산적 논의를 불러일으킴으로써 현재의 역사적 위치를 인식할 수 있는 기회를 제공한다. 이것이 역사를 테마로 한 뮐러의 글쓰기 모토라 할 수 있다. 뮐러의 세계역사 개념에서 쉽게 유추할 수 있듯이 그의 역

34) 앞 책, 71쪽.

35) 앞 책, 86쪽.

36) Genia Schulz : 앞 책, 164쪽 이하 참조.

37) GI, 133쪽 이하, 160쪽 이하 참조.

사에 대한 논의의 귀결점은 결국 사회주의 유토피아를 향해 있다. 뮐러는 지금까지 사회주의가 존재하지 않은 것으로 규정하면서도 자본주의는 세계의 여러 문제를 위한 해결책을 갖고 있지 못한 것으로 간주하여 사회주의를 미래로 인정한다. 그는 이를 믿음이라기보다는 역사상의 빈자리로 설정하고 자신의 극쓰기는 그 빈자리를 묘사하는 것으로 설명한다. 사회주의는 뮐러에게 희망으로 남아 있다.[38]

이러한 논의과정에서 이루어지는 역사의 흐름에 대한 뮐러의 시각은 주관적 경향이 너무나 뚜렷하여 그의 역사표현은 역사의 흐름 전체가 아닌, 그 과정 내의 단편적 장소나 시간, 순간에 치우치고 있다. 이렇게 극단화한 예를 통하여 일반 독자나 관객이 진정한 역사의 흐름에 대한 인식에 도달하는 데는 어려움이 있을 것으로 보인다. 그럼에도 불구하고 하이너 뮐러가 가치있는 작가로 평가되는 것은, 그가 특히 후기 작품으로 넘어올수록 이념을 초월해 해석할 수 있는 독특한 역사미학과 극작상의 새로운 방법론을 지니고 있다는 이유 때문이다.

4. 공동생산자로서의 관객

다음과 같은 「헐값 노동자」의 서문은 하이너 뮐러가 자신의 연극작업 초기부터 갖고 있던 관객 개념을 밝혀준다.

> 이 극작품은 극작가가 결정할 수 없는 낡은 것과 새로운 것 사이의 싸움을 막이 내리기 전에 새로운 것의 승리로 끝

---

38) GI 3, 73, 107쪽 이하 참조.

남을 보여주려는 게 아니다. 이 극작품은 그것을 결정할 새로운 관객에게 그 일을 위임하고자 한다.[39]

이것은 뮐러가 자신의 작품에 제시된 모순과 여러 가지 문제에 대해 관객이 스스로 생각할 것을 요구한다는 의미이며, 경우에 따라서 관객이 실생활 속에서도 그 모순을 해결하기 위해 노력할 것을 기대한다는 표현이다. 따라서 뮐러가 의미하는 관객은 단순히 수동적인 예술 소비자가 되어서는 안 되며 연극 행위에 적극적으로 참여하여 연극을 통한 경험을 실생활에까지 응용하는 생산적인 수용자가 되어야 한다. 때문에 관객을 생산적인 논쟁의 참여자로 끌어들이기 위해 연극은 모순과 갈등상황을 될 수 있는 한 다양하게 보여주어야 한다. 뮐러는 모순과 갈등의 상황을 현실과 역사를 배경으로 이끌어내며 이를 통한 경험이 관객에게 현재에 대한 자신의 성찰로 발전하는 학습과정에 이르도록 만든다. 이러한 관점에서 연극을 통한 경험은 뮐러의 극작 의도에서 중심요소로 자리한다. 그는 수용자가 감당할 수 없을 만큼의 많은 문제상황을 한꺼번에 제공한다. 뮐러는 이용 가능한 모든 연극적 수단을 사용하여 될 수 있는 한 많은 상황을 보여줌으로써 관객에게 수많은 경험의 기회를 제공한다. 그의 연극에는 수많은 상황, 수많은 연극수단의 "범람"[40]이 존재한다. 관객은 이 과도한 공급에서 스스로 무엇인가 선택해야 하며 거기에서 능동적으로 어떤 의미 관계를 추론해내야 한다. '이해하기'보다는 '경험하기'가 중요하다.

39) Heiner Müller: "Der Lohndrücker", in: 같은 저자: Geschichten aus der Produktion 1, Berlin 1974, 15쪽.
40) GI, 20쪽.

문제가 되는 것은 이해하기가 결코 아니다. 문제되는 것은 무엇인가를 경험한다는 것, 또는 체험한다는 것이다. 그리고 나서 아마도 나중에야 무엇인가를 이해하게 될 것이다.[41]

그렇기 때문에 관객이 연극을 통해 얻은 경험을 연극이 끝난 후에도 그의 성찰로 계속 이어지게 하기 위해 뮐러는 자신의 연극에 해답을 제공해주지 않는다. 뮐러가 제기한 문제에 대한 해답 찾기는 관객의 몫이다. 뮐러의 연극은 사고과정의 수행을 통해 연극이 끝난 이후에도 제시된 모순에 대해 스스로 능동적인 해결의 자세를 유지해야 하는 "과정으로서의 연극"[42] 이다. 또한 극구조에서도, 예를 들어 「시멘트」가 보여주는 산문과 운문, 동시대의 구어와 옛 시대 표현법의 혼용, 줄거리에 대한 주석으로서의 신화 삽입 등 극단적이라고도 할 수 있는 다층 구조는 관객을 다양한 경험의 세계로 인도한다. 뮐러의 이러한 효과 전략은 자신의 연극을 일반적인 인식 내지 경험을 뛰어넘어 미지의 경험을 해석하게 만드는 생산적 장소로 확대시킨다.

하이너 뮐러에게 "연극의 한 가지 기능은 경험할 수 있는 (개개인의) 능력 트레이닝"[43] 이다. 이것은 결국 뮐러가 말하고 있듯이 "사회적 환상의 실험실" 그리고 "발전의 도구"[44] 로서의 연극으로 연결된다. 다시 말해 뮐러가 요구하는 것은 '환상을 위한 자유공간' 으로서의 연극이다. 여기에서 환상이라 함은 현실과 역사의 모순에 대한 저항력으로서의 성찰을 의미하는 것이며, 그만큼 관

---

41) GI 2, 170쪽.

42) Heiner Müller : Ein Diskussionsbeitrag, in : 같은 저자: Theater-Arbeit, 121쪽.

43) Heiner Müller : Mauser, in : 같은 저자: Mauser, 69쪽.

44) Heiner Müller : Ein Brief, 126쪽.

객은 뮐러의 연극작업에 절대적인 위치를 차지한다. 이와 같은 뮐러의 관객 개념은 배우와 관객과의 관계, 다시 말해 무대와 객석 간의 관계 속에서 더욱 구체적으로 형성되며 확대된다. 이는 하이너 뮐러가 브레히트의 '학습극'(Lehrstück) 이론을 생산적으로 수용하면서 그 분명한 윤곽을 갖게 된다.

브레히트는 주지하듯 자본주의의 문화산업, 자본주의의 메커니즘이 초래하는 소비와 향락 대상으로서의 예술을 철저하게 비판하면서 예술 수용자를 단순한 예술 소비자에서 예술 생산자의 위치로 끌어올리는 '생산자 예술'의 미학을 발전시켰다. 그는 부르주아 관객의 오락기관에 머물고 있는 극장에서 탈피하고 연극의 기능은 그 기존체제의 근본적인 변혁을 통해 연극이 가지고 있는 사회비판 내지 이데올로기 비판의 기능을 수행할 수 있는 생산적 기관으로서의 능력을 가져야 한다고 보았다. 이것은 연극에 대한 관객의 자세와 역할을 변화시키지 않고는 불가능한 것이었다. 따라서 브레히트는 관객을 소비자로만 머물게 하는 종래의 '배우와 관객의 분리'라는 형태의 시민적 연극을 지양하고 '배우와 관객의 일치'를 구현하는 '학습극'이라는 새로운 상연형태의 실험을 시도했다.[45] 관객의 활성화 내지 생산자로서의 관객이라는 가장 기본적인 학습극의 목표 개념과 관련하여 하이너 뮐러의 연극작업은 이와 분명한 연관성을 지닌다. 이미 언급했듯이 그는 과정으로서의 연극을 추구하는 가운데 모순에 대한 적극적인 관객의 사고를 요구하고 있으며 브레히트의 학습극이 한편으로 학생 또는 아마추어에 의한 상연방식을 제안하고 있듯이 뮐러의 초기 공연시도(「이주해온 여인 혹은 시골에서의 삶」)가 아마추어 무대에서

45) 브레히트의 '학습극'에 대해서는 오제명: 『브레히트의 교육극』(서울; 한마당, 1993)을 참조할 것.

이루어졌다는 사실은 뮐러의 작업이 브레히트와 유사한 목표 개념에서 출발하고 있음을 대변한다. 또한 생산자와 소비자 간의 접근이라는 학습극 이념을 생각할 때, 다음과 같은 뮐러의 언급은 생산자로서의 연기자와 소비자로서의 관객의 분리를 지양하는 브레히트의 학습극 이념의 연장선상에서 이해할 수 있다.

> 드라마는 무대 위에서가 아닌, 무대와 객석 사이에서만 이루어진다.[46]

그리고 계속해서 뮐러는 무대와 객석의 분리가 완전히 폐지된다면 "연극은 비로소 자신의 본래 기능을 갖게 된다. 말하자면 사람들은 자신의 삶과 여러 상황의 변화를 전부 연기해볼 수 있다. (…) 그러면 연극은 실험실로서의 실제적인 기능을 갖게 된다"[47] 라고 말한다. 여기에서 브레히트의 학습극 모델과의 관련점이 분명하게 드러난다. 그러나 뮐러는 브레히트의 모델을 그대로 답습하고 있는 것은 아니다. 그는 브레히트의 학습극이 갖고 있는 생산자 예술의 이념을 자신의 연극작업에 이입시키면서 연기자를 위한 연극을 넘어 관객의 존재를 절대적으로 계산에 넣고 있다. 브레히트의 학습극이 관객을 완전히 배제하지 않는다 하더라도 기본적으로 연기자에 중점이 두어져 있다면, 뮐러의 연극은 브레히트의 학습극이 갖고 있는 생산성과 능동성을 연기자는 물론 관객에게 집중시킨다. 뮐러의 관객은 브레히트의 학습극이 요구하는 생산적 자세를 배우와 함께 관객 자체로서 갖추어야 할 요구를 받는다. 뮐러에게 연극은 관객이 본질적 요소로서 이입되어야

46) GI, 39쪽.
47) 앞 책, 40쪽.

하는 열려진 과정이며 관객을 위한 실험실이다. 브레히트의 학습극 이념을 받아들이면서 동시에 관객의 존재를 강조하는 뮐러의 말을 다시 한 번 들어보자.

> 연극이 배우와 관객의 분리로 이루어지는 한 연극은 제 기능을 찾지 못할 것이다. 연극은 무대와 객석 사이의 긴장에서, 텍스트의 도전으로서 생명력을 얻는다.[48]

이것은 관객과 연기자라는 두 가지 의사소통 위치의 통합추구이다. 텍스트는 연기자는 물론 관객에게까지 분석적 태도를 요구한다. 이를 통해 관객과 연기자는 하나의 생산공동체로 발전할 수 있다. 「마우저」의 주(註)에는 뮐러의 이러한 실험 개념이 좀더 구체적으로 언급되어 있다.

> 관객이 텍스트상의 연기와 연기상의 텍스트를 컨트롤할 수 있게 될 때 (…) 관객의 반응이 텍스트와 연기의 비공시성, 화자와 연기자 간의 비동일성에 의해 컨트롤될 때 관객 앞에서의 공연이 가능하다.[49]

텍스트는 연기자와 관객 공동의 분석자료이자 토론의 제안이다. 관객은 무대 위의 상황과 자신의 경험을 대립시키면서 텍스트가 제공하는 연기자료를 분석해야 한다. 이를 통해 관객은 여러 가지 상이한 관점에서 다루어지는 상황을 다시 경험하고 자신의 행동방식을 재고할 수 있는 기회를 갖는다. 뮐러의 연극은 이러한

---

48) RW, 92쪽.
49) Heiner Müller : Mauser, 69쪽.

적극적인 관객의 자세가 전제된 상황에서 의미를 갖는다.

5. 파괴 그리고 경계 넘기

하이너 뮐러의 사유와 극쓰기의 방식은 극단적이다. 그의 의식의 흐름은 고통을 수반하면서 때로는 악몽으로, 때로는 전혀 비논리적인 환상의 세계로 이어진다. 여기에는 이유가 있다. 뮐러의 시각에서 보자면 역사는 발전의 움직임을 멈춘 채 응고되어 있고 인간은 사유 능력을 상실한 채 현재의 순간에 점령당해 있다. 모든 것이 석화되어 있다. 뮐러는 이러한 현재의 상황을 부수는 작업에 몰두한다. 새로운 것으로의 전이, 새로운 역사의 움직임을 태동시키려는 그의 노력은 굳어 있는 모든 것들을 파괴하는 과정 속에서 이루어진다. 그가 만들어내는 장면들은 극단적인 난폭성, 테러와 같은 공격으로 채워지고 압축된 언어는 수수께끼와 같은 암호와 상징, 은유로 덮여 있다.

뮐러는 모든 기존의 틀을 그 기초부터 흔들어 놓는다. "경악시키기의 요구"[50]로 규정되는 그의 연극 텍스트는 이를 위한 수단이다. 기존의 틀에 갇혀 있는 독자와 관객에게 그 틀을 부수고 나올 수 있는 기회를 마련해주기 위해 필요한 것은 "경악을 통한 교육"[51] 그리고 "경악을 통해 배우기"[52]이다. 뮐러는 이렇게 단정한다.

---

50) RW, 163쪽.
51) GI2, 23쪽.
52) 앞 책, 55쪽.

> 인간의 어느 대집단도 경악 없이, 쇼크 없이는 결코 무언가를 배우지 못했다.[53)]

뮐러에게 공포를 통해 관객이 갖게 되는 불안과 두려움은 생산적 기능을 갖는다.

> 불안은 무언가 대단히 교육적인 것이다. 불안이 없다면 발전이 없을 것이며, 불안이 없다면 문화도 없을 것이다. (…) 불안은 또한 창조성을 생산한다. 불안은 건설적이다. 불안은 해결을 하도록 만든다. 불안을 배제시킨다면 불안이 만들어 내는 것에 대한 저항이 지체된다.[54)]

따라서 문학이 해야 할 일은 역사와 상황 그리고 인간의 두려움의 중심을 찾아내 그것을 독자, 관객에게 전달하는 일이다. 두려움의 중심을 은폐하거나 덮어두면 거기에서 얻을 수 있는 에너지에 접근할 수가 없다. 두려움과의 대결을 통한 두려움의 극복이 요구된다.[55)]

뮐러의 연극 텍스트가 갖고 있는 경악의 요소는 관객을 심리적 압박하에 놓아서 그로 하여금 어떠한 반응을 일으키도록 강요한다. 관객의 경악이 그 작품 자체를 향하고 최소한 방어 반응으로서의 어떤 저항감을 가지고 그가 극장을 떠나게 되면 이미 새로운 경험과 기억이 그의 의식 속에 자리하게 되는 것이다. 뮐러는 관객의 이러한 경험이 그들의 실제 생활의 변화에 작용하기를 기

53) 앞 책, 23쪽.
54) GI, 179쪽.
55) GI2, 56쪽 참조.

대한다. 모든 것에 무감각해져 있는 현대인의 의식과 고정관념의 틀을 깨기 위한 '경악시키기'의 표현형식은 파괴로 이어진다.

「게르마니아 베를린에서의 죽음」의 열한 번째 장면인 '야경화'를 보자. 무대 위에 서 있던 입이 없는 한 인물은 무대 위를 지나가는 자전거를 잡으려 한다. 그러나 그는 무대바닥에서 솟아나는 턱에 걸려 넘어진다. 그는 자기가 넘어진 원인인 턱을 알아채지 못하고 자신의 다리를 의심한다. 그는 자신의 사지를 스스로 차례차례 뽑아버린나. 그렇게 애타세 잡으려던 자전거가 그의 잎에 멈추어 서도 그는 이제 자전거를 이용할 수가 없다. 그는 눈물을 흘리며 눈 높이로 무대에 나타난 꼬챙이로 자신의 두 눈을 찌른다. 꼬챙이는 두 눈을 달고 퇴장하며 눈이 빠진 그의 눈구멍에서는 이가 기어나와 그의 얼굴을 덮는다. 그는 비명을 지르며 비명과 함께 입이 생겨난다. 이 인물의 비명은 역사 속에서 고통받는 인간의 항의, 저항의 표시이다. 하나의 희망일 수 있는 자전거를 그는 잡지 못한다. 희망을 이루지 못하는 원인은 인간 자신의 책임인지도 모른다. 그는 그 원인인 자기자신을 해체한다. 그는 자기파괴로써 저항을 위한 수단, 입을 얻는다. 어쩌면 새로운 시작의 신호일 수 있는 그의 비명은 낡은 것의 파괴를 전제로 하고 있다. 파괴는 동시에 새로운 것의 시작이다. 뮐러에게 파괴는 건설적·생산적 힘을 갖는다.

뮐러의 극작품들은 그 내용뿐만 아니라 형식에서도 기존의 틀을 파괴하는 모습이 두드러진다. 그의 연극작업은 만들어져 있는 기존의 경계를 넘어선다. 또한 그의 극작품에는 종래의 극작법의 필수적인 단위들인 시간, 장소, 줄거리 그리고 역분배 등이 존재하지 않거나 명확하게 지시되지 않는다. 보편적인 극구조가 파괴된 자리를 대신하고 있는 것은 환상의 세계와 꿈과 같은 사유의 세계이다. 상상과 관념의 그림들이 다층적으로 혼재하면서 그려내는 것은 마치 안개에 싸인 희미한 이미지와 같아서 여기에서 방향잡기란 너무도 어려워진다. 대사보다는 독백과 주석이 우선되고 직접적인 무대행위보다는 사유의 산문과 시적으로 구성된 구술 텍스트가 지배한다. 단순한 줄거리의 진행은 찾아볼 수 없으며 몽타주, 콜라주 형식으로 구성된 장면에 산문과 운문, 수많은 인용구가 뒤섞여 있다.

「호라치 사람」은 역분배가 지정되지 않은 운문으로 이루어진 텍스트이며, 「햄릿기계」는 영어가 뒤섞인 독백의 텍스트이다. 「그림쓰기」는 아예 마침표 없는 산문으로 이루어져 있다. 줄거리는 단지 단편적으로 인식될 수 있을 뿐이며, 인물간의 갈등은 관객 앞에 직접 나타나는 일 없이 암시로 이루어질 뿐이다. 과거, 현재, 미래의 시간들이 혼재된 상태로 겹쳐 있다. 등장인물은 명확한 자신의 삶과 정체성을 갖지 못하며 누군가의 음성을 전달해주는 대리인일 뿐이다. 이와 같은 "탈드라마화한 극작품"[56]은 고정관념의 틀 깨기를 위한 뮐러의 전략이 만들어낸 결과이다. 여기에서 특히 두드러지게 나타나는 것은 등장인물의 정체성 파괴이다. 현대사회에 드러나는 주체의 소멸, 주체적 사고의 부재현상은 이를 통해 경고된다. 「황폐한 물가 메데아자료 아르고호 사람들이 있는 풍경」 가운데 '아르고호 사람들이 있는 풍경'에 등장하는 '나'의 말을 들어보자.

내가 나에 관해 말해야 하는가 나는 누구인가
누구에 관해 말하는가
나에 관해 말하는 것이라면 나

56) Andreas Keller: Drama und Dramaturgie Heiner Müllers zwischen 1956 und 1988, Frankfurt/M. 1992, 255쪽.

새똥의 비속에 석회껍질 속의 그것은 누구인가[57)]

이렇게 누구인지 모를 '나'의 목소리가 텍스트에서 울려나온다. 뮐러의 연극은 "음성의 연극"[58)]이 된다. 인물은 정체성이 없는, 다시 말해 실체가 없는 목소리로 축소된다. 텍스트의 중심을 이루는 것은 자아의 해체와 파괴이다. 여기에 썩어버린 자연의 풍경이 연결된다. 역사적으로 영원히 지속되는 파괴와 억압의 메커니즘, 고도로 기술화한 현대 산업사회의 파괴된 인간성이 죽음의 관념으로 이어진다. 삶은 단지 계속되는 파괴일 뿐이다. 역사의식은 상실되어 있고, 따라서 역사는 존재하지 않는다. 망각이 지배하는 시대, 이것이 현재이다. 이를 경고하기 위해 뮐러의 환상적 사유는 경계를 넘어 죽은 자의 부활과 그의 현세로의 귀환으로 흘러든다. 죽은 자와의 대화가 이루어진다. 죽은 자와의 대화는 기억이고 회상이기 때문이다.

죽은 것은 역사 속에 죽어 있지 않다. 드라마의 한 가지 기능은 죽은 자를 불러내는 일이다—죽은 자와의 대화는 그들이 자신과 함께 미래에 파묻혀진 것을 꺼내줄 때까지 중단되어서는 안 된다.[59)]

과거에서 돌아오는 죽은 자를 통해 할 수 있는 일은 현재의 세

---

57) Heiner Müller: "Verkommenes Ufer Medeamaterial Landschaft mit Argonauten", in: 같은 저자: Herzstück, Berlin 1983, 98쪽.

58) Hans-Thies Lehmann: Theater der Blicke. Zu Heiner Müllers "Bildbeschreibung", in: Ulrich Profitlich 편, Dramatik der DDR, Frankfurt/M. 1987, 187쪽.

59) GI 2, 64쪽.

계를 다시 돌아보고 미래를 위한 새로운 시작의 가능성을 열어주는 일이다. 죽은 자는 망각으로 두 번 죽은 자이며 역사의 이름으로 망각된 자이다. "우리가 살고 있는 이 허무주의 시대는 사회가 죽은 자들에 대한 자신의 책임을 인식하게 될 때 저 홀로 극복될 수 있다."[60]

아홉 개의 독립된 장면이 조립된 가운데 스탈린, 히틀러 등 지나간 역사의 인물들이 등장하는 「게르마니아 3」은 독일 현대사에 관한 죽은 자와의 대화이다. 그러나 뮐러의 텍스트에 있어서 죽은 자의 부활은 희망의 상징만은 아니다. 죽은 자의 부활은 다른 한편으로 역사에 끊임없이 존재하는 파괴와 싸움의 반복을 상징하면서 현재 세계에 존재하는 것들에 대한 위협으로 등장하기도 한다. 뮐러의 환상적 의식은 이러한 모순 속에서 진동하고 있다.

하이너 뮐러의 사유와 글쓰기 방식은 이처럼 고착된 것을 파괴하고 모든 경계를 자유롭게 넘나든다. 그에게 "계속해서 가능한 세계에 고착한다는 것은 지루한 일이다."[61] 종래의 드라마 개념에서 탈피하는 그의 작품에는 그만큼 드라마 내지 희곡이란 장르 명칭이 어울리지 않는다. 그의 작품은 장르의 경계까지 넘어서 있다. 그러나 분명한 것은 그의 글쓰기가 연극을 위한 것이라는 점이다. 따라서 하이너 뮐러의 글은 연극을 위한 텍스트, 즉 '연극텍스트'로서 기능한다.

하이너 뮐러의 예술은 편안하지 않다. 그의 예술은 고통으로, 충격으로 다가온다. 세계의 조화를 부르짖는 이 시대에 그의 연극 작업은 정반대의 길을 걷는다. 그는 자신만이 할 수 있다고 생각하는 길을 가고 있을 뿐이다. 그것은 혼돈의 이 시대를 작품 자체

60) GI 3, 223쪽.
61) GI, 57쪽.

로 보여주고 역사발전에 대한 의식을 일깨우기 위함이다. 그의 작업이 만들어내는 공간을 어떻게 채우는가는 고통스러운 우리의 몫이다.

참고문헌

1차 문헌

Müller, Heiner: Geschichten aus der Produktion 1, Berlin 1974.

———————: Theater-Arbeit, Berlin 1975.

———————: Germania Tod in Berlin, Berlin 1977.

———————: Mauser, Berlin 1978.

———————: Herzstück, Berlin 1983.

———————: Stücke, Henschel Verlag, Berlin 1975.

———————: Gesammelte Irrtümer, Frankfurt/M. 1986.

———————: Gesammelte Irrtümer 2, Frankfurt/M. 1990.

———————: Gesammelte Irrtümer 3, Frankfurt/M. 1994.

———————: Krieg ohne Schlacht. Leben in zwei Diktaturen. Eine Autobiographie, Köln 1992.

———————: Rotwelsch, Berlin 1982.

Kluge, Alexander/Müller, Heiner: Ich schulde der Welt einen Toten. Gespräche, Hamburg 1996.

2차 문헌

오제명: 『브레히트의 학습극』, 서울; 한마당, 1993.

정민영: 「하이너 뮐러의 작품에 나타난 여성상」, 박성호 외 8인 공저: 『하이너 뮐러 연구』, 서울; 한마당, 1998.

Buck, Theo: Von der fortschreitenden Dialektisierung des Dramas. An merkung zur Dramaturgie bei Bertolt Brecht und Heiner

Müller. in: Forum Modernes Theater, Bd. 4, 1/1989, S.16~28.

Der Fall Heiner Müller, Dokumente zur "Umsiedlerin", in: Sinn und Form, 3/1991, S. 429~486.

Hafranke, Karl-Heinz: Individualgeschichte und Gesellschaftsprozeß in unserer neuen Dramatik, in: Weimarer Beiträge, 4/1976, S. 12~35.

Keller, Andreas: Drama und Dramaturgie Heiner Müllers zwischen 1956 und 1988, Frankfurt/M. 1992.

Kranz, Dieter: Zwei produktive Versuche im Maxim-Gorki theater Berlin, in: Theater der Zeit, 10/1958, S. 43~47.

Lehmann, Hans-Thies: Theater der Blicke. Zu Heiner Müllers "Bildbe schreibung", in: Dramatik der DDR, hrsg. v. Ulrich Profitlich, Frankfurt/M. 1987, S. 186~202.

Schivelbusch, Wolfgang: Sozialistisches Drama nach Brecht. Drei Modelle: Peter Hacks-Heiner Müller-Hartmut Lange, Darmstadt/Neuwied 1974.

Schmidt, Ingo/Vaßen, Florian: Bibliographie Heiner Müller: 1948~1992, Bielefeld 1993.(Bd. 2, 1993~1995, Bielefeld 1996)

Schulz, Genia: Heiner Müller, Stuttgart 1980(Metzler 197).

Ulbricht, Walter: Der Weg zur Sicherung des Friedens und zur Erhöhungder materiellen und kulturellen Lebensbedingungen des Volkes, in: Dokumente zur Kunst-, Literatur-, und Kulturpolitik der SED(1946~1970), hrsg. v. Elimar Schubbe, Stuttgart 1972, S. 542~543.

Wiegenstein, Roland H.: Länger als Glück ist Zeit, und länger als Unglück. Entfremdung und Widerspruch im Werk Heiner Müllers, in: Merkur, 2/1976, S. 159~181.

Wieghaus, Georg : Heiner Müller, München 1981 (Autorenb cher 25).
Wittstock, Uwe: Die schnellen Wirkungen sind nicht die neuen, in : Text + Kritik 73, Heiner Müller, München 1982, S. 10～19.

하이너 뮐러 연보

1929년	1월 9일, 구동독 작센Sachsen주, 에펜도르프Eppendorf에서 출생.
1945년	나치 노동봉사에 징집됨. 미군의 포로가 되었으나 탈출. 대학입학자격 시험인 아비투어를 마침. 이후 메클렌부르크의 바렌 지역의회 직원, 서점 직원으로 일함.
1950년	시 「필록테트」, 「시작에 관한 보고」, 산문 「할아버지에 대한 보고」.
1950~56년	「일요신문」(Sonntag)誌 기자.
1951년	「살육」 초안 작성.
1953년	「신독일문학」(Neue Deutsche Literatur)誌 기자.
1954년	동독작가연맹 가입.
1955년	「트랙터」 작업 시작.
1956년	잉에 뮐러와 공동작업으로 「헐값 노동자」 집필. 「게르마니아 베를린에서의 죽음」과 「이주해온 여인 혹은 시골에서의 삶」 작업 시작. 「세계를 뒤흔든 10일」 집필.
1957년	잉에 뮐러와 공동작업으로 「수정」(1판) 집필.
1957~58년	「젊은 예술」(Junge Kunst)誌 편집자.
1958년	「수정」(2판), 「클레비츠 보고」, 자전적 산문 「아버지」 집필. 「필록테트」 작업 시작.
1958~59년	「헐값 노동자」, 「수정」 공연으로 동베를린 막심 고리키 극장에서 활동.
1959년	「헐값 노동자」로 하인리히 만 문학상 수상(잉에 뮐러와 공동수상).

1961년	「이주해온 여인 혹은 시골에서의 삶」을 완성하고 이 작품을 카를스호르스트 경제대학 학생무대에서 초연(연출/ B. K. 트라게렌). 그러나 이 작품이 반국가적 성향이라는 이유로 당기관이 개입함. 이 사건으로 12월, 뮐러는 작가연맹에서 축출당함. 「트랙터」 작업을 일시적으로 마침.
1963년	「건설」 작업 시작.
1964년	「건설」 완성. 「헤라클레스 5」 작업 시작. 「이주해온 여인 혹은 시골에서의 삶」을 「농부들」이란 제목으로 바꿔 완성. 「필록테트」 완성.
1965년	12월, 「건설」이 사회주의통일당 중앙위원회 11차 총회에서 비판받음. 에리히 바이너르트 메달 수상.
1966년	아내이자 동료작가였던 잉에 뮐러 자살. 「헤라클레스 5」, 「폭군 오이디푸스」 완성.
1967년	「프로메테우스」 작업 시작.
1968년	「프로메테우스」 완성, 「호라치 사람」 집필.
1969년	잉에 뮐러의 방송극 「여성작업조」를 모델로 「여성코미디」 집필.
1970년	베를리너 차이퉁 비평가상 수상. 「마우저」 집필.
1970~76년	베를린 앙상블의 드라마투륵.
1971년	「게르마니아 베를린에서의 죽음」 완성. 셰익스피어의 「맥베스」를 토대로 하여 「맥베스」 집필. 볼프강 하리히Wolfgang Harich가 이 작품을 비난함으로써 뮐러의 '역사 비관주의'에 대한 논쟁이 일어남.
1972년	「시멘트」 집필.
1973년	레싱상 수상
1974년	「트랙터」, 「살육」, 「메데아놀이」 완성.

1975년	미국 체류. 산문 「사망신고」 집필.
1976년	동베를린 폴크스뷔네 드라마투륵. 베를리너 차이퉁 비평가상 수상. 「군들링의 삶 프로이센의 프리드리히 레싱의 잠 꿈 비명」 집필.
1977년	「햄릿기계」 집필.
1978년	브레히트의 단편 「이기주의자 요한 파처의 몰락」을 개작하여 함부르크의 샤우스필하우스에서 공연.
1979년	5월, 「게르마니아 베를린에서의 죽음」으로 뮐하임 극작가상 수상. 「임무. 어느 혁명에 대한 회상」 집필.
1980년	「사중주」 집필.
1981년	「심장」 집필.
1982년	동독 예술아카데미 회원. 「황폐한 물가 메데아자료 아르고호 사람들이 있는 풍경」 집필.
1983년	네덜란드에서 열린 '홀랜드 페스티벌 1983'에서 '하이너 뮐러-프로젝트'가 개최됨(벨기에, 네덜란드, 불가리아, 동독, 서독의 10개 극단이 공동기획).
1984년	「그림쓰기」, 「해부 타이터스 로마의 몰락 셰익스피어 주석」 집필.
1985년	게오르그 뷔히너 상 수상. 「볼로코람스크 국도 1」 집필, 「볼로코람스크 국도 2～4」 작업 시작.
1986년	동독예술문학 1급 국가상 수상. 전쟁 실명자 방송극상 수상(작곡가 하이너 괴벨스와 공동수상). 「볼로코람스크 국도 2～4」 완성.
1987년	「볼로코람스크 국도 5」 집필.
1988년	작가연맹에 복귀. 문화부 극작 고문위원회 위원.
1990년	프랑크푸르트 연극제 '엑스페리멘타 6'이 뮐러에게 헌정됨. 5월 19일부터 6월 4일까지 17일간 이어진

이 연극제에서는 동독과 서독의 연극인, 예술인이 공동으로 참여하여 뮐러에 관한 90가지가 넘는 행사를 마련함. 7월 16일 동독 예술아카데미 원장에 피선.

1992년 『하이너 뮐러 시집』 출간(Alexander출판사)

1994년 유럽 연극상 수상.

1995년 12월 30일 암과 폐렴으로 베를린에서 사망.

1996년 1월 16일 브레히트가 묻혀 있는 도로테엔슈타트 공동묘지에 안장됨. 마지막 작품 「게르마니아 3. 죽은 남자에 붙은 유령들」이 출간됨.

Volker Braun

폴커 브라운의 중기 극작품 「팅카」에 대한 고찰

—페미니즘과 인간평등을 중심으로

염승섭(계명대)

I. 들어가는 말

폴커 브라운은 1960년대에 처음에는 시인으로, 그 다음 차차 극작가로도 구동독 사회에서 주목을 받기 시작하였다. 그는 1975년 '미완의 이야기'(Unvollendete Geschichte)를 발표함으로써 소설을 포함한 산문에서도 조예가 깊음을 보여주었다. 폴커 브라운은 그의 전 작품을 통하여 한결같이 자신이 처한 사회적 현실과 그 속에서 드러나는 여러 모순을 직시하며 그에 대한 예리한 통찰과 분석을 작품의 구성성분으로 삼았다. 이러한 관점에서 그는 어디까지나 '참여작가'라고 할 수 있다.[1] 브라운은 한편으로 사회비판

---

1) 참조; Heinrich Vormweg: "Provokation für alle — Einige Anmerkungen zu den Stücken Volker Brauns", in: Text+Kritik,

적 기능을 견지하면서도 결단코 자신의 문학을 도구화하지 않았다. 다른 한편으로 그는 참된 사회주의 이상에 충실하면서도 '현실적으로 존재하는 사회주의'(real existierender Sozialismus)에 등을 돌리지 않고 그것을 자신의 문학적 자료로 삼아 거기서 개발된 소재를 예술적 형식을 통하여 명료하게 제시함으로써 독자와 관중에게 문제의식을 불러일으켰다. 특히 브라운은 극작품에서 자신이 처해 있던 사회의 이데올로기나 체제를 비판하기보다 등장인물들을 통해 객관화된, 비판적 시각을 포함한 여러 입장의 제시를 통해 독자와 관중과 더불어 토론의 장을 열어놓고자 하였다.[2] 물론 브라운의 이러한 시도는 구동독의 문화정책 담당자들의 눈에 들 리가 없었고 그들의 중앙 언론매체에 제대로 소개되지 못하였다. 그러나 그는 굴하지 않고 1980년대를 거쳐 90년대 현재에 이르기까지 꾸준히, 「과도기의 사회」(Die Übergangsgesellschaft)와 「해변가의

Volker Braun, 55(Juli 1977), S. 23: "브라운의 극작품들이 어느 작품안(案)에 있어서나 또는 어느 논점으로 보나 동독의 사회적 현실의 저항에 부딪혀 마찰을 빚고 있다는 것은 어쨌든 의심할 바 없는 사실이다"(Außer Zweifel jedenfalls, daß Brauns Stücke in jeder Fassung und jedem Punkt sich am Widerstand gesellschaftlicher Realität in der DDR reiben). 이어서 포름벡은 브라운이 연구해볼 만한 수준 있는 그의 작품으로 인해 동독 당국에 불편한 심기를 야기시켰다고 부언하고 있다.

2) 앞 책, 24쪽 참조; "그는 모순들을 의식 속에 남아 있게 함으로써 그 해결을 모색하도록 촉구한다"(Er hält die Widersprüche bewußt, um zu ihrer Lösung herauszufordern). 폴커 브라운의 극이론은 현실의 반영이라기보다 어느 가상적으로 주어진 문제들에 대해 여러 가능한 해답을 모색하여 그 타당성을 검토해본다는 것이다: "이러한 극장에서 생활에서는 값비싸고 모험적일 사회적 실험들이 이루어질 수 있습니다"(Auf diesem Theater können gesellschaftliche Experimente gemacht werden, die im andern Leben teuer und gewagt wären). (Volker Braun: Texte in zeitlicher Folge, Bd. 2, S. 246)

보헤미아」(Böhmen am Meer)를 포함하여 여러 극작품들을 집필하였다.

본고에서는 분량상 그 모든 것을 개관하기보다 그의 중기 작품군에 속하는 「팅카」(Tinka)를 중심으로 그의 연극세계를 더듬어 보고자 한다.[3)]

II. 극작가로서의 출발

우리는 폴커 브라운의 극작품 「팅카」의 위상을 올바로 이해하기 위하여 먼저 발라드풍으로 짜여진 그의 첫 연극물 「역군(役軍) 파울 바우흐」(Kipper Paul Bauch)의 경우를 생각해보고자 한다. 작품 속에서 주인공은 다음과 같이 소개된다:

> 내가 누구냐고요? 20세기 파울 바우흐요, 작업조장이요, 노동자 농민의 자식이오. 제철소에서 호이보이에 이르기까지 모든 대건설현장을 보았소. (…) 술을 통으로 마셨고, 돼지고기를 날로 먹었소. 모든 것을 뒤집어엎었소. 온 세상 사람의 마음을 휘어잡았소. 갈채!—내가 누구냐고요? 사회주의적 모험가요.
>
> Wer bin ich? Paul Bauch, zwanzigstes Jahrhundert. Brigadier. Arbeiter-und Bauernkind. Alle Großbaustellen

---

3) 참조; " 'Tinka'—ein gesellschaftliches Experiment", in: Text+Kritik, 55, S. 35. 클룬커는 동서독에 있어서 작품 「팅카」의 수용을 고찰하는 가운데, 여러 가지 현실문제들의 해결을 무대 위에서 비싼 값을 치르지 않고 시험해볼 수 있는 이점을 직시하고 있다는 브라운의 입장에 주의를 환기시키고 있다.

gesehen von den Eisenhütten bis Hoywoy. (…) Soff aus dem Faß und fraß Schweine roh. Stülpte alles um. Zog Zeitalter ringsum an, Beifall!—Was bin ich? Ein sozialistischer Abenteurer.

1962년부터 1965년에 걸쳐 씌어졌다고 하는 이 작품은 본래 「총체적 인간」(Der totale Mensch)으로 칭해진 것에서도 짐작할 수 있듯이, 브레히트의 「바알」(Baal)의 전통을 이어받아 거인적 주인공을 사회주의 풍토에 심어 놓은 야심작이었다. 하지만 구동독의 문화정책에 잘 부합되지 않는다는 혐의와 비판으로 인해 1972년이 되어서야 「역군들」(Die Kipper)이라는 새로운 제목하에 라이프치히 시에서 초연이 허락되었다.[4]

동독 사회주의 체제하에서 흔히 그러했듯이 이 작품도 당국이나 공중(Publikum)이 보다 용이하게 수용할 수 있도록 여러 번 개작되었던 고로 「역군들」의 연극대본과 책으로 출판된 텍스트 사이에는 편차가 있다. 1962년 이후 동독 사회에서의 연극은 공론의 매개체로서 어느 장르보다 각광을 받았다. 따라서 이 작품의 분위기를 감지하기 위하여, 동독의 편협한 정책적 공연윤리 기준에 비해 도전적인 다음과 같은 구절들을 이 작품에서 인용해 볼 필요가 있다:

우리는 사회주의만을 건설하는 것이 아니고, 우리는 동시에 사회주의의 건설을 흉내낸다. 어느 미소 하나도 더 많은 것이 아니고, 어느 표정 하나도 탈선이라 할 수 없으며, 어떤

4) Heinz Klunker: "Zeitstücke und Zeitgenossen", in: Gegenwartstheater in der DDR (München: DTV, 1975), S. 97을 볼 것.

사고(思考)의 하이픈도 비전형적이라 할 수 없다. 모든 것은 진지하고 장엄하다…….

Wir bauen nicht nur den Sozialismus auf—wir mimen zugleich Aufbau des Sozialismus. Kein Lächeln zuviel, kein Gesichtszug entgleist, kein untypischer Gedankenstrich. Alles ernst und feierlich.[5)]

또는 브라운이 논의할 가치가 있다고 생각한 공산주의적 이상향을 그리는—생시몬주의적 하이네를 연상시키는—다음과 같은 구절은 브라운의 발전방향을 예감케 하여 매우 흥미롭다:

그때는 물품의 과잉이, 사상과 감정의 과잉이 있을 것이다. 그때는 어느 사람을 사랑하든지 그렇게 하지 않을 이유가 없을 것이다. 사랑은 이제 더 이상 비극이 아닐 것이다. 갈등들은 우리 앞에 조반의 복숭아처럼 연하고 향기롭게 놓여 있을 것이다. 나는 새로운 천 년의 인간이 편안히 살아갈 것이라고 믿는다. 어떤 도덕도, 어떤 규범도 없을 것이다. 언제나 새로이 열리는 날만 있을 것이다.

Es wird ein Überfluß an materiellen Gütern da sein, ein Überfluß an Gedanken und Gefühlen. Es wird gar keinen Grund mehr geben, irgendeinen Menschen nicht zu lieben. Die Liebe wird keine Tragödie mehr sein. Die Konflikte werden zart und duftend wie Pfirsiche vor uns liegen, ein Frühstück. Ich glaube, der Mensch des neuen Jahrtausends wird leben, wie es angenehm ist. Es gibt keine Sitten, es

---

5) 앞 책, 98쪽.

gibt keine Normen. Es gibt nur den Tag, der ist immer neu.[6]

브라운의 이 첫 극작품은 브레히트의 「바알」만큼이나 재기발랄하여 그 당시의 여러 시대물들을 대변하는 역할이 주어졌으며, 그로 인해 보다 많은 문화정책적 측면에서 비평의 대상이 되었다. 특히 쟁점화된 것은 사회주의적 주체의 소위 '절대적'인 전개충동과 아직도 억압적이며 편협하다고 폄하되는 사회주의적 상황 사이에 존재하는 이율배반을 소재로 삼아 사회주의 체제하의 '인간의 소외'를 지어내어, 그것을 공격의 대상으로 삼는다는 것은 한심한 일이라는 것이다.[7]

브라운은 그의 첫 극작품에 이어 두 개의 연극 「힌체와 쿤체」(Hinze und Kunze)와 「레닌의 죽음」(Lenins Tod)을 집필하였으나 별다른 반응을 얻지 못했다. 그러다가 1972~73년에 집필된 「팅카」(Tinka)는 우여곡절 끝에 1976년 5월 29일 켐니츠 Chemnitz(당시에는 카를 마르크스 슈타트 Karl-Marx-Stadt)에서 초연되었는데 여러 상반된 해석을 통해 상당한 반응을 불러일으켰다.

우선 이 작품은 구동독의 정치·문화적 상황에 익숙지 못한 한국의 독자들에게는 그 사회주의 문화와 언어적 의미의 맥락에서 심히 난해한 텍스트로 사료되어, 본고는 먼저 그 줄거리를 살펴보고, 다음으로 여주인공 팅카에게 나타나는 여성주의적 해방의 의미와, 끝으로 이상과 현실의 비극적 갈등을 가늠해보고자 한다.

---

6) 앞 책, 같은 쪽.
7) 앞 책, 100쪽을 볼 것.

Ⅲ.「텡카」의 개요와 작품성격

본 연극의 첫 장면은 공장의 자동화 계획을 백지화하라는 당국의 '결정'(Beschluß)에 대한 동의를 구하러 온 산업부의 대표들과 담판을 벌이다가 과로로 쓰러져 죽은 '전 공장장'(der alte Werkleiter)에 대해 공장 간부들의 반응을 나타내는 말들을 주고받으며 그 시신을 무대 뒤로 옮기는 것이다.

그 다음 장면에서 주인공 팅카는 자기가 근무하던 생산공장에서 선발되어 3년 동안 공장운영의 자동화를 위한 연수를 성공적으로 끝마치고 기사Ingenieur가 되어 이제 다시 직장으로 복귀하는 마당에 그 직장 분위기가 일변한 것을 발견한다. 그녀는 자신이 습득한 지식과 기술을 자동화가 가능한 분야에서 다른 동료들과 공장 직공들에게 전수하여 공정(工程)을 개선하여 보다 희망찬 미래를 향한 사회주의 건설에 기여하려던 참이었다. 그런데 이제 그러한 공장 차원의 자동화 기획이 산업부Ministerium für Industrie의 결정에 의해 취소된 것이다(이러한 상황설정은 브라운이 임의로 꾸민 것이 아니라, 1971년 제8차 사회주의통합당(SED)의 지침에 따라 당시 80여 개의 대산업체에서 상당히 진전되어 있던 자동화 추진계획이 무산된 역사적 사실에 근거하고 있다).

팅카는 그녀의 애인인 기술부장 브렌너Brenner를 포함하여 공장의 모든 지도요원들이 그녀와 자신의 지도를 받고 있는 직공들에게 새로운 결정으로 인한 상황변화와 그들의 변절에 대해 공개적으로 토론하고 당위성을 주장하는 대신 오직 조금씩 정보를 흘리며 그들의 순종을 종용하는 태도에 당혹감을 감추지 못한다. 특히 그녀는 그 결정을 실행에 옮기는 데 동조하며, 그녀에게는 상황을 '냉정하게'(sachlich) 판단하기를 권하고 자기는 '책략적으로'(taktisch) 행동하려 들면서 그들 두 사람이 직장을 떠나 다른 곳으로 가버릴 수도 있다는 암시에 회의를 금치 못한다. 여기서 팅카의 고충을 조금 살펴볼 필요가 있다.

팅카는 고혹적인 외모를 지닌데다가 더욱이 기사자격까지 획득한 최고 인텔리 여성으로 등장한다. 브렌너는 그녀를 다시 만나자 그의 오른손을 보이며 그가 이제 이혼을 끝내 독신이 되었음을 알리는 동시에 앞으로 두 사람이 힘을 합쳐 난관을 헤쳐 나갈 것을 넌지시 알린다. 그녀는 브렌너를 사랑했기 때문에 그의 책략적이고 허위적으로 변모한 모습을 감당치 못한다. 그리고 그가 다시 본래의 모습으로 돌아오도록 하기 위하여 그를 냉정하게 대한다. 그녀에게는 사적인 것과 공적인 것이 일치해야 하며 직장의 지도층과 피지도층 사이에 인간적인 간격, 즉 배신은 있을 수 없고 남녀간의 성차별도 타파해야 한다는 입장을 견지한다.

브렌너는 그와 팅카가 현 직장에서 살아남기 위해서 필요한 취소된 자동화계획을 다시 인가받기 위하여 '산업부'(Ministerium)에 보낼 편지를 기안하는 데 그 공장에 배속된 '당서기'(Parteisekretär) 루트비히Ludwig로부터 표현형식상의 도움을 많이 받는다. 특히 루트비히는 경륜을 쌓은 인물로 브렌너에게 적절한 충고를 해주는데, '책략적으로 행동하는 것'(Taktieren)은 그 행동의 당사자에게 자업자득이 될 수 있으므로 그렇게 하지 말고 '진실함'을 행동의 기준으로 삼아야 한다고 말한다. 여하튼 그 건의서한의 결과 행정관서로부터 진상조사위원회가 공장에 파견되어 온다. 이와 때를 맞추어 팅카는 여직공 헬가Helga와 더불어 남장한 뒤 공장장 둔케르트Dunkert와 기사들이 그 위원들을 접대하고 있는 주보Kantine에 나타나 둔케르트를 야유하며 소동을 벌인다. 즉 문제를 삼을 수 없는 '노동자 연극'(Arbeitertheater)의 형식을 빌려 공장장을 비롯한 권위체제에 일종의 도전을 감행한 것이다.

다른 한편 팅카는 자동화 교육을 계속 받기를 망설이는 직공들에게 공장장으로부터 직접 의견을 들어볼 수 있도록 일을 꾸민다. 둔케르트는 이러한 선동에 분개하여 팅카를 해고하려 든다. 그러나 브렌너가 팅카를 변호하고 당서기 루트비히가 그녀의 행동은 애인인 브렌너에게 맡기면 된다며 그 사태를 무마시킨다. 그러나 팅카는 오히려 브렌너에게 감사하기는커녕 믿을 수 없는 사람이라며 그를 해고할 것을 건의한다. 그 결과 브렌너는 도저히 팅카를 감당할 수 없음을 자각하고 심리적 혼란 상태에 빠진다. 그는 반항심과 수치심 속에서 급기야 풋내기 여직공 카린Karin을 손쉽게 유혹하여 그녀와 결혼하기로 한다. 그들의 결혼 축하연이 열리고 있는 현장에서 팅카는 브렌너에게 아직도 자신을 사랑하느냐고 묻는다. 그가 "그렇다"고 시인하자 신부 카린이 울부짖는 소동이 벌어진다. 브렌너는 팅카가 더 이상 말을 못하도록 하기 위해 맥주병으로 그녀의 머리를 내리쳐 그녀를 쓰러뜨린다. 그는 자신의 흉행을 깨달으며, 바닥에 쓰러진 그녀의 몸 위로 쓰러진다.[8]

작품 「팅카」는 생산 산업체에서의 갈등과 문제를 다룬 '생산현장극'(Produktionsstück)의 장르에 포함시키기에는 다른 문제들이 보다 현저하게 전면에 부각되어 있다. 그렇다고 남녀의 애정문제를 다룬 청춘극도 아니다. 또는 이 작품에서 공장의 생산과정이나 운영이 문제라면, 그 줄거리의 발단이 되는 결정의 타당성에 대한 찬반의 갈등과 그 해소가 연극의 구조를 이루겠지만, 작품의 실제 비중은 거기에 있지 않음을 쉽게 알 수 있다. 이 작품에서 보다 많은 비중을 차지하는 것은 구동독 정권하에서의 권위주의

---

8) 본 요약은 다음 출판본에 의함: Volker Braun: Texte in zeitlicher Folge, Bd, 4(Halle. Leipzig: Mitteldeutscher Verlag 1990), S. 133~208을 볼 것.

적 '산업부'와 그 산하의 산업체간 견해의 불일치, 지도적 인물들 사이의 견해 차이, 공장의 지도층과 말단 노동자 간의 불평등, 소신(所信)과 적응주의 간의 갈등, 또는 남녀간의 불평등이 작은 소재(素材)를 이루며 복합적으로 연계되어[9] 있다. 또한 이 작품은 시민사회의 계급간 갈등 또는 남녀간 사랑의 갈등과 그 극적 해소를 제시하는 전통적 극의 폐쇄된 형식을 벗어나 갈등구조만을 보여줄 뿐 그 해결 또는 해결의 열쇠를 제시하지 않고 그 해법을 독자와 관중에게 맡기는 열린 형식을 취하고 있다. 따라서 이 작품의 처음과 마지막의 '비극적' 장면은 필연적 또는 숙명적이라기보다 다분히 우발적이다. 그러나 그 우발적 사건들이 구동독의 정치·사회적 구조에 의해 조건지워진다고 보는 우르스 알레만 Urs Alleman은 "사회주의적 비극"(sozialistisches Trauerspiel)이라고 지칭했으며, 폴커 브라운은 「팅카」가 희극이 될 가능성이 다분히 있음을 시사하고 있다.[10]

IV. 페미니즘과 인간해방

먼저 팅카가 주위 사람들에게 어떤 인상을 주는지를 살펴봄으로써 그녀의 외모와 분위기를 파악해보기로 하자. 브렌너와 여직공 카린과의 결혼 피로연이 벌어지고 있는 장면에서 보자. 신랑 신부의 결혼자격 심사를 맡은 호적사무소 관리로부터 신랑 후보

9) Urs Allemann: "Es genügt nicht die einfache Wahrheit – Volker Brauns sozialistisches Trauerspiel 「Tinka」 in Karl-Marx-Stadt uraufgeführt", in: Theater heute, Heft 10/1976, S. 33f.를 참조.

10) Volker Braun, Texte in zeitlicher Folge, Bd. 4, S. 202를 볼 것.

의 참고인으로 심문을 받는 자리에서 장인(匠人) 케셀Kessel은 그 신부를 당연히 팅카로 생각하며 다음과 같이 진술한다:

그녀는 다른 어느 여자보다 더 영리합니다. 그녀는 정말 성적 매력이 넘치는 여자입니다. 그녀는 어느 남자에게나 자동제어장치 등등에 관해 설명을 곧잘 했습니다. 그녀는 자신의 펀치 테이프에 능숙했읍니다.

Sie ist klüger als jede andere. Sie ist eine Sechsmalsechsbombe. Die konnte jedem Mann was beibringen von Regelkreis und so. Die verstand sich auf ihren Lochstreifen.[11]

위의 인용구절에서 "Sechsmalsechsbombe"는 'Sexbombe'(섹스 어필이 넘치는 여자)를 과장해서 표현한 것이다. "펀치 테이프"(Lochstreifen)는 컴퓨터 보조장치로 1970년대 말까지 지금의 모니터 화면 대신 사용되었다. 즉 팅카는 뛰어난 미모와 지성을 갖춘 여성으로 등장하고 있음을 알 수 있다. 그러한 인상은 위의 장면의 연속에서, 그리고 작업조장Brigadier 헴펠과 브렌너의 다음과 같은 대화에서 더 강조된다:

헴 펠　왜 그렇게 하는지 말야, 설명 좀 해봐! (브렌너는 갑자기 걷잡을 수 없이 웃는다) 나는 자네를 이해 못해.

브렌너　(쌀쌀하게) 그렇게 하는 편이 더 나아.

헴 펠　카린하고 하는 것—그거 나 정말 이해해. 그러나 왜 팅카는 안 된다는 거야! (브렌너는 웃는가 하면

11) 앞 책, 189쪽.

울면서 헴펠을 부둥켜안고 춤추는가 하면 비틀거린다)
카린은 예쁘지, 그래. 그런데 말야, 팅카라면 나는 물불을 가리지 않고 덤벼들 텐데.

HEMPEL Erklär mir—warum du das machst!
Brenner lacht plötzlich hemmungslos.
Ich versteh dich nicht.

BRENNER *schroff*: Es ist besser so.

HEMPEL Mit Karin—das begreif ich ja, aber warum nicht Tinka!
Brenner lacht/weint, umarmt Hempel, tanzen/wanken.
Karin ist schön, ja. Aber für Tinka—würde ich mich zerreissen.[12)]

위의 대화 장면에 대한 무대지시를 분석해보면, 브렌너가 팅카를 사랑하고 있으면서도 그녀를 감당할 자신이 없자 손쉽게 접근하고 다룰 수 있는 카린에게 마음을 결정했음을 알 수 있다. 또한 헴펠의 반응을 보면 팅카는 불가항력적 매력을 지닌 여인femme fatal임이 다시 드러난다. 위에서 헴펠의 마지막 말에 대한 반응으로 브렌너는 다음과 같이 말한다 :

브렌너 그래!—그녀는 내겐 상극이야! 난 그녀로부터 떨어져 나와야 해. 그렇지 않으면 내가 죽는 거야. 나는 카린을 사랑해.

BRENNER Ja!—Sie ist mir zuwider! Ich muß von ihr los-

12) 앞 책, 193쪽.

kommen, oder ich geh drauf. Ich liebe Karin.

위의 같은 무대장면에서 브렌너와 헴펠은 퇴장하고 그 자리에 팅카와 헬가가 등장한다. 팅카는 브렌너가 카린과 결혼한다는 소식에 믿어지지 않는지 피로연 현장에 나타나 그 사실을 확인할 참이다. 그러면 여기 두 사람의 다음과 같은 대화를 보자:

헬 가	무엇을 하려고 하지?
팅 카	좋다고 말할 셈야.
헬 가	그럼, 가자.
팅 카	좋지 않은 것은 무얼까? 그냥 하루하루, 자기 자신에 대해 기쁨을 느끼지 못하고 살아간다면 무의미하지. 자기 자신에 대해 만족감을 못 느낀다면 무의미할 거야. 나는 살 필요가 없어.
헬 가	그렇게 되면 안 되지.
팅 카	그래, 바로 그 말이야. 우리가 자신을 어떻게 하든 그건 우리에게 달려 있는 거지. 그건 더욱 우리에 의해 좌우되는 거야, 그렇지? 그런 속얘기는 더 이상 꺼내지 말자.
헬 가	그래.
HELGA	Was willst du?
TINKA	Es ist gut, sag ich.
HELGA	Ja, laß uns gehn.
TINKA	Was wär nicht gut? Wenn man hinlebt, sinnlos, ohne sich an sich selbst zu freun. Wenn man sich selber nicht gefällt, das wäre sinnlos. Ich muß nicht leben.

HELGA Nicht so.

TINKA Ja, das sag ich. Es liegt an uns selber, was wir mit uns machen. Immer mehr—hängt es von uns ab, ab? Wir reden uns nicht mehr heraus.

HELGA —Ja.

위의 대화에서 우리는 팅카가 사랑을 잃고 상심하여 삶의 의욕마저 잃고 있음을 간파할 수 있다. 그와는 달리 헬가는 이 대화를 통하여 그녀가 동료 노동자 라테Latte의 아이를 임신했지만 그것을 약점으로 잡히는 대신, 그와 대등한 입장에서 관계를 이어가야겠다는 마음의 자세를 굳힌다. 곧 그녀는 라테를 만나자 당당히 자신의 임신 사실을 알림과 동시에 사랑을 고백한다. 그 말을 들은 라테는 헬가를 껴안으며 두 사람은 이제 자신들의 사랑을 확인한다. 팅카와 헬가는 여성으로서 다 같이 남성과 대등하게 그들의 인간적 권리를 관철했으나 그 결과는 판이하게 다른 것이다. 그러면 우리는 이제 팅카의 페미니스트적 입장을 좀더 중점적으로 살펴보자.

극의 초반에 팅카는 브렌너가 전처럼 소신껏 행동하지 못하는 것에 크게 실망하지만 그를 쉽게 저버리지 못하는 자기 자신에 대해 번민한다. 팅카는 이렇게 말한다:

> 그(브렌너: 필자 주)는 내가 동조하기를 종용한다. 내가 침묵 지키기를, 또 소리지르지 않기를 말이다! 이해할 만하지. — 하지만 나는 나 자신을 더 이상 이해할 수가 없어.
>
> Das meint er von mir, daß ichs mitmache. Daß ich schweige. Daß ich nicht schreie! Das versteht sich ja, — Aber ich versteh mich nicht mehr.[13]

팅카는 모든 인간 관계가 신의를 바탕으로 평등하게 이루어져야 한다고 믿는 이상주의적 신념을 지녔으면서도 브렌너에 대한 사랑에도 충실하고자 한다. 이런 맥락에서 그녀는 다음과 같이 말하기도 한다. "나는 어느 사람을 사랑하는데, 그를 좋아할 수가 없어"(Ich liebe einen—den ich nicht leiden kann).[14] 그리하여 그녀는 공장의 미래와 장기발전을 약속하는 —그들이 지금껏 믿어왔던바— '자동화 계획'을 취소시키는 당국의 지침을 받아들인다 해도, 그 자동화 교육을 이미 받기 시작한 직공들에게 납득할 만한 설명을 하지 않고 그저 순종만을 종용하려는 공장의 지도층 인물들에게도 크게 실망한다. 그리하여 그녀는 밤에 자신의 숙소로 찾아온 브렌너를 완전히 무시한다. 즉 그녀는 그가 보는 앞에서 옷을 천천히 다 벗고 나체로 죽은 듯이 침대 안으로 드러누워 그가 가까이 오자 그의 손을 마치 파리를 내쫓듯 뿌리쳤다는 것이다. 이에 충격을 받은 브렌너는 사회주의적 인생철학이 풍부한 당서기 루트비히로부터 다음과 같이 조언을 듣는다:

루트비히	—헛갈릴 거 없어. 그녀가 공부하고 있었을 때는 그래도 괜찮았는데, 기사의 신분—그건 정도를 지나친 것이지. 그건 여성해방이야. 그녀는 그녀 자신을 그 자신으로부터 자유롭게 만든다. 여자들은 자기 자신으로부터 무얼 만드는 대신, 남자의 상에 따라 자신을 개조하거든. 마치 우리가 인간의 모든 가능한 면을 지니고 있기나 하듯이 말야.
LUDWIG	—Ein klarer Fall. Als sie studierte, ging es noch;

13) 앞 책, 148쪽.
14) 앞 책, 147쪽.

> Ingenieur— das ist zuviel. Das ist die Emanzipierung: sie macht sich von sich selbst frei. Die Frauen baun sich nach dem Bild des Manns um, statt was aus sich zu machen. Als wenn wir alles wären, was der Mensch sein kann. Als wenn wir alles wären.[15)]

사회주의자의 입장에서 볼 때, 사회주의는 자본주의의 고양 Steigerung이 되는 것이다. 따라서 자본주의 체제에서 노동착취로 인해 형성된 계급의 차이 또는 남녀 성의 차이는 사회주의 체제에서는 당연히 지양되어야 한다는 것이 대명제를 이룬다. 즉 모든 사회구성원이 평등해져야 한다는 것이다. 그리하여 사회주의, 공산주의 체제하에서는 역사적으로 남성에 비하여 보다 많은 억압을 받아왔던 여성의 사회적 지위 향상을 위해 남녀 동등권이 정책적으로 제창되었다. 바로 그러한 배경에서 여성 또는 인간해방이 이해될 수는 있으나, 그것이 어떤 성격을 띠는지가 문제되는 것이다. 루트비히가 볼 때 여성의 갑작스러운 지위 향상은 그릇된 여성해방관을 초래할 수 있는 위험을 지니고 있다는 것이다. 즉 여성은 남성 모방의 결과로 여성다움을 잃거나 여성의 본질로부터 이탈해서는 안 된다는 것이다. 한마디로 인간해방은 여성과 남성 사이에 그 성격차를 지니고 있다는 것이다. 이러한 관점은 루트비히의 계속 이어지는 다음 말에서 더욱 분명해진다:

> 우리는 무엇을 하기 위해 사는 거지? 세계를 설계도안으로 도배하자는 건가. 수도꼭지와 카뷰레터 제작을 위해서 말야.

---

15) 앞 책, 151쪽.

> 우리는 마르크스의 상속자라기보다 뉴턴의 상속자이지. 자연은 공학만큼 중요하지 않거든. 우리의 천성은 벌써 문제 밖이야. (여성)해방은 역시 관능화가 되어야 할 텐데, 그렇지 않은 경우 여성은 제 자신으로 돌아오지만, 남녀가 자신의 본연으로 돌아오는 것은 아니니까. (…)
>
> Wozu leben wir? Um die Welt zu tapezieren mit Konstruktionen. Für Wasserhähne und Vergaser. Wir sind mehr die Erben Newtons als die von Marx. Die Natur ist nicht so wichtig wie die Technik, unsre Natur schon gar nicht. Emanziperung—müßte auch Erotisierung sein, sonst kommt die Frau zu sich, aber Mann und Frau nicht. (…)

위의 인용문에서 우리는 현대생활을 지배하는 공학기술에 대한 루트비히의 푸념적인 어조를 들을 수 있으며, 그가 진정으로 바라는 것은 공학의 지배에서 벗어날 수 있는 가능성이다. 그리고 그 가능성을 인간해방에서 찾고 있으며 그 해방의 표현을 "관능화"로 간주하고 있음을 알 수 있다. 구동독의 사회주의 체제하에서 여성해방은 여성의 인권신장을 의미했지만, 그 부작용도 없지 않았다. 즉 그것은 남성을 압도하는 힘으로 작용하거나 여자다운 매력의 상실 내지 관능에 대한 무관심으로 이어지는 경향이 있었다.

1950년대 이후 서구에서 여성해방의 문제가 시몬느 보부아르를 중심으로 활발히 논의된 것과 보조를 맞추어 구동독에서도 그에 대한 관심이 지대하였던바, 폴커 브라운의 텍스트는 그러한 시대적 배경에서 이해되어야 할 것이다. 또한 'Emanzipation'의 의미는 대체로 '여성해방'을 지칭하지만, 그 말에는 또한 '인간해방'이라는 본래의 의미도 함께 작용하고 있다는 점에서 그 문제의 복합성이 깃들여 있다.

그러면 더 나아가 이와 관련하여 루트비히의 말에 대한 브렌너의 반응을 살펴볼 필요가 있다.

"(…)그녀는 내가, 그녀가 아니고 내가 변하기를 원하는 것입니다. ―내가 여자처럼 되길 말입니다. 내가 자제하지 않고, 큰 소리로 내 의견을 떠들어대길 말입니다"(—sie will, daß ich mich ändre, und nicht sie —daß ich ein Weib werde. Daß ich nicht an mich halte, sondern Krach schlage)."[16]

우리는 브렌너의 이 같은 말에서 팅카가 취하고 있는 페미니스트적 입장, 즉 남성의 요구에 의해 여성만이 변화할 것이 아니라, 이제 한 번은 무엇을 주고라도 남자가 변해야 한다는 견해를 간파할 수 있다. 또한 팅카는 브렌너에게 몸을 사리지 말고, 공개적으로 정도(正道)를 위해 소신을 피력할 것을 기대하고 있다. 하지만 그러한 요구는 그 공장의 권위주의적 구조하에서 브렌너가 수용하기 어려운 것이다.

한편 팅카는 다른 장면에서 동료 기사들에게 그들이 사회주의 이상을 지향한다고 하면서도 실제로는 자유로운 의사소통이 안 되고 폐쇄되어 있는 직장 분위기를 지적하며 야유한다. 팅카는 그 '결정'이 내린 이후로 침체되고 왜곡되어 있는 직장 분위기를 바로잡고 모든 공장 소속인들에게 동등한 참여의 권리를 부여하기 위하여, 한마디로 직장의 '민주화'를 위하여 진력한다. 특히 그녀는 당서기 루트비히와 단독으로 만난 자리에서 그를 쓰다듬는 등 그녀의 인간적 온정을 나타내며 직장 노동자들의 권익을 위해 탄원한다. 그러면 그 대화의 일부를 인용해 보기로 하자:

팅 카　　(…)

16) 앞 책, 151쪽.

그러니까 우리가 대등한 입장이라야 할 텐데요.

(루트비히가 미소짓는다)

노동자로서, 그리고 지도자로서 말입니다. 왜냐하면 산업체들은 정말 모든 사람들의 것이기는 하지만—

루트비히 산업체들이라니!

팅 카 모든 사람이 다 동등하게 참여해서 결정하는 것은 아니니까요.

루트비히 무슨 말을 하자는 건가?

팅 카 제가 당신께 제 마음속 깊이 생각하고 있는 바를 말씀드릴게요.

루트비히 —그래요.

팅 카 통수권 말예요. 그것이 있는 곳에 차별이 있는 것입니다. 둔케르트는 저보다, 또 저는 어느 선반공보다 권한이 많죠. 그렇기 때문에 우리는 불평등합니다.

TINKA (…)

Da müßten wir gleichstehen.

Ludwig lächelt.

Als Arbeiter und Leiter. Denn die Betriebe gehören zwar allen—

LUDWIG Die Betriebe!

TINKA Aber nicht alle können gleich drin bestimmen.

LUDWIG Was willst du?

TINKA Ich sag dir mal, was ich im Innersten denke.

LUDWIG Ja.

TINKA Die Kommandogewalt—da ist der Unterschied.

Dunkert hat mehr als ich, und ich mehr als ein Dreher. Da sind wir ungleich.[17]

팅카는 계속하여 자기는 말단 노동자들의 권익을 대변하고 있으며, 공장에서 모든 사람이 평등하게 되도록 상황을 변화시켜야 한다고 역설한다. 마지막으로 그녀는 공장이 앞으로도 구태의연하게 은밀히 노동자들의 눈귀를 가리고 운영된다면, 그들 모두 역사의 뒷전으로 물러나 후대의 사람으로 하여금 이 '진보'를 시도했으나 실패하고 만 '광갱'(鑛坑)에서, 이 '국시'(國是)로 뒤엉킨 '퇴적더미'에서 역사적 교훈을 찾게 하고, 당지도부는 해체하라고 요구한다. 팅카의 이러한 열변에 노련한 당서기 루트비히도 어안이벙벙해져 할 말을 잃는다. 그는 팅카의 말에 깊은 뜻이 담겨 있다고 결론지으면서도, 궁극적으로는 팅카를 구제하기가 어렵다고 판단한다. 팅카는 헬가와 더불어 '산업부'의 시찰단 앞에서 공장장 둔케르트에게 망신을 주는 '노동자극'을 펼쳐 보임으로써 사태를 악화시킨다.

그 후 공장의 장인(匠人) 케셀이 정원에서 나무의 가지를 치고 나중에는 그 우듬지가 잘려나가는 장면은 각각 남녀 관계의 특성과 팅카의 비극적 종말을 우의(寓意)적으로 잘 표현해주고 있다. 가지를 왜 잘라내느냐고 묻는 헬가에게 케셀은 그녀의 임신한 상태에 비유하여 다음과 같이 말한다.

"자네도 얼마쯤은 체념해야 해 — 자네 몸 속에 새싹이 돋아나니까. 자네는 얼마나 아름다운 날들과 결별하고, 또 자네의 기쁨들은 얼마나 줄어들 건가. 그리고 누가 그처럼 자네의 무성한 가지를 잘라주겠는가? 남자지. 그러니까 우리 남자들은 슬픈 일거리

---

17) 앞 책, 162~163쪽.

를 쥐고 있는 거지"(Du mußt dir auch einiges verkneifen— da es in dir ausschlägt. Von was für schönen Tagen trennst du dich, und wie gelichtet sind deine Freuden. Und wer beschneidet dich so? Ein Mann. Also, wir Männer haben eine traurige Arbeit).[18] 이 장면의 끝에서 케셀은 일부 오도된 여성주의자들을 야유하듯, 이렇게 내뱉는다.

"자네들은 자네들 편한 대로만 사는 거야! (격노하여 톱질을 한다) 그녀(딩카: 필자 주)를 내가 도와줘야 하니? 그런 사람들은 스스로가 아니라면 도와줄 수가 없어. 그들은 스스로 목숨을 끊거든"(Ihr lebt wie es euch paßt! Sägt wütend. Ihr(Tinka: SY) soll ich helfen? Solchen Menschen ist für sich nicht zu helfen. Die bringen sich um).

무대 지시에 따르면, 케셀의 말이 끝나자 그 나무의 우듬지는 땅에 떨어진다.

V. 맺는 말

본고는 폴커 브라운을 극작가로서 조명하기 위하여, 브레히트의 전범에 따라 창작된 그의 초기 작품 「역군들」에서 엿보이는 재기발랄한 극장성Theatralik을 먼저 개관하였다. 다음으로 '사회주의적 비극'이라고 칭해지는 폴커 브라운의 중기 극작품 「팅카」를 페미니즘과 인간 평등의 문제를 중심으로 고찰하였다.

브라운은 1960년대와 70년대에 구동독 사회에 만연되어 있는 제반 갈등 현상에 깊은 관심을 기울이고, 그 해결책을 모색하는

---

18) 앞 책, 178쪽.

수단으로 연극무대를 택했다. 그러나 그는 예술을 정치적 도구로 삼지는 않고, 삶의 현장에서 얻어지는 자료들을 예술적 소재로 삼아 사회주의 연극을 창작하고자 하였다. 즉 그는 '계급의 적'이나 선과 악의 싸움을 테마로 삼은 것이 아니라 사회주의 체제 속에서 일어나는 인간 관계와 남녀의 갈등을 그의 소재로 삼은 것이다. 물론 그의 연극세계에서 전개되는 남녀간의 정서도 「로미오와 줄리엣」에서처럼 다분히 그들의 감정상태에 맡겨지기보다 사회적 기제의 공익적 또는 정략적 맥락에서 상당히 조종되고 있다. 이런 맥락에서 브렌너와 팅카가 결합하도록 케셀에게 협조를 당부하는 공장장 둔케르트의 입장, 당서기 루트비히에게 조언을 구하는 브렌너의 고충, 자기의 사적인 행복을 노동자들의 권익과 연계시키는 팅카의 자세가 이해될 수 있다.

작품 「팅카」는 에바 카우프만Eva Kaufmann이 지적했듯이 그 구조면에서 셰익스피어의 「햄릿」을 전범으로 삼고 있는바, 그 나름대로의 고전적 취향을 보이고 있다.[19] 그러나 셰익스피어의 작품과는 달리 브라운의 작품에서 현대적으로 돋보이는 것은 여성의 인권해방 문제이다. 우선 여주인공 팅카는 사회주의 체제에서 구성원들에게 기대 또는 강권되는 순응주의에 강력히 반발한다. 그런 의미에서 그녀는 브렌너가 그녀에게 침묵을 종용하는 태도에 분개한다. 팅카는 사회주의가 만민평등을 원칙으로 삼을진대, 브렌너야말로 기회주의적이고 애매하며 허위적인 태도를 바꿔야 할 것이라고 확신한다. 그러나 주어진 여건에서 팅카의 상대적 지위향상과 독립적·도덕적 자세는 브렌너를 위압하여 그는 자신감

19) Eva und Hans Kaufmann: Erwartung und Angebot—Studien zum gegenwärtigen Verhältnis von Literatur und Gesellschaft in der DDR(Berlin: Akademie-Verlag, 1976), S. 141을 볼 것.

을 상실하게 된다. 결과적으로 두 사람의 관계는 비극으로 끝나지만 팅카의 도덕성이 동료 기사들, 여직공 헬가 그리고 당서기 루트비히에게 미친 영향은 긍정적으로 평가될 수 있다. 특히 노동자 부부 헬가와 라테의 재결합은 해피엔딩으로 끝나는 희극적인 면을 보이고 있다. 그렇게 볼 때, 「팅카」의 작품 성격은 비극과 희극의 경계선상에서 매우 유동적 가능성을 지니고 있을 뿐만 아니라, 사회의 개선을 향한 실험극장으로서 관심을 끌 만한 가치가 있다고 사료된다.

참고문헌

1차 문헌

Braun, Volker: Texte in zeitlicher Folge, 10 Bde. Halle: Mitteldeutscher Verlag, 1990～1995.

2차 문헌

Allemann, Urs: "Es genügt nicht die einfache Wahrheit—Volker Brauns sozialistisches Trauerspiel 'Tinka' in Karl-Marx-Stadt uraufgeführt", in: Theater heute, Heft 10/1976.

Kaufmann, Eva und Hans: Erwartung und Angebot—Studien zum gegenwärtigen Verhältnis von Literatur und Gesellschaft in der DDR. Berlin: Akademie-Verlag, 1976.

Klunker, Heinz: Zeitstücke und Zeitgenossen — Gegenwartstheater in der DDR. München: DTV, 1975.

Klunker, Heinz: " 'Tinka' — ein gesellschaftliches Experiment—Anmerkungen zur Rezeption in beiden deutschen Staaten", in: Text+Kritik, Volker Braun, 55(Juli 1977).

Vormweg, Heinrich: "Provokation für alle—Einige Anmerkungen zu den Stücken Volker Brauns", in: Text+Kritik, Volker Braun, 55(Juli 1977).

폴커 브라운의 연보 개요

1939년	5월 7일 드레스덴Dresden에서 태어남. 제2차 세계대전과 전후의 비참함을 별로 겪지 않고 사회주의 체제하에서 성장함.
1957~60년	고등학교를 졸업했으나 아버지를 일찍 여의어 가정형편이 어려운데다가 대학입학이 뜻대로 되지 않자 인쇄소, 건설현상 등을 돌아나니며 처음에는 막노동자로, 다음 점차로 기술을 익혀 기계공으로 작업현장과 삶의 경험을 쌓음.
1960~64년	라이프치히의 카를 마르크스 대학 철학 학부에 입학이 허용되어 철학수업을 받음. 1964년에는 시베리아 여행을 다녀옴. 1962년에 「총체적 인간」(Der totale Mensch) 집필, 1963~65년에 걸쳐 「역군 파울 바우흐」(Kipper Paul Bauch)로 개작함.
1965년	첫 시집 『나를 위한 도발』(Provokation für mich)로 문단에 데뷔, 공부를 끝냄과 동시에 동부 베를린으로 이주하고, 거기서 헬레네 바이겔Helene Weigel의 초청으로 베를린 앙상블Berliner Ensemble에서 극작가와 무대 조감독으로 활동하기 시작함.
1966~78년	무대를 잠시 떠나 자유창작 작가로 활동하다가 다시 베를린 앙상블에 합류함. 때때로 독일극장Deutsches Theater에서도 비슷한 일을 함. 1970년에 두 번째 시집 『우리지 그들은 아니다』(Wir und nicht sie) 출간. 1976년에 쿠바와 페루로 여행을 다녀옴. 1973년에 「힌체와 쿤체」(Hinze und Kunze)를 발표. 1973년에 집필한 「팅카」가 헴니츠에서 초연됨. 1977년에

	시 · 산문집 『삶을 위한 자료』(Stoff zum Leben)가 발표됨. 같은 해 소설 「미완의 이야기」가 책으로 출판되고 「구에바라 혹은 태양국가」(Guevara oder Der Sonnenstaat)가 만하임에서 초연됨.
1979~82년	1979년에 「대평화」(Großer Frieden)가 베를린 앙상블에서 초연됨. 「심플렉스 도이치. 극장과 학교를 위한 유희 조립상자」(Simplex Deutsch. Spielbaukasten für Theater und Schule)가 초연되고 출판됨. 「드미트리」(Dmitri)가 카를스루에Karlsruhe에서 초연됨.
1983년	「힌체와 쿤체에 관한 보고」(Berichte von Hinze und Kunze)가 발표됨.
1985~86년	수필집 『랭보. 시의성의 예찬』(Rimbaud. Ein Psalm der Aktualität)이 발표됨. 「지크프리트 독일 격정에 대한 여성 초록」(Siegfried Frauenprotokolle Deutscher Furor)이 바이마르에서 초연됨.
1987년	「과도기의 사회」(Die Übergangsgesellschaft)가 브레멘Bremen에서 초연됨. 시집 『으깨어지는 완만한 아침』(Langsamer knirschender Morgen) 출판.
1988년	에세이 모음집 『사업장 내의 결여된 민주주의 양상의 혐오할 만한 결과』(Verheerende Folgen mangelnden Anscheins innerbetrieblicher Demokratie)와 극작품 『경유지 유럽』(Transit-Europa)을 출간.
1989~93년	「자유 속의 이피게니」(Iphigenie in Freiheit), 「해변가의 보헤미아」(Böhmen am Meer) 등을 발표.

***수상경력 :** 1964년 '자유독일청년'(Freie Deutsche Jugend) 메달을 수상; 1971년 하인리히 하이네 상, 1980년 '베를린 예술원'의 하인리히 만 상, 1981년 동독의 레싱 상, 1985년 브레멘 문학상, 1989년 베를린 문학상을 각각 수상함.

Ödön von Horváth
호르바트 문학의 다층적 이해

송백희(이화여대)

I. 머리말 ; 수용 및 연구현황

외덴 폰 호르바트 Ödön von Horváth(1901~38)는 오늘날의 유고슬라비아 지방인, 구 오지리-헝가리 제국의 피움에서 태어났다. 그는 헝가리 국적을 지닌 독일어권 작가로서 외교관인 부친을 따라 벨그라드, 부다페스트, 뮌헨, 프레스부르크, 빈 등지에서 자랐고 1918년 이래 베를린에서 활동하였다. 1933년 이후 호르바트는 나치 망명객으로서 오스트리아, 체코슬로바키아, 헝가리, 이탈리아, 벨기에, 네덜란드 등을 전전했다. 그러던 중 파리에서 우연히 벼락 맞은 나무에 덮쳐 38세의 나이로 돌연 요절하였다.

호르바트의 작품은 크게 3단계로 분류할 수 있다. 제1단계는 1926년부터 1929년까지의 사회·정치적 성향의 작품들과, 제2단계는 1930년부터 1932년까지의 풍자적·도덕적 사회비판 작품들, 그리고 제3단계는 1933년 망명 이후 1938년까지의 윤리적·종교적 실천을 요구한 작품들이 바로 그것이다.

지금까지의 호르바트에 대한 연구 및 평가는 제2단계에 편향되어 왔다. 그 이유는 호르바트에 대한 '재발견'[1]과 학문적 연구가 본격적으로 시작된 1960년대 말의, 이른바 '호르바트-르네상스'(Horváth-Renaissance)라 일컬어지는 호르바트에 대한 열광 현상과 관계가 깊다. 또한 무엇보다도 호르바트를 수용한 연구자들과 후계자들의 특이한 관점 내지 입장과 관계된다. 즉 1960년대 초에는 브레히트의 서사극이 정착되고 그의 추종자들에 의해 모방되었으며, 뒤렌마트와 프리쉬의 우의극과 부조리극 계통이 연극계를 휩쓸었다. 그러나 점차 이들에 대한 대중의 열광이 사라지면서 민중극의 신세대 작가들[2]에 의한 연극미학의 변화가 시도되었다.[3] 이와 함께 30년 넘게 잊혀져 있었던[4] 호르바트는 파시즘

---

1) Hans Weigel(1957): "Aufforderung, Ödön von Horváth zu spielen", in: Materialien zu Ödön von Horváth, ed. Traugott Krischke(Frankfurt/M: Suhrkamp Vlg, 1977), S. 136~139: "금세기의 극작가들을 뒤쫓아 추적하면서도 가장 본질적인 작가를 그대로 간과하는 이 시대는 도대체 얼마나 무분별하고 방향을 잘못 잡은 시대인가?"

2) 이를 주도한 작가는 크뢰츠(Franz Xaver Kroetz, 1946~), 슈페르(Martin-Sperr, 1944~)를 비롯, 파스빈더(Rainer Werner Fassbinder, 1946~82), 바우어(Wolfgang Bauer, 1946~), 투리니(Peter Turrini, 1944~) 등이다.

3) 참조; Gisela Günther(1978): Die Rezeption des dramatischen Werkes von Ödon von Horváth von den Anfängen bis 1977, Diss. Göttingen, S.166~173: 귄터는 여기에서 호르바트 수용사를 1961~71년에 이르는 독일의 정치·경제·문화적 변화와 함께 살펴보고 있다.

4) 호르바트 생존시에는 3편의 소설 「영원한 속물」, 「우리 시대의 아이」, 「신 없는 청춘」과, 2편의 희곡 「이탈리아의 밤」, 「비엔나 숲속의 이야기」만 출판되었다. 호르바트 전집이 나온 것은 훨씬 후인 1970~71년이다.

의 전 단계에 놓인 바이마르 공화국에 대한 충실한 연대기 작가로서, 그리고 브레히트의 대안이자 신민중극 세대의 안내자로서 커다란 관심을 불러일으켰다. 또한 극장과 텔레비전, 신문, 잡지 및 여러 단체에서 그를 다채롭게 취급하였으므로 사람들은 호르바트에게 마치 동시대인처럼 공감하고 동화되었다.

한편 1962년 '호르바트 자료실'(Horváth-Archiv)이 베를린에 설치된 이후에 10년간 집중적으로 행해진 호르바트 연구의 특징은 포괄적인 일대기에 대한 연구가 없고, 거의 모든 연구가 1930~32년에 만들어진 4개의 비판적 민중극 대작들, 즉 「이탈리아의 밤」(Italienische Nacht, 1930), 「비엔나 숲속의 이야기」(Geschichten aus dem Wiener Wald, 1930), 「카지미르와 카롤리네」(Kasimir und Karoline, 1931), 「믿음 사랑 소망」(Glaube Liebe Hoffnung, 1931)과 중산층 부르주아에 대한 비판소설인 「영원한 속물」(Der ewige Spießer, 1930)에만 초점이 맞추어져 있을 뿐이라는 점이다.

몇몇 대표적인 호르바트 연구자들에게는 1933년을 분기점으로 그 이후의 모든 작품의 수준이 이전보다 떨어진 것으로 나타났고, 호르바트 문학세계의 단절로 느껴졌다. 예를 들어 사회·시대 비평가로서의 호르바트상을 명백히 확립한 것으로 공인된 프리츠 Axel Fritz 역시 어느 정도 '야누스의 얼굴'과 같은 성격을 띠는 호르바트를 예니 Urs Jenny의 비평제목인 "사실주의적 호르바트, 형이상학적 호르바트"(Horváth realistisch, Horváth metaphysisch)로 명명하면서 1933년 이후 후기 작품에 나타난 형이상학

그때까지는 1960년부터 서서히 연극잡지 『Theater Heute』에서, 그리고 독일과 오스트리아 등의 선집 속에서 다른 작가들과 나란히 단편적인 소개만 받았을 뿐이다.

적 징후들을 애써 사실주의적 측면에서 분석하려고 하면서도 결국은 망명기의 호르바트가 놀랄 만큼 자기오류를 범했다고 인정했다.[5] 예니에 이어 1976년 슈뢰더 Jürgen Schröder는 호르바트가 망명 이후 맞게 되는 정치적으로 불리한 상황과 그에게 일찍이 존재했던 종교적 위기, 그리고 모티브와 테마상의 복합성(Komplexe)을 예로 들면서 후기 작품들이 본질적으로 퇴행적(regressiv) 경향을 지니고 있음을 강조했다.[6]

한편 이와 같이 '이중적'(doppelt)인 호르바트상을 부정하고 민중극과 후기 드라마 작품들 간의 지속성을 근거로 '통일적'(ganzen)인 호르바트상을 강조하는 그룹들은 민중극의 연극술에 이미 형이상학적이고 범인간적인 장치가 있었다고 밝힌다. 이들은 후기작품에 이르러서야 비로소 이것이 실현되어 나온다고 생

---

5) Axel Fritz(1971): Ödön von Horváth als Kritiker seiner Zeit. Studien zum Werk in seinem Verhältnis zum politischen, sozialen und kulturellen Zeitgeschehen. Diss. Stockholm/참조; Urs Jenny(1971), "Horváth realistisch, Horvath metaphysisch", in: Akzente 4.

6) Jürgen Schröder(1976): "Das Spätwerk Ödön von Horváths", in; Ödön von Horváth. Hg. v. Traugott Krischke. Frankfurt/M. 1981. S. 125~56; 이와 비슷한 시도들로는 Dieter Hildebrandt(1972) "Der Jargon der Uneigentlichkeit. Zur Sprache Ödön von Horváths", in: Akzente 2/1972; Franz Norbert Mennemeier(1975) "Bürgerlicher Realismus am Vorabend der Nazi-Herrschaft", in: ders., Modernes Deutsches Drama. Kritiken und Charakteristiken, Bd.2, München(Wilhelm Fink); Jean-Claude Francois(1988), "Horváth und die Geshcichte-Horváth in der Geschichte", in: Sprachkunst. Beiträge zur Literaturwissenschaft Jahrgang XIX/1988. 2. Halbband Ödön von Horváth zum 50. Todestag. Wien(Die Österreichische Akademie der Wissenschaften) 등이 있다.

각하는 앞서의 그룹과는 다른 관점을 가지고 있다.[7] 감퍼는 전체 극작품에 나타나는 '죽음의 모티브' 분석을 통하여 극작품의 지속성을 강조했고 하크와 크라우스는 호르바트가 계획한 「인간희극」(Komödie des Menschen)이라는 관점에서 작품의 통일성을 찾기도 했다.

1970년대 중반 이후 크리쉬케Traugott Krischke를 비롯한 많은 호르바트 애호가들은 지금까지의 호르바트 수용에 대해 거리를 둔 입장에서 그 동안 소홀히 다루었던 분야에 대한 연구와 새로운 방법론을 통해 진실한 호르바트의 모습을 밝히고 그에게 합당한 자리를 마련해주기를 촉구하게 되었다. 1980년을 전후하여 호르바트에 대한 새로운 전기적 사실이 발견되었고 수용사도 씌여졌으며, 호르바트 문학을 규범문학Kanonliteratur으로 정립하기 위해 다양한 문예학적 방법에 의한 검토와 노력이 계속되었다. 특히 1988년은 호르바트 사후 50주기를 맞아 다시 한 번 호르바트 연구의 제2상승기를 확인하게 된 해다. 주석이 붙은 14권의 단행본 전집이 새로 출간되었고, 빈·런던·파리에서 국제적인 심포지엄 및 기념행사가 있었다. 그러나 아직까지도 호르바트 문학의 위상은 명백히 규정받지 못하고 있다.

---

7) 참조: Herbert Gamper(1974~76): "Die Zeichen des Todes und des Lebens. Zu bisher kaum bebobachteten Konstruktionselementen in Horváths vier Fräuleinstücken", in: Theaterheute 3, 1974. S. 1~6; ders., "Todesbilder in Horváths Werk", in: Horváth-Diskussion", hg. v. Kurt Bartsch, Uwe Bauer und Dietmar Goltschnigg, Kronberg/Ts. (Scriptor), 1976, S. 67~81. 한편 이와는 달리 일찍이 스트렐카가 작품 전체를 통일된 관점으로 해설한 이래 만과 베르펠은 그의 소설을 높이 추앙했고, 로이터·크라머·페더만 등은 호르바트가 시대비판적·현장적 문제들이라기보다는 보편적 인간의 문제와 초시대적인 문제를 근본적으로 추구했다고 보고 호르바트의 예술성을 높이 평가했다.

한편 현재까지 국내에는 호르바트의 드라마에 관한 논문은 8편이 있고 번역으로는 극작품 1편, 소설 3편이 전부이다.[8] 그런데 이는 호르바트의 중요성에 비추어볼 때 예외적인 일이다. 아울러 국내에서 아직까지 호르바트의 작품이 공연된 적이 없다는 사실을 염두에 두고, 본고는 호르바트에 대한 포괄적인 이해를 시도하고자 한다.

II. 민중극의 구성원칙

1. 작업시학 ; '절단'과 '배열'

지금까지 호르바트의 언어를 다룬 논문들 가운데 비판적 입장인 경우에는 호르바트의 어법이 매우 거칠고 손질이 되어 있지 않으며 즉흥적 스케치와 같다고 평한다. 그리고 그 원인을 호르바

8) 참조 ; 송백희, 「Ödön von Horváth의 언어연극론—Jargon의 총체성과 익명의 연극론을 중심으로」(이화여자대학교 석사논문, 1981) ; 송백희, 「Ödön von Horváth의 민중극에 있어서의 대화연구」, 『독일문학』 제33집(서울 ; 1984), S.147~178 ; 표영선, 「Ödön von Horváth의 민중극 'Geschichten aus dem Wiener Wald' 연구」(서울대학교 석사학위 논문, 1989) ; 정지창, 「Ödön von Horváth의 민중극 연구」(서울대학교 박사학위 논문, 1991) ; 이숙경, 「외덴 폰 호르바트의 민중극에 있어서 소시민 의식과 시대비판 — '비엔나 숲속의 이야기'와 '카지미르와 카롤리네'를 중심으로」(서울대학교 석사학위 논문, 1993) ; 김광선, 「20세기 민중극의 개혁과 부활」, 『독일문학』 제51집(서울 ; 1993), S.749~774 ; 김정용, 「호르바트 민중극의 서사적 기법」, 『브레히트와 현대연극』 제4집(서울 ; 1997), S. 85~106 ; 『비엔나 숲속의 이야기』, 박상배 역(서울 ; 열음사, 1986) ; 『우리 시대의 아이들』, 임종대 역(서울 ; 문학사상사, 1983) ; 『신없는 청춘』, 유혜자 역(서울 ; 성바오로, 1989) 참조.

트가 독일어에 서툴고 문학 훈련을 제대로 받지 못한데다가 무계획적이고 손쉽게 쓰기 때문이라고 지적한다.

그런데 이른바 문학적으로 세련되지 못했다고 평가받는 요소들이 실은 이와는 반대로 철저히 의도적인 텍스트 내재적인 시학 Die immanente Poetik der Texte으로부터 연유되는 것이라는 주장들도 있다. 이러한 주장들에 의하면, 산란하고 불명료한 담화와 우연적이고 임의적이며 서로 관련되지 않은 일련의 일화적인 착상들이야말로 허구적인 삶의 행로와 상황들을 가장 효과적으로 보여주기 위한 호르바트 특유의 형상화 원칙이라는 것이다.

이와 관련하여 흥미를 주는 것은 작가의 창작습관과 텍스트 내재적 시학과의 관계다. 우선 호르바트는 진지한 작가들이 지키는 일반적인 습관과는 거리가 먼 비문학적 태도를 가지고 있었다. 그는 오늘날 '팝' 문화라 불리는 통속문화에 관심이 있고, 엄격한 연극보다는 버라이어티쇼 형식과 서커스 관람을 더 즐겼으며, 대목장과 시월 축제, 유원지 등을 즐겨 찾았다.

정신문화의 많은 관습과 규범에 반대되는 호르바트의 태도는, 다른 한편으로는 고전적 분위기를 풍기는 세련되고 미학적인 문화를 경멸한 브레히트의 손질 안 된 듯한 거친 문체와 비교해볼 때 시사하는 바가 크다.

그는 친지들에 의해서도 작가라기보다는 보기 드문 이야기꾼으로 묘사된다. 그는 '데카메론' 식의 다양한 종류의 일화들을 무한히 많이 알고 있으며, 놀랍고도 기괴한 이야기들을 썩 훌륭하게, '천진하면서도 잔인함이 스민 미소를 띠고', '짐짓 유쾌한 듯 무관심하게' 들려주기를 좋아했다고 한다. 또한 많은 분량의 글을 매우 빨리 집필했다가 그것들을 다시 없앴으며 한 작품이 끝나기가 무섭게 다음 작품을 서둘렀다고 한다.

그가 글로 써놓은 문어(文語, Schreib-Sprache) 텍스트 속에는 직접성과 즉흥성 등 구어(口語, Sprech-Sprache)의 특징들이 나타난다. 그런데 이는 결국 그의 뛰어난 이야기꾼으로서의 자질과 관심이 구변적 문체로 나타나게 된 것이라고 할 수 있다.

한편 호르바트의 극작품에 대해 예니가 한 다음과 같은 말은 매우 의미심장하다:

> 호르바트는 일정수의 인물들과 상황들 그리고 행위 모형들을 항상 새롭게 결합시켰을 뿐이다. 그는 정확하게 상상된 작은 부분들을 가지고 거의 흉내낼 수 없는 직관에 의해 작품들을 짜 맞추었다.[9]

호르바트의 집필을 도운 후더 Walther Huder는 증언하기를, 그가 극텍스트의 윤곽을 대략 잡은 후에 독서카드함 속에 보관해두었던 대화단편들을 가지고 작품을 짜 맞추었다고 한다. 최소한 제2단계까지의 극작품은 이러한 증언과 일치하고 있다.

이와 관련하여 호르바트가 텍스트를 개작하던 방식 역시 몽타주 기법이었음은 시사하는 바가 크다. 그는 원고의 일부분을 잘라내고 새로운 부분을 붙이는 식으로 텍스트를 완성시켰던 것이다. 그 결과 완성된 작품은 논리적 구성이 엄밀하지 못하다.

이와 같은 사실들을 종합해보면 호르바트의 텍스트 구성원칙은

9) Urs Jenny(1971) : 앞 글, S. 75. 또한 힐데브란트 역시 호르바트가 환경들과 인물들 그리고 상황들로 이루어진 일종의 우주를 준비해 놓고, 거의 5년 동안 항상 이를 인용했다고 말한다. Herbert Gamper(1974) 앞 글, S. 4 참조.

어떤 이데올로기나 사상을 중심으로 이루어진 것이 아니라 어디까지나 예술적 형상화, 즉 기능에 중점을 두고 택해진 것임을 알 수 있다. 다시 말하면 그의 구성원칙은 인과원칙에 따르는 연결이 아니라, '절단'과 '배열'의 조작을 통하여 이야기꾼이 그러하듯 일화적인 착상과 즉흥적 연상에 따라 느슨하게 열거해 나가는 데에 있는 것이다. 여기서는 세부 사항들의 비중이 매우 커지고, 소위 플롯이 세부 묘사를 결정짓는다기보다는 세부 사항이 전체 이야기를 결정짓게 된다.

호르바트가 여러 단위로 나눈 후 일종의 자료로서 잘 보관해 두었던 다층적인 서술요소들, 즉 개개의 문장들 · 일화들 · 인물들 · 상황들 등은 촘스키의 개념을 빌리면 언어능력Sprachkompetenz에 해당된다고 할 수 있다. 호르바트는 이것들을 준비해 놓고 그때 그때마다 변화시키고 연결시켜 나간 것이다. 그의 서술은 '언어수행'에 해당하는 것으로서[10] 언어를 실제 발화할 때 나타나는 즉흥성을 띠고 있다. 그러므로 호르바트에 대해 피상적이고 경솔하다고 비난하는 것은 그의 서술의 이러한 전형적인 특성을 잘 알지 못하고 하는 말인 것이다.

2. 언어적 사실주의

1966년경 독일어권의 젊은 작가들은 그때까지도 주도적이었던 표현주의 연극론에 반대하여 '신사실주의'(Der neue Realismus) 경향의 작품을 내놓았다. 그런데 이들은 '현실에 충실한 언어'를

---

10) Noam Chomsky : Topics in the Theory of Generative Grammar. Chp. 1, 1966 참조.

기치로 내걸고 그 모범으로 플라이서Marieluise Fleißer(1901~74)와 호르바트를 택했다. 곧 이어 등장한 '신주관주의'—혹은 '감상적 사실주의'—의 작가들 역시 경향은 다르지만 '현실에 충실한 언어'를 기치로 내걸었다. 호르바트는 '현실에 보다 근접한 어법'을 쓰고자 노력했고, 사람들이 말하는 방식을 정확히 관찰하여 옮겨 그의 텍스트들은 '일상어적인 현상과 경향들에 대한 언어학적 파악을 위한 참된 보물창고'로 인정되고 있다.[11)]

호르바트가 살던 시대의 언어적 상황은 '언어의 사물화'(事物化) 내지 '언어의 도구화' 그리고 '언어 인용'(Zitieren)으로 특징지을 수 있다. 호르바트는 이미 오래 전부터 역사적으로 전락되어온 왜곡된 일상언어의 관용화 내지 상투화를 사실적으로 충실히 그려냄으로써 오늘날의 인간이 사용하는 '교양은어'(Bildungsjargon)를 비판함과 동시에 오늘날의 인간에 대한 묘사를 할 수 있었다.

고전비극에서 희곡의 원래 주체가 신화였던 것처럼 호르바트에게 있어서는 모든 것을 미리 형성해버리는 '교양은어'가 사이비 신화와 같은 기능을 갖는다. 즉 호르바트의 민중극에 있어서는 인물들 대신에 상투어에 의해 지반을 잃은, '비본래적 uneigentlich인 언어'가 희곡의 주체이다. 민중극의 소시민들이 사용하는 교양은어는 그들 자신의 생각과 의사를 자신의 말로 표현하는 주체성 있는 언어가 아니라, 방송매체나 교회의 설교, 학교의 강의 등을 통해 끊임없이 반복되고 인용되며 재생산되는 언어이다. 그리고

---

11) Horst Jarka(1973): Sprachliche Strukturelemente in Ödön von Horváths. Studien zu seiner dramaturgischen Psychologie. Diss. Frankfurt/M. S. 130.

익명의 집단적인 세인(世人)들에 의해 이미 형성된 관용적인 언어이다. 따라서 이 언어로 된 문장은 세상을 지배하는 모든 조건들과 나쁜 현실에 상응하는 그림이다. 그것의 논리적인 형식, 즉 문자의 불변적인 기본구조는 바깥세상을 지시하고, 바깥세상의 구조에 대응하는 구조를 갖는다. 호르바트는 교양은어가 오래 전부터 역사적으로 전락되어온 비본래적인 상투어이고, 현실생활에서 만인에게 통용되는 '공담'(空談, Gerede)의 기본구조임을 묘사하기 위하여 그것의 표상적인 형식인 '이야기 모형'(Redemuster)을 잘 양식화시키는 데 주력하였다. 그리하여 이야기 모형을 통해 총체적이고 익명적인 교양은어의 존재방식이 주인공들의 존재방식 자체를 지배하는 현실의 논리로서 드러날 수 있게끔 한 것이다.

이와 같은 언어적 사실주의에 입각한 익명의 집단적 세인(世人)이 사용하는 언어연극론이 파악될 수 없을 때, 왜곡된 언어를 바로잡을 가능성과 나아가 현실이 개조될 가능성이 없다. 그러므로 독자와 관객의 왜곡된 언어에 대한 인식을 유도하는 데에 호르바트의 '사실주의적' 서술의 기본과제가 놓여 있다. 즉 호르바트에게 사실주의는 내용의 문제가 아니라 형식의 문제인 것이다. 그에게는 교양은어의 총체성이 희곡의 형식과 내용이 되었으므로 호르바트의 현실성은 루카치가 의미하는 '사실주의'로서의 예술적 현실성이라고 할 수 있다

이렇게 볼 때 호르바트는 이념에 흐려짐이 없이 일상적이고 보편적인 현실의 논리형태를 교양은어의 '익명성 형식'에 담아 보여줌으로써 브레히트보다 사실적이라는 찬사를 받을 수 있었다.

3. 양가적 복합성과 해체적 구상; 「카지미르와 카롤리네」의 예를 중심으로

호르바트의 작품들은 확연하게 시대비판적인 듯하면서도 한편으로는 인간적 본능의 메커니즘에 대한 폭로를 은밀히 감추고 있다. 많은 것이 은폐, 위장되어 있으므로 이를 파악하기는 쉽지 않다. "어떠한 장면도 직접 파악되지 않는다. 또 어떠한 장면도 그것이 무엇을 의미하는가를 명백히 말하지 않는다"는 아른첸의 말은 음미해볼 만하다.[12)]

호르바트는 체계적 이론과 학파를 발전시키지 못하고 단명한데다가 작품 속에서도 브레히트처럼 뚜렷한 주관과 입장을 내세우지 않았기 때문에 종종 의심과 오해를 불러일으켰다. 호르바트 자신의 해명들도 그를 이해하는 데 오히려 부담이 된다. 그는 초·중기의 다섯 작품[13)]을 '민중극'(Volksstück)이라고 명명하였는데, 이 가운데 「이탈리아의 밤」, 「비엔나 숲속의 이야기」, 「카지미르와 카롤리네」 등 세 작품은 호르바트의 모든 관점이 수렴되는 초점으로 평가되고 있다.

호르바트는 '사용지침'(Gebrauchsanweisung, 1932)에서 옛 민중극을 형식적이고 윤리적인 면에서 파괴하고자 '새로운 민중극'을 시도한다고 자신의 의도를 밝히고 있다. 한편 호르바트는 자신의 모든 작품을 '비극'(Tragödie)이라고 명명하였다. 그러나

---

12) Helmut Arntzen(1977): "Geschichten aus dem Wienerwald", in: Die deutsche Komödie von Mittelalter bis zur Gegenwart, hg. v. Walter Hinck, Düsseldorf, S. 246.

13) Die Bergbahn(1927), Italienische Nacht(1930), Geschichten aus dem Wiener Wald(1930), Kasimir und Karoline(1931), Glaube Liebe Hoffnung(1931).

다시금 그는 "옛 민중극을 전승하고 개조하고자 한다"고 하고 자신의 작품을 "진실과 모순의 종합명제"라고도 했다.

우리는 여기서 그가 비록 이론적으로 확실하게 정립한 바는 없지만 그의 시학이 '해체적'이라는 표현을 써도 될 것 같다. 그 이유는 호르바트가 일단은 의사소통적 영향을 위해 민중극이라는 장르를 택했으나 무엇보다도 전통 민중극들이 지향했던 형식적·윤리적 이념들을 파괴하고자 의도한 것으로 보이기 때문이다. 최소한 위의 세 작품에서 이러한 시학의 특성한 관섬이 느러남을 볼 수 있다.

특히 「카지미르와 카롤리네」의 경우에는 작가의 모든 구상이 해체시학에 종속되어 있는 것으로 보인다. 왜냐하면 이 작품 속에서 호르바트는 카니발(10월 축제)의 모티브를 주제로 다루었을 뿐만 아니라 문제화시켰고, 전통 민중극의 세계관을 이루는 낙관적이고 긍정적인 '카니발'의 미학을 공간적으로만 부분적으로 따랐을 뿐, 실제로는 카니발적 문학의 의미를 '뒤집고' 파괴시켰기 때문이다.

예부터 진정한 카니발의 세계는 현실세계를 '뒤집어 놓은 세계'[14]였다. 카니발적 세계관을 본질로 하는 민중문학의 이론가 미하일 바흐친Michail Bachtin은 이에 대하여 매우 자세히 기술하고 있다:

14) 이 말은 「비엔나 숲속의 이야기」의 '마왕'이 도나우 강변에서 마리안네와 오스카의 약혼 축하 야유회를 개최한 날 사용한 말이기도 하다. 그는 수영복을 갈아입기 위해 발레리가 벗어 놓은 코르셋의 냄새를 맡아보면서, 그러한 충동적인 행위와는 달리 다음과 같은 말을 한다. "환상이 있든 없든—오늘날은 뒤집혀진 세계다! 진실도 믿음도 윤리적인 원칙도 없다. 모든 것이 비틀거린다. 아무것도 더 이상 확고한 것은 없다. 멸망의 시기가 성숙되었다."(I/184)

카니발은 뒤집혀진 세계다. (…) 카니발은 현실과 유희가 혼합된 영역 속에서 구체적으로, 그리고 감각적으로 경험된 형식에 따라 인간 관계의 새로운 양식을 형성한다. 이 양식은 사회 계급제도에 따르는 일상적 삶의 전능한 관계들과 대치된다.[15]

「카지미르와 카롤리네」
연출/
볼프-디트리히 슈프렝거
무대장치/
마르틴 쿠쿠리스
슈투트가르트국립극장,
1978

나아가 바흐친에 의하면, 카니발은 자유와 평등이 지배하는 세계다:

카니발이 진행되는 동안에는 일상적인 삶, 즉 비카니발적인 삶의 구조와 질서를 결정하는 법률과 금지 그리고 제약들이 모두 정지된다. 무엇보다도 여기서는 모든 계급구조, 그리고 그것과 관련되는 모든 형태의 공포와 존경심, 경건함과 예의로부터 비롯되는, 다시 말해서 사회적 · 계급적 불평등이나 혹은 연령에 따른 불평등까지를 포함하는, 사람들 사이의 기타 다른 형태의 불평등으로부터 비롯되는 모든 것이 정지되는 것이다.[16]

15) Michail Bachtin(1965): Literatur und Karneval, Frankfurt/M. 1990, S. 48.
16) 앞 글.

그러나 「카지미르와 카롤리네」의 10월 축제 속에는 '뒤집혀진 현실'이 아니라 '현실 그 자체'가 들어 있다. 작중인물들이 카니발의 평등과 자유의 마스크를 쓰고 뮌헨의 유쾌한 카니발을 즐기고 있으나, 이들의 실제상황은 이와는 달리 실패한 사람들의 운명을 모아 벌여 놓은, 호르바트 스스로 이 작품에 부언했듯 '우리 시대의 축제'인 것이다. 여기서는 실업과 폭력, 거짓과 기만, 도둑질과 착취 등 당대의 실제상황이 진행되고 있다. 현실의 기존질서를 뒤집어 놓으면서도 나른 한편으로는 새로운 질서를 건설하는 밝고 생산적인 민중축제가 아니라 세계 몰락이라는 소외된 영상을 보여주고 있는 것이다.

이 작품의 중심 내용은 '실직'과 '인간의 정서' 간의 인과 관계이다. 호르바트는 인간의 내부에 깊이 은폐되어 있는 해악의 소인들 자체를, 이를 자극하며 표출토록 하는 사회·경제적 조건보다 더 비중 있게 생각하고 있는 듯이 보인다. 왜냐하면 주변환경에 대한 직접적인 비판보다는 등장인물들의 처신을 통해 인간을 타락시키는 이데올로기들이 '보여지고' 비판되기 때문이다. 자본주의적·파시즘적·전체주의적 처신은 돈 많은 라우흐와 폭력적인 메르클 프란츠와 억압적·권위주의적인 스페어에 의해 역할 분담되어 '보여지고' 비판되는 것이다.

그러므로 좀더 정확히 표현한다면 호르바트는 프로이트처럼 그의 계급의 사회적 구조 및 사회의 여러 문제를 인간존재에 깊이 뿌리박혀 있는 문제와 동일시한다고 볼 수 있다.

바흐친에 의해 연구된 카니발적 축제의 특징인 '유쾌한 상대성'—왕이 노예가 되고 현자가 바보가 되며 부자가 거지가 되는 진정한 평등과 자유—은 호르바트에서는 10월 축제의 주인공들 간의 역동성으로 나타난다. 그러나 여기서는 카니발처럼 창조적인 생성을 위해 모든 것이 서로 뒤바뀌고 역전되며 변화되는 것은 아니다. 그들에게는 평등하고 자유로운 역할이 맡겨졌을 뿐, 실제로는 전혀 행복하지 않다. 오히려 카니발의 밝고 희망에 찬 긍정적인 마스크 뒤에는 그들의 인간적인 존엄을 손상시키는 부정적인 현상들마저 숨어 있다. 즉 드라마적 틀은 전통 민중극에 대한 '문학의 카니발화' 요청에 맞추어 대자연의 하늘 아래 카니발적인 상황 속이지만 등장인물들은 자기정체성의 해체와 도덕 개념의 해체로 인해 더 나쁜 쪽으로 변신한다.

이들 주인공들은 자기자신에게 주어진 사회적·개인적 조건과 경계를 넘어 서로서로 접촉하고 대화하며 도움을 주려고 시도하지만, 바로 그러한 시도로 인해 결과적으로 오히려 자기자신을 잃고 주위 사람들과의 관계마저 해체되게끔 한다. 그리고 이러한 변신조차도 실제로 완결되는 것이 아니다.[17] 이는 일시적인 카니발화의 영향으로 원래부터 있어 왔던 본능이 표현층으로 나온 것일 뿐이다. 주인공들은 양가적(兩價的) 처신을 한다. 한편에서는 10월 축제의 카니발적 법칙에 따라 환호와 혼란, 명랑함 등이 전면에 나오고, 다른 한편으로는 본능적인 소질들인 거짓과 비열, 도둑질 등이 배경으로 나온다.

카니발은 본질적으로 역동적 '변화와 생성'을 추구하고 '비종결적이고 개방적이며 미래지향적'인 특성을 지닌다. 모든 것을 생성의 단계로 보고, 죽음조차도 해방과 새로운 창조로 본다. 카니발의 세계 속에서는 모든 것이 접촉하고 서로서로 경계를 넘나들며, 양가성(兩價性)이 지배한다. 그러나 호르바트는 다양한 구조

---

17) 희곡 「비엔나 숲속의 이야기」에서, 또 산문 「영원한 속물」과 「우리 시대의 아이」에서도 주인공들은 변신의 길을 밟지만 끝내 그 경계를 넘지 못한다. 그들은 단지 말로만 변신을 노래하고 있을 뿐이다.

속에서 드라마적 대비를 통해 카니발의 파괴과정을 보여준다. 모든 드라마적인 구조들은 파괴를 향하여 도열한다. 그리고 거기에 이르는 과정은 양가적 처신과 양가적 언어 등 최대한의 복합성을 지닌 드라마적인 구조로 나타난다. 그러나 결코 사회적 · 실존적으로 주어진 조건을 넘어설 가능성은 없다. 따라서 실제적으로 변한 것은 없고 작품의 끝은 다시 처음으로 돌아간다. 즉 순환구조이다.

파괴과정이 잘 나타나는 가장 중요한 예가 언어에서 보여진다. 본래 카니발 문학의 언어는 구어적이다. 그 이유는 민중들이 장터에서 사용하는 살아 숨쉬는 일상어야말로 지배적인 이데올로기에 의해 속박되어 있던 언어를 자유롭게 해방시켜 언어의 카니발화를 실현시킬 수 있는 방법이기 때문이다. 이것은 많은 관습에 대한 카니발적 파괴의 하나일 뿐이다.

호르바트 역시 주인공들이 구어적인 언어를 사용하도록 하고 있다. 또한 그가 예술적으로 구현한 교양은어는 복합적 양상을 띠고 있다. 한편으로는 카니발적인 상대성과 양가적 의미를 지님에도 불구하고, 다른 한편으로는 역동적인 생성과는 다르게 끊임없는 파괴가 언어를 통해 진행되고 있다. 즉 호르바트가 묘사한 소시민 언어는 인간 사고의 한계를 미리 규정해 놓는 상투어이자 천편일률의 교양은어로서, 인간이 자신의 경계를 넘어서 스스로 현존할 수 있는 가능성을 애초에 막아버리는 것이다. 교양은어는 실제 주인공 개개인의 구체적 상황에 따라 구현되지 않고, 그가 꿈꾸는 희망에 따라 구현되고 있다. 주인공들의 관념 속에는 더 나은 인간들이 이 세상에 있고, '그들'이 사용하는 언어를 통해 그들임을 알아볼 수 있다고 생각한다. 언어사용은 사회(계급)적으로 조건지워져 있기 때문에 소시민들은 낯선 언어방식에 적응하여 그들처럼 언어를 사용하게 되면 신분상승이 가능하리라는 희망을 가진다. 사람들은 자기자신의 본질과 다르게 말함으로써 다르게 될 수 있다고 생각한다. 그들은 사실상 언어에 대한 폭력을 감행하는 것이다. 언어적 구조 역시 해체시학의 지배를 받아 의도적으로 탈의미화되었고, 이에 따라 언어는 그 깊숙이 숨겨진 또 다른 의미를 가리키게 되며 오해를 불식하는 대신에 오해를 구축하고 도리어 우스꽝스러운 효과를 내기도 하는 것이다.

호르바트의 민중극 언어의 특징은 폭력과 감상주의의 혼합, 품위 있게 되려고 하는 것과 비천하게 될 수 있는 것의 혼합이다. 그러면서도 언어는 궁극적으로 해체에 이바지한다. 언어를 사용함으로써 파괴적인 영향을 주고 오해를 유발하며 파국에 다다른다. 언어는 다음성적이고 복합적이면서도 철저히 작전상의 매개물로서 해체시학에 종속되고 있다.

비슷한 방법으로 호르바트는 언어 외적인 의미론적 기호를 쓴다. 비행선, 궤도열차, 자동차, 맥주 그리고 인간까지도 해체적 작전에 따라 반응한다. 그것들이 나타남으로써 파괴적인 행위의 메커니즘이 야기된다. 직접 본문 속에 심어 놓은 음악들(행진곡, 민속음악, 저속음악) 등도 부정적 작전에 이바지한다. 음악은 언어혼합과 마찬가지로 사건의 경과에 있어서 하나의 불협화음으로 나타난다. 즉 음악은 고양된 것과 비천한 것 사이, 명시적 의미와 암시적 의미 사이의 대조를 강조한다. 음악은 끝까지 이어지는 경우가 거의 없고 의미와 의미의 간격을 드러내주는 기능을 수행하고 나면 곧 중단된다. 카니발적인 문학구조의 중요한 요소인 음악의 도입은 작가에 의해 특별히 고려된 것이다. 음악 역시 단순한 반주가 아니라 의미구조에 속한다. 겉보기에 비극적 사건은 없는 듯하지만 망쳐진 축제, 어긋난 인간 관계, 파괴를 향해 진행된 의사교환 등 이러한 것들이 숨겨진 비극의 요소들이다.

지금까지 살펴본 바와 같이 양가적 복합구조와 해체를 향한 구상은 호르바트의 대작들인 민중극이 가지고 있는 구성 원칙이다. 호르바트는 브레히트와 같은 마르크스주의자가 아니었으므로 그의 이러한 부정적인 세계상이 이념적인 관점에서 나온 것으로 보이지는 않는다. 표층적으로는 건전한 카니발적 문학의 이상을 구현하면서 심층적 · 의미론적으로는 가차없이 희망과 환상을 파괴시켜 나간 호르바트의 의도가 시대 진단을 위한 것이었든 인간본성의 메커니즘을 폭로하기 위한 것이었든 간에, 그의 가장 큰 관심은 결국 그와 같은 사실을 어떻게 정확히 미학적으로 형상화할 수 있는가에 있었던 것으로 보인다.

Ⅲ. 주제와 모티브

I장에서도 언급했듯이 호르바트에 대한 연구에는 두 가지 상반된 입장이 있다. 1950년대와 60년대의 연구들은 호르바트를 인간성 문제와 윤리 · 도덕적 문제를 중점적으로 다룬 작가로 취급하였고 따라서 후기 작품들을 강조하였다. 그리고 일반적으로 초 · 중기 작품에 대해 보다 상세한 관심을 쏟은 최근의 연구들은 호르바트가 파시즘 생성기의 정치 · 사회적 삶의 중요한 문제들과 증상을 인식하고, 그 결과에 대해 놀랄 만큼 명확히 예견한 시대비판적 작가라는 점을 강조하고 이를 높이 평가하고 있다.

이와 관련하여 호르바트가 '사용지침'에서 작중인물들의 '보편성'이 인정될 수 있게끔 기본윤곽을 양식화시켜 공연할 것을 강력히 요청한 점(IV/664)은 시사하는 바가 크다. 즉 그의 관심은 우선 인간의 보편적 · 실존적 문제에 있었던 것으로 보인다. 또한 호르바트는 자신이 의도한 바는 작중인물들이 지닌 '의식을 폭로

하는 것'(Demaskierung des Bewußtsein, IV/660)이라고 밝히고 있는데 그는 실제로 개개인의 의식을 폭로하고 있을 뿐만 아니라 이 개개인의 예를 통하여 그러한 개인적 의식을 생산해내는, 또는 강요하거나 방해하는 '사회의 의식을 함께 폭로'하고 있다. 이 점에 바로 호르바트의 주제(그리고 이와 함께 기법)의 현재성이 있다. 따라서 호르바트는 그 자신이 속하기도 한 소시민 계층의 사회적 구조 및 그 사회의 여러 문제를 인간 문제에 깊이 뿌리박고 있는 문제와 동일시한다고 볼 수 있다.

호르바트는 소시민 의식이 생성된 조건을 어떤 특정한 사건들 속에서, 그리고 작중인물들의 정황 속에서 묘사하면서 이원적 인식의 측면을 보여주고 있다. 그 하나는 사회적·역사적 인식의 측면이고 다른 하나는 개인적·심리학적 인식의 측면, 즉 속물 부르주아 비판 부분이다. 그리고 이와 함께 호르바트에게는 지속적으로 인문주의적·형이상학적 문제들 역시 나타나고 있다. 그는 이러한 주제와 모티브들을 서로 다른 상황의 텍스트 속에 여러 번 변형하여 조합하여 놓았다.(호르바트가 항상 반복하여 일정수의 모티브를 변형하고 짜 맞추었다는 사실은 II의 1장에서 호르바트의 작업 방식과 연관하여 이미 언급한 바 있다.)

1. 사회·역사적 인식

사회·역사적 인식의 측면에서 주제를 관찰해볼 때 우선 언급해야 할 사항은 호르바트의 전 작품에 걸쳐 배경으로 나타나는 제1차 세계대전의 영향이다. 자신이 직접 전쟁에 참여한 것은 아니며 작품 속에 직접적으로 묘사한 것도 드물다. 그럼에도 불구하고 전쟁에 대한 생각은 주제의 중심에 놓여 있으며 또한 끊임없이 시대적 연관망으로서 현동화된다. 안나, 샤로테, 엘리자베트, 마리안네, 젊은이, 군인 등은 전쟁이나 전쟁 전의 시대를 기억하지는 못하지만 똑같이 전쟁의 휴유증을 앓아야만 한다. 다른 대부분의 등장인물들에게도 전쟁은 결정적인 경험으로서 그들의 생각과 행위에 은밀하고도 지속적인 영향을 끼친다. 전쟁의 그림자가 스크린의 망막에 비치듯 전 작품의 배경에 드리워져 있는 것이다.

호르바트는 1차대전을 겪고 난 이후 바이마르 공화국 시대의 시민적 · 자본주의적 사회의 부정적 현상들을 분명하게 인식하였다. 기본적인 논쟁점은 자본주의 사회제도에 의해서 대부분의 국민들이 경제적으로나 사회적으로 불이익과 불공정한 대우를 받는 반면, 이와 반대로 극소수의 사람들은 부당한 이득과 부의 특권을 누리고 있다는 점이다. 그리고 이 제도의 가장 극단적 · 부정적 현상은 국수주의, 군국주의, 파시즘의 등장과 이들의 공생적 관계이며 또한 지배권을 더욱 확고히 안정시켜 주는 시민재판소와 '제도권 교회', 그리고 시민적 교육정책의 막강한 영향력이다. 이러한 현상들이 인간의 행위와 사고의 전제가 되고 있음을 깨닫고 이를 작품 속에서 형상화하고 있다.

경제적 · 사회적 불이익과 불공정함은 무엇보다도 절대 다수의 실업에서 오는 가난과 빈부의 차이에 의해 묘사된다. 「카지미르와 카롤리네」에서 카지미르는 10월 축제의 가장 매혹적인 유흥인 비행선에 대해 "그건 나와 상관없어! 저 위에는 20명의 경제 우두머리들이 비행하고 있지만 그 아래에는 수백만이 굶주리고 있어!"라고 지적한다. 이 작품에서 비행선의 모티브는 계속 반복하여 나온다.

비행선의 모티브는 또한 「비엔나 숲속의 이야기」에서도 자본주의의 상징으로 나온다. 다음의 예에서는 식민지 정책에 의한 세계

제패라는 제국주의적 이념이 결국은 자본주의와 국수주의, 파시즘 그리고 군국주의의 혼합임을 보여줄 뿐만 아니라 이를 상징하는 '지구의'와 '비행선'과 '헬리콥터'를 들고 나온 소녀들의 비참한 불행이 열광하는 취객들과 대조를 이룬다:

> 사회자 (다시금 커튼 앞에 나타난다) 두 번째 장면입니다:
> 우리의 비행선!
> (브라보라고 외치는 소리)
> 연주해주시겠습니까, 악장님!
>
> (그러자 이제 "프리드리히 대왕"이 울려나온다 —그리고 무대 위에는 3명의 나체소녀들이 서 있다 —첫번째 소녀는 헬리콥터 모형을 손에 들고 있고, 두 번째 소녀는 지구의를, 그리고 세 번째 소녀는 조그마한 비행선을 들고 있다. —관객들은 열광하여 갈채를 보내고 재빨리 자리를 박차고 일어나 독일 국가의 첫번째 소절을 노래한다. 그러고 나서 다시금 잠잠해진다. 공이 울린다.)(I/228)

한편 「이탈리아의 밤」에서는 고용주들에게만 이롭고 대다수의 고용인들에게 불리하게 되어 있는 불공정한 세금정책에 대해 노동자 출신의 공화국수호연맹회원인 마르틴이 비판한다. "프롤레타리아가 세금을 물고 기업가들이 공화국을 앞뒤로 사취한다는 것은 하나도 새로운 사실이 아니야."

경제적으로 고통당하는 실업자 문제와 이들을 착취하는 악덕 기업가의 문제를 호르바트는 전 창작기간 동안 다루고 있다. 예를 들어 후기의 산문 「신 없는 청춘」에서 실업자 집안의 영양실조에 걸린 아이들이 부업으로 창가에 앉아 인형을 칠하는데, 이 모티브는 작품 전체에 걸쳐 시도 동기적으로 나온다. 「카지미르와 카롤리네」에서는 기형인(奇形人)들의 공연으로 돈을 버는 악덕 자본가인 '난쟁이'가 불구자들을 학대한다. 후기의 「우리 시대의 아이」에서는 이윤만 추구하는 난쟁이가 실업자인 군인이 애써 찾아낸 '마법의 성'(유흥장)을 헐어버리고 그 자리에 새로 자동차 전시장을 세워 주인이 되는데, 고용인인 '아가씨'가 임신했을 때는 가혹하게 내쫓아버린다. 악덕 기업가 난쟁이 모티브는 각기 다른 창작시기에 다른 장르의 텍스트 속에서 평행하여 나온다. 특기할 점은 호르바트가 물질적 · 사회적 지위를 상실할 위기에 몰린 개개인의 운명을 다루면서 이러한 곤란이 특히 여성에게 심삭하게 닥친 것으로 묘사했다는 점이다.

한편 사회의 불공정하고 대립적인 현상들은 인간의 사고와 행위의 조건들로 파악되고 거의 모든 호르바트의 작품들 속에서 주제로 다루어졌다. 「이탈리아의 밤」에서 카를은 레니가 그를 나쁜 사람이라고 비난하자 "이 세상에는 나쁜 사람은 없어요, 아가씨. 다만 매우 가난한 사람이 있을 뿐이오!"라고 대답한다. 인간의 행위와 생각이 사회적 · 물질적 기본조건들에 의존하며 자본주의적 질서의 영향은 단순히 재정적 문제를 떠나 인간과 인간 사이의 관계에도 영향을 준다는 것이 작품 속에서 여러 가지로 표현된다. 때문에 매춘 문제 역시 도덕적 문제가 아니라 사회적 문제이며 사회가 "지배자와 피지배자"로 이분됨을 의미한다. 진실한 감정과 올바른 사랑은 경제적 원인으로 인해 불가능해지는 것이다.

2. 속물 부르주아 비판

호르바트의 작품 속에서는 소시민적 성격의 특성이 세밀하게 그려지고 있을 뿐만 아니라 파시즘의 영향에 대해 취약한 정신적 · 심리적 전제조건들이 절묘하게 복합적으로 어우러져 제시된다. 민중극에 있어서 이러한 양상들은, ①주인공들이 그들의 현실을 직시할 가능성을 스스로 폐쇄해 버리는 정치적 어리석음 ②제도권 기관들과 고위관료들에게 무조건적인 의무감과 복종심, 노예적 충성심을 보여주는 소시민적 사고방식의 권위에 대한 예속 ③경건한 신앙심과 예술적 소양과 교양을 지닌 척하는 이중도덕적 소시민 사고의 허위성 ④소시민적 성격의 잠재적 폭력성, 특히 남녀 관계에 있어서의 착취·희생 관계는 자본주의 사회의 기본구조이며, 지배-피지배 관계는 파시즘 체제의 기본구조라는 점 ⑤희생자로서의 여성상 ⑥사업적인 사랑 등으로 나타난다.

3. 인문주의적 · 형이상학적 인식

후기 작품으로 올수록 호르바트는 점차 더 많은 비중을 인간성에 두고 인간성이 인간존재를 둘러싼 사회적 상황과 관계 있을 뿐만 아니라 일반적 대원칙들과도 관계되고 있음을 묘사하고 있다. 즉 개인적 윤리, 양심, 인간적 책임감, 자유, 정의, 사랑, 인간 존엄의 방어 등 인문주의적 주제와 죄의 인식, 신에 대한 회의와 원망, 갈구, 종교적 구원의 가능성 등 기독교적 범주에 속하는 이른바 형이상학적 주제들이 전면으로 나오고 있다.

그리하여 ①죄와 구원의 문제 ; 꿈과 동화의 세계가 더욱 독립적으로 나타나고, 주인공들에 대한 심판이 은연중에 중심 테마로 등장 ②인간적 따스함을 완전히 잃은 청소년 비판과 세대갈등 ③신앙의 문제 ; 정신적·영혼적 추위는 신의 존재를 부정하고 믿음을 상실한 데서 오며 이는 파시즘의 주입을 용이하게 만든다. ④종교적 주제와 시대비판 ; 신의 불공정성과 비합리적인 종교적 형상들 ⑤실존론적 염세주의 ⑥죽음을 잉태하고 정화작용을 하는 자연의 근본적인 힘과 피안의 세계에 대한 방사(放射)로서의 자연 등이 주제로 나온다.

지금까지 호르바트의 전 작품에 나타나는 주제적인 문제들을 개략적으로 살펴보았다. 결론적으로 한마디로 요약한다면, 호르바트 문학의 내용은 위기에 처한 인간의 실존적 상황을 인간 현존재의 기본상황으로 인식하며 이를 분석하고 있다는 점이다. 호르바트는 그가 인식한 이와 같은 내용을 가장 효과적으로 간접성의 형식을 통하여 전달하고자 매우 포괄적이고 복합적인 의미구조를 만들어나갔다.

Ⅳ. 맺는 말

호르바트는 현실의 사건들을 정확하게 묘사함으로써 사실의 표면을 보여주었을 뿐만 아니라 그 원인까지 꿰뚫어보고 이를 간단한 '이야기 모형' 속에 그대로 정착시켜 놓았다. 예를 들어 파시즘하의 현실은 부자와 가난한 자, 착취자와 희생자, 남자와 여자, 아버지와 아들의 대결구도로 나타냈고, 이 대결구도가 변증법적으로 또 다른 대결구도를 낳으면서 반복, 순환된다는 사실이 텍스트의 불변적 기본구조 속에 드러나고 있다.

언어적 구조 역시 마찬가지다. 이미 완성된 기성품과 같은 언어를 작중인물들이 임의로 인용하고 모방한다는 것은 문체적 특징에 그치는 것이 아니다. 이는 작품 내에서 단어들뿐만 아니라 인물까지도 임의로 바꾸어 놓을 수 있다는 것을 의미하며, 객관적 현실의 공간에서도 문학적 허구의 공간에서와 마찬가지로 이와 같은 '언어가 살아가는 존재방식'의 메커니즘이 객관적 현실로 존재하고 있음을 말한다. 결국 언어에 있어서의 불변구조는 하이데거가 의미하는 '공담'의 '이야기 모형'(Redemuster)과 같다고 할 수 있다.

한편 보편적 현존재의 위기를 보여주기 위하여 호르바트는 작품 속에서 많은 구조적 장치를 하고 있다. 예를 들어 텍스트의 기호적 특성 속에 숨어 있는 죽음의 구조와 해체적 구조가 그 예이다.

앞에서 열거한 심층의 기본구조는 상이한 세부 내용으로 채워짐으로써 비로소 문학작품이 된다. 이와 연관하여 호르바트가 작가적 총력을 소규모의 부분 단위에 집중시켜 일정한 장면, 특정의 에피소드, 특정한 인물형상 등에 집중한 것은 그만한 까닭이 있었던 것으로 보인다. 왜냐하면 정확하게 묘사된 것은 그 자체로써 매우 생생하고 개성적으로 나타날 수 있기 때문이다. 심층구조의 기본 관계들이 불변적 모형 속에 고정되어 있기 때문에 세부 상황들의 정확성과 다양함은 상대적으로 중요한 기능을 갖는다. 즉 불변구조의 단조로움과 정직성을 깨뜨리는 상보적 기능을 갖는 것이다. 여러 학자들은 표현층에 나타나는 제멋대로의 임의성과 구어적 이야기의 충동적인 요소들을 비난한다. 그러나 이것은 호르바트가 이야기를 좋아하는 이야기꾼이기 때문이기도 하지만 더 나아가 생생하고 현실감 있는 표현을 지향한 데 따른 결과라고 보아야 한다.

이와 같은 기법은 결과적으로 사실주의적 형상화의 대원칙과 일치한다. 왜냐하면 호르바트의 텍스트는 루트비히 비트겐슈타인이 말하는 "실재(實在)를 묘사할 수 있기 위하여 모든 그림이 가져야 하는 실재와의 공통점"인 '논리-표상형식'을 그 구조 내에 가지고 있기 때문이다.[18] 즉 루카치가 말했듯 사실주의의 '당성'(黨性, Parteilichkeit)은 예술형식의 내재적 법칙성이나 형식원칙 자체에서 나오므로 현실의 총체성을 형상화하는 문학형식은 현실의 본질에 침투할 수 있는 인식론적 능력을 가지고 있다는 것이다.

결론적으로 호르바트는 일반 예술구조의 기본 조직원리를 충실히 지켰다고 할 수 있으며, 이로써 그에 대한 합당한 평가를 자리매김할 수 있다고 본다.

---

18) Ludwig Wittgenstein(1059): Tractatus logico-philosophicus: Logisch-philosophische Abhandlung, Frankfurt/M.(Suhrkamp) 1977.

작품연보

1920년 「춤의 책」(팬터마임).

1923년 「도자」(단장), 「모렌가의 살해」(희곡), 「스포츠 동화」(산문).

1924년 「어느 작은 사랑 이야기」, 「스텐첸」(희곡).

1926년 「3018고지의 반란」(민중극), 「아름다운 전망」(희극), 「춤의 책」 오스나브류크에서 초연.

1927년 「국방군 슬라덱」(역사극), 「3018고지의 반란」 개작; 「산상철도」, 「3018고지의 반란」 함부르크 초연.

1929년 「매매된 소녀」(초고) 완성, 「의회주변」(소극), 「36시간」(소설), 「36시간」; 후에 「영원한 속물」에 삽입, 「산상철도」 베를린 초연.

1930년 「이탈리아의 밤」(민중극), 「레겐스부르크의 여선생; 엘리말다케의 전략」(기록극), 「영원한 속물」(소설), 「샤로테」(단장), 「폴링거 양」(산문), 「중산층」(소설 초고), 「사랑의 시간」(방송극).

1931년 「비엔나 숲속의 이야기」(민중극), 「카지미르와 카롤리네」(민중극), 클라이스트 상 수상, 「이탈리아의 밤」 쉬프바우어담 극장에서 초연.

1932년 「믿음 사랑 소망」(민중극), 「행복 매거진」(레뷔), 「카지미르와 카를리네」(민중극) 라이프치히/베를린 초연.

1934년 「천국으로」(2부작 동화), 「이리로 저리로」 취리히 초연.

1935년 「머리로 벽을 뚫다」 12월에 비엔나 초연.

1936년 「피가로의 이혼」(희곡), 「최후 심판의 날」(연극),

「전쟁에서 돌아온 돈주앙」(희곡), 「믿음 사랑 소망」을 「사랑 의무 소망」으로 제목 바꿈 ; 비엔나 초연.

1937년 「인간희극」 착수, 「남자들 없는 마을」(희곡), 「폼페이」(희곡), 「신 없는 청춘」(소설), 「우리 시대의 아이」(소설), 「유럽이여 안녕」(산문), 「인간희극」(산문) 구상, 「피가로의 이혼」 프라그 초연, 「남자들 없는 마을」 프라그 초연, 「천국으로」 비엔나 초연, 「최후 심판의 날」 독일극장 초연.

Rainer Werner Fassbinder

라이너 베르너 파스빈더의 반연극

— 「페트라 폰 칸트의 쓰디쓴 눈물」에 나타난 여성해방의 이중시각

장 혜 순 (이화여대)

I. 들어가는 글 : "혁명적 유토피아에 대한 집단적 동경" (eine kollektive Sehnsucht nach revolutionärer Utopie)[1]

1982년 서른여섯의 젊은 나이로 요절한 독일의 배우이자 희곡 및 시나리오 작가이며 연극감독이자 영화감독인 라이너 베르너 파스빈더의 천재성은, 자주 언급되는 그의 일에 대한 광분 Arbeitswut과 제작욕구Produktionslust에서보다는 그의 반연극 Antitheater과 신 독일영화New German Cinema의 미학적 구상에서 확인할 수 있다. 연극인으로보다는 13년 동안 40편이 넘는 영화를 만든 영화인으로 세계적 명성을 얻은 그는 프랑스의 누벨

1) 파스빈더가 연극공연이 관객에게 미치는 실제작용을 축약하여 표현한 말이다. 각주 11) 참조.

바그Nouvelle Vague 그룹[2])을 대표하는 고다르Jean-Luc Godard, 클로드 샤브롤Claude Chabrol뿐만 아니라 유럽 연극영화인들의 창작과 이론에 지대한 영향을 주었다.

1982년 6월 10일 파스빈더가 사망하자 독일 일간지 「프랑크푸르트 룬트샤우」(Frankfurt Rundschau)는 그가 "신 독일영화의 심장"(Das Herz des Neuen deutschen Films)이라며 추모하였는데, 그가 베르톨트 브레히트 다음으로 외국에 가장 많이 알려진 20세기 독일의 예술가라는 사실은 주지의 사실이다.[3)] 파스빈더는 실제로 독일의 명망 있는 주간지 「차이트」(Zeit)의 "피곤해진 신동"(Müder Wunderknabe), 『구체』(Konkret)라는 문학지에서 말하는 "재능 있고 섬세한 기회주의자"(Begabter, sensibler Opportunist), 아니면 주간지 「슈피겔」(Spiegel)이 부르듯 "문화사업의 속죄양"(Buhmann des Kulturbetriebs) 등 다채로운 수식어로 1960년대 후반기부터 독일 문화전경을 장식하고 있다.[4)]

미래의 독일 비평가들은 파스빈더의 미학을 인정하든 부정하든 간에 섬세한 예술가의 모습을 찾아볼 수 없는 "멕시코의 대규모 농장 주인"(ein mexicanischer Haziendabesitzer)[5)]처럼 보였던 그가 독일의 1960년대와 70년대를 통틀어 가장 흥미 있는 희곡작가 중의 하나임을 부인할 수 없을 것이다. 또한 때로는 "문학과 영화의 염세주의로 변신한, 한때 분노에 찼던 폭풍 노도"(eines sich in Pessimismus verpuppenden, ehemals zornigen Stürmers

---

2) 파스빈더와 프랑스 누벨 바그와의 관계는 상호영향으로 특징지을 수 있다. 파스빈더는 그의 첫 영화를 프랑스 감독 샤브롤Chabrol과 로메Rohmer에게 헌정했다.

3) 참조; Frankfurter Rundschau vom 19. 6. 1982.

4) Zitiert nach. Playboy, Nr. 4, April 1978.

5) 참조; Die Zeit vom 31. 7. 1970.

und Drängers der Literatur und Filmszene)의 인물로 평가되었고[6], 때로는—독일 주간지 「슈테른」(Stern)의 표현을 빌리면—"주정뱅이이며 천재"(Säufer und Genie)인 그의 미학 구성이 어떠한 이유에서 1960년대와 70년대의 독일 문화비판의 독보적 위치를 차지하는가라는 질문에서 나의 소고는 출발한다.

연극비평의 과제는 바로 한 인간의 삶만큼이나 중요하게 그가 살고 있는 사회와 시대를 표현하고 문제화하는 희곡작가의 작업 속에서 찾아야 하며, 이러한 의식은 현실비판에서 발돋움하여 또 다른 가능성의 미래를 제시하는 기능과 직결된다는 논제의 재확인 과정을 의미한다. 따라서 나는 국내에 비교적 잘 알려지지 않은 독일 극작가 라이너 베르너 파스빈더에 대한 소개는 우리 시대의 경박한 문화비판에 새로운 지평을 여는 작업임을 강조하고 싶다.

반연극Antitheater이란 1960년대 뮌헨의 슈바빙가의 이름 없는 한 지하극장에서 출발하여 신 독일영화를 대표하는 독일의 가장 활동적인 영화 제작단으로까지 급속도로 성장 발전한, 파스빈더가 구성하고 이끌어간 아방가르드적 극단 및 그 극단이 추구한 연극미학을 총체적으로 지칭한다. 제2차 세계대전 이후 독일 연극계에서는 일정한 간격 속에 한편에서는 스위스의 프리드리히 뒤렌마트와 막스 프리쉬 그리고 스웨덴의 페터 바이스가, 다른 편에서는 구동독의 브레히트의 후계자 페터 학스가 결정적인 몫을 하였다. 1950년대 중반까지 활발하게 전개되었던 카를 주크마이어의 희곡이나 1960년대 전기의 힐데스하이머, 초기의 그라스, 호흐후트와 키프하르트 등 1960년대 말의 페터 한트케의 다양한

---

6) 참조; Stuttgarter Zeitung vom 31. 12. 1976.

희곡적 시도는 전후 독일 상황을 직접, 간접으로 조명하며 독일 역사를 분석 비판한 정치극과 기록극, 민중극이 얻어낸 희곡적 성과 속에 간과할 수 없이 중요한 자리를 차지한다. 특히 1980년대 이후 독일 연극계에 끊임없는 충격을 제공한 토마스 베른하르트와 보토 슈트라우스, 하이너 뮐러의 기념비적 무게에도 불구하고 마리루이제 플라이서와 외덴 폰 호르바트의 재발견에 힘입어 독일의 문학적 전통을 잇는 매개고리 역할을 담당했던 스페어, 크뢰츠, 파스빈더의 연극사적 의미는 주목할 일이다.

파스빈더는 종래의 희곡적 형식이 그가 살고 있는 시대의 소재를 적절히 묘사하는 데 부적당하다고 판단하고 새로운 내용에 걸맞은 새 형식의 개발이 필요하다고 확신하였다. 따라서 그는 새로운 연극의 길을 찾기 위해 1968년 처음으로 반연극이란 용어를 사용하며 그 본질 규정을 시도한다. 그는 1979년 자신의 모범[7]이라 칭했던 독일계 미국인 더글러스 서크Douglas Sirk 감독과의 대담에서 반연극이라는 혁신적인 실험을 통해 새로운 연극을 구축했던 자신의 예술관을 다음과 같이 명확하게 피력하고 있다:

예술? — 제작한 것을 가지고 일정한 방법과 형식 속에 관

---

7) 참조; Abendzeitung(AZ) München vom 12/13. Juni 1982. 독일의 신문과 잡지 인용은 Rainer Werner Fassbinder 1946~1982, Deutsche Institut für Filmkunde(Hrsg.), Frankfurt am M. 1982에 인용된 것을 재인용하였다. Über das Thema äußert sich Fassbinder im folgenden: "Da ist der deutsch-amerikanische Regisseur Douglas Sirk. Ich habe ihn kennengelernt, und es war ein einschneidendes Erlebnis, da ich in ihm jemanden getroffen habe, der auf der einen Seite wahnsinnig sensibel und hochgebildet war und eben trotzdem wahnsinnig publikumswirksame Filme wie 'La Habnera' und 'Zu neuen Ufern' gemacht hat."

객에게 삶과 주위 환경을 위해 감수성을 키우는 시도이다. 그것은 자기 스스로 의도했던, 그리고 자신의 관객에게 전달해야만 하는 감수성을 강화시키는 과정이다 — 그 이상의 아무것도 아니다.

Kunst? – mit dem, was man macht, versucht man sein Publikum in einer bestimmten Art und Weise zu sensibilisieren für's Leben, für die Umwelt. Das ist ein Sensibilisierungsprozeß, den man mit sich selbst vorgenommen hat und den man Übertragen muß für sein Publikum – mehr ist es nicht.[8)]

파스빈더는 인터뷰나 논평에서 예술을 통해 현실의 진실과 맞서는 관객의 자세에 대한 자신의 관심을 일관되게 강조하고 있다. 파스빈더는 더글러스 서크 감독에 대한 에세이에서 일찍이 "그의 영화는 머리를 해방시킨다"(Seine Filme befreien den Kopf)[9)]라고 말한 적이 있다. "영화는 머리를 몽롱하게 해서는 안 되고 해방시켜야 한다"(Filme sollen den Kopf nicht vernebeln, sondern befreien)[10)]라는 파스빈더의 예술 명제는 — 영화와 연극이 서로 다른 매개체를 통한 표현형식임에도 불구하고 — 그의 연극에 동일하게 적용될 수 있다. 그의 연극은 영화에서와 마찬가지로 관객으로 하여금 자신들의 현실을 새로운 시각으로 분석하도록 강요한다. 그의 반연극의 시발점이 된 1967년에 있었던 행위연극 Action-Theater 극단과의 만남을 서술하는 데서도 관객의 위치가 얼마나 중요한지 잘 나타나 있다:

---

8) 참조; Süddeutsche Zeitung vom 8. März 1979.

9) Zitiert nach Rainer Werner Fassbinder: Filmme befreien den Kopf, hrsg. von Michael Töteberg, Frankfurt am M. 1992, S. 8.

10) 참조; 앞 글, S. 9.

일반적으로 높은 수준의, 아니 최고 수준에 이른 정상적으로 견실한 연극공연들보다 더 지루한 것도 없다. 그러나 여기에서는(행위연극: 필자 주) 무대에서 무엇이 일어나고, 어떻게 일어나며, 이를 통해 관객석에서 무엇이 일어나고 있는지가 사실인즉 나의 의지와는 아주 상반되게 거의 숨이 막힐 정도로 그렇게 구체적으로 나를 흥분시켰다. 배우와 관객 사이에 최면상태와 같은 무엇이, 마치 혁명적 유토피아에 대한 집단적 동경과 같은 무엇이 형성되었다.

아직 공연 도중에 나의 확고부동한 결정이 내려졌다. 여기 이 극장에서, 이 그룹들과 함께 작업할 것을, (…); 거의 순전히 나이브한 결정이었다.

Nichts langweilt mich gewöhnlich mehr als die normalen gediegenen Theateraufführungen, mögen sie das auch auf hoher oder höchster Ebene sein. Hier(Action-Theater; Hervorgehoben von mir) jedoch erregte mich das, was auf der Bühne geschah, wie es geschah und was dadurch im Zuschauerraum ausgelöst wurde, eigentlich ganz gegen meinen Willen so konkret, daß es mir fast den Atem raubte. Zwischen den Schauspielern und dem Publikum entstand etwas wie Trance, etwas wie eine kollektive Sehnsucht nach revolutionärer Utopie

Noch während der Vorstellung stand mein unabänderlicher Entschlußfest, hier, in diesem Theater, in dieser Gruppe mitzuarbeiten, (…); ein Entschluß von fast schlichter Naivität.[11]

---

11) Rainer Werner Fassbinder: Hanna Schygulla, in: Ders.: Filme befreien den Kopf, hrsg. von Michael Töteberg, Frankfurt am M.

바로 관객의 새로운 역할이 반연극의 주안점임을 알 수 있다. 파스빈더의 반연극 모델은 "혁명적 유토피아에 대한 집단적 동경"(eine kollektive Sehnsucht nach revolutionärer Utopie)을 경험하고자 하는 관객의 감정교육Erziehung des Gefühls의 마당이라고 정의내릴 수 있겠다. 그의 예술의 핵심과제인 관객의 심도 있는 감정에 대한 호소는 앞에 언급한 더글러스 서크 감독에 대한 에세이에서 재차 선명하게 나타나듯 아리스토텔레스의 비극이론의 감정이입과 구별되어야 한다:

> 관객의 강렬한 감정은 극중인물과의 일치감에서 오는 것이 아니라 몽타주 기술과 음악에서 온다. (…) 관객은 타인에게서 무엇인가 관찰했고, 바로 그렇기에 스스로에게 중요하게 여겨지는 것을 자의적으로 인식할 수 있거나 재미있게 파악할 수 있다.
>
> Das intensive Empfinden des Zuschauers kommt nicht aus der Identifikation, sondern aus Montage und Musik. (…) Man hat etwas von anderen Menschen gesehen. Und was daran für einen selbst wichtig ist, kann man freiwillig erkennen oder mit Spaß begreifen.[12)]

관객과 배우와의 감정교류가 인식의 전제조건이어야 하고 이러한 인식행위가 오락성을 동반한다는 현상은 파스빈더의 반연극의 미학과 브레히트의 서사극 전통이 한 배를 타고 있다는 사실을

1992, S. 97~114; hier S. 101ff.(Erstdruck in: Hanna Schygulla. Bilder aus Filmen von R. W. Fassbinder. München 1981 by Verlag Schimer/Mosel München)

12) 앞 글, S. 13.

지적해주는 매우 중요한 관점이다. 파스빈더는 1969년의 한 인터뷰에서 "나와 마찬가지로 샤브롤은 아주 밑바닥에서 시작하면서, 감정을 분석하면서, 사회개혁을 추구한다"(Chabrol strebt, wie ich, gesellschaftliche Veränderung an, indem er ganz unten anfängt, indem er Gefühle analysiert)라고 말하며 자신의 감정교육을 추구하는 연극목적이 사회개혁을 의도하는 브레히트의 서사극의 목적과 다르지 않음을 명시하고 있다.[13] 그는 물질만능주의의 모순에 희생된 소외된 인간의 절규와 욕망의 노예로 전락하는 고독한 몸부림, 개인과 사회라는 불편한 족쇄를 끝내 풀지 못하는 허탈감, 타락한 문명의 막다른 골목에서 인간의 치부를 적나라하게 들춰내어 관객들을 때로는 잔인하게, 때로는 연민으로 사로잡는다. 실제로 관객을 현실과 정면 대결시키려는 파스빈더의 반연극 미학은 개인과 공동체, 현실과 유토피아, 감정과 인식의 변증법적 관계로 설명될 수 있다.

다음에서는 1971년 처음으로 무대에 올린 이후 — 1991년 기록을 보면 이때까지 세계 26개국에서 무려 80가지가 넘는 제작물로 연출되었다 — 파스빈더의 희곡 중 가장 많은 횟수의 공연을 자랑하는 「페트라 폰 칸트의 쓰디쓴 눈물」(Die bitteren Tränen der Petra von Kant)을 고찰 대상으로 선택하였다.[14] 파스빈더의 희곡론을 여러 면에서 본보기로 보여줄 수 있는 이 작품의 분석을 통해 그가 작품에서 현실을 어떻게 묘사하고 있고 반연극의 현대성이 어떠한 특징을 갖는가를 조명해보고자 한다. 파스빈더의 연극

13) Abendzeitung(AZ) München vom 18. Juni 1969.

14) Rainer Werner Fassbinder: "Die bitteren Tränen der Petra von Kant", in: Ders.: Sämtliche Stücke. Frankfurt am M.: Verlag der Autoren 1991, S. 553~602.

이 우리나라의 공연무대에서 어떻게 수용되었는가라는 질문은 그 중요성에도 불구하고 자료 관계상 이번 소고에서는 제외시켰다. 한국 연극계에서 그에 대해 정확한 평가를 하기 위해서는 방만한 자료 수집이 전제되어야 하고, 이러한 작업은 다른 기회에 필히 체계적으로 보충될 것으로 기대한다.

II. 권력의 유희: 자아발견과 자아상실

「페트라 폰 칸트의 쓰디쓴 눈물」은 줄거리의 외적 형식으로 볼 때 로마 비극에서 유래하는 5막으로 구성되어 있다. 극적 줄거리를 진행시키는 기능을 보유하는 막의 구분이 여기에서 전통적 의미의 내적 구성원칙과 일치한다고 보기는 힘들다. 이 작품에서는 그의 두 가지 상이한 구성 유형을 확인할 수 있다. 행동보다는 인식에, 줄거리보다는 장면 장면에, 외부에서 일어나는 사건의 전개보다는 주인공의 행동과 사고의 내적 갈등에, 성격 묘사보다는 암시와 제스처가 파스빈더의 작품을 묘사하는 기법의 핵심을 이루고 있다. 즉 아리스토텔레스의 비극이론에 근거를 둔 구스타프 프라이타크Gustav Freytag(1816~1895)는 1863년 출간한 『희곡의 기법』(Die Technik des Dramas)에서 피라미드적인 구조, 즉 도입부 · 상승부 · 정점 · 반전 및 대단원 등 다섯 등분의 형식을 제시하고 있는데, 이러한 좌우대칭의 원리에 따른 엄격한 구조가 파스빈더의 작품구조를 규정하고 있지 않다. 그럼에도 불구하고 관객은 5막의 형식이 구조적으로 매우 짜임새 있는 형식임을 엿볼 수 있다.

1막은 출세와 성공에 대한 자부심, 여러 형태의 인간 관계 속에 나타나는 페트라의 성격 암시가 갈등을 도입하기 위한 배경설명의 기능을 수행하고 있다. 2막은 페트라가 카린에게 사랑을 고백하고 카린에게서도 자신에 대한 관심을 확인하며 애정의 문제가 어떻게 발전될까라는 질문으로 관객의 주의를 갈등상황의 정점으로 좁혀간다. 3막에서 관객은 두 사람이 서로 다른 형식으로 사랑한다는 갈등의 골이 메울 수 없는 비극의 정점을 이룬다고 인지한다. 4막에서 파스빈더는 반전을 모색하지는 않는다. 페트라는 카린에 대한 무력함이 자신의 정체성에 대한 불만으로 환원되고 남은 인간 관계의 해체를 요구하는 불안함으로 발전하는 가운데 자아상실을 간접적으로 의미하는 죽음에 대한 강렬한 동경을 표현한다. 5막에서 주인공 페트라는 자아발견을 새롭게 시도하기 위한 의지표명을 "나는 나를 다시 발견할 거야, 엄마"(Ich werd mich wiederfinden, Mutter)[15]라는 간결한 명제로 보여주고 있다. 파스빈더는 갈등이 가져오는 사건의 결말 없이 다만 미래에 던져진 문제를 제기함으로써 일단 이야기를 마무리하는 개방극das offene Theater의 특징을 보여준다.

주의 깊은 관객들은 1막에서 주인공 페트라 칸트의 성격이 그녀의 "인간 관계"(die Beziehung zwischen Menschen)[16]를 통해 간접적으로 서술되고 있다는 사실을 주목하게 된다. 3년 만의 재회를 기뻐하는 옛 친구 시도니의 등장은 페트라의 과거와 현재가 어떻게 변화했는가를 규명해준다. 페트라 스스로 다음과 같이 고백을 한다:

페트라 아 시도니, 인간은 스스로 발전하는 거야. 전에는 … 전에는 내가 확실히 달랐단다. 그때는 내가 어

15) 앞 글, S. 600.
16) 앞 글, S. 559.

디로 가는지를 몰랐어. 부끄러움이 전부였지.

Petra　Ach Sidonie, der Mensch entwickelt sich. Früher … früher, da war ich anders, sicher. Da hätte ich nicht gewußt, wohin mit mir. Die Scham allein.[17)]

파스빈더는 전통적 가부장제도의 틀에 무리없이 적응하며 사는 전형적 여인상을 페트라의 자아부재 현상 속에 암시하고 있다. 페트라가 여기에 지적하는 자신의 발전은 무엇보다 이제는 그녀가 갈 길을 알고 있다는 자부심이다. 부끄러움이란 단어로 축약된 페트라의 과거는 결혼, 남편에 대한 복종, 약자의 무기력과 두려움으로 묘사되어 있다. 평범한 결혼관을 갖고 주어진 부부의 역할 분담에 최선을 다하며 이해와 순종의 현명함으로 권태와 역겨움을 극복하고, 행복한 결혼생활을 즐긴다고 확신하는 친구 시도니의 눈에 "고통"(Bitterkeit), "구역질"(Ekel), "병적"(krank), "낯섦"(fremd) 등으로 비친 페트라의 결혼생활은 시작과 끝의 양상이 아주 판이하다. 시도니와 더불어 관객의 관심사는 프랑크라는 남편에게 꼼짝없이 사랑에 빠져 있던, 그에게 거의 예속되었던 페트라가 결혼생활을 청산하고 이혼을 청구하게 된 동기는 어디에 있는가라는 질문이다. 파스빈더는 파경에 이른 결정적 이유를 두 가지로 요약하고 있다.

첫째로는 페트라가 가졌던 남성에 대한 고정관념이 사라지면서 남자들의 이익에 부합하는 가부장적 특권을 시위하는 남자라는 존재의 환상이 깨어졌다는 점이다. 결국 남성 중심적 규범에 의해 정의되는 페트라의 결혼생활은 서로의 역할이 변화하면서 방황과 자기소외를 야기하게 된다. 이는 불륜이나 간통의 원인이 되는 제

17) 앞 글, S. 558.

삼자의 개입이 전혀 없이 두 사람의 관계가 파괴되었다는 과정에서 잘 나타나고 있다. 자신의 경제권을 통해 가족을 부양하고 여자에게 군림하는 자만심이 정체인 가부장적 제도에 익숙한 남자가 자신보다 성공의 길을 앞질러가는 여자에 의해 상처받은 자존심을 회복할 길을 끝내 찾을 수 없다는 것이 비극적 결말을 초래하고 있다.

페트라에게 마지막으로 비친 프랑크는 결국 남자라는 썩은 냄새뿐이다. 페트라의 표현을 빌리면 "그에게서 남자라는 썩은 냄새가 풍겼다"(Er stank nach Mann),[18] "증오"(Haß), "구토"(Ekel), "부자유"(Unfreiheit), "강요"(Zwang) 등이 이들 부부 관계를 묘사하는 수식어이다. 두 사람의 "고통"(Schmerzen), "수치심"(Scham), "히스테리"(Hysterie), "혼란"(Panik)을 동반한 결혼생활의 막은 내렸다.

두번째로 파스빈더는 지루함을 견딜 수 없는 페트라의 인간적 욕구가 파경 원인임을 다음과 같이 지적하고 있다:

페트라	천만에… 너도 알다시피, 프랑크와 나는, 아름다운 사랑을 사랑했어야만 했단다. (…) 우리는 결코 따르는 방식을 갖는 그런 지리한 결혼생활을 원하지는 않았어. 우리는 항상 새롭게 결정하기를 원했고 항상 깨어 있기를 원했으며 항상 자유롭기를 원했는데…
Petra	Doch … weißt du, Frank und ich, wir sollten eine schöne Liebe lieben. (…) Wir wollten keine dumpfe Ehe führen, die Verfahrensweisen hat,

18) 앞 글, S. 563.

die sich ergeben. wir wollten immer neu entscheiden, immer wach sein, immer … frei.[19]

파스빈더는 이미 다른 곳에서 이들 부부의 인생관이 어떤 한계를 의식하려고 하지 않는다는 점을 암시하고 있다:

페트라	우리는 둘 다 재미라는 것에 큰 의미를 부여했고, 신뢰에 대해서는 전혀 개의치 않았으니까: (…)
Petra	Wir haben beide viel von Spa gehalten, nichts von Treue: (…)[20]

페트라에게서는 실제로 모험적인, 항상 새로운 것을 추구하는 예술가의 기질이 엿보인다. 2막에서 그녀가 직업에서 얻는 기쁨은 모험적 여행의 기쁨을 동반한다는 사실을 카린에게 다음과 같이 서술하고 있다. "그것(여행 : 필자 주)은 굉장할 수 있다. 많이 여행하고 많이 보고 경험하는 것. 낯선 도시들, 음악"(Das kann herrlich werden. Viel unterwegs, viel sehen, erleben. Fremde Städte, Musik).[21] 파스빈더는 시민사회의 특혜층에 속하는 페트라가 성장기에 연극, 음악회, 아름다운 영화 등 삶의 아름다운 것들을 일찍이 알게 해준 최상의 교육 기회를 허락한 부모를 가졌다는 행복함을, 먹고 살기에도 힘겨운 좁은 집에서 세 명의 아이들로 북새통을 이루는 하층계급 출신의 카린의 문화적 무관심과 대칭적으로 보여주고 있다.

---

19) 앞 글, S. 561.
20) 앞 글, S. 560.
21) 앞 글, S. 570.

파스빈더는 페트라를 통해 사랑이란 개념을 지속적으로 새롭기를 희망하고 자유롭기를 원하는 인간의 동경 그 자체로 설명하고 있다. 동시에 결혼이란 열려 있는 미래를 함께 만들어 가는 과정을 의미한다고 재차 강조하고 있다. 페트라가 말하기를: "우리는 함께 행복하기를 원했다. 이해하지. 함께 말이다. 거기엔 이미 적합하다고 입증된 견본이 있지 않고 내가 알게 될 견본이 있는 거야"(Wir wollten glücklich sein zusammen. Verstehst du das: zusammen. Da ist kein Muster, das bewährt war, das ich kennen würde)[22]라고 했다. 이러한 맥락에서 "작은, 몹쓸 창녀"(eine ganz kleine miese Hure)[23]라고 페트라 스스로 부르는 카린에 대한 자가당착적인 집착을 이해해야 한다. 성공의 이면에서 외롭고 고독한 페트라는 카린과의 두 번째 만남에서 이미 그녀에 대한 사랑을 고백한다. 장래를 보장하는 페트라의 사랑이 절실히 요구되는 상황에 처한, 젊음과 아름다움 외에는 아무것도 소유하지 못한 카린은 페트라에게 사실은 심미적 대상이다. 페트라가 고백하듯 카린은 그녀에게 동성애의 첫 경험이다: "나는 아직 한 번도, 아직 한 번도 여자에 대하여 사랑을 느낀 적은 없다. 내가 미쳤지, 카린, 미쳤어. 그러나 미친다는 것은 아름답다. 미친다는 것은 미치게 아름답구나"(Ich hab noch nie, noch nie die Liebe empfunden für eine Frau. Ich bin wahnsinnig, Karin, wahnsinnig! Aber es ist schön, wahnsinnig zu sein. Es ist wahnsinnig schön, wahnsinnig zu sein").[24]

페트라가 카린의 미모보다도, 주정뱅이 실직자 아버지가 어머

22) 앞 글, S. 562.
23) 앞 글, S. 586.
24) 앞 글, S. 576.

니를 찔러 죽이고 자살하는 어두운 어린 시절의 기억이 말해주듯, 이방의 세계처럼 느껴지는 카린의 낯선 정체에 매혹됐다는 사실은 3막의 두 사람의 사랑 논쟁에서도 어렵지 않게 읽을 수 있다. 호기심과 재미로 시작된 관계가 운명적인 사랑으로 발전되었음을 확인한 때는 이미 페트라 스스로도 수습할 수 없는 상황임을 깨닫게 된다. 자유분방한 젊음의 화신인 카린이 페트라와 맺은 둘만의 사랑으로 진정될 수 없기에 페트라의 사랑은 돌파구를 찾지 못한 채 새로운 전기를 맞는다. 페트라가 살아 움직이는 에로스는 소유욕에서 멀리 도망갈 뿐이라는 진리를 터득했을 때는 카린을 붙잡기에 늦은 감이 없지 않다. 그러므로 결과는 부정적이다. 페트라는 열려 있는 예술세계처럼 카린을 해석하면서, 행복이란 불확실하고 파편적인 순간들을 음미한다.

파스빈더는 양성에 대한 사랑, 애증과 소유욕, 질투, 경멸, 유혹, 기다림, 애원 등의 끝없는 감정 소모를 통해 페트라와 카린의 애정 관계를 특징짓는다.

페트라가 이혼 후 새롭게 시작한 삶이 그녀의 현재를 어떻게 묘사하는가를 살펴보도록 하자. 파스빈더는 카린이 감탄하는 문구에서 페트라의 위치를 확인시킨다: "그렇게 크게 성공한 사람, 그렇게 유명한 사람"(Wer so viel Erfolg hat, wer so berühmt ist).[25]

홀로 된 페트라가 카린에게서 사랑의 대상을 찾고 새로운 행복을 시도하고자 함은 2막의 줄거리다. 실제로 페트라가 획득한 사회적 자아는 역할만 바꾸었을 뿐 전통사회의 남성적 자아의 재현이다. 성에 따른 노동의 분화와 그 사회적 의미가 지배하는 권력

---

25) 앞 글, S. 565.

의 유희에서 페트라가 스스로 또다시 희생되는 운명임을 그녀의 인간 관계가 다양하게 보여준다. 페트라는 자기완숙이라는 착각 속에 친구 시도니를 모욕하는 언행을 통해 자신의 삶에 대한 두려움을 잊기라도 해야 할 듯 발동하는 지배욕의 또 다른 면을 설명한다:

페트라	내가 머리를 사용하기 때문에 단지 강인해 보인단다. 여자가 사고를 한다는 것이 네게는 익숙한 일이 아닐 거야. 요 불쌍한 토끼 새끼야.
시도니	페트라! 제발!
페트라	용서해라! 네게 상처를 주고 싶지는 않아. 다만 내가 이야기하는 것을 네가 정말로 듣기를 원할 뿐이야. 내가 지금 말하는 것을 고정관념을 가지고 판단하지 말고 말이다.
Petra	Es scheint nur hart, weil ich den Kopf benutze. Das scheinst du nicht gewöhnt zu sein, da Frauen denken. Du armes Häschen. Sidonie Petra! Bitte!
Petra	Verzeih, ich wollte dich nicht verletzen. Ich will nur, daß du wirklich hörst, was ich dir sage, und nicht mit einer Meinung, die schon fertig ist, beurteilst, was ich gerade formuliere.[26]

페트라의 강한 자의식은 이렇게 무례함으로 표출되고 있다. 충실한 하녀 말레네를 무시하고 거칠게 다루며 주종 관계를 매사에

26) 앞 글, S. 559.

확인하는 사디즘을 장면 구석구석에서 읽을 수 있다. 연극 시작 뒤 처음 장면 진행과정 3분 내에 주인 페트라가 하녀 말레네를 어떻게 다루는지 보여주는 데서 파스빈더의 의도는 분명하게 드러난다:

> 전화. 빨리! (…) 한두 개 오렌지도 짜서 주고. (…) 그림은 이미 그리기 시작해야지. (…) 급히 편지 한 장 쓰라니까. (…) 이리 와. (…) 갖고 내려가고 서둘러.
>
> Das Telefon. Rasch! (…) Preß mir doch ein paar Orangen aus. (…) Fang doch schon mit der Zeichnung an. (…) du mußt schnell einen Brief schreiben. (…) Komm. (…) Brings runter und beeil dich.[27]

> 그래, 바로 서둘러라. 점심 때까지 그림은 끝내야 된다. 알겠니? 우편물은?
>
> So, jetzt beeil dich, die Zeichnung muß fertig sein bis Mittag, ja? Post? [28]

봉건사회의 주종 관계와 거의 구별하기 힘든 페트라와 말레네의 관계는 다음의 설명에서 더욱 확연하다: "말레네는 내 곁에 있은 지 3년 되었어. 말레네는 모든 것을 듣고, 모든 것을 보고, 모든 것을 알지. 말레네를 염두에 둘 것 없다"(Marlene ist seit drei Jahren bei mir. Marlene hört alles, sieht alles, weiß alles. Auf Marlene muß man keine Rücksicht nehmen).[29] 페트라 칸트

---

27) 앞 글, S. 555ff.
28) 앞 글, S. 556

의 모욕적 언사는 모녀 관계에서도 예외는 아니다: "엄마는 결코 아무에게도 도움을 줄 수는 없어요. 안 그래요?"(Du kannst einem ja auch nie helfen, nicht?)[30] 모친이 6개월간이나 멀리 떨어져 있어야 하는 여행에 대한 의사를 타진하는데 마치 다행인 것처럼 반응을 보이는 딸의 무정한 표현: "내게도 다행한 일일 수 있겠지요"(Ja, das könnte mir auch nicht schaden).[31] 이러한 표현을 통해 그녀에게 경제적으로 종속되어 있는 무력한 노모에게 군림하는 오만함과 과시욕을 엿볼 수 있다.

페트라의 비극은 모성, 육아 및 가사노동의 굴레에서 해방된 남성적 자아의 실현이 바로 여성해방을 의미한다는 왜곡된 출발점에서 시작된다. 그녀의 굴종을 요구하였던 남성의 자만심을 그녀의 출세가 보상하고 성공적 삶이란 이제 돈과 일로 대치되었다. 이전의 페트라가 여성 시각으로 비판하던 권력 유희는 카린과의 관계 속에서 그녀 스스로 역할만을 변경시켜 반복하여 표출하고 있다. 카린을 보는 그녀의 시각은 권력의 유희의 주체인 남성적 시각이다. 무력한 카린의 성공을 후원하고 경제권을 이용하여 순종하기를 기대하며 소유, 지배하려는 페트라는 바로 여성도 하나의 전인격체로 주체가 되어야 한다는 여성해방의 목적을 실현한 것이 아니다. 단지 자신이 권력지배의 무대 위에서 남성 의상으로 단장하고 남성 배역을 맡은 또 하나의 새로운 여성배우에 불과하다는 사실을 시사하고 있다.

이러한 관점에서 파스빈더가 제시하는 자아상실과 자아발견의

29) 앞 글, S. 560
30) 앞 글, S. 555
31) 앞 글.

변증법적 관계는 우리 시대 여성의 정체성에 대한 질문을 새로운 시각으로 투사한다. 떠나간 카린을 헛되이 기다리며 고통과 갈등에 지친 페트라가 자살을 꿈꾸며 자기파괴의 시도를 묘사하는 4막은 사랑에 버림받은 절망감의 극치를 표현하고 있다. 왜냐하면 새로운 자아를 발견하고자 낡은 관계를 청산하고 새로운 관계 속에서 새로운 자아를 추구하려는 페트라의 꿈은 남성 지배자로부터의 해방을 모색한 피지배자의 탈출구가 또 다른 지배 관계, 즉 우월의식의 지배 관계, 사회적으로 강한 여성이 약한 여성을 지배하는 관계로 탈바꿈하는 과정에서 좌절을 겪어야 하기 때문이다.

5막 마지막 장면에서 말레네에게 사과하는 페트라의 자아를 찾아가는 모색은 바로 왜곡된 자아발견의 과정을 바로잡으려는 몸부림이라 설명할 수 있다.

파스빈더의 「페트라 폰 칸트의 쓰디쓴 눈물」은 세 단계로 페미니스트의 방향을 제시하고 있다.

첫째, 남녀차별을 주도하는 권력의 유희가 사회적으로 구성된다는 사실을 의식적으로 고려하지 않는 고립된 개인적 시각의 한계를 비판한다.

둘째, 남성 중심적 문화의 모델, 가부장적 가치관이 야기하는 일상생활 속에서 나타나는 갈등과 모순의 원인을 추적한다.

셋째, 여성의 열등성이 아니라 특수성에 남녀 관계를 투사하여 여성과 남성이 다를 수 있는 권리로 인식하며 여성의 자아발견을 새롭게 전개하여 사회 변화를 가능하게 하는 길을 찾고자 한다.

결론적으로 말하면 파스빈더는 친구 관계, 모녀 관계, 주종 관계 및 연인 관계를 통해 소유와 권력 관계가 지배하는 서구 자본주의 사회를 비판하고, 삶의 새로운 형태를 찾아야 한다는 과제를 관객에게 제시하고 있다.

Ⅲ. 나오는 글 : 반연극의 윤리적 의미

본 소고에서는 파스빈더의 반연극의 미학적 구상을 고찰하고 그의 예술관이 우리 시대에 시사하는 바가 무엇인지 재조명하고자 시도하였다. 20세기 산업사회의 민주화 과정은 정치제도의 개혁만이 아니라 지배의 논리에, 또 그 정당성에 대해 의문을 제기하였다. 그리고 그 결과는 공적 생활에 국한되지 않고 사생활의 영역까지 구조변경을 가져왔다. 이러한 상황은 새로운 민주적 이상적 모델을 실현하고자 하는 의지와 그에 걸맞은 사회문화적 자본의 결여라는 조건으로 특징지워진다. 「페트라 폰 칸트의 쓰디쓴 눈물」은 주체와 객체의 권력 관계 속에서 진정한 사랑의 욕구는 성취될 수 없다는 사실을 통해 종속되지 않는 자유로운 관계, 각자 개체로서 자기주장이 가능한 "관계의 이상형"을 모색해야 한다고 주장하고 있다. 페트라의 자기독백은 파스빈더가 관객에게 던지는 질문을 다음과 같이 축약하고 있다 : "인간은 다른 인간을 필요로 하게끔 만들어졌다고 생각한다. 그런데도 인간은 어떻게 공존하는가를 배우지는 못했다"(Ich glaub, der Mensch ist so gemacht, da er den andern Menschen braucht, doch … hat er nicht gelernt, wie man zusammen ist).[32] 그러므로 사회적 논리와 모순을 뚫어보는 자아의 새로운 구성이 요청된다. 자아발견을 가능하게 하는 인식과 감정은 서로를 보완하는 필수적 요소이다. 삶에 대한 새로운 시각의 필요성을 역설하는 파스빈더의 반연극의 미학적 구상은 그 윤리적 가치를 파스빈더의 표현을 변용한 "연극은 머리를 해방시킨다"라는 테제 속에 내포한다. 반연극의 창시자 유진 이오네스코의 연극에 대한 정의는 파스빈더의 감정을 강

---

32) 앞 글, S. 564.

조하는 연극론을 간결하게 설명해준다:

> 우리의 연극은 필경 사고와 그 확실성의 총체적 위기에 의해서 생산된다(이론적이기보다도 감정적으로 인지되는 위기: 종국적으로 우리는 '예술가'이니까).
>
> Unser Theater zeugt vielleicht von der umfassenden Krise des Denkens und der Gewißheiten(die mehr gefühlsmäßig als theoretisch wahrgenommen wird: schließlich sind wir ja 'Künstler').[33]

파스빈더의 사회비판적 반연극이 추구했던 사회개혁은 머리를 해방시켜 인식의 몸을 열어주는 관객의 감정교육에서 출발한다.

서양의 연극사를 지배해온 아리스토텔레스의 희곡론을 전도시킨 브레히트의 서사극이 자본주의가 제국주의의 물결을 타고 세계대전이라는 인류의 비극으로 거침없이 치닫는 과정에서 어느 때보다도 역사적·미학적 필연성을 표명할 수 있다면, 브레히트의 서사극을 계승하면서 새로이 변형, 발전시킨 파스빈더의 반연극 모델은 '라인 강의 기적'이라는 이름 하에 전쟁의 폐허로부터 1950년대 후반에는 이미 재건, 부흥된 독일의 안정된 자본주의 사회가 표류하기 시작하는 인류문명의 한계에서 역사적 의미와 미학적 정당성을 찾아볼 수 있겠다.

---

33) Zitiert nach. Martin Esslin: Das Theater des Absurden, München 1965(zuerst 1961), S. 336.

라이너 베르너 파스빈더 연보

1946년	5월 31일 독일 바드 뵈리스호펜Bad Wörishofen에서 의사인 아버지와 번역가인 어머니 사이에 출생. 1951년 부모 이혼 후 어머니가 양육. 루돌프 슈타이너Rudolf Steiner 학교(anthrosophische Schule) 입학. 아우구스부르크Augusburg와 뮌헨München에서 김나지움, 기숙학교Internat 방문.
1965~66년	고등학교 졸업시험을 포기Mittleren Reife하고, 연극수업 후에 단편영화 「Der Staatstreicher」, 「Das kleine Chaos」를 만듦. 희곡 「Tropfen auf heiße Steine」(초연 Münchner Theater Festival am 27. 5. 1985).
1967년	연극수업(Fried-Leonhard-Studio München) 과정 중 그의 작품에서 주연을 맡았고 후에 그의 연인이 된 독문학도 한나 쉬굴라 Hanna Schygulla를 만남.
1967년	뮌헨에서 배우, 작가, 감독으로, 1968년 반연극 Antitheater이라 새로 명명한 행위연극Action-Theater의 단원. 두 편의 단편영화의 저작 및 감독.
1968년	희곡 「Katzelmacher」(초연 Action-Theater, München, am 7. 4. 1968). 희곡 「Iphigenie auf Tauris von Johann Wolfgang von Goethe」(초연 Action-Theater, München, am 25. 10. 1968). 희곡 「Der amerikanische Soldat」(초연 am 9. 12. 1968). 희곡 「Ajax」(Nach Sophokles. 초연 am 9. 12.

1968).

1969년 희곡 「Die Bettleroper」(Nach John Gay. 초연 am 1. 2. 1969).

희곡 「Preparadise sorry now」(초연 am 17. 3. 1969).

희곡 「Anarchie in Bayern」(초연 am 14. 6. 1969).

희곡 「Das Kaffeehaus」(Nach Goldoni. 초연 Bremer Schauspielhaus, am 19. 9. 1969).

처음으로 만든 두 편의 영화: 그가 유명해진 베를린 영화제에 출품된 「Liebe ist kälter als der Tod」, 독일연방영화상Bundesfilmpreis을 수상한 「Katzelmacher」.

~1970년 7월 24세의 나이로 연출 16편, 창작 5편, 방송극 1편, 연극 개작 7편, 영화와 텔레비전에 출연, 샹송가수이자 배우인 잉그리드 카벤과 짧은 결혼생활.

1970년 희곡 「Das brennende Dorf」(초연 am 7. 11. 1970).

1971년 희곡 「Blut am Hals der Katze」(초연 am 20. 3. 1971)

프랑크푸르트에서 연극 「Die bitteren Tränen der Petra von Kant」가 부당한 비판 속에 조롱받고 무시당하자 격분하여 영화로 만듦.

희곡 「Die bitteren Tränen der Petra Von Kant」(초연 Frankfurter experimenta 4, am 5. 6. 1971).

「희곡 Bremer Freiheit」(초연 Theater Bremen, Concordia, am 10. 12. 1971).

1972년 희곡 「Keiner ist böse und keiner ist gut」(Ursendung am 5. 5. 1972).

	파리의 Cinémathique는 "Homage à Fassbinder"를 보여줌.
1974~75년	프랑크푸르트의 '탑의 극장'(Theater am Turm) 단장.
1975년	반유태적 작품이라는 왜곡된 소개로 파스빈더의 생전에 계획했던 희곡 「Der Müll, die Stadt und der Tod」 상연이 여러 번 저지됨.(초연으로 간주되는 Die presseöffentliche Vorstellung am 4. 11. 1985)
1982년	6월 10일, 36세의 젊은 나이로 사망, 40편이 넘는 영화의 시나리오를 대부분 자신이 집필.

참고문헌

1차 문헌

Fassbinder, Rainer Werner: Sämtliche Stücke. Frankfurt am M.: Verlag der Autoren 1991.

Ders.:1946~1982, Deutsche Institut für Filmkunde(Hrsg.), Frankfurt am M. 1982.

Ders.:Filme befreien den Kopf, hrsg. von Michael Töteberg, Frankfurt am M. 1984.

Schütte, Peter W. Jansen/Wolfram(Hrsg.), Rainer Werner Fassbinder, Frankfurt am M. 1985.

2차 문헌

Bovenschen, Silvia: Die imaginierte Weiblichkeit. Exemplarische Untersuchungen zu kulturgeschichtlichen und literarischen Präsentationsformen des Weiblichen, Frankfurt am M. 1979.

Esslin, Martin: Das Theater des Absurden, München 1965.(zuerst 1961)

Kaiser, Gerhard: Polarität von Mann und Frau. Ein kulturelles Konzept und was aus ihm zu retten ist, in: Merkur, Heft 6. 51 Jg. 1997, S. 496~509.

Kässens Wend / Gronius, Jörg W.: Theatermacher. Gespräche mit Luc Bondy … Frankfurt am M.: Hain 1990.(zuerst 1987)

Mayer, Hans: Die unerwünschte Literatur. Deutsche Schriftsteller und Bücher 1968~1985, Frankfurt am M. 1992. (zuerst 1989)

Motekat, Helmut: Das zeitgenössische deutsche Drama. Einführung und kritische Analyse, Stuttgart, Berlin, Köln, Mainz: Kohlhammer 1977.

Ortmann, Manfred(Hrsg.): Spectaculum. Deutsches Theater 1945~1975. Materialien. Frankfurt am M. 1985.(zuerst 1984)

Rühle, Günther: Was soll das Theater? Theater in unserer Zeit. Dritter Bd. Frankfurt am M. 1992.

Sheldon, Caroline: Lesbierinnen und Film. Einige Überlegungen, In: Gislind Nabakowsik, Helke Sander, Peter Gorsen, Frauen in der Kunst, Bd. 2. Frankfurt am M. 1980, S. 103~136.

Simmel, Georg: Weibliche Kultur, in: Philosophische Kultur. Über das Abenteuer; die Geschlechter und die Krise der Moderne. Gesammelte Essais, Mit einem Vorwort von Jürgen Habermas, Berlin 1986, S. 219~253.(Die Originalausgabe erschien 1923)

Szondi, Peter: Theorie des modernen Dramas(1880~1950). Frankfurt am M. 9. Aufl., 1973.(zuerst 1956)

Franz Xaver Kroetz

크뢰츠의 민중극과 희곡기법

이 원 양(한양대)

I. 서론

1960년대 중반 이후 독일 연극에서는 '민중극'이라는 개념이 자주 사용되기 시작하였고, 주로 하층민의 문제를 다룬 사회비판적인 내용의 극작품들을 지칭하는 데 쓰였다. 거의 같은 시기에 크뢰츠(Franz Xaver Kroetz, 1946～), 슈페르(Martin Sperr, 1944～), 파스빈더(Rainer Werner Fassbinder, 1946～82) 등 일련의 민중극 작가들이 등장하였으며, 이와 병행하여 1920년대의 비판적 서민극 작가들로 호르바트(Ödön von Horváth, 1901～38)와 마리루이제 플라이서(Maireluise Fleißer, 1901～74)가 재발견되었다. 거의 잊혀질 뻔하였던 이들 사실주의적 민중극 작가들의 연극적 재발견으로 문학사적 연구가 활발해져서 한동안 '호르바트/플라이서 르네상스'라는 말까지 쓰일 정도였다. 이때 등장한 민중극 작가들 중에서도 크뢰츠는 창작활동이 가장 왕성한 작가였다. 이 글에서는 오스트리아를 포함한 남독의 민중극 전통을 배경으로 민중극 작가 크뢰츠의 발전과정을 다루고 대표적인 희곡을 분석함과 동시에 한국에서의 수용과정을 살펴보고자 한다.

II. 크뢰츠의 초기 작품과 희곡작가로서의 발달과정

1972년 뮌헨의 캄머쉬필레 극장에서 「가내노동」(Heimarbeit)과 「고집불통」(Hartnäckig)이라는 두 편의 단막극이 초연됨으로써 극작가로 등단한 크뢰츠는 단기간에 많은 작품을 썼고 곧바로 가장 많이 공연되는 독일의 동시대의 작가로 급부상하였다. 1989년에 나온 그의 희곡집[1]에는 총46편의 희곡과 방송극 및 텔레비전극이 실려 있다. 따라서 그의 희곡작가로서의 발전과정을 시대적으로 구분하고, 그의 희곡작품을 이 시기에 따라서 분류하는 데는 어려움이 있다. 그럼에도 불구하고 크뢰츠의 희곡창작의 발전단계를 구분하면 대략 3단계로 나눌 수 있다.[2]

제1기(1968~71)는 「야생동물 건널목」(Wildwechsel)에서 「희망 음악회」(Wunschkonzert)에 이르는 시기이다. 배우로서 출발한 크뢰츠는 1968년 파스빈더가 번안하여 연출한 플라이서의 「잉골쉬타트의 공병대」에 출연함으로써 플라이서의 작품과 접하게 되는데, 이런 경험은 차후 크뢰츠의 희곡작가로서의 발전에 결정적인 영향을 주게 되었다. 그가 가명으로 발표한 「결혼에서 구해

---

1) 참조 ; Franz Xaver Kroetz: Stücke. Frankfurt/M. 1989.
2) 참조 ; W. Buddecke/ H. Fuhrmann: Das deutschsprachige Drama seit 1945. Schweiz · Bundesrepublik · DDR · München 1981, S. 148f.

주세요」라는 작품은 바로 브레히트가 이 작품을 염두에 두고 종래의 민중극을 비판하기라도 한 양 전형적인 농민 소극(笑劇)이었다.[3] 따라서 이 작품은 크뢰츠가 사실적·비판적 민중극을 쓰기 시작하기 전 그의 다른 습작들이 어떠했는가를 짐작하게 해주고도 남음이 있다.

이 시기의 특징으로는 희곡의 언어면에서 그의 모범인 플라이서와 호르바트의 영향을 받는다. 그의 희곡의 등장인물들은 완화된 바이에른 방언을 쓴다. 그런데 이들이 쓰는 언어는 언어사회학적으로 하층계급이 쓰는 '제한적 언어체계' 만을 사용한다. "세분화되지 못한 구문, 생략법을 쓰려는 경향 그리고 접속사의 방언적·다의적인 사용이 논리적 결함을 드러내는 반면, 침묵으로 인하여 생기는 빈번한 휴지가 반복적으로 단절되고 단절로 인하여 좌절되는 사고를 암시하고 있다."[4] 이들은 자기자신의 개성이 있는 언어적 표현을 쓸 능력이 없다. 이들은 성구, 숙어, 속담, 그리고 그들이 이해하지 못하는 문어체에서 빌려온 어구 등을 상투적으로 사용하기 때문에 자신들이 처한 처지나 문제를 해명하고 해결하는 데 도움이 되지 못한다. 따라서 이들은 언어를 통한 성찰을 할 수 없으며 이는 관객의 몫일 수밖에 없다. 이처럼 크뢰츠는 언어적인 면에서 그의 모범인 호르바트와 플라이서를 계승, 변형, 발전시키고 있다. 다만 호르바트와 플라이서에서와는 달리 그의 희곡의 등장인물들은 하나같이 '낙인이 찍힌' 국외자들 또는 사회의 주변집단에 속하는 사람들이다.

크뢰츠의 초기 희곡에 나오는 등장인물과 주제는 약간의 변형

---

3) 참조 : B. Brecht, Anmerkungen zum Volksstück. GW, Bd. 17., S. 1162~1169.

4) Buddecke/Fuhrmann: 앞 글, S. 148.

에도 불구하고 항상 반복되고 있다는 느낌을 준다. 예컨대 「야생동물 건널목」에서는 미성년의 딸이 남자친구와 함께 자기들의 '사랑'(?)에 장애물인 아버지를 냉혹하게 사살한다. 「가내노동」에서는 교통사고로 가내노동을 하지 않을 수 없는 남편이 자기 부인이 나은 사생아를 살해한다. 「미히의 피」에서는 남자가 서투르게 낙태를 시도하다가 여자가 죽는다. 「남자들만의 일」에서는 도살장의 부산물인 내장을 처리하는 것으로 생계를 유지하는 여인과 노동자인 남자친구 간에 질투심으로 서로 사살한다. 「쉬탈러 농가」에서는 늙은 머슴 제프와 미성년의 지진아 베피 간의 관계가 다루어진다. 그 후일담인 「도깨비 열차」에서는 베피가 부모의 집을 떠나서 제프와 동거를 한다. 그러다가 그녀가 낳은 아이를 고아원에 보내라는 당국의 지시를 받자 그녀는 아이를 살해한다. 「친애하는 프리츠」에서는 성범죄자 프리츠의 사회복귀의 어려움이 다루어지고 있다. 이와 같이 이 시기의 작품에 등장하는 인물들은 언제나 극단적인 경우에 처한 사람들이다. 이들은 제한된 의식수준으로 인하여 주변환경에 적응하지 못하고 악순환의 고리를 벗어나지 못하여 늘 좌절하는 사람들이다.

이들 희곡에서는 배변, 수음, 성행위 그리고 낙태 시도 등이 직접적으로 묘사되고 있다. 작가의 이런 자연주의적인 묘사는 도색적인 의도나 금기사항을 파괴하려는 의도보다는 등장인물들의 "제한된 언어와 제한된 행동 간의 사실적으로 정확한 관계"[5]를 보여주기 위한 것이다. 이런 점에서 보면 크뢰츠는 그의 모범인 호르바트와 플라이서의 언어적인 '전시의 희곡술'을 넘어서 등장인물들의 행위를 보여주고 있다. 이런 자연주의적인 극한상황의 묘사와 무대상에서의 제시로 작가는 관객의 '동정심'을 일깨우려

5) Buddecke/Fuhrmann: 앞 글, 1981, S. 151.

는 것이다.

제2기(1972~74)는 「돌로미텐쉬타트 리엔츠」에서 「별의 은화」에 이르는 시기로 크뢰츠는 이때 독일공산당에 입당하여 연방의회의원 선거에 출마하는 등 정치에 참여하게 된다. 그는 이제까지의 모범이었던 호르바트와 플라이서의 '기술적 리얼리즘'이 한계에 부닥쳐서 브레히트의 희곡술로 방향전환을 선언한다. 또 한 가지 중요한 사실은 이제까지의 사회적으로 '극단적인 경우'와 주변집단에서 벗어나 사회의 중간층 내지는 유력한 집단을 묘사의 대상으로 삼으려고 한다. 그러나 이런 작가적인 선언이 바로 희곡 창작으로 이어지지는 못하였다. 「전세계적인 관심」에서는 여전히 주변집단의 문제가 다루어졌고, 「돌로미텐쉬타트 리엔츠」에서 노래의 삽입 같은 기법의 활용으로는 브레히트적인 서사극의 아류 밖에는 되지 못하였다. 헤벨 작품을 현대화하려는 「마리아 막달레나」는 실패작이었다. 악덕 임대업자와 토지투기를 주제로 한 「뮌헨의 킨들」은 1973년 독일공산당 행사의 일환으로 초연되었는데, 1920년대의 선동선전극의 요소를 사용한 비교적 성공적인 실험이었다.

이 시기의 성공적인 작품으로는 「고지 오스트리아」를 들 수 있는데, 작가는 여기서 초기 작품의 기술적 희곡기법과 제2기의 새로운 시도를 적절히 결합시키고 있다. 이 작품은 「보금자리」와 「인간 마이어」와 함께 3부작을 이루며 대단한 성공을 거두어 크뢰츠는 1972~73년 공연기간 중에 독일어권에서 생존하는 최다공연 희곡작가로 부상하는 계기가 되었다. 하인츠와 그의 부인 아니는 맞벌이 부부로서 나름대로 여유있는 생활을 하는데 원치 않은 임신으로 위기를 맞게 된다. 하인츠는 낙태를 제안하지만 아니는 예상되는 경제적인 어려움에도 불구하고 이에 반대하고 끝내 자신의 의지를 관철시킨다. 이 작품에서는 사회적으로 평범한 층

이 주인공으로 다루어지고, 그들의 제한된 언어나 성찰의 빈곤에도 불구하고 그것이 맹목적인 폭력으로 나타나지 않는다는 점이 새롭다고 하겠다.

제3기(1974~)는 「보금자리」로 시작해서 「인간 마이어」로 우선은 마감되는 시기이다. 이 시기에 크뢰츠는 초기의 자연주의적인 동정의 희곡술과 직접적인 정치적 영향을 목표로 한 제2기간의 어떤 통합을 이룩해보고자 한다. 그는 인간의 묘사를 총괄적인 사회적 연관성과 새로운 전망의 제시와 연결하는 일종의 '사회주의적 리얼리즘'에 도달하려고 노력하였다. 이러한 노력에서 그는 이론뿐만 아니라 창작의 실제에서도 브레히트에게 방향 설정을 하려는 시도는 별다른 성과를 거두지 못하였다. 「보금자리」로 새로운 민중극의 유형을 이룩하는 듯했던 크뢰츠는 다음에 이어지는 작품들에서는 또다시 옛 주제로 돌아가고 있다. 다만 「아그네스 베르나우어」라는 시민극에서 그는 핵가족의 범위를 벗어나려는 시도를 하고 있기는 하다. 「보금자리」에서 주인공 쿠르트가 고용주에 대한 의존 관계에서 벗어난다든지, 「인간 마이어」에서 부인 마르타와 아들 루트비히가 가정 내에서 권위주의적인 남편과 아버지에게서 벗어나 독립을 시도한다든지 하는 예는 등장인물들이 나름대로 자의식을 발전시켜 가는 '전망'을 제시하고 있다.

크뢰츠의 희곡창작은 물론 1970년대를 거쳐 80년대에도 계속되고 있다. 특히 「수족관」(Nicht Fisch nicht Fleisch, 1980)과 「농부들 죽다」(Bauern sterben, 1984)는 희곡작가로서 그의 역량이 총집결된 작품이라고 말할 수 있다. 이 논문에서는 크뢰츠의 희곡론을 간략하게 정리한 다음 대표적인 희곡 6편을 분석하고 한국에서의 수용과정을 점검해보기로 한다.

Ⅲ. 크뢰츠의 희곡론 : 호르바트와 브레히트

크뢰츠는 수많은 기회에 자신의 희곡술과 문학관을 발표하였다. 그러나 전체적으로 볼 때 그의 문학론은 희곡창작의 실제로 연결되지 못하고 오히려 이론적 의도 표명은 다분히 선언적인 성격에 그치고 있다는 인상을 준다. 크뢰츠는 우선 1920년대의 비판적·사실주의적인 민중극 작가였던 호르바트와 플라이서의 연극에 방향 설정을 하였다.

크뢰츠는 호르바트와 플라이서의 극작품을 모범으로 한 초기의 극작품들을 '기술적 리얼리즘'의 작품이라고 지칭하고 있다. 크뢰츠가 말하는 '기술적 리얼리즘'은 문학적 선례에 따라서 등장인물들의 정확한 묘사에 그치고 있으며 '사회의 전체적 연관성'[6]을 제시하는 데까지 이르지 못한다는 데서 어떤 인과 관계나 이를 극복할 수 있는 전망을 제시할 수가 없다는 것이다. 희곡술적으로 이런 막다른 골목에서 크뢰츠에게 새로운 지표가 된 것은 브레히트와 그의 사회적 리얼리즘이었다고 말하고 있다.[7]

그는 자신의 참여가 사회의 분석에서 나온 것이 아니라 "현존하는 상태에 대한 경악과 분노"에서 우러난 것이며, 따라서 이런 자신의 극작품들은 관객으로 하여금 분석을 하도록 권유하는 것이 아니라 "동정을 하도록" 요구하는데 "동정은 비정치적인 감정"[8]이라는 것이다. 크뢰츠의 작품에서는 체제의 불공평과 억압의 사회체제가 어떻게 인간 관계에 영향을 주고 이를 변형 내지

---

6) Kroetz: "Zu Bertolt Brechts 20. Todestag", in: Positionen des Dramas, hrsg. V., Arnold, H. L./Buck, Th., München 1977, S. 246.

7) 참조 : 앞 글, S. 251.

8) J. Hein: F. X. kroetz: oberösterreich, Mensch Meier. Frankfurt/M. 1986, S. 76.

는 퇴화시키는가만을 보여주고 있을 뿐 이런 체제의 개선이나 극복의 길은 제시되지 않고 있다.[9] 작가는 다만 관객이 사실적으로 묘사된 이런 사건을 봄으로써 어떤 태도의 변화를 일으킬 것을 기대하고 있는 것이다. 크뢰츠의 초기 희곡에서는 극단적인 상황에 처한 사회 주변인물들이 제시되고 있다. 그러나 작가는 이런 예외적인 경우 또는 극단적인 상황의 한계성을 인식하고 적어도 「고지 오스트리아」 이후부터는 점차 이런 극단적인 경우를 지양하고 사회의 중간층을 다루기 시작하였다.

Ⅳ. 크뢰츠의 희곡 작품 : 사회의 국외자와 주변집단에서 중간층으로

1. 「가내노동」, 「고집불통」

「가내노동」의 주인공인 중년의 가장 빌리는 교통사고로 인하여 씨앗을 봉지에 담는 가내노동으로 생계를 유지하고 있다. 빌리와 마르타는 이미 두 딸을 두고 있는데 마르타가 원치 않은 임신을 하여 어려움에 처하게 된다. 부인 마르타는 남편이 입원하고 있는 동안에 있었던 외도로 원치 않은 사생아를 임신하였다고 고백한다. 이들은 뜨개질바늘로 낙태를 시도하기도 하지만 결국은 사생아를 낳게 되고 빌리는 이 아이를 받아들이기를 거부한다. 결국 마르타는 집을 나가고 열 살짜리 딸이 살림을 하지 않을 수 없게 된다. 빌리는 두 딸 외에 사생아까지 돌볼 수 없어 목욕물에 익사시키고 만다. 부인이 다시 돌아오고 빌리의 가정은 정상을 되찾는 듯하다.

---

9) 참조 ; R. P. Carl: Franz Xaver Kroetz. München 1978, S. 37.

「고집불통」에서는 연방군에서 사고로 오른쪽 다리를 절단당한 음식점 주인의 큰아들 헬무트의 문제를 다루고 있다. 그는 불구로 인하여 상속권을 잃고 약혼자와도 금이 가게 되자 자기의 경쟁자인 동생 악셀을 죽이려고 시도한다.

2. 「고지 오스트리아」(Oberösterreich)

이 희곡은 제2기의 대표적인 작품 중의 하나로 잘 알려져 있다. 주인공 아니와 하인츠는 같은 회사에 근무하는 노동자들이다. 하인츠는 상품을 배달하는 운전기사로서 사건 진행은 거의 이들의 옹색한 서민 아파트에서 이루어진다. 기본적인 극의 구도는 「가내노동」과 같다고 할 수 있다. 다만 여기서는 뜻하지 않은 아니의 임신이 갈등을 유발한다. 하인츠는 우선 어린아이를 갖는 것을 빠듯한 가계를 압박하는 경제적인 요인으로만 본다. 하인츠가 아이의 출산을 반대하는 또 다른 이유는 자의식의 결여로 앞으로 태어날 아이에게 보여줄 것이 없다는 열등감 때문이다.

이들 부부가 사는 좁은 주거공간과 제한된 직업세계를 보상해 주는 넓은 외부세계는 텔레비전이다. 바로 제1막의 제1장에서 부부는 막 생방송을 끝낸 사람들이 고급식당에 가서 무슨 요리를 먹을 것인가에 대해서 추측한다. 제2장에서는 두 사람의 초라한 저녁식사가 대조된다. 그럼에도 불구하고 하인츠는 자기로서는 문제도 되지 않는 개인 저택용 수영장 광고에 열중하고 있다.(II, 92쪽 참조) 특히 하인츠의 사고방식은 시종일관 소비에 집착하고 있다. 가령 그는 동료가 새로운 자동차를 구입한 것을 부러워하며 자기의 자동차 카세트는 대중용이라고 비하한다.(II, 94쪽 참조) 그는 소비를 통한 과시에서 다른 특징 없는 대중과 구분된다고 생각하고 있다. 그의 이런 생각은 과연 아이를 가질 수 있는가 하는 것을 검토하기 위해서 소위 "결산"을 하는 장면에서도 잘 드러난다.(III, 113쪽 ff. 참조) 그들은 매월 수입과 지출 항목을 일일이 검토하면서 어떤 지출을 줄일 수 있는가를 따져본다. 하인츠는 낙태를 권하지만 아니는 끝내 거절한다. 이런 가운데 하인츠는 음주운전으로 3개월간의 면허정지와 벌금형을 받게 된다. 이런 "운명적 타격"(III, 121쪽)에도 불구하고 이들은 소비절약으로 어려움을 극복하고 아이를 낳기로 결심한다. 위기에 처한 하인츠는 아니의 모성애적인 사랑에 위로를 받는다. "그럼 단합해야 돼요. 지금 당신 떨고 있는데 어서 잠자리로 들어와요. 그것이 제일 중요한 일이오."(III, 121쪽) 마지막 장면에서 이들은 예기치 않은 임신으로 인하여 낙태를 거부하는 부인을 남편이 살해하였다는 어떤 부부의 기사를 주간 잡지에서 읽는다. 이것은 고지 오스트리아 주의 린츠에서 일어난 사건이다. 이렇게 해서 아니와 하인츠가 원하지 않은 임신으로 인하여 유발된 갈등과 위기가 간접적으로 암시되는 것으로 이 작품은 끝난다.

따라서 「고지 오스트리아」는 그 기본적인 구도는 유사하더라도 주인공들이 사회의 '중간층'이라는 점과 이들의 갈등이 무지와 정신적 제약에서 오는 폭력의 발발로 끝나지 않았다는 점에서 커다란 발전이라고 할 수 있다. 더군다나 마지막 장면에서 아니는 복권을 사고 하인츠는 손풍금으로 아니의 애창곡을 연주한다. 앞으로 태어날 어린아이를 기대하는 희망적인 장면으로 보인다.

3. 「보금자리」(Das Nest)

「보금자리」는 1974년에 씌어진 희곡으로 제3기의 가장 성공적인 작품 중의 하나이다. 제I막 제1장은 쿠르트와 마르타 부부의 아파트에서 텔레비전 프로가 마침 끝남을 알리는 아나운서의 말로 시작된다. "여러분께서는 지금 「고지 오스트리아」를 보셨습니다. (…)"(III, 51쪽) 이것은 작가 자신의 작품을 인용하여 일종의 효과를 노리는 기법이라고 볼 수 있지만 다른 한편으로는 이 희곡이 앞의 작품의 연속선상에 있다는 것을 말해주기도 한다. 사실상 등장인물이나 주제의 설정도 유사하다.

쿠르트는 30대의 평범한 남자로 회사의 화물차 운전기사이며 그의 부인 마르타는 비슷한 나이로 넥타이를 꿰매는 가내노동을 하여 가계를 돕는다. 그녀는 임신 중이다. 그러나 이들은 제I막 1장에서 방금 본 연극의 주인공들과 이들의 처신에 대해서 이견을 제시하면서 이들과 거리를 두고 있다. 쿠르트는 하인츠를 이렇게 비판하고 있다. "그자는 도대체 자기가 원하는 것이 무엇인지를 몰랐어. 남자는 자기가 원하는 것이 무엇인지를 알아야만 돼, 그러면 된다고. 그리고 자기 아이를 두려워하는 자는 비정상이기도 하지."(III, 51쪽) 쿠르트는 자신의 자녀에 대해서는 열등감을 가질 필요가 없으며 자기는 열등감도 없고 운전면허증의 등급으로 봐도 자기가 하인츠보다 더 나은 인물임을 강조한다. 마르타도 자기가 아니의 처지였더라면 아이를 위해서 투쟁했을 것이라고 말한다. 따라서 이들 부부는 앞으로 태어날 아이에 대해서 즐거워하고 있다. 여기서도 앞의 작품에서와 마찬가지로 부부가 출산준비를 위한 예산을 세우기는 하지만 그들이 애초에 예상했던 것보다는 총액이 적게 나왔으며 쿠르트는 시간외 근무를 많이 하여서 모자라는 예산을 충당하겠다고 다짐한다.(III, 53쪽 ff. 참조)

불황으로 인하여 근로자가 해고되는 등 사내의 여건이 불리해도 쿠르트는 사장의 절대적 신임을 받고 있기 때문에 늘 초과근무를 할 수가 있다. 쿠르트가 사장의 신임을 받는 이유는 그의 개인적인 성실성과 노동조합 등 단체행동에 참여하지 않는 그의 충성심 때문이다. 따라서 쿠르트와 부인 마르타의 정치적 의식은 지극히 제한되어 있다. 그들은 고작 "양심이 있어야 편안하게 다리를 뻗고 잘 수 있다"(III, 52쪽)는 속담의 행동규범에 준하는 정치적 의식을 가지고 있을 뿐이다.

어느 날 쿠르트는 사장의 '특별지시'를 받고 비밀리에 이 호수에다가 유독성 폐기물 용액을 쏟아버린다. 그날 마침 마르타는 어린 쉬테판을 데리고 이 호수에 와서 물놀이를 하는데 쉬테판이 피부에 화상을 입고 입원하게 된다. 이를 알게 된 마르타는 "자기 아이의 살해범과는 같이 살 수 없다"(III, 70쪽)면서 사장이 시키면 무엇이든지 하는 "조련된 원숭이"(III, 71쪽)라고 남편을 비난한다. 이제까지 확고했던 이들의 자의식은 흔들리고 부부 관계는 커다란 위기를 맞게 된다. 쿠르트는 현장으로 달려가서 위험 표지판을 설치하고 집에 돌아와서 자살을 기도하기도 한다. 쉬테판의 화상이 잘 치료되어 위기를 넘기자 마르타는 이번 사건은 없던 일로 하고 과거로 되돌아가기를 원한다. 그러나 쿠르트는 사장과 자기자신을 경찰에 고발하기로 결심하고 마르타를 설득한다. 그는 노동조합이 후원하여 줄 것을 기대한다. 쿠르트는 개인적인 가치관에서 사회적 협동심에 이르는 발전과정을 보여주고 있다.

4. 「인간 마이어」(Mensch Meier)

작가는 「고지 오스트리아」 및 「보금자리」와 함께 「인간 마이어」를 '3부작'이라고 지칭하였다.[10] 「인간 마이어」 역시 평범한 독일

10) 참조 ; Carl: 앞 글, 1978, S. 103.

노동자의 가정이라는 구도를 가지고 있다. 40대의 가장인 오토는 자동차 공장의 조립공이고 부인 마르타는 가정주부이다. 이들에게는 청소년 실업자인 열다섯 살 정도의 아들 루트비히가 있다. 오토는 직장에서 받는 스트레스를 가족들에게 발산하는가 하면 못 이룬 꿈을 모형 비행기 취미로 보상하고자 한다. 경제적으로 별다른 어려움 없이 지내는 이 평범한 가정에 하루는 루트비히가 록음악회에 가기 위해서 살림살이 돈에서 50마르크를 훔침으로써 위기가 닥친다. 오토는 루트비히의 몸을 수색하면서 끝내는 발가벗기기까지 한다.(III, 377쪽 참조) 루트비히는 이런 모욕을 참지 못하여 "아버지처럼 되느니 차라리 죽어버리겠다"(III, 378쪽)면서 집을 나간다. 오토는 격분하여 거실의 가재도구를 때려부수고, 마르타도 이를 계기로 집을 나간다. 루트비히는 견습 미장공으로 일을 시작하고 마르타는 백화점의 슬리퍼 판매원으로 취직해서 독립을 시도한다. 오토는 부인과 아들을 집으로 돌아오게 하려고 하지만 이들은 거절한다. 아들 루트비히가 어머니를 방문하는 장면에서 희곡은 끝난다. 마르타는 각자가 자립할 수 있을 때까지는 합치지 않겠다고 한다. 그녀는 "나는 나 자신을 생각해야 되기 때문이다"라고 하면서 남편도 그들이 하는 '배움'의 과정을 거쳐야 된다고 말한다.(III, 400쪽)

5. 「수족관」(Nicht Fisch nicht Fleisch)[11]

에드가와 에미 부부는 막 취침하려던 중 에드가가 부부 관계를

---

11) 희곡의 원제목은 "이도 저도 아니다"라는 독일어 숙어이지만 한국어 공연(1988. 3. 23~4. 18; 연장공연 5. 9까지. 이원양 역, 김광림 연출, 극단

원하지만 부인 에미는 다음날 근무를 핑계로 이를 물리친다. "빌어먹을 놈의 회사 같으니! 남의 이불 속까지 지배한단 말이야, 회사가"(IV, 9쪽) 라고 말하며 에드가는 직장이라는 외부세계가 부부의 사생활까지 침해하는 것에 대해서 불평하며 부인이 직업적 야망을 가지고 있는 것을 비난한다. 그는 영국 노동자들이 툭하면 파업을 일삼는 것을 비판하며 자기 회사에서는 그런 의식을 가질 필요가 없다고 말한다.

다음에 이어지는 제2장에서는 헤르만과 헬가가 역시 잠자리에 들고 있다. 헤르만은 노동운동에 열성인 자로서 부인 헬가를 따뜻하게 감싸주는 대신 회사의 노조운동에 관한 열변을 토하고 있다. 부인 헬가는 헤르만이 노동운동을 하다가 또다시 실직이나 하지 않을까 걱정한다. 헤르만은 에드가를 겁쟁이라고 비난하지만 헬가는 에드가처럼 자신과 가족을 생각하는 일이 현명하다고 대답한다.

에드가와 헤르만은 같은 인쇄소에 식자공으로 근무하는 동료이다. 에드가는 선임자이고 부인 에미는 슈퍼마켓에 근무하기 때문에 비교적 생활에 여유가 있다. 에드가는 부인이 가정주부로 아이를 갖기를 원하지만 에미는 직업적으로 성공하기 위해서 피임을 하고 있다. 이들에 비해서 헤르만의 부인 헬가는 아이를 2명이나 둔 가정주부이다. 이들의 생활은 에드가와 에미 부부와 비교하여 여유가 없다. 에드가와 헤르만은 스포츠 클럽에서 태권도 연습을 하면서 노임, 직장에서의 문제, 가계 그리고 부부생활 등에 대해서 의견을 나눈다. 생활이 비교적 윤택한 에드가는 모든 면에서 우월감을 드러낸다. 자기는 열등감이 없으므로 부부 관계도 문제가 없는데, 중요한 비결은 "직장은 직장이고 가정은 가정이다"

현대극장) 에서는 「수족관」으로 하였음.

(IV, 17쪽)라는 원칙으로 직장과 가정을 분명히 구분하는 것이라고 장담한다. 그는 취미로 수족관에 물고기를 기르고 있으며 물고기들의 생태에 관해서도 일가견을 가지고 있다. 그의 또 다른 취미는 독일어 정서법 사전인 두덴이다.

인쇄기술의 발달로 회사에서 컴퓨터 사진식자를 도입하자 에드가와 헤르만은 직업 전환교육을 받아야 된다. 과거 원시사회의 자연인 생활을 동경하면서 미래의 완벽한 테크노피아의 비전에 전율을 느끼는 에드가는 컴퓨터 타자수로 전락한 자기 위치에 환멸을 느껴 스스로 사표를 낸다. 그는 그 동안 지점장으로 승진한 에미의 수입에 의존하여 살아간다. 이미 상실해버린 가부장적 권위와 남편으로서 권위를 잃은 에드가는 몰래 피임약을 살빼는 약으로 바꿔놓아 에미가 임신을 하도록 함으로써 복수를 한다.

독일 노동운동의 후계자를 자처하며 기술의 진보가 노동자의 이익이 되도록 투쟁하는 헤르만은 에드가를 배반자라고 비난하며 우정 관계를 끊어버린다. 그는 헬가가 세 번째 아이를 임신하자 낙태를 권유한다. 헬가는 후손들을 위해서 노동운동을 한다면서 막상 자기의 아이는 낙태를 시키느냐고 항의하며 이를 거절한다. 마지막에서 두 번째 장면은 초현실주의적인 장면이다. 노아의 대홍수와도 같이 물이 흐르고 에드가는 나체로 수영한다. 헤르만은 동료들이 항문에다가 공기를 불어넣었다며 통증 때문에 배를 붙잡고 신음하며 가스를 배출한다.

이 작품은 1970년대 말 독일의 인쇄업계에 컴퓨터 조판과 함께 경영합리화가 도입되면서 지금까지 자부심을 가지고 있던 직종의 하나인 식자공이라는 직업이 사라지는 과정에서 발생하는 문제를 극화하는 데 성공한 작품이다. 우리가 지금까지 보아온 크뢰츠 특유의 기법이 완숙하게 발휘된 희곡이라고 말할 수 있다. 에드가와 헤르만이라는 두 노동자의 전형과 에미와 헬가라는 두 여인의 서로 다른 전형이 잘 부각되고 있다.

마지막 장면에서는 만삭이 된 에미가 헬가의 부엌 식탁에 앉아서 탐욕스럽게 음식을 먹고 있다. 헤르만은 아직도 배가 아픈 듯한 표정을 짓고 있다. 헬가는 물에 젖은 채 떨며 들어오는 에드가에게 담요를 주며 수프를 권한다. "드세요"라는 그녀의 따뜻한 한마디가 이 희곡의 마지막을 장식한다.(IV, 73쪽 참조) 기나긴 남녀의 투쟁에서 모성적인 사랑이 승리하는 것인가?

에드가는 헤르만에게 자랑스럽게 "나의 집은 나의 성이다"(IV, 18쪽)라고 선언한 바 있다. 그는 직장에서와는 달리 적어도 자기의 가정 안에서는 가부장으로서의 권위를 지킬 수 있으며 자기의 취미 생활과 영역을 확보할 수 있다고 자부하였다. 그러나 그것은 하나의 환상에 불과함을 이 작품은 잘 보여주고 있다. 에드가의 실직으로 인하여 이런 환상은 여지없이 깨지고 만다. 그러나 엄밀히 따져보면 이것이 환상이라는 것은 처음의 침실 장면에서부터 끝장면까지 시종일관하여 나타나고 있는 것이다.

V. 한국에서의 수용과정[12]

한국에서 극작가 크뢰츠는 1987년 「거세된 남자」(Der Nusser)[13]가 민중극단의 정진수 연출에 의해 공연됨으로써 처음

12) 김기선, 「최근 독일 희곡작품의 한국 수용 현황」, 『외국문학』 1996년 가을 · 제48호, 59~96쪽. 특히 84~86쪽 참조.

13) 이원양 역, 「거세된 남자」, 민중극단 정진수 연출, 1987. 6. 4~13. 문예회관; 1988. 4. 3~6. 국립극장 소극장 재공연. 번역본은 공연 프로그램 참조; 이원양, 「프란츠 크사버 크뢰츠의 희곡」(크뢰츠 페스티벌 프로그램) 참조.

소개되었다. 이 작품은 원래 표현주의 극작가 에른스트 톨러Ernst Toller(1893~1939)가 한쪽 다리와 남성을 상실한 귀향병의 운명을 주제로 하여 쓴 「절름발이」(1923)라는 비극을 번안한 것으로서, 사회비판적인 내용과 상반되는 두 인간형을 대비시켜 나가는 뛰어난 희곡기법으로 원작자와 번안자의 우수성이 잘 나타나는 작품이다. 비록 연극비평 쪽에서는 회의적인 반응을 보였지만,[14] 일반 관객들의 호응은 매우 긍정적이었으며 다음해에 있었던 크뢰츠 페스티벌에서도 재공연되었다. 이 희곡의 주제는 반드시 제1차 세계대전 후의 독일 사회에만 한정된 것이 아니며 깔끔한 연출로 인하여 관객에게 신선한 충격을 주었다고 생각한다.

두번째로 한국에서 공연된 작품은 「수족관」(Nicht Fisch nicht Fleisch)[15]이었다. 한국어 공연에서 희곡의 원제목과 달리 「수족관」이라는 제목을 택한 것은 독일어 원제목이 갖고 있는 것과 같은 함축성 있는 숙어가 한국어에는 없기 때문이었다. 그런데 남자 주인공 중의 한 명인 에드가의 취미는 수족관의 물고기를 기르는 것이며 그는 물고기의 생태에 대하여 상당한 지식을 가지고 있을 뿐만 아니라 극작품에서 물고기 또는 물(대양)이 상징적인 의미를 가지고 있다. 훗날 크뢰츠도 필자와의 대화에서 이런 한국어 번역에 동의한 바 있다.

한국에서 두번째로 이루어진 크뢰츠 작품공연은 관객의 호응뿐만 아니라 전문적인 연극평과 일간신문의 보도 등 모든 면에서 대성공이었다.[16] 인쇄기술의 발달로 전통적으로 자부심을 가지고

---

14) 서연호, 『한국연극』 연극평, 1987. 7., 116~117쪽 참조.

15) 크뢰츠 작, 이원양 역, 「수족관」(상), 『외국문학』 1988년 가을 · 제16호, 165~193쪽; 「수족관」(하), 『외국문학』 1988년 겨울 · 제17호, 355~397쪽.

16) 김방옥, "수족관, 충격과 웃음의 노동문제…", 「동아일보」 연극평, 1988.

있던 식자공들이 평생 배우고 익힌 기술을 하루아침에 버리고 컴퓨터 식자를 배워야 되는 과정에서 벌어지는 노사분쟁, 개인의 정체성 상실로 인한 인격의 와해, 그리고 실업으로 인한 가정파괴 등의 문제를 다룬 이 작품은 물론 그 제목이 이미 암시하고 있듯이 아무런 결론도 없이 "이도 저도 아니게" 끝나버린다. 이 작품이 공연될 당시 우리 사회에서는 충분히 예견되기는 했지만 아직 산업구조 조정이나 정리해고 등 후기 산업사회의 여러 가지 문제가 전반적인 사회문제로 부각되지는 않았을 때였다. 그럼에도 불구하고 이 연극은 연장 공연되었고 공연 후 마련된 관객과의 대화 시간에도 활발한 토론이 이루어졌다.

마누엘 뤼트겐호르스트의 연출에 의한 일인극 「희망 음악회」의 공연은 애석하게도 최종 단계에서 이루어지지 못하였다. 그 전에 이미 인도의 마드라스에서 이 작품을 인도의 고전무용과 연관시켜서 공연한 경험을 가진 연출가는 한국 공연에서는 판소리를 이용하려고 준비하고 있었다.[17]

위와 같은 공연을 통해서 1988년 가을 크뢰츠가 서울올림픽 취재차 한국에 왔을 때, 그는 이미 우리나라에 상당히 알려진 작가가 되어 있었다. 그가 비록 자기 작품의 한국어 공연을 보지는 못했지만 연출가 및 연기자들과 만나서 공연에 관한 의견을 교환한 것은 커다란 의의가 있는 일이었다.

필자는 작가와의 전문적인 인터뷰[18]를 문예지에 발표함으로써

---

3. 31 ; 유민영,「현대 서민비극의 전형」,「한국일보」 연극평, 1988. 4. 6 ; "독 극작가 크뢰츠 페스티벌", "노동현실 파헤친 고발극 활기",「한국일보」 기사, 1988. 3. 24/31 ; "독 크뢰츠 연극 3편 집중공연",「조선일보」 기사, 1988. 3. 20 ; 현대극장 프로그램.

17) 마누엘 뤼트겐호르스트, "「희망 음악회」의 한국 공연을 준비하면서",「프란츠 크사버 크뢰츠의 희곡」(크뢰츠 페스티벌 프로그램) 13~14쪽 참조.

크뢰츠의 일반적인 수용에 기여하고자 하였다. 그리고 무엇보다도 필자는 크뢰츠가 한국에 체류하는 동안, 그리고 그 후 독일에서의 빈번한 만남을 통해서 그의 문학 세계와 삶을 더 깊게 이해할 수 있게 되었다. 필자가 연극작업에 참여할 때는 독일 극장에서 희곡 전문가가 하는 역할을 충분히 하여 번역극의 난점을 극복하는 데 도움이 되고자 하였다. 그래서 연출가 및 연기자들과 작품을 함께 읽고, 해설 및 참고자료를 충분히 갖춘 프로그램을 마련하여 관객이 원작품의 문학사 및 문화적·사회적 배경을 파악하는 데 도움을 주었다.

VI. 결론

이상에서 우리는 크뢰츠라는 동시대의 대표적인 민중극 작가의 희곡 기법과 창작의 발전단계 그리고 한국에서의 수용과정을 살펴보았다. 그는 초기 작품에서 주로 사회의 국외자 또는 극단적인 주변인물들이 처한 극한적인 상황을 다루어서 물의를 일으키기도 하였다. 희곡작가로서 그는 부유한 독일 사회에서 소외된 계층의 문제에 관심을 가지고 이를 연극적으로 제시하여 사회적 관심을 불러일으키려고 하였을 뿐만 아니라 자신의 작가적 명성을 십분 활용하여 한때 직접 정치활동을 하기도 하였다. 그러나 그는 국외자나 사회의 주변인물들을 주인공으로 하는 희곡술의 한계성을 인식하고 점차로 독일 사회의 평범한 중간층으로 시야를 확대하여 나갔다.

18) 좌담, "현대판 네스트로이, 크뢰츠의 삶과 극", 『외국문학』, 1988년 겨울·제17호, 135~165쪽 참조.

독일 현대사회의 평범한 중간층 노동자들을 주인공으로 하는 그의 작품들은 어떤 점에서는 극히 도식적인 측면도 있다. 거의 모든 작품의 틀은 직장이라는 외부 세계와 가정이라는 사적인 세계 간의 관계를 문제삼는 것이다. 여기서 제시되는 가정은 항상 부부만으로 또는 부부와 자녀만으로 이루어진 핵가족이다. 과연 가정생활이나 부부 관계와 같이 '신성시'되는 사생활의 세계가 직장에서의 고용 관계, 상사와의 상하 관계 또는 동료 간의 관계, 실업 등의 영향을 받지 않고 지켜질 수 있는가 하는 것이 대부분의 작품에서 주제로 다뤄지고 있다. 그러나 주인공들의 직업관이나 이들이 내세우는 주장과는 달리 직장에서의 의존 관계는 심지어는 침실 안의 부부생활까지 지배할 정도로 이 노동자들의 생활을 철두철미하게 지배하고 있다. 이런 문제에 대한 진정한 해결책은 없는가? 이런 딜레마가 「이도 아니고 저도 아니다」라는 희곡의 제목에서 암시되고 있는지도 모른다.

참고문헌

Kroetz, Franz Xaver(1982): Ein Lesebuch. Reinbek bei Hamburg. (= rororo 4902)

Ders.(1989): Stücke I, II, III, IV. Frankfurt/M.(=st 1677, 1678, 1679, 1680)(본문에서 인용문 뒤에 해당 권 및 쪽수로 출처를 표기함. 예: I, 193쪽 = 희곡집 I권 193쪽)

Aust, H./Haida, P./Hein, J. (Hrsg.) (1989): Volksstück. Vom Hanswurstspiel zum sozialen Drama der Gegenwart. München.

Arnold, H. L. (Hrsg.) (1978): Franz Xaver Kroetz. München.(= Text + Kritik 57)

Buddecke, W./Fuhrmann, H. (1981): Das deutschsprachige Drama seit 1945. Schweiz · Bundesrepublik · DDR. München.

Carl, R.-P. (1978): Franz Xaver Kroetz. München.(= Autorenbücher 10)

Hassel, U./Herzmann H. (Hrsg.) (1992): Das zeitgenössische deutschsprachige Volksstück. Tübingen.(=Stauffenburg Colloquim; Bd. 23)

Hein, J. (1980): "Formen des Volkstheaters im 19. und 20. Jahrhundert", in: Hinck, W. (Hrsg.) (1980): Handbuch des deutschen Dramas. Düsseldorf. S. 489~505.

Ders. (1986): F. X. Kroetz: Oberösterreich, Mensch Meier. Frankfurt/M.(=Grundlagen und Gedanken zum Verständnis des Dramas)

Kroetz, F. X. (1977): "Zu Bertolt Brechts 20. Todestag", in: Arnold, H. L./Buck, Th. (Hrsg.) (1977): Positionen des Dramas.

München, S. 245～258.

Lehmann, J. (Hrsg.) (1983): Kleines Deutsches Dramenlexikon. Königstein/Ts.

Müller, G. (1979): Das Volksstück von Raimund bis Kroetz. Die Gattung in Einzelanalysen. München.

Ders. (1990): "Franz Xaver Krotz", in: Grimm, G. E./Max, F. R. (Hrsg.) (1990): Deutsche Dichter. Leben und Werk deutschsprachiger Autoren. Bd. 8. Gegenwart. Stuttgart.(=RUB 8618), S. 548～557.

Panzer, E. (1976): Franz Xaver Kroetz und seine Rezeption. Die Intentionen eines Stückeschreibers und seine Aufnahme durch die Kritik. Stuttgart.

Riewolt, O. (1985): Franz Xaver Kroetz. Frankfurt/M.(=st 2034)

Schmitz, Th. (1990): Das Volksstück. Stuttgart.(=SM 257)

작가연보

1946년	2월 25일 뮌헨에서 출생하여 라인 강변의 짐바하로 이주. 가톨릭 종교교육을 받으며 성장.
1947년	나치 당력으로 직위 해제되었던 부친이 세무직 공무원으로 복직됨.
1950년	다시 뮌헨으로 이주, 기초학교 및 상업학교를 다님.
1961년	학교 중퇴, 부친 사망, 건축 노동, 사립 연극학교 입학시험 합격. 야간 중학교를 다녀서 중학교 졸업시험 합격.
1963년	빈의 막스 라인하르트 세미나 연기 및 연출과 입학, 4학기 후 '연기력 부족'으로 퇴교.
1964년	뮌헨으로 귀향, 배우로서 일자리를 구하지 못함. 연기 개인교수를 받음. 적어도 12가지의 직종을 전전하면서 뜨내기 노동을 함. 예컨대 정신병 환자 간호사, 창고지기, 바나나 써는 인부, 정원사 등의 일을 함. 가톨릭 교회에서 탈퇴.
1965년	배우조합의 연기시험에 합격. 대략 1970년까지 뮌헨의 창고극장 및 아마추어 극장에서 연기 및 연출 경험을 쌓으며 1968년 이후는 극작품 습작을 시도.
1967년	산문 습작. 서정적 미완성 소설 「티롤의 비가」(Tiroler Elegien) 집필.
1968년	간치로프의 「아블로마프」(Oblomow)와 셰익스피어의 「율리우스 시저」를 번안하여 뷔히너극장에서 초연함. 마리루이제 플라이서(Marieluise Fleißer)의 「잉골쉬타트의 공병대」를 라이너 베르너 파스빈더가 번안하여 공연하였는데 여기에 출연하여 방언을 사

용하는 비판적 리얼리즘의 민중극과 최초로 접하게 됨. 희곡 「야생동물 건널목」(Wildwechsel).

1969년 소극 「결혼에서 구해주세요」(Hilfe, ich werde geheiratet)를 집필해서 로타아하-에거른의 루트비히 토마 극장에서 작가의 연출 및 출연으로 공연. 몽상적 단편소설 「한국의 봄」(Koreanischer Fürhling)(1983년 간행).

1970년 주어캄프 출판사의 희곡작가 장학금을 받음. 마르틴 발저, 하랄드 뮐러, 하이나르 킵하르트가 크뢰츠를 추천함.

Walter Schmidinger, Hans Brenner, Ruth Drexel, Therese Giehse 등 뮌헨의 주요 배우들과 접촉.

1971년 뮌헨의 캄머쉬필레 극장 실험무대에서 단막극 「가내노동」(Heimarbeit)과 「고집불통」(Hartnäckig)이 초연될 때 소요사태가 발생하였으나 공연은 성공을 거둠. 「야생동물 건널목」과 「미히의 피」(Michis Blut)가 작가의 연출로 초연됨. 뮌헨 시의 루트비히-토마 메달 수여. 계속해서 희곡작품을 완성함: 「쉬탈러 농가」(Stallerhof), 「도깨비 열차」(Geisterbahn), 「친애하는 프리츠」(Lieber Fritz), 무언극 「희망 음악회」(Wunschkonzert).

1972년 독일공산당(DKP) 입당, 바이에른 주의 10번째 비례대표로 연방의회의원 선거에 출마. 독일작가연맹 가입. 「쉬탈러 농가」의 함부르크 초연을 계기로 희곡작가로서 인정을 받음. 희곡 작품 「남자들만의 일」(Männersache), 「전세계적 관심」(Globales Interesse), 「돌로미텐슈타트 리엔츠」(Dolomitenstadt

Lienz), 「고지 오스트리아」(Oberösterreich)는 지금까지의 다른 어떤 극작품보다 성공을 거둠.

1973년 독일공산당의 "악덕 임대업자와 땅투기에 대한 공개심판"을 위한 희곡적 발라드 「뮌헨의 킨들」(Münchner Kindl) 집필. 서베를린의 문학비평가상 수상.

1974년 딸 자비네 출생. 구동독의 농업생산협동조합을 2주간 방문. 바이에른 주의 알텐마르크트 근처 마을 키르히베르크에 농가 구입. 하노버 시의 희곡작가상 수상. 텔레비전 1인극 「앞으로의 전망」(Weitere Aussichten)을 테레제 기제 주연으로 영화화. 이 희곡으로 다음해에 빌헬미네—뤼프케 상 수상.

희곡 「보금자리」(Das Nest)의 부제목으로 '민중극'이란 용어가 처음으로 사용되었으며, 1979년 제2텔레비전에서 텔레비전극으로 방영될 때 크뢰츠는 남자 주인공 역을 맡음.

1975년 아들 다비드 출생. 독자적으로 공연 에이전트 설립.

1976년 헤벨의 「아그네스 베르나우어」(Agnes Bernauer) 번안. 바이에른 주의 농민생활에 대한 르포 「킴가우의 이야기」(Chiemgauer Geschichten) 집필. 「보금자리」로 제1회 뮐하임 연극제에서 뮐하임 시 희곡작가상 수상. 독일공산당 후보로 연방의회의원 선거에 출마. 브레히트의 20주기를 맞아서 아우구스부르크에서 "베르톨트 브레히트의 20주기에 즈음하여"라는 제목의 기념 강연을 함.

1977년 희곡 「인간 마이어」(Mensch Meier) 집필. 「별의 은화」(Sterntaler, 브라운슈바이크), 「아그네스 베르나우어」(라이프치히) 초연.

1980년 연방 및 환경 정책상의 이견으로 독일공산당 탈당. 루르 축제에서 「억센 막스」(Derstramme Max) 초연.

1981년 뒤셀도르프 샤우슈필하우스 및 베를린의 샤우뷔네 극장에서 동시에 「수족관」(Nicht Fisch nicht Fleisch) 초연; 연극 전문지 『Theater heute』에서 '최우수 희곡'으로 선정.

1982년 「인간 마이어」의 텔레비전극 제작시 연출 및 주연. 장편소설 「월광의 하인」(Der Mond-scheinknecht) 집필 계속.

1983년 독일 작가연맹에서 탈퇴. 헤르만 역을 맡은 그는 3개월 반 동안 「수족관」의 전국 순회공연을 함. 단막극 「독일연방의 공포와 희망」(Furcht und Hoffnung der BRD). 1985년 『니카라과 일기』(Nicaragua Tagebuch) 출간. 「농부들 죽다」(Bauern sterben)가 뮌헨의 캄머슈필레 극장에서 작가 자신의 연출로 초연됨.

1986년 에른스트 톨러의 「절름발이」(Hinkemann)를 번안한 「거세된 남자」(Der Nusser)가 작가 자신의 연출로 뮌헨의 레지덴츠 극장에서 초연됨. WDR 텔레비전에서 6회에 걸쳐 방영된 인기 TV 방송극 「Kir Royal」에서 크뢰츠는 가십란 기자인 Baby Schimmerlos의 역을 맡아서 대중적인 인기를 누림.

1988년 함부르크에서 발행되는 일간신문 「Die Welt」지의 위촉으로 서울올림픽 취재, 동신문의 특별부록으로 『나의 올림픽 일기』(1988. 9. 11.~10. 2) 출간.

1989년 5편의 미발표 원고를 포함한 총46편의 희곡을 실은 주어캄프 출판사의 전 4권짜리 『희곡집 I, II, III, IV』(Stücke I, II, III, IV) 출간.

1991년 희곡 「농민극장」(Bauerntheater) 출간. 「브라질-페루 체류기」(Brasilien-Peru-Aufzeichnungen) 출간.

1994년 「친애하는 프리츠」를 개작한 「욕망」(Der Drang)을 뮌헨의 캄머쉬필레 극장에서 연출함.

Thomas Bernhard

토마스 베른하르트의 연극세계

장은수(한국외대)

1. 연극을 수단으로 뒤집어본 세상

오스트리아 출신의 작가 토마스 베른하르트Thomas Bernhard(1931~89)는 현대 독어권 문학의 대표작가로 꼽히며 그의 사후에도 희곡작품들은 여전히 여러 유럽무대에서 끊임없이 공연되고 있다. 그에 대한 논문과 연구서적들은 이미 그 수를 헤아리기 힘들 정도지만 난해하다는 세평 속에 그의 작품을 자리매김하기 위한 활발한 논의도 끊이지 않고 있다.

그의 수상경력은 화려한 만큼 유별나기도 하다. 그는 독일의 대표적 문학상인 뷔히너 상Büchnerpreis을 비롯해 프랑스의 세기에 문학상Prix Séguier, 이탈리아의 세계문학상Premio Mondello 등 다수의 상을 받았지만, 수상기관이나 상의 성격이 맘에 들지 않을 때는 이를 거절하거나 심지어는 공개적으로 비판적 공격을 서슴지 않아 종종 물의를 일으키기도 했다.

베른하르트는 1989년 2월 10일 지병이었던 심장병으로 죽었다. 그는 자신의 삶도 상당히 극적으로 마무리했다. 임종 직전 베른하르트는 자신의 죽음을 사후 2주 동안 절대로 발설하지 말 것과 비밀리에 장례를 치를 것을 부탁하고 공개유언장을 남긴다. 그로 인해 인기작가의 임종이란 특보를 놓친 매스컴은 뒤늦게서야 이를 확인하고 흥분하며 "베른하르트의 매스컴에 대한 마지막 보복"이란 말까지 하기도 했다. 진짜 보복은 그러나 유언장에 있었으니 그가 저작권을 발휘해 자신의 모든 작품을 국내에서 출판 내지 공연하는 것을 금지한 것이다. 저작권 유효기간이 70년이므로 이 기간에 그의 연극을 보려는 이는 결국 외국으로 찾아나서야 한다는 얘기가 된다. 실제로 그가 죽은 뒤 처음 공연되었던 「엘리자베트 2세」(Elisabeth Ⅱ)는 그의 유언장 덕분에 우여곡절을 겪었다. 이 작품은 당초 초연이 예정됐던 빈에서 공연할 수 없게 되자 베를린으로 공연무대를 옮겨갔고 빈 연극제Wiener Festwochen 참가 때도 인접국인 체코 브라티슬라바의 국립극장에서 대리 공연하는 바람에 관객이 빈에서 관광버스로 수송되는 촌극을 빚기도 했다.

어찌 보면 괴팍하고 유난스럽기까지 한 태도를 보였던 베른하르트는 우리에게 그의 작품만큼이나 재미있고 희극적인 에피소드를 많이 남겼다. 한 예로 그가 교통사고를 당했을 때의 이야기를 들어보자.

하루는 그가 집에 돌아오던 길에 음주운전을 한 사람의 차에 치여 사고를 당했다. 길에 쓰러져 있는 그를 발견한 다른 운전자가 병원으로 데려다 주었고 다행히 상처는 가벼운 것이어서 몇 바늘 꿰맨 뒤 바로 퇴원하여 밤 11시경에 집으로 돌아올 수 있었다. 한편 집에서는 그와 만나기로 약속이 되어 있던 여자친구가 저녁 5시부터 그를 기다리고 있었다. 병원에서는 그의 머리 상처를 터번 모양으로 붕대를 감아주었는데, 발코니에 서서 그 모습을 본 그녀는 화가 머리끝까지 치밀어 비난을 퍼부었다. 남은 노심초사 기다리는 동안 가장무도회에서 터번을 두른 모습으로 아라비아인을 흉내내며 즐기다가 이제야 어슬렁거리며 나타나다니 그럴 수 있느냐는 것이었다.[1]

상처난 머리를 움켜쥐고 돌아오는 당사자에겐 고통스럽기 짝이 없는 현실이 보는 이에게는 오히려 가장무도회의 아라비아 광대로 비쳤다는 일화는 그러나 단순히 싱거운 우스갯소리로만 들리지는 않는다. 여기서도 베른하르트는 작품에서 자주 접하게 되는 그 특유의 시선으로 인생의 아이로니컬한 모습을 조망하고 있기 때문이다. 그가 각별히 관심을 가지고 일생 동안 논했던 문제는 바로 인생 자체가 지닌 연극적인 성격이었다. 연극이 현실을 반영한다는 일반적인 견해를 거꾸로 뒤집어 현실이 하나의 가상적인 연극이라고 보는 것이다.

2. 신주관주의와 포스트모던 사이

베른하르트의 작품들은 신주관주의적 경향과 더불어 언어에 대한 지대한 관심이 부각되었던 1970년대 독일 문단의 경향을 반영하고 있다. 특히 그의 희곡작품들은 주제가 나타내고 있는 인간존재의 모순성이나 생략, 그로테스크Grotesk 등의 기법으로 인해

1) Kathrein, Karin: "Es ist eh' alles positiv. Thomas Bernhard über seine Bücher, seine Feinde und sich selbst", in: Die Presse, Wien 22/23 September, 1984.

비평가들로부터 부조리극의 후예라는 평을 받았다.

「목적지에서」
연출/클라우스 파이만
무대장치 · 의상/
카를 에른스트 헤르만
잘츠부르크축제극장, 1981

독문학자 멘네마이어Mennemeier는 「부조리극의 메아리」(Nachhall des absurden Dramas)라는 논제하에 베른하르트의 작품을 이오네스코Ionesco, 베케트Beckett, 핀터Pinter 등의 작품과 한 맥락 속에 집어넣었고,[2] 또 모테카트Helmut Motekat는 『독일 현대드라마 개관』(Das zeitgenössische deutsche Drama)에서 베른하르트의 작품을 대표적 부조리극으로 들고 있다.[3]

베른하르트는 자신의 주관적 문학이 갖는 한계성을 분명히 하는데, 말하자면 현실의 인식 가능성을 근본적으로 부정하고 문학을 통해 세상을 개선할 수 있다는 가능성 역시 부정하는 것이다.

베른하르트의 극작가적 자기성찰이 많이 담긴 희곡 「목적지에서」(Am Ziel)에서 관객인 어머니의 질문에 대한 작가의 대답 역시 마찬가지다.

---

2) 참조 ; Mennemeier, Franz Norbert : Nachhall des absurden Dramas, in: ders.: Modernes deutsches Drama. Kritiken und Charakteristiken. Bd.2, München : Fink 1975, S. 307~320.

3) 참조 ; Motekat, Helmut : Das zeitgenössische deutsche Drama. Einführung und kritische Analyse. Stuttgart : Kohlhammer 1977.

어머니	우리 사회를 변화시키려 하세요.
문필가	우리 사회는 변화될 수 없어요.
어머니	그것 보세요.
문필가	하지만 그래도 항상 시도는 하게 되지요.
어머니	맞아요.
문필가	시도한다는 게 중요한 거예요.
Mutter	Wollen Sie die Gesellschaft ändern.
Schriftsteller	Die Gesellschaft kann man nicht ändern.
Mutter	Sehen Sie.
Schriftsteller	Aber wir machen immer den Versuch.
Mutter	Ja.
Schriftsteller	Auf den Versuch kommt es an.[4]

극중인물인 작가와 베른하르트가 견해를 같이하고 있음은 의심할 여지가 없다. 우리 후기 모더니즘 시대는 문학을 통해서 사회를 변화시킬 수 있으리라는 기대를 가질 만한 순진함을 상실한 지 이미 오래고 그러한 질문 제기조차도 거부하고 있는 상황이다. 그렇다면 변화가 불가능하다는 인식 뒤에 오는 결론은 무엇인가? 체념하고 말 것인가?

그러나 불가능하다는 인식에도 불구하고 시도하는 게 중요하다는 극중 작가의 말은 카뮈Camus의 「시지푸스 신화」를 기억나게 한다. 인생의 부조리에 대응하는 카뮈의 명제인 "그럼에도 불구하고"(trotzdem)라고 말하는 태도가 여기서도 적용되는 것이다. 다시 말해 우리는 죽음처럼 근본적으로 변화시킬 수 없는 인간의

4) Bernhard, Thomas: Am Ziel, in: Die Stücke. 1969~1981. F.a.M.: Suhrkamp 1983, S.1033.

한계를 익히 알고 있지만 그래도 나름대로 삶을 추구할 수밖에 없다. 가파른 산의 정상을 향해 힘들게 굴려 올린 돌이 목표에 닿기 직전 다시 굴러떨어질 수밖에 없다는 것을 알면서도 도달할 수 없는 정상을 설정해 놓고 끊임없이 돌을 굴려 올리는 인간의 모습이 바로 베른하르트의 인물 유형이다.

「습관의 힘」(Die Macht der Gewohnheit)의 서커스 단장 카리발디는 매일 단원들과 함께 슈베르트의 「숭어 4중주」를 연습한다. 이들의 지상목표는 이 곡을 완벽하게 연주하는 것이지만 실패는 애초부터 예고되어 있다. 구성원들은 각자의 악기를 연주할 수 있는 최소한의 기본능력도 갖추지 못한데다가 단장의 권력횡포에 억압당하는 사회구조는 조화로운 음악을 만들어낼 수 있는 분위기도 제공하지 못한다. 마찬가지로 「단순복잡」(Einfach kompliziert)의 주인공 '노인'이 정년퇴임을 넘은 나이에 매일 구직란을 검토하려는 목적으로 신문을 정기구독하는 모습이나, 「미네티」(Minetti)에서 은퇴한 배우 미네티가 애당초 약속도 하지 않은 극장장과의 인터뷰를 핑계로 호텔 로비에서 하염없이 기다리는 촌극은 모두 인생의 부조리한 비극을 희극적으로 연출한 장면들이다.

최근에는 또 베른하르트와 자주 비교되는 베케트와 함께 독일 문학계에서의 포스트모더니스트Postmodernist로 게양(揭揚)하는 시도가 진행 중인데, 특히 포케마Douwe W. Fokkema나 회스터리I. Hoesterey 같은 영미계 포스트모더니즘의 이론가들은 베른하르트 작품에서 다양하게 포스트모더니스트적인 요소들을 확인한 바 있다.[5] 여기서 특기할 만한 것은 독일어권에서는 그의 작품

5) 참조: Fokkema, Douwe W.: Literary History, Modernism, and Postmodernism. The Harvard University Erasmus Lectures, Spring

에 대한 논의가 사실주의와 허무주의를 둘러싼 해석학적 영역에서 크게 벗어나지 못하고 있는 반면, 영미 문화권에서는 그의 작품, 특히 희곡의 구조적 특성에 관한 연구가 상당한 진척을 보여주었다는 점이다.

1980년대 초에 발표된 부조리극 전문가 에슬린Martin Esslin의 연구가[6] 베른하르트 극에 함축되어 있는 유머성과 거의 매너리즘에 가까운 유희성을 적확하게 지적한 것이나, 아이스너Nicholas Eisner가 베른하르트 작품의 메타드라마적 게임규칙을 분석해 놓은 것이[7] 그 대표적 예라 하겠다. 이들 연구에서는 베른하르트 작품의 미학적·형식적 측면이 중점적으로 조명되고, 또 작품 수용적 입장에서 베른하르트의 실제성과 허구성 사이의 교묘한 유희를 유머있게 받아들일 수 있는 작품에 대한 거리 유지의 중요성도 지적하고 있다.

여기서 주목할 만한 것은 베른하르트의 작품이 이 작가의 독특한 창작 유희성을 고려해볼 때 단지 인쇄된 텍스트에만 국한된 것으로 볼 수 없다는 점이다. 베른하르트의 문학은 수용과정, 즉 독서 내지 연극감상(심지어는 연극표를 사서 극장에 들어가는 행위까

1983. Amsterdam, Philadelphia 1984. Siehe auch Hoesterey, Ingeborg: Postmoderner Blick auf österreichische Literatur: Bernhard, Glaser, Handke, Jelinek, Roth, in: Modern Austrian Literature. Vol.23, Nos.3/4 1990, S.65~76. Kafitz, Dieter: Bilder der Trostlosgkeit und Zeichen des Mangels. Zum deutschen Drama der Postmoderne, in: Tendenzen des Gegenwartstheaters. Hg.v. Wilfried Floeck. Tübingen: Francke 1988, S.157~176.

6) Esslin, Martin: A Drama of Disease and Derision. The Plays of Thomas Bernhard, in: Modern Drama. Vol. 23/4, 1981, S. 367~384.

7) 참조; Eisner, Nicholas: Theatertheater. Theaterspiele. The Plays of Thomas Bernhards, in: Modern Drama. H. 7, 1987, S. 104~114.

지도), 그리고 이에 대한 비평 등이 행해지는 가운데 비로소 완성되어 그 진가를 발휘하는 것이다.

3. 베른하르트 연극의 특징

베른하르트는 1970년대부터 매년 적어도 한 편의 희곡작품을 발표했고 이는 곧 독일의 대표적 무대에 올려졌다. 그의 작품들은 모두 무대상연을 전제로 씌어졌고 심지어는 작가가 이미 특정 배우와 연출가를 지정해 놓고 작품을 쓰기도 했다. 베른하르트가 가장 높이 평가했던 미네티를 위해 씌어진 작품이 무려 다섯 편에 달하는가 하면, 작품 「리터, 데네, 포스」(Ritter, Dene, Voss)는 이 작품의 주역인 세 배우의 이름을 제목으로 사용하기도 했다.

베른하르트 자신도 모차르테움Mozarteum 예술대학 시절에 연극을 전공한 바 있어 실제 무대공연 상황과 기술을 잘 파악하고 있었다. 또한 베른하르트 작품의 대다수를 초연시킨 독일 연출가 파이만은 그의 앙상블과 함께 긴밀한 공동작업을 하기도 했다. 서구 연극인들이 베른하르트의 희곡작품에서 실제 무대상연을 통해서만 진가를 발휘할 수 있는 연극성을 지적하는 이유도 바로 여기에 있지 않나 생각된다.

1) 음악적 요소와 언어비판

베른하르트의 희곡이 발표되기 시작한 1960년대 말부터 독일어권 작가, 특히 오스트리아의 대표작가들은 언어비판을 글쓰기의 중점 테마로 잡았다. 1968년에 발표되어 센세이셔널한 관심을 모았던 페터 한트케Peter Handke의 「관객모독」(Publikums-beschimpfung)은 무대 위에서 아무런 사건도 일어나지 않는 대신 언어구조와 언어의 횡포 자체를 주제로 관객에게 끊임없는 독설과 비판을 가하고 있다. 여기서 언어는 단순한 전달수단에 그치지 않고 바로 연극의 주제인 동시에 관객이 체험하는 사건이 되는 것이다.

베른하르트의 작품 역시 언어 자체에 대한 성찰과 세상의 주관적 인식에 대한 관심이 높아졌던 독일 문단의 신주관주의 경향을 반영하고 있다. 언어에 대한 남다른 관심은 그가 초기에 교류했던 예술가들에게서 공통적으로 나타난다. 베른하르트는 첫 소설로 문단에서 주목을 받기 전에 이미 1950년대에 몇 권의 시집을 발표했다. 이 시기는 또 단막극들을 써서 전위예술가들과 공동작업으로 무대에 올리기도 한다. 이때 당시 빈을 중심으로 아방가르드 운동을 주도하며 언어실험을 통해 구체시나 실험극들을 발표했던 빈그룹Wiener Gruppe과의 교류도 이루어진다. 일생을 어느 문인 그룹에도 속하지 않고 독자적인 길을 고집했던 베른하르트에게 거의 예외적이라 할 수 있는 이 시기의 실험적 활동은 그 후 10년 이상의 공백기를 거친 뒤 다시 이어진 연극작품에도 적지 않은 영향을 미친다.

베른하르트는 극언어를 단순한 줄거리나 의사소통의 전달수단으로 보지 않는다. 그는 언어구성을 음악을 작곡하는 과정과 다름없다고 본다. 다시 말해서 언어가 가진 내용보다도 리듬과 멜로디를 더욱 강조하며, 등장인물의 대사 역시 언어 멜로디를 구성하도록 반복과 운율이 최대한 고려되고 있다. 안드레아스 헤어초크Andreas Herzog는 그의 작품의 이러한 음악적 특성을 "소설음악의 시학"(Poetik der prosaischen Musik)[8]이라 칭하며 주제와 형식에서뿐만 아니라 그의 삶과 철학적 관점과도 연결지어 상세히 논한 바 있다.

2) 과장법과 캐리커처 기법

초기의 산문을 중심으로 한 작품들이 상당히 사색적이고 어두운 색채를 띠고 있는 반면, 희곡작품들을 왕성히 발표했던 1980년대에는 주로 풍자적이고 희극적인 작품에서 인간과 현실의 모순성이 적나라하게 고발된다. '알프스의 베케트' Alpenbeckett라는 별명이 시사하듯 그의 작품에는 인간존재의 모순성이 과장, 생략 내지 그로테스크 기법을 통해 잘 드러나고 있다. 그의 작품들은 무대 위에 올려진 캐리커처라고도 할 수 있을 것이다. 베른하르트는 특히 과장의 대가로 유명한데, 그가 과장을 통해 추구한 것은 아이로니컬하게도 현실의 정확한 묘사였다.

그의 마지막 작품인 「영웅광장」(Heldenplatz)에서 나치의 횡포에 시달리는 유태인 주인공 로버트와 더불어 베른하르트는 다음과 같이 부르짖는다.

> 작가들이 쓰는 것은
> 현실세계에 비하면 아무것도 아니에요.
> 네, 그들은 물론 이렇게 쓰죠,
> 모든 게 썩어빠졌으며 타락했다고
> 모든 게 파멸로 치닫고 있다고

---

8) Herzog, Andreas: Zu Thomas Bernhards Poetik der prosaischen Musik, in: Zeitschrift für Germanistik 1994, H. 1.

모든 게 절망적이라고.
하지만 그들이 쓰는 것은 모두
현실세계에 비하면 아무것도 아니에요.
현실세계는 너무나 나빠서
도저히 표현될 수 없거든요.
어떤 작가도 현실을 현실적 상황 그대로
표현해낼 수 없었죠.
그게 바로 동탄할 노릇이지요.[9]

베른하르트가 사실적 묘사를 포기하는 대신 예술적 인위성을 강조하고 나온 것은 물론 그에게서만 볼 수 있는 새로운 현상은 아니다. 이미 아도르노Adorno도 그의 「미학이론」(Ästhetische Theorie)에서 쇤베르크Schönberg의 말을 인용해 예술의 주소지를 밝힌 바 있다. "나는 그림을 그리는 것이지 의자를 그리는 게 아냐."[10]

4. 베른하르트 연극의 두 가지 유형

베른하르트의 희곡은 주제나 극의 성격으로 보아 크게 두 그룹으로 나누어볼 수 있다. 한 그룹은 풍자극Satire의 형태를 띤 것으로 사회·정치·문화적으로 영향력을 행사하는 상류층 인물이 중심이 되고 있다. 반면에 다른 그룹은 사회에서 인정받지 못하고

---

9) Bernhard, Thomas : Heldenplatz. Frankfurt a.M. : Suhrkamp 1989, S. 115.
10) Zitiert nach Adorno, Theodor : Ästhetische Theorie. Frankfurt a.M. : Suhrkamp 1973, S. 479.

소외된 아웃사이더, 특히 좌절한 예술가를 중심으로 진행된다.

첫째 그룹에 속하는 작품에서는 무엇보다도 1945년 이후 나치주의가 표면상으로는 극복된 것처럼 보이지만 실제로는 사회의 권력과 재산이 여전히 보수적인 기존 권력층에 편중되어 있다는 사실이 폭로되고 위선과 허위에 가득 찬 이들의 모습이 풍자적으로 나타난다. 예를 들면 「보리스를 위한 파티」(Ein Fest für Boris)의 주인공인 '선한 여자'(die Gute)는 이름이 강조하듯이 스스로 선한 여자임을 자처하는 장애인 보호소의 여주인인데, 자선을 베풀고 도와준다는 명목하에 실상은 힘없는 장애인들 앞에서 권력을 휘두르며 이 소집단의 여왕으로 군림하고 있다. 그녀의 대표적 희생자가 바로 보리스Boris인데, 그는 자신의 생일잔치조차도 선한 여인의 세력과시에 이용당하는 것에 분개하고 반항하지만 결국 힘없이 쓰러지고 만다. 그러나 여기서 진짜 괴로워하고 고뇌하는 이는 권력의 횡포 아래에 있는 장애인들이 아니라 권력을 휘두르는 선한 여자 자신이다. 보이지 않는 그녀의 고통은 선하지 않으면서 선한 여자 역할을 해야 하는 상황이 빚어내는 괴리감과 자신이 가진 권력을 잃을 수도 있다는 불안감에서 기인한다. 선한 여자는 그 뒤를 이어 나온 여러 작품에서도 가진 자의 위선과 불안을 보여주는 인물들에서 다양하게 변형된다.

대표적인 풍자극으로 볼 수 있는 작품 「대통령」(Der Präsident)과 정년퇴임을 앞두고 전 나치당원이 축하파티를 벌이는 작품 「정년퇴임을 앞두고」(Vor dem Ruhestand)에서 풍자의 화살이 겨냥하고 있는 인물들은 정치와 권력계의 거물들이다. 이들은 겉으로는 대단한 위력을 과시하지만 그 이면에는 자신의 부끄러운 과거를 은폐하고 정당화하기에 급급해하는 한편, 권력과 기존질서가 위협받고 있다는 위기의식 때문에 불안에 떠는 우스꽝스럽고 나약한 광대의 모습을 감추고 있다.

마찬가지로 「유명한 사람들」(Die Berühmten)이나 「목적지에서」(Am Ziel), 「모든 산봉우리엔 적막이」(Über allen Gipfeln ist Ruh), 「세상 개선자」(Der Weltverbesserer) 등에서 주인공들은 하나같이 유명한 작가, 철학자, 예술가들이다. 이들 역시 외면상으로는 사회에서 인정받고 최고의 명예와 권력을 누리며 남부러울 것 없는 것처럼 보이지만 구체적인 일상생활에서는 모순과 약점 투성이의 지극히 나약한 인간의 모습을 숨기지 못한다.

베른하르트는 이렇게 뒤집어본 이면에 초점을 맞추어 우리 삶에서 잊고 외면하고 싶은 인간의 허점들을 꼬집고 상기시킨다. 베른하르트가 그의 자전적인 소설 「호흡」에서 모토로 인용한 다음과 같은 파스칼의 문장도 글쓰기의 동기를 확인시켜 준다. "사람들은 죽음, 고난, 무지를 극복할 능력이 없는 까닭에 행복하기 위해서는 이에 대해 생각지 않기로 합의를 보았다"(Da die Menschen unfähig waren, Tod, Elend, Unwissenheit zu überwinden, sind sie, um glücklich zu sein, übereingekommen, nicht daran zu denken).[11]

둘째 유형으로 꼽을 수 있는 작품들은 무명의 예술가들을 중심으로 전개된다. 「습관의 힘」(Die Macht der Gewohnheit), 「미네티」(Minetti), 「단순복잡」(Einfach kompliziert), 「빛 좋은 개살구」(Der Schein trügt), 「연극쟁이」(Der Theatermacher) 등에 나오는 주인공은 모두가 연극이나 서커스에 종사하는데, 종사한다기보다는 미쳐 있다는 표현이 어울릴 정도로 예술의 완성을 위해 혼신의 힘을 기울인다. 이들에게는 일상적인 삶도 예술의 일부분이며 오로지 완벽한 예술만이 삶의 지상목표이다. 그런데 현실적

---

11) Bernhard, Thomas: Der Atem. Eine Entscheidung. München: dtv 1987, S. 5.

인 처지는 그들이 지향하고 있는 예술과는 너무나 거리가 멀다. 「습관의 힘」의 주인공 카리발디는 서커스 단원들에게 슈베르트의 「숭어 4중주」를 완벽하게 연주할 것을 강요하지만 그들은 악기를 다룰 초보적인 능력조차 없는 무능한 사람들이다. 게다가 단장의 무리한 요구에 억지로 끌려다니는 서커스단의 긴장된 분위기에서는 연주단원의 조화로운 호흡이 절대조건인 4중주가 애초부터 불가능한 것이다. 그러나 카리발디는 4중주를 완벽히 연주할 수 있다는 환상에서 벗어나지 못하고 현실의 문제점을 직시하지 못한 채 단원들을 억지로 강요함으로써 상황을 더욱 악화시킨다.

다른 작품의 주인공 역시 카리발디와 마찬가지로 허황된 꿈에서 벗어나지 못하고 혼신의 힘을 다해 지고한 목표인 예술을 완성시키려 한다. 그러나 파국에서 보여질 실패는 애초부터 예견되어 있는 것이다. 한편 그런 좌절에도 불구하고 허무맹랑해 보이기까지 하는 광대들의 예술을 향한 집착과 정열은 보는 이로 하여금 인간적인 연민과 공감을 느끼게 하는 부분도 있다. 베른하르트는 그들을 통해 과장적으로 풍자된 인간의 모습에서, 그리고 살아가기 위해서 세워 놓은 허상을 향해 몸부림치는 자화상 속에서 인간의 한계를 보는 동시에 그럼에도 살아야 하는 이유를 역설적으로 제시하고 있다.

5. 비극의 희극성과 희극의 비극성

베른하르트의 역설은 희극과 비극의 상관 관계에도 적용된다. "희극은 항상 진지한 것이죠. 희극배우가 결국 자살할 정도로 말입니다"(Komik ist immer ernst, bis sich der Komiker umbringt).[12] 이것은 베른하르트의 단편집 『소리모사꾼』(Der

Stimmenimmitator)에 수록된 「진담」(Der Ernst)의 경우를 빗대어 하는 얘기이다. 어느 야외공연에서 광대 차림의 희극배우가 관객 앞에서 절벽 아래로 뛰어내리겠다고 하자 관객들은 말도 안 되는 그의 협박에 박장대소하는데 그는 정말로 뛰어내려 죽고 만다. 이 순간 희극을 즐기던 관객은 졸지에 그들이 관람한 것이 연극이 아니라 광대의 처절하고 비극적인 현실이었음을 깨닫게 되는 것이다. 이렇게 현실과 연극이 서로 분리될 수 없는 것처럼 희극과 비극 역시 그 경계선이 뚜렷하지 않다. 물론 수용미학적으로 볼 때 희극은 관객이 무대 위의 사건이나 인물과 거리를 유지할 때 그 효과가 나타난다. 광대의 처절한 현실을 어리석은 객기로 관망하는 동안 관객은 가볍게 웃으며 코믹한 연기를 즐길 수 있다. 그러나 죽음의 순간에 이제까지 희극적인 연극으로만 여겨졌던 것이 어쩌면 진지하고 절실한 광대의 현실이었으리라는 충격적인 메시지가 관객을 전율시키는 것이다.

바로 여기에 베른하르트 연극의 메커니즘이 숨어 있다. 그는 연극은 어디까지나 허구이며 현실을 재현하거나 모방하는 것이 아니라고 말한다. 그러나 연극보다 더 극적인 현실이 연극일 수 있듯이 허구로 꾸며진 연극 또한 광대의 처절한 현실일 수 있다는 것이다. 베른하르트는 그의 연극에 따로 장르 구분을 하는 일이 드물었다. 전 작품 가운데 유일하게 "독일의 비극"이라고 장르를 명시한 「독일 점심상」(Der deutsche Mittagstisch)을 제외하면 나머지는 코미디로 장르 구분이 되어 있다. 결국 베른하르트는 희극을 궁극적으로는 비극일 수밖에 없는 현실을 관조하는 수단으로 삼아 그의 연극을 포장했다고 본다.

12) Becker, Peter von: Bei Bernhard. Eine Geschichte in 15 Episoden, in: Theater Heute. Sonderheft 1978, S. 82.

베른하르트는 1967년 오스트리아 문학상을 수상하면서 소감을 밝히는 자리에서 비판적인 연설로 국가와 국민을 모독했다 해서 물의를 일으킨 적이 있다. 매스컴의 보도로 일약 유명해진 이 연설문에 나오는 몇 구절은 그의 문학주소를 밝히는 데 자주 인용되고 있다. 그 대표적인 명제로 "… 죽음을 생각하면 모든 것이 우스꽝스러울 따름입니다…"(… es ist alles lächerlich, wenn man an den Tod denkt…)[13]라는 말은 인간의 불완전성을 가장 극적으로 폭로해주는 '죽음' 앞에서 인생은 코미디로 보일 수밖에 없다는 그의 생각을 단적으로 표현해주고 있다. 결국 코미디와 비극은 인생이 가진 양면적 속성인데, 단지 어느 관점에서 이를 바라보느냐에 따라 그 장르가 결정된다는 것이다.

베른하르트의 작품에서는 주인공의 입을 통해 희비극의 상대적 관점이 자주 언급되고 있는데 예를 들면 소설 「혼란」에서는 "인간의 우습고 희극적인 요소는 그의 고통에서 가장 뚜렷하게 나타나고, 이는 고통스런 요소가 우습고 희극적인 상황에서 가장 뚜렷한 것과 마찬가지이다"(Das komische oder das lustige Element an den Menschen kommt in ihrer Qual am anschaulichsten zum Vorschein, wie das der Qual in ihren komischen, lustigen usf)[14] 라고 말한다.

희비극의 상대성은 허구성과 실제성처럼 그의 작품구조에 유희적으로 잘 반영되어 있고, 이러한 작품구조를 통해 일정한 수용미학적 효과를 의도하고 있음도 그의 자전적 소설 「지하창고」에 시사되고 있다. "… 희극인지 비극인지는 여기서 알아보기 어렵죠.

13) Anonym: Dank und Undank des Thomas Bernhard: Trauerspiel um eine Österreichische Rede, in: Die Weltwoche. 22. 3. 1968, S. 25.

14) Bernhard, Thomas: Verstörung. A. a.O., S. 169.

이게 바로 관객을 당혹스럽게 만들구요"(Es ist nicht mehr zu erkennen, ob es eine Trgödie oder eine Komödie ist. Das verunsichert die Zuschauer).[15]

6. 다층연극

베른하르트의 희곡작품이 지닌 또 다른 특징으로는 전통석 극중극의 변조형태를 들 수 있다. 이는 그의 희곡이 소설과 다르게 보여주는 또 하나의 특징으로서 '공간'이라는 희곡의 장르적 특징을 살린 기능이기도 하다. 한스 마이어Hans Mayer가 베른하르트의 연극을 정체연극이라 칭한 데서도 볼 수 있듯이, 그의 희곡은 특별한 사건진행이나 전개 없이 기다림과 실망으로 줄거리가 구성되어 있다.

희곡 「미네티」(Minetti)에서는 명성을 잃은 늙은 연극배우 미네티가 한 고급호텔에서 자기에게 배역을 주기로 약속한 극장감독과의 만남을 기다린다. 마치 고도를 기다리는 에스트라공과 블라디미르처럼 기약없이 기다리던 그는 결국 눈보라치는 벤치에 앉아 갑자기 자살하는 것으로 대단원의 막이 내린다.

베른하르트의 마지막 작품인 희곡 「엘리자베트 2세」에서는 빈 시내의 고급 고층저택 발코니에서 호화성장을 한 상류층 부르주아지들이 영국여왕 엘리자베트 2세의 가두행진을 기다리다가 갑자기 발코니가 무너져내리는 바람에 모두 추락해서 떼죽음을 당한다. 변화 없는 사건전개와 갑작스런 전환에 뒤따르는 파국이 베

15) Bernhard, Thomas: Der Keller. Eine Entziehung. Salzburg: Residenz ²1976, S. 159.

른하르트 희곡의 특징이다. 그러나 이렇게 단조로운 표층사건의 내부를 살펴보면 기다림 속에 또 하나의 사건이 병렬적으로 진행되고 있음이 드러나는데, 이 부분이야말로 다분히 연극적인 요소들을 내포하고 있다. 이를 보여주는 대표적인 희곡으로 「연극쟁이」(Theatermacher)를 들 수 있다.

극작가이며 배우이고 유랑극단 단장인 브루스콘Bruscon이 가족 유랑극단을 이끌고 한 시골 마을의 식당에 딸린 홀에서 공연 준비를 하는 것이 극의 줄거리이다. 자작극인 「역사의 바퀴」(Das Rad der Geschichte)를 공연하려는 그는 자신이 세계 최고의 연극인이라는 과대망상에 빠져 있고, 그의 연극엔 나폴레옹 · 처칠 · 스탈린 · 메테르니히 · 아인슈타인 · 마리 퀴리 · 히틀러 등 세계역사를 뒤바꾼 인물들이 시대를 초월해 등장하도록 되어 있다. 브루스콘은 인간의 힘을 과시할 수 있는 멋진 세계적 공연을 하겠다며 허풍을 떤다. 여기서는 바로 연극무대에서 인생의 연극적인 면이 드러나므로 주제와 형태의 구조적 일치를 통해 내용을 훨씬 더 설득력 있게 만들고 있다.

연극공연을 위해 무대장치를 설치하고 연습을 하는 동안 브루스콘은 자신이 얼마나 고고한 철학자이고 위대한 예술가인지 내보이려고 안간힘을 쓴다. 그러나 그가 애써 정신세계의 표상으로 부각되고자 할수록 사소한 육체적 욕구조차 물리칠 수 없는 나약한 존재일 뿐임을 스스로 폭로하게 된다. 그에게는 "칼국수냐 선짓국이냐"의 질문이 "사느냐 죽느냐"의 질문만큼이나 중요한 의미를 지닌다. 그런 브루스콘의 웃지 못할 연극을 보아주고 같이 엮어나가는 그의 가족은 그의 연극 상대역이자 동시에 연극의 관객이다. 브루스콘은 자신의 연극을 세기에 한 번 나올까 말까한 위대한 걸작이라고 자찬하면서 주민이 고작 280명밖에 안 되는 외딴 촌구석의 무식쟁이들 앞에서 공연해야 하는 처지에 대해 한탄한다. 하지만 결국에는 그것마저 허망한 꿈이었음이 드러나고 만다. 천신만고 끝에 막이 오르려는 순간, "불이야, 신부님 사택에 불났다~!" 하는 고함소리가 들려와 관객들은 벼락을 맞아 불이 난 사택 쪽으로 모두 달려가 버리기 때문이다.

이 극 제4막의 급격하고 충격적인 결말은 베른하르트 극의 특징을 잘 나타내며, 이와 더불어 무대 공간구조를 변화시킨 것은 연극 수용시점(時點)을 새로이 뒤집는다. 말하자면 제4막에서는 이제까지 연습장으로 사용되며 등장인물들이 준비를 하고 있던 객석이 무대막 뒤에 가려진 오프 스테이지off stage로 바뀌고 우리에겐 이제 무대막 뒤에서 관객들을 살펴보고 있는 배우들만 보인다. 마치 동물원에서 구경거리인 원숭이가 오히려 구경꾼을 관찰하는 격이다. 그리고 신부님 사택에 날벼락이 떨어져서 불이 난 것은 연극쟁이에게도 날벼락이 떨어진 셈이다. 그런데 자연이 연출해낸 구경거리에 자신의 관객을 빼앗겨버린 연극쟁이의 운명이 우리에게 시사하는 바는 무엇인가? 연극쟁이 브루스콘의 고민은 그를 만들어낸 이 작가의 바로 그것이기도 하며, 이야말로 이중적인 공간구조를 통해 그가 말하려는 자성적 질문이다. 연극이 현실의 단면도를 제시하기 위해 허구와 과장으로 극화되어야 한다면, 연극보다 더 극적인 현실을 극화하는 것은 과연 가능한가?

7. 맺는 말 : 베른하르트의 만화경

현실이 너무나 극적이어서 "어떤 작가도 현실을 현실상황 그대로 표현해낼 수 없었다"며 예술의 인위성을 강조하는 베른하르트의 예술관은 그러나 예술지상주의나 탐미주의의 현실도피적인 경향과는 구별할 필요가 있다. 베른하르트 미학의 핵심으로 자주 언급되는 무대 메타포는 연극작품의 인위성과 현실과의 관계를 이해하는 데 좋은 지침이 되고 있다.

> 내 책에 쓰인 것은 모두 인위적이에요. 그 말은 모든 등장인물과 사건, 일이 모두 무대 위에서 진행되고 무대공간은 완전히 어둡지요. (…) 어둠 속에서는 모든 것이 분명해지거든요.
>
> In meinen Büchern ist alles *künstlich*, das heißt, alle Figuren, Ereignisse, Vorkommnisse spielen sich auf einer Bühne ab, und der *Bühnen*raum ist total finster. (…) In der Finsternis wird alles deutlich.

아무리 밝게 조명해도 현실의 실체는 무대 아래 객석으로 전달할 수 없다. 그런데 오히려 구체적인 실체를 파악하기 어려운 사물은 어두운 무대에서 더 뚜렷하게 윤곽이 나타난다. 베른하르트가 어두운 조명으로 세상을 인위적으로 생략하고 과장한 것은 어쩌면 그 윤곽을 더 뚜렷하게 보여주려 한 노력이었는지도 모른다.

이미 쇼펜하우어도 셰익스피어의 「햄릿」에 나타난 극중극을 예로 들어 예술은 만화경과 같다고 했다.[16] 우리가 보는 현실세계가 주관적 의지의 표명이라면, 만화경으로 들여다보는 제한되고 농축된 세계에서는 이 의지 표명이 더 뚜렷하게 드러난다는 것이다. 이렇게 볼 때 인위성과 허구성의 렌즈가 더욱 두껍게 장착된 베른하르트의 만화경 역시 현실 속의 허구를 더욱 분명히 드러내려는 또 하나의 의지표명이라 하겠다.

---

16) 참조 : Schopenhauer, Arthur : Die Welt als Wille und Vorstellung. Bd.I/1, Züricher Ausgabe. Werke in 10 Bdn. Zürich 1977, S. 335.

작가연보

1931년	2월 9일 네덜란드 헤를렌Heerlen에서 출생. 국적은 오스트리아인. 외조부 프로임비흘러Freumbichler는 오스트리아 헨도르프Henndorf 출신의 향토작가.
1932년	빈의 외가에 위탁됨. 외조부를 따라 제키르헨 암 발러제Seekirchen am Wallersee로 이주.
1937년	외가와 함께 오버바이에른 주의 트라운슈타인Traunstein으로 이사. 첫 음악수업을 베스터마이어Westermayer 교수에게 사사. 미술, 영어 및 프랑스어 수업.
1942년	잘츠부르크Salzburg 기숙학교 입학.
1943년	부친 사망. 슈타이너Steiner 교수에게 바이올린 사사.
1944~45년	4월 에텐도르프Ettendorf에 있는 외가에 체류, 트라운슈타인의 화원에서 근무.
1945년	테오도르 베르너Theodor W. Werner 교수에게서 음악미학 사사. 마리아 켈도르퍼Maria Keldorfer에게서 성악 공부.
1947년	점원 실습교육. 시 습작.
1949년	외조부 사망.
1950년	모친 사망. 첫 산문작품 「한 시인의 무덤 앞에서」 잘츠부르거 폴크스블라트Salzburger Volksblatt에 발표.
1951년	결핵요양원 그라펜호프Grafenhof 체류.
1952년	음악수업 재개. 베네치아 방문. 모차르테움Mozarteum예술대학교 입학. 빈의 예술아카데미 청강생.
1953년	유고슬라비아 여행.

1955년까지	잘츠부르크 일간지 「데모크라티셰스 폴크스블라트」(Demokratisches Volksblatt)의 기자로 활동.
1956년	시칠리아 여행.
1957년	보스니엔과 헤르체고비나 여행. 모차르테움 예술대학교 졸업.
1960년	케른텐 주의 마리아 잘Maria Saal에서 헤르베르트 보흐니츠의 연출로 몇 개의 단막극 공연. 영국 여행.
1962~63년	폴란드 체류.
1964년	율리우스 캠프 상Julius-Campe-Preis 수상.
1965년	오버외스터라이히 주의 올스도르프Ohlsdorf로 이주.
1965년	자유한자도시 브레멘Bremen 상 수상.
1968년	오스트리아 국립문학상, 안톤 빌트간스 상Anton Wildgans-Preis 수상.
1970년	뷔히너 상Georg Büchner-Preis 수상.
1971년	그릴파르처 상Grillparzer-Preis 수상.
1972년	프란츠 테오도르 초커 상Franz Theodor Czoker-Preis 수상.
1974년	하노버 극작가상Hannoverscher Dramatikerpreis, 세기에 상Prix Séguier 수상.
1983년	이탈리아 세계문학상Premio Mondello 수상.
1989년	2월 12일 오버외스터라이히 주의 그문덴Gmunden에서 사망.

주요 작품연보

시

1957년 「지상과 지옥에서」(Auf der Erde und in der Hölle)
1958년 「달빛 무쇠 아래」(Unter dem Eisen des Mondes)
1962년 「미친 놈 갇힌 놈」(Die Irren. Die Häftlinge)
1981년 「베르길의 기도」(Ave Vergil)

소설

1963년 「혹한」(Frost)
1964년 「암라스」(Amras)
1967년 「혼란」(Verstörung)
「산문집」(Prosa)
1968년 「운게나흐」(Ungenach)
1969년 「바텐게임」(Watten)
「사건」(Ereignisse)
「수목의 경계에서」(An der Baumgrenze)
1970년 「석회광」(Das Kalkwerk)
1971년 「이탈리아인」(Der Italiener)
「걷기」(Gehen)
1975년 「교정」(Korrektur)
「원인」(Die Ursache)
1976년 「지하창고」(Der Keller)
1978년 「호흡」(Der Atem)

1978년 「네」(Ja)

「소리 모사꾼」(Der Stimmenimitator)

1981년 「추위」(Die Kälte)

1982년 「어느 아이」(Ein Kind)

「콘크리트」(Beton)

「비트겐슈타인의 조카」(Wittgensteins Neffe)

1984년 「벌목」(Holzfällen)

1985년 「옛 거장」(Alte Meister)

1986년 「소멸」(Auslöschung)

희곡

1959년 「황무지의 장미」(Die Rosen der Einöde)

1970년 「보리스를 위한 축제」(Ein Fest für Boris)

1972년 「무심자와 미치광이」(Der Ignorant und der Wahnsinnige)

1974년 「사냥모임」(die Jagdgesellschaft)

「습관의 힘」(Die Macht der Gewohnheit)

1975년 「대통령」(Der Präsident)

1976년 「유명인」(Die Berühmten)

1977년 「미네티」(Minetti)

1978년 「이마누엘 칸트」(Immanuel Kant)

1979년 「세계 개선자」(Der Weltverbesserer)

1980년 「정년퇴임 전에」(Vor dem Ruhestand)

1981년 「목적지에서」(Am Ziel)

1984년 「연극쟁이」(Der Theatermacher)

1985년 「리터, 데네, 보스」(Ritter, Dene, Voss)

1986년 「단순히 복잡해」(Einfach kompliziert)
1987년 「엘리자베트 2세」(Elisabeth II)
1988년 「영웅광장」(Heldenplatz)

Botho Strauß
보토 슈트라우스

최 민 숙(이화여대)

1.

드라마 작가이자 소설가이며 수필가인 동시에 시인이기도 한 보토 슈트라우스Botho Strauß는 1944년 12월 2일 중부독일 튀링겐 지방 잘레 강변의 나움부르크에서 태어났다. 그의 아버지는 식품공학 분야에 종사했다. 쾰른과 뮌헨 대학에서 5학기 동안 독문학과 연극사, 사회학을 전공한 그는 1967～70년 하노버에서 평론가이자 월간 연극잡지인 『테아터 호이테』(Theater heute)지의 편집자로 활약했다. 1970～75년 베를린 할레셴 우퍼의 샤우뷔네 극장 연극고문 겸 번역가로서 그는 저명한 연출가인 페터 슈타인Peter Stein과 함께 일함으로써 성공적인 공연을 하는 데 결정적인 역할을 했다. 그 이후로는 직장에 매이지 않은 채 베를린에서 작가활동을 하고 있다. 1974년 「낯익은 얼굴들, 뒤섞인 감정」으로 하노버 시 극작가상을 수상한 이래 1982년 「칼드바이, 소극(笑劇)」으로 뮐하임 극작가상을, 1989년에는 뷔히너 상을 받는 등 많은 상을 수상했다.

지난 20여 년 동안 그는 14편의 드라마 이외에도 수편의 소설과 시를 썼으며, 그 밖에 그가 쓴 산문집들을 비롯한 에세이와 이론 저작물들도 모두 관심을 끌었다. 그러나 슈트라우스의 대표적 장르는 드라마로 그의 드라마들은 대부분 독일뿐만이 아니라 세계 각국에서 수차례씩 각색, 공연되었다.[1]

현재 독일에서 가장 많이 공연되는 드라마 작가에 속하면서도 슈트라우스는 공적으로 모습을 드러내는 것을 철저히 피한다. 자신의 작품 초연에도 나타나지 않을 뿐만 아니라 인터뷰는 물론 낭송회나 토크 쇼Talk Show 등에도 모습을 드러내지 않는다. 1982년 뮐하임 극작가상을 받게 되었을 때도 그는 시상식장에는 나타나지 않아도 되게 해달라고 부탁했을 정도였다. "독일 작가들 가운데 가장 비밀스럽고 가장 모습을 드러내기 꺼려하는 작가"[2]로서 그는 끊임없이 비평계의 표적이 되어왔다.

1970년대 초반 한창 기록극이 풍미하던 때 '신주관주의 문학'의 기수로 등단하여, 이미 70년대 말 가장 특이한 극작가 중의 하나로서 "35세의 나이에 작은 독일문학계의 우상이 될 최상의 도정에 있다"는 평을 받았다. 그리고 그는 80년대 중반에 소설 「청년」, 시 「하루 손님에 대한 이 기억」 등을 출간하면서 그의 문학에 대해 격렬한 논쟁을 불러일으켰다. 1993년 2월 8일자 「슈피

1) 1993년 2월 8일자 「슈피겔」(Der Spiegel) 6호는 이때까지 13편의 드라마로 약 30개의 국가에서 약 400번의 공연이 있었다고 기록한다.

2) Volker Hage: Botho Strauß. Ein Mann, der sich selbst nie in Szene gesetzt hat, bewegt als Autor wie kein anderer das deutsche Theater, in: Frankfurter Allgemeine Magazin v. 23. 3. 1980.

겔」지에 실린 "점점 커지는 비극"(Anschwellender Bocks-gesang)[3] 이라는 에세이에서 좌파에게 역사적 책임을 돌리는 우파 논리를 펴서, 통일 이후 크리스타 볼프를 둘러싸고 벌어졌던 동독의 지식인 논쟁에 이어 두번째로 큰 미학적·정치적 논쟁의 표적이 되었다. 오늘날 그는 보수적인 작가로 낙인찍혀 있어 사람들은 그가 쓴 모든 새로운 작품에서 그를 둘러싼 논쟁에 대한 답을 확인하고 싶어하게 되었다. 심지어 비평가들조차도 "보토 슈트라우스에 대해 편견 없이 쓰는 것이 가능한가?"라고 묻는다.[4]

과연 그의 문학은 그를 비판적으로 보는 사람들이 말하듯 '보수적인 키치로의 전향' 인가. 한 가지 확실한 것은 그가 최소한 문학작품에서는 정치적 논쟁에 구애됨 없이 반계몽의 입장에서 '비정치적 개인주의' 에 충실한 글을 쓴다는 점이다. 그리고 이제 슈트라우스 연구는 그것이 바로 그의 계몽주의적 입장이며 정치성이라는 것을 천명하기에 이르렀다. 아도르노의 영향을 입은 그는 자신의 작품에서도 "사회적 실용성"의 거부를 통해 지배적 권력 구조와 사회에 대해 "공격적 잠재능력"을 얻고자 하는 것이다.

2.

전후 서독의 드라마는 브레히트의 영향하에서 전개되기 시작하

---

3) Bocksgesang은 원래 '염소의 울음' 이라는 뜻으로 희랍시대 이래 비극을 뜻하는 개념으로 쓰인다.

4) Ingo Arend: Warten auf den Knospenknall. Mißbrauchbares Traktat. Botho Strauß' Neues Buch "Die Fehler des Kopisten", in: Freitag 19 (2. Mai 1997), S. 16.

여, 1960년대 초반까지지는 프리드리히 뒤렌마트와 막스 프리쉬 등의 그로테스크한 희극 내지는 우화극이 주도적인 위치를 차지했다. 그러다가 60년대 중반부터 브레히트류의 우화극이나 사무엘 베케트의 부조리극의 방법들이 의문시되기 시작하면서 문학의 정치화라는 맥락에서 기록극이 풍미하게 되었다. 그러나 뚜렷한 정치적 논제를 내걸고 전개된 활발한 사회참여의 분위기는 1968년 학생운동의 좌절로 인해 사라지게 되었다. 이 자리에 들어선 것이 소위 '신주관성'의 문학으로 개인의 내면세계와 인간 관계의 문제점들이 부각되기 시작했다. 뎅클러는 독일 관객들이 60년대 브레히트의 우화극, 사무엘 베케트의 부조리극, 해프닝이 보여준 현실 페티시즘, 기록극, 사실주의적인 민속극, 그리고 현실비판적인 거친 선동극을 거쳐 이제 '신주관성'의 기수 슈트라우스의 드라마가 펼쳐 보여주는 수수께끼같이 비현실적인 줄거리와 언어를 "기이하게 낯익은 것"(seltsam Bekanntes)[5]으로 체험하게 되었다고 쓴다.[6]

젊은 인텔리 작가 슈트라우스 작품의 대상은 그와 같은 소위 68세대의 정신상태로, 이 세대는 자신들이 계몽된 세대로서 깨어 있으며 진보적 · 비판적으로 시민적인 터부에 얽매이지 않는가 하면, 다른 한편으로는 현실적인 큰 이상을 소지하고 있지도 않다고

---

5) Botho Strauß: Unüberwindliche Nähe. 7 Gedichte, in: Tintenfisch 9. Jahrbuch für Literatur. Hrsg. v. Michael Krüger. Berlin 1976(= Quarthefte, ohne Zählung), S. 60.

6) 참조; Horst Denkler: Botho Strauß: Trilogie des Wiedersehens, in: Harro Müller-Michaels(Hrsg.): Deutsche Dramen. Interpretationen zu Werken von der Aufklärung bis zur Gegenwart. Bd. II. Von Gerhart Hauptmann bis Botho Strauß. 3. Aufl. Weinheim 1996, S. 237~252, hier S. 239.

생각하고 있었다. 주로 지성인, 예술가, 문화시민 등으로 이루어져 있는 이들 중산층 그룹은 물질적인 걱정은 할 필요가 없다. 그러나 그들은 유용성의 원칙에 기반을 둔 차가운 현실 속에서 고독해한다. 그들은 자신들의 역할을 할 뿐 인간이 어떻게 살고 사랑해야 하는지는 모르고 있다. 슈트라우스는 이들의 공포와 실패, 좌절과 자아상실, 허영심, 잡담으로 채워지는 일상, 의미있는 삶에 대한 동경 등을 그렸다. "극복할 수 없는 가까운 거리"(unüberwindliche Nähe)와 "친숙한 낯설음"(vertraute Fremdheit)은 그의 인물들의 고독을 표현하는 표제어로서, 그가 그린 이 세대의 독특한 정신적인 분위기는 오늘날 시대정신이라는 말로 표현될 수 있을 것이다. 그리고 그의 무대 위에서 "개인적인 고독에의 동참"은 "집단적인 고독으로의 수용"으로 이어지는 것이다.[7] 언어는 그의 인물들이 서로 다가가기 위해서 혹은 거리를 두기 위해 사용하는 일종의 도구이다.

'신주관성 문학의 기수'라는 말에서 이미 드러나듯이 그는 개인에 대해서만 이야기하며 공적인 상황은 그리지 않는다. 그러나 그의 작품에는 작중인물들의 자신과 주변 사람들에 대한 생각, 그리고 사회적 사건이나 시대와 세계에 대한 그들의 관계 등이 드러나 있다. 그의 작품들은 간접적으로 정치성을 품은 작품들인 것이다.

슈트라우스 드라마의 특징을 몇 가지만 든다면 그 가장 큰 특징은 그의 드라마들이 극장에서의 실제 경험을 토대로 하고 있다는 점이다.

베를린 '할레셴 우퍼의 샤우뷔네'에서 연출가 페터 슈타인과

---

7) Reinhard Baumgart: Das Theater des Botho Strauß, in: Text+Kritik. Heft 81. Botho Strauß. 1984, S. 6~19, hier S. 13.

공동작업시 그는 정치적인 주제를 독특한 연출기법으로 무대에 올림으로써 이 극장을 일약 독일에서 가장 주목받는 극장으로 만들었다. 프랑크푸르트 학파의 문학사회학, 특히 아도르노 미학이론의 영향을 입은 그는 사회비판과 예술적인 형식 사이의 연관을 짓고자 노력했다. 뎅클러는 슈트라우스가 극장에서의 작업을 통해 "'고전 작품들'에서 '오늘날의 의식'의 변천 흔적을 찾거나, 혹은 새로운 텍스트로 '의식의 드라마'를 펼치는 것"을 배웠다고 쓴다. '의식의 드라마'는 등장인물들로 하여금 "사회적인 진행과정을 주관적으로 기록하고, 또 '현실의 상상'을 보여줌으로써 '상상의 현실'을 전달하는 역할을 하도록" 한다.[8)]

1971년 슈타인이 무대에 올린 헨리크 입센의 「페르 귄트」에서 그는 등장인물들의 단순함을 강조함으로써 관객으로 하여금 비판적인 거리를 갖게끔 각색하였다. 1973년 무대에 올린 라비슈 Eugène Labiche의 「돼지저금통」(La cagnotte), 그리고 다음해 막심 고리키의 「피서객」에서도 그는 당시 독일 무대에서는 사라졌던 이 작품들에 완전히 새로운 형식을 부여했다. 그는 이들이 사회비판적인 희극임을 강조하고 이 작품들에 당시의 전형적인 사회상과 정치적인 관점을 부여했다. 그리고 극장에서의 작업에서는 고전작품들에 자신의 현재에 해당할 인식과 이념, 형식 등을 부여했듯이, 자신의 작품에서는 이들의 인식과 이념, 형식 등을 받아들였던 것이다.

슈트라우스 작품의 또 하나의 특징은 리얼리즘의 파기이다. 그는 현 사회나 지식층에 대한 보고를 하거나 이들에게 결핍되어

---

8) Horst Denkler: 앞 글, S. 239; 의식극에 대해서는 u.a. 참조; Ursula Kapitza: Bewußtseinsspiele. Drama und Dramaturgie bei Botho Strauß. Frankfurt am Main u.a. 1987.

있는 것의 확인에 머무르지 않는다. 그의 드라마는 처음부터 초현실적인 사건들을 삽입함으로써 리얼리즘을 파기한다. 여러 시대, 다양한 공간 그리고 마적인 요소의 개입 등이 만화경처럼 대담하게 그려지는가 하면, 현 사회 이야기와 초역사적 신화의 재생 시도 등이 이루어진다. 그는 "과거와 현재 시류(時流)의 기록자"이면서도 독특한 기법을 통해 1968년 학생운동의 좌절 이래 '비합리적인 것'을 사람들이 받아들일 수 있게끔 다룬 첫 작가로 문학사에 기록되게 되었나.

이러한 "경계초월"은 슈트라우스의 탈역사적 인식론과 반계몽적 입장의 '예술적 실천'으로, 그는 1989년 뷔히너 수상 연설과 「시작없음」(Beginnlosigkeit)에서도 이러한 "미학의 윤리학 이론"(Theorie einer Ethik der Äesthetik)[9]과 더불어 자신이 왜 "신화"를 활성화하고자 하는지를 밝히고 있다. "시작도 끝도 없다"는 탈역사적 인식론에서 출발하는 그는 이성적인 사유가 복지사회와 매스미디어 사회에 사는 현대인들의 상처를 치유해주지 못하며 내적 공허도 채워주지 못한다고 말한다.

1980년대 초반에 쓴 「칼드바이, 소극」 이래 이제 그는 인간 내부로 시선을 돌려 그 속에 "잊혀진 채" 파묻혀 있는 정신적인 힘, 즉 신화적인 힘을 다시 "기억"시키고자 한다. 따라서 그는 작가의 의무를 "회상"(Anamnesis)을 보존하는 데서 찾는다. 독일 낭만주의의 '새로운 신화'(neue Mythologie)에 대한 요구를 연상시키는 그의 작가론은 '귀족주의'를 표방한다는 점에서도 낭만주의와 맥을 같이한다. 그에게 예술은 "정통해 있는 소수인"(eingeweihte Minderheiten)의 "비밀문화"로서, 예술은 "모든 사

9) Pia-Maria Funke: Über das Höhere in der Literatur: ein Versuch zur Ästhetik von Botho Strauß. Würzburg 1996, S. 230.

람들을 위해 존재하는 것은 아니다".[10] (이러한 그의 엘리트주의는 훗날 「점점 커지는 비극」에서 보여준 정치적인 태도에서도 그대로 드러난다. 신나치주의나 극우파들과는 거리를 두면서 자신을 우파로 규정한 이 글에서 그는 사회의 모든 부정적인 현상에 대해 좌파에게 책임을 돌리는 한편, 좌파 지식인들의 전체주의적 계몽주의를 비판한다. 그리고 "다수를 관용을 가지고 무시할 것"과 "사회적 흐름의 큰 줄기로부터 등을 돌릴 용기를 가질 것"을 주장한다. 그는 "보편적인 의사소통 체제의 유지를 위해서는 기존의 것에 동의하지 않는, 영감을 받은 소수가 필연적인 것이다"라고 말한다.)

이제 슈트라우스는 그가 『테아터 호이테』의 편집자일 당시 가장 중요한 독일 현대극작가로 꼽았던 페터 한트케, 토마스 베른하르트의 대열에 합류했다. 내용면에서도 모든 이데올로기 및 "체제 순응적인 의식구조를 통해 이루어진 개인의 조작을 거부"하며,

---

10) Botho Strauß: Der Geheime. Über Dieter Sturm, Dramaturg an der Berliner Schaubühne, in: ders.: Versuch, ästhetische und politische Ereignisse zusammenzudenken. Texte über Theater 1967~1986. Frankfurt am Main 1987, S. 247~255, hier S. 252; 그 밖에도 슈트라우스의 미학이론 및 신화이론, 낭만주의적 경향에 대해서는 Sigrid Berka: Mythos-Theorie und Allegorik bei Botho Strauß. Wien 1991; Helga Kaußen: Kunst ist nicht für alle da: Zur Ästhetik der Verweigerung im Werk von Botho Strauß. Aachen, 1991; 김형기: 「독일통일 이후의 새로운 문학예술적 양상에 대한 연구—볼프강 힐비히와 보토 슈트라우스를 중심으로」, 『브레히트와 현대연극』 제2집, 1995, 70~105쪽 참조. 슈트라우스 연구는 예를 들어 슈트라우스의 소설 「청년」(Der junge Mann)이 그 구성에 있어 Fr. 슐레겔의 '아라베스케' Arabeske의 형식을 따른 "낭만적인 소설"로서, 호프만 E.T.A. Hoffmann의 「제라피온 형제들」과 티크 Ludwig Tieck의 「판타주스」의 영향을 입었음을 입증하고 있다.

"인간의 정체성 보존"에 의혹을 제기하는가 하면, 현대인의 나갈 길 없는 암울한 상황을 묘사한다는 점에서 그는 이 두 작가와 일치한다. 단지 그는 한트케나 베른하르트보다는 좀더 복잡한 구조를 보여주며 관객, 즉 수용자를 고려한 드라마를 펼친다. 바로 이 점에서 슈트라우스는 "심리적 · 사회비판적인 사회드라마"의 기타 대표자들과 뚜렷이 구분된다. 카피차는 '신주관성' 이니 '포스트모더니즘' 이니 하는 규정이 슈트라우스의 드라마를 표현하기에는 미흡하다고 말한다. 그가 그 이전의 여러 작가들이나 혹은 동시대 작가들의 영향을 받은 것은 사실이지만, 극장에서의 경험을 토대로 하고 있다는 점에서는 유일무이한 작가이기 때문이다.[11]

3.

데뷔작이자 그가 쓴 유일한 '역사극' 이기도 한 「우울증 환자들」(Die Hypochonder, 1972)의 배경은 1901년 암스테르담의 어느 빌라이다. 그러나 이 작품에서 시간이나 장소는 별 의미가 없다. 병, 에로틱, 계략과 살인 등 앨프레드 히치콕, 메테링크 식의 상징주의와 무질의 「몽상가들」류의 사이코드라마의 혼합으로 줄거리 없이 보여주는 다양한 공포상황들은 막스 에른스트의 회화나 마적 낭만주의, 도스토예프스키 및 표현주의 영화인 「마부제 박사」의 분위기를 연상시킨다. 바움가르트는 이 작품에는 "잘 계산된, 지극히 아름다운 혼돈"이 지배하고 있다고 말한다.[12]

당시 긍정적인 평가를 받지 못한 이 작품에서 이미 슈트라우스

11) Ursula Kapitza : 앞 책, S. 297f.
12) Reinhard Baumgart : 앞 책, S. 8.

는 그의 희곡의 특징적인 면을 모두 보여주고 있다. 분열된 현실, 현대인의 다채롭게 변하는 면모, 불안과 공포 등. 특히 일상적인 현실에 갑자기 불가사의한 일이 터짐으로 인해서 생기는 불합리한 상황은 우리가 눈으로 보는 것이나 우리에게 보여지는 것이 현실의 전부가 아니라는 것을 말해준다. 현실은 사진처럼 단절 없이 모사될 수 있는 것이 아니라는 것이다.

보토 슈트라우스가 관객과 평론계의 관심을 일시에 끌면서 서독 중산층을 그리는 작가로 부상하게 된 것은 그의 두 번째 작품인 「낯익은 얼굴들, 뒤섞인 감정」(Bekannte Gesichter, gemischte Gefühle, 1974)을 통해서였다. 이 드라마도 재확인 가능한 현실과, 마술과 꿈 등으로 이루어진 현실 상실의 혼합으로 이루어져 있다.

장소는 본Bonn 근교 쾨니히스빈터의 어느 낡아빠진 호텔로 평범한 독일 시민층에 속하는 삼사십대 나이의 세 쌍의 부부와 교통사고를 당한 남자 등 일곱 사람이 등장한다. 그러나 이들의 관계는 과거부터 서로 얽히고설켜 현재의 부부 관계란 아무런 의미가 없다. 아마추어 무도대회에 참석하기 위해 연습하는 귄터와 도리스는 아직도 출세하려는 야망과 이상을 품고 있다. 그들은 조화를 이룬 완벽한 춤을 구사하기 위해 연습을 한다. 사적인 생활에서는 이루지 못하는 완벽한 조화를 춤을 통해 보여주고자 하는 것이다. 그러나 도리스가 연습 도중 넘어지고 귄터가 자기 파트너에 대해 불만을 토로하면서, 이들 일곱 친구들의 모임은 해체 위기에 놓이게 된다. 이 호텔의 소유주인 슈테판이 방문객도 없고 파산 지경인 호텔을 정부에 넘기려 하자 귄터는 그에 반대하고 호텔을 살릴 방안을 강구한다. 그때 갑자기 또 하나의 도리스가 나타난다. 원래의 도리스에게는 결핍된 모든 것을 갖춘 이 도리스의 이중자아는 귄터와 완벽하게 조화를 이룬 춤을 춘다. 그러나 그녀는 곧 사라지고, 슈테판이 냉동고에 들어가 자살함으로써 이 작품은 끝을 맺는다.

마지막 장면은 꽁꽁 얼어붙은 슈테판이 녹기를 기다리는 그의 아내 도리스와 그건 아무 소용 없는 시간낭비라며 어서 춤연습을 하자고 독촉하는 귄터의 그로테스크한 대사로 이어진다. "그(=슈테판)를 내 두 팔로 껴안고 싶어. 그렇지만 너무나 차가워, 너무나 끔찍하게 차가워"(I, 108)[13] 하는 도리스의 절망 어린 외침과 친구의 죽음은 아랑곳없이 춤연습을 독촉하는 귄터에게 "나중에요, 귄터, 나중에"(II, 109) 하는 도리스의 대사는 참된 인간 관계의 저해를 적나라하게 보여준다. 즉 서로 육체적으로만 가까이 있을 뿐 내적으로는 조금도 가까이 있지 않은 현대인들에 대한 고발인 것이다.

호텔을 팔려는 시도를 통하여 이 작품에서 현실로부터의 탈출을 시도한 유일한 인물로 남은 슈테판의 죽음은 우리에게 많은 의문점을 남긴다. 마치 엄마의 자궁에 들어앉은 태아 같은 형상으로 냉동고에서 얼어죽은 그의 죽음이 내포하고 있는 알레고리는 무엇일까. 그가 지상에 존재했으되 진정으로 살지는 않았다는 암시일까.

슈나이더는 슈트라우스가 종말론적인 그림으로 "동사(凍死, Kältetod)"와 "감정의 빙하기"를 그리는 작가라는 점에서 그를 "새로운 부정적 낭만주의의 대표자"라고 부른다. 19세기 낭만주의자들이 시민혁명의 좌절 이후 꿈과 동화의 세계로 도피했다면, 현

---

13) 본고의 슈트라우스 드라마 텍스트 인용은 1991년 작 「앙겔라의 의상들」까지는 Botho Strauß: Theaterstücke I. und II. München u. Wien: Carl Hanser Verlag(1991) 본을 사용하며 인용문 끝 괄호 안에 권과 페이지를 기재한다.

대의 부정적 낭만주의자들은 정치적 유토피아의 좌절 이후 악몽과 경악으로 이루어진 세계의, 잡담으로 이루어진 "환영놀음"으로 도피한다는 것이다.14)

「재회의 3부작」
연출/닐스-페터 루돌프
무대장치/수잔네 라쉬히
슈투트가르트국립극장, 1977

슈트라우스가 크뢰츠Franz Xaver Kroetz와 더불어 대표적인 서독 전후 드라마 작가로 꼽히게 된 것은 그의 세 번째 드라마인 「재회의 3부작」(Trilogie des Wiedersehens, 1976)이 발표되면서부터이다. 여기서 그는 이전 두 작품의 기괴하고 기발난 주제의 "수수께끼 같은 유희"를 떠나 "평범하고 진부한 일상"을 다룬다. 주인공들의 사적인 의식과정을 서독 사회현실의 "심리사회적인 좌표 체계"로 보여주는 이 작품은 "살아 있는 현대 드라마"라는 찬사를 받았다.15)

장소는 1975년 여름 어느 미술협회 회원들을 위한

14) Michael Schneider: *Den Kopf verkehrt aufgesetzt* oder Die melancholische Linke. Aspekte des Kulturzerfalls in den siebziger Jahren. 2. Aufl. Darmstadt u. Neuwied 1982, S. 257.

15) W. Martin Lüdke: Schöne Bilder des Schreckens, zerfallen. Botho Straußens erster Roman "Rumor", in: Frankfurter Rundschau. Nr. 70, S. IV. (22. 3. 1980)

미술전람회장으로, 등장인물은 대부분 쌍쌍인 열여섯 명의 성인과 한 명의 어린아이 등이다. 서막으로 시작되는 이 드라마는 1부 "작은 모임", 2부 "특정한 인물은 아님", 그리고 3부 "좋은 관계" 등 3부로 구성되어 있다. 미술협회장인 키퍼르트는 친구들에게 전람회를 미리 보여준다. 전람회의 주제는 '자본주의적 리얼리즘'으로 자못 선동적이다. 그러나 미술협회장이 '회장들의 카니발'이라는 그림에서 자신의 얼굴이 풍자적으로 그려져 있는 것을 보게 되고, 회장과 친구들은 모두 분개하여 그 그림을 뗄 것을 주장한다. 그러나 대부분의 슈트라우스 드라마가 그렇듯 여기서도 외적 줄거리는 중요한 것이 아니다. 굳이 외적인 사건을 찾는다면 이 예술검열행위를 중심으로 1부에서는 전람회의 금지가 예고되고, 2부에서는 선포되며, 3부에서는 취소된다는 것이다. 그러나 그 밖의 이렇다 할 줄거리는 없는 이 작품에서 등장인물들은 전시회에 진열된 작품을 보는 동안 자신들도 진열된 가공의 인물이 된다. 즉 그림의 전시공간이 인물들의 전시공간이 되는 셈이다. 전면에 부각되는 것은 이들 등장인물들 간의 관계로서, 개인적이거나 직업상 관계의 절망적이고도 불안한 얽힘과 설킴을 통해 슈트라우스는 서독 중산층의 분위기를 모자이크처럼 보여준다.

이 3부작은 서로 진정한 관계는 없는, 잘 어울리지 못하는 사람들의 모임으로 이렇게 복잡한 외적인 관계에도 불구하고 이들은 내적으로는 공허한 상태 속에서 자기자신들로부터도 소외되어 있다. 여기서 예술은 현실로부터의 일종의 도피처로서 그들은 그 속에서 자아를 인정받고 싶어한다. 고리키의 「피서객」과 체호프 작품들의 분위기를 연상시키는 이 드라마에서 관객이 경험하는 것은 몇 년 후 슈트라우스가 쓴 「짝을 이룬 사람들, 지나가는 사람들」이라는 제목처럼 서로 그저 스쳐 지나가는 사람들의 가식에 찬 세계이다. 그러나 체호프나 고리키에서와는 달리 현실에 얽매여 있는 이 예술가들의 모임에서는 다른 삶의 전망은 전혀 보이지 않는다. 즉 그들에게는 현재보다 나았던 과거나, 혹은 유토피아로 그려볼 수 있을 미래에 대한 전망도 없다. 사회운동 같은 것에 대한 의지도, 의미있는 것에 대한 상상력도 결핍되어 있다. 상처를 입기 쉬운 예민함만을 지닌 이들 '우울증 환자들'에게 남아있는 것은 주관적인 무력함뿐이다.

이 드라마가 서독 예술가 사회를 반어적으로 비판한 "대중물"인지, 혹은 "이 시대 서독의 정신적·정치적 상황을 보여주는 실화극"인지, 혹은 "그로테스크하고 비현실적인 차원"을 지닌 "인류의 문제를 다룬 극"(Menschheitsdrama)인지, 혹은 그 모두인지는 열린 결말로 남아 연출가의 해석에 내맡겨지게 되었다.[16]

연구가들은 희극성과 심각함, 대중성과 심오함, 현실의 모사와 상상 등이 서로 얽혀 있는 이 텍스트를 간단히 읽어치울 것이 아니라 생산미학적인 연관 속에서 읽을 것, 그리고 "정치적으로 읽을 것"[17]을 권고한다. 이 작품의 정치성은 검열을 통한 전람회의 금지에 있다기보다는 바로 정치성의 부재, 즉 등장인물들의 아무런 목적없는 사생활에 있는 것이다.

「재회의 3부작」은 그 시대를 잘 반영한 걸작으로 공연에서도 성공적이었다.

「크거나 작거나」(Groß und klein, 1978)[18]는 지방에 이르기까

---

16) 참조: Horst Denkler: 앞 글, S. 240.

17) Helmut Schödel: Ästhetik des Verlustes. Zur Literatur des Botho Strauß. In: Theater heute 17(1976) Sonderheft, S. 106.

18) 이 작품은 「크고 작은」으로 번역되어 이미 국내에서도 무대에 오른 바 있다. 그 밖에도 이 제목은 「대와 소」 혹은 「큰 세계 작은 세계」 등으로 번역되었다. 독일어 원뜻은 '어른 아이 할 것 없이 모두 다'라는 뜻이다.

지 관객을 확보하면서 보토 슈트라우스를 일약 인기 드라마 작가로 만들어주었다.

앞서 발표된 세 편의 드라마에서처럼 이 드라마 역시 줄거리의 전개는 없으나 형식면에서는 확연히 구별된다. 즉 앞의 드라마들이 밀폐된 한 공간에서 다양한 인물들을 중심으로 진행되었다면, 여기서 처음으로 한 곳 이상의 공간에서 연극이 진행되며, 중심인물 또한 등장한다. 그리고 앞의 드라마들이 "스쳐 지나가는 사람들의 세계의 경악을 일종의 스냅사진 시리즈"(바움기르트)로 엮었다면, 이 드라마는 일종의 정거장식 드라마로 주인공 로테의 노정이 열 개의 장면으로 연결되어 있다.

「재회의 3부작」에서는 젊은 부인인 주잔네가 자폐증에 걸린 극성스러운 팬으로 닫힌 공간으로 도피를 했다면, 여기서 주인공은 외부세계의 공간을 통해 여행을 하게 된다. 삼십대 중반의 기혼녀인 로테는 참된 인관 관계를 찾아 모로코에서 자르부뤼켄을 거쳐 에센과 북독일의 쥘트 섬에 이르기까지 헤맨다. 그러나 그녀를 위해 시간을 낼 여유가 있는 사람은 하나도 만나지를 못한다. 그녀

실제 이 드라마에서 groß와 klein이라는 단어는 여러 가지 차원으로 쓰인다. 어디를 가나 어른 아이 할 것 없이 모두 실망만을 안겨주는 세계를 뜻하기도 하고, 어릴 때는 인간적으로는 따뜻하고 대범하며 성숙했던 반면, 커서는 오히려 인간적으로 왜소해져 버린 친구나 동생을 빗대는 아이러니를 담고 있기도 하다.
또 세 번째 장면인 '10개의 방'에 등장하는 다양한 인물들, 즉 어려서부터 부모에게 버림을 받고 열 몇 살이 되도록 푸대자루 속에서 밖으로 나올 생각을 하지 않는, '푸대자루'로 불리는 한 소녀를 비롯하여 노인 부부와 남녀 조교 한 쌍 등을 가리키기도 한다. 그런가 하면 주인공이 의지할 곳을 찾아 돌아다닌 큰 세상이 결국은 보잘것없는 왜소한 세계였음을 의미하기도 하고, 그 속에서 무참히 짓밟히는 로테의 '작은 세계'를 뜻하기도 한다. 본고에서는 이런 뉘앙스를 모두 담을 수 있는 제목으로 「크거나 작거나」로 번역하여 보았다.

「크거나 작거나」
연출/페터 슈타인
무대장치/카를 에른스트 헤르만
서베를린 샤우뷔네, 1978

의 남편도, 어릴적 친구도, 남동생도 그리고 기타 그녀가 중간에서 만나는 사람들도 모두 하나같이 그들 나름의 문제에 파묻혀 있을 뿐이다. 어디서도 제대로 된 인간 관계를 보거나, 스스로 경험하지도 못한 채 그녀는 정신적 파멸위기에 놓이게 된다.

이 작품은 일종의 현대판 「문 밖에서」(Draußen vor der Tür)로서, 여기서는 귀향 상이군인이 아닌 삼십대 중반의 여자가 주인공이다. 「문 밖에서」의 베크만 못지않게 로테를 비참하게 보이게 하는 것은, 베크만은 정당성을 지니고 이 사회를 고발한다면 로테는 피해자임에도 고발할 대상조차 찾지 못한다는 데 있다. 그녀는 또한 상황에 부딪힐 때마다 굴욕적인 적응을 시도함에도 번번이 거부당한다.

이 드라마의 마지막 장면인 병원 대기실 장면에서 로테는 어디가 아프냐고 묻는 의사에게 "저 아픈 데 없어요!"(I, 504)라고 외치며 병원 문을 나선다. 이 작품의 노정 가운데 처음으로 굴욕스런 모습을 보이지 않고 스스로 박차고 나가는 이 장면을, 자신의 병이 의사가 고칠 수 있는 병이 아니라는 주인공의 인식의 결과로 해석해도 좋을까. 그러나 이 장면 역시 사회와 인간들의 무감각함, 그리고 희망의 결핍의 확인일 뿐 어떤 희망적인 메시지는 전해주지 않는다.

이 드라마의 노정을 바움가르트가 보듯이 "독일연

방공화국에 대한 전체적이고도 순간적인 포착"으로 본다면, 슈트라우스는 이 작품에서 서독 사회에 대해 무자비한 진단을 내리고 있는 것이다.

「칼드바이, 소극」(Kalldewey, Farce, 1981)[19]은 3막극으로 중간막이 하나 더 들어 있다. 줄거리라기보다는 등장인물들을 중심으로 느슨하게 연결된 드라마로, 그 이전까지 다루어온 주제가 반복된다. 즉 우리가 더 이상 이해하지 못하는 세계 속에서 과도한 정보의 홍수에 밀려 고독하게 떨며 살아가는 현대인의 비극으로 개인적인 의식의 붕괴, 감정의 혼란, 의사소통의 좌절, "극복할 수 없는 가까운 거리", 그리고 헛된 행복에의 추구 등이 그려진다.

현재의 문제를 초역사적이고 신화적인 주제를 통해 반영하고자 하는 경향이 여기서 처음으로 나타나는데, 우리는 이후 그의 드라마들에서 이런 경향을 종종 확인할 수 있다. 즉 슈트라우스는 그 이후에 쓴 작품들에서 동시대의 희비극적인 인물들을 종종 신화적이고 형이상학적인 기본 모델들에 투영시키고 있다.

이 소극에서는 아이러니와 멜랑콜리한 어조, 만화경이나 콜라주, 영화 같은 짤막한 장면처리 등 일정한 줄거리는 부재한 가운데 전체를 꿰뚫는 문제의식이 특징적으로, 슈트라우스의 드라마

19) 이 작품의 제목은 '카니발'(Karneval)이나 독일 베를린에 있는 큰 백화점인 '카데베'(KaDeWe, Kaufhaus des Westens의 약자로 서쪽 백화점이라는 뜻)에서 따왔을 가능성이 있다: Kindlers NeuesLiteratur-lexikon. Bd. 16. München 1991, S. 57.따라서 한국에서 해왔듯이 영어식으로 읽어 「콜드웨이, 소극」으로 번역하는 것은 오류로서 독일식 발음으로 읽어야만 한다. 보토 슈트라우스는 베를린 거주시에는 가까운 카데베 백화점에서 일주일에 한 번씩, 대개 월요일에 시장을 보는 것으로 알려져 있다.

는 점차 '의식극'의 경향을 띠게 된다. 현실은 이제 직접 경험될 수 있는 것이 아니라 오직 성찰하는 가운데서만 어느 정도 체험될 뿐이다.

등장인물 한스의 플루트가 모차르트의 「마술피리」 모티프를 연상시키는 가운데, "비유적인 신화극 장르와 사랑의 동화에 대한 오페라"[20]의 혼합으로 볼 수 있는 이 드라마에서 언어는 순수한 유희자료이다.

1막 '사랑의 잠은 괴물을 낳는다'(고야의 그림 El sueno de la razon produce monstruos에 대한 언급)는 오르페우스와 유리디케를 연상시키는 연인 한 쌍의 사랑과 이별의 대화로 시작된다. 플루트를 부는 한스와 바이올리니스트인 린은 서로 "도달할 수 없는 가까운 거리"를 극복하지 못한다. 이어지는 술집 장면에서는 동성애를 하는 두 레즈비언인 K와 M이 유행을 좇아 생각없이 내뱉는 대화로 그들의 냉소적인 세계관을 보여준다. 그때 린이 들어와서 그들에게 그녀의 애인이 그녀를 성적으로 학대한다는 이야기를 한다. K와 M은 이 음악가인 애인의 집에 가서 그 남자를 죽여 토막을 내어 빨래기계 안에 집어넣는다. 이것은 오르포이스를 토막낸 광란의 여인 마이나스에 대한 연상으로, 린은 그제야 자신의 에로틱한 환상에 대해 이야기한다.

2막 '인생은 치료'에서는 모든 등장인물들이 야릇한 공장건물에 모여 나치시대에서 유래하는 악몽 같은 경험들을 진지하게 이야기한다. 이때 칼드바이라는 이름의 낯선 남자가 나타난다. 이 사람은 뻔뻔스런 대화를 하다가 점차 일종의 정신적인 도사 노릇

20) Marie-Luise Bott: Spuren dieser Zeit. Zu "Kalldewey. Farce" mit einem Heinweis auf das GRIPS-Theater "Alles Plastik", in: Text+Kritik. Heft 81. 1984, S. 31~54, hier S. 45f.

을 하게 된다. 2막과 3막 사이에 위치한 짤막한 중간막에서는 이 연인들이 오랜 이별 후 눈과 얼음으로 된 산악지대에서 갑자기 노년의 모습으로 서로 만나 극장의 커튼 사이로 자기들의 과거의 모습을 보게 되는 등 이 소극은 초현실적인 분위기를 띠게 된다. 이들의 과거는 서로 이질적인 경향의 "많은 시간들"(viele Zeiten)이 뭉친 것으로 일목요연한 통찰이 불가능하다.

3막에서는 치료 에이전트의 두 사무실 사이의 '복도'에서 일상 생활과 환상 사이의 묘한 장면이 벌어진다. 겉으로 보기에는 인용과 비밀에 가득 찬 희극이지만, 그 바닥에는 이해와 행복에 대한 절망적인 추구가 깔려 있다. "헛되고 헛되며 모든 것이 헛되도다"라는 바로크 시대의 구절을 본뜬 "허망하고 허망하며 모든 것이 허망하다—", "자연의 지배—인간의 지배, 아무도 더 이상 존재하지 않게 될 때까지!"(II, 64)라는 남자의 독백에 이어 일종의 밤장면이 펼쳐진다. 여기서는 모든 인물들이 서로서로 이별을 고하며, 고전비극 형식을 빌려 등장하는 린과 한스의 "고마워", "사랑해"(II, 68)라는 에필로그로 이 희극은 끝을 맺는다. 보토 슈트라우스는 두 번째 개작에서 이 마지막 밤장면을 삭제함으로써 텍스트 구조에서 이 부분의 이질성을 강조하고 있다.

신화적 요소 이외에도 셰익스피어의 「리처드 3세 왕의 비극」, 모차르트의 「마술피리」, 클라이스트의 「펜테질레아」, 혹은 베케트의 「파티의 끝」을 연상시키는 언급들이 많이 들어 있는 이 소극은 포스트모던한 복지사회에 사는 사람들의 그로테스크하기 짝이 없는 희극적인 모습을 통해 신랄한 사회비판을 하고 있다.

많은 독서량과 지성을 자랑하는 작가 슈트라우스는 그 다음 작품인 「공원」(Der Park, 1983)에서도 옛 신화와 고전문학을 통해 인간이 자기자신과의 관계를 다시 찾고자 하는 시도를 한다. 이 5

막극에서 슈트라우스는 그가 한때 같이 일했던 연출가인 "페터 슈타인을 위해"라는 헌사에 이어지는 서언에서 "셰익스피어의 「한여름밤의 꿈」의 정신"에 의해 등장인물들이 "점령당하고 움직이며 고양되고 놀림을 받고 있다"고 쓴다. 이는 "서독 사회를 신화로 표기"하려는 경향의 일환이다.

서독 복지사회의 일상성을 사랑의 고전적 · 신화적인 힘과 대면시키는 시도로서 슈트라우스는 「한여름밤의 꿈」에 나오는 요정나라의 왕과 왕비인 오베론과 티타니아 등을 서독 시민공원에 나타나게 하여 사랑할 욕망을 잃어버린 시민들과 온갖 행각을 벌이게 한다. 계산적이고 감정이 무뎌져 정상적인 인간 관계가 무너진 현 사회에서 새로운 삶을 시작할 시적인 마술과 에로틱한 에너지를 인간들에게 일깨우고자 하는 것이다. 오베론과 치프리안의 마술에 의해 서로 사랑에 빠지게 된 두 쌍의 남녀인 젊은 변호사 게오르크와 서커스 단원인 헬렌, 그리고 대학에서 역사를 공부했지만 지금은 자동차 교습소 선생인 볼프와 주부인 헬마 사이에는 오해와 질투로 인해 긴장된 관계가 반복된다. 결국 그들이 꿈꾸는 행복은 실현이 불가능한 유토피아로 남을 뿐이다. 작품의 끝에서 변한 것은 인간들이 아니라 오히려 슈트라우스가 빌려온 정령들로, 그들은 아무런 의욕이 없는 일상적인 인간들을 닮아간다.

이 극에서는 알레고리와 고전의 인용 이외에도 다양한 구어체, 슬랭, 열정적이고 비가적인 언어 등이 서로 혼합되는 가운데 기괴하고 멜랑콜리한 스케치 같은 순간의 포착들이 마치 영화 장면들처럼 빠르게 펼쳐진다. 불행한 사랑을 하는 두 사람이 한 그루의 나무로 변신하기도 하는 등, 이 작품에서도 일상적인 세계와 환상적 세계의 경계가 무너진다. 다양한 주제의 갈래를 형성하는 사랑, 죽음, 예술, 신화, 역사 등은 해석을 통해 서로 엮어져야 한다.

작품의 끝에서 공원에는 초월, 열정, 진실 대신 별 의미 없는 섹스와 표면적인 감정 등만이 남는다. 여기서 공원은 영원히 끝나지 않는 여름밤의 꿈으로서의 사회의 시적인 암시이다. 그러나 셰익스피어에서와는 달리 감정이 메마른 서독 사회의 여름밤의 꿈에서는 어떤 해방도 이루어지지 않는다.[21] 이 작품은 1986년에 영화화되었다.

슈트라우스의 일곱 번째 드라마로 2막극인 「관광 안내원」(Die Fremdenführerin, 1986)은 아예 신화의 도시인 그리스가 배경이다. 그러나 옛 신화로의 도피가 구원이 아님이 드러난다. 여기서는 숫염소의 발을 한 목양신 판이 나타나 그리스를 여행 중인 낭만적인 서독 출신 교사인 마틴을 그리스 관광 안내원인 크리스티네와 사랑에 빠지게 한다. 그녀는 이 중년의 위기를 앓는 남자에게 고대 그리스의 폐허만을 보여주는 것이 아니라, 그의 감정의 세계도 뒤죽박죽으로 만든다. 그러나 그는 이미 너무 늙어서 그녀를 자기 곁에 잡아두지 못한다. 그에겐 변신할 능력이 없는 것이다. 서로 다가가고 물러서기를 반복하는 이 사랑의 관계를 마틴이 "네와 아니오의 이야기"(Ja-Nein-Geschichte)라고 부르듯 이 드라마는 일종의 "질문과 답 형식"(Fragespiel)[22]으로 되어 있다. 그러나 많은 물음표와 말줄임표(…)로 이루어진 텍스트는 결국 진실의 규명이 불가능함만을 보여준다.

---

21) 참조 ; Hans-Thies Lehmann : Mythos und Postmoderne, in : A. Schöne (Hrsg.) : alte und neue Kontroversen. Bd. 10. Tübingen 1986, S. 249~255.

22) Rolf Michaelis : Die Liebe? Kein Spiel. Botho Strauß : Die Fremdenführerin. (Die Zeit vom 21. 2. 1986), in : Michael Radix(Hrsg.) : Strauß lesen·München. Wien 1987, S. 160~165, hier S. 160.

마　　틴　우리는 서로 믿을 수 있게 되어야만 해. 그건 쉽지 않지. 우리는 너무나 많은 진실들을 교환했어. 어느 진실을 믿어야 할지 내가 어떻게 알겠어. 인간 전체가 내게 말을 해야만 해… 드러내놓고 보면 그런 거야.

크리스티네　그럼 이젠 어떻게 되는 거죠?

마　　틴　내 말은 드러내놓으면 물론 이런 것들이 보이지 않는다는 말이야…(II. 195)

"사랑을 하지만 남는 건 허무지요"라는 마틴의 말에서 드러나듯이 절대적인 사랑의 실패가 주제인 이 작품에 대해서는 비평계가 별 반응을 보이지 않았다.

상징과 인용으로 가득 찬 이 수수께끼 같은 텍스트는 아우구스트 스트린드베리를 연상시킨다. 슈트라우스는 모더니즘의 전통에 충실하지만 줄거리의 통일을 깨며 낯선 것, 신화적인 요소를 갑자기 중간에 삽입한다. 예를 들어 아홉 개의 장면으로 이루어진 2막에서는 일곱 개의 장면이 "시간의 표시와 빛의 굴절"(Zeitzeichen und Lichtbruch)로 중단되며 다음 장면으로 넘어간다. 여기서 '시간의 표시'에 대해 작가는 목양신인 '판의 외침'과 두 주인공이 그 장면에서 나눈 대화로 이루어진 '목소리의 부메랑'이라는 주석을 달고 있다. 즉 이 드라마에서 시간과 공간은 자신들의 한계를 넘어서고 있는 것이다. 오비드의 텍스트 인용으로 끝을 맺는 이 드라마를 미하일리스는 "보다 깊은 의미"와 "신(新) 신화적인 음조"(neomythischer Ton)에 대한 암시로 읽는다.[23)]

23) 앞 글, S. 164.

2년 후에 발표된 「방문객」(Besucher, 1988)은 Back-Stage-Comedy이다. 극장이 배경으로 노령의 전형적인 배우와 그저 평범한 재능을 지닌 젊은 배우 간의 갈등이 주제이다. 큰 환상을 지니고 온 동독 출신의 젊은 배우인 막스밀리안은 결국 직업에서도 삶에서도 실패한 후 알코올에서 위로를 찾다가 자신에 대한 연민에 빠진 채 파멸하고 만다. 그가 존재의 기반을 잃으면 잃을수록 현실은 그에게는 점점 더 비현실적으로 비친다. 그가 우연히 만나는 사람들이 갑자기 그가 연습 중인 연극의 등장인물 혹은 관객으로 비치는가 하면, 마이크와 대화를 나누는 어떤 남자를 자기 아내로 착각하기도 한다. 연기가 현실로 되기도 하고, 현실이 연기가 되기도 한다. 또 범신론과 채식주의가 조화를 이룬 삶을 약속하는 대안으로 나타나기도 한다. 다음은 이 드라마의 시작과 끝 부분이다.

막 스	(현관 뒤에서 나온다) 브뤼크너 교수님?
칼 요제프	그런데요 — 무슨 일이죠?
막 스	저를 아직도 기억하시는지 모르겠습니다만(…) (II, 263)

막 스	브뤼크너 교수님?
칼 요제프	(몸을 돌리며) 그런데요 — 무슨 일이죠?
막 스	저를 아직도 기억하시는지 모르겠습니다만 — (II, 318)

지문만 다를 뿐 똑같은 대화로 시작되고 끝나는 이 드라마는 껍질뿐인 인간 관계를 적나라하게 보여준다. 상대방에 대한 기억 상실은 슈트라우스의 드라마에서 인간 소외를 상징하는 대표적인

메타포이다.

슈트라우스는 이 드라마의 끝에서 빌 크바트플리크Will Quadflieg라는 독일 연극배우의 회상록 『우리는 언제나 연기하고 있다』(Wir spielen immer)에서 몇몇 구절을 인용했으며 "나는 인용구절 이상으로 이 배우에게 덕을 입은 것이 많다"(II, 318)고 밝힌다. 여기서 우리는 슈트라우스가 자신의 극장에서의 경험뿐만 아니라 살아 있는 배우들의 삶도 문학적으로 용해하려는 시도를 하고 있음을 알 수 있다.

같은 해에 쓴 「시간과 방」(Die Zeit und das Zimmer, 1988)의 주제는 이 방 저 방에서 이런저런 시간에 만나는 남녀간의 서로 이끌리면서도 투쟁을 그치지 않고, 그러면서도 진정한 만남에는 이르지 못하는 이성간의 관계이다. 창문과 문으로 이루어진 공간과 방들은 등장인물들의 만남에의 갈망과 동경을 표현한다. "자신의 인생을 스스로 기획할 능력이 없는"(II, 351) 여자인 마리 슈토이버를 비롯하여 이름을 가진 인물은 율리우스와 올라프, 프랑크 아르놀트로, 다른 인물들은 '시계가 없는 남자', '초조해하는 여자', '겨울외투를 입은 남자', '완전히 낯선 남자' 등으로 불린다. 이들은 끊임없이 파트너를 바꿔가며 만나고 이야기하지만 진정한 감정은 빠져 있다.

'완전히 낯선 남자'는 언젠가 마리와 같이 자려고 한 적도 있었지만 기억하지 못한다. 슐라프프라우는 율리우스에게 그의 곁을 내내 방황했지만 율리우스가 그것을 알아채지 못했다고 말한다. "왜 또 한 번 내게로 오려 했지요?" 하는 율리우스의 질문에 그녀는 "기억하지 못해요. 왜 그랬는지 나도 이제는 모르겠어요"(II, 332)라고 대답한다. 잘 모르는 남자인 프랑크가 자신의 침실에서 자겠느냐는 제의를 선선히 받아들이는 마리는 다음 장면에서는 또 루돌프와 과거 이야기를 하며 다툰다. 질투심에 사로잡혀 남편인 야손과 아이들을 살해한 메데아의 광적인 사랑을 "위대한 행위"로 높이 평가하는 마리와 "아무도 나를 광적으로 사랑할 필요가 없어. 나는 그런 건 전혀 요구하지 않아" 하는 냉정한 루돌프와의 대화는 번번이 빗나간다.

루 돌 프 (…) 그들은 비극 한가운데 있어! (…) 반면 우리는 결코 비극 속에 있는 게 아니야. 우리 인생에는 메데아를 위한 공간은 없어. (…) 알겠어?(II, 340)

루 돌 프 당신은 문학수업을 받아야만 해. 드라마를 제대로 읽는 법을 배우도록 말이야. 제대로 알지도 못하면서 드라마를, 비극을 읽는 것은 분명 위험한 짓이야. 드라마에서는 두 사람이 다 옳아. 그렇지 않다면 그것은 드라마가 아닐 거야.

마리 슈토이버 나는 야손이 어떻게 옳은지를 알고 싶어요, 알아요? (…) 모두 뿌리뽑아 죽이고 파괴하며, 살상하고 피, 피! 거기다가 배반자잖아요!

루 돌 프 나는 다른 의견이야 —

마리 슈토이버 의견이라구요? 의견이 아니에요! 여기서 중요한 것은 느낌이에요. 저 무한하게 위대한, 왕같이 오만하고 검고 낯선, 그리고 그 전부요!(II, 340)

서로 연관이 없는 에피소드들로 이루어져 있는 이 극에서는 구체적인 장면으로 시작된 것이 현실인지 연극인지 점점 혼란스럽게 되고 의문은 가중된다. 창문을 내다보는 동작으로 그녀의 동경을 표현하는 장면에서 마리는 기둥과 대화를 나눈다. 결국 현실도 등장인물들의 정체성도 사라지고, 관객에게 남는 것은 수수께끼일 뿐이다. 그러나 말도 안 되는 듯이 보일지도 모르는 이런 모든 것은 연극적으로 볼 때는 논리적으로 극적인 힘을 발휘한다.

「일곱 개의 문」(Sieben Türen, 1988)에서는 반원형의 무대 위에 일곱 개의 문이 반쯤 열려 있다. 슈트라우스는 드라마 지문에서 다음과 같이 쓰고 있다.

> 자유로운 출구가 하나가 아니라 똑같은 자유로운 출구가 시리즈로 있어 우리에게는 올바른 길을 택할 기회가 주어져 있지 않다. 비밀을 벗기고 보면, 즉 우리를 유혹하는 반쯤 열려 있는 문들로 이루어진 무대를 보면, 결국 거기 주저앉아 있게 되어 있다는 것은 이 세계의 정해진 이치다.(II, 360)

"소품들"(Vagatellen)이라는 작가의 장르 규정이 이미 말해주듯, 이 작품은 등장인물을 따로 밝히고 있지 않을 만큼 서로 연관이 없는 장면들과 인물들의 오고감으로 이루어져 있다. 열한 개의 (후에 스톡홀름에서의 공연을 위해서 따로 두 장면을 추가하여 열세 장면) 장면들 제목은 '집주인', '귀향', '실수', '자동차 살롱에서', '지키는 사람', '도주', '심부름꾼', '자살자와 허무(虛無)', '결혼식날 저녁', '우상들', '긴 벤치 위에서' 등으로 후에 추가된 장면 제목은 '가죽 가방'과 '야닌'이다. 여기서 슈트라우스는 결국 서로 빗나가는 대화만을 늘어놓는 현대사회를 단편적으로 묶어 보여주고 있다. 예를 들어 제목의 첫 장면은 세입자와 부동산 회사회장과의 대화로 세입자는 집에 대해 아는 집주인을 찾지만, 이 회장은 집 자체에 대해서는 전혀 아는 바가 없다. 결국 서로 전혀 진전이 없는 말만 주고받는다. 끊임없이 대화를 나누지만 관객은 의사소통의 좌절만 경험할 뿐이다.

이 드라마의 "깨어진 형태"(gebrochene Formen)는 결국 "우리의 파편조각이 나버린 인지방식"에 적합한 형태임이 드러난다.[24)]

"2부의 야경화(夜景畵)"라는 설명이 붙은 「앙겔라의 의상들」(Angelas Kleider, 1991)은 '포로'(Der Fang)와 '포로생활'(Die Gefangenschaft) 등 두 부분으로 이루어져 있다. 이 드라마는 앙겔라라는 "버릇없는 책벌레"(II, 506)가 환상적인 옷을 미리 만들어놓고 그 옷을 입혀보아 거기 맞는 친구를 고른다는 기괴한 이야기이다. 개인이기 이전에 옷이 먼저로 사람들은 "전형적인 타입"으로 구분된다. 앙겔라에게 친구들을 구해다 주는 그녀의 어머니는 그녀에게 "내가 거리에서 소녀들을 따다가 네게 줄게"(II, 473)라고 말한다.

이 작품은 사랑하는 사람에 대해 "어떤 초상도 만들지 말라"(Du sollst dir kein Bildnis machen)라고 한 막스 프리쉬의 말을 그 정반대의 의미에서 연상시킨다. 1부는 멜라니가 앙겔라의 의상을 입어보다가 포로가 되는 과정을, 2부는 그녀의 포로생활을 보여준다.

1부 끝장면에서는 직업이 의사로 박제사이기도 한 앙겔라의 아버지가 '이상한 나라의 앨리스'를 박제로 만든 그로테스크한 장

---

24) Monika Sandhack: Jenseits des Rätsels. Frankfurt am Main u.a. 1986, S. 165.

면이 펼쳐지고, 멜라니는 그 세계 속으로 끌려가게 된다. 그녀를 부르는 애인 울리히의 목소리와 울리히에게 같이 가자고 외치는 멜라니의 목소리가 파우스트 일부의 마지막 장면을 연상시킨다.

이 드라마의 2부는 어느 극장의 폐허에서 진행된다. 멜라니를 찾아온 울리히와 문지기, 앙겔라, 멜라니, 그리고 "세계에 문외한인 사람들" 등이 나타나 환상적인 대화를 나눈다. 이 무대 위에서 멜라니는 앙겔라의 지시대로 온갖 의상을 입고 등장한다. 수녀복, 중국 쿨리 옷, 트레이닝복, 야회복 등. 그러다 마침내는 그녀 스스로 옷 갈아입기에 빠져 "이 옷에서 저 옷으로" "도피하는" 형국이 되고 만다. 그녀를 찾아와 "너 자신을 다시 네 몸에 두드려 맞춰 넣어줄게"(II, 502)라고 말하는 울리히에게 그녀는 "제발 옷을, 옷을 갈아입게 해줘!"라고 애원한다. 그러나 아주 기상천외한 옷보다 인간을 더 알아볼 수 없게 만드는 것은 "언어"이다. 마침내 다시 본래의 제 의상을 입고 등장한 멜라니는 자신의 정체성을 잃어버렸음을 고백한다. "사람들에게 보이는 내가 내가 아니에요."(II, 513)

이 드라마는 방문객들을 이끌고 등장한 앙겔라가 마치 관광지를 소개하듯 우리에 갇힌 여자들을 구경시켜주는 그로테스크한 장면으로 끝을 맺는다.

앙겔라	그리고 이제 여기서 보시는 것은 언젠가 희극에서 제일 멍청한 짓을 했던 웃기는 (…) 여자들입니다. 그들이 어떻게 되었는지 보십시오. 영혼이 없이 눈을 가늘게 뜨고 바라보는 냄새나게 게으른 여자들을. (…)
앙겔라	여기 이것이 엘제 양입니다.[25] 외투 밑에 아무것

> 도 입고 있지 않은 그녀에게 남은 것이라곤 별로 없어요. 거대한 숲 속에 작은 달 같은 얼굴만 남았을 뿐이지요. 그건 그녀가 했지만 후에는 그녀를 능가해버린 많은 생각들이지요…(II, 513)

그룹이 사라진 무대 위에는 울리히와 엘제를 닮은 멜라니의 "작은 달 같은 얼굴"만이 남는다. 인간을 실험대상으로 여기는 앙겔라를 중심으로 인간의 정체성 상실이 주세인 이 극도 그 환상적인 착상으로 초연 당시 큰 화제를 불러일으켰다.

독일 재통일의 문제를 다룬 작품 「마지막 합창」(Schlußchor, 1991)은 때로는 노골적으로, 때로는 비유적으로 1989년 독일 전환기 당시 독일인들의 새로운 꿈을 다루고 있다. 그러나 이번에도 슈트라우스는 아주 복잡하게 간접적으로 이 주제에 접근한다. 3막으로 이루어진 이 드라마의 각 막들은 각각 다른 장소에서 각기 다른 인물들의 이야기를 전해준다.

'보고 보여주기'라는 제목의 1막은 이름이 없이 남자와 여자를 상징하는 M과 F 옆에 번호로만 표시된 열다섯 명의 남녀가 사진 찍는 장면으로 사진사는 그들을 "완전히 새로운 얼굴을 한 하나의 존재"(II, 422)로 만들기 위해 자리를 바꾸라고 명령하며 애쓰지만 아무도 움직이지 않는 데서 이 사회의 경직성이 드러난다.

---

25) 엘제 양은 오스트리아 작가인 슈니츨러Arthur Schnitzler(1862~1931)의 작품 「엘제 양」(Fräulein Else, 1924)의 주인공으로, 빈의 부유한 유대인 변호사 딸인 그녀는 파산한 아버지를 구할 돈을 구하던 중 나체를 보여달라는 제의를 받고 알몸에 외투만 걸친 채 그 남자를 찾아 거리를 헤매다 어느 뮤직살롱에서 대중들이 지켜보는 가운데 외투를 벗어던지고는 쓰러져 환각상태에서 죽는다.

「마지막 합창」
연출/루크 본디
무대장치/에리히 원더
베를린 샤우뷔네, 1992

그들은 서로서로 계속 연관 없는 이야기를 나누지만 그러나 여기서도 "한 알갱이의 진실"(II, 414)에 대한 갈망은 채워지지 않는다. '거울 앞의 로렌츠'(오해의 세계에서)라는 제목의 2막은 건축가인 로렌츠와 그에게 일거리를 부탁하는 델리아 간의 이야기이다. 로렌츠는 델리아의 집에 갔다가 문을 잘못 열어 목욕하는 델리아의 아름다운 나체를 보고 사랑에 빠지게 된다.

로렌츠　　어떤 여자의 아름다움은 그래도 남지요. 역사가 이랬느니 저랬느니 하지만, 오늘날까지 가장 확신을 주는 유일한 전쟁이유구요. 아니면 이렇게 말해보죠. 불(不)평화의 보고(寶庫)라고. 아니면 여자의 아름다움과는 결코 진정한 평화를 맺을 수 없다고 할까요. 제 말은 여자의 아름다움은 어떻든 수수께끼가 아니냐는 뜻입니다.(II, 435)

그러나 이 사랑은 이루어지지 않고 로렌츠는 권총자살을 한다.

'이제부터'라는 제목의 3막에 가서야 작가는 베를린 장벽이 무너지던 1989년 11월 9일 베를린의 어느 작은 레스토랑 풍경을 보여준다. 이곳에 모여 파티를 하는 사람들의 얽히고설킨 사사로운 사연들이 펼쳐진 다음에 이어지는 마지막 장면은 대담한 알레고리로 끝을 맺는다. 즉 히틀러 시대 저항운동을 하던 프로이센의 어느 귀족 보수주의자의 딸이 동물원에서 독일의 상징인 독수리를 풀어주는 것이다. 그러나 이 늙은 독수리는 독일의 문장(紋章)에 새겨진 씩씩한 독수리의 인상을 주기에는 너무나 무기력하다. 그녀는 이 길들여진 독수리를 "거세당한 괴물 키메라"(머리는 사자, 몸은 산양, 꼬리는 뱀인 그리스 신화의 동물; 필자 주), "축 처진 문장(紋章)의 동물"(II, 462)이라고 저주를 퍼붓고, 결국은 갈기갈기 찢어 먹어버린다. "양독(兩獨) 냉전시대의 끝을 장식하는 이 새로운 광란의 여인상"은 애증을 견디지 못해 연인인 아킬레스를 물어뜯는 아마조넨족의 여왕 펜테질레아(클라이스트의 비극의 주인공)를 연상시킨다. 두 독일 국가의 통일이 두 국민 사이의 통일과 결코 동일하지 않다는 것을 마치 투시안이라도 지닌 듯이 암시하고 있는 슈트라우스는 이 여인의 행동을 통해 국가적 이념의 무력함을 보여주고 있는 것이다.

이 세 개의 막은 전혀 연관 없이 독립된 막으로, 서로 연결되는 것이 있다면 그저 어떤 사람이 계속해서 자꾸 "독일"이라고 외치는 정도이다. 그러나 새로운 사회로의 비상의 실패는 이 세 개의 막을 꿰뚫고 있는 주제로, 이 작품은 「방문객」, 「시간과 방」과 더불어 서독의 역사를 마치 지진계처럼 기록했다는 평을 받았다.

「마지막 합창」이 재통일 당시를 다루었다면, 「균형」(Das Gleichgewicht, 1993)은 통일이 된 후 독일의 문제를 다루고 있다. 배경은 1992년 가을 베를린으로, 이곳에서야말로 40년간 분리돼 있던 양 독일의 사회적·개인적인 통합과정의 문제와 힘의 '균형'에 대한 동경이 가장 두드러지게 나타난다. 그러나 이러한

「균형」
연출/루크 본디
잘츠부르크축제극단,
1993

균형이 깨어진 후 사람들은 기존의 삶의 틀에서 벗어나기를 동경한다. 인간 정체성의 가능성에 대한 물음이 전체를 감싸고 있는 가운데 이 작품에서도 개개인의 비밀과 신화, 정확하게 관찰한 현실과 수수께끼가 혼합되어 있다.

전면에 부각된 문제는 결혼생활과 부부간의 복잡한 균형이다. 경제학 교수인 그로트는 1년 동안 오스트레일리아에서 자신의 결혼생활에 대해 거리를 두고 생각할 시간을 갖는다. 활쏘기를 배우던 그는 부인과 가까이 있으면서도 거리를 두는 것이 결혼의 균형을 잡게 해준다는 인식에 도달한다. 한편 집에 혼자 남은 부인은 낮에는 정숙한 교수부인 역할을, 밤에는 펑크족 생활을 하면서 록 가수의 애인 노릇을 한다. 마지막에 그녀는 화살로 남편을 쏘게 되는데, 그것이 우연적인 사건인지 아니면 남편의 무의식에 따른 행동인지를 슈트라우스는 열린 결말로 남겨둔다.

가장 최근작인 「이타카」(Ithaka, 1996)에서 슈트라우스는 또 한 번 그의 신화에 대한 집착을 보여주었다. 그가 서문에서 "독서한 것을 극으로 옮긴 것"[26]이라고 밝히고 있듯이, 호머의 「오디세이아」 14장에서

26) Botho Strauß: Ithaka. Schauspiel nach den Heimkehr-Gesängen der Odyssee. München u. Wien 1996, S. 7.

26장에 이르는 오디세우스 왕의 귀향 장면을 충실하게 재현한 이 드라마에서 오디세우스 왕은 10년간의 전쟁과 10년간의 방랑 끝에 마침내 고향인 이타카에 도착한다. 그러나 거지 차림으로 돌아온 그를 알아보는 것은 그의 개뿐이다. 그는 그를 안내해온 아테네 여신의 명령에 따라 왕국을 평정한다. 즉 왕인 오디세우스가 죽었으리라는 전제하에 왕비인 페넬로페에게 구혼하러 모여 재정을 축내며 왕비의 결정을 기다리는 구혼자들 및 그들과 희희낙락하게 부도덕한 생활을 즐기는 하녀들을 모두 살해하고 새로운 질서를 세우는 것이다. 이 드라마는 특히 마지막의 잔인한 평정 장면으로 인해 많은 논쟁의 초점이 되었다.

이 작품은 1996년 7월 뮌헨에서 디터 도른Dieter Dorn의 연출로 초연된 이래 1997년 4월 베를린의 도이체스 테아터에서 두번째로 공연되었다. 일종의 "신화-익살극"[27]이라는 평을 받은 뮌헨 공연이 다섯 시간으로 지루하며 살육장면 등이 끔찍하다는 비판을 받은 반면, 그보다는 한 시간 가량 짧은 랑호프Thomas Langhoff 연출의 베를린 공연에서는 화려하고 기발한 무대장치와 동화 같은 장면 처리 등이 돋보였다. 읽기는 꽤 지루하고 힘들다는 비판을 받은 슈트라우스의 이 작품은 드라마 텍스트가 연출에 따라 얼마나 다르게 관객에게 다가갈 수 있는가를 입증해주었다.

슈트라우스의 모든 작품에서 그의 정치적 의도를 캐내고자 하는 독일인들의 열망은 뮌헨의 「이타카」 첫 공연시에도 드러났다. 무려 400명이나 되는 비평가들이 슈트라우스의 새 드라마가 과연 "우파 전복"을 시도하는지 "정치적으로 정확하게 감시하기" 위해 참석했을 정도였다. 그리고 당시의 연출가 도른은 이 400명의 "민

27) Gerhard Stadelmeier: K nig Schinderleicht oder Die Spaßarbeit am Mythos. in: FAZ v. 7. April 1997, S. 35.

주주의자"들의 비판이 두려워 "병력"이나 "영웅심" 같은 단어를 삭제하고 무대에 올렸다고 한다.[28)]

그 밖에도 이 작품은 역시 신화적인 왕이 주인공인 페터 한트케의 최신작 「불멸을 위한 무장」(Zurüstungen für die Unsterblichkeit)과 더불어 현존 작가들의 "영웅에의 동경"의 표현으로 읽히면서, '보수혁명'에 대한 동경이라는 의혹을 불러일으켰다. 즉 현 독일 정치의 무력함에 식상한 작가들이 은연중 카리스마를 가진 힘있는 독재자나 영웅을 동경하고 있다는 해석이다. 다른 한편으로는 작가들 자신이 복합적인 현실에 직접 반응하는 대신 신화로 도피한다는 비판을 받기도 했다. 신들이 역사에 개입하던 "세계의 어린 시절"[29)]에 대한 기억은 어디까지나 동경에 불과할 뿐 우리가 돌아갈 수 있는 유토피아는 아니기 때문이다.

흥미로운 것은 작품을 둘러싼 토론에서 동서독 출신에 따라 그 해석에 큰 차이를 보인다는 점이다. 1997년 6월 17일 도이체스 테아터에서 '슈트라우스 한트케 주말. 왕들의 회귀 I' (Strauss Handke Wochenende. Die Rückkehr der Könige I) 이라는 주제로 열린 토론회에서 서독 출신 비평가 바움가르트Reinhard Baumgart가 이 두 작품을 주로 문화비판으로 평가한 반면, 동독 출신 연출가 카스토르프 Frank Castorf나 작가 디크만 Friedrich Dieckmann은 체제비판, 즉 유물론적인 사회비판으로 읽는다. 한트케의 식민지(Enklave)를 자본주의에 의해 찢기는 구동독 사회로, 슈트라우스 작품에서의 페넬로페의 비만증을 시장경제의 의인화로, 구혼자들은 서로 경쟁하는 장사꾼들로, 그리고 마지막에 나타나 구혼자들을 처단하고 왕국을 평정하는 오디세우스를 독점

28) 앞 글.
29) Botho Strauß : Ithaka, S. 7.

자본가로 해석한다. 따라서 카스토르프는 동독 출신 연출가인 랑호프가 정치적 비판이 두려워 몸을 사린 나머지 아무런 색깔 없이 너무나 동화적으로 처리했다고 비난한다.

마지막으로 제기되는 질문은 슈트라우스가 앞으로 어떤 드라마를 쓸 것인가일 것이다. 1997년 6월에 이어 11월 베를린의 도이체스 테아터에서 있었던 '슈트라우스 한트케 주말. 왕들의 회귀 II' 에서는 슈트라우스의 미발표작으로 아직 집필 중인 드라마가 한 편 소개되었다. 가제(假題)가 「어느 사랑하는 여인의 극기훈련」(Disziplinierung einer Liebenden)으로 네 장면 정도가 소개된 이 드라마에서 슈트라우스는 끊임없이 말을 주고받지만 계속 어긋나는 대화를 통해 진정한 만남에는 이르지 못하는 남녀 한 쌍의 관계를 보여준다. 결국 새 작품에서도 슈트라우스의 주제와 비관적 음조는 변하지 않으리라는 것을 예감할 수 있다.

4.

이상에서 우리는 보토 슈트라우스 전기의 개략에서 출발하여 그의 문학사적인 위치를 정치관·예술관·역사관과의 연계하에서 살펴본 다음, 그의 드라마들을 줄거리를 중심으로 고찰하여 보았다. 생존작가로서 그에 대한 평가는 통일되어 있지 않다. 하이너 뮐러·페터 한트케·토마스 베른하르트 등과 더불어 최근 독일을 대표하는 드라마 작가로 보는 입장이 주류를 이룬다면, 그의 드라마가 반쯤만 완성된 것으로 훌륭한 연출가를 통해 완성되기를 기다린다는 라이히-라니츠키 Marcel Reich-Ranicki 같은 비평가의 혹평이 엇갈리고 있다. 그럼에도 불구하고 독일 비평계가 슈트라우스의 일거수 일투족에 신경을 곤두세우고 있는 것만 보아도 현 독일에서의 그의 비중을 가늠해볼 수 있을 것이다.

한 가지 확실한 것은 그가 1970년대에 서독 68세대를 대변하는 작가이자 '신주관성의 기수'로 등장한 이래 지금까지 이들 중산층 지식인 '우울증 환자들'의 분위기를 뛰어난 언어 구사능력과 형식으로 가장 적나라하게 전달하는 극작가라는 점이다. 그의 주제는 살 곳을 찾지만 "집은 없이 방만" 있는 상황에 부딪히는 현대인들 서로 간의 "낯설음"과 "형이상학적인 의지할 곳 없음"(metaphysische Obdachlosigkeit)의 상태이다.[30)]

그의 문학에 대해 연구가들은 다양한 개념을 부여해왔다. "상실의 미학"(Ästhetik des Verlustes)[31)], "좌절의 미학"(Ästhetik des Scheiterns)[32)], "거부의 미학"(Ästhetik der Verweigerung)[33)], "저항의 미학"(Ästhetik des Widerstandes)[34)], "회상의 시학"(Poetologie des Gedächtnisses) 등. 혹은 "세기말의 유토피아에 대한 환상이 깨짐에서 나오는", "우리를 질식시키는", "증오에 가득 찬 니힐리즘"이라는 무자비한 표현마저 등장한다.[35)]

그러나 "신이 죽었기 때문에"가 아니라 "우리가 신을 죽였기 때문에" 우리가 살 수 없다고 그가 말한다면, 그리고 우리 내부의 "지고한 것"(Das Erhabene), 정신적인 힘에 대한 회상을 그가 부

30) Ingo Arend : 앞 글, S. 16.
31) Helmut Schödel : 앞 글.
32) Michael Kämpfer-van den Boogaart : Ästhetik des Scheiterns : Studien zu Erzähltexten von Botho Strauß, Jürgen Theobaldy, Uwe Timm u.a. Stuttgart 1992.
33) Helga Kaußen : 앞 글.
34) Ingo Arend : 앞 글, S.16.
35) 같은 곳.

르짖는다면, 그리고 죽은 신을 "미학적으로 부활"시키고자 시도하는 한 우리는 니힐리즘이라는 표현이 과연 그에게 합당한지를 물어야 할 것이다.

풍케는 슈트라우스가 "메타정치적 시인"의 태도로 노력하는 것이 '정치의 미학화'라고 말한다. 즉 '미학적인 수단으로 정치적인 것을 능가하려 한다'는 것이다. 또한 이를 에른스트 융거Ernt Jünger, 루돌프 보르하르트Rudolf Borchardt, 그리고 니체의 연장선상에 선 우파적인 것으로 이해한다. 나치 이래로 쓸 수 없게 된 우파라는 개념을 슈트라우스가 미학적 반계몽의 기치 아래 새로운 "우파지성주의"(Rechtsintellektualismus)라는 개념을 통해 다시 쓸 수 있도록 하려고 애를 쓰는 것처럼 보인다는 것이다.[36] 기존의 가치들 중 보존해야 될 것을 기억하고 보존하려는 그의 의도는 가장 최근에 출간된 수필집 『복사자의 오류』(1997)에서 천국과 지옥의 비유를 통해서도 드러난다. 우리가 앞으로 가게 될 지옥의 맛은 이렇게도 미리 잘 예감할 수 있는데, 언젠가 우리가 살다 쫓겨났다는 파라다이스는 뒷맛조차 남긴 것이 별로 없다고 그는 통탄한다.[37]

뷔히너 상 수상 연설에서 시인을 "시끄러운 소음 밑 동굴 속의 연약한 목소리"로 규정한 그 자신의 드라마들은, 바로 이 동굴, 즉 아직 건드려지지 않고 보존되어 있는 기억 저편의 영원한 세계를 현세의 소음을 뚫고 전달하고자 하는 시도들이다. 이 "연약한 목소리"가 언젠가 "점점 커지는 '염소의 울음'(Bocksgesang)"[38] 소리로 들리게 될 것인가.

---

36) Pia-Maria Funke: 앞 글, S. 227.

37) "So viel Vorgeschmack auf die Hölle. So wenig Nachgeschmack vom Paradies". (Botho Strauß : Die Fehler des Kopisten. München u. Wien 1997 표지에서)

1989년 토마스 베른하르트의 타계 이후 독일 극단은 "'후기 드라마' (Spätzeit-Dramatik ; R. Schnell)의 극복에 대한 희망을 슈트라우스 혹은 아직 알려져 있지 않은 '젊은 작가'에게"[39] 기대를 걸고 있다.

38) 각주 3) 참조.
39) Bernd Balzer u. Volker Mertens(Hrsg.) : Deutsche Literatur in Schlaglichtern. Mannheim; Wien ; Zürich 1990, S. 459.

작가연보

1944년	12월 2일 중부 독일 잘레 강변의 나움부르크에서 태어남. 렘샤이트와 바트 엠스에서 성장. 쾰른 대학과 뮌헨 대학에서 독문학과 연극사, 사회학 전공.
1967~70년	『테아터 호이테』(Theater heute)지 편집장.
1970~75년	베를린의 할레셴 우퍼 샤우뷔네의 연극 고문.
1974년	하노버 시 극작가상 수상.
1976년	빌라 마씨모 장학생으로 로마에 체류.
1977년	쉴러 문학상 장려상 수상.
1981년	바이에른 주 예술원 문학상 수상.
1982년	뮐하임 극작가상 수상.
1987년	장 파울 상 수상.
1989년	게오르크 뷔히너 상 수상.
1993년	베를린 극장상 수상.
1998년 현재	베를린 거주.

작품연보

1972년 「우울증 환자들」(Die Hypochonder, 드라마Theaterstück).*

1974년 「낯익은 얼굴들, 뒤섞인 감정」(Bekannte Gesichter, gemischte Gefühle, 희극Komödie).

「마를레네의 언니」(Marlenes Schwester, 중편소설Erzählung).

「위협이론」(Theorie der Drohung, 중편소설).

1976년 「재회의 3부작」(Trilogie des Wiedersehens, 드라마Theaterstück).

1977년 「헌사」(Die Widmung, 중편소설).

1978년 「크거나 작거나」(Groß und klein, 장면들Szenen)

1980년 「소동」(Rumor, 소설Roman).

1981년 「짝을 이룬 사람들, 지나가는 사람들」(Paare Passanten, 산문).

「칼드바이, 소극(笑劇)」(Kalldewey, Farce, 소극Farce).**

1983년 「공원」(Der Park, 드라마Schauspiel).

1984년 「청년」(Der junge Mann, 소설Roman).

1985년 「하루 손님에 대한 이 기억」(Diese Erinnerung an einen, der nur einen Tag zu Gast war, 시Gedicht).

1986년 「관광 안내원」(Die Fremdenführerin, 2막극Stück in zwei Akten).

---

* 괄호 안의 장르 표시 중 독일어는 슈트라우스의 표기.

** 본문 각주 19 참조.

1987년	「어떤 다른 사람이 아니라」(Niemand anderes, 산문)
	「미학적 사건들과 정치적 사건들을 함께 생각하려는 시도. 극장에 관한 텍스트들 1967～86」(Versuch, ästhetische und politische Ereignisse zusammenzudenken. Texte über Theater 1967～86).
1988년	「방문객」(Besucher, 희극Komödie).
	「시간과 방」(Die Zeit und das Zimmer, 드라마).
	「일곱 개의 문」(Sieben Türen, 소품들 Vagatellen).
1989년	「회의. 굴욕의 사슬」(Kongreß. Kette der Demütigungen, 산문).
1991년	「마지막 합창」(Schlußchor, 3막극Drei Akte).
	「앙겔라의 의상들」(Angelas Kleider, 2부의 야경화 Nachtstück in zwei Teilen).
1992년	「시작없음. 반점과 선에 관한 성찰」(Beginnlosigkeit. Reflexionen über Fleck und Linie, 산문).
1993년	「균형」(Das Gleichgewicht, 드라마).
1994년	「거주(居住) 여명 거짓말」(Wohnen Dämmern Lügen, 산문).
1996년	「이타카. 오디세이의 귀향 시구를 따른 극」(Ithaka. Schauspiel nach den Heimkehr-Gesängen der Odyssee, 드라마).
1997년	「복사자의 오류」(die Fehler des Kopisten, 산문).

참고문헌

텍스트

Botho Strauß : Die Fehler des Kopisten. München u. Wien 1997.

———— : Ithaka. Schauspiel nach den Heimkehr - Gesängen der Odyssee. München u. Wien 1996.

———— : Theaterstücke I u. II. München u. Wien : Carl Hanser Verlag 1991.

———— : Unüberwindliche Nähe. 7 Gedichte, in : Tintenfisch 9. Jahrbuch für Literatur. Hrsg. v. Michael Krüger. Berlin 1976. (= Quarthefte, ohne Zählung)

———— : Versuch, ästhetische und politische Ereignisse zusammenzudenken. Texte über Theater 1967～1986. Frankfurt am Main 1987.

연구문헌

Ingo Arend : Warten auf den Knospenknall. Mißbrauchbares Traktat. Botho Strauß' Neues Buch "Die Fehler des Kopisten", in : Freitag 19.(2. Mai 1997)

Reinhard Baumgart : Das Theater des Botho Strauß, in : Text + Kritik. Heft 81. Botho Strauß. 1984.

Sigrid Berka : Mythos-Theorie und Allegorik bei Botho Strauß. Wien 1991.

Marie-Luise Bott : Spuren dieser Zeit. Zu "Kalldewey, Farce" mit einem Heinweis auf das GRIPS-Theater "Alles Plastik", in: Text + Kritik. Heft 81. 1984, S. 31～54.

Horst Denkler: Botho Strauß: Trilogie des Wiedersehens, in: Harro Müller-Michaels(Hrsg.): Deutsche Dramen. Interpretationen zu Werken von der Aufklärung bis zur Gegenwart. Bd. II. Von Gerhart Hauptmann bis Botho Strauß. 3. Aufl. Weinheim 1996, S. 237～252.

Justus Fetscher: Theater seit 68 — verspielt? in: Klaus Briegleb u. Sigrid Weigel: Gegenwartsliteratur seit 1968. München 1992, S. 491～535.

Pia-Maria Funke: Über das Höhere in der Literatur: ein Versuch zur Ästhetik von Botho Strauß. Würzburg 1996.

Volker Hage: Botho Strauß. Ein Mann, der sich selbst nie in Szene gesetzt hat, bewegt als Abutor wie kein anderer das deutsche Theater, in: Frankfurter Allgemeine Magazin v. 23. 3. 1980.

Michael Kämpfer-van den Boogaart: Ästhetik des Scheiterns: Studien zu Erzähltexten von Botho Strauß, Jürgen Theobaldy, Uwe Timm u. a. Stuttgart 1992.

Ursula Kapitza: Bewußtseinsspiele. Drama und Dramaturgie bei Botho Strauß. Frankfurt am Main u. a. 1987.

Helga Kaußen: Kunst ist nicht für alle da: Zur Ästhetik der Verweigerung im Werk von Botho Strauß. Aachen 1991.

Kindlers Neues Literatur-Lexikon. Hrsg. v. Walter Jens. Bd. 16. München 1996, S. 54～60.

Hans-Thies Lehmann: Mythos und Postmoderne, in: A. Schöne (Hrsg.): alte und neue Kontroversen. Bd. 10. Tübingen 1986, S. 249～255.

W. Martin Lüdke: Schöne Bilder des Schreckens, zerfallen. Botho Straußens erster Roman "Rumor", in: Frankfurter Rundschau. Nr. 70, S. IV. (22. 3. 1980)

Monika Sandhack: Jenseits des Rätsels. Frankfurt am Main u. a. 1986.

Michael Schneider: Botho Strauß, das bürgerliche Feuilleton und der Kultus des Verfalls. Zur Diagnose eines neuen Lebensgefühls, in: ders.: Den Kopf verkehrt aufgesetzt oder die melancholische Linke. Aspekte des Kulturzerfalls in den siebziger Jahren. Darmstadt u. Neuwied 1981, S. 234～259.

Helmut Schödel: Ästhetik des Verlustes. Zur Literatur des Botho Strauß, in: Theater heute 17 (1976) Sonderheft.

Wener Schulze-Rempell: Botho Strauß, in: Inter Nnationes. 1995.

Gustav Seibt: Dichter, geh du voran, ich hab Familie, in: Berliner Zeitung Nr. 140 (19. 6. 1997)

Gerhard Stadelmaier: König Schinderleicht oder Die Spaßarbeit am Mythos, in: FAZ. Nr. 80.(7. 4. 1997)

Franz Wille: Gnade des Vergessens, in: Theater heute 5/97. S. 34～37.

김형기: 「독일 통일 이후의 새로운 문학예술적 양상에 대한 연구 — 볼프강 힐비히와 보토 슈트라우스를 중심으로」, 『브레히트와 현대연극』 제2집, 1995, 70～105쪽.

송동준: 「보토 슈트라우스의 연극」, 『세계의 문학』 5권 4호(18), 1980년 겨울, 80～87쪽.

이원양: 「작품해설. 삼영 독일문학 주해총서」, 『한국독어독문학회편』 20집(서울; 1986), 217～221쪽.

Peter Handke
페터 한트케의 작품세계
— 「카스파」를 중심으로[1]

임 호 일(동국대)

작가에 관해

페터 한트케Peter Handke는 1942년 오스트리아의 캐른텐 지방에서 소시민 근로자의 아들로 태어났다. 유년시절에는 어머니를 따라 잠시 계부의 고향인 동베를린에 가서 살기도 했으나(1944~48) 김나지움은 대부분 고국의 클라겐푸르트에서 다녔다(1954~59). 대학(그라츠 대학교)에서는 법학을 공부했으나(1961~65) 정작 그가 본격적으로 관심을 가진 분야는 김나지움 시절부터 틈틈이 접해온 문학이었다. 그는 창작작업에 전념하기 위해

1) 본 논문은 「페터 한트케의 작품을 통해 본 언어의 문제」라는 제목으로 필자가 발표한 논문(『독일문학』 제63집, 1997에 수록)을 재구성 및 축소, 요약한 것임.

다니던 대학을 그만두고 그라츠의 작가그룹에 가입하여 회원 자격으로 이들의 토론장인 포룸 슈타트파르크Forum Stadtpark에도 종종 참여하면서 문인들과 교류를 트기 시작했다. 그 후로 그는 베를린, 파리, 미국을 거쳐 오스트리아의 잘츠부르크에서 한동안 머물다가 1991년 이후로는 파리 근교에 머물면서 창작활동을 계속하고 있다.

프리쉬Max Frisch, 뒤렌마트Friedrich Dürrenmatt 등이 전후 제1세대의 극작가들이라면, 크뢰츠Franz Xaver Kroetz, 베른하르트Thomas Bernhard 등과 더불어 한트케는 전후 제2세대를 대표하는 극작가이다. 이들 전후 제2세대의 주요 관심사는 언어의 분석과 재발견을 통한 자아의 추구이다. 이들 중에서도 한트케는 특히 언어문제에 천착한 작가로 그의 작품 대부분은 언어와 현실(대상) 및 언어 사용자인 인간의 사유문제를 "언어유희"라는 현상을 통해 다루고 있다.

한트케가 본격적으로 문단에 알려진 것은 1966년에 '47그룹'에 도전장을 던지고, 문제의 희곡작품 「관객모독Publikumsbeschimpfung」(1966)을 발표하면서부터였다. 그는 "문학은 언어로 만들어지는 것일 뿐 언어로 서술된 사물로 만들어지는 것이 아님"[2]을 천명함으로써 이른바 '사실묘사'를 내세우는 기존의 문학에 반기를 들었다. 그의 공격적인 비타협주의와 이른바 "절대적 독창성"[3]은 당대의 문단으로부터 열렬한 지지를 받았는가 하면 다른 한편에서는 극단적인 저항에 부딪히기도 하는 등 많은 논란을 불러일으켰다. 하지만 어쨌든 이러한 도전을 통해 오스트리아

---

2) Peter Handke : Zur Tagung der Gruppe 47 in USA, in : ders. Ich bin ein Bewohner des Elfenbeinturms, Frankfurt/M. 41976, S. 29.

3) Lexikon der Weltliteratur, Stuttgart 1975, S. 662.

시골의 무명작가였던 그는 일거에 독일어권 문단의 총아로 등장했다. 그 후 그는 하우프트만 문학상을 비롯해서 쉴러 문학상, 뷔히너 문학상, 카프카 문학상 등 많은 상들을 연달아 수상하면서 독일어권의 명실상부한 중견작가로 부상하게 되었다.

독일어권의 많은 작가들이 그러하듯이 한트케의 창작영역도 한 장르에 머물지 않는다. 그는 처녀작 「말벌들」(Hornissen, 1966)을 비롯한 「승부차기를 맞이한 골키퍼의 불안」(Die Angst der Tormanns beim Elfmeter, 1970), 「긴 이별을 위한 짧은 편지」(Der kurze Brief zum langen Abschied, 1972), 「느린 귀향」(Langsame Heimkehr, 1979) 등 소설들뿐 아니라, 「내부세계의 외부세계의 내부세계」(Die Innenwelt der Außenwelt der Innenwelt, 1969), 「희망이 아직 도움이 되고 있을 무렵」(Als das Wünsch noch geholfen hat, 1974) 「긴 시간에게 바치는 시」(Gedichte an die Dauer, 1986) 등 시작품들도 발표했다.

그러나 그의 작가적 명성을 굳혀준 장르는 뭐니뭐니 해도 드라마이다. 언어문제를 주제로 한 그의 구변극(口辯劇) 「카스파」(Kaspar, 1967)와 앞서 언급한 「관객모독」을 통해 그는 일약 세계적인 작가가 되었으며, 그 밖에도 「혼성곡」(Quodlibet, 1970), 「보덴호수 위로 떠나는 기마여행」(Der Ritt über den Bodensee, 1970), 「우리가 서로 알지 못했던 시간」(Die Stunde, da wir nichts voneinanader wußten, 1992) 등은 그의 희곡세계를 대표하는 작품들이다.

이와 같이 한트케의 문학 장르는 다양하지만 그가 다루는 주제는 크게 한 가지, 즉 언어와 (현실)세계의 문제로 통일된다. 한트케는 자신의 문학에 대한 견해를 수록한 『문학은 낭만적이다』(Die Literatur ist romantisch, 1966)와 『나는 상아탑의 거주자이다』(Ich bin ein Bewohner des Elfenbeinturms, 1967) 등의 에세이집에서, 언어가 대상을 지시한다는 통념에 강한 회의를 품고, 언어를 수단으로 창작되는 문학의 현실 매개기능을 부정한다. 그가 이른바 리얼리즘극에 반기를 들게 된 것도 바로 이러한 언어와 현실의 불일치에 대한 통찰로부터 나온 결과이다. 언어와 현실의 근본적인 불일치가 주요 테마를 이루는 작품으로는 「내부세계의 외부세계의 내부세계」 이외에도 "언어고문"을 형상화시킨 「카스파」, 말없는 연극 「미성년은 성년이 되고 싶다」(Das Mündel will Vormund sein, 1969) 등이 있다. 그 밖에도 한트케는 많은 산문작품과 독백형식으로 이루어진 희곡작품에서 언어와 의식의 획일성을 고발하고, 아울러 이러한 획일성 속에서 사회와의 모든 연관이 끊어진 채 고독한 삶을 영위해 가는 현대인간을 부각시킨다.

한트케의 구변극은 언어적인 면에서만 기존의 극작품들과 궤를 달리하는 것이 아니라, 극작기법에서도 그것들과 상반된 길을 걸음으로써 그 나름으로 독특한 반연극의 대열에 참여한다. 그는 자신의 대표적인 구변극 「관객모독」, 「예언」(Weissagung, 1966), 「자기질책」(Selbstbezichtigung, 1966), 「구원의 외침」(Hilferufe, 1966), 그리고 「카스파」 등에서 종래의 아리스토텔레스식 환상무대를 지양하고자 한다. 그렇다고 그의 극이 브레히트의 반환상극을 닮은 것도 아니다. 그는 시간과 줄거리, 장소의 일치라는 고전극 삼일치의 원칙을 패러디화하여 이를 배우와 관객의 시간 일치, 줄거리 일치, 공간 일치로 전환시킴으로써 독창적인 무대를 만들어냈다. 다시 말해 그는 무대 밖의 사건들을 모방해서 무대 위에 올려놓는 대신에 무대(와 객석) 그 자체가 곧 현실이 되도록 꾸민 이른바 "직접극" — 한트케는 이를 "세계극"이라고도 부른다 — 을 창안해낸 것이다.

작품 「카스파」에 관해

I

「카스파」는 한트케가 창작한 다섯 편의 구변극 중 가장 마지막 작품으로 앞선 작품들과는 몇 가지 점에서 성격을 달리한다. 우선 「관객모독」을 비롯한 다른 구변극들이 모노드라마로서 인물들 간의 상호행동 대신에 주인공이 관객에게 말을 거는 형식을 취했다면, 「카스파」에서는 주인공이 관객으로부터 시선을 돌려 언어주입자들을 상대로 행동한다. 뿐만 아니라 이 작품은 연극을 보고 나서 이야기할 수 있는 이른바 줄거리도 어느 정도 지니고 있다는 점에서 작가가 이 작품을 통해 조금은 전통희곡의 범주로 회귀한 느낌을 주기도 한다. 그리고 작중의 언어주입자들의 역할이 유럽 전통극의 효시를 이루는 아이스퀼로스의 「삼부작」에 등장하는 코러스를 연상시킨다는 점도 같은 맥락으로 연결된다.

그러나 전통극(내지 기타 다른 현대극)과는 달리 「카스파」에서는 인간과 인간 간의 갈등이 모티프를 이루지는 않는다. 말 그대로 이 작품은 '언어'가 극의 소재를 이루는 "구변극"이다. 앞에서 말한 대로 작중에서 주인공 카스파는 언어주입자들을 상대로 행동하고, 또 이 과정에서 약간의 갈등 및 긴장도 유발되기는 하지만, 여기서 언어주입자들은 피와 살을 지닌 인간이 아니라 다만 의인화된 언어, 즉 언어의 화신들이다. 한마디로 작가 한트케가 이 작품을 통해 보여주고자 하는 것은 인간 상호간의 관계가 아니라 인간과 언어의 관계이다. 따라서 작가는 여기서 인간과 인간의 집단인 사회 및 '역사'를 의도적으로 배제하고, 허구적 인물 카스파를 등장시킴과 동시에 그의 행동반경을 '연극무대'에 한정시키고 있다.

물론 카스파가 저 전설적인 인물 카스파 하우저와 전혀 무관한 것은 아니다. 1828년에 16세의 나이로 독일의 고도(古都) 뉴른베르크에서 발견된 카스파 하우저는 1833년 괴한에 의해 가슴에 칼을 맞아 쓰러지기 전까지 주위에 많은 화제를 뿌렸을 뿐 아니라 사후에도 문학 및 철학 또는 인류학 분야에서 지대한 관심을 끈 바 있다. 작중인물 카스파는 우선 언어장애자라는 점에서 이 역사적 인물과 유사하며, 인간의 자연상태, 즉 원초적인 모습을 지니고 있다는 점도 본 인물을 연상시킨다.

그러나 작가는 애써 양 인물 간의 연관 관계를 부정함으로써 극중인물의 허구성을 강조하려 든다. 그는 작품의 도입부에서 다음과 같이 말한다.

"작품 「카스파」는 카스파 하우저가 실제로 어떠하다 혹은 실제로 어떠했다는 것을 보여주지 않는다. 이 작품은 누구를 어떻게 만들 수 있다는 것을 보여준다. 또한 어떤 사람을 말을 통해 말하도록 할 수 있다는 사실을 보여준다."[4] 뿐만 아니라 극중인물의 허구성을 돋보이게 하기 위해 그는 무대 및 무대장치의 허구성에 대해서도 장황하리만치 긴 설명을 늘어놓는다.

"관객은 무대장치를 어떤 실제의 공간을 옮겨온 것으로 생각해서는 안 되고, 그저 무대장치로 봐야 한다. 무대장치는 무대를 보여줄 뿐이다. 무대 위에 있는 시설물들은 이미 첫눈에 극적으로 보인다. (…) 이것들은 역사(내력)를 가지고 있지 않다. (…) 관객은 곧 그들이 실제의 현실에서 일어나는 사건이 아니라 무대에

4) Peter Handke: Stücke 1. (suhrkamp taschenbuch 43). Frankfurt am Main 1972. S. 103.(이하는 각주 대신 Stücke 1의 '장'과 '쪽수'의 표기로 대치함.)

서 일어나는 사건을 구경하게 되리라는 사실을 알아차리게 된다. 그들은 실제의 어떤 사건을 구경하는 것이 아니라 다만 극적 사건을 보게 될 뿐이다. 이 사건은 연극이 끝나서 막이 내릴 때까지만 진행될 것이다. 실제의 이야기가 펼쳐지는 것이 아니기 때문에 관객 역시 뒷이야기는 상상할 수가 없게 되거나 아니면 고작 자신의 이야기를 머리에 떠올리게 될 뿐이다."

위의 지문은 끝부분을 제외하면 브레히트의 "서사극"에 관한 설명을 들려주고 있는 듯한 착각을 불러일으킨다. 「카스파」는 분명 반환상극이라는 점에서는 브레히트의 서사극과 맥을 같이한다. 그러나 후자가 무대 위에서 벌어지는 허구적 사건을 역사적 사건과 부단히 연결시키면서 역사비판을 가하고 있는 데 반해 한트케는 이러한 연결을 거부하고 있다. 브레히트가 허구의 세계를 통해 사회를 보여주고, 나아가 무대를 통해 모순된 사회의 개혁을 꾀하고 있다면, 한트케의 관심은 개인에 집중되어 있다. 좀더 구체적으로 말하면 한트케는 개인과 그 개인이 '필요악'으로 지닐 수밖에 없는 언어와의 관계를 관객에게 보여줌으로써 언어를 비판적으로 성찰하려 한다. 한마디로 브레히트의 비판대상이 사회 및 역사라면 한트케의 비판대상은 개인의 언어이다.

II

카스파의 무대 첫 등장장면은 그야말로 "극적"이다.(작가는 이 '극적'이라는 단어를 작품에서 여러 차례 강조해서 사용하고 있다.) 작가는 지문을 통해 다음과 같이 설명한다.

"무대 배경 쪽의 커튼 뒤에서 무언가 움직이기 시작한다. (…) 이 움직임은 커튼의 왼쪽이나 오른쪽에서 시작해서 서서히 진행되더니 어느새 격렬하고 빨라지면서 커튼의 가운데로 향한다. (…) 관객은 어떤 사람이 커튼을 제치고 무대 쪽으로 나오려고 하지만, 아직 커튼의 틈새를 발견하지 못한 채 애쓰고 있다는 사실을 점점 더 분명하게 알아차린다. (…) 처음에는 손이 보이고, 이어서 아주 서서히 나머지 사지가 단계적으로 드러난다."(1장 107) 이 장면을 통해 관객은 카스파의 무대 첫 등장이 곧 그의 출생을 의미한다는 사실을 알게 된다. 그러니까 여기서 무대는 곧 카스파의 산실(産室)인 셈이다. 그의 거동이 "프랑켄슈타인을 닮은 괴물"(서막 104)을 연상시킨다는 작가의 말 또한 그가 이 세상에 처음으로 태어난(비록 여자의 자궁으로부터는 아니지만) 인물임을 암시한다.

카스파의 첫 모습은 언어가 없는 자연상태를 보여준다. 카스파가 유일하게 구사할 수 있는 언어는 "난 옛날 어떤 사람 같은 그런 사람이 되고 싶다"라는 구절 한마디뿐이다(이 문장은 기의가 상대화된 기표로서의 기호에 지나지 않는다. 다시 말해 이 문장은 그것이 담고 있는 의미내용과는 관계없이 카스파의 모든 언어를 대신한다). 이러한 카스파에게 언어주입자들이 처음으로 (사회)언어를 가르쳐준다. 그가 어렵사리 배운 언어는 그에게 혼란한 세상을 정돈시켜준다. 그는 언어주입자들이 부단히 귀에 담아주는 말들을 통하여 현실에서 올바른 길을 찾는 법을 배우고, 그들의 도움으로 사물을 비교하며 추론하고 분류하는 능력도 배운다. 이렇게 해서 카스파는 언어를 통해 혼란을 극복하고 질서로 이루어진 안전한 자기세계, 즉 "보금자리"를 찾는 것처럼 보인다. 그러나 그러한 순간도 잠시일 뿐, 곧 이어 카스파는 언어주입자들에 의해 이른바 "언어고문"을 당하고, 나아가 자신의 정체성마저 파괴당하면서 언어의 질곡에 빠져든다. 다음 장에서는 이러한 혼란과 질서가 언어 및 인간과 어떤 함수관계를 지니고 있는지에 관해 좀더 구체적으로,

그리고 체계적으로 살펴보기로 하겠다.

III

신이 세상을 창조하기 이전의 세계는 어둠이요 혼돈, 즉 카오스의 세계였다. 이른바 "천지창조"와 더불어 이 어둠은 빛으로 변하고 혼돈은 질서로, 코스모스의 세계로 바뀌게 된다. 그러니까 혼돈은 암흑의 세계요 무의 세계라면, 질서는 빛의 세계요 신과 함께하는 세계이다. 이렇게 볼 때 질서는 인간이 삶을 꾸려가기 위한 필수요건이다. 이를테면 인간은 질서를 통해 자신의 위치를 확립하고, 질서를 통해 자신의 세계를 구축해 나간다. 국가의 건설 및 전통의 계승, 학문의 연마 등도 이런 의미에서 질서구축 작업의 일환이다.

위에서 살펴본 바와 같이 언어도 질서와 마찬가지로 인간의 삶에서 없어서는 안 될 요소이다. 그러나 언어가 여러 가지 문제점, 즉 역기능을 지니고 있듯이 질서도 긍정적인 측면만 지니고 있는 것은 아니다. 질서의 역기능 가운데 가장 큰 것은 자유의 억압이다. 자유가 억압될 경우 인간의 다양한 삶의 세계는 위축되게 마련이고, 아울러 인간의 창조정신 또한 그 활동공간이 위축될 수밖에 없다. 한트케는 이러한 질서의 역기능을 누구보다도 예리하게 포착해낸 작가이다.

「카스파」는 언어와 질서의 관계를 주제로 다룬 작품이다. 카스파의 언어습득 과정은 질서확립 과정과 병발적으로 진행된다. 자신의 고유한 첫 문장 이외에는 아직 언어를 갖지 못한—그래서 아직 혼돈의 세계에 살고 있는—카스파에게 언어주입자들은 다음과 같이 말한다.

"(…) 그리고 너는 문장과 더불어 질서가 있다는 사실을 배우게 된다. 그리고 너는 문장과 더불어 질서를 배우게 된다."(15장 117)

이들은 언어가 혼돈을 몰아내고 질서를 확립시켜 준다고 말한다. "너는 그 어떤 무질서도 질서로 바꾸어 놓을 수 있는 문장을 가지고 있다. (…) 너는 모든 무질서를 너로부터 몰아내게 될 한 문장의 행복한 소유자이다."(12장 114~115) 이들은 심지어 질서가 행복의 조건이라고 말하기도 한다. "대상들의 질서는 행복을 위한 최대의 조건이다."(25장 137)

질서의 세계로 들어서는 길목에서 카스파는 이제 무질서의 세계를 살았던 자신을 바라보며 흐트러진 의식을 가다듬듯이 풀어져 있던 구두끈을 가지런히 다시 잡아맨다.(19장 126 및 21장 128 참조) 그러나 이렇듯 자신을 한 걸음 물러서서 바라볼 수 있는 정돈된 의식의 눈을 갖게 된 카스파가 질서의 세계를 결코 편안하고 행복하게 느끼는 것만은 아니라는 사실이 곧 이어 밝혀진다. 카스파가 최초로 만들어낸 "정돈된 문장"에서 우리는 '질서의 고통'이라는 아이러니를 읽어낼 수 있다. "그 당시 내가 아직 이곳에 오기 전까지만 해도 나는 이렇게 머리가 심하게 아파본 적이 없어. 여기 이곳에서 지금처럼 고통을 당한 적은 없었어."(18장 125) 카스파가 사물을 보거나 듣지도 못했던 시절, 즉 언어가 없던 혼돈의 시절에 대한 일말의 향수를 떨쳐버리지 못하는 이유도 바로 여기에 있다.[5]

카스파의 고통은 질서의 이름으로 자행되는 자유의 구속으로부

5) 카스파는 질서의 편리함을 이야기하면서도 한편으로는 과거에 대한 이러한 향수를 떠올린다. "나는 사물을 보지도 듣지도 못했다. 그런데 난 잘 지냈다."(19장 125)

터 비롯된다. 「카스파」에서 자유의 구속은 복수주의의 부정, 즉 간소화 내지 단순화 현상으로 타나난다. 언어주입자들은 카스파에게 질서있는 대상을 다음과 같이 설명한다.

"(…) 간단한 문장에 이어서 질문이 더 이상 따르지 않는 대상이 질서있는 대상이다. 간단한 문장으로 모든 것이 설명되어 있는 경우 질서있는 대상이 된다. (…)"(20장 127) 여기서 언어주입자들은 간단 명료한 것이 진리라는 논리를 펴고 있지만, 이 논리는 선택적으로 적용될 수 있을 뿐 모든 대상에 적용되지는 않는다. 이를테면 질문이 따르지 않는 세계, 간단한 문장으로 모든 것이 설명되는 세계는 비판과 사유가 허용되지 않는 세계가 되는 경우도 있기 때문이다.

다음 문장에서는 질서가 곧 획일화를 의미하고 있음을 간파할 수 있다. "질서없는 대상세계에서 비로소 이야기는 시작된다. 너 자신에 대해 네가 더 이상 이야기할 필요가 없게 될 때 너 자신은 질서 속에 있게 되는 것이다. 너의 이야기가 다른 사람들의 그것과 더 이상 구별되지 않으면, 그리고 너에 대한 문장이 더 이상 반론을 불러일으키지 않게 되면 너는 질서의 세계 속으로 들어온 것이다."(20장 128~129) 여기서 주체는 언어를 통해 획일화될 뿐 아니라 객체화되고 있다. 언어주입자들은 카스파를 이질성, 즉 개성이 허용되지 않는 객체로 만들려 하고 있는 것이다.

한트케는 이렇듯 획일화된 세계, 개성이 인정되지 않고 상상이 허용되지 않는 세계를 거부한다. "상황을 묘사할 수 있는 길은 한 가지밖에 없다는 말은 사실이 아니다. 그와는 반대로 상황묘사의 가능성은 얼마든지 있다는 말이 옳은 말이다."(27장 147). 카스파는 언어주입자들의 여러 가지 말들 중에서 이 말을 골라서 반복한다. 이러한 카스파의 태도는 획일화를 강요하는 언어폭력에 대한 일종의 '저항'[6]이다.

앞에서 우리는 언어가 없는 세계는 어둠과 혼돈의 세계요, 언어의 세계는 빛과 질서의 세계라고 말한 바 있다. 그러나 이 말도 '절대진리'라고는 할 수 없다. 그도 그럴 것이, 앞에서 살펴본 바와 같이 질서의 세계도 부정적인 면을 지니고 있듯이 혼돈의 세계, 어둠의 세계도 그 나름대로 긍정적인 면을 지닐 수 있기 때문이다. 이런 의미에서 카스파의 첫 가면을 혼돈의 긍정성에 대한 알레고리로 파악해도 좋을 것이다. 이 가면은 "혼란"과 더불어 "놀라움의 표정"도 담고 있다.(2장 108) "놀라움"은 열린 세계에서만 표출될 수 있는 감정의 표현이다. 놀라움은 곧 회의요, 회의는 곧 모든 철학의 출발점이라는 사실을 상기할 때, 혼돈과 어둠 속에서는 앎에 대한 무한한 욕구가 나올 수 있다는 역설이 성립된다. 모든 것이 새롭게 느껴질 때 인간은 진리의 세계로 다가갈 수 있는 것이다. 카스파의 "놀라움"의 세계를 브레히트의 "생소화 효과"와 연결시키는 네겔레 R. Nägele의 논리는 이런 점에서 퍽이나 설득력을 지닌다.[7]

한트케는 질서를 통한 혼돈의 파괴가 질서의 질곡, 즉 단순화와 획일화, 나아가서는 체념과 수동성의 강요와 비판정신의 말살 그리고 위계질서의 고착화를 낳을 수 있다는 사실을 작품 「카스파」를 통해 암묵적으로 역설(力說)하고 있다. 한마디로 언어를 통해 이루어지는 질서는 한트케에게 닫힌 세계를 의미하며, 반면에 언

6) 카스파를 언어폭력에 굴복한 무기력한 인물로 보느냐, 아니면 언어폭력에 — 소극적으로나마 — 저항하는 인물로 보느냐 하는 문제는 그간 많은 논란의 대상이 된 바 있다. 이 문제에 관해서는 후에 결론부에서 좀더 구체적으로 논의하게 될 것이다.

7) Vgl. Rainer Nägele: Unbehagen in der Sprache. Zu Peter Handkes 「Kaspar」, in: Zu Peter Handke. Zwischen Experiment und Tradition. Hrsg. v. Norbert Honsza, Stuttgart 1983. S. 20.

어가 없는 혼돈은 열린 세계의 다른 표현이다. 그렇다고 한트케가 언어를 부정하고 혼돈을 일방적으로 찬양하는 것은 결코 아니다. 앞에서도 언급했듯이 한트케는 다만 언어의 부정적인 측면을 지적하고, 이러한 언어의 역기능을 의식하지 못한 채 기존의 언어 및 언어유희를 당연한 현상으로 받아들이는 풍토에 경종을 울리고자 할 따름이다. 그런 의미에서 혼돈은 자유가 구속당하고 개체성이 침탈당하는 세계로서의 질서에 대한 상대개념이라고 할 수 있다. 카스파가 언어가 없던 혼돈의 시기에는 최소한 자신의 개성, 즉 정체성을 지니고 있었다는 사실에서 우리는 이 상대개념의 의미를 읽어낼 수 있을 것이다.

카스파는 사람들이 말하는 것처럼 언어주입자들에게 완전히 굴복한 것은 아니다. 설사 그의 행동이 체념처럼 보인다고 하더라도 이 체념은 결코 절망적 체념이 아니라 "투쟁적 체념"[8]이다. 왜냐하면 카스파는 첫 문장을 상실한 이후에도 기회 있을 때마다 자신을 되돌아보기도 하고, 비록 소극적이기는 하지만 언어주입자들에게 저항도 하고 있기 때문이다. 이를테면 그는 자신이 배운 "모든 문장이 고양이를 위한 것", 다시 말해 무용지물이라는 사실을 깨닫고 심한 갈등에 빠지는가 하면(64장 188장 참조), 언어주입자들의 "단순화" 예찬에 반대하여 "상황 묘사의 다양한 길"을 주장하기도 하고(27장 147 참조), 마지막에 가서는 조각난 언어 "염소와 원숭이"를 연거푸 외침으로써 고의적으로 (언어)질서를 파괴하기도 한다. 언어주입자들이 카스파의 첫 문장을 파괴하여 조각낸 것처럼 이번에는 카스파가 그들의 언어를 파괴하여 조각

---

8) 이 말은 프리쉬M. Frisch가 뷔히너 상 수상 연설에서 한 말로, "개인적 참여"의 형식을 띠기는 했지만 자신도 어떤 의미에서 뷔히너처럼 참여작가라는 점을 강조하기 위해 사용한 말이다. 참조 ; Büchner-Preis-Reden 1951～1971, Stuttgart 1972. S. 72.

내는 것이다.

우리나라에서 공연된 한트케 작품의 공연연보[9]

「카스파」

공연일시	역자	연출	극단	공연장
1987. 3.14~16	김문숙	고금석	프라이에 뷔네	3.1로 창고
1983. 5.25~6. 7 6.22~30/11.6~30		고금석	광장	문예(소) 엘칸토예술극장
1988. 7. 5~20		이윤택	디딤돌+ 연희극단패거리 (부산)	가마골
1996. 3. 7~4. 7 5. 1~12	임호일	고금석	우리극장	뚜레박소극장

기 타

작품명	공연시기	역자	연출	극단	공연장
미성년은 성년이 되고자 한다	1980. 11. 2 ~9	양혜숙	김성구	극단 76	공간사랑 소극장
보덴호를 건너는 기사	1981. 10. 26 ~11. 2	양혜숙	채승훈	에저또	실험극장
우리가 서로 알지 못했던 순간	1993. 11. 5 ~12. 13		김아라	무천	연극실험실 혜화동 1번지

---

9) 본 공연연보는 송전 교수가 최근에 발표한 논문「한국 연극계의 독일 드라마 수용에 관한 연구(1)」,『뷔히너와 현대문학』제10권(1997, 182~183쪽)에서 추출했다.

「관객모독」

공연일시	역자	연출	극단	공연장
1977. 3. 15～20	양혜숙	고금석	프라이에 뷔네	세실극장
1978. 11. 24～12. 20	양혜숙	기국서	작업	국립극장소극장
1979. 11. 4～20	양혜숙	기국서	극단 76	76소극장
1981. 10. 15～11. 8	양혜숙	기국서	극단 76	운현극장
1984. 2. 1～22 3. 1～24	양혜숙	추송웅	극단 76	공간사랑
1986. 2. 1～8. 31	양혜숙	기국서	극단 76	공간사랑, 바탕골
1988. 2. 13～3. 20 6. 18～7. 3/8. 13	양혜숙	김현국	부산무대	초량드라마센타 (소)
1988. 4. 1～30		서이숙	수원예술극장	수원예술극장
1989. 2. 15～3. 31 4. 13～17 4. 28～29 5. 1～25 5. 26 7. 17～19 8. 3～27 9. 9～30		기국서	극단 76	 신선극장 광주소극장터 춘천시립문화회관 동숭아트센터 한국과기대강당 공간사랑소극장 공간사랑소극장
1989. 3. 3～4. 2 7. 22～30		김현국	부산무대	부산드라마센터 (소)
1992. 12. 15～19		김현국	부산무대	비둘기홀
1996. 5. 1～12. 30		기국서	극단 76	아카데미소극장

참고문헌

1차 문헌

Peter Handke: Stücke 1. (Suhrkamp Taschenbuch 43). Frankfurt am Main 1972.

——————: Ich bin ein Bewohner des Elfenbeinturms. Frankfurt/Main 1972.

——————: Wenn ich schreibe, in: Akzente 13, H. 5. 1966, S. 467.

——————: In Sätzen steckt Obrigkeit. Peter Handke über G. F. Jonke:『Geometrischer Heimatroman』, in: Der Spiegel 17 (1969).

2차 문헌

Adorno, Theodor Walther: Rede über Lyrik und Gesellschaft, in: ders., Noten zur Literatur I. Frankfurt 1958.

Batt, Kurt: Leben im Zitat. Notizen zu Peter Handke, in: ders., Revolte intern. Betrachtungen zur Literatur in der Bundesrepublik Deutschland. München 1975.

Blanke, Mechthild: Zu Handkes「Kaspar」, in: Über P. Handke. hrsg. von M. Scharang.

Dixon, Christa K.: Peter Handkes Kaspar. Ein Modellfall, in: German Quarterly 46(1973).

Franke, Hans-Peter:「Kaspar」von Peter Handke. Versuch einer literatursoziologischen Interpretation, in: Der Deutschunterricht 5, 1971.

Habermas, Jürgen: Zur Logik der Sozialwissenschaften. — O. O., o. J., (Raubdruck).

Joseph, Arthur: 「Peter Handke(Gespräch)」, in: A. J., 『Theater unter vier Augen. Gesprüche mit Prominenten』, Köln 1969.

Kesting, Marianne: Peter Handke — Die Sozialwelt als Platitüde, in: dies., Panorama des zeitgenössischen Theaters. München 1969.

Marcuse, Herbert: Der eindimensionale Mensch. Studien zur Ideologie der fortgeschrittenen Industriegesellschaft. Neuwied: Luchterhand 1967.

Marx, Karl/Engels, Friedrich: Die deutsche Ideologie, in: Marx/Engels Werke, 3, Bd. Berlin/DDR, 1969.

Mixner, Manfred: Peter Handke. Athenäum-Verlag, Kronberg 1977.

Nägele, Rainer: Unbehagen in der Sprache. Zu Peter Handkes 「Kaspar」, in: Zu Peter Handke. Zwischen Experiment und Tradition. Hrsg. v. Norbert Honsza. Stuttgart 1983.

Nägele, Rainer/Voris, Renate: Peter Handke. München 1978.

Neis, Edgar: Erläuterung zu Peter Hankde(Publikumsbeschimpfung, Kaspar). Hollfeld/Ofr., ^{2}1985,

Rucktäschel, Annamaria: Sprache und Gesellschaft. München 1972.

Rühle, Günther: Der Jasager und die Einsager. Frankfurter Allgemeine Zeitung, 13. 5. 1968.

Sergooris, Gunther: Peter Handke und die Sprache. Bonn: Bourier 1979.

Topitsch, Ernst: Ideologie Wissenschaft Politik. Graz/Wien/Köln 1975.

Topitsch, Ernst/Salamun, Kurt: Ideologie. Herrschaft des Vorurteils. München/Wien 1972.

Thuswaldner, Werner: Sprach- und Gattungsexperiment bei Peter Handke. Praxis und Theorie. Salzburg 1976.

Voris, Renate: Peter Handke: Kaspar. Frankfurt a. M. 1984.

Wittgenstein, Ludwig: Tractatus logico-philosophicus. Tagebücher 1914～1916/Philosophische Untersuchungen. Frankfurt am Main [10]1995.

Büchner-Preis-Reden 1951～1971. Stuttgart 1972.

Lexikon der Weltliteratur, Stuttgart 1975.

송 전:「한국 연극계의 독일 드라마 수용에 관한 연구(1)」,『뷔히너와 현대문학』 제10권(1997)에 수록.

이현숙:「Peter Handke의 구변극 연구」, 서울; 고지사, 1993.

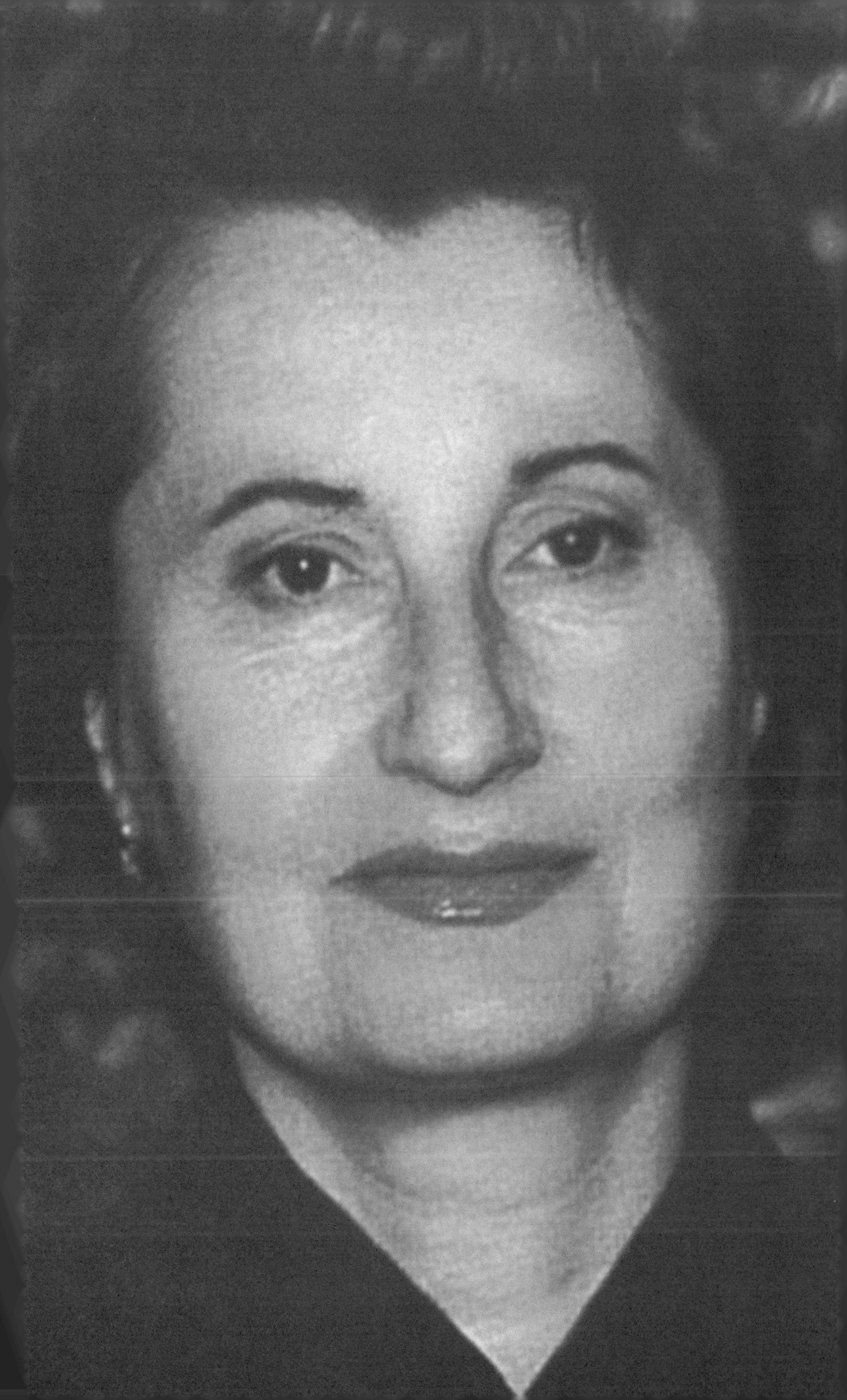

Elfriede Jelinek
엘프리데 옐리네크

이 병 애(이화여대)

작가 소개 : 엘프리데 옐리네크 Elfriede Jelinek (1946~)

오스트리아 태생의 여류작가 엘프리데 옐리네크는 아직 우리에게 널리 소개되지는 않았지만 그 독특하고 선동적인 필치로 인해 1980년대와 90년대에 이르러 독일어권 여성작가들 가운데서도 특히 평론가들의 주목을 받아왔다.

이에 여기서는 옐리네크와 그의 작품을 간략히 소개하고 그를 이해하는 데 도움을 주고자 평이하게 서술하려고 한다.

I. 작가의 생애

1946년 10월 20일 오스트리아의 슈타이어마르크Steiermark 주뮈르츠추슐라크Mürzzuschlag에서 태어난 엘프리데 옐리네크는 고향과 비엔나에서 어린시절을 보냈다. 비엔나 콘체르바토리움(음악원)에서 바이올린, 피아노와 오르간을 공부하였고 1970년에 오르간으로 졸업자격시험을 치렀으나 음악을 포기하고 연극학과 예술사를 공부하였다. 그 후 베를린과 로마에 체류하였으며 현재는 비엔나, 뮌헨 그리고 파리에서 자유문필가로 글을 쓰고 있다.

옐리네크의 처녀작은 1970년에 출판된 소설 「얘들아, 우리는 미끼새들이란다」(Wir sind Lockvögel, Baby)이다. 이후 1972년에 「미하엘, 미숙한 사회를 위한 하나의 청소년 도서」(Michael, ein Jugendbuch für die Infantilgesellschaft), 1975년 「연인들」(Liebhaberinnen), 1980년 「내쫓긴 자들」(Die Ausgesperrten), 1983년 「피아노를 치는 여인」(Die Klavierspielerin), 1989년 「욕망」(Lust)과 1985년 「오 자연이여, 오 그로부터의 보호여」(Oh Wildnis, oh Schutz vor ihr)를 출판하였다. 최근 1995년에는 「죽은 자의 아이들」(Die Kinder der Toten)이라는 대작이 출판되었다.

연극작품으로는 1984년 「노라가 자신의 남편을 떠난 후에 무슨 일이 일어났나? 혹은 사회의 유지들」(Was geschah, nachdem Nora ihren Mann verlassen hatte? oder Stützen der Gesellschaft), 「클라라 S. 음악적 비극」(Clara S. musikalische Tragödie), 1987년 「질병 혹은 현대여성들」(Krankheit oder Moderne Frauen)이 출판되었다.

옐리네크는 여러 개의 문학상을 수상하였는데 1969년에 오스트리아 청소년 문화 주간지와 오스트리아 대학단체가 주는 시 부문에서의 문학상을, 1972년에는 문학 부문에서의 오스트리아 정부장학금을, 1978년에 바드 간더스하임 시의 로스비타 기념메달을, 1979년에는 독일연방국 내무부가 주는 영화 각본상을, 1983년에 독일 문교부가 수업과 예술에 기여한 바를 인정하는 공로상을,

1986년에 쾰른 시의 하인리히 뵐 상을, 1987년에 슈타이어마르크주의 문학상을 수상하였다.

옐리네크는 독일의 신 여성운동이 활발히 전개되던 1970년대 초에 작품을 발표하기 시작하였지만 그의 강력한 페미니즘적 메시지에도 불구하고 작품에 표현되고 있는 여성에 대한 신랄한 비판 때문에 당시 독일 여성해방주의자들이나 페미니스트들에 의해 배척을 받아왔다. 1980년과 90년대 이후 그는 과격하고 공격적인 문체로 인해 가장 많은 논란과 주목을 불러일으키는 동시에 보수적이고 가부장적인 전통사회의 통렬한 비난을 받고 있다. 옐리네크는 조국 오스트리아에서 보수세력에 강력히 맞서는 야권세력의 입장을 표명하고 있으며, 그를 "거리낌 없이 자신의 조국을 모독하고 욕되게 하는 여자"라고 지칭하는 신문기사와 "현대 독일어 문학권에서 가장 흥미있는 작가 중의 하나"라고 소개하는 진보적 언론의 평가가 엇갈리고 있다.

옐리네크는 '문학적 소양'이 있는 사람들을 위한 작가이다. 그의 책은 평범한 독자가 쉽게 접근할 수 있는 독서물이 결코 아니다. 따라서 그의 작품을 이해하려면 문학에 대한 고전적 소양을 미리 쌓아야 한다. 그는 자신의 문학을 '실험문학'(experimentelle Literatur)이라고 칭하며, 이러한 문학에 대한 실험을 1950년대 다다이즘적 전통과 연결된 비엔나 그룹에서 배운 것이라고 설명한다.

옐리네크는 독일어권 여류작가들 중에서도 '무서운 아이'(Enfant terrible)로 불릴 만큼 작품의 내용에서나 문체에서 충격적이다. 그러나 그는 의도적으로 악의적이거나 충격적인 이야기를 쓰려고 하는 것은 아니라고 말하며, 단지 자신의 의도란 작가로서의 작업을 성실하게 이행하려는 것일 뿐이라고 밝힌다. 작품이 지닌 실제 상품으로서의 소비성에 대해서는 별로 염두에 두지 않는다는 옐리네크는 강력한 메시지를 전달하려는 정치적 목적을 지닌 의식작가이다.

옐리네크는 「욕망」(Lust)을 출판함으로써 적지않은 사회적 물의를 일으켰고 문학이냐 외설이냐 하는 토론에 휩싸였다. 그것은 여성작가로서 이 같은 대담한 성적 소설을 시도한 사람이 지금까지 없었기 때문이다. 옐리네크는 이 작품이 외설적인 것과 포르노에 대한 미학적 방법을 보여주는 것이며 최상의 미학적 방법을 통해 단순한 포르노의 차원을 벗어나려는 시도였다고 고백한다. 그에 따르면 「욕망」이라는 작품의 의도는 육체적 음란성을 남성편에서만 강조하지 않고 처음으로 여성의 육체에도 초점을 맞추려 했다는 것이다. 옐리네크는 자신을 포르노 여성작가라고 부르는 세간의 이목에는 별로 신경쓰지 않으며, 오히려 여성이 과격한 작품을 쓴다는 것을 남성사회가 용납하지 않는 사실에 의문을 던지고 있다. 또한 헨리 밀러나 호모 섹슈얼의 문제를 다룬 게넷 또는 바타이어 같은 남성작가들은 대담하고 혁명적이며 선구적이라고 평가하면서도 여성작가가 이런 일을 시도하면 즉시 값싼 포르노로 치부해버리는 불공평한 사실에 불만을 표명하며 남성들만이 성적 자유를 누리는 보수적인 사회를 날카롭게 지적한다. 옐리네크가 여론의 비난을 무릅쓰고 자신의 작품에서 시도하고 있는 지나칠 정도의 노골적이고 과격한 성적 표현은 보수적인 가부장적 남성사고에 대항하는 여성작가의 의도적인 도전으로 해석된다.

옐리네크는 주로 그의 작품에서 정신분석적인 '사도마조히즘'(Sadomasochism)의 문제를 다루며, 스스로 '통속신화'라고 칭하는 미리 완성된 현실로 고정된 사회적인 통념들을 비판하는 작업을 행한다. 그는 작품에서 여성을 비판하고 있지만 결코 여성들이 자신의 적이 아니라 남성들이 자신의 공격대상이라고 밝힌다. 옐리네크는 여성에게 부과된 경제적 억압의 부당함은 물론 여성이 종속되어 있는 남성적 가치 및 규범체계를 지적하면서, 이러한 기존 가치체계의 전제하에서 여성들은 부드러움, 감정의 풍부함, 친절함과 같은 모범적인 성격들을 요구받는다고 말한다. 그러나 옐리네크는 많은 인터뷰와 작품에서 남성 적대적인 사고를 노출하면서도 다른 여성주의자들이 기울어질 수 있는 레즈비언적 경향을 가지고 있지 않으며, 오히려 자신이 솔직히 인정하는 것처럼 남성에게 성적으로 의존하고 있다는 사실은 매우 흥미로운 일이다.

옐리네크는 이 사회에서 가부장적 체제가 개선되지 않고 계속 답보 상태로 유지되고 있는 것은 여성들 자신에게도 많은 책임이 있다고 시준한다. 그것은 여성들이 현재의 사회적 위치나 삶의 방법을 의문시하지 않은 채, 사회적 규범에 타협하며 주어진 규범을 뛰어넘어 새로운 것을 위해 싸우려는 시도를 행하지 않기 때문이라는 것이다. 한 예로 스스로 해방되었다고 믿는 여자들도 자신의 아들들을 남편들이 자라난 방식대로 키우고 있다는 사실을 지적한다. 자기의 아버지가 자란 대로 아들들은 자라고 자신의 아내들에게 아버지가 어머니한테 하던 대로 똑같이 행동할 때 여기에는 별다른 변화가 있을 수 없다는 것이다.

기존의 가부장적 체제의 변화 가능성에 대해 상당히 비관적인 생각을 가지고 있는 옐리네크는 자신의 작품 속에서 여성 주인공에 대한 이상적이고 긍정적이거나 유토피아적인 상(象)들을 구상하지 못하고 오히려 좌절되고 마는 비극적인 여성상들만을 묘사하고 있다. 그의 작품 전반에 흐르는 강력하고 과격한 메시지의 배후에는 좌절된 페미니즘의 냄새가 짙게 깔려 있는 것이다. '노라'나 '클라라 S.'는 모두 입으로는 여성해방을 소리치지만 결국 실패한 주인공들인 것이다. 여성을 흡혈귀 같은 괴기한 모습으로까지 확대시켜 얼핏 보기에는 여성에게 남성을 장악하는 권력을 부여하는 극단적 페미니즘을 시도하고 있지만, 페미니즘에 대한 그의 근본적인 생각은 비극적이며 비관적인 좌절감에 싸여 있다. 언젠가는 여성작가들에게 페미니즘 같은 여성해방적 주제가 더 이상 필요없게 될 날이 오지 않겠느냐는 기자의 질문에 옐리네크는 이러한 주제는 끝이 날 수 없으며 그런 날은 결코 오지 않을 것이지만, 아마도 여자들이 모두 제거되어 그런 소재를 쓸 사람이 완전히 없어지게 될 날은 올지 모르겠다는, 페미니즘 실현에 상당히 비관적이며 아이로니컬한 대답을 한 적이 있다.

옐리네크는 자신의 주인공을 극단적 한계의 모습으로 이끌고 간다. 사도마조히즘의 색채가 가장 두드러진 「피아노를 치는 여인」에서 주인공 에리카는 마조히즘 속에서 좌절한다기보다는 마조히즘 속에서 상대방을 지배하려고 했기 때문에 좌절한다고 볼 수 있다. 에리카는 남자인 클래머에게 성관계에 대한 세세한 명령을 지시함으로써 한 여자로서 사회적으로 감히 할 수 없는 '남성에게 성적인 명령을 수행하는' 용납되지 않는 신성모독 행위를 범하고 있다. 따라서 이 작품에 대한 독자들의 반응은 분노일 수밖에 없지만 옐리네크는 독자들이나 비평가들이 자신에게 분개할 것이 아니라 자신이 묘사한 작품 속의 상황에 대해서 분개해주기를 기대한다고 말한다.

작품 「피아노를 치는 여인」이 옐리네크의 전기적 요소를 많이 포함하고 있다는 사실을 그 자신도 부인하지 않는다. 옐리네크를 세계적 연주가로 성공시키기 위해 비인간적이고 강압적인 교육을 강요했던 어머니의 교육열과 지나친 간섭은 그의 어린 시절과 사춘기를 불행하게 만들었다. 지배자적인 강력한 성격의 어머니로부터 받은 고통을 옐리네크는 「피아노를 치는 여인」에서 주인공 에리카에게 투영하여 사도마조히즘에 사로잡힌 성도착적인 관음주의자의 모습으로 묘사해낸다. 옐리네크는 자신이 사람들과 원

만한 교제를 할 수 없고 인간 혐오적인 성향을 지닌 것은 자신이 받은 스파르타식 교육과 불행했던 가정환경에 기인하는 것이라고 밝히고 있다. 학교 공부와 별도의 음악수업을 이수해야 했던 그녀는 7세 때 이미 하루종일 꽉 찬 시간표를 가지고 있었으며, 「피아노를 치는 여인」의 주인공 에리카처럼 당시 누렸던 유일한 관능적 기쁨이란 유행하는 옷에 대한 관심뿐이었다고 한다. 정신병원에 수용되어 오랜 세월을 보낸 아버지와 똑똑하나 지배적인 어머니의 불행한 결혼생활에서 옐리네크는 지옥 같은 어린 시절을 체험하였고, 정신적으로 미쳐 가는 아버지와 함께 보낸 사춘기 시절은 그녀에게 가장 참기 어려운 경험이었다.

그의 아버지는 정신병이 발병되기 전까지는 나치가 그를 살려둘 만큼 중요한 연구업적을 남긴 유능한 자연과학자였다. 때때로 정신적으로 산만해지고 건망증이 심해질 때면 옐리네크는 아버지가 초기에 보인 증세를 상기하고 부쩍 불안해진다고 말한다. 정신적 능력이 저하될 것 같은 불안감이 영원히 그의 머릿속을 떠나지 않으며 아버지의 병이 유전될지도 모른다는 두려움을 지니게 된다는 것이다. 그는 정신병에 걸린 아버지를 미워하며 강하고 건강한 아버지를 가진 다른 친구들을 부러워했지만, 오늘날에 와서는 자신의 아버지가 다른 아이들의 아버지처럼 집안의 폭군이 되지 않았다는 사실에 오히려 감사히 여기고 있다고 한다.

독실한 가톨릭 신자였던 옐리네크의 어머니는 자신의 딸에게 엄격한 가톨릭 성교육을 시켰지만 그는 이런 어머니의 구속으로부터 벗어나려고 애써왔다. 그는 자신의 어머니를 '아이스쇼 어머니'라고 명명하는데, 그것은 어머니가 아이스쇼 선수를 훈련시키는 코치처럼 어린 시절부터 예술교육을 강요했기 때문이었다. 옐리네크가 갓난아이였을 때 어머니는 몇 시간씩 괴테의 시를 읽어주었으며, 3세가 되었을 때는 발레 교습을, 7세에는 피아노 레슨과 바이올린, 오르간을 배우게 하였다. 옐리네크의 어머니는 그를 세계적 음악가로 교육시키려 했지만 옐리네크는 이러한 어머니에게 반항하기 위해 음악이 아닌 문학을 택하였던 것이다. 그러나 옐리네크는 어머니가 자신을 예술가로 키우기 위해 무리한 교육과 억압을 행사했지만 결혼을 설득하거나 집안 살림 등 평범하게 시집갈 여자가 되기를 강요한 적이 없었고 자신의 삶을 위한 자아실현을 강조하였다는 사실에 감사한다고 말한다. 결혼한 지 12년이 넘었지만 뮌헨에서 살고 있는 남편과 떨어져 비엔나에서 어머니와 함께 살고 있는 옐리네크는 스스로를 생활에 미숙한 영원한 어린애이며 어머니에게 정신적으로 종속되어 있다고 말한다.

옐리네크는 남편을 자연과학자로서 뛰어난 두뇌와 상상할 수 없는 복잡한 사건들을 분해해서 공통점을 추려낼 수 있는 사람이라고 평한다. 그는 옐리네크가 심한 우울증과 어려움에 시달릴 때마다 도와주며, 두 사람은 솔직한 대화와 행동을 통하여 서로에게 부담을 주지 않고 자유를 인정하며 살아가고 있다고 한다. 옐리네크는 남녀 관계에서 이런 삶의 방식이 좋은 관계를 오래 유지할 수 있는 가장 좋은 방법이라고 믿고 있다. 그는 아버지와의 경험을 통해 여자의 힘에 의지하는 약한 남자를 싫어하며 진정한 의미에서 자립적이며 해방된 의식을 가지고 있는 주체적인 강한 남자들을 높이 평가한다. 옐리네크가 젊은 남자들을 선호하는 까닭은 나이든 남자들보다는 젊은 남자들에게서 이러한 독립적 유형을 많이 볼 수 있기 때문이라고 한다. 나이든 남자들은 기존의 틀과 고정된 사고에 사로잡혀 있지만 젊은 사람들은 아직 틀에 고정되어 있지 않으며, 바로 이들에게 변화에 대한 희망이 놓여 있기 때문이라는 것이다.

옐리네크는 자신의 내부에 근본적인 염세주의와 불행에 대한 공포가 존재하고 있다고 말한다. 그는 이성적이고 싶지만 항상 감정이 억제할 수 없는 격정으로 자신을 몰아가며, 스스로를 아름다운 것을 망쳐버리는 부정적인 성향과 모든 사물들, 타인들 그리고 자신에 대해 무자비한 비판을 가하는 자라고 평한다. 옐리네크는 그의 문학에 대한 일부 비평가들의 부정적인 시선에도 불구하고 많은 문학상을 수상하였다. 그는 만일 자신이 남자였다면 이런 수상에 전혀 가치를 두지 않겠지만 여성으로서 주위의 인정이 필요하고, 특히 오스트리아에서는 외국에시 수상하는 것을 상당히 평가하기 때문에 이 상들에 가치를 둔다고 말한다. 그것은 세계 어느 나라에서든지 여성들이 자신의 직업에서 인정받고 성공적으로 커리어를 개척해 나가려면 남자들보다 더 어려운 점이 많은데, 특히 문학세계에서는 여성들에게 위대한 창조성을 인정하지 않고 있기 때문이다. 꾸준한 여성운동을 통해 가부장적 남성권위주의가 많이 억제되기는 했지만 아직도 이 사회에는 여전히 전형적인 가부장적 남성사고가 지배하고 있으며, 남성들은 직업적 상승과 성취욕 때문에 항상 스테레오 타입적인 사고에서 벗어나지 못하고 있다. 그에 반해 여성들은 비관습적이고 반권위적인 견해를 가지고 있기 때문에 옐리네크는 여성이 남성들보다도 한 단계 높고 넓은 문화적 단계에 속해 있다고 믿는다.

옐리네크는 페미니즘 운동이 남성들에게 성적인 면에서 상당한 의식의 변화를 일으켰다고 주장한다. 남성들이 느끼고 있는 성에 대한 공포가 바로 페미니즘에 대한 그들의 반응으로 해석될 수 있기 때문이다. 옐리네크는 작품을 통해서 여성들이 욕정적일 때 남성들은 충격과 함께 거세에 대한 두려움을 느끼며, 여성이 욕정을 표시할 때 남성들은 그녀를 배척함으로써 여성들이 성에 대해 능동적인 권리를 지니지 못한다는 남성사회의 선입견을 보여주려고 한다. 성적인 면에서 남녀가 평등하지 않은 권력체제하에 있음을 보여주려는 것이다.

대부분의 독자와 비평가들이 옐리네크의 작품을 대할 때 성에 대한 대담하고 노골적인 표현에서 오는 충격으로 인해 그의 작품 내에 숨겨진 숙고된 심미적 형식을 간과하기 쉽다. 하지만 여러 인터뷰에서 밝힌 대로 옐리네크는 여러 해에 걸친 문학공부로 얻은 심미적 글쓰기를 작품에서 시도하고 있음을 무엇보다도 강조하고 있다. 이로 미루어보아 그의 작품은 결코 기분 내키는 대로 언어선택에 숙고함 없이 경박하게 써내려간 것이 아니라는 결론에 이른다. 그는 작품을 쓸 때 많은 독자확보를 생각한 적이 없으며 극작품인 경우 상연된다는 생각을 배제하고 있다고 한다. 그의 극작품 특히 「질병 또는 현대여성들」 같은 작품은 상연하기가 심히 난해한 것을 볼 때 분명 옐리네크가 집필시 독자나 상연 가능성에 대해 고려하지 않는 것은 사실인 듯하다. 그는 자신의 작품에 대한 부정적인 평론은 의식적으로 읽지 않고 긍정적인 평론만 읽음으로써 자기의 작품에 던져지는 혹평에 대처하며 보수적인 가부장적 권력체제의 전통사회에 도전하는 비판적인 글쓰기를 계속 실천해 나가고 있다. 그것이 남성사회에 대한 오만이고 허영으로 오해받는다는 것을 인정하면서도 옐리네크는 앞으로도 자신의 과격한 글쓰기를 포기하지 않을 것이다.

II. 작품해설

옐리네크의 글쓰기 시도는 프로이트Freud와 라캉Lacan의 정신분석과 롤랑 바르트Roland Barthe의 '일상의 신화'(Mythen des Alltags) 이론에 근거하고 있다.

다음에서는 옐리네크의 대표적인 연극작품을 소개하기로 한다.

1984년에 옐리네크가 쓴 연극에 대한 에세이 「나는 이를테면 도끼로 쳐내버린다」(Ich schlage sozusagen mit der Axt drein)에서 옐리네크는 연극에 대한 자신의 소견을 다음과 같이 밝힌다.

> 내가 연극작품을 할 때는 무대에 심리적으로 행동하는 인물들을 세우려고 노력하지 않는다. 나는 내 인물들을 초인간으로 확대하거나 축소시킨다. 나는 그들을 괴물로 만든다. 극적인 상황의 부조리성은 바로 인물들의 과장과 확대에서 일어진다. 나는 브레히트의 의미에서 유형Typen이나 의미 수행자Bedeutungsträger를 무대에 세우려 한다.[1)]

옐리네크의 인물들은 개성이나 성격을 지닌 인물들이 아니라 어떤 이념을 전달하거나 어느 유형을 대변하는 허수아비 같은 존재들이다. 따라서 이 인물들은 과장되게 묘사되어 관객에게 현실성이 결여된 인상을 준다. 등장인물들은 사람이 아니라 '유형의 수행자'(Typenträger) 또는 '의미의 수행자'(Bedeutungsträger)일 뿐이다. 이 인물들은 전형들이고 표본적 인물로 실제 존재할 수 있는 인간적 성격을 소유한 주인공들은 아니다. 그들은 생명이 없는 허수아비들이다. 옐리네크는 자신의 연극기법에 대해서 이렇게 말한다.

> 내가 사용하는 문학적 테크닉은 몽타주이다. 나는 내 인물들의 입에 각종의 발언을 얹어줌으로써 한 작품 안에서 다양한 언어적 차원을 시도한다. 나는 결점이나 약점이 있는 원

---

1) E. Jelinek: Ich schlage sozusagen mit der Axt drein. 1983. wiederzitiert: von Marlies Janz: Elfriede Jelinek. Metzler 1995, S. 31f.

만한 인간적인 인물을 그리는 것이 아니라 강력한 대립, 흑백의 진한 대립의, 일종의 목판화 같은 인물을 그린다. 내 주인공들이 걸어간 곳에 풀 한 포기 나지 못하도록 나는 이를테면 도끼로 깔끔히 쳐내버린다.

옐리네크는 자신의 유형들이 그들이 처해 있는 사회적 신분이나 위치에 맞는 언어를 대표하도록 각종의 언어구사를 시도한다. 그렇다고 이들이 입에 담는 언어의 내용을 이 인물들이 책임지는 것은 아니다. 이 인물들은 자신의 발언에 도덕적 또는 심리적 책임감을 느끼는 인간들이 아니기 때문이다. 작가가 그저 자기의 말을 준비해 꼭두각시의 입에 녹음시켜 놓았을 뿐이다. 이곳의 인물들은 어느 사회적 계층이나 유형의 언어를 전달하는 단순한 언어기계에 불과하다. 배우는 어느 한 유형을 대표하는 기호에 불과하며 인물의 심리적 요소는 완전히 배제되어 있다.

옐리네크는 극작품에서 사용하는 언어의 내용은 괴테 같은 고전적 대가의 작가들의 명구들, 성경의 구절들, 속담, 격언, 또는 매스컴이나 매스미디어에서 회자되는 말들이며, 그는 그 의미를 전도하여 사용함으로써 최고도의 해학적이고 아이로니컬한 비판적 효과를 내고 있다. 극작품의 주인공들이 내뱉는 언어는 간결하고 냉소적이며 논리적 연관성이 결여되며 텍스트의 난해함은 이루 말할 수 없는 지경이다. 인물들이 나누는 대화는 서로의 의견을 나누는 대화라기보다는 상대방을 무시하고 그저 혼자 지껄이는 독백에 지나지 않는다. 두 대화자의 의사소통은 완전히 단절되어 있다. 독자나 관객도 자신의 상상과 연상력으로 행간을 읽으면서 텍스트를 완성해 나가야 한다. 다음에 소개하는 두 개의 극작품도 '신화해체 작업'의 계열에 속하는 작품들이다.

1. 「노라가 자신의 남편을 떠난 후에 무슨 일이 일어났나? 또는 사회의 지주들」 (Was geschah, nachdem Nora ihren Mann verlassen hatte? oder Stützen der Gesellschaft)

이 작품은 1975년 소설 「연인들」에 이어 출판되었고 1984년 「클라라 S. 음악적 비극」, 「부르크 테아터(비엔나의 극장 이름)」와 「질병 또는 현대여성들」과 함께 『연극작품』(Theaterstücke) 이라는 책자에 묶여 다시 출판되었다. 이 작품은 그 제목이 연상시키는 대로 물론 입센의 「인형의 집」과 밀접하게 관련된 작품이며 집을 뛰쳐나온 노라가 그 후 어떻게 되었을까 하는 일종의 후속편이자 패러디로서 단지 무대만이 현대 자본주의 산업사회로 옮겨졌을 뿐이다. 노라는 세 아이를 가진 은행가의 아내로 중산층에 속하는 시민계급 출신의 여자이다. 그녀는 아내와 어머니라는 역할에서 벗어나 독립적인 주체성을 갖춘 인격체로서 대우받으려고 집을 나가 한 방직공장에서 여공으로서 일자리를 구한다. 그녀는 이곳에서도 여성들은 노동력을 제공하는 인격체로서는 물론 성적으로도 착취당하고 있음을 확인한다. 다른 여공들이 노동으로 심신이 지쳐 있음에도 가정에서의 따뜻한 아내와 어머니상을 동경하고 있는 반면에 노라는 이들의 전근대적인 생각이 틀린 것이라고 비난하며 나름대로 여성해방론을 펼친다. 하지만 실제의 자신의 행동과 생활태도와는 거리가 멀다. 노라는 자신의 여성해방 이론이 하층계급의 여공들을 설득할 수 없음을 알게 된다.

작가는 시민계층에 속했던 노라가 프롤레타리아 계층 여성들의 문제를 진정으로 이해할 수 없다는 한계를 제시하면서 여기에서 19세기 시민계급에서 출발한 여성운동의 한계를 지적하고 있다.[2] 이 공장을 방문하는 대기업가 바이강을 환영하기 위해 노라는 요염한 타란텔라춤을 추게 되고 노라에게 매혹당한 바이강의 정부가 된다. 바이강은 노라 앞에서는 온갖 애칭(종달새, 나의 태양, 나의 보물, 방울새 등)으로 그녀의 아름다움을 예찬하면서도 다른 남자들과의 대화에서는 빈번히 노라의 육체를 자본에 비유한다. 자본은 계속 증식을 통하여 더욱 많은 이익을 가져오지만 여자는 번식을 통해 육체적 손상을 입기 때문에 쉽게 노화해버리는 것이 자본과 다른 점이라면서, 아직도 노라가 그렇게 많이 생산하고도 몸매를 유지하고 있다는 사실이 신기한 일이라 말한다. 그리고 나중에 노라의 육체가 더 노화되면 그녀를 버릴 것을 암시한다.

옐리네크는 자본주의가 철저히 남성 위주의 가부장적 체제이며 남녀간의 성적 관계는 파시즘적 권력 관계임을 지적하고 있다. 바이강의 애인이 된 노라는 독립적인 자아를 찾겠다던 의식은 잊은 채 중산층의 안락하고 풍요로운 생활에 갈등 없이 익숙해져 가고 있다. 입으로는 여성운동가들의 정석적인 표어를 뇌까리면서도 마음속으로는 화려한 시민적 삶에 대한 관심을 버릴 수 없는 노라는 사이비 페미니스트이다. 노라의 내부에 뿌리박혀 있는 소시민적 의식을 비판하면서 작가는 페미니즘이라는 이름으로 신화가 되어버린 가상 페미니즘을 파괴하고 있는 것이다. 동시에 옐리네크는 시민계층에서 출발한 여성운동이 하층계급 여성들의 문제는 외면한 채 한낱 허황된 표어에 그치고 말았음을 암시적으로 지적하고 있다.

바이강은 공장부지 매입을 위한 정보를 캐내기 위해 은행간부인 노라의 전남편 헬머에게 보내는 밀정으로 노라를 이용하기에 이른다. 노라는 전남편 헬머가 마조히스트임을 알고 있기 때문에 가죽장화에 채찍을 들고 그를 방문하여 얼굴에 가면을 쓰고 신분

2) 참조 : Marlies Janz : Elfriede Jelinek. Stuttgart Metzler 1995, S. 33.

을 감춘 채 그를 채찍으로 때려 매입부지에 관한 모든 정보를 얻어낸다. 바이강은 노라를 이용하여 헬머로부터 정보만을 입수한 후 노라가 늙어버려 노화된 육체를 가졌다는 핑계로 그녀를 전남편 헬머에게 돌려보낸다. 노라는 다시 옛 남편과 아이들에게 돌아가 아무 갈등 없이 옛날의 소시민적 일상에 적응하게 된다.

이 작품에서 옐리네크가 신화 파괴의 기법을 적용시킨 부분은 이미 구호에 그친 페미니즘의 표어나 여자의 성에 관한 상투적인 통념들을 노라나 바이깅의 입을 통해 반복시키면서 이런 표제들이 내용 없는 단순한 '지껄임'에 불과함을 보여주는 것이다. 즉 여성성, 여성의 성적 욕구, 여성억압 및 페미니즘에 연관된 일반적으로 통속화된 통념을 하나의 신화로 선택하여 이런 상식적 문구들이 사람들의 입에서 그냥 반복되기는 하면서도, 실제로는 그 내용과 의미가 상실되고 있음을 희화화(戱畵化)함으로써 언어적으로 신화를 파괴하는 것이다. 여성이 성적으로 억압당하고 있음을 표현하는 노라의 발언을 예로 들어보자.

노 라　남자들은 여성의 육체를 더럽힘으로써 성스러워지는 반면에, 정욕이나 포르노는 여성을 죽이는 행위예요. 이것이 가부장제 지배유지를 위한 의식일 뿐 그 외에 아무것도 아니죠.(Nora, S. 23)

노 라　일반적인 사랑 관계에서 여자의 가치는 성적인 품행이 단정한가에 따라 결정되고 창녀성에 가까울수록 그 가치가 떨어지지요.(Nora, S. 18)

여성의 성에 관한 위와 같은 남성 가부장적인 발언들은 상식적 통념으로 알려진 것들이다. 노라는 여성의 육체와 성에 대한 비하적인 표현들에 대항하듯 열심히 입으로 지껄이면서도 실제로는 바이강이나 헬머 등 주위의 남자들에게 바로 자신을 성적인 제물로 제공함으로써 스스로 가치를 절하시키고 있는 것이다. 결국 노라는 입으로만 페미니스트이고 내용상으로는 페미니즘의 이념에 어긋나게 살고 있는 사이비 페미니스트인 것이다. 옐리네크는 노라가 입에 담는 통념적인 문구들을 일차적인 신화로 보아 그 의미를 희화화하면서 파괴하고 있다. 내용적으로는 독자적인 여성의식을 가지고 인형의 집을 뛰쳐나왔다는 노라가 전보다 더 타락한 삶을 영위하다가 결국에는 옛 남편에게로 돌아가는 결론은 노라의 통속적인 소시민성을 희화화하고 있는 것이다. 또한 1970년대 이후 발전된 '과격 페미니즘'(Radikalfeminismus)과 그 실제적인 성과에 대한 작가의 비판이 암시되고 있다.

> 노라의 페미니즘은 비정치적이고 단순히 일상신화적으로 파괴된 것이다. 이 페미니즘은 이 작품 전반을 통해 풍자되고 있는 전통적인 여성성의 스테레오 타입들과 함께 낡은 어법(클리쉐)일 뿐이다.[3]

2. 「클라라 S. 음악적 비극」(Clara S. Musikalische Tragödie)

「클라라 S.」는 1984년에 발표된 작품으로서 옐리네크가 「연인들」에서 '사랑'이라는 일상신화의 파괴를 시도하였고 「노라」에서 여성해방의 통속화된 개념을 야유하려 하였다면, 이 작품에서는 일상신화로서의 '천재 개념'(Genie-Begriff)의 해체를 시도했다

---

3) Marlies Janz : a. a. O. S. 36.

고 볼 수 있다. 옐리네크는 1980년에 출판된 단편소설 「내쫓긴 자들」(Die Ausgesperrten)에서 이미 천재에 대한 개념을 비판하고 있다.

「클라라 S.」의 구성은 두 개의 차원으로 이루어져 있는데 그 하나는 작품의 제목인 클라라 S.와 일치되는 '클라라 슈만'과 이탈리아의 유명한 시인 '가브리엘르 다눈치오'(Gabriele d' Annunzio, 1819～1896)의 만남이며, 다른 하나는 클라라 슈만과 로베르트 슈만간의 갈등이 묘사되고 있는 차원이다. 파시즘의 화신인 무솔리니가 국가시인으로 추대하였으며 유럽 심미주의를 대표하는 다눈치오와 클라라 슈만과의 만남은 역사적인 실제사건은 아니지만 옐리네크는 이 작품에서 두 사람의 만남을 설정하여 19세기 서구에 팽배했던 '천재성'에 대한 가부장적 개념을 파시즘과 접맥시키려 하고 있다. 다눈치오는 옐리네크에 의해 파시즘 시인으로 희화되고 있으며 클라라는 '실패한 예술가'의 전형으로 묘사되고 있다.

클라라 비크Clara Wieck는 아버지의 철저한 음악교육과 천부적인 재능으로 인하여 유명 피아니스트로 성장하였으나 로베르트 슈만과 결혼 후 예술가로서의 삶을 포기당할 뿐만 아니라 예술가적 재능조차 묵살되어 버린다. 6명의 아이를 낳아 길러야 했던 클라라는 작곡에 재능이 있음에도 불구하고 남편의 열등감을 의식해 재능을 감추어야 했으며 틈틈이 피아노 연주를 통해 버는 돈은 가족의 생계유지를 위해 써야만 했다.

이 작품의 부제가 '음악적 비극'(musikalische Tragödie)이라고 지칭된 것은 클라라가 지닌 예술적 창조성의 몰락을 의미하는 한편 니체의 「음악정신으로부터의 비극의 탄생」(Geburt der Tragödie aus dem Geiste der Musik)에서 표명된 '디오니소스적 천재숭배'[4] 사상과의 연관성을 암시하고 있다고 지적된다.

이 작품의 장소는 북이탈리아의 '가르다 호수'(Gardasee) 옆에 있는 '갈돈의 비토리알르'라는 다눈치오의 화려한 별장이다. 이 공원에는 무솔리니가 다눈치오를 칭송하기 위해 기증한 포함(대포가 설치된 배)이 정착되어 있고 여기저기 군비로 무장된 설비들이 눈에 뜨인다. 여기서 사령관Commandante으로 불리는 다눈치오가 한가운데에 국왕처럼 군림하며 그를 흠모하는 여인들에 둘러싸여 있다. 베니스의 피아니스트인 루이사 바카라Luisa Barcara, 발레리나인 카를로타 바라Carlotta Barra, 다눈치오의 부인인 공작부인과 가정집사인 아엘리스 마조여Aelis Mazoyer가 있고, 클라라와 그녀의 어린 딸 마리가 함께 있다. 이러한 인물들은 역사적 인물들이며, 이들의 의상은 타마라 드 렘피카Tamara de Lempicka라는 실제로 다눈치오와 가까웠던 여류화가의 그림에 근거하고 있다고 옐리네크는 작품 첫부분에서 밝히고 있다. 이곳에 등장하는 여인들의 발언은 대부분 렘피카와 다눈치오가 서로 교환한 서간집에서 인용되고 있으며, 클라라와 로베르트가 나누는 대화들도 실제로 두 사람이 교환한 서신에서 인용되어 옐리네크 특유의 간텍스트적 기법이 활용되고 있다. 또한 리아 엔드레스Ria Endres의 「토마스 베른하르트Thomas Bernhard에 관한 논문」도 이 작품에 영향을 미쳤음이 보여진다.[5)]

클라라는 남편 로베르트와 딸 마리와 함께 다눈치오를 만나기 위해 이탈리아로 간다. 독일 고전문학사에서 유명한 사건인 괴테의 이탈리아 여행과는 달리 클라라는 남편 로베르트의 창작활동을 위한 경제적 도움을 구걸하기 위해 떠난 것이다. 다눈치오는

4) 참조 : Marlies Janz : Elfriede Jelinek. Metzler 1995. S. 54.

5) 참조 : Ria Endres : Am Ende angekommen, Dargestellt am wahnhaften Dunkel der Männerproträts des Thomas Bernhard, hg. von Th. Beckerma, Frankfurt a. M. 1980.

클라라의 간청에 관심을 보이며 은근히 그녀와 어린 딸 마리를 성적 대상으로 강요한다. 여기에서 예술적 창작행위와 천재성도 물질 앞에 아무런 위력이 없으며, 클라라를 비롯한 다른 여류예술가들은 다눈치오라는 예술황제의 눈에 한 성적 대상으로서만 비칠 뿐이다. 처음에 클라라는 다눈치오의 추근거림을 피하면서 남편의 천재성을 강조하며 진정으로 남편을 구해줄 것을 애원하지만, 피아니스트 루이제나 발레리나 카를로타는 이미 예술가라는 천재성에 대한 품위를 벗어나 자신의 육체를 경제적 수단으로 이용하여 다눈치오와 일정한 육체적 계약을 맺고 있음이 나타난다.

카를로타 나는 봄에 여행을 할 텐데 사령관님께서 이미 나와 계약을 끝내셨고 계약금까지 지불하셨지. 그때까지 그저 대략 120번 정도만 잠자리를 해주면 되지. 기껏 해봤자 말이야.(Clara. S., S. 89)

다른 여자들이 자신의 예술활동을 위하여 적당히 현실적인 타협을 하는 반면 클라라는 천재라는 개념에 대한 철저한 가부장적 사고를 가지고 있으며, 진정한 천재성은 남성에게서만 실현된다는 확신에서 남편 로베르트와 다눈치오 같은 천재적인 남성들을 존경한다. 남성적 천재성의 환상에 사로잡혀 있는 클라라는 자기 자신의 천재성을 스스로 인정하지 않는다. 클라라와 다눈치오와의 대화에서 클라라는 다눈치오에 대한 존경심을 표현하고 있으나, 그는 자신의 예술성에 자신을 갖지 못하는 클라라에게 실망하고 있음을 알 수 있다.

클라라 (자신을 억제하면서 그에게 다가가서 그의 뺨에 어린애 같은 키스를 한다) 제발, 여기 머물게 해주세요. 그래서 제가 당신의 발 아래 앉을 수 있도록 해주세요, 가브리엘르!

사령관 (그녀를 만진다) 내가 고통스럽게 느끼는 것은 내가 이 피아니스트를 무대 위의 커다란 승리 후에 한번도 소유해보지 못했다는 사실이지. 아직 청중의 숨결의 온기가 느껴지며 땀에 흠뻑 젖어서 헐떡이며 창백해진 모습을 했을 때. 이를테면 '햄머 클라비아' 소나타 연주 후, 아니면 땀을 빼게 하는 차이코프스키의 피아노 협주곡이 끝난 다음 말이지. 그런데 지금은 형편없군.

클라라 (절망해서) 아리엘! (작은 소녀처럼 그의 목에 달려들어 포옹하려 한다) 이탈리아의 군주시인! (운다) 당신… (훌쩍인다) 당신 예술의 제왕!

사령관 (익숙한 듯, 피곤한 듯) 순식간에 쭉 뻗어버린 당신을 보다니. 당신의 내부에는 괴물인 관중으로부터 환호성을 자아내게 하던 그 힘이 있었는데. 지금 당신은 지쳤고 누군가가 당신을 집어서 뒤흔들어 주기를 바라는 욕망에 헐떡이고 있군. 이리 와요. 우리 곧 그 일을 해봅시다! 그리고 나서 용감한 정복자와 대담한 예술가가 서로 무엇이 다른지 가르쳐주지. 원칙적으로는 다를 게 없지.(Clara S., S. 87)

다눈치오는 여성의 육체를 대중과 연결시키는 파시즘적 환상을 가지고 있다. 옐리네크는 리아 엔드레스의 「토마스 베른하르트에 관한 논문」에서 엔드레스가 극단적인 천재성을 희화하고 있는 부분을 이 작품에 차용하고 있다. 엔드레스는 "천재성과 과도한 일회성을 추구하는 동경은 언어를 정지시켜서 되풀이, 되돌이, 유사어 반복만 남기는 에너지를 방출할 뿐이다. 그리고 남성에게만 천재성을 인정하는 후기 시민적 사고에서는 두뇌가 자신의 적으로 등장하게 된다. 평범한 중간적인 상태를 능가하는 천재라는 낭만적 사고는 베른하르트의 텍스트에서 하나의 치명적인 웃음거리로 일그러지고 있다. 자아실현은 공허한 착각으로 되어버린다"[6] 고 말한다. 자아실현은 허망한 광기가 된다. 골수 덩어리로 가득 찬 머리는 육체에 속한다. 스스로 최고의 천재라고 믿고 있던 베른하르트를 희화하는 리아 엔드레스의 아이러니인 것이다.

엘리네크는 엔드레스의 인용을 빌려 클라라가 사용하는 소위 '과격한 페미니스트'적 상투어들을 파괴하려고 하였다. 클라라는 이 작품에서 언어 사용이나 행동에서 통일된 견해 태도를 가지고 있지 않다. 그녀는 여러 가지 언어층과 뒤섞인 견해들을 표명하면서 상투어와 피상적 말들을 내뱉는다. 그녀와 딸 마리의 관계에서 특히 얼마나 클라라가 시민적이고 가부장적 사상에 사로잡혀 있는가를 알 수 있다. 클라라는 그녀의 아버지가 자신에게 천재에 대한 남성적 사상을 주입시켜 천재로 키우려 했지만 남편 로베르트가 이를 빼앗아갔다고 추억한다.(클라라 S., S. 86) 그러나 자기 딸 마리를 천재로 키우려고 맹연습을 시키면서도 소위 '남성적 천재성'에 대한 선입견을 버리지 못하고 남편 로베르트가 정신병원에 가기 전에 위대한 심포니를 작곡해야 한다는 희망과 집념을 강력히 표현하면서 남편을 위하여 희생하는 현처의 모습을 보인다. "그만이 이 작품을 쓸 것이며 그들의 집은 이렇게 해서 음악사의 한 장을 장식한다"(클라라 S., S. 82) 고 외친다. 남자인 남편만이 천재가 될 수 있으므로 반드시 천재로 성공시켜야 한다는

---

6) 참조 : Ria Endres. Am Ende angekommen. S. 34f.

클라라의 가부장적 일념은 결국 그녀를 다눈치오를 향해 구걸여행을 떠나도록 한 것이다. 클라라는 두뇌가 무거운 천재는 문제가 있음을 인식은 하고 있으나 '천재성'에 대한 '이상형'으로의 개념을 버리지 못하고 있다. 오히려 그녀는 천재성과 광기 사이의(클라라 S., S. 71) 연관성에 대해 확고하게 확신을 가지고 있다.

> 천재성이 자리하는 두뇌에 대한 옛 시민적인 꿈. 허망한 대광기! 혈통을 가진 가계. 무거운 두뇌의 짐을 그는 끊임없이 끌고 다닌다. 아직 씌어지지 않은, 작곡되고 이야기되지 않은 무엇인가에 대한 열광적인 동경. 독창성! (구역질을 하면서. 그녀는 목을 조른다) (…) 최고의 일회성에 대한 끊임없는 동경(…)은 에너지를 방출하고, 그리고 예술의 기계는 돌고 또 돈다. (…) (클라라 S., S. 86)

한편 클라라는 남편이 천재로 성장하기 위하여 자신은 현모양처로 남아야 된다는 것을 한탄하며 6명의 아이를 낳고 살림을 돌봄으로써 자신의 재능은 매장당했다고 불평한다. 클라라는 미친 로베르트가 「푸른 도나우 왈츠」 혹은 「베토벤의 5번 교향곡」같이 유치스런 감상적 선율을 웅얼거리며 자신의 작곡이라고 우기자 슈만의 「fis 장조 소나타」를 피아노로 쳐주면서 이것이 그가 작곡한 독창적인 작품이라고 설득한다. 하지만 정신착란에 빠진 로베르트가 그녀를 사기꾼이라고 욕설하며 클라라의 말을 들으려 하지 않자 그녀는 남편을 목졸라 죽인다.

여기서 중요한 점은 클라라의 남편 살인이 남자를 제거하려는 과격 페미니즘의 행동으로 잘못 해석되어서는 안 된다는 점이다. 로베르트가 자기 작품의 독창성을 부인할 때 클라라 자신은 '독창적 천재'에 대한 고정관념에 매달려 있었던 것이다. 그녀가 자신의 남편을 살해함으로써 독창적 천재의 신화는 복구되는 것이다. 결코 '페미니즘적 해방의 시도'로 이해되서는 안 된다.[7] 오히려 그녀는 천재에 대한 남성적 관념을 구하기 위해서 남편을 죽이는 것이다.

리아 엔드레스는 "여성의 기회라는 것은 점점 빨리 진행되는 (남성들의) 죽음의 의식에서 이탈해버리는 것"[8] 이라고 여성해방의 유토피아적 세계를 구상하고 있지만, 옐리네크는 「클라라 S.」에서 보이는 것처럼 이 죽음의 예식을 직접 수행한다. 천재성에 대한 철저한 가부장적 사고에 사로잡혀 있는 클라라는 단순히 이러한 사고의 희생자일 뿐만 아니라 행위자인 것이다. 그녀의 머리는 예술성에 대한 고정관념과 신화로 가득하고 그녀가 입으로 내뱉는 과격 페미니즘적 표어들은 행동과 일치하지 않는 허황된 구호로만 남게 되는 것이다.

에필로그에서 클라라는 목졸려 죽은 로베르트의 시체를 자신의 무릎에 올려놓고 추크슈피체Zugspitze를 연상시키는 높은 산꼭대기의 '예술 식물원'(Art Alpinum)에 앉아 있지만(Clara S., S. 123) 이러한 모습은 마리아가 예수의 시체를 안고 있는 성화 Pieta의 종교적인 분위기라기보다는 살로메의 모습을 연상시킨다. 클라라는 디른들Dirndl을 입고 있으며 주위 사람들은 멋진 스키복 차림이다. 클라라는 이렇게 말한다.

> 나는 이제 여성적인 과격성을 더 이상 두려워하지 않고 팔루스적 상징을 올라탄다. (Clara S., S. 124)

---

7) 참조 ; 앞 글, S. 58.
8) 참조 ; Endres : Am Ende gekommen. S. 104.

여기 모여 있는 사람들은 높은 산의 정상을 정복하는 상류층의 스키 타는 사람들이며 여기 섞여 있는 클라라도 정상을 오르는 작업을 하는 스키선수인 것이다. 결국 옐리네크는 클라라가 입으로 외치는 과격 페미니즘을 스키를 즐기듯 '팔루스적인 상징'을 정복하는 것으로 끝내버리면서 외양으로만 실현된 듯이 보이는 과격 페미니즘을 희화하고 있다. 로베르트를 죽인 후에 클라라는 그에 대한 자신의 애정을 고백한다. 여기에서도 그녀의 철저한 가부장적 사고와 예술가와 주부 역할 간의 갈등이 보인다.

> 로베르트, 당신의 사랑이 무한히 나를 행복하게 하는군요! (그를 흔든다) 내가 당신을 사로잡는 일이 가능할까 하는 생각이 나를 떠나지 않는군요. 나는 될 수 있는 한 예술가와 주부를 결합시키려고 애쓰지요. 그것이 어렵습니다.(Clara S., S. 126)

클라라는 자신의 예술성에 자신감을 잃고 로베르트가 지닌 정신이 자신에게는 존재하지 않음을 인정한다.

> (그녀는 로베르트에게 몸을 굽히며, 가슴에서 무엇인가 부스럭거리며 꺼내 펴서 읽는다) 오, 당신의 마지막 키스! 고마워요. 당신의 순종하는 클라라, 아내입니다. (종이를 무심코 떨군다) 그렇지만 당신이 내게서 바란다 해도, 이 가곡을 작곡하는 일은 나는 못하겠어요. 게을러서가 아니에요. 그 곡을 위해 당신이 지닌 정신을 나는 갖지 못했어요.(Clara S., S. 126)

이 장면에서 클라라는 자신의 창조성을 완전히 부정하며 예술가로서의 자질을 포기하고 있다. 그녀는 "피아노로 가서 로베르트

에게 치명적인 타격을 준 살롱풍의 멜로디를 치기 시작한다." (Clara S., S. 126)

마지막 장면에서 클라라는 남편이 흥얼거렸던 '유치한 감동적인' 살롱풍의 곡을 연주하면서 그의 뒤를 따를 것을 결심하며 죽어간다. 두 사람의 시체 위에 조용히 눈이 쌓인다. 이 작품은 전통적인 '천재 개념'과 '남녀 성차별'에 관한 신화를 보여주는 동시에 다시 그것으로의 복귀를 패러디하고 있다. 클라라는 "나는 오로지 낭신의 다정한 신부Herzensbrautm dchen로만 남고 싶다" (Clara S., S. 126)고 외친다. 그녀는 자신에게는 로베르트가 지녔던 참다운 예술적 창조성에 필요한 정신이 부재하다고 주장하며 여성과 남성에 대한 전래적인 견해를 고정시키고 있다.

「클라라 S.」는 두 가지 측면에서 이루어지고 있는데 그 하나는 예수의 수난을 비통해하는 성모마리아 상mater dolorosa과 살로메를 대비시켜 민속적으로 혼합하여 희화하고 있고, 다른 한편으로는 주인공인 클라라가 천재성과 여성성에 대한 온갖 고정관념을 재생시킴으로써 이 두 개념을 위해 기존의 전래 패러다임, 즉 신화를 패러디적인 효과로 파괴하는 것이다. 재미있는 사실은 이 작품의 진행이 계속해서 천재성과 여성성에 대한 고정신화를 해체하려는 과정이라면, 주인공인 클라라는 반대로 이 신화를 재생시키려고 역행하고 있다는 사실이다.

옐리네크는 「클라라 S.」에서 클라라와 로베르트 슈만 부부를 통해 19세기에 만연된 천재성에 대한 고정관념을 패러디하고 있으며, '위대한 예술작품'을 살린다는 미명 아래 클라라가 파시즘의 화신인 가브리엘르 다눈치오 사령관과 물질적인 흥정을 벌이는 장면을 통하여 예술이 파시즘, 자본주의적 시장성과 철저히 결탁되어 있음을 시준하고 있다. 이 작품의 주인공들이 하는 대사는 의미의 통일성이 없으며 각각 그 주인공의 성격을 나타내주는 멘트가 아니다. 이를테면 클라라는 로베르트 슈만의 말을 자기 대사처럼 말하며, 리아 엔드레스의 말은 클라라와 사령관의 입을 통해 전달된다. 인용된 말의 출처는 뒤바뀌어 임의대로 주인공들의 입에 얹어진다.

옐리네크의 연극이론을 설명하면서 이미 언급했듯이 주인공들은 통일성을 지닌 인격체들이 아니라 단순히 작가의 의도적인 대사를 반복하는 허수아비들인 것이다. 이러한 '옐리네크의 간텍스트성'은 이미 존재하는 텍스트나 인용문구들을 주인공들에게 서로 바꾸어 가며 말하게 하는 콜라주 기법으로, 이를 통해 옐리네크는 언어적 측면에서 신화의 파괴작업을 시도하고 있는 것이다. 옐리네크가 「연인들」, 「노라」, 「내쫓긴 자들」에서 내용층위의 '신화 파괴작업'을 이행했다면 「클라라 S.」에서는 언어적 차원에서 이러한 작업을 이행한다고 볼 수 있다. 그의 언어적 신화 해체작업은 의미론적 콜라주 기법을 통하여 언어 스스로 그 내면을 폭로하도록 만드는 정치적이고 이념비판적인 의도를 지닌다. 언어 자체에 가해진 신화 해체작업은 「질병 또는 현대여성들」에서 극에 달해 주인공들이 입에 담는 대사들 하나하나가 전혀 연관성이 없고 그 의미가 상실되어 텍스트의 난해성이 극심화되고 있다.

옐리네크의 몽타주 기법, 콜라주 기법, 의미상실화 Sinnentleerung 기법을 들어 누군가가 '포스트모던'적인 것과 그의 작품이 어떤 연관성을 가지고 있는지를 물었을 때 그는 포스트모던한 것과의 연계성을 일언에 거부했다고 한다. 옐리네크는 "포스트모던적인 것은 모든 것이 동등하고 냉담하게 장식적으로 서로 똑같은 선상에 병렬되어 있는 문체이지만, 나의 텍스트는 앙가주망을 담은 글로서, 역사적 차원에서 현재를 가시화하려는 것이며 정치적 발언들과 연관되어 있다"고 언급하며, 그것이 바로 포스트모던적인 것과 구별되는 결정적 요소라고 주장한다.

이상에서 '신화의 해체'라는 주제 하에 옐리네크가 구사하는 글쓰기를 살펴보았다. 옐리네크의 주제나 언어가 선동적이고 과격하며 도전적이라는 비난에도 불구하고 문학작품으로 평가받는 이유는 신화 파괴작업을 목적으로 하는 그녀의 탁월한 언어해체 및 구사력에 있다고 하겠다.

참고문헌

1차 문헌

Jelinek, Elfriede: Die Liebhaberinnen. Hamburg 1975.

dies.: Was geschah, nachdem Nora ihren Mann verlassen hatte oder Stützen der Gesellschaft, in: Theaterstücke. Hamburg 1992.

dies.: Clara S. Musikalische Tragödie, in: Theaterstücke. Hamburg 1992.

dies.: Die Klavierspielerin. Hamburg 1983.

dies.: Lust. Hamburg 1992.

dies.: Die endlose Unschuldigkeit. Prosa-Hörspiel-Essay. Schwifting. München 1980.

Barthes, Roland: Mythen des Alltags. Frankfurt a. M. 1964.

2차 문헌

Bartsch, Kurt/Höfler, Günther A. (Hrsg.): Drossier 2: Elfriede Jelinek. Graz 1991.

Endres, Ria: Am Ende gekommen, dargestellt am wahnhaften Dunkel der Männerporträts des Thomas Bernhard, hg. von Th. Bechkermann, Frankfurt a. M. 1980.

Gürtler, Christa (Hrsg.): Gegen den schönen Schein. Texte zu Elfriede Jelinek. Frankfurt a. M. 1990.

Janz, Marlies: Elfriede Jelinek. Stuttgart 1995.

Presber, Gabriele: Elfriede Jelinek, in: dies.: Frauenleben, Frauenpolitik, Rückschläge zu Utopien, Gespräch mit Elfriede Jelinek u.a. Tübingen 1992. S. 7~37.

Text + Kritik: Elfriede Jelinek. hrsg. von Heinz Ludwig Arnold. München.

Gerlind Reinshagen
게를린드 라인스하겐
— 연극으로 그린 여성의 삶

김 미 란(숙명여대)

작가 소개 : 게를린드 라인스하겐 Gerlind Reinshagen (1926~)

1970~80년대 독일의 가장 탁월한 여성극작가 중의 한 사람인 게를린드 라인스하겐은 1926년 5월 4일 오스트프로이센 쾨니히스베르크에서 출생하였다. 1944년 김나지움을 졸업한 후 약사 견습을 하고 1940년대 후반에는 건축공사장, 공장에서 보내다가 대학에서 약학을 전공하였다. 약국과 공장에서 일하던 시절 라인스하겐은 이미 시와 단편소설을 쓰기 시작했으나, 대화의 재능을 인정받고 권유에 따라 방송극을 썼다.

1956년 30세의 나이로 직업작가로 활동을 시작한 라인스하겐은 9편 이상의 방송극을 쓴 다음 첫 희곡작품 「쌍두」(雙頭, Doppelkopf)를 1967년 발표(1968년 프랑크푸르트 초연)하였다. 1971년에는 희곡 「마릴린 먼로의 삶과 죽음」(Leben und Tod der

Marilyn Monroe)이 다름슈타트에서 초연되고 이어서 1974년에는 「하늘과 땅」(Himmel und Erde, 슈투트가르트 초연)이 발표되었으며, 1976년에 희곡 「일요일의 아이들」(Sonntagskinder, 슈투트가르트 초연)이 무대에 올려졌다. 라인스하겐은 이 작품으로 그 다음해인 1977년 독일의 저명한 뮐하임 극작가상Mülheimer Dramatikerpreis을 수상하였다.

1980년에는 「일요일의 아이들」과 함께 '독일 삼부작'을 이루는 「봄축제」(Frühlingsfest)가 보쿰에서 초연되었다. 1982년에는 「강철심장」(Eisenherz, 보쿰에서 초연)이, 1986년에는 「여자 어릿광대」(Die Clownin, 뒤셀도르프 초연)가 발표되었다. 1986년에는 '독일 삼부작' 마지막 희곡 「춤춰요, 마리!」(Tanz, Marie!)가 다름슈타트에서 초연되었다. 1988년에는 「불꽃」(Feuerblume)이 브레멘에서, 1992년 「세 가지 소원」(Drei Wünsche frei)과 「낯선 딸」(Die fremde Tochter, 1993년 스위스 바젤에서 초연)이 발표되었다. 지금까지 라인스하겐은 프리데리케 로트와 엘프리데 옐리네크와 함께 독일어권 연극계에서 가장 많이 공연되는 여성극작가로 인정받고 있다.

게를린드 라인스하겐은 극작을 통하여 전후 독일 사회에 대한 자신의 소견을 피력하는 작가이다. 그녀는 희곡을 쓰면서 자신이 속한 사회를 분석하고, 그 사회의 약점을 검증하는 동시에 유토피아적 목표를 향한 전망을 제시하기도 한다. 한 인터뷰에서 라인스하겐은 자신이 희곡을 쓰는 이유를 다음과 같이 설명한다.

> 첫째, 한 시대와 한 인물, 한 상황에 대한 정확한 비유를 발견할 수 있기 때문이고 둘째, 세부 사항을 아주 분명하게 표현함으로써—신사실주의의 방식으로—관찰자의 집중력을

한 방향으로 몰아, 자동적으로 추론할 수 있게 하기 때문입니다.[1)]

라인스하겐의 극에 등장하는 인물과 그들의 태도는 유형적으로 한 세대의 자기이해를 위한 강한 진술력을 갖고 있다. 한 사회구조에서의 역할행동으로 제한되어 있는 인물들과 그들이 그로 인해 겪는 어려움도 그려진다. 특히 그녀의 여성 등장인물들은 대부분 상황이나 성격 때문에 현실환경의 주변에 머물면서 그곳에서부터 형안을 얻게 된다. 라인스하겐 자신이 '독일 삼부작'이라고 명명한 「일요일의 아이들」, 「봄축제」, 「춤춰요, 마리!」에서는 40년의 시간 간격을 두고 열두 여성들의 삶을, 즉 소도시 여자, 전쟁 중 여자, 전후의 여자, 사업가 부인, 시인 부인, 여배우, 여교사, 히피 여자, 자연의 품으로 돌아간 여자들의 삶을 그리고 있다. 이들 중 많은 여성들이 타인의 결정에 의하여 사는 삶에서 부자유를 느끼며, 꿈을 상실해가고 있음을 깨닫고 있다.

라인스하겐은 이러한 여성들과 주변환경과의 관계를 현미경을 들여다보듯 정확하게 관찰한다. 그리고 그들의 행동방식과 반응들에 관심을 갖고 기록하지만 주석을 붙이지는 않는다. 그녀의 사회적 사건들에 대한 분석은 솔직한 사회비판으로서 무대 위에서부터 하향적으로 내려보내는 것이 아니라, 관객 안에서 이러한 비판이 일어나도록 자극하는 것이다. 라인스하겐은 특별한 방식으로 전후 사회와 자신의 세대를 기록하는 "연대기 작가"[2)]로 불리

1) Interview mit Gert Jäger, Theater heute, Juli 1976, hier: "Drewitz, Ingeborg: Gerlind Reinshagen", in: Puknus, H. (Hrsg.): Neue Literatur der Frauen. Deutschsprachigen Autorinnen der Gegenwart. München 1981. S.105.

2) Schulze-Reimpell, Werner(Hg.): Stücke '76~'90. Köln 1991. S. 47.

기도 한다. 그러나 그녀의 기록방법은 이데올로기 비판적 작업방식이 아니고 사회학·심리학적도 아닌, 시적인 방법이다. 그녀는 개인의 주변적 일상과 "내면적 이야기들"을 그리되, 이성적이 아닌 꿈과 "허구적 대화 파트너나 또는 상이한 여러 언어차원"을 끼워넣는 방법으로, "상상과 현실의 불일치"를 나타내려고 한다.[3]

그러면서 라인스하겐은 자신의 연극에서 관객들이 도피처를 찾는 것에 대해 이의를 제기하지 않는다. 오히려 그 안에서 자신을 성찰하고 새로운 계획을 세우며 가능성을 향해 출발할 수 있는 공간을 발견하기를 기대한다.

> 왜 극장이 도피장소 같은 것이 되면 안 됩니까? 이것은 개인적이고 목가적인 것으로 들어간다는 부정적인 의미에서가 아닙니다. 오히려 그 반대로 자신에 대해 자각하고 정화하는 집중의 장소이며, 새로운 계획을 세우는 공간이고, 가능한 공격을 위해 출발하는 지점을 의미하는 것입니다.[4]

'게임'(Ein Spiel)이라는 부제가 달린 게를린드 라인스하겐의 첫번째 희곡 「쌍두」(Doppelkopf, 1968)[5]에서는 사회적 역할에서 벌어지는 게임을 시험하고 있다. 이 극에서 라인스하겐은 직업사회에서 근무와 여가시간이 겹치는 장소, 한 가지는 다른 한 가지의 기능이 되는 곳에서 한 출세주의자의 행동을 분석한다. 즉 매

---

3) 참조; Barner, Wifried (Hrsg.): Geschichte der deutschen Literatur von 1945 bis zur Gegenwart. München 1994. S. 674ff.

4) Reishagen, Gerlind: "Der Mensch muß träumen. Gespräch mit Horst Laube", in: Dies.: Gesammelte Stücke. Frankfurt am Main 1986. S. 631. 이하에서는 이 작품집을 GS.로 줄여 표기한다.

5) '쌍두'(Doppelkopf)는 독일의 오래된 4인조 카드게임을 말하기도 함.

년 열리는 회사축제에서 기회주의자적 아첨과 허풍선이들의 반항에 이르기까지 모든 일들이 뒤섞이는 회사잔치에서 사람들은 한 번쯤 인간다워질 수 있다. 그러나 사회적 특권체제의 게임규칙을 위반할 정도로 지나쳐서는 안 된다.

30대 중반의 하인리히 호프만은 하급 근로자에서 출발하여 경리사원을 거쳐 지점장의 오른팔이 될 정도로 출세하였다. 그가 계획하고 준비하는 이 축제는 승진의 기회이다. 그는 이 기회에 사장단 앞에서 자신의 지도능력을 입증해야만 한다. 그는 사장에게 잘 보이려고 이곳에 없는 고추냉이를 조달하기도 하며 한 지점장과 은밀한 밀약을 맺고 자신을 비호하는 다른 지점장을 내쫓으려고 한다. 사장과 지점장들 테이블의 옆 테이블 술좌석에는 경리사원, 작업반장 등 그의 입사 초기 동료들이 있다. 호프만은 그들과 거리를 취하지만 좋은 회사 분위기를 위하여 허풍을 치며 양쪽 테이블 사이를 오락가락한다. 이전 동료들은 그를 자극하여 싸움으로 끌어들여, 사장과 지점장들 앞에서 그를 형편없이 조롱한다. 근로자들은 사장님과 사장 독재에서 빠질 수 없는 소도구, 아첨꾼에 관한 심술궂은 교육극을 극중극으로 즉흥적으로 연기한다. 호프만은 그 조롱과 굴욕을 견디지 못하여 평정을 잃고 히스테릭하게 증오심을 폭발시키며, 이제까지 자신의 출세를 위하여 필요했던 모든 사람들을 적으로 만들고 기만적인 사회와 마지막 결산을 한다. 출세의 꿈은 꿈으로 끝난다.

라인스하겐은 이 극에서 사실주의적 환경묘사와 함께 범속성과 에로티시즘, 출세주의의 세부 사항들을 유희적으로 과장하여 현실성을 제거하는 수단과 연결시킨다. 즉 극중극, 동시무대, 고대극으로부터 인용하여 그로테스크하게 만든 조망대식 보고, 포스터 등을 상징수단으로 사용한다. 「쌍두」는 동료들이 호프만의 약점을 폭로한 게임일 뿐만 아니라 그의 인생게임이기도 하다. 그 게임에서 그는 양쪽 편에서 균형을 잡아야 한다. 근로자들과 지점장들 사이에서 동시에 연대의식을 유지해야 한다. 그러나 라인스하겐은 그 사회구조 안에서의 균열을 확인하는 해결 이외의 다른 해결을 발견하지 못한다. 프롤로그에서 "이미 많은 사람들이 기진했습니다 —정상 앞에서"[6] 라고 재앙을 예감했던 난쟁이 급사는 호프만의 하강에 대하여 마지막에 주석을 단다. "한 남자의 가운데가 갈라졌습니다. (…) 그는 아직 살아 있으나 더 이상 아름답게 보이지는 않습니다. 아마도 그 남자는 더 오래 그렇게 살 것입니다. 어쩌면 누군가 그를 한데 꿰맬지도 모릅니다. 그러면 여러분, 그러면 언젠가 그는 그 솔기가 터져 죽게 될 것입니다. 안녕히 가십시오!"[7]

라인스하겐은 이 첫번째 희곡에서 이미 은어, 심리, 사교 형태 등의 일상에 대한 정확한 인식과 묘사로 두각을 나타낸다. 그녀는 개별사건에서 실례를 볼 수 있고, 심리에서 비유로 이르게 되는 공명심을 전개시킨다. 라인스하겐에게는 두 영역 사이에 끼여 있는 여러 감정을 가진 개별인간이 사회학적이고 정치적 이론을 갖고 있는 유형적 인간보다 더 중요하다.[8]

두 번째 실험적 희곡 「마릴린 먼로의 삶과 죽음」(Leben und Tod der Marilyn Monroe, 1971)에서 라인스하겐은 좀더 대담하게 이 여성 스타의 비극적 일생에서 사회적 하층 출신의 한 처녀를 명성과 부로 상승시켰으나, 그 자신의 정체를 발견할 수 없게

---

6) Reinshagen, Gerlind : Doppelkopf, in : GS. S. 8.
7) Reinshagen, Gerlind : Doppelkopf, in : GS. S. 76.
8) Hensel, Georg : Spielplan. Der Schauspielführer von der Antike bis zur Gegenwart. 2 Bände. München 1992. Bd. 2. S. 826~833, 828 참조.

만드는 키치문화 산업의 메커니즘을 표본적으로 폭로하려고 시도한다. 이 작품의 시작 부분에 작가는 이 극에 대해서 다음과 같이 암시적인 설명을 앞세운다.

> 이것은 한편의 화보 이야기입니다.
> 이것은 마릴린에 관한 이야기가 결코 아닙니다.
> 이것은 사람들에 관한 이야기이거나 혹은 사람들이 이야기를 어떻게 만드는지에 관한 이야기입니다.
> 이것은 사람들이 마릴린에 관하여 만드는 이야기이거나 혹은 마릴린의 표상에 관한 이야기입니다.
> 이것은 수천 년 전부터 사람들이 표상들에 관해서 만든 이야기들에 관한 이야기입니다.[9]

전기적이고 전설적인 세부 사실들이 조립된 이 장면들의 콜라주에서는 이 스타의 일생을 재구성하는 것이 아니라, 관객집단이 만들어내는 신화와 그 신화가 스타에게 끼치는 영향을 보여준다. 이 주인공과 관객 사이에는 극적 상황을 구성하는 긴장영역이 수립된다. 「쌍두」에서처럼 등장인물들의 집단이 마주 서 있다. 먼로는 그 교체 가능성을 암시하기 위하여 "적어도 세 명의 여배우들"에 의해 연기되어야 한다. 무대 위에 있는 남성들의 무리로부터 그때그때 먼로의 파트너가 떨어져 나온다. 세 명의 양아버지들과 그 다음에는 그녀의 세 남편, 경찰과 제임스 도거티, 농구 스타 조 디마지오, 극작가 아더 밀러 등이 등장한다. 그리고 영화인으로 다릴 F. 자누크, 빌리 와일더, 제임스 딘이 이 남성 그룹에 속

9) Reinshagen, Gerlind: Leben und Tod der Marilyn Monroe, in: GS. S. 77.

한다. 영화 속 배역들의 가상의 정체가 인생의 역할이 되고 현실과의 거리로 위축되고 있다. 왜냐하면 그녀의 가슴, 금발머리, 사랑스러운 표정을 우상화하지만, 인간 마릴린은 알 수도 없고 알려고 하지 않는 정글 속의 군인들이나 그녀의 아름다움과 매력을 돈으로 사서 자신들을 치장하려 한다. 그러나 유능하게 배역에 맞는 미소를 지어내는 적응력에 대해서는 알지 못하는 부유하고 유명한 애인들도 이 슈퍼스타의 충족되지 못하고 쫓기는 삶을 수용할 능력이나 각오도 되어 있지 않다. 소녀이자 여인, 사랑하는 여자로서 그녀는 슬럼에서 출발하여 우상적 존재로 상승하였으나 영광과 명성, 할리우드의 생활에 의해 희생된다. 자아가 없는 인간은 행복이 낯설고(그러나 행복한 것으로 찬미된다), 고통에 맞서지 못하며 무너진다. 구원을 청하는 자살의 외침도 들리지 않거나 아니면 늦게서야 비로소 들린다. 게다가 그녀의 죽음은 상업화되고 마릴린 먼로는 할리우드의 상징이 된다. 우상에 굶주린 여자들은 그녀의 시체를 훔쳐가고 신격화에서 우상화로 전복되는 것을 보여주는 소름끼치는 장면이 벌어진다. 영화 속 미소의 영원함 뒤에서 그녀의 살아보지 못한 삶은 잊혀진다.

구성이 절묘한 극으로 라인스하겐은 레뷔의 수단을 썼다. 그것을 통해서 그는 비극성을 감소시키고 드러내 보이려는 것을 조정한다. 상승으로 쫓기는 마릴린 먼로의 고통과 성급한 만족은 가볍게 전달되고 스타 소동의 파괴적인 점은 볼 수 없다. 인습적인 극작법에 의지하지 않은 장면배치는 거의 모든 장면이 신화적 장면, 동화적 장면으로 가게 한다. 그리고 많은 무대효과를 사용하게 한 라인스하겐의 희곡예술의 완숙함이 여기서 무대착상의 불꽃으로 스토리를 완전히 불태우게 하였다.[10] 1971년에 초연된 이 극은 독

---

10) Drewitz, Ingeborg : “Gerlind Reinshagen”, in: Puknus, H. (Hrsg.):

일에서보다 외국에서 더 큰 성공을 거두었으며 글래스고, 로스앤젤레스, 스톡홀름 등지에서 공연되었다.[11]

세 번째 희곡 「하늘과 땅」(Himmel und Erde, 1974)에서 라인스하겐은 베케트, 이오네스코, 보부아르처럼 오늘날 저 세상에 대한 믿음이나 희망도 없는 세상에서 사람이 어떻게 죽어가는지를 주제로 삼는다. 검증대상으로 그녀는 아이스크림 카페의 매력적인 여종업원 소냐 벨케를 신택하여 죽음을 앞두고 "네 단계"로 죽어가는 연습을 연기하게 한다. 죽음 전의 자기주장 시도, 결국 단순한 역할행동으로 입증되는, 불가해성 앞에서의 행동방식을 보여준다.

처음에는 과장된 분위기이다. 즉 소냐는 자신의 병을 일시적인 불운으로 판단한다. 병원에 있는 그녀는 자신의 과거, 집을 얻게 한 연애사건들을 회상하며, 남자들에게서 받은 자신의 보석 등에 대하여 옆 환자에게 자랑한다. 병세가 악화되자 그녀는 의사들을 의심하고 탐식증으로 도피하며, 분노하거나 또는 자신 뒤에 남아 살아갈 수 있는 사람들에게 아양을 떤다. 소냐가 밀려오는 회상 속에서 침묵하게 될 때, 라인스하겐은 설득력 있는 통찰에 성공한다. 즉 소냐는 갑자기 자신의 병상이 개인을 소멸시키는 허무의 컨베이어 벨트임을 체험한다. 또는 소냐가 아마추어 의학상식으로 우쭐거리며 라틴어 단어홍수로부터 자신을 진정시킬 때, 의학적 주문과도 같은 마법을 보여준다. 마지막으로 임종의 병상에서

Neue Literatur der Frauen. Deutschsprachigen Autorinnen der Gegenwart. München 1981. S.105~106 참조.

11) Töteberg, Michael: "Gerlind Reinshagen", in: Kritisches Lexikon zur deutschsprachigen Gegenwartsliteratur. Hrsg. Heinz Ludwig Arnold. München 1987. S. 3 참조.

그녀는 자기자신으로 돌아와 단순한 기쁨을 즐긴다. 이성으로 위안받지 못하나 괴팍하고 희극적인 방법으로 행복의 감정을 잃지 않은 채, 전에 없이 강도 높게 생존을 즐긴다. 즉 배고픔과 먹기, 비와 우레가 친 후의 신선한 공기 등을 즐긴다. 하나의 계시처럼 그녀는 이렇게 새로 얻은 안정과 자신에 대한 이해를 다른 환자들에게도 전달하고 싶어한다. 그러면서도 그녀는 절망적인 죽음을 맞는다. 죽음은 적어도 소냐에게는 철학을 통하여 고양될 수 없는 것이다.

이 극은 언어의 분화가 증가되면서 펼쳐지는, 거의 독백으로 언어체험을 통한 의식화이다.[12] 언어와 진술을 통해 인물은 자기자신으로 되돌아가게 된다. 라인스하겐은 이러한 복잡한 과정을 단순한 상황들에서 "소박한 시선"을 통하여, 평균적인 인물에서 분명히 드러나도록 하고, 상승시키거나 무리하게 상징화하지 않는다. 그러나 이 평균적 인간이 뒤를 돌아보며 무엇이 있었는가를 물을 때, 그의 상상력과 자립성, 그리고 개성적인 용감성이 나타난다.

「하늘과 땅」은 「쌍두」와 「마릴린 먼로의 삶과 죽음」보다 덜 실험적이고 형식에서도 초기 청취극에 훨씬 가까워서(대화에서 안정감도 있고), 실험을 넘어선 인간 사이의 상황들과 사회적 주변상황을 충분히 전개시킨다. 그러면서 인간적 온기가 되살아나고 번뇌의 능력과 인생의 기쁨이 감지될 수 있으며 자신의 역사경험도 배제되지 않는다. 이러한 자취는 게를린드 라인스하겐이 「일요일의 아이들」(1976)에서 계속 추적하는 자취이다. 이 극은 초연 후 바로 20개 이상의 극장에서 재공연되고, 1981년에는 영화화되기도 했다.

---

12) Kienzle, Siegfried und zur Nedden, Otto C. A.: Reclams Schauspielführer 18. Aufl. Stuttgart 1990. S. 495 참조.

1977년에 게를린드 라인스하겐은 '독일 삼부작'(Eine deutsche Trilogie)의 첫번째 편인 「일요일의 아이들」(Sonntagskinder, 1976 초연)로 뮐하임 극작가상을 받게 된다. 이때 심사위원회에서는 다음과 같이 수상작 결정 이유를 밝힌다.

> 라인스하겐의 극 「일요일의 아이들」은 1939년에서 1945년에 이르는 전쟁기간 중 독일의 한 중소도시의 어느 시민가족의 연대기를 한 어린이의 시각에서 보여준다. 그 어린이는 히틀러 독재의 일상 안으로 순응해 가는 역사를 작은 재앙의 결과로서 체험하며, 그 작은 재앙들 안에 큰 재앙들이 반영된다.
>
> 강하고 뚜렷한 장면들에서 자신들 감정의 오용과 사고의 왜곡을 감수해야 하고 그로 인해 단순 가담자들이 되는 사람들을 보여주고 있다. 인식하는 사람들은 예외로 남고, 살아남은 사람들은 히틀러 정권이 붕괴된 속에서도 변화되지 않은 채 걸어나온다.
>
> 이야기 속의 인물들은 비난받지는 않으나 비판적으로 보여진다. 그러므로 「일요일의 아이들」이란 제목은 반어적으로 이해될 수 있다. 심사위원회는 이 작품이 지배적인 정치적 흐름에 안이하게 적응하는 데 대하여 경고하고, 우리를 새로운 미성숙 상태로 이끌어가려는 모든 시도에 대항하여 각성할 것을 촉구하고 있음을 보았다. 이 작품은 우리의 최근 과거와 대결함으로써 오늘날 우리의 상황에서 중대한 과제를 갖고 있다.[13]

이 심사평에서 언급된 바와 같이 라인스하겐은 극작을 통하여 독일의 최근 과거와 대결하고 역사를 청산하려 한다. 그러나 그는

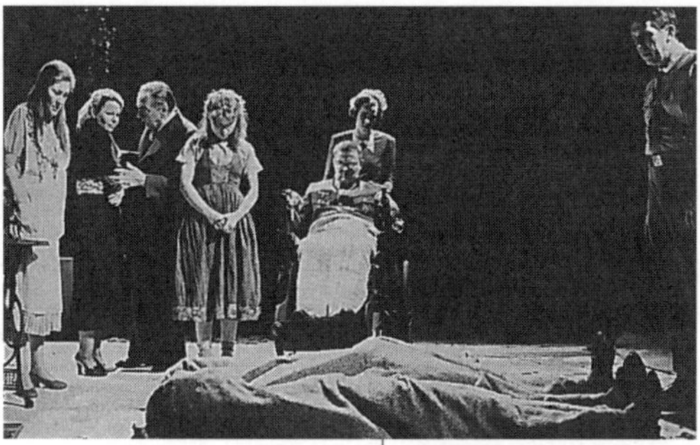

「일요일의 아이들」
연출/알프레드 키르히너
무대장치/악셀 만타이
슈투트가르트국립극장, 1976

역사를 추상적이고 집단적인 대사건으로 인식하는 것이 아니라 일련의 구체적인 사건들이 청소년들의 삶과 영혼으로 스며들어가서 이들을 서서히 혼란스럽게 하고, 망치는 한편 편협고루한 성인들은 불안스럽게 변화되지 않은 채 머물러 있는 것을 보여주는 새롭고도 다른 "아래서 보는 시선"에서 드러내는 것이다. 라우베와의 대화에서 라인스하겐이 말하듯이 "어린이들의 생각이 어떻게 서서히 질식되고 있는가"[14]를 다루는 작품이다.

이 극의 이야기가 시작되는 1939년 사람들은 승리를 꿈꾸고, 마지막이 되는 1945년 말 전쟁에서 패한 후에는 평화를 꿈꾼다. 먼저 명예욕과 감상성 그리고 감정으로 가득 찬 독일 소도시에서 "청춘의 눈뜸"이 보인다. 아직 청소년기 학생들인 약국집 딸 엘지와 그 친구들인 약국의 실습생 메첸틴, 놀레, 알무트 그리고 잉카, 이들은 전쟁이 시작될 때 충분히 나이 들어 전쟁터에 나갈 수 있는 "일요일의 아이들(=행운아들)"을 부러워한다. 그리고 그림책에서 본 어깨에 견장을

13) Schulze-Reimpell, Werner (Hrsg.): Stücke '76~'90. S. 51f.

14) Reinshagen, Gerlind: "Der Mensch mußträumen. Gespräch mit Horst Laube über Theater", in: GS. S. 633.

단 말쑥하고 자유로운 영웅을 꿈꾼다. 어린이들은 인디언 집을 짓고 그 속에서 잔인한 전투놀이를 하며 사람들이 주입시킨 제국과 지도자의 꿈에 관한 구호를 따라서 외친다. 다정하고 평범하며 수다스러운 소도시 생활은 곧 일상적 파시즘의 특징을 띤다.

한편 어른들의 세계는 "단순 가담자들의 납인형 진열관"이다. 고등학교 교장 로데발트는 당원으로서 자신의 회의를 내면화하고 있다. 약사 뵐러는 향락추구에 들떠서 파리 여행으로 전쟁을 이용하려다가 죽고, 불평 많던 경리사원은 시기를 잘 만나 나치스 돌격대 장화를 신고 거드름피우는 대단한 선동가가 된다. 전쟁이 해를 거듭함에 따라 깃발과 환호성으로 이루어진 어린이들의 세계는 조각조각 현실에서부터 파괴되어 부서져 나간다.

엘지가 펜팔을 하던 얼굴도 모르는 군인과의 첫번째 만남은 끔찍한 충격으로 엄습한다. 죽은 자의 머리같이 20세의 얼굴에 화상을 입은 이 군인은 엘지를 찾아와 폭행하려 한다. 선정적인 알무트는 남자들이 죽어가는 이 시기에 결혼하지 못할까 두려워 그 사이에 히틀러 소년단 단장이었던 교장 아들 놀레와 약혼한다. 그는 기갑 보병으로 전쟁에 나가 척추에 총상을 입고 휠체어에 앉아 아편만 찾는 폐인이 되었다. 놀레의 전쟁에 대한 광신은 치유되지 않았다. 교사 콘라디는 전쟁에서 부상당하고 돌아와 복직하여 아이들이 다시 선전의 소용돌이에 말려들지 못하도록 하지만 게슈타포에게 고발된다. 그는 메첸틴이나 교장같이 친하게 지내던 사람들에 의해서 고발당한다. 그들은 자신들의 목숨을 구하려고 그렇게 하는데, 그러한 행동을 책임이라고 부른다. 콘라디는 잉카와 함께 도망치다 총격을 받고 죽는다. 엘지의 약혼자 메첸틴은 폭탄에 맞아 죽는다.

이러한 나쁜 사건들은 무해하고도 웃기는 일상에서부터 얽혀서 자라난 것이다. 전사한 아들들을 위해 상복을 입고도 어머니들은 유행에 신경쓰고, 장군 부인은 물건 사재기를 한다. 소시민 세계는 폭격의 밤에도 전적으로 소시민 세계 자체임을 보여준다. 사람들은 박수치고 모략하며 엿보고 민족적이라고 느낀다. 전쟁이 끝난 후 그들은 재건을 위해 무장한다. 독선적이고 이기적이며 위선적인 사람들은 빨리 잊기를 연습하고 슬퍼할 능력이 없다. 전쟁미망인이 된 약국집 여주인 엘지의 어머니가 엄격한 교장과 결혼하는 때가 이 극의 심술궂은 해피 엔드이다. 장군은 자신의 군복 유니폼을 때맞추어 민속의상으로 개조하여 입고 점잖게 등장하여 아무 일도 없었던 것처럼 행동한다. 모두들 그것을 정상적인 것으로 보나 엘지는 전직 장군을 향해 가위를 들고 달려든다. 엘지는 진정시켜지고 환자의 구속복을 입히듯 잔치를 위한 새옷으로 입혀진다. 엘지의 발작은 전쟁이 끝난 후 사람들이 마치 아무 일도 일어나지 않았다는 듯이, 이 극의 마지막에서 "커피로 할까요, 차로 할까요"처럼 양자택일의 문제인 듯 인생을 계속 살아가는 것에 대한 저항이다. —엘지는 6년 동안 모든 것을 함께 겪어왔다. 그리고 마지막에 비로소 정신적 혼란이 일어난 듯 인식의 충격을 받고 장군을 향해 가위를 든 것이다. 엘지는 이 극의 중심인물로서, 그 시대의 경악스러운 일들이 아무것도 알지 못하고 성장하는 이 소녀 안에서 반영되고 있다. 엘지는 결코 이념적 동기에서 반응하는 것이 아니라 자신의 감정으로부터 출발하기 때문에 "아름다운 인간"이라고 불린다. 장면들은 —회상의 조각들처럼— 여러 가지 다른 색깔들을 띠고 명백한 것이다. 모든 것이 합쳐져 그 당시 애호되던 조각 양탄자처럼 만들어진다. 조각 양탄자의 매력은 조각들의 상이성과 우연성에 있다. 게를린드 라인스하겐에게는 정치적 배경을 조사하는 것이 중요한 것이 아니다. 전쟁과 "정당, 국가 그리고 국방력"이라고 부르는 제도들에 대한 일반적 혐오 이상의 것을 인식하게 하지는 않는다. 중요한 것은 그녀가 묘사하는 모든 것은 특별한 것이 아니라 전반적이라는 것이고, 전쟁의 일상에서 함께 체험된 "정상성"이라는 것에 내포된 잔인성이라는 것이다.

한편 라인스하겐은 아무도 보호받지 못하는 파시즘의 적응이데올로기 아래서, 청춘의 동경과 슬픔 속에서 생생하게 살아 있는 것이 무엇인지(그리고 잘려져 나가는지)를, 판에 박힌 감정은 순수한 감정과 어떻게 혼합되는지를 섬세한 호기심을 갖고 나타낸다. 그리고 폭파된 도시와 산산조각난 이데올로기가 지배하는 비현실적인 전후의 세계에서 옛 사회적 역할이 어떤 쓸모가 있는지, 계속 —그런 식으로— 행동하기의 범속성이 전율과 고통을 어떻게 무마시키는지를 폭로한다. 라인스하겐의 그렇게 기만당한 감정은 깊이 자리잡은 채 글쓰기의 동기가 되고 그녀에게 용기를 주어 일상이 개인의 발전방향을 어떻게 전환시키는지, 비극성과 전율이 어떻게 사진 속의 미소로 덮여지는지를 보여주게 한다.[15]

이렇게 억압된 감수성과 "제 삼제국"의 일상을 매우 꼼꼼하게 묘사한 이 작품은 1981년 영화로도 만들어졌다.

「봄축제」(Frühlingsfest, 1980)는 라인스하겐의 '독일 삼부작'의 두 번째 극이다. 라인스하겐은 이 작품에서 「일요일의 아이들」의 이야기를 계속한다. 그 당시 폭격이 일어나는 동안 사춘기를 체험한 소녀 엘지는 이제 10년 후 두 남자 사이의 엘자가 된다. 그녀의 남편 파울리는 전쟁 중 부상하여 한쪽 다리를 잃었으나 사업가로서 성공하여 한 화학약품 회사에서 영향력 있는 위치에 올라가 있다. 그의 맞상대는 햄릿 타입의 작가 필립으로 이 부부의 옛 친구이다. 그는 고민하고 회의하는 지식인으로 경제의 기적

---

15) Drewitz, Ingeborg : 앞 글, S. 107.

을 거부하고 새로운 양심의 가책을 느끼며 과거에 대한 질문을 던지고 있다. 그는 엘자에게도 양심의 가책을 느끼도록 하지만 그녀가 결혼생활에서 탈출하려고 할 때는 주저하고 결단을 꺼린다. 이제 엘자에게 대화 상대자는 죽은 아버지밖에 남지 않는다. 그녀는 꿈에서 또는 내면의 독백으로 멀리 딴 세계에 있는 그에게 질문을 한다.

이 극의 무대는 1950년대 중반 봄, 한 가든파티 장소이다. 이 파티의 목적은 사업적인 것이다. 초청자는 주인공 엘자와 그녀의 남편 파울리로, 회사 관계자와 친지들을 초대했다. 그곳에 초대된 사람들은 전체적으로 그 당시 건설이 한창이던 서독 사회를 반영하는 인물들이다. 걱정없는 파티 분위기 표면 뒤에서 문제성과 갈등이 가시화된다.

젊은 나이에 성공한 사업가 파울리는 사장 도른바허의 오른팔 역할을 하는 중요한 위치에 있다. 그는 이 파티에서 자신의 회사 대고객으로 하여금 물품의 납품을 연기하는 데 동의하도록 해야 한다. 사장이 개발한 새로운 수면제에 원치 않는 부작용으로 환각 효과가 나타나 이것을 제거해야 하기 때문이다. 물론 대고객에게는 투명하지 않은 의약품 시장에서 자신의 불투명한 사업을 위해서는 이 환각 부작용은 환영할 만한 것이었다는 사실이 마지막에 밝혀진다. —열두 명의 인물들 중에서 네 사람의 남자가 전부 40 장면의 중심이 된다.

의약품 회사 사장이며 화학자인 도른바허는 합리주의자로 그의 인생 목표는 제품개량이다. 인생에 대한 그의 불안은 직업적으로 실패할지도 모른다는 것이다. 그는 이 파티에서 그의 대고객 자금 출자자인 재벌 몽크와의 사업계약이 해제될까 두려워한다. 대고객은 전직 공군장교로서 전투비행의 기억을 떨쳐버릴 수 없어 고상한 냉소주의를 키운다. 엘자 주변의 두 남자는 대조적으로 설정된다. 실력자와 이상론자로. 엘자의 남편 파울리는 사장을 위해 이 파티를 개최한 사업가로, 이 사업이 수단을 달리한 전쟁의 계속이라고 생각한다. 그는 다리가 절단되었으나 1950년대에 확고부동하게 서서 그 시대가 그로부터 요구하는 것을 제공하고 있다. 그와 대립적 위치에 있는 사람은 그의 친구이자 엘자의 친구인 필립이다. 필립은 작가로서 1950년대의 일에는 관여하지 않으려 한다. 필립은 그 시대를 자신의 책을 위한 자료로만 생각한다. 엘자는 대고객의 기분을 맞추어야 하는 남편의 압력으로 이 좋지 않은 게임에서 유혹하는 역할을 맡아야 한다. 그녀는 상실을 거듭 감수해야 하는 수동적이고 어쩔 수 없는 여자이다. 왜냐하면 그녀는 전쟁에서 아버지를 잃고 남편은 사업에 빼앗기고, 결단을 내릴 수 없는 애인도 역시 얻지 못하기 때문이다. 그럼에도 불구하고 엘자는 몽상하고 행복한 표정을 지으며 순종한다.

그러나 파티의 마지막에 엘자의 손에 빵칼 하나가 잡히고, 파티가 진행되는 동안 엘자는 그 칼로 남편의 등을 찌르고 싶은, 억제할 수 없는 충동을 갖게 된다. 그녀는 팔을 쳐든다. 그러나 남편은 아무것도 눈치채지 못하고 그녀의 손에 접시 몇 개를 들려줄 뿐이다. 그녀는 접시를 부엌으로 가져간다. —이것은 「일요일의 아이들」과 평행을 이루는 결말이다. 거기에서는 엘지가 전직 장군을 가위로 공격한다. 그때는 1945년이고, 전쟁 후 마치 아무런 특별한 일도 일어나지 않았다는 듯이 생각 없이 삶을 이어나가는 데 대한 무력한 반항이었다. 「일요일의 아이들」이 갈색으로 된 조각 양탄자라면, 「봄축제」는 서독의 색깔로 된 조각 양탄자이다. 그것은 칼 한번 휘두름으로 끝날 수 없고 비극으로 끝날 수 없는 것이다. 그것은 상징적인 설거지로 끝난다. 엘자는 무기를 잃고 일상으로 미끄러져 들어간다. 건조하지만 사실과 부합하는 결말이다. 왜냐하면 그러한 파티가 시체들로 끝났다면 서독은 이미 오래

전에 피의 목욕탕 속에서 질식하였을 것이다. 어쨌든 이 작품이 카타르시스, 즉 대청소에 도달한다면 그것은 설거지 기계에서 일어날 것이다.[16]

1950년대를 그리며 이 작품은 현대의 산업사회를 배경으로 할 뿐만 아니라 전쟁 후 복구시기의 독일의 특수한 상황을 배경으로 진술력을 획득한다. 주인공들 주변에는 윤곽이 뚜렷한 유형들, 즉 라인스하겐이 독일 전후 사회의 약점들을 전시하는 유형의 납인형 전시관이 시끄럽게 동요한다.

나치 당원이었던 퇴역한 교장인 60세의 로터문트는 과거의 오류를 자책하면서도 다시 반쯤은 그것을 자랑으로 삼는다. 큰 소리로 자신의 과거청산에 대해 알린다. 잠시 동안 휴직하고 그것으로 속죄하였다고 믿는다. 결국 그는 비나치화와 재교육 기간을 무사히 넘긴다. 그러나 그의 청산은 다만 외적인 것으로서 이 작품에서 그는 재판관으로 도약하여 "나치 판사의 단호한 어조로" 과거에 대하여 진지하게 논의하려는 엘자와 필립을 심판한다.

장군 부부 밀리우스는 과거를 미화하며 현재에 대해 비현실적이고 과장된 비판을 가한다. 이 전직 장군은 서독 군대에서 자신을 받아들이지 않는다고 불평한다. 그는 취미 역사가로서 에트루리아 역사를 공부하며 군사민주주의를 꿈꾼다. 재벌 몽크는 전쟁기술의 덕택으로 '깨끗한 손'을 가진 살인자로서, 자신의 공군 경력에 자부심을 갖고 있으며 과거에 대해 경고하는 오다 아주머니를 보고 공포감에 빠진다. 아주머니는 과거 때문에 보다 깊이 갈등한다. 전쟁에서 전사한 애인과 그녀를 속인 과거의 허구적 삶이 그녀의 현실이 되었다. 틴에이저인 전직 장군의 딸 헤니는 선정적 몸매로 술이 거나하게 취한 신사들의 머리를 뒤흔들어 놓는데, 그

---

16) Hensel: Spielplan 2. S. 830f. 참조.

녀만이 전쟁과 관계없는 세대이다. 그녀는 과거를 미화하며 엘자가 전후의 폐허 위에서 겪었던 황량한 개척자 시절의 모험적 청춘기를 부러워한다. 모든 사람들은 "애도할 능력도 없음"[17]의 대표자들로 입증된다. 또한 이 모든 히스테리와 무감각 상태와 공격성이 길고 긴 밤 파티의 술취한 분위기에서 고조되고, 이 사회의 제식은 썩어서 깨지기 쉬운 바닥 위에서 펼쳐진다. 빠른 순간의 포착들로 장면들은 깜박이며 지나가고—한 사회가 반사와 징조들 안에서 포착되고 있다.[18]

「강철심장」(Eisenherz, 1982)은 라인스하겐의 첫번째 작품 「쌍두」처럼 직업세계로 들어간다. 이번에는 지옥 같은 사무실의 일상이 보여진다. 세 여자가 여러 해 동안 아주 좁은 공간에서 함께 보낸다. 서류철과 타자기, 카드함, 계산기들 사이에 끼여서. 그들은 어쩔 수 없이 매일 얼굴을 맞대야 한다. 심술궂은 마음과 함께 그들은 변화와 소모과정, 쇠퇴의 징조와 상대방에 대한 자신의 의무를 나타내는 동시에 적응하고 있는 표면 뒤에서 자신의 개성은 숨긴 채 있으려고 한다. 세 여자들은 서로에게 속수무책이다. 나이 든 여실장 빌러벡은 귀족 족보에서 삭제된 여백작으로 노동윤리를 무기로 삼아 다른 사람들을 사납게 감독한다. 그녀는 의무감에 사로잡혀 다른 직원들을 몰아대고 스스로에게 부담을 주며 외로운 주말에는 소설과 종교적 몽상의 도피세계로 들어간다. 삶을 즐기는 이다는 경박한 바람둥이로서 규칙적으로 남편을 속인다.

---

17) Kiencke, Jutta E : "Gerlind Reinshagen. Frühlingsfest," in : Kleines deutsches Dramenlexikon. Hrsg. v. Jabkob Lehmann. Königstein/Ts. 1983. S. 265.

18) Kienzle : Schauspielführer der Gegenwart. S. 497f. 참조.

그녀는 아양을 떨며 가까이 오는 모든 남자에게서 자신의 여성다움을 보상받으려고 한다. 그리고 젊은 처녀 엘리노어 부블리츠가 있다. 그녀는 환각제와 알코올에 의지한다. 포장계 직원 로진스키는 그녀를 좋아하고 의지가 되어주며 때때로 혼외정사에 이용하기도 한다.

이렇게 익숙해지고 균형잡힌 회사에서의 관계에 학업을 중도에서 포기하고 현장체험에서 다시 시도해보려고 하는 대학생 콜크가 등장한다. 그는 대학을 다닌 지식인으로서 자부심을 갖고 여기서 모든 것을 꿰뚫어보려고 한다. 그는 거창한 사회학적 구호들로 직원들을 계몽하고 여성들을 의식화시켜, 여자들이 얼마나 기능적이며 강요에 못 이겨 부자유스럽고 비인간적으로 멀리서 조종되는 작업과정 안에서 자신들의 삶을 놓치고 있는지를 의식하게 만든다. 그러나 대학생이 행하고 있는 기만적인 삶의 파괴는 인간들도 거의 파괴한다. 여실장은 자제력을 잃고 깨끗이 정돈된 자신의 책상 위에 쓰레기통을 쏟아버리는가 하면, 무정부주의자와 같은 파괴충동을 보이며, 이제까지 자신이 그것을 위해 살아온 능력위주 사회에 대항하여 분노를 터뜨린다.

젊은 처녀 부블리츠는 대학생과 함께 몇 번 영화구경을 다녀온 후 그와의 큰 사랑을 꿈꾼다. 그녀는 포장계원과 관계를 끊고 그의 협박에 저항한다. 그 처녀는 대학생 콜크에게 모든 희망을 건다. 그녀는 그의 자유의 유토피아를 진지하게 받아들여 그와 함께 새롭고 아주 다른 삶을 시작해보려고 한다. 그러나 대학생은 자기 스스로를 책임지지 못하는 허위 예언자임이 입증된다. 그가 회사에 채용될 것이 확실해지자 여비서실장을 유혹하며 계속 승진을 꿈꾼다. 부블리츠는 절망해서 자살을 생각하기도 하면서 이제까지의 삶으로부터 탈출하려 한다. 그러나 그녀는 혼자 힘으로 가려고 한다. 그리고 버림받은 포장계 직원은 그녀에게 마지막으로

"강철심장"이라고 이름을 지어준다. 이 탈출이 끝인지, 아니면 새 삶의 시작이 될 수 있을지 결말은 열려 있다.

이 작품은 대개 독백화된 자기진술로 소개되는 서사적 인생기의 미완성 나열이다. 등장인물들은 자신들의 사무실 생활의 단조로움에 대하여 독백조로 감정을 토로함으로써 스스로를 극복할 수 있다. 그럼에도 불구하고 그들은 자신들의 제도판 성격들에 숨어 있다. 라인스하겐은 몇몇 인물을 자신의 소설 「로비나토 혹은 사업정신」(Rovinato oder Die Seele des Geschäfts, 1981)에서 받아들인 것이 분명히 나타난다. 전면에는 인생의 거짓말의 구원적 보호기능에 관한 사실주의적 이야기들이 있다. 그러나 라인스하겐은 인물을 정확하고 심리학적으로 다듬어서 묘사하지 않는다. 그녀는 인물들을 순간순간 다가오는 위기로 몰아가서 무정부주의자의 분노에 가득 찬, 표현력이 강하고 악몽 같은 환상으로 폭발되도록 한다. 자신의 고유한 이름으로 불리고자 열망하던 부블리츠가 결국 실망을 통해 오히려 강인해져서 "강철심장"이라는 이름을 얻는다는 것이 이 작품의 제목이 되었다.

1986년 뒤셀도르프에서 초연된 「여자 어릿광대」(Die Clownin ; 유희Ein Spiel, 1985)는 2막으로 된, 직업과 삶에서 위기를 맞은 한 여배우의 이야기를 다룬 극이다. 성공의 절정에 있는 여배우 도라는 가장 중요한 역할 중의 하나인 클라이스트의 「펜테질레아」를 공연하고 야유를 받은 후 자신의 직업에서 종말을 맞은 듯 보인다. 그녀는 그 작품에서 사랑이란 말을 제대로 발음할 수 없었기 때문에 실패한다. 직업에서의 위기는 삶의 위기로 확대된다. 마음에 깊은 상처를 받은 그녀는 집안에 틀어박혀 자신의 삶의 위기를 몽상극처럼 체험하며 독백한다.

1막에서는 그녀가 사랑이라는 말을 발음할 수 없는 이유를 보여준다. 그녀를 이해하지 못하고 그녀에게 불평하는 어머니, 마음씨 좋은 아버지, 그녀에게서 떨어져 나간 10대의 자기중심적인 아들, 사랑이 없는 연출가 애인 등 모두 과거의 삶에서 나온 인물들이 환상 속에 나타난다. 그리고 영국 빅토리아 시대의 위대한 여성작가이며 서정적이고도 마적인 소설 「폭풍의 언덕」(1847)의 작가이기도 한 에밀리 브론테가 나타나고, 위대한 영화배우 어릿광대 찰리 채플린도 나타난다. 그 두 사람은 도라의 화신들인 동시에 그녀가 구원받고자 하는 새로운 인생을 주도할 인물들이다. 에밀리 브론테는 도라의 여성으로서의 자아의식을 일깨워주며, 도라가 자기연민에 빠져 자신을 포기하려 할 때 자제심과 지탱하는 힘을 불어넣어 주는 존재이다. 찰리 채플린은 파트너십이 약속되는 새로운 영적 존재가 된다. 1막은 도라가 자살시도를 중지하고 그것을 우회적으로 "어느 선견지명 있는 여자의 자살시도"라는 어릿광대 쇼로 묘사하면서 끝난다. 도라는 다시 세상으로 나간다.

도라가 의기양양하게 돌아와 폐결핵이 점점 심해지는 에밀리에게 자기 쇼의 성공에 대해 보고할 때 그녀의 허풍스러운 태도는 내면을 꿰뚫어보는 친구 앞에서 급속히 무너지고 만다. 도라의 감정이 고조된 진정한 이유는, 그녀가 다시 사랑에 빠졌다는 데에 있다. 그녀는 사랑하는 공중곡예사가 자신을 데리고 가주기를 희망한다. 그녀가 이제까지의 모든 나쁜 경험에도 불구하고 다시 사랑에 자신을 걸고 자신의 동경을 표현하면서 분장을 하고—무의식적인 듯—"여자 어릿광대"의 의상을 입는다. 어릿광대라는 존재가 의미하는 것은 라인스하겐에 의하면, "모든 거부와 저항에 대항하여… 유토피아를 주장하는 것이다. 그러므로 그녀는 사랑을 간직하려고 하기 때문에 어릿광대가 되어야 할 것이다."[19]

사랑하는 사람과 동시에 대중적 성공을 위하여 도라는 공중 밧줄 위에서 춤추려 한다.

게를린드 라인스하겐은 또 주석을 단다. 즉 "항상 말해지듯, 여성들이 언젠가 남성들의 역할을 떠맡게 되리라는 말은 사실 옳지 않다. 그 여자들은 여자이기를 원하지 않으나 새로운 어떤 것을 발전시키려는 여자들인 것이다. 그리고 그런 여자들은 바로 어릿광대가 되는 것이다."[20] 어릿광대 안에 좌절과 희극성, 고통과 웃음이 스며들어 있다. "여자 어릿광대"는 객석으로 추락한다. 이 극은 라인스하겐의 조심스러운 여성해방 사상과 다른 삶으로의 막연한 동경에 대한 묘사라고 할 수 있다. 그리고 여자 이릿광대의 추락은 누구든지 모든 경험에 역행하여 항상 되풀이하여 사랑에 희망을 거는 사람이 빠지게 될 위험에 대한 상징이라고 할 수 있다.[21]

「춤춰요, 마리!」(Tanz, Marie!, 1986)는 1939년부터 1945년까지 전쟁기간의 이야기를 다룬 「일요일의 아이들」과 1950년대 중반 서독의 경제건설기를 그린 「봄축제」와 함께 '독일 삼부작'의 마지막 편으로 1980년대 초반의 독일 상황을 무대 위에 올린 작품이다. 이 작품의 세 인물들은 이미 앞선 작품에서 알려져 있다. 즉 사업가 파울리, 그의 친구이기도 하고 아내의 친구이기도 한 시인 필립 그리고 파울리의 아내 마리이다. 그녀는 이전의 엘지-엘자의 변형이다. 그녀의 나이는 이제 60대 초반이고, 두 남자는 60대 후반이다. 삼부작의 첫 두 작품은 부유한 사회적·정치적 조직으로 구성되어 있었으나 이제 그것은 외롭게 되어버린 노인들

---

19) Zelton, Heinrich und Wolff, Eduard: Der große Schauspielführer. Berühmte Dramatiker und ihre Werke. Sonderausgabe. München 1992. S. 418.

20) Hensel, Georg: Spielplan. Bd. 2. S. 832.

21) Hensel, Georg: 앞 글, S. 832.

에게 더 이상 관심사가 아니다. 파울리의 생일을 맞이하여 세 노인이 모여 함께 회상하고 실패한 계획들과 좌절된 기대를 돌이켜 보며 오래된 싸움놀이나 애정놀이도 되풀이해 본다.

여기에 아들과 며느리가 등장하여 노인들에게 이 낡고 오래된 집을 떠나 새 집으로 이사할 것을 권유하면서 세대간의 갈등이 시작된다. 라인스하겐은 노인들과 젊은이들의 삶의 설계가 왜 다른지를 분명히 한다. 인물들은 자유로운 리듬의 운문이지만 일상어에 뿌리를 둔 시적인 언어로 이야기한다.

이 작품은 앞의 두 작품처럼 사실주의적인 공간 속에서 구상되지 않았다. 라인스하겐은 등장인물들의 영혼 속 풍경처럼 보이는 공간, "전체적으로 홍수가 지나간 후 많은 조약돌과 쓰레기가 남겨진 강바닥 같은 인상을 주는"[22] 장소를 보여준다. 세 주인공들의 과거, 그들의 상처와 혼란, 끝나버린 삶의 잔재들이 이러한 이미지로 상징되고 있다. 여기에서 마리는 거울 앞에 앉아 자신의 삶과 과거를 회상하고 평가하며, 가능하면 다시 한 번 새로운 시작을 감행하고 싶어한다. 그녀의 말대로 "삶 전체에 대해 다시 한 번 꿈꾸고" 싶어한다.

그러나 첫 장면에서 그녀의 고독한 모습이 드러난다. 출세한 30대의 아들과 씩씩한 며느리는 그녀에게 낯설어 보이고 미치 "딴 나라에서 온", "다른 언어"를 사용하는 사람들처럼 느껴진다. 며느리는 질서와 정돈을 주장하며 시어머니의 자유로운 꿈과 사색적 분위기를 이해하지 못하고 거의 방해한다. 이사하지 않으려는 파울리와 마리는 결국 오랫동안 지녀왔던 독약병으로 자신들의 인생을 마감하려 한다. 그러나 라인스하겐은 마지막 장면에서 마리가 창밖 거리의 어린아이를 보고 웃는 것을 보여주며 미래에 대

22) Reinshagen, Gerlind : Tanz, Marie! in : GS. S. 460.

한 전망을 다시 열어준다. 희망과 동경과 소망이 다른 세대, 즉 자식들의 세대로 넘겨지고 있음을 보여준다.

1988년 브레멘에서 초연된 희곡 「불꽃」(Feuerblume)에서도 현실적인 주제로부터 환상적인 장면들이 만들어진다. 그녀는 말하기를, "나는 이 작품에서 '파란꽃' 찾기가 오늘날에는 어떻게 보이게 될지를 생각해보려고 했다"고 한다.

수수께끼 같은 돌연변이 "불꽃"은 처음에 우리 시대의 기술문명에 도움이 되리라고 기대된다. 그것은 오염된 공기를 정화하고 유해성분을 유익한 것으로 변화시킨다. 그러나 구원의 기대는 그 반대로 급전하고 만다. 불꽃은 기술문명처럼 양면적인 것이어서 질병과 죽음의 원인이 된다. 관객은 그 동안 기대와 실망의 상호작용에 대한 모든 일반적인 것을 생각하게 된다. 이 작품에는 어떤 개성적인 인물도 없고 다만 집단, 그룹 그리고 합창대만 있다. 작가는 궁극적 절망을 허락하지 않는다. "나는 '불꽃'에서 삶의 매력, 그러니까 아직도 '대안'을 보여주려고 시도한 것이다"라고 라인스하겐은 주석을 단다.[23)]

1990년대에 들어와서 쓴 첫 희곡 「세 가지 소원」(Drei Wünsche frei, 1992)에서는 소원하기가 그 종말에 이르고 합창은 확성기 속으로 추방된다. 동화의 모티프를 연상시키는 작품의 제목과는 대조적으로 소원은 욕구의 자유를 흡수하여 분출력을 잃고 자유로운 동경을 말살하였다.

젊은 여자 일마와 남자 옌센은 봉기가 일어난 날 밤중에 다리 위에서 만나고 확성기에서 환호하는 찬가가 울려퍼진다. 독재의

---

23) Hensel, Georg : Spielplan. Bd. 2. S. 833.

자유, 폭력 그리고 억압이 기대될 때 두 사람을 위해서도 기쁨이, 아름다운 불꽃이 울리고, 사랑의 이야기가 시작되며 새로운 삶이 시작될 수도 있다. 그러나 남자는 아무것도 듣지 못하고 음악과 소음과 음성을 넘어 그에게 도달할 수 없는 주위환경에 갇혀 있으며 여자는 혼자서 합창에 대응하여 노래한다. 그들은 길고 외로운 독백 속에서 소원하는 것이 정지되었던 과거로 침잠한다.

「낯선 딸」(Die fremde Tochter, 1993)에서는 꿈을 따라 도피처를 찾는 한 여성의 삶을 그린다. 엘리노어 부블리츠는 하나의 꿈을 갖고 있다. 그것은 종말의 시작으로, 그녀는 자기파괴적 동경에 쫓겨 집을 떠난다. 그녀는 열병의 희생자들을 구조하려고 서둘러 가는 "포레탄 사람들"을 따라간다. 엘리노어는 그때 자신이 추구하는 목표에 대한 표상을 갖지 못하고, 그녀의 꿈의 종류에는 이름을 붙일 수 없다. 그녀에게 중요한 것은 오직 현재 행동의 진실성이고, 꿈의 시간으로 채워진 순간이다. 그녀가 따라간 "포레탄 사람들"은 재산, 가족과 사랑, 즐거움, 아름다움, 명성을 멸시한다. 엘리노어는 이 길을 따르다가 가혹한 결말에 이르게 되고, 자신의 내부에서 회의하는 존재에 반항하여 단식투쟁까지 한다. 그때 그녀는 자신이 유행처럼 교체될 수 있다는 한 가지 사실을 심각하게 받아들인다.

열병이 그 도시에서 물러간 후 "포레탄 사람들"은 과거시대의 유물이 된다. 그 단체의 정신은 와해되고 종파와도 같은 이 그룹은 의식과 징계 조치로써만 결속을 유지할 뿐이다. 한 남자가 그녀를 자기파멸에서 구출하지만 그녀의 유일한 도피처는 부모들밖에 없다. 엘리노어는 모험을 통하여 미래를 얻는 것이 아니라 유년기로 돌아가는 것이다. 그녀가 도망했던 그 감옥으로.

라인스하겐은 1967년 첫 희곡을 발표한 후 30년 동안 꾸준히 희곡을 쓰면서 자신이 처음 연극인으로서의 자신에게 내세웠던 요구를 연극을 통해서 실행하려고 했다. 즉 1972년 그녀는 대화체 에세이 「연극이 아직 역할에서 벗어날 수 있는가? 혹은 해방 도중의 마리안」(Kann das Theater noch aus der Rolle fallen? oder Die halbwegs emanzipierte Marian)에서, 관객 마리안을 통해 연극으로부터 사회의 커다란 변화를 기대하는 전문 연극인들을 향해서 자신의 입장, 즉 연극이 감정을 유발시킬 수 있고, 인간적인 작은 구조들과 진행과정을 보기 위한 "시력과 교정시설"이 될 수 있다는 입장을 표현한 적이 있다. 이러한 입장은 바로 라인스하겐의 연극에 대한 자신의 입장으로 그녀는 관객의 시선을 위하여 일상적인 것을 섬광 같은 빛으로 조명하여 그 실재성이 뚜렷하게 드러나도록 하면서, 이론적 시선의 편협한 인지방법에 관객의 직접적 감정을 대립시킨다. 그리고 더 나은 다른 인간에 대한 자신의 생각을 완강하게 고집하며 무대를, 인간을 새로 발견할 수 있고, 통찰될 수 없는 인간성을 새롭고 예기치 못한 사건을 통하여 가시화할 수 있는 장소로 이해되도록 한다.

라인스하겐의 작품은 사회비판적이지만, 결코 비관적이지는 않다. 그 이유는 그녀의 낙관주의가 "인간의 머릿속에서는 끊임없이 환상적이고도 기적적인 상상들이 생겨난다"[24]는 확신에 근거하기 때문이다. 그리하여 그녀의 작품은 때때로 극단적 절망과 고립상태를 보여주면서도 동시에 반대 가능성을 암시하고 "행복의 흔적, 인식의 흔적"인 "어떤 예감"[25]을 암시한다.

---

24) Reinshagen, Der Mensch muß träumen. S. 638.
25) 앞 글, S. 632.

참고문헌

Reinshagen, Gerlind: Gesammelte Stücke. Doppelkopf. Leben und Tod der Marilyn Monroe. Kann das Theater noch aus seiner Rolle fallen oder Die halbwegs emanzipierte Mariann. Himmel und Erde. Sonntagskinder. Der Frühlingsfest. Tanz, Marie!. Eisenherz. Die Clownin. Der Mensch muß träumen (Gerlind Reinshagen und Horst Laube im Gespräch über Theater) Frankfurt am Main 1986.

Barner, Wilfried (Hrsg.): Geschichte der deutschen Literatur von 1945 bis zur Gegenwart. München 1994. S. 674ff.

Brandes, Sabine: "Weißt du, was nötig wär? Die Sachen zweimal ansehn." Gerlind Reinshagens "Tanz, Marie!", in: Deutsches Drama der 80er Jahre. Hrsg. v. Richard Weber. Frankurt am Main 1992. S. 264～276.

Dramenlexikon: Jahrband 1992. Hrsg. vom deutschen Theatermuseum. Begr. Friedrich Ernst Schulz. Fortgef. von Wilhelm Allgayer. München 1993.

Drewitz, Ingeborg: "Gerlind Reinshagen", in: Puknus, H. (Hrsg.): Neue Literatur der Frauen. Deutschsprachigen Autorinnen der Gegenwart. München 1981. S. 102～109.

Hensel, Georg: Spielplan. Der Schauspielführer von der Antike bis zur Gegenwart. 2 Bände. München 1992. Bd. 2. S. 826～833.

Herzog, Madeleine: "Ich bin… nicht ich." Subjektivität, Gesellschaft und Geschlechterordnung in Gerlind Reinshagens dramatischem Werk. Bielefeld 1995.

Kiencke, Jutta E.: "Gerlind Reishagen." Frühlingsfest, in: Kleines deutsches Dramenlexikon. Hrsg. v. Jabkob Lehmann. Königsstein/Ts. 1983. S. 263~266.

Kienzle, Siegfried: Schauspielführer der Gegenwart. Stuttgart 1984. S. 494~499.

Kienzle, Siegfried und Nedden, Otto C.A.: Reclams Schauspielführer 18. Aufl. Stuttgart 1990.

Michalzik, Peter: "Gerlind Reinshagen", in: Neues Handbuch der deutschen Gegenwartsliteratur seit 1945. Hrsg. von Dietz-Rüdiger Moser. München 1990. S. 517f.

Schulze-Reimpell, Werner(Hg.): Stücke '76 ~ '90. Köln, 1991.

Zelton, Heinrich und Wolff, Eduard: Der große Schauspielführer. Berühmte Dramatiker und ihre Werke. Sonderausgabe. München 1992.

Töteberg, Michael: Gerlind Reinshagen, in: Kritisches Lexikon zur deutschsprachigen Gegenwartsliteratur. Hrsg. Heinz Ludwig Arnold. München 1987.

Martin Walser
마르틴 발저

이 영 희(한남대)

작가 소개 : 마르틴 발저 Martin Walser (1927~)

권터 그라스, 하인리히 뵐 그리고 지그프리트 렌츠와 함께 전후 독일문학에서 가장 중요하고도 성공적인 작가에 속하는 마르틴 발저는 여러 형식의 작품들을 발표하면서 47그룹상, 게오르크 뷔히너 상, 게르하르트 하우프트만 상, 헤르만 헤세 상 등을 수상하면서 계속 주목을 받아왔다.

이와 같은 다양한 형식의 글쓰기는 그에게 살아남기 위한 한 수단이었다.[1] 발저는 글을 쓰면서 자신을 변화시키는 자를 작가라고 생각하면서 "결핍의 체험"(Erfahrung des Mangels)[2] 때문

1) 참조 ; Metzler : Autorenlexikon, J.B.Metzlersche Verlagsbuchhandlung Stuttgart 1986. S. 611.

에 글을 쓴다고 말하고 있다. 이 같은 그의 표명에서 우리가 유추할 수 있는 것은 그에게 글을 쓰는 행위는 자신과의 진지한 만남이라는 사실이다. 다시 말해서 작품을 쓰는 일은 고통스러운 삶의 부정적 상황에서 그가 보일 수 있는 개인적 반응의 형상화라고 볼 수 있다.[3] 그러나 발저의 개인적 반응의 형상화는 주위 세계와 자신과의 단순한 만남의 차원에서 그치는 것이 아니라 사회의 현실과 밀접한 관련성을 지님으로써 발저 자신을 포함한 소시민의 정체성을 형성하는 한 방법이 되고 있다.[4] 따라서 발저의 문학적 주제는 소시민의 삶에 초점이 맞춰져 있다고 볼 수 있다.

47그룹상을 받게 한 발저의 초기 작품들인 단편 「지붕 위의 비행기」(Ein Flugzeug über dem Haus)와 「템플론의 종말」(Templones Ende)은 카프카의 영향으로 자본주의 사회의 부조리한 현실과 그에 따른 소시민의 실존적 불안과 고통을 그리고 있다. 발저의 초기 작품들은 결국 개인의 발전을 방해하고 위축시키며 그리하여 파멸로 이끄는 어떤 상황에 대한 시대비판적 진단이며 저항이다.[5]

초기 작품에 나타난 이러한 경향은 중기와 후기의 소설작품들에서도 마찬가지이다. 1957년에 발표된 장편소설 「필립스부르크시의 부부들」(Ehen in Philippsburg)과 소위 Kristlein 3부작인

---

2) 참조 ; Martin Walser : Wer ist ein Schriftsteller? Aufsätze und Reden, Frankfurt am Main. Suhrkamp Verlag 1979. S. 37.

3) 참조 ; Klaus Sivblewski : Martin Walser, Munchen 1980. S. 2.

4) 참조 ; Martin Walser : 앞 책, S. 38.

5) Marcel Reich-Ranicki : Martin Walser. Ammann Verlag. Zürich 1994. "Walsers frühe Geschichten sind also zeitlerische Diagnosen und Proteste gegen einen Zustand, der das Individuum an seiner Entfaltung hindert, es verkümmern längst und zugrunde richtet."

「하프타임」(Halbzeit, 1960), 「외뿔」(Einhorn, 1966), 그리고 「전복」(Der Sturz, 1973)에 등장하는 인물들은 외부로부터 직접적으로 가장 타격받기 쉬운 불안정한 계층에 속해 있다. 그들은 사회기능적인 면에서 자신의 삶을 자율적으로 행사할 수 없는 인물들이다. 발저는 자율성 상실, 즉 개성의 상실이라는 문제성을 이들을 통해 강하게 제시하고 있다.

발저가 1978년에 발표한 노벨레 작품인 「도망치는 말」(Das fliehende Pferd)과 1980년의 「백조의 집」(Das Schwannenhaus)에서도 당시 독일의 사회적 현상에 대한 문제들을 예리하게 제시하고 있다. 이들 작품이 제시하는 것은 당시의 사회적 이슈였던 중년의 위기와 자기확인의 정체성 그리고 사회적 의사소통의 문제들이다.

이러한 일련의 소설작품들과 아울러 발저는 다른 한편으로 방송극과 희곡작품도 발표했다. 여기에서도 공통적으로 제기되는 것은 시대비판적인 문제들이다. 극단적으로 반어적인 경향을 띠고 있는 이 작품들은 다양한 주제들을 취하고 있다. 1961년에 발표된 「가설극장」(Der Abstecher), 1967년의 「실내전투」(Zimmerschlacht)는 사적인 내용이 그 자체로 주제가 되고 있다. 1962년에 발표한 「참나무와 앙고라」(Eiche und Angora), 1964년의 「검은 백조」(Der schwarze Schwan), 그리고 1971년의 「장난」(Ein Kinderspiel) 등의 작품들은 정치적이고 사회적인 주제를 담고 있다. 문학적 주제를 다루고 있는 작품들은 1982년에 발표한 「괴테의 손에」(In Goethes Hand)와 1986년의 「따귀」(Die Ohrfeige)이다.

주제 선택에서의 이 같은 변화 역시 앞에서 이미 언급했듯이 그의 글쓰기와 관련이 있다. 즉 그의 글쓰기는 자기성찰을 위한 자신과의 대결이며 곧 자기분석의 과정이다. 발저는 자신의 정신적 체험을 문학적으로 분석하면서 현실세계의 변화를 소망하는 것이다. 왜냐하면 문학의 과제는 결국 끊임없는 자기성찰을 통한 세계변화에 그 목적을 두고 있다고 볼 수 있기 때문이다. 발저의 희곡작품들에서 이와 같은 의도가 특히 두드러지게 나타난다.

「참나무와 앙고라」(Eiche und Angora, 1962년 초연)

발저는 이 작품에 '독일연대기'라는 부제를 붙여놓고 있다. '연대기'라는 부제를 발저가 처음 사용한 것은 아니다. 브레히트의 작품 「억척어멈과 그 자식들」이 그 선례가 되고 있다.

이 두 작품은 모두 이미 역사가 되어버린 과거를 시대배경으로 하고 있으므로 드라마 제목에 '연대기'라는 명칭이 부제로 붙여진다는 사실은 특별한 의도가 있어 보인다. 그것은 곧 잘못된 세계구조와 그것의 개선을 요구한다.

발저가 부제에서 이 작품의 특징을 잘 보여주고 있듯이 이 독일연대기는 시간적으로 세 개의 장으로 나누어져 있다. 즉 처음 다섯 장면은 1945년 4월에 시작되고 여섯 번째 장면은 5년 후 같은 달에, 그리고 마지막 세 장면은 10년 후이다.

이러한 연대사의 중심에 허구로 만든 남독일의 소도시인 브렌젠부르크Brenzenburg가 고향인 소시민 알로이스Alois와 안나 그뤼벨 Anna Grübel이 있다. 관객은 나치가 권력을 잡았을 때 알로이스가 공산주의자였다는 것, 그리고 그것 때문에 그의 '잘못된' 세계관을 '바로잡기' 위해 강제수용소로 보내졌다는 사실을 알게 된다. 그곳에서 석방되었을 때 그는 모범적인 나치가 되어 있었을 뿐만 아니라 그의 신체에 가해진 실험, 즉 거세로 인해 아름답고 높은 목소리를 얻게 된다. 그래서 그의 온갖 열망은 이제

가능한 한 빨리 합창단에 가입하려는 데 모아져 있다는 사실과 알로이스가 강제수용소에 있던 기간 중에 그가 유태인의 이름을 붙인 앙고라 토끼를 열심히 사육했었다는 사실도 아울러 알게 된다. 처음의 이 다섯 장면들은 매우 코믹하다. 그것은 알로이스가 조국이 유린되는 것을 눈앞에 보면서도—프랑스 군대가 점점 가까이 진격해오고 독일의 군대는 전부 퇴각하고 있던 상황에서—합창단과 앙고라 토끼 돌보는 일로 바쁜 점, 또 아이 갖기를 기대하는 부인만이 걱정인 그 지역 지도자인 고르바흐Gorbach, 알로이스의 목소리를 들을 때면 오직 합창단만 생각하는 교장 포츠Potz, 알로이스를 강제로 "과학적인 일"에 관심을 갖도록 강요하는 과학자 체어레벡Zerlebeck 박사, 참호공사를 하던 중에 알레만인인 궁중 도랑지기와 다투고 참호 쌓는 일을 거절하는, 직업이 고등학교 정교원인 슈미트Schmidt. 이들은 지극히 사소한 일에 매달려 중요한 일, 즉 국가방어라는 중대한 일을 놓치는 어리석은 인물들이다. 브렌젠부르크의 시민들 역시 단순히 눈앞의 이득만을 생각하고 행동하는 사람들이다.

알로이스가 하얀 토끼털을 팔려고 하자 브렌젠부르크 사람들은 프랑스에 대한 항복의 표시로 이 토끼털을 창문에 걸어놓는다. 이 일로 알로이스에게는 대역죄가 씌워지고 사형판결을 받는다. 그는 엄숙히 선언한다. 즉 자신은 이전의 공산주의 사고방식으로 과오(Rückfall)를 저질렀다는 것, 그리고 그것은 과거에 얻게 된 정신적 불안에서 비롯된 것이라고 주장한다. 전쟁이 끝나고 5년 후(1950년 4월) 알로이스는 고르바흐의 중재 덕분에 마침내 합창단에 들어가게 된다. 그런데 감사연설에서 잘못 행동한다. 그 연설에서 알로이스는 총통의 생일날 나치이념을 신봉하고 있음을 숨김 없이 고백한다. 공공연한 불쾌감이 그 홀을 가득 메우게 된다. 고르바흐나 다른 그 밖의 이전의 소위 나치대원처럼 알로이스는 재빨리 새롭게 주어진 현실에 적응할 수가 없는 것이다. 그는 정신치료 요양소로 가게 된다. 10년의 세월이 흐른다. 이 세월 동안 알로이스는 자유시장경제를 옹호하는 사람으로 바뀌고 또 확신에 찬 반공산주의자가 되어 있다.

이 연대기의 마지막 부분(7장~9장)에서 그의 과거가 다시 한 번 장애가 된다. 즉 알로이스는 요양소에서 나와 부인 안나와 함께 고르바흐가 그 동안 세운 고급 레스토랑 토이타흐 블리크 Teutach-Blick에 일자리를 얻게 되고 다시 앙고라 토끼를 사육하고 있다. 그런데 이 레스토랑에서 이웃의 작은 두 도시들과 함께 하는 음악회가 열리게 된다. 그런데 토끼 사육장에서 나는 냄새에 손님들이 불쾌해하자 그로 인해 사업이 망할까봐 겁이 난 고르바흐의 요구로 알로이스는 토끼들을 죽이기로 작정한다. 그런데 음악회가 시작되기 직전에 브렌젠부르크 시민들은 알로이스가 노래하는 것에 대해 항의한다. 그의 목소리가 변조된 것이고 또 비인간적인 세월을 기억하게 한다는 이유에서. 그는 이러한 현실을 더 이상 받아들일 수 없다. 어찌할 바를 몰라 슬픔과 분노 속에서 그는 하얀 앙고라 토끼털을 합창단의 깃대에다 못으로 박는다. 그리고 자발적으로 다시 요양원으로 들어간다. 동시에 알코올중독자가 되어버린 그의 부인 안나도 알코올중독자 수용소로 간다.

알로이스는 이를테면 새로운 현실 앞에서 아주 신속하게 그리고 또 유연하게 적응할 줄 아는 이 기회주의적인 사회 속으로 발맞추어 뛰어들 수가 없다. 그렇다고 그가 처음부터 전혀 노력하지 않았던 것은 아니다. 그 역시 살아남기 위해 강제수용소에서 동포로서 어떻게 행동해야 하는가를 인식할 수 있을 때까지 오랫동안 그리고 집중적으로 재교육을 받았다. 그 결과 그는 이제 순종적이며 긍정적인 인물로 변화되었으며 사람들의 요구에 언제나 동의할 준비가 되어 있다. 또한 살아남기 위해 재교육을 통하여 자신의 의지를 꺾었다. 그러한 알로이스가 차마 받아들일 수 없었던, 즉 적응할 수 없었던 것은 거세조차 받아들였던 그가 다시금 자신의 시민적 명예를 증명하려고 한 시도가 좌절된 후이다. 즉 소시민으로서의 자기정체성 확립에 실패한 인간이 된 알로이스는 이제 자발적으로 정신치료 요양소에 들어가는 것이다.

비극적인 이 마지막 장면의 주제는 서로 다른 병원으로의 출발이다. 이 장면은 발저의 첫 작품인 「가설극장」(Abstecher)을 떠올리게 한다. 이 작품에서 하층계급인 에리히Erich의 부인 프리다Frieda 역시 의식의 상처를 입는다. 알로이스 그뤼벨과 안나 역시 철저하게 의식의 상처를 입고 이로 인해 비사회적인 인물로 변한다. 프리다의 고통이 개인적인 원인(후버트Hubert와의 관계)에 있는 반면 알로이스와 안나는 정치적 · 사회적 관계의 제물이다. 이러한 설정에 맞게 두 작품의 무대는 이러한 점을 고려하고 있다. 즉 프리다와 후버트의 결정적인 대결은 프리다의 거실에서 일어난다. 이것은 상당히 사적인 무대세트이다.

이와는 반대로 '독일연대기'라는 부제가 붙은 「참나무와 앙고라」의 아홉 장면은 모두 단어와 무대장치 및 형상화의 방법에서도 연대적인 특징을 잘 보여주고 있다. 즉 무대공간은 모두 특정한 그룹이나 단체(군대, 합창단) 내부이거나 또는 공공건물(레스토랑) 앞이다. 게다가 시간과 장소 역시 대단히 정확하게 무대에 활용되는 게시판에 기록되어 있다. 예를 들면 1945년 4월, 미쉬발트Mischwald 등으로. 그러므로 이 작품은 정치적 기록극으로 분류될 수 있다. 이와 같은 분류는 계층적 관계를 관찰해보면 계속 확인된다. 처음의 다섯 장면에 등장하는 인물들 중에서 알로이스, 안나, 마슈니크Maschnick, 마리아Maria 네 사람은 모두 복종 관계에 있고 언어 역시 사투리를 쓰는 반면에 체어레벡, 고르바흐, 포츠, 그리고 슈미트는 고지독일어를 쓰며 모두 장교들이다.

계급적 대립의 표현으로 모름지기 이 작품의 가장 중심에 있는 것은 고르바흐와 알로이스의 관계이다. 즉 고르바흐는 주인으로, 알로이스는 하인으로. 이러한 대립을 시각적으로 강조하기 위해 발저는 주인-하인 형식에 더 다양한 관계를 구조화하고 있다. 즉 체어레벡 박사에게 알로이스는 실험용 동물 이상이 아니다. 또한 합창단 단장인 포츠에게도 알로이스는 자신의 목적을 위해 특별히 쓸모가 있는 필요한 물질 또는 원료로만 보인다.

알로이스는 사회적으로 제한된 범위 내에서 노예로서 착취당하는 것만은 아니다. 정치, 종교단체의 이해에도 관여한다. 그들은 물론 그를 노예라기보다는 그들의 학생으로 취급한다. 알로이스는 아주 분명하게 강제수용소를 교육기관으로 생각한다. 하층계급 출신의 알로이스가 때마다 바뀌는 이데올로기에 관한 수업이 필요했던 반면에 중류계급 출신의 같은 시민들은 변화하고 있는 시대 상황에 마찰 없이 적응하고 있다는 사실은 바로 독일 사회의 두 거대한 계급집단의 본질에 대해 진술하고 있는 셈이다.

중류계급의 이러한 적응력과 기회주의는 고르바흐에게서 모범적으로 표현된다. 고르바흐는 제3제국의 종말이 확실히 목전에 다가왔을 때 이에 알맞게 행동한다. 그렇다고 하더라도 알로이스와 안나가 오직 역사적인 변화를 힘 안 들이고 쉽게 극복하는 중류계급의 대표자들과 대조되는 인물로서만 역할을 수행하는 것은 아니다. 알로이스가 겪게 되는 여러 번의 잘못된 행동(Rückfall)과 그로 인해 받아야만 하는 정신병 치료, 그리고 그가 강제수용소에 체류함으로써 야기된 그의 부인의 광적인 추적은 과거극복이라는 주제를 작품의 핵심으로 만든다. 이 주제는 발저의 문학적 판타지의 허구가 아니라 1960년대 초기의 실제적인 사회·정치적 현상이었다.[6]

발저가 이 작품에서 과거의 일반적인 태도를 증명하려는 것을 가능케 해주는 훌륭한 착상은 알로이스의 재발이다. 이미 지나가 버린 현실, 즉 과거를 손쉽게 떨쳐버리는 일이 인간적으로 어려운 알로이스는 당황하지 않고 변화되는 현실에 거리를 둔다. 그렇기 때문에 인간적으로 어려움을 전혀 느끼지 않는 고르바흐, 슈미트, 포츠 그리고 체어레벡 등과는 바로 그 점에서 상대적으로 구별되는 것이다.

이미 1950년에 고르바흐는 아이히코프Eichkopf에서 행한 연설(제6장면)에서 5년 선의 사건들을 낭만적인 사건으로 감히 묘사한다. 그러나 그것은 관객들이 처음의 다섯 장면에서 눈치를 챌 수 있듯이 현실과 전혀 아무 관련이 없는 것이다. 관객이 꿰뚫어볼 수 있는 이러한 통찰은 모순적인 행동방식을 서로 대비시키려는 목적에서 솜씨있게 처리된 대조의 테크닉 덕분이다. 이 대조의 테크닉은 다시 한 번 여덟 번째 장면(음악회)에서 구사된다. 음악회 장면에서 안나와 알로이스 그리고 체어레벡 박사는 브렌젠부르크 시민들의 압력으로 쫓겨난다. 그러나 이 작품에서 아마도 가장 비인간적인 인물이라 볼 수 있는 체어레벡 박사는 어느 정도 명예회복이 되는 반면 안나와 알로이스만이 비인간적인 세월의 진짜 희생물로서 유독 음악회에서 잊혀진다. 과거의 망각은 이미 일곱 번째 장면에서 날카롭게 강조된다. 즉 10년 전에 못으로 단단히 박았던 게시판—치욕의 판—이 시 참사회의 결정으로 참나무에서 제거되는 것이다.

알로이스의 세 번째 재발은 가장 상징적으로 해석될 수 있다. 그가 앙고라 토끼털을 깃발에 매달고 그때마다 구약성서의 방식으로 유태인의 족보를 헤아리는 것은 직접적으로 제3제국에서의

---

6) 참조 ; Antony Waine : Martin Walser, C.H. Beck Verlag 1980. S. 140.

유태인의 운명을 풍자하는 것으로 볼 수 있다. 하지만 세상은 꿈쩍 않는다. 알로이스만 미친 사람이라는 소리를 듣게 되고 또 그렇게 낙인이 찍히게 된다. 그리고는 정신병원으로 이송된다. 잘 돌아가는 사회의 톱니바퀴에서 모래 역할을 하는 자는 신중하게 격리되는 것이다.

발저는 이 연대기에서 과거를 잘 극복하지 못하고 단지 망각으로 흉악한 과거를 반복하는 독일 역사의 정체를 폭로한다. 이를테면 이 시대에 잘 적응하지 못하는 사람들은 짐스러운 존재들인 것이다. 제3제국에서 달갑지 않은 인물들이었던 유태인과 공산주의자들이 강제수용소로 보내졌던 것처럼 이 시대에 기피하고 싶은 인물들은 이제는 강제수용소 대신에 정신병원으로 보내지는 것이다. 감금장소만 바뀌었을 뿐 상황과 상태는 반복될 뿐이다. 왜냐하면 적응 능력이 있는 사람들은 옛날의 그들 자리로 되돌아갔기 때문에. 역사는 이렇게 정체된 채로 흘러가는 것 외에 아무것도 아니다. 이것이 바로 역사의 비극인 동시에 희극인 것이다. 발저는 비극과 희극의 완벽한 융합을 「참나무와 앙고라」에서 성공시키고 있다.

「검은 백조」(Der schwarze Schwan, 1964년 초연)

2막으로 구성된 이 작품은 과거에 강제수용소의 의사였던 외과의 루돌프 고트하인Rudolf Goothein 교수와 정신과 의사인 리베레Libere 교수의 과거행적을 드라마 줄거리의 기둥으로 삼고 있다. 이들은 서로 친구 사이로 제3제국 시절에 하수인으로서 안락사를 집행한 사실이 있다. 후에 고트하인은 그 일로 몇 년간 감호소에서 지냈기 때문에 충분히 죄의 대가를 치렀다고 생각하고 있다. 그래서 양심의 가책을 느끼지 않는다. 반대로 리베레 교수는 — 옛날 그의 이름은 라이프니츠Leibniz였다— 이 위장된 이름을 내건 정신병원을 운영하고 있다. 그는 이곳에서 스스로 포로의 입장으로 형편없는 식사를 하고 또 자신의 죄를 항상 기억하기 위해서 정신이상자가 된 틴헨Tinchen을 양녀로 삼았다. 그렇지만 그는 그 재앙의 세월 동안 자신이 인도에 있었노라는 거짓말로 전에 헤디Hedi라는 이름을 가졌던 자신의 딸 이어름Irm에게 자신의 과거를 숨긴다.

그녀의 어릴 적 친구이며 고트하인 교수의 아들인 루디 고트하인은 안락사를 집행한 의사로서 자신의 아버지가 저지른 행위를 기록한 문서를 발견하게 된다. 그리하여 기억을 더듬게 되면서 헤디와 함께 강제수용소에서 소각놀이를 하며 놀았던 유년시절이 생각난다. 그리고 그가 나치 친위대원을 흉내냈을 때 꼬마 여자친구로부터 검은 백조로 불렸던 사실을 기억하게 된다. 그는 자신이 알게 된 사실을 아버지에게 숨긴다. 그리고 아버지를 대신해서 양심의 가책을 느낀다. 그는 자신이 법정에 세워지기를 요구한다. 뿐만 아니라 원래는 그런 놀라운 짓을 저지른 아버지를 상대로 소송이 제기되어 마땅히 받았어야 할 탄핵을 자신이 받으려고 한다.

아들이 자신의 과거를 추적하고 있다는 사실을 알지 못하는 아버지는 이해할 수 없는 아들의 태도에 충격을 받게 되고 친구인 리베레 박사에게 정신과 치료를 의뢰하기에 이른다. 리베레와의 대화 속에서 루디는 자신을 혹독하게 시험한다. 이를테면 그는 죄에 대한 자신의 감각이 정말 정직한 것인지에 대한 물음에 점점 깊이 파고든다. 그리고는 자신의 모순적인 감정에 따른 격렬한 고통에서 벗어나기 위해 아버지로 하여금 그가 저지른 죄를 고백하게 하려고 결심한다. 그래서 햄릿처럼 아우슈비츠의 풍경을 연극놀이에 배열해 놓는다. 그 연극놀이 속에는 복수의 여신상이 떠오른다. 하지만 이 연극놀이로 아버지의 고백을 이끌어내려 했던 루디의 시도는 실패로 끝난다. 그런데 문제는 루디 역시 만약 자신이 그 시대에 자기 아버지와 같은 상황에 처했더라면 역시 아버지처럼 행동했을 수도 있지 않았을까 하는 의문에 빠져든 것이다. 그라면 그 상황에서 용기있게 양심에 따라 행동하는 영웅이 확실히 될 수 있었을 것인가? 그는 스스로 아무 죄 없는 한 인간을 죽이려는 상황으로 자신을 몰고간다. 즉 그의 어린시절 여자친구인 리베레의 딸 이어름이 무의미한 살인의 희생자가 되어야 하는 것이다. 만약 그가 이 목적을 이룰 수 있다면 아마도 그는 자기자신에 대한 투명성을 얻을 수 있을 것이다. 그런데 끔찍할 정도로 극단적인 양심의 시험을 치르기 위해 생명의 나무인 투야Thuja를 향해 그와 함께 가줄 동반자는 푸른 풀밭 위에서 자라난 과거를 초월한 이어름이 아니라 리베레가 입양한 정신이 혼미한 저 소녀, 그 시절에 똑같은 나이의 모든 소녀들처럼 의심할 바 없이 그 자신이나 혹은 고트하인의 손에 의해 분명히 살해당했을지 모르는 틴헨이다. 불쌍한 틴헨을 보자 루디는 자신이 계획한 일에 소름이 끼친다. 그는 방아쇠를 자기자신에게 겨눈다.

그러나 이보다 앞서 그가 자기 아버지 앞에서 상연했던 복수의 여신의 극에서와 마찬가지로 리베레 눈앞에서의 그의 죽음 역시 아무런 효과가 없다. 그의 죽음은 양심의 가책 때문에 자신을 희생한 자의 명예를 높여주었을 뿐 리베레로 하여금 거짓 실체를 단념하도록, 또 가명을 벗어던지도록, 그리하여 법정에 서도록 할 만큼 동기를 부여하지 못한다. 다시 말해서 루디의 끔찍한 이 마지막 장면은 살아남은 사람들에게 천박한 변화만을 가져다주었을 뿐이다. 즉 루디의 아버지는 루디의 죽음에 대한 책임을 리베레에게 덮어씌운다. 리베레는 경찰에 출두하려고 하다가 잠시 후에 마음을 달리 먹는다. 즉 극의 마지막 장면은 루디의 온갖 노력으로도 결국 아무런 변화가 일어나지 않았음을 다음의 대사로 극명하게 보여준다. "이어름! 제 이름은 이어름입니다." "리베레! 내 이름은 리베레입니다." 그들은 진실을 다시 은폐하고 위장된 실존으로 계속 남는다. 과거의 극복은 이 작품에서도 이루어지지 않고 다만 망각 속에 묻혀버린다.

「참나무와 앙고라」에서와 마찬가지로 이 작품에서도 과거극복은 또다시 실패로 돌아간다. 진실을 알게 된 루디와 같은 세대인 이이름에게조차도 과거는 쉽게 배제되는 것이다. "속이거나 잊어버려. 루디! 동참하는 것은 안 돼. 루디! 우리 잊어버리자."[7] 그렇다면 과거극복의 실패를 보여주는 발저의 문학적 의도는 어디에 기인하는 것일까?

1964년에서 65년까지 프랑크푸르트의 한 법정에서 아우슈비츠 강제수용소에서 죄없는 유태인들을 집단학살한 죄가 있는 나치장교들이 재판을 받았다. 이때 발저는 변론이 진행되는 동안 감시인으로서 출석했고 그 경험으로 독일의 과거를 주제로 글을 쓴 적이 있다. 그 글의 제목은 "우리의 아우슈비츠" Unser Auschwitz였다.[8] 여기서 중요한 것은 '우리의' 라는 부가어이다. '우리의' 라는 부가어에서 발저는 이 범죄의 책임이 독일 국민 모두에게 있다는 것을 시사한다. 그럼에도 불구하고 이 범죄행위가 또한 연대책임을 의식하는 일을 더 어렵게 만든다는 사실을 발저는 의식하고 있다.

이러한 통찰이 이 작품의 두 인물인 고트하인 교수와 리베레 교수로 형상화되고 있다. 즉 이 두 인물이 악마나 야수 같은 인물

---

7) Martin Walser: Stücke. Suhrkamp Verlag. Frankfurt am Main 1986. S. 226. "Heucheln oder vergessen. Rudi! Teilnehmen geht nicht. Rudi! Bitte vergessen wir."

8) Martin Walser: Heimatkunde, Shurkamp Verlag, Frankfurt 1968, S. 7.

로 그려지는 것이 아니라 제법 동정심도 있는 평범한 시민으로 그려지고 있다는 사실이다. 따라서 관객은 그들의 과거 때문에 그들로부터 멀리 떨어지게 되는 일이 더 어려워지게 된다. 예를 들면 발저는 그들이 계속 인간적이고 평범하게 보이도록 하기 위해 그들을 한 가정의 선량한 아버지로 보여주고 있는 것이다.

「장난」(Ein Kinderspiel, 1971년 초연)

독일 부유층 가정에 대한 일종의 풍자인 이 작품은 "장난"이라는 제목에 맞게 자유분방함이 두드러져 보인다.

이 놀이는 그럼에도 매우 시사적인 동기를 가지고 있다. 1960년대 중반 독일에서는 주로 대학가에서 집중적으로 지적이고 도덕적인 저항운동이 생겨났다.[9] 이들은 다른 국가의 정치사건을 비판했으며 그들 복지사회의 부정적 수반현상, 예를 들면 물질주의로 인한 인간가치의 파괴현상을 비판했다. 대학의 권위주의적 구조, 시위자들과 경찰 간의 유혈대립 그리고 대동맹 결성은 저항운동을 일치시키고 나중에는 이데올로기화하는 데 기여했다.

젊은 세대의 이 같은 행동은 독일의 20세기 역사에서 사회집단에 순응하기를 거부하는 최초의 의미있는 일이었다. 발저와 같은 작가들에게 이러한 사건은 특별한 관심거리가 될 수밖에 없었고 발저는 곧바로 순응이라는 테마를 그의 작품 속에서 분석하고 있다.

발저의 작품 「앙고라와 참나무」가 사회의 기록문서로서 관찰되고 분석된 것이라 한다면, 젊은이들의 저항운동이 시작되기 거의

---

9) 미국의 베트남 전쟁 개입, 이란과 남아메리카의 독재정치 등등에 대한 비판.

1년 전에 발표된 「검은 백조」에는 희미하나마 세대간 갈등이 잠재적으로 존재한다. 이를테면 아버지의 과거행적을 알고 난 후에 겪는 루디의 갈등이 그것이다. 그러나 이 갈등은 사회정의나 정치적 억압에 대한 논쟁대상이나 화해의 문제와 관련되지 못하고 도덕적·심리적 차원에서 머문다. 루디 고트하인으로 대표되는 젊은 세대는 그의 아버지로 대표되는 기성세대와 더 이상 동일시될 수 없다. 그것은 기성세대들이 비인간적인 행동을 했다는 것을 알았기 때문이다. 그뿐만 아니라 어른들의 당시 행동을 고백하게끔 하려는 모든 시도가 자기자신에 대한 두려움 때문에 실패하게 되면서 그 결과는 세대간 의사소통의 단절이라는 결과를 낳았기 때문이다.

발저는 「장난」에서 세대간의 갈등을 보다 적극적으로 사회적·정치적 제도에서부터 분석해보고자 한다.

2막으로 구성되어 있는 이 작품은 네 명으로 구성된 슈포어Sphor 가족이다. 아들인 아스티Asti(20세), 그의 누이 빌레Bille(23세), 아버지 게롤트Gerold(48세), 게롤트의 둘째부인 이레네Irene(29세).

이 집의 가장인 게롤트는 젊고 매력적인 이레네와 다시 한 번 제2의 청춘을 맛보기 위해 가족을 버린다. 그 때문에 아스티와 빌레는 큰 상처를 입는다. 아버지가 젊은 계모를 그들에게 소개하기 위해 가족별장으로 초대했을 때 그들 간의 적대감이 공공연히 표출된다.

정치적 태도에서 차이점은 있으나 아스티와 빌레는 그들이 부정적으로 느꼈던 교육으로 인해 자기소외감을 공통적으로 가지고 있다. 진보적인 빌레는 사회의 잘못된 관행을 바꿔보려고 노력한다. 그녀 역시 아직 성숙되지 못하고 편협한 사고에서 완전히 벗어난 것은 아니지만 성인들의 세상과 맞서려고 한다. 반면에 아스티는 아직도 어린애 같은 생각과 두려움에 사로잡혀 모든 권력구조, 예를 들어 가정과 학교, 사회라는 틀을 근본적으로 거부한다. 그는 누이의 정치적 참여를 포함하여 모든 것에 대해 극도의 냉소주의로 반응하는 인물이다.

발저는 이러한 반동적인 태도에 심리적인 동기를 부여하기 위해 바로 7주 전에 죽은 그의 어머니와 아스티 사이의 관계를 줄거리에 삽입시키고 있다.

아스티는 어머니에 대한 회상에서 어머니의 죽음에 대한 책임은 아버지에게 있다고 공격한다. 그리고 아버지가 이 별장에 들어올 때 그를 총으로 쏘겠다고 누이에게 말한다. 그러나 아버지가 들어왔을 때 아무런 일도 일어나지 않는다. 아들과 딸이 모두 아버지에게 도발적으로 행동하고 비난하지만 아버지는 이 모든 공격을 차갑도록 냉정하게 막아내고 이레네와 같이 온전하게 이 별장을 떠나는 데 성공한다.

이 같은 결말은 현존하는 가족 관계가 모든 소란에도 불구하고 변하지 않고 남아 있음을 보여준다. 바로 이러한 사실이 지금까지 발저의 작품에서 일관되게 진행되어 온 것을 이 작품에서 다시 한 번 나타내 보여준다. 그럼에도 「장난」은 중요한 점에서 지금까지의 작품과는 구별된다. 즉 인간은 자기자신과의 관계에서 긍정적으로 변화될 수 있다는 가능성을 시사하고 있다. 다시 말하자면 자유로운 자기발전의 과정에서 생겨난 심리적인 장애와 그 원인을 제거하거나 적어도 제거하기 시작함으로써 긍정적으로 변할 수 있다는 가능성을 발저는 이 작품에서 보여주고 있다. 발저의 이 같은 변화된 입장을 나타내는 인물은 다름아닌 아스티와 빌레이다. 그들은 어렸을 때 체험했던 훈련 상황들을 서로의 앞에서, 또는 같이 흉내내어 연기하면서 그들이 배워 익힌 역할태도를 비판적으로 조명한다. 바로 이 연기를 통해서 그들이 배워 익힌 가족의 정치적 기능이 폭로된다. 한 장면에서 그들은 거대한 아메리카 콘체른의 직원으로서 가장 많은 보수를 받게 될 아들의 미래의 직업에 관해 대화하는 전형적인 부르주아 부모의 대화를 흉내낸다. 이들의 대화에서 엿보이는 것은 교육은 자본주의적이고 제국주의적 사고에 적합하도록 이용된다는 사실이다.

그들은 성적 정체성에 있어서도 판에 박힌 듯한 역할에 적응해야 한다. 이 경우 이러한 역할은 분명히 남성의 이해 관계에 놓여 있다. 즉 젊은 여성들은 그들의 성을 컨트롤해야 하는 반면 젊은 남자들은 이 성을 통해 그들의 신체적 자유를 해치지 않는 한 성적으로 자유롭다.

아스티와 빌레는 자신들을 속박하는 교육이라는 구속에서 해방되고 싶어하며 자신들의 정체성을 왜곡시키는 사회를 그 기본조직들 중의 하나인 가족에서부터 그 정체를 드러내보이려고 한다. 이로 인해 자신들이 불행해지고 미래가 불확실해지며 목표가 없어진다고 하더라도 그들은 오히려 자신들로 하여금 더 빨리 순응하도록 하는 것만 가능케 해줄 위선을 스스로 벗어던짐으로써 그들 자신이 되고 싶어한다.

이 작품의 제1막과 제2막의 특성을 비교해본다면, 아이들의 '놀이'에서 아버지의 가면을 벗기는 것이 2막에서 아버지 앞에서 목표를 이루게 되는 것보다 더 성공적이라고 평가할 수 있다.

발저는 이 작품에서 작은 가족별장 내에서 생겨나는 긴장과 갈등을 사회와 정치적인 사건전개와 관련시키려 했다. 이 작품에서 특히 눈에 띄는 점은 발저가 차별화된 반어적 서술을 위해 이전의 정치적 작품인 「참나무와 앙고라」 및 「초등신대 크로트氏」(Überlebensgroß Herr Krott)에서 나타나는 풍자적이고 그로테스크한 과장들을 포기하고 있다는 사실이다.

「연극」(Das Schauspiel, 1975년 초연)

이 작품은 1526년의 뉘른베르크가 무대가 되고 있다. 이 시기는 종교개혁과 농민전쟁이 끝난 때이다. 한때 대단히 자유롭고 진보적인 도시였던 뉘른베르크는 다시 보수반동의 분위기가 강하게 대두되기 시작한다. 이곳의 도시귀족과 예술가 및 지성인들은 권력을 굳건히 하려고 노력한다. 소수의 사회개혁적인 재세례파들만이 부유한 시민도시의 단단한 조직에 불만을 조성한다. 하지만 이들은 곧 감옥으로 끌려가게 되고 처형을 기다리게 된다.

발저는 이 작품에서 농민봉기가 일어났던 당시의 역사적 사건들을 그 자체로 묘사하면서, 동시에 당시의 상황과 20세기의 상황 사이의 유사성을 나타내 보이고자 한다. 그는 대략 450년 전 지식인들의 입장과 오늘날의 지식인들이 처한 입장을 작품의 테마로 배열하고 있다.

오늘날과 마찬가지로 그 당시 지식인들은 서로 다른 입장을 대표하는 것뿐만 아니라 그들의 경제적 여건과 직업적 여건에 따라 차이가 있는 인물들의 그룹으로 형성되어 있었다. 때문에 발저는 이 작품에서 신분이 낮은 대중가수인 외르크 그라프Jörg Graf에서 학자이자 광산 전문가인 파우스트 박사Dr. Faust에 이르기까지 하나의 스펙트럼을 만들고 있다. 이들 사이에 시인 한스 작스 Hans Sachs, 화가 알베르트 뒤러Albert Dürer, 의사이자 철학자인 파레셀수스Parecelsus, 시장 라차루스 슈프렝글러Lazarus Sprengler, 학자 필립 멜란히톤Melanchton과 정치가이자 휴머니스트인 빌리발트 피르키하이머Willibald Pirchheimer가 있다. 이 역사적인 인물들은 모두 어떤 점에서는 1525년부터 27년 사이의 뉘른베르크 시와 관련이 있다. 즉 이 시기는 1525년의 농민봉기를 진압한 직후이고 가톨릭 교회에 루터의 위대한 첫 도전이 일어난 지 10년도 채 안 되었던 때이다. 이 작품은 그러므로 외르크 그라프의 처음 노래에서 알 수 있듯이 자신들이 억압받고 있다는 사실을 근본적으로 인식하게 된 정신적·정치적 변혁의 시기를 배경으로 하고 있다.

농민봉기 시절의 정치적·문화적 상황을 현재와 유사한 것으로 보는 발저의 논리적 근거를 그의 '고향의 조건'(Heimatbedingungen)에서 찾아볼 수 있다. 여기에서 그는 많은 지성인들이 범하기 쉬운 '역사를 정지시키는'(Geschichtsstoppcndc) 기능에 대해 비판하고 있다.[10] 말하자면 발저는 지성인들의 이러한 태도는 곧 현재의 상황을 공인하는 것이 되며, 그리고 지식인들은 자신들의 근저에 놓여 있는 이데올로기, 즉 자신들의 책략을 정당한 것인 양 해명하면서 이것이 마치 자신들의 마땅한 권리인 것처럼 행세하는 것을 비난한다. 발저는 이 작품의 13번째 장면 "목욕탕에서의 정치"와 16번째 장면 "지식인들이 인도하다"라는 장면에서 그 실례를 보여주고 있다.

발저가 비록 지식인들을 비난하고 있다 할지라도 그는 지식인들을 편협하게 부정적으로만 그리거나 한결같이 구별이 가지 않는 인물들로 그리는 것은 아니다. 그는 지식인들이 한편으로는 그가 이전에 비판했던 정치인들로부터 어떤 압력을 받고 있는지, 그리고 다른 한편으로는 그들의 자유로운 의식이 급진주의자들로 인해 일어날 수 있는 폭력사태로부터 어떤 공격을 받을 수 있는지를 보여준다.

발저가 제시하고 있는 지식인들 사이의 태도를 나타내는 척도는, 외르크 그라프처럼 신분이 낮은 사람들이 멜란히톤의 자유주

---

10) 참조 : Martin Walser : Wie und wovon handert Literatur, Suhrkamp Verlag, Frankfurt 1973. S. 91~92.

의에 대해서 순응하기로 결정하는 것에서부터 3번째 장면에서 그의 동료에게 의도적으로 이별을 고하도록 하는 파라셀수스 박사의 급진적 비국교주의에 이르기까지 다양하다. 그런 점에서 「연극」은 제한적이나마 「장난」에서 길을 터놓았던 발저의 희곡론에 하나의 분명한 발전을 명백히 하고 있는 것이라 볼 수 있다. 즉 발저가 초기 작품에서 동질의 사회의식의 구체화로서 무대인물들을 배열하고 있다면, 이제는 인물의 성격화를 통해서 더욱 이질적인 하나의 의식을 특수한 그룹 내부에서 나타나도록 하고 있는 것이다.

이 작품에서 주인공으로 간주되어도 좋은 재세례파들 역시 그들이 등장하는 두 장면의 표제에서 분명히 증명되고 있듯이 구별화되어 묘사된다. 즉 12번째 장면은 "감옥에서의 더 많은 의견들"이며 15번째 장면은 "죄수들 간의 싸움"이다. 초기의 작품들과 비교해본다면 「연극」은 이와 같은 인물의 형상화 덕분에 훨씬 더 분명한 리얼리즘을 획득하고 있는 것이다.

「연극」은 「에밀리아 갈로티」(Emilia Galotti), 「간계와 사랑」(Kabale und Liebe), 「당통의 죽음」(Dantons Tod), 그리고 「억척어멈」(Mutter Courage)으로 이어지는 위대한 전통의 사실주의적이고 정치적인 연극이다.

그러나 페터 함Peter Hamm이 함부르크에서 이 작품이 초연되었을 때 사려 깊게, 그리고 격렬하게 논쟁을 펼친 그의 평론에서 추정한 것처럼[11] 대부분의 비평가들을 불쾌하게 만들었을 것이다. 그것은 이 작품이 폭발성이 있는 현실의 정치적인 문제를 사회참여적이며 반어적인 방법으로 다루었기 때문이라고 볼 수 있다.

---

11) Peter Hamm: Martin Walser und die Reaktion, in: Werner Brädle (Hrsg.), Martin Walser. Das Schauspiel. S. 431~440.

작가연보

1927년	3월 24일 보덴제 봐서부르크에서 출생.
1938년	아버지 돌아가심.
1938~43년	린다우에서 실업고등학교 다님.
1944~45년	노동봉사, 군복무, 미군포로가 됨.
1946년	고등학교 졸업시험.
1946~48년	레겐스부르크 전문대학에서 신학과 철학 전공, 대학에서 연극 활동.
1948~51년	튀빙겐 대학에서 문학, 역사철학 전공.
1951년	프란츠 카프카에 대한 논문으로 박사학위 취득. (지도교수: 프리드리히 바이쓰너)
1949~56년	남독일 라디오 방송국과 텔레비전 방송국에서 함께 일함. 슈투트가르트에 거주하면서 이 시기에 이탈리아, 프랑스, 영국, 체코슬로바키아, 폴란드 등지로 출장 여행을 다님. 단편과 방송극을 씀.
1950년	카타리나 노이너 엘레와 결혼.
1952년	딸 프란치스카 태어남.
1953년	「지하계단에서의 칸탄테」를 슈투트가르트 위스템베르크 국립극장 그로센 하우스에서 올림(음악: 오토 에리히 쉴링).
1955년	단편 「템플론의 종말」, 「집 위의 비행기」와 방송극 「경계없는 오후」로 47그룹문학상 수상.
1957년	프리드릭스하펜으로 이사. 담수술 받음. 딸 카타리나 태어남.

	장편소설 「필립스부르크 시의 부부들」 발표. 이 작품으로 헤르만 헤세 상 수상.
1958년	미국에서 3개월간 체류. 하버드 국제세미나 참석.
1960년	장편소설 「하프타임」 발표. 딸 알리사 태어남.
1961년	뮌헨 캄머슈필레에서 「가설극장」이 초연됨.
1962년	베를린 쉴러테아트에서 「참나무와 앙고라」 초연됨. 이 작품으로 게르하르트 하우프트만 상 수상.
1963년	슈투트가르트 뷔르템베르크 국립극장에서 「초등신대 크로트氏」 초연됨.
1965년	「경험과 독서경험」이란 제목의 수필 발표. 바덴뷔르템베르크 주에서 주는 쉴러 기념 장려상 수상.
1966년	장편소설 「외뿔」 발표. 딸 테레지아 태어남.
1967년	뮌헨 캄머슈필레에서 「실내권투」 초연됨. 모친 사망. 위버링엔 시에서 주는 보덴제 문학상 수상.
1968년	에세이 「고향소식」 발표. 「검은 날개」가 서베를린 아카데미에서 「우리는 여전히 행동할 것이다」라는 제목으로 초연됨. 위버링엔의 누스도르프로 이사.
1970년	산문 「픽션」 발표.
1971년	뷔르템베르크 국립극장에서 「장난」 초연됨.
1972년	장편 「갈리스틀의 병」 발표. 「매력적인 밤」(원래는 1971년에 "우리 투쟁의 사전에서"라는 제목으로 출판됨)이 룩셈부르크 카제마텐 극

장에서 초연됨.

1973년 장편 「파멸」, 에세이 「어떻게, 그리고 무엇에 관해 문학은 논하는가」 발표.

버몬트 주의 미들버리 대학과 텍사스 대학의 초빙강사로 가족과 함께 6개월간 미국에 체류.

1975년 2개월간 영국 워윅대학에 초빙작가로서 체류.

「연극」이 함부르크의 도이첸샤우슈필에서 초연됨.(음악: 테오도라키스)

1976년 장편 「사랑의 저편」 발표.

웨스트버지니아 대학에 초빙강사로 4개월간 체류.

1978년 중편 「도망치는 말」, 에세이 「작가는 누구인가?」 발표.

『고향예찬—앙드레 피쿠스의 사진이 실린 보덴제에 관한 책』, 『기쁨의 원천—99개의 격언으로 된 의식의 교화』 발간.

1979년 장편 「정신노동」 발표.

뉴햄프셔 다트머스 대학에 초빙강사로 3개월간 체류.

1980년 장편 「백조의 집」 발표.

1981년 프랑크푸르트 강연집 『자의식과 반어』 발간.

게오르크 뷔히너 상 수상.

1982 무대작품 「괴테의 손으로」, 장편 「리스트경에게 보내는 편지」 발표.

1983년 단편 「역사수집」, 「사랑의 해명」 발표.

캘리포니아 버클리 대학에 4개월간 체류.

1984년 무대작품 「따귀」 발표.

1985년 단편 「메스메어의 생각」, 장편 「파도의 부서짐」 발표.

단편 「살인변주」, 「트리니다드와 토바고에 대한 보고」 발간.

1986년 에세이, 산문, 시 모음집 『성스러운 파편』 발간.

단편 「충고에 대한 고백」 발표.

1987년 중편 「팽이와 늑대」 발표.

참고문헌

1차 문헌

Walser, Martin : Stücke, Suhrkamp Verlag Frankfurt am Main 1986.

2차 문헌

Walser, Martin: Wer ist ein Schriftsteller? Aufsätze und Reden, Shurkamp Verlag, Frankfurt am Main 1979.

Ders. : Heimatkunde, Suhrkamp Verlag, Frankfurt am Main.

Ders. : Wie und wovon handert Literatur, Suhrkamp Verlag, Frankfurt am Main 1973.

Siblewski, Klaus : Martin Walser, München 1980.

Reiche-Ranicki, Marcel : Der wackerer Provokatur, in : Ders., Deutsche Literatur in West und Ost. München 1963.

Waine, Antony : Martin Walser. C. H. Beck Verlag 1980.

Ham Peter : Martin Walser und die Reaktion, in : Werne Brändle (Hrsg.), Martin Walser. Das Schauspiel. S. 431～440

Tankred Dorst

탕크레드 도르스트

— 유토피아의 부정

김 기 선(성신여대)

작가 소개 : 탕크레드 도르스트 Tankred Dorst (1925~)

1994년 『오늘의 연극』(Theater Heute)지가 '올해의 극작가'로 선정한 도르스트는 일흔의 고령에도 불구하고 계속 독일 연극계의 정상을 차지하고 있다. 1968년 「톨러」(Toller)로 센세이셔널하게 두각을 나타낸 그는 1980년대에는 독일에서 가장 많이 상연된 작가의 하나로 활약하고 있으며 특히 그의 「메를린, 혹은 황무지」(Merlin oder Das wüste Land)는 독일 연극계에 커다란 파문을 일으킨 바 있다.

독일뿐 아니라 미국, 오스트레일리아, 뉴질랜드 대학에 초청되어 강의하는가 하면 만하임 국립극장상(1959), 빌라 마씨모 장학생(1962)으로, 아돌프 그림 상(1970), 바이에른 주 예술아카데미 문학상(1983), 뷔히너 상(1990) 등 여러 상들을 수상하며 30

년 이상을 꾸준히 독일 연극계의 정상을 고수하고 있는 노장이다. 또한 그의 작품들은 1970년 이후로는 우르술라 에엘러Ursula Ehler와 공동작업으로 이루어지는 것으로 발표되고 있는데, 이는 브레히트가 공동작업자들을 가능한 한 인정하지 않으려던 것과 대조적이다.

소년병으로 참가했던 2차 세계대전의 포로수용소에서 풀려난 후 뒤늦게 고등학교를 졸업하고 1950년부터 밤베르크와 뮌헨 대학에서 독일 문학과 연극학 공부를 시작한 그는 1953년부터 뮌헨의 슈바빙에 있는 인형극장에서 인형극을 쓰면서 극작가 생활을 시작한다. 1959년까지는 주로 인형극 대본과 인형극에 대한 이론에 몰두하고(1953~59), 1960년 이후로는 앞서 상연된 작품들을 책으로 출판하며 연극무대로 진출하여 단막극을 쓰면서, 한편으로는 독일 무대에 상연 가능하도록 프랑스, 독일 작품들의 텍스트 개작을 내놓는다(1960~68).

1968년에 발표된 「톨러」는 도르스트 작품활동에 새로운 방향을 열어놓는다. 슈투트가르트에서 팔리취Peter Palitsch의 연출로 초연된 이 작품은 동시에 차덱Peter Zadek의 연출로 「붉은 살인」(Rotmord)이라는 제목으로 영화화되며, 이 시기 이후로 씌어지는 그의 작품들은 대개 영화와 TV극, 청취극으로 동시에 제작된다. 이는 도르스트가 영화나 TV 등 시각적인 매체에 큰 비중을 두고 있음을 시사한다. 경우에 따라서는 자신이 직접 TV극으로 제작하기도 한다(「클라라의 어머니」, 「모쉬」 등).

초기에 씌어진 소극이나 그로테스크한 비유극에서는 부조리극의 요소를 찾아볼 수 있다. 이 시기 작품에서는 현실과 허상의 세계, 현실과 연극 세계 사이의 경계가 모호해지면서 두 세계 간의 갈등이 테마로 등장한다. 이 시기 주로 나타나는 모티프는 인간 존재의 연극성Rollenhaftigkeit, 그들의 가면과 자기기만, 인간 상호간의 의사소통의 두절 등이며 이러한 모티프들은 물론 후기 작품에도 나타난다.

1960년대부터는 연극형식, 특히 연극의 개방형식이 그의 주요 관심 대상이 된다. 인물들 간의 대사와 같은 비중을 갖고 인물과 무대, 무대장치와의 관계가 조명되면서 연극 속의 인물과 연기자 간의 관계가 끊임없이 모티프로 등장한다.

「톨러」를 통해 그의 작품활동은 새로운 전환의 계기를 맞는다. 레뷔Revue 식으로 엮어가는 이 작품은 1919년 뮌헨에서 있었던 혁명공화국 건립을 둘러싼 혁명과 그 좌초과정을 그리면서 도르스트의 사회비판적 사실주의가 드러나는 작품으로 그에게 국제적인 성공을 가져다 주었는데, 여기에서도 그의 '인물의 연극성'이라는 초기의 테마는 계속 다루어진다.

「톨러」 이후 그의 작품들은 크게 세 가지 경향을 띤다. 그 첫째는 「톨러」를 비롯한 정치적 성격을 띤 작품들이고(「잔트」(Sand), 「힘없는 자여, 이제 어쩐다?」(Kleiner Mann, was nun?), 「빙하시기」(Eiszeit) 등), 둘째로는 「킴보라초 정상에서」(Auf dem Chimborazo), 「도로테아 메르츠」(Dorothea Merz), 「클라라의 어머니」(Klaras Mutter), 「별장」(Die Villa), 「하인리히, 혹은 환상의 아픔」(Heinrich, oder die Schmerzen der Phantasie), 「모쉬」(Mosch), 「슈테틴 여행」(Die Reise nach Stettin) 등으로 이어지는 독일의 가정사를 그린 일종의 연대기적인 작품들이다. 서로 다른 장르로 씌어진, 또는 여러 장르로 동시에 제작된(영화, 방송극, TV극, 무대연극, 단편소설 등) 이 작품들은 한 중소기업가 가정의 연대기적인 작품들로, 여기에는 바이마르 시대에서 1970년대에 이르는 독일의 역사와 정치와 사회가 반영되며 이상적인 교육관과 집안의 전통이 요구하는 교육, 나아가서 정치와 역사 간의 갈등이 테마로 등장한다. 셋째로는 중세 기사 전설을 수용한 「메를린, 혹은 황무지」와 「파르치팔」(Parzival), 그리고 최근에 공연된 「가엾은 하인리히의 전설」(Legende des armen Heinrich, 1997) 등을 꼽을 수 있다.

1980년대에 이르러 도르스트는 300페이지가 넘는 대작 「메를린, 혹은 황무지」(1981) 로 다시 한 번 각광받는다. 여덟 시간 이상의 공연시간을 요하는 이 작품에서는 아더 왕과 그의 원탁의 소재가 수용되며 이데올로기나 유토피아, 역사에서 등을 돌린 인류의 미래가 암시된다. 형식적인 면에서 보면 현재와 과거가 공존하며 전설 속의 인물과 마크 트웨인이 동시에 등장하고 팝 가수들이 기사들의 싸움에 섞이는 등, 신화의 세계와 현실 세계 사이의 경계, 연극의 현실과 실제 현실의 경계가 모호해지는 등의 생소화시키는 연극적 수단이 사용된다. 중세 마술사 메를린의 연출로 엮어지는 세계극적인 일종의 메타 테아터Meta Theater이다.

탕크레드 도르스트의 작품세계

1. 정치적 성격을 띤 작품들

도르스트의 소위 '정치적 작품'이라고 불리는 작품들은 정치참여적인 작품은 아니면서도 정치적 반향을 불러일으킨 작품들이다. 이 작품들은 역사적 사건, 정치적 사건과 관련된 역사적 소재를 다루고 있으며 부분적으로는 실제로 있었던 기록들을 사용한다. 「톨러」에서는 1919년 뮌헨의 혁명공화국Räterepublik을 둘러싼 혁명과 실패를 역사적 배경으로 하고, 혁명의 선봉에 섰던 표현주의 극작가 톨러를 주인공으로 다루고 있다. 그리고 「잔트」는

3월혁명 이전 시기 앙시앙 레짐의 스파이였던 인기 희극작가 코체부를 암살한 청년학생 잔트의 행로를 소재로 하고 있다. 또 「빙하시기」에서는 나치에 동조, 협력하던 노르웨이의 작가 함순의 암살을 시도한 청년과 함순과의 논쟁에 초점을 맞추고 있다.

「톨러」가 발표된 1968년은 유럽의 학생운동이 절정을 이루고 있었으며, 연극계에서는 기록극이 관객의 정치의식을 고취하고 있던 시기이다. 이런 상황에서 1919년 뮌헨에서 혁명공화국을 세우기 위해 혁명의 선두에 섰던 톨러를 주인공으로 한 도르스트의 작품은 젊은 학생들의 초미의 관심의 대상이었고 이들의 기대와 실망은 문학적·정치적 논쟁으로 이어진다.

도르스트 작품의 경우 역사적 인물을 소재로 하는 작품도, 가족사를 소재로 하는 작품도 독일 역사의 일부를 반영하고 또 정치적 배경이 제시되고 있지만 1960~70년대에 활발했던 기록극과는 성격을 달리한다. 물론 도르스트도 역사적 사실을 인용하고 있기는 하다. 그러나 그가 목표로 하는 것은 역사의 서술 그 자체는 아니다. 역사의 서술을 위해 역사적 기록과 문서가 사용되는 것이 아니라 기록의 인용을 통해 그가 제시하는 문제가 역사적으로 입증되고 있음을 확인하려는 것이다.

기록극의 경우는 역사적 사건의 기록들을 사용하여 과거에 있었던 사건의 재현을 시도하며 그렇게 함으로써 관객을 계몽시키려 한다. 그러나 이 과정에서 작가의 입장은 분명하다. 기록문서들의 선정에서 우선 작가의 경향이 드러나고 서술과정에서 작가의 입장이 분명해진다. 기록극의 작가는 기록들의 재구성을 통해 관객에게 감추어졌던 정치적 배경을 들여다보게 함으로써 그 정치적 배경에 대한 비판의식을 고취한다. 이제까지 알려져 있던 역사적 사건과는 다른 시각에서 같은 사건을 관찰하게 한다. 이 경우 물론 이들 작가들은 중립적이고 객관적임을 부르짖지만 궁극적으로는 종래 기득권층을 비판하는 시각, 억압받는 자를 보호하려는 입장을 취한다.

「톨러」에서도 그러한 입장을 확인하려 하던, 다시 말해 사회주의적 입장에서 분석한 1919년의 혁명을 기대하던 당시 68세대의 실망은 1969년 연극계에 센세이셔널한 논쟁을 불러일으킨다. 역사적 사실을 재수정하는 데에, 다시 말해 혁명에 초점을 맞추지 않고 혁명이 좌절할 수밖에 없었던 현실을 조명하면서 혁명 주도자 톨러를 개인적 차원에서 취급하고 있는 데 대해 APO 학생들의 거센 비판이 있었던 것이다. 이에 대해 도르스트는 자신은 어느 특정한 이데올로기의 수호자가 아니며 또 극작가로서 어느 특정한 경향의 편을 드는 것이 자신의 과제는 아니라고 하면서, 단지 자기로서는 해결하기 어려운 딜레마를 제시하고 있을 뿐이라고 한다.[1] 「톨러」는 정치적 사건을 배경으로 하고 문서와 기록을 사용하고 있어 객관적이고 역사적인 진실을 전달하려는 듯한 인상을 주면서도 실제로는 이 작품이 씌어진 현재 사회, 즉 1968년의 독일 사회가 갖고 있는 모순을 제시하고 있다. 따라서 도르스트는 이 작품이 연출, 공연되는 시기와 지역에 따라 이 작품을 달리 해석할 수 있는 연출의 정당성을 인정하고 있다.

레뷔 식의 개방형식으로 진행되는 「톨러」에서는 이미 첫 장면에서부터 이 혁명의 성공 가능성이 희박함을 시사한다.[2] 혁명정

1) Tankred Dorst: “Die Theater-Version [von Rotmord]”, in: Die Zeit, 25. 4. 1969; wiedergedr, in: Erken, Tankred Dorst, F.a.M.: Suhrkamp 1989, S. 111 참조.

2) 무대 지문에서는 레뷔 식으로 진행할 것, 서커스와 같이 조명할 것을 지시하고(“Licht wie im Zirkus”) 과장된 크기의 그로테스크한 인형들을 내세우고 있다. Tankred Dorst, Toller. F.a.M.: Suhrkamp 1969, S. 6f. 이하 Toller.

부의 핵심을 구성하는 데 있어 계획이 없고 정치적 기반이 결여되어 무정부주의적인 무계획성이 지배하고 있음을 본다. 무정부주의자들이 혁명을 일으키고 권력의 핵심을 구성하고 있다는 사실 자체가 혁명의 성공 가능성에 대해 회의를 품게 하고, 노동자들의 경우도 일종의 정치적 환상을 가진 채 혁명을 시도하고 있다. 그들의 혁명에는 정치 프로그램이 없고 도덕적 모토와 열정과 격정적 제스처가 있다("우리의 혁명은 사랑의 혁명이 되어야 하오", "우리는 불굴의 무기를 갖고 있소. 우리의 의지와 믿음, 그리고 인간에 의한 인간의 착취는 이제 종식되어야 한다는 이념이 있소").[3]

톨러는 혁명의 주체세력이 무경험자들이라는 것을 인정하면서도 도덕과 이념을 무기로 혁명을 이룰 수 있을 것으로 믿는다. 그는 비폭력의 설교자이고 새로운 인간성을 설파하는 이상주의자로 혁명을 통해 그의 이상을 실현시킬 수 있을 것으로 믿고 행동한다. 그러나 그들의 혁명시도에는 톨러를 추종하는 일부 노동자들이 있을 뿐 충분한 기반이 없다. 현실정치가인 레비네가 혁명에 참가하기를 거부하는 것도 그 때문이다.

톨러의 안타고니스트로 등장하는 공산주의자 레비네는 공산당이 일정한 임무를 주고 파견한 당원으로서 기능하고 활동한다. 따라서 그의 행동은 조직과 기능에 기반하고 있다. 그는 조직의 일원으로 개성이란 있을 수 없으며 어느 누구하고도 대체될 수 있는 인물이다. 그러나 권력에 대한 감각이 전혀 없는 톨러는 그와의 논쟁에서 정치적 약점을 드러낸다. 톨러의 도덕 개념으로는 살인은 금물이다. 혁명과정에서 현실적으로 자행되는 살인은 그의

3) "Unsere Revolution muß eine Revolution der Liebe sein" Toller 10f. "(…)unüberwindliche Waffe: unser Wollen und unseren Glauben und unsere Vorstellung von einer Welt, in der, "die Ausbeutung des Menschen durch den Menschen ein Ende hat!" Toller 20.

이념과 일치할 수 없다. 살인행위를 보며 그의 행동은 마비된다. 그는 평화주의적 도덕관을 가지고 시민사회의 개념으로 고상한 인간이고자 하면서 동시에 혁명을 수행하려 한다. 여기에 톨러의 딜레마가 있다. 톨러가 추구하는 혁명은 궁극적으로 인간의 개인적 자유의 실현이다. 그러나 그의 자유에 대한 개념은 "무정부주의적인 것으로 질서가 파괴되고 새로운 질서가 아직 세워지지 않은 상태에서나 가능하다"[4]는 것을 그 자신도 인식하고 있다. 따라서 그에게는 혁명 그 자체가 목적이 된다.

톨러의 도덕적 요구는 혁명의 실체와 일치할 수가 없다. 톨러의 경우는 혁명적 격정과 거창한 제스처가 혁명의 조직을 대체하고 있다. 톨러는 군중의 감정적인 충동과 인기에 기반하여 그들의 지도자로 느끼고 있는데, 그 인기의 실체는 사회적·경제적 분석이 따르지 않은 현실적인 감각과 계획, 조직이 없는 슬로건으로 이루어져 있다. 그가 부르짖는 혁명은 현실적 실현 가능성을 검토하지 않은 유토피아에 대한 도덕적 호소이다. 레비네는 톨러의 격정적 태도를 냉정히 주시하며 그의 정치적이지 못한 사고를 비판하며 그를 '배우'라고 한다.[5]

실제로 톨러의 정치적 행동에는 연극적 자기과시의 경향이 나타나도록 그려지고 있다. 처음 등장하는 장면에서부터 그는 자기를 알아보는 군중에 밀려왔음을 자랑스럽게 여긴다. 그의 도덕적 호소는 계몽되지 않은 군중의 지지를 얻고 군중의 지지는 톨러로 하여금 자기도취에 빠져 그로서는 역부족인 그들의 지도자 역할을 떠맡게 한다.

이 작품은 정치적·사회적 상황에 대한 분석이 따르지 않은 혁

4) Toller 23.
5) Toller 69f.

명은 1919년 바이에른 상황에서는 좌초할 수밖에 없다는 점을 분명히 한다("공화국 설립 준비가 성급히 진행되었고 특히 일부 사회민주 계열에서 초조하게 기대하고 있다는 것은 혁명이 시기상조이고 기초가 되어 있지 않은 채 프롤레타리아를 선동한다는 의혹을, 그래서 쉽게 좌초하게 만들 수 있다는 의혹을 짙게 합니다").[6] 그의 정치적 기반은 현실정치에 근거한 것이 아니라 유토피아에 대한 일종의 환상이라고 도르스트는 해석한다. 이러한 기반 위에 일으킨 혁명은 파멸을 자초하는 결과가 되며, 자기자신뿐 아니라 그를 따르는 노동자들을 몰락의 구덩이로 몰아넣는 무책임한 행동이 된다.

이미 구제할 길 없게 된 상황에서 그는 노동자들을 지휘하며 다하우로 행군한다. 레비네의 경우는 혁명의 상황이 무르익지 않았음을 간파하고 혁명에 참가하지 않고 있다가 정부군이 진압에 나서자 노동자들을 보호하기 위해 당의 지휘를 받고 참가한다.

혁명은 결국 실패하고 1,000여 명의 노동자들이 공산주의자들과 함께 처형당하고 에리히 뮈잠, 레비네, 란다우어 등 혁명 주체세력들도 처형 내지 린치당하나 단지 그들의 지도자였던 톨러만이 4년형을 받고 후에 미국에서 자신이 쓴 혁명의 드라마를 사교계 부인들에게 읽어주고 있다. 그 이유는 그가 공산주의자가 아니라 드라마 작가로서 부르주아 출신이고 잠시 혁명에 현혹되어 참가하였기 때문이라고 법의 선처가 내렸기 때문이다. 이미 형이 내린 후 그는 동지들과 노동자들과의 단합을 위해 자신도 같은 형을 받기를 요구하나 "배우야!"(Schauspieler!)[7] 라는 군중의 외침은 그가 벌을 받기를 요구하는 것도 일종의 제스처임을 고발하고 있다.

---

6) Toller 23.

7) Toller 105.

이러한 그의 태도는 연극의 형식적인 면에서 밑받침된다. 의장직을 맡고 나서 연출되는 레뷔 식으로 엮어지는 장면에서는, 톨러가 쓴 드라마 「군중」(Masse Mensch)의 한 장면이 줄거리 진행에 삽입되어 톨러가 새장 속의 여인 역으로 등장한다. 이러한 장면의 배열을 통해, 즉 톨러의 현실과 후에 그가 쓴 작품의 현실을 병렬시킴으로써 톨러가 현실과 동떨어진 사고의 포로였음을 나타낸다. 현실과 작품세계의 경계를 분명히 하지 못하고 개인적 차원의 문제와 정치적 차원을, 정치적 현실과 문학의 세계를 혼동하고 있음을 나타낸다. 톨러가 현실문제에서 시선을 돌리고 정치의 탐미화Ästhetisierung, 정치의 문학화를 꿈꾸고 있음이 이 장면을 통해 시각적인 것으로 나타나며 이 극중극이 끝나면 시민관중이 박수를 치는 것으로 더 한층 강조된다.

도르스트는 톨러와 레비네의 정치적 논쟁을 대립시켜 놓고 있으나 그 어느 편에 더욱 큰 비중을 두고 있는 것 같지는 않다. 물론 정치적 입장의 시각에서 보면 레비네는 현실정치가이고 톨러는 몽상가이다. 아무리 윤리적 · 도덕적으로 톨러의 견해가 합리화될 수 있다 하더라도 도르스트는 현실적 기반이 따르지 않는 표현주의적 "오 인간이여!"의 철학으로 책임질 수 없는 혁명적 과정을 보여준다. 도르스트는 가능한 한 어느 인물의 편도 들지 않고 양자의 장점과 단점을 보여주며 관객에게 판단을 위임한다. 혁명이라는 상황에서 취하는 톨러의 연극적 태도, 몽상가적 태도가 비판의 대상이 되고 있으면서도 전적으로 부정적으로 그려지는 것은 아니며 톨러에게 동정적인 시각도 나타난다.

도르스트는 세계를 변화시키는 혁명적 상황의 현실과 문학가가 그리는 혁명은 별개의 것이며 "문학적 몽상가"가 이끄는 혁명에 참가하는 사람들의 운명은 비극적[8]이라고 한다. 그는 톨러에게 동정적 시각을 갖고 있으면서도 그를 고발하려 하고 있다. 인터뷰에서도 나타나듯이, 그는 자기자신에 반대하여, 자기자신의 성향에 반대되는 논점들을 제시하려 했다고 한다.[9] 다시 말해 심정적으로는 톨러에 공감하면서도 혁명적 상황에서는 그의 행동이 무책임한 행동이었음을 지적하려는 것이다.

톨러에 대한 비판은 혁명과정에서 노동자들의 세계에 대한 지식이나 체험 없이 그들을 앞세우는 지성인들의 환상에 대한 비판으로 이해된다. 톨러의 마지막 법정 연설은 주어진 상황 속에서 겪는 그의 정치적·이념적 통찰과 인식의 학습과정을 보여준다. 그는 시민사회의 비판적 시인으로서 무정치성을 인식하고 성찰하며 최소한 무기력한 언어로써라도 저항하려 노력하고 있다. 물론 이러한 정치적 수사학은 다음 장면에 따르는 노동자들의 무자비한 처형 장면으로 날카로운 대조를 이룬다. 1,000여 명의 희생자들의 시각에서 보면 톨러의 정치적 활동은 무책임한 연극적 행위에 지나지 않는 것이다.

이는 그가 제시하는 상황이 1968년 학생혁명의 상황과 무관하지 않음을 의미하며 도르스트 자신도 후에 「톨러」는 "그 작품이 씌어진 시기, 즉 1968년에 대한 작품"이라고 한 바 있다.[10] 이미 연극의 초반에서 정치 포스터를 붙이고 다니는 대학생 올가와 마주친 노동자의 발언을 통해 1968년대 학생운동과의 연계가 분명

---

8) Erken, Günther(Hg.): Tankred Dorst. Materialien. F. a. M.: Suhrkamp 1989, 111 참조. "Tragödie liegt bei denen, die in einer revolutionären Stunde von einem Literaten oder poetischen Schwärmer aufgeführt werden." 이하 Erken.

9) Erken 111.

10) "Es ist eher ein Stück über die Zeit, in der es herauskam, 1968." Dorst/Erken: "Gespräch in der Dramaturgie", in: Spectaculum 35, F. a. M.: Suhrkamp 1982, S. 285. 이하 Dorst/Erken.

해진다("2년 후면 저들은 변호사가 되어 있을 텐데, 우리만 선동해 놓은 거지").[11] 이 작품은 사회적 변화과정에서 정치참여적인 지성인의 이론과 실제 사이의 접목의 실패를 보여주며, 특히 중요한 것은 도르스트가 1968년 학생운동의 절정에서 이미 그 종말을 예시하고 있었다는 점이다.

「톨러」에서뿐만 아니라 「잔트」에서도 도르스트는 역사적으로 결정적인 시기에 상황 판단의 잘못으로 인한 정치적 행동을 통해 그들이 원하던 유토피아와는 정반대의 결과를 초래하게 된 상황을 그리고 있다. 혁명공화국을 건설하기 위한 혁명의 실패는 정부군의 정권 장악으로, 나아가서는 히틀러의 정권 장악으로 이어진다. 그리고 코체부의 암살은 칼스바트 조약Karlsbader Beschlüsse을 위한 빌미가 되어 검열의 강화 등 메테르니히 시대의 강권주의 경찰국가의 기반을 다지는 데 기여한다. 물론 1968년의 학생혁명은 긴급조치Notstandgesetz로 이어졌다.(피스카토어 식으로 연출된 슈투트가르트 공연에서는 1968년 소련군의 체코 점령과 연결짓고 있다.)

「톨러」와 마찬가지로 연극 대본과 영화로 만들어진 「잔트」에서 도르스트는 현실에 적응하지 못하고 자아의 마비상태에 빠져 있는 시민사회의 이상주의자, 절대적 해결에 대한 동경에 가득 찬 청소년 젊은 세대에 초점을 맞추면서 1960~70년대의 정치적 학생운동에 대해서는 전혀 언급하지 않으면서도 유추하게 하여 이 작품의 집필 동기를 분명히 한다.

「빙하시기」에서는 전후 젊은 세대의 개혁의지가 반성을 모르는

---

11) "Nach zwei Jahren sind die Rechtsanwälte, und uns haben sie aufgehetzt." Zit. n.

기성세대의 완강한 고집에 좌초한다. 나치에 동조했던 함순이 자신의 정당성을 주장하는 완강한 태도는 과거에 나치에 동조했던 기성세대를 대표하며, 이 세대는 계속하여 새로운 사회에서도 경제적 지도층이 되어 있다. 노인은 개인주의와 자기주장에서 벗어나지 못하고 가부장적인 사고방식을 버리지 못하는 한편, 지배층이 없는 단결된 공동생활을 위한 사회, 소유와 경쟁으로 소외되지 않은 유토피아를 추구하는 청년의 노력은 좌절된다.

과거 "노르웨이인이여, 무기를 버리라! 독일인은 친구로 우리를 찾은 것이다"라고 호소하던 함순 저격에 실패한 청년 오스왈트는 그 사고의 극단성에 있어서 자신과 노인 사이의 유사성을 발견하고 노인을 죽이기 위해 갖고 있던 수류탄으로 자결하고 만다. 함순으로 대변되는 독일의 나치 추종자들이 과거에 대한 성찰 없이 다시 영향력 있는 위치를 차지하는 것을 바라보는 젊은이들의 무력감이 자폭으로 나타난 것이다.

톨러, 잔트와 마찬가지로 오스왈트의 경우도 자신이 살고 있는 시대를 절실히 느끼는 사회적으로 민감한 청년 지성인으로서, 시대적 상황에 대한 논쟁만으로는 부족하다고 느껴 행동에 옮기려 한다. 그들은 사회를 변화시킬 필요가 있고 변화시키는 데 자신들이 기여할 필요가 있다고 생각하나 그 대상의 선택이 부적합하여 결과적으로는 부정적인 결과를 가져온다.

앞의 작품들에서 보듯이 도르스트의 정치적 작품들은 교훈이나 선동을 목적으로 하지 않는다. 특정한 이념이나 테제의 편을 들지도, 문제를 해결하려 하지도 않는다. 문제성을 띤 현실을 제시하고 있을 뿐이다. 또한 그의 작품은 역사적 상황들을 재현하기 위한 현장이 되고 있지도 않으며 그가 제시하는 역사적·정치적 사건들은 1960~70년대 독자나 관객이 처한 상황에 대한 성찰을 유도한다. 그는 성급히 일반화시키거나 사회주의화하는 데 회의

적이며 오히려 개인적인 면에 관심을 둔다. 그렇다고 그의 개인적 차원의 관심이 개인적 차원에서 끝나는 것은 아니다. 연극이 답할 수 없는 문제점을 해결할 수 없는 문제점으로 제시하면서 도르스트는 관객의 성숙된 비판력과 사고를 인정하고 그들에게 판단을 맡기고 있다.

2. 독일 가정 연대기

1974년부터 도르스트는 일종의 독일 가정사를 다룬 일련의 작품을 발표하기 시작한다. 이 작품들은 1920년대부터 70년대까지를 다루고 있지만 연대순으로 씌어진 것은 아니다. 또한 그 형식도 똑같은 드라마 형식을 취한 것이 아니라 드라마, 소설, TV극, 영화 등 여러 장르를 섞어가며 한 가정의 연대기를 이어간다. 주인공의 이름이 전적으로 통일되어 있는 것도 아니고 또 각 작품마다 다른 테마가 다루어지기도 한다.

이 계열의 작품으로는 「킴보라초의 정상에서」(Auf dem Chimborazo ; 희곡, 1974)로 시작해서 「도로테아 메르츠」(Dorothea Merz ; 소설, 1976), 「클라라의 어머니」(Klaras Mutter ; 단편, 영화, 1978), 「모쉬」(Mosch ; 단편, 영화) 「별장」(Die Villa ; 희곡, 1980), 「슈테틴 여행」(Die Reise nach Stettin ; 단편, 1984) , 「하인리히, 혹은 환상의 아픔」(Heinrich oder die Schmerzen der Phantasie ; 희곡, 1985) 등이 있다.

이 일련의 이야기를 연결하고 있는 것은 여러 각도에서 여러 시기의 단면을 배경으로 하여 서술되는 한 중소기업가 가정의 이야기로, 지극히 개인적 차원의 가정 이야기가 각기 그 시대의 사건 속에 반영됨으로써 1920년대 이후 일종의 독일 역사가 된다.

"개인적 차원의 독일 역사도 역시 독일 역사입니다. 나는 이 인물들과 그들의 생애를 그들이 살고 있던 시대의 대의의 역사를 떠나서는 생각할 수가 없습니다. 내게는 개인적인 역사가 전체 의미의 역사로 해석됩니다. 다시 말해 개인적 삶의 성찰 속에 역사의 의미가 나타나는 것이지요."[12] 라고 개인적 차원의 역사와 전체적 의미의 역사와의 관계를 조명하는 도르스트의 인물들은 그들이 처한 역사적 · 시대적 상황 속에 존재하기 때문에 그들을 담고 있는 역사를 반영한다.

이 가정 연대기의 시기적으로 마지막 단계라고 할 수 있는 「킴보라초의 정상에서」에 등장하는 도로테아 메르츠, 그녀의 아들 하인리히, 틸만, 삼촌인 에리히, 헤르만 등은 후속작품에서 계속 만나게 된다.

킴보라초 등산은 국경 저편의 친지들에게 인사를 하기 위해 동독과 접경한 산봉우리에 오르는 과정을 그린다. 따라서 극적인 갈등이나 구조는 찾아볼 수 없다. 이 작품에서는 전후 서독으로 피난하여 현실에 적응하지 못하는 도로테아의 허위와 망상에 가득찬 삶과 그 아들들 간의 갈등이 테마가 된다. 출세하지 못한 아들들의 현실을 직시하지 않고 그녀는 자신의 아집에 사로잡혀 자신을 기만하고 있고 아들은 산을 오르며 그녀의 망상을 하나씩 파괴하고 있다.

이 독일 가정사는 도르스트 자신의 가족사의 연장으로 보여진다. 이 부분에 관해 그는 다음과 같이 말하고 있다. "소재란 그냥 쉽게 고안해낼 수 있는 게 아닙니다. 찾아내는 거지요. 기억이 없이는 쓸 수가 없습니다. 고안해내기만 한다면 조작할 우려가 있지요. 나는 현실을 포착하고 싶습니다. 여기 이것들은 내가 체험한

12) Dorst/Erken 285.

겁니다. 가끔 실제로 일어난 일들이 고안해낼 수 있는 것들보다 더 서술의 가치가 있지요. 실제 역사의 흐름보다 인간의 상상력이란 보잘것없어요.[13]

그의 인물들은 회상을 즐기는 경향이 있는데, 회상을 통해 주요 동기가 등장하면서 과거의 기록들이 일기나 사진, 영화, 옷, 즐겨 읽는 책 등을 통해 전개된다. 회상을 통해 도르스트가 목표하는 것은 시간을 정지시키기 위한 것이 아니라 오히려 시간이 지나 있음을, 무엇인가가 변해 있음을 확인하기 위한 것이다.

실제로 그는 자기가 관심을 가지는 것은 '시간'이라는 현상을 연구하는 것이라고 하면서 그는 어떻게 시간이 인간을 변화시키는가를 관찰한다. 또 같은 인물들을 다른 시간, 다른 연령, 다른 삶의 과정에서 다시 인식한다.[14] 이 계열의 작품에서도 물론 그의 주요 관심사는 역사와 현재와의 관계이며 인간의 상호 관계이다. 1948년의, 또는 그 이전의 인간 관계에서 끊임없이 의사소통을 위한 시도가 이루어지는 것은 현재나 마찬가지이다.

3. 중세 기사 전설의 수용과 현대적 해석 -「메를린, 혹은 황무지」

1980년대 초의 독일은 특히 미국과 소련의 원자탄두 설치문제로 전쟁의 공포가 감돌며 끊임없는 평화운동, 평화를 위한 시위가 벌어지던 시기였다. 그리고 핵무기의 영향으로 황무지가 되어버린 세계와 구제할 길 없는 인간성에 대한 절망감이 문학과 연극을 지배하던 시기였다.

---

13) Dorst/Erken 284.
14) Dorst/Erken 285 참조.

도르스트의 「메를린…」은 1981년에 완성된 작품으로 원래는 차덱과 함께 함부르크에서 1979년 열릴 국제연극제의 행사를 위해 계획된 것이나 계획이 무산된 후 그는 이 작품을 300페이지가 넘는 대세계극으로 완성한다. "전후 가장 분량이 많은 대작"[15]으로 꼽히며 슈투트가르트 초연 때에는 2회에 걸쳐 각각 네 시간씩 공연된 작품이다.

1970~80년대 중세문학의 수용에 대해서는 하우크[16], 크론[17], 크나[18] 등이 자세히 분석해 놓고 있는데, 특히 미국에서 시작된 유럽 중세의 수용은[19] 현재와는 먼 시대, 일종의 동화세계 같은

---

15) Rüdiger Krohn: Tankred Dorst: "Merlin oder Das wüste Land. Dramatische Parabel über das notwendige Scheitern der Utopie", in: Deutsche Gegenwarts-dramatik. Bd. 2, hrsg.v. Lothar Pikulik, Hajo Kurzberger, G. Guntermann. Göttingen: Vandenhoeck & Ruprecht 1987, S. 7. 이하 Krohn.

16) Walter Haug: "Die Sache mit dem Teufel oder Das Mitteralterlich-Utopische und das Modern-Utopische", in: Arbitrium 1/1 1983, S. 100~108, 이하 Haug.

17) Krohn 9ff.

18) Gerhard Knapp: "Grenzgang zwischen Mythos, Utopie und Geschichte: Tankred Dorsts Merlin und sein Verhältnis zur literarischen Tradition", in: Literarische Tradition Heute. Deutschsprachige Gegenwarts-literatur in ihrem Verhältnis zur Tradition, hrsg. v. Labroisse und Knapp, Amsterdamer Beiträge zur neueren Germanistik, Bd. 24(1988), S. 226ff. 이하 Knapp.

19) 이미 1950년대 이래 미국에서 출판된 중세에 관한 서적, 인기 있는 영화들이 제작되었고 그 중에서도 화이트Terence H. White의 The once and future King(1939, 1965ff.), The Book of Merlyn(1939, 1978) 등이 거듭되는 수용의 근거가 된다. 영화로는 이미 1950~60년대에 다수 제작되었지만(Knights of the round Table 1953, Prince Valiant 1954, Lancelot and Guinevere 1962) 특히 Lancelot du Lac 1974, Excalibur

「메를린, 혹은 황무지」
연출/디터 도른
무대장치/요하네스 슈츠
뮌헨 캄머슈필레, 1982

로맨틱한 시대에 대한 동경에 기초하여 일종의 도피주의로 분석하고 있다. 평화에 대한 동경, 조화와 질서, 태고의 단순성 등 역사적 시대의 이상화는 그러한 이상이 결여되어 있다고 여겨지는 시대가 동경하는 그림 Wunschbild이다.[20] 아더 왕과 원탁의 기사에 대해서는 한국의 독자들에게도 알려져 있지만 메를린이라는 이름은 상당히 생소한 이름으로 독일 문학에서도 종종 다루어진 인물은 아니다. 오히려 영국과 프랑스 계통의 중세문학, 전설에서 아더 왕의 궁정과 관련하여 나타나는 중세의 마술사이다. 이들 문헌에 기초한 도르스트의 「메를린…」[21]에서 메를린은 미래를 볼 수 있는 능력과 예술적 재능을 타고난 악마와 거인의 아들로 그

1981 등이 중세 붐을 일으킨 영화들이다.

20) 독일의 중세 내지 역사적 시대에 대한 관심은 무엇보다 1970년대에 있었던 대규모적인 전시회에 나타나는데(바벤베르크Babenberg 1976, 슈타우퍼Staufer 1977, 투탄하문Tutanchamun 1980, 비텔스바흐Wittelsbach 1980, 프로이센Preußen 1981 등), 이들 전시회의 성공은 물론 센세이션에 민감한 방문객들에 기인하는 것이겠지만 또한 각 지방의 역사를 조명함으로써 지방적 관심을 일으키는 한편 과거와의 접촉을 통해 역사에 대한 인식을 촉구하고 이를 통해 역사와 현재와의 관계에 대한 인식을 깊이하는 데 기여했다.

21) 하우크의 주장에 의하면 도르스트는 주로 화이트와 15세기의 말로리(Malrory : Morte D'arthur)의 문헌을 참조하였다고 한다. Haug 102.

려지며, 악이 인간의 본성이니 인간을 악으로 인도하라는 악마의 의지를 거슬러가며 아르투스로 하여금 원탁의 평화협상을 이룩하도록 돕는다. "메를린의 탄생"(Merlins Geburt), "원탁"(Die Tafelrunde), "성배"(Der Gral), "몰락"(Untergang)의 4부로 이루어진 이 작품은 메를린의 지휘, 연출로 진행되는 메타테아터로 평화를 위한 세계질서를 찾는 노력과 그 실패과정을 보여준다.

우선 '황무지'라는 제목에서도 나타나듯이 도르스트가 이 작품에서 낙관적인 세계관을 제시하고 있다고 여겨지지는 않는다. 오히려 1차 세계대전 후의 초토화된 상황을 암시하는 엘리엇의 「황무지」(Waste land, 1922)를 연상시킨다. 「황무지」에서 1차 세계대전의 광적인 파괴 이후의 절망감, 정신적 혁신의 필요성이 강조되었듯이 도르스트는 아르투스와 그의 사생아 모르트레드의 세계종말적인 격투를 통해 동서 양 진영의 경직된 상황에서 핵무기의 설치를 고집하는 비이성적인 인간성의 승리를 암시한다.

아르투스의 노력과 메를린의 도움으로 제2부에서는 상하가 없이 누구나 동등한 원탁의 협상이 성공함으로써 평화가 찾아오고 전쟁이 없는 유토피아의 새로운 세계질서가 건설된다("아르투스: 사자가 풀을 먹는 세상! 평화로운 세상이지!… 전쟁이 없고!").[22] 아르투스가 이룩해 놓은 원탁에 대해 느닷없이 끼여든 마크 트웨인은 아르투스가 평화와 자유, 평등에 입각한 미국식 민주주의를 이룩해 놓았고, 사회적 갈등을 실용적이고 이성적으로 해결할 수 있는 평등한 민주사회를 이룩해 놓았다며 똑똑한 사람이라고 칭찬한다.[23]

---

22) "König Artus: Der Löwe frißt Gras! Eine friedliche Welt! (…) Keine Kriege mehr!" Tankred Dorst: Merlin oder Das wüste Land. Mitarbeit Ursula Ehler. F. a. M.: Suhrkamp 1985, S.86. 이하 Merlin.
23) Merlin S. 87.

그러나 유토피아의 가장 핵심 장면이라 할 수 있는 이 장면(제 22장면)의 마지막 부분에 등장하는 파르치팔이 이터 기사를 마치 고기를 썰듯 조각내는 잔혹한 장면은 이 유토피아가 영원히 계속될 성질의 것이 아님을 암시한다. 아르투스가 이룩해 놓은 유토피아는 많은 문제점을 안고 있다. 도르스트는 유토피아의 상실과 세계 몰락의 원인으로 몇 가지를 꼽고 있는데 인간의 광적인 사랑, 인간에 내재한 폭력에 대한 의지 그리고 세대간의 갈등 등이 그것이다.

원탁의 평화를 좌초하게 하는 것은 무엇보다도 아르투스가 가장 아끼는 친구 란셀로트와 아르투스 부인인 기네브라 왕비 간의 광적인 사랑이다. 물론 여기에는 아르투스의 기네브라에 대한 사랑에도 문제점을 내포하고 있다. 아르투스는 세계평화의 기본이 될, 100명이 둘러앉을 수 있는 둥근 테이블을 손에 넣기 위해 그 테이블을 지참금으로 가지고 올 수 있는 기네브라와 결혼한다. 또 유토피아 상실의 직접적인 원인이 되는 모르트레드는 아르투스의 사생아이고 불길한 예언 때문에 낳자마자 죽이려다 실패한 아들이다. 그리고 모르트레드는 아버지의 사랑과 인정을 구하려다 결국 실패하고 아르투스 세계의 전복을 꾀한다. 아르투스의 란셀로트에 대한 우정은 배반으로 답하여지고 아들의 배반을 아르투스는 격투로 응징한다. 결국 아르투스가 갈구하던 세계질서는 아르투스 자신과 그의 측근 인물들에 의해 파괴된다.

기네브라와 란셀로트의 광적인 사랑의 줄거리와 병행하여 이 줄거리와는 직접적인 연관 없이, 그러나 큰 비중을 갖고 진행되는 파르치팔의 줄거리에서 파르치팔은 인간의 광적인 다른 한 면을 보인다. 이 점에서 도르스트의 파르치팔은 볼프람의 파르치팔과 차이를 보이며 성배를 발견한 것은 그가 아니라 란셀로트의 아들 갈라하드이다. 도르스트의 파르치팔은 도덕과 인정, 인간적인 면이 결여된 인물이다. 피와 살이 있는 인간이라기보다는 시간을 초월한 추상화된 인간이다.[24] 그는 인간사회의 도덕적 코드에 연결되어 있지 않다. 자기가 원하는 것을 위해서는 주저하지 않고 사람을 죽인다. 그의 어머니의 죽음도 그에게는 전혀 감정의 동요를 일으키지 않는다. 그리고 기사가 되기 위해 다른 기사의 눈을 찔러 그를 죽인 뒤 기사의 붉은 갑옷을 손에 넣기 위해 그의 몸을 조각내어 투구와 갑옷을 벗겨낸다. 그가 목적을 달성하는 과정에 수많은 희생자가 생기나 그는 죄책감을 모른다. 그러던 그가 성배를 찾기 위해서는 "변하라"[25]는 메를린의 충고를 받고 인간에 대한 동정과 연민의 느낌을 발견하면서 변신을 시도하지만, 그의 시도는 결국 표피적인 것에 머물고 그의 본성은 변할 수 없는 것으로 드러난다.

파르치팔은 역사를 만드는 사람들—오늘날까지도—의, 그리고 고정된 관념을 위해 시체라도 밟고 넘을 타입의 인간들의 의인화라고 볼 수 있다. 도덕 운운하지만 그것은 어느 한도까지이고 그 이하에는 본능이 지배하는 인간 본래의 잔인성이 나타난다.

도르스트는 "우리의 세계를 덮고 있는 것은 얄팍한 문명의 양탄자이고 그 아래는 바로 사막이고, 황무지이다"[26]라고 하며 지속적인 유토피아 건설의 불가능성을 진단한다. 이 얇은 양탄자는 어느 때고 찢어질 수 있는 것이며 그 밑에 드러나는 것은 황무지이고 인간의 잔혹성이다. 다시 말해 도르스트는 문명의 무용성, 평화를 위한 노력에 대한 회의를 나타내려 한다. 영구히 계속되는 평화와 비폭력에 대한 유토피아는 도르스트의 사전에는 나타나지

---

24) Knapp 249 참조.
25) Merlin 154.
26) Erken 177.

않는 것 같다.

메를린의 도움으로 아르투스가 설립한 원탁의 유토피아는 새로 자라나는 젊은 세대의 공격을 받는다. 그들은 원탁을 골동품이라 비판하며 그 설립자들을 박물관에나 속할 인물들로 평가하고, 이에 대해 기성세대는 원탁의 평화를 이루어낸 자신들의 업적을 내세운다.[27] 아르투스는 자신이 이룩해 놓은 아이디어가 반항하는 젊은 세대로부터 환영받지 못함을 한탄하며[28] 새로웠던 아이디어도 낡은 것이 되는가 반문한다. 아르투스 세대가 이룩해 놓은 것은 물질적인 차원에서 괄목할 만한 업적이다. 전쟁이 종식되고 상하의 구별이 없는 민주주의 사회가 건설된 것이다. 그러나 실용적이고 물질적인 기성세대의 질서에 이상주의적이고 의미를 찾는 아들 세대의 이념이 충돌한다.

도르스트는 진보의 업적과 성과에 대해 부분적 · 잠정적인 성공을 인정하나 그것은 젊은 세대의 이상주의에 의해 부정되고 시간이 흐름에 따라 궁극적으로는 그들의 이상주의도 역사에 의해 부정될 것을 암시한다. 그것은 하우크의 해석에 따르면 도르스트가 유토피아를 현실적으로 실현시킬 수 있는 목표 상황으로 이해하고 있어서 이러한 목표는 도달되는 즉시 곧 낡은 것이 되기 때문이다("도르스트의 원탁은 일종의 파라다이스로 나타나며 이 파라다이스는 이룩되는 즉시 우스꽝스러운 것이 된다").[29] 원탁의 평화가 정착되면서 매력은 상실되고 메를린은 새로운 목표, 즉 성배를 찾아나설 것을 제안하나 젊은 세대의 이상과 이념의 좌초도 이미 예시되어

27) Merlin
28) Merlin 273f.
29) Haug 107.

있다. 파르치팔과 모르트레드 그리고 갈라하드로 대변되는 젊은 세대가 성배를 찾아나서나 그들의 이상의 상징인 성배를 발견한 갈라하드는 정신이상자의 춤을 추고, 모르트레드는 악으로 가득 찬 인물로 세계몰락의 직접적인 원인이 되고 파르치팔은 인간의 원초적인 잔혹성을 대변한다.

물론 도르스트는 현재 상황과의 직접적인 비유는 피하고 있다. 그러나 이 작품에는 중세의 신화 속에 트로이 전쟁에서 닐 암스트롱의 달착륙, 체페린 비행까지 총망리되고 미크 트웨인이 등장하는가 하면 로트쉴트나 팝 가수들도 나타난다. 지르플렛 경이 뉴욕 타임스에서 존 레논과 요코 오노의 편지를 읽고 관객이 무대에 올라가 관중석을 향하여 질문을 한다. 현재의 현실 상황과의 유추는 스토리 자체가 제공하고 있다고 말한 것을 보면[30] 이 작품에서도 도르스트는 현재를 염두에 두고 있었음을 알 수 있다.

"이 작품은 시간과 늙는 것과 관계가 있다. 그와 더불어 역사가 무엇인가 하는 것과 관계가 있다"[31]고 도르스트가 말하듯이 모든 유토피아의 이념이 시간의 흐름 속에서 새로운 이념에 의해 부정되고 또 부정될 것이 암시된다.

2차 세계대전 후 이성적인 전후세대는 평화를 공고히 하는 데 노력을 기울이고, 전쟁을 극복하며 수없는 평화협상을 거쳐 전면전을 피해왔다. 그러나 젊은 68세대는 기성세대를 인정하지 않고 새로운 이상과 유토피아를 찾아 반항한다. 학생혁명의 좌절은 히피 등 일부 신비주의자들과 다른 한편으로는 테러리스트들을 배출했다. 그러나 시간은 이제 그 젊은 세대의 이상주의도 역사 속

---

30) "Assoziationen zu heutigen Ereignissen müßten sich aus den Geschichten selbst herstellen." Tankred Dorst, in: Theater Heute 20(1979), H. 4, S. 36.

31) Tankred Dorst. Zit. nach Krohn 22.

으로 밀어넣으면서, 그들의 이상주의도 새로운 젊은 세대에 의해 부정되고 있는 것이다.

기성세대는 전쟁과 전후의 비참한 상황을 겪은 세대이지만 내적인 모순을 포함하고 있다. 새로운 세대의 타협을 모르는 무조건적인 요구도 수행될 수 있는 것이 아니며 새로운 유토피아의 수호자들, 혁신가들도 이미 시간과 역사에 맡겨졌고 그들의 아이디어도 낡은 것이 되었다. 그런 의미에서 「메를린…」은 유토피아가 잠정적으로는 이룩될 수 있을지 몰라도 영구히 존속할 수 없는 현 인간세계를 그리고 있다.[32)]

32) "Merlin ist eine Geschichte aus unserer Welt: das Scheitern von Utopien, das hat ja mit uns zu tun, ich empfinde es jedenfalls so." Tankred Dorst: Selbstaussagen, in: Erken 175.

도르스트의 작품연보

1925년	12월 9일 튀링겐 주 손네베르크 근처 오벌린트에서 출생.
1944년	서부전선에 참가.
1945~47년	전쟁포로로 억류되었다가 1947년 석방.
1950년	아비투어 후 밤베르크와 뮌헨에서 독문학, 예술사, 연극학 공부.
1953~59년	뮌헨 슈바빙의 '작은 연극'(Das kleine Spiel)이라는 마리오 네트 인형극장에서 작가로 활동.
1959년	논문 「마리오네트 인형의 비밀」(Geheimnis der Marionette).
1959년	만하임 국립극장상 수상.
1960년	과거 씌어진 작품들 출판, 공연. 「가을의 모임」(Gesellschaft im Herbst), 「커브」(Die Kurve), 「클레멘스에게 자유를」(Freiheit für Clemens)
1962년	「성곽에 대고 왕창 욕하기」(Die große Schmährede an der Stadtmauer) 베를린 공연(연출: 차덱Peter Zadeck).
	마씨모Villa Massimo 장학생으로 로마 체류.
1963년	「장화 신은 고양이」(Der gestiefelte Kater) 개작.
1967년	몰리에르 작품 「수전노」 개작(연출: 차덱).
1968년	「톨러」(Toller) 슈투트가르트에서 초연(연출: 팔리취Peter Palitsch).
	「붉은 살인」(Rotmord)(차덱과 같이 TV극으로).
1969년	「붉은 살인」 방영 이후 정치적 논쟁.
1970년	우르술라 에엘러와 공동작업 시작.

	파트릭 셰로 Patrice Chereau의 「톨러」 연출(밀라노 피콜로 테아트르)
	팔리쥐와 「잔트」(Sand) 영화화.
1972년	「빙하시기」(Eiszeit)
	차덱과 함께 팔라다Hans Fallada의 「힘없는 자여, 이제 어쩐다?」(Kleiner Mann, was nun?) 개작.
1974년	「킴보라조의 정상에서」(Auf dem Chimborazo) 베를린 초연(연출: 디터 도른Dieter Dorn)
1976년	「도로테아 메르츠」(Dorothea Merz) 출판, TV 방영.
1977년	「공쿠르 혹은 사형 폐지」(Goncour oder Abschaffung des Todes) 초연. 「클라라의 어머니」 영화감독.
1978년	「클라라의 어머니」(Klaras Mutter) 출판.
1980년	「모쉬」(Mosch) 영화화. 「별장」 슈투트가르트와 뒤셀도르프에서 초연.
1981년	「메를린, 혹은 황무지」(Merlin oder Das wüste Land) 출판. 뒤셀도르프에서 초연(연출: 예로슬라브 쿤델라Jeroslav Chundela).
1982년	「메를린…」 뮌헨의 캄머슈필 공연(연출: 디터 도른).
1983년	「아이젠한스」(Eisenhans) 출판, 영화화.
	바이에른 주 예술아카데미 문학상 수상.
	「금지된 정원」(Der verbotene Garten) 출판.
1985년	「하인리히, 혹은 환상의 아픔」(Heinrich oder Die Schmerzen der Phantasie) 뒤셀도르프에서 초연(연출: 폴커 헤세Volker Hesse).
1986년	「코르베스」(Korbes).
	카셀 종합대학의 교수.
1987년	마인츠의 칼 추크마이어 메달 수상(Carl Zuck-

mayer-Medalle des Landes Rheinland-Pfalz f. Verdienst um die deutsche Sprache).

「나—포이어바흐Ich Feuerbach」 초연(함부르크 탈리아 극장).

「파르치팔」(Parzival)(로버트 윌슨과 공동 연출. 탈리아 극장).

뉴욕의 칼 셰플러Carl Schaeffler 극작가상 수상.

1988년 「코르베스」 초연(함부르크 독일 샤오슈필 하우스, 연출: 빌프리드 밍크스Wilfried Minks).

1989년 「카를로스」(Karlos), 「파르치팔」 출판.

뮐하임 극작가상 수상.

1990년 뷔히너 상 수상.

1992년 「페르디난트 크랍이 이 편지를 보냈습니다」(Ferdinand Krapp hat mir diesen Brief geschrieben).

1993년 「파울 씨」(Herr Pau).

1994년 『오늘의 연극』(Theater Heute)지가 선정한 '올해의 극작가' 상.

1997년 「가엾은 하인리히의 전설」(Die Legende des armen Heinrich) 초연(뮌헨 캄머슈필).

참고문헌

Becker, Peter v.: Zeitgenosse an König Artus' Hof. Nachwort zu Dorsts Werkausgabe 2, F. a. M. 1985.

Durzak(Hg.): Die deutsche Literatur der Gegenwart, Stuttgart 1971, S. 99～127.

Grimm, Reinhold: "Spiel und Wirklichkeit einigen Revolutionsdramen", in: Grimm, Nach dem Naturalismus, Kronberg/Ts. 1978, S. 141～184.

Grohotolsky, Ernst: Ästhetik der Negation-Tendenzen des deutschen Gegenwartsdramas, Königstein/Ts. 1984; F. a. M. 1986.

Haug, Walter: "Die Sache mit dem Teufel oder Das Mittelalterlich-Utopische und das Modern-Utopische", in: Arbitrium 1/1 1983, S. 100～108.

Hensing, Dieter, Tankred Dorst: "Von der geschlossenen zur offenen Figurenkonzeption", in: Studien zur Dramatik in der Bundesrepublik Deutschland, hrsg.v. Gerhard Kluge, Amsterdamer Beiträge zur neueren Germanistik, Bd.16, 1983, S. 177～223.

Hilzinger, Klaus Harro: "Theatralisierung des Dokuments? Tankred Dorst, Toller", in : Hilzinger, Die Dramaturgie des dokumentarischen Theaters, Tübingen 1976.

Kluge, Gerhard: Studien zur dramatik in der BRD., Amsterdamer Beiträge zur neuen Germanistik, Amsterdam 1983.

Krapp, Helmut: "Tankred Dorst oder die leise Radikalität", in: N. Miller, V. Klotz, M. Krüger(Hg.), Bausteine zu einer Poetik der Moderne. Festschrift für Höllerer, München 1987.

Knapp, Gerhard: "Grenzgang zwischen Mythos, Utopie und Geschichte: Tankred Dorsts "Merlin" und sein Verhältnis zur literarischen Tradition", in: Literarische Tradition Heute. Deutschsprachige Gegenwartsliteratur in ihrem Verhältnis zur Tradition, hrsg.v. Labroisse und Knapp, Amsterdamer Beiträge zur neueren Germanistik, Bd. 24, 1988.

Krohn, Rüdiger: "Die Geschichte widerlegt die Utopie?" in: Euphorion 78/2, 1984.

Krohn, Rüdiger: "Tankred Dorst. Merlin oder Das wüste Land", in: L. Pikulik/H. Kurzenberger/G.Guntermann(Hg.): Deutsche Gegenwartsdramatik, Bd. 2, Göttingen: Kl. Vandenhoeck Reihe 1987.

Laube, Horst: Werkbuch über Tankred Dorst, F. a. M. 1974.

Mittenzwei, Werner: "Revolution und Reform im westdeutschen Dramas", in: Sinn und Form 23/1, 1971.

Prümm, K.: "Das Buch nach dem Film. Aktuelle Tendenzen des multimedialen Schreibens bei T. Dorst u. H. Kipphardt", in: LiLi. 10. Göttingen 1979.

Rey, William: "Der Dichter und die Revolution. Zu Tankred Dorsts 「Toller」", in: Basis 5, F. a. M. 1975.

Schürer, Ernst: ."Georg Büchners 「Dantons Tod」 und Tankred Dorsts 「Toller」: Zwei Revolutionsdramen", in: K. Siebenhaar, Haarmann(Hg.) Preis der Vernunft. Festschriftfür. Walter Huder, Berlin, Wien 1982, S. 187～203.

Schwab, Hans-Rüdiger: Vexierbilder des Ich … Nachwort zu Dorsts Werkausgabe 4, F. a. M. 1985.

Spectaculum, 11(1968); 35(1982); 49(1989); 53(1992); 55(1993);

58(1994)

Stix, Janis S.: Moderne Arthus-Rezeption. Am Beispiel Tankred Dorsts 「Merlin …」, Ch. Heins 「Die Ritter der Tafelrunde」, Richard Blauks 「Parzival.」 Diss. 1990.

Sucher, B. C.: "Ein Film das ist eine Erzählung mit neuen Zeichen. Ergebnisse eines Gesprächs mit dem Buch und. Filmautor Tankred Dorst", in: Deutsch. Unterricht 1981, H. 4.

Taëni, Rainer(Hg.): Tankred Dorst 「Toller」, F. a. M. 1977.

Weber, Richard(Hg.): Deutsche Dramen der 80er Jahre. F. a. M. 1992.

George Tabori
타보리의 작품세계
—기괴와 기지의 어울림

윤 시 향(원광대)

나는 결코 유태교 사원에 가지 않는다.
독일인들이 내게 유태인이라는 사실을 일깨워주지
않았더라면 나는 유태인이 아니었을 것이다.
그것은 내가 바라지 않았던 선물이며
따라서 오히려 감사해야 할 것이다.
그러나 무엇보다 이 개종에 대한 대가는 너무 컸다.
—타보리

1

'극장의 노마술사'라고 불리는 조지 타보리 George Tabori(1914~)[1]는 브레히트 이후 독일어권 연극계에서 작가, 연출가, 극장 매니저, 그리고 때때로 배우의 역할까지 하는 유일한 예술가로 꼽힌다. 동시에 타보리는 영어로 작품을 쓰면서 영국 여권을 소지하고, 독일어로 말하며 연극을 연출하는 유태인이다. 아

---

* 이 글은 『브레히트와 현대연극』 제4집에 실린 윤시향:「타보리의 '나의 투쟁' — 아우슈비츠 이후의 웃음과 사랑」과 일부 중복되는 내용이 있음을 밝힌다.

1) 타보리는 그의 인생여정에서 유래한 망명국과 이주국에 따라 이름도 헝가리식, 영국식, 독일식 이름으로 각기 다르게 불린다. 여기서는 그의 현재 국적인 영국식에 따라 조지로 부르기로 한다.

울러 1933년에서 1945년 사이의 망명세대 출신의 연극인 가운데 해외 망명과 유럽의 중심 문화전통을 연결하는 마지막 코스모폴리탄이자 마지막 증인 가운데 한 사람이다.

타보리는 합스부르크 왕국과 구유럽시대가 저물어 갈 무렵인 1914년 5월 24일 헝가리의 부다페스트에서 저명한 역사가이자 언론인인 코르넬리우스 타보리의 아들로 태어났다. 타보리의 아버지는 다른 가족들과 함께 아우슈비츠의 집단수용소에서 살해되었고 어머니 엘자는 아우슈비츠행 수송열차에서 간신히 벗어나 목숨을 건졌다. 타보리는 이 이야기를 후에 「어머니의 용기」(Mutters Courage, 1979)란 작품에서 생생하게 묘사하고 있다.

타보리가 글을 쓰게 된 동기는 가족의 기질과 관계가 깊다. 그의 가족 가운데에는 글을 쓰는 사람이 많았다. 아저씨, 아주머니, 그리고 아버지와 형이 작가나 저술가였다. 특히 그의 형은 어린 시절부터 독일과 영국의 수많은 작품을 번역했는데, 타보리는 이 형을 통해 영어를 배웠다. 즉 그는 형이 번역하다가 버린 쓰레기와 수많은 서부극, 인디언 이야기, 갱스터 이야기 등을 통해 영어를 배웠던 것이다. 이로 인해 타보리는 표준어가 아닌 사투리를 배우게 된다.

부다페스트에서 아비투어를 마친 후 1932년 타보리는 보조 웨이터로 일하며 베를린과 드레스덴에서 머무른다. 당시는 히틀러가 정권을 이양받았을 때였다. 그 후 타보리는 다시 부다페스트로 돌아와 언론가와 번역가로 일한 후 1936년에 형과 함께 런던으로 이민 간다. 제2차 세계대전이 발발하자 그는 BBC의 해외특파원으로 발칸 반도와 근동으로 파견된다.

당시 타보리가 망명한 것은 자유로운 선택이었고 아직 강제적인 것은 아니었다. 타보리는 당시의 헝가리가 고립되어 있다고 느꼈고 더 큰 문화권에서 많은 것을 받아들이려 했다. 그러나 원래

고향이란 언어와 밀접한 연관을 지니고 있으며, 헝가리어는 어원상 유사어가 없기 때문에 특히 헝가리인들에게 고향을 떠난다는 것은 가혹한 것이었다. 헝가리어는 독일어와 슬라브어의 거대한 공동체 속에서 동떨어진 언어였고, 또한 헝가리가 끊임없이 점령당할 때마다 점령자는 헝가리어를 말살하려고 애썼다. 그래서 헝가리어는 독특한 정체성을, 그리고 생존과 민족성을 유지할 수 있는 특수한 힘을 지니게 되었다. 그리고 그 정체성이 바로 살아 남는 수단이었다. 따라서 이러한 헝가리어의 품을 떠나 타보리가 영어로 글을 쓰기까지는 엄청난 불안감을 감내해야 했다.[2)]

그 후 1940년대 말 미국으로 건너가기 전에 타보리는 고국으로 귀국하려고 생각한 때가 있었다. 당시 헝가리는 아직 연립정부 시기였고 재건과 위대한 민주주의의 이상향에 대한 기대감에 부풀어 있었으며 모든 사람들이 거기에 동참하려고 했다. 그러나 되돌아온 사람들은 아주 불행한 시대를 경험하게 되는데, 숙청과정을 겪고 감옥으로 가서 고문당하며 고통받고 장애자가 되었다. 타보리 역시 당시 귀국하려고 했지만 우연히 이 계획이 실현되지 않았다. 타보리의 생애는 이처럼 수많은 우연이 지배하고 있으며 계획들과 희망도 즉흥적이었다.

처음에 타보리는 자신이 소설가라고 생각했고 극장과 영화에 별다른 관심이 없었음에도 불구하고 1947년 미국 MGM사의 초청을 받고 할리우드로 건너갔다. 일반적으로 소설을 쓰게 되면 극장은 무언가 천박하고 피상적인 것이라고 오만하게 생각하게 된다. 당시 헝가리는 극장은 진지하지 않은 것이라는 외람된 생각이 널리 퍼져 있었다. 이전 고등학교 시절에 타보리는 극장에 매혹된

---

2) 타보리가 영어를 어느 정도 의연하게 사용할 수 있게 되기까지는 15년이 걸렸다고 고백하고 있다.

적이 있었지만 소설을 쓰게 되면서 어떤 진지한 작가도 극장과 관계가 없다는 생각이 들게 되었다. 그러나 타보리는 브레히트를 통해 플로베르나 톨스토이가 소설 속에서 했던 것을 극장에서도 할 수 있다는 것을 깨닫게 된다.

타보리는 미국에서 베르톨트 브레히트, 토마스 만, 리온 포이히트방어, 찰리 채플린을 위시하여 다른 유명한 동시대인들을 만난다. 그 후 빚을 갚기 위해 그는 시나리오도 쓰기 시작하는데, 특히 요셉 로세이와 앨프레드 히치콕을 위해서 일하게 된다. 그 후에도 타보리는 여전히 소설 「카라반 프레스」(1949), 「좋은 녀석」(1952) 등을 쓰면서 미국에 머무른다. 그는 1952년에 히치콕을 만나서 「나는 고백한다」(I confess)라는 시나리오를 썼는데 대작이 되지는 못했지만 그에게는 좋은 경험이 되었다.

또한 1940년대 말 타보리는 토마스 만이 쓴 장편소설 「마의 산」을 시나리오로 구상했지만 영화화에 실패했다. 스크린 위에 결핵에 관한 사건만이 비치는 한 요양소 이야기를 쓰려는 그를 메트로골드윈 영화사에서는 미친 사람으로 취급했다고 타보리는 근래에 회상하고 있다. 그래서 타보리는 미국에서 무엇이 불가능한가를, 정치적 파란과 매카시 선풍이 불기 전에 이미 알게 되었다. "할리우드는 그 당시 거대한 매춘굴이었다. 그런데 나는 좋은 창녀가 아니었다."

1950년대 말부터 타보리는 극장에서 자신의 드라마를 직접 연출하기 시작한다. 1969년 독일로 건너와서 처음 연극을 연출한 이후 그는 독일어권 국가에서 계속 작업을 하고 있다. 처음에는 이리저리 장소를 바꾸다가 1975년에서 78년까지는 브레멘에서, 그 후엔 뮌헨에서 작업했으며 1987년 초부터 빈의 포르첼란 거리에 있는 '원'(Der Kreise)이라는 극장의 감독으로 일한 바 있다. 이후 그는 빈에 머물며 집필활동과 연출작업을 하고 있다. 타보리의 독특한 점은 독일어권 관객들을 위해, 특히 독일 극장을 위해 작품을 쓰면서도 자신은 독일이 아닌 영국 국적을 소지하고 있으며 그가 사용하는 언어 역시 독일어가 아닌 영어라는 사실이다.

타보리는 극작과 연출 등 연극작업을 활발히 하면서도 소설 쓰는 일도 중단하지 않았다. 그는 자신이 쓴 많은 소설을 다시 희곡과 방송극이나 시나리오로 고쳐 썼거나 현재도 고쳐 쓰고 있다. 그러나 이 글에서는 지면상 타보리의 소설은 언급하지 않고, 타보리 드라마의 특색이라고 할 수 있는 그로테스크를 포함한 유태식 위트에 대해 설명한 후 그의 드라마 가운데에서 대표적인 작품 몇 편을 들어 소개하려 한다.

2

타보리의 소설과 드라마에서 근본적 동인이 되는 가장 내적인 모티프가 있다면 그것은 아마 아우슈비츠 이후의 웃음과 사랑일 것이다.[3] 유태인으로서 고통스러운 경험을 한 그는 자신에게 마지막 무기로 사랑과 유머만이 남아 있다고 말한다. 원래 희극의 세계는 징벌이 아니라 화해의 세계요, 사회의 우행을 이성으로 구명하려는 것이 아니라 과오를 범하기 쉬운 인간 관계를 깊은 연민으로 탐색해보는 세계이다. 라인홀트 니버에 의하면 "웃음이란 신앙과 절망 사이의 일종의 무인지대"[4] 이다.

---

3) Peter von Becker: "Diese Stücke — ein Leben Über George Tabori", in: George Tabori: Theaterstücke I, München/Wien 1994, XIII쪽.

4) 멜윈 머천트(지음), 석경등(옮김): 『희극』(서울대학교 출판부, 1981), 10쪽에서 재인용.

타보리는 자신의 드라마를 주로 '희극'이라고 규정하는데 그의 희극에는 엄청난 난센스를 감추고 있는 유태식 위트가 등장한다. 이러한 위트는 우리가 이제까지 지녀온 웃음의 의미를 뒤바꿔 놓으며, 또한 이 유머는 전통적 희극에서의 유머와는 전혀 다르다. 타보리가 말하는 유머는 무엇인가 무시무시한 것을 내포하고 있는 유머이다.

> 모든 유머의 내용은 파국이거나 아주 아름다운 그 무엇이다.[5]

다시 말해 아름답고 즐거운 것만이 아니라 불행과 파국까지 위트를 만들어낼 수 있다는 것이다. 타보리에 의하면 좋은 위트, 진실한 희극은 심각한 것을 통해, 예를 들면 탄생과 병, 결혼과 이혼, 그리고 혁명과 정치, 혼란과 죽음을 통해 생겨나며 눈물과 비애를 결코 제외시키지 않는 웃음이 진지한 익살을 불러일으킨다.

타보리는 「나의 투쟁」의 프로그램에 횔더린에서 인용한 다음과 같은 구절을 써놓았다.

> 너희들 여전히 장난치고 농담하는가? 그래야만 하리! 오 친구들이여! 이것은 내게 그토록 사무치노니 이는 절망한 사람이기 때문.[6]

---

5) So viele Ichs. so viele Figuren: "Mit George Tabori sprachen Reinhard Palm und Ursula Voss", in: Akademietheater Programmheft Nr. 17, Wien 1987, 128쪽.

6) Gerge Tabori: "Mein Kampf". Akademietheater Programmbuch Nr. 17. Wien 1987, 16쪽에서 재인용.

이 구절은 장난과 농담이 역설적으로 절망에서 나왔다는 인식을 나타내는데, 인간은 가장 절망적인 상황에서도 웃을 수 있는 유일한 존재라는 것이다. 그러므로 희극은 그 자체로서만이 아니라 비극의 보다 어두운 통찰과의 연계 아래에서 최고의 경지에 도달할 수 있다. 따라서 "희극이 압도적으로 비극적인 상황에 놓였을 때 희극이 지니는 세력과 지위"[7]는 막강하다.

극한 상황에서 블랙 유머를 타보리만큼 탁월하게 구사할 수 있는 작가는 없다. 이를테면 아우슈비츠에서 살해된 그의 아버지가 가스실로 들어가면서 다음과 같이 예의있게 말했다는 유머는 타보리 유머의 전형이다. "'자, 먼저 들어가시죠. 만델바움 씨'라고 그가 말했지만 그의 말은 무시당했다." 또 다른 작품 「어머니의 용기」에서는 가축 수송열차를 타고 강제수용소로 끌려가면서 한 유태인이 다음과 같이 질문한다. "이 차에 식당칸이 있나요?" 그리고 아우슈비츠에 거의 도달할 무렵 컴컴한 기차 안에서 어떤 남자가 갑자기 어머니 엘자를 뒤에서 끌어안고 사랑의 행위를 하려고 하면서 이 "알지 못하는 연인"은 다음과 같이 속삭인다. "제발 부탁이오. 이게 마지막이 될 거요." 이런 블랙 유머의 경우 웃음은 목에 걸려 나오지 못하거나, 눈물과 함께 나온다. 타보리는 종교, 인종 및 관습 등 어떤 성역도 인정하지 않으면서 우스꽝스럽고 외설스러우며 독신적(瀆神的)인 영상을 만들어내어 희극을 이미 희극이 아닌 한계점까지 끌고 간다.

그러나 희극의 덕목은 누군가 어려운 삶을 겪고 마침내 살아남아서 지난날의 가장 불행했던 일에 대해 이야기할 때 우리가 흔히 웃으며 이야기하게 된다는 데 있다. 인간은 어떻게 해서든 역경을 이기고 살아남기 위해 삶을 긍정하고 죽음을 이겨서 희열

---

7) 멜윈 머천트(지음), 석경등(옮김): 앞 책, 59쪽.

속에서 삶을 보존해야 한다. 따라서 타보리에게 위트란 구원의 수단이며 현실도피가 아니라 현실과의 논쟁이며 바로 현실 그 자체이다. 비록 희극적인 것과 그로테스크한 요소가 뒤섞이며 희극과 비극이 교차점을 이루더라도 타보리의 위트는 본질적으로 삶에 봉사하기 위한 슬픔의 작업이다. 그리고 화해를 가능하게 하는 희극은 결국 독재자를 방지한다.

> 비극작품은 독재자를 탄생시킨다. 그와 반대로 희극은 오히려 모순의 정신에서, 자제력이 없는 데에서, 또는 바보들의 왕국에서 생겨난다. … 자신에 대해 또 자신과 더불어 웃도록 허용하는 인물은 초인간적인 것과 비인간적인 것이 차디차게 첨예화하는 것을 방지한다. 그 초인간적인 것과 비인간적인 것 가운데에는 무비판적 경배의 대상이나, 자신의 법칙에 대해 웃는 것을 결코 허용하지 않는 전제군주만이 살고 있다.[8]

3

1968년 뉴욕에서 초연된 「식인종들」(Die Kannibalen)은 미국에서는 그다지 성공하지 못했지만 1960년대 말 독일에서의 공연은 대성공을 거두었다. 타보리는 이 '공포소극'(Horrorfarce)에서 아우슈비츠를 무대배경으로 삼아, 그것도 페터 바이스의 「수사」(Ermittlung)처럼 거리감을 두지 않고 서술한다. 이 작품에서 타보리는 굶주림이 얼마나 살인적이며 어떻게 인간성을 집어삼키는가를 치열하게 묘사하고 있다. 이 작품의 앞에는 타보리가

---

8) Peter von Becker: "Diese Stücke …," XIV쪽.

자신의 아버지에게 바친, "아우슈비츠에서 죽은 소식가(小食家)인 코르넬리우스 타보리를 추모하며"라는 헌사가 써 있다. 이 진기한 이야기는 아우슈비츠에서 살아남은 두 생존자가 알려준 사실 및 축제의 식사에 참석했던 후손들이 보고한 사실에 의존했다고 한다.

「식인종들」은 2막으로 이루어져 있으며 무대는 나치 집단수용소의 가건물로 한정되어 있다. 집단수용소에서 푸피가 새벽에 빵 한 조각을 몰래 먹으려다가 동료 포로들에게 들킨다. 그러자 포로들은 빵조각을 빼앗으려고 모두 푸피에게 덤벼든다. 이 몸싸움 끝에 푸피는 살아남지 못하고 결국 죽는다. 그 방의 우두머리격인 '아저씨'가 푸피를 밖에 파묻으라고 지시하자 모든 사람은 즉시 푸피를 어떻게 처리해야 할지 깨닫는다. 이 생각에 아저씨는 깜짝 놀라서 반대하지만 포로들은 사용할 수 있는 모든 도구로 음식 조리소를 마련하고 아저씨가 침실의 '우두머리'로서 간직하고 있던 칼을 빼앗아 푸피를 요리하도록 왕년의 요리사였던 바이스에게 준다. 아저씨가 칼을 빼앗기지 않으려고 싸우다가 기진맥진해 있는 동안 바이스는 뒷배경에서 전문가답게 푸피의 시체를 능숙하게 토막낸다. 고기를 끓이는 동안 포로들은 수용소에 오기 전의 바깥 생활에서 벌어졌던 장면들을 흉내내며 시간을 보낸다. 아저씨가 기력을 회복하고 깨어나서 그들을 꾸짖으며 자기 아버지는 아무리 가혹한 수난을 당했어도 품위를 유지하며 죽었다고 이야기한다. 아저씨의 이야기는 눈에 띄지 않게 새로운 행동을 하도록 자극해서 포로들은 아저씨가 그들에게 이야기해주는 동안 지정해준 역할을 넘겨받는다. 1막 끝에서 포로들은 모두 무릎을 꿇고 엎드려서 마루를 닦으며 관객 쪽으로 기어가서 기진하여 쓰러진다.

2막에서는 배우들이 서서히 무대로 되돌아오고 잠시 후 아저씨가 등장하여 포로들이 푸피에게 폭력을 행사하도록 신이 방치

「식인종들」
연출/마르틴 프리드
무대장치/조지 타보리
의상/볼프강 로트
서베를린쉴러극장, 1969

했다고 분노에 찬 기도를 드리며 신을 원망하자 포로들은 다시 자신들의 역할을 맡는다. 아저씨는 자신이 꾸는 꿈인 동시에 모든 "포로들이 일상적으로 꾸는 꿈"을 동료 포로들에게 이야기해준다. 그러자 포로들은 집단수용소의 침실에서 아저씨가 이야기해준 꿈을 함께 공연한다. 포로들은 모두 다시 집으로 돌아왔다고 말하면서 귀향 장면을 연기한다. 그리고 만찬을 들기 위해 식탁에 둘러앉는데, 이 장면은 그리스도의 최후의 만찬에 대한 비유가 되며, 아저씨는 상상의 음식을 제공하면서 다음과 같이 말한다. "여기, 머리골이 담긴 대접… 여기 눈알이 담긴 접시…" 그러자 식탁에 모였던 사람들은 놀라서 비명을 지르며 달아난다. 이제 극의 영역은 다시 옮겨져서 집단수용소에서의 줄거리는 현재로 바뀐다. 빵 조각 때문에 목숨을 잃은 푸피 역할의 배우는, 아버지를 수소문해서 찾아온 푸피의 아들 역할로 등장한다. 푸피의 아들은 과거로 되돌아가서 자기 아버지의 죽음에 책임이 있는 동료 포로들을 만나게 된다. 그리고 푸피의 아들이 그랬듯이 아저씨의 아들도 등장하여 수용소 침실에서 일어났던 사건의 진실에 대해 고발한다.

그러는 동안 요리사인 바이스가 음식이 완성되었다고 알리자 집단수용소에서의 줄거리가 다시 진행된다. 이때 밖에서 음악소리가 들리고 가스실로 끌려갈 포로를 선별하는 작업이 시작된다. 포로들은 모두 깨끗하고 건강하며 젊게 보이려고 부지런히 치장을 한다. "죽음의 천사"라고 불리는 슈레킹어가 등장하여 포로들을 선별하다가 그들에게 푸피를 요리한 음식을 먹을 것인지, 가스실로 가서 죽을 것인지 선택하도록 강요한다. 그러자 그토록 푸피 요리를 기다리던 포로들 가운데에서 두 사람만이 슈레킹어의 명령을 따르고 다른 사람들은 모두 먹기를 거부하고 죽음의 가스실인 "샤워실"로 끌려간다.

「식인종들」에서는 이제까지 인육을 먹는 행위에 대해 언급하기를 꺼리던 터부가 파괴된다. 타보리는 터부에 의해 질식당하지 않기 위해 터부를 파괴한다. 이 작품과 「나의 투쟁」에서는 음식이 중요한 주제의 하나가 되고 있다. 우선 음식은 신학적인 영양소로 간주될 수 있는데, 실제로 모든 종교는 섭생법에 맞는 규정으로 가득 차 있는바, 사막에서 돼지고기를 먹는 것은 생명이 위험한 일이다. 한편 음식은 또한 제의적인 측면도 지니고 있다. 기독교에서 음식은 신적인 속성과 합일되며, 식인종은 식인 행위로 그들 적의 힘을 자신들의 힘으로 습득한다고 믿는다. 또한 다른 관점에서 본다면 음식물 섭취는 자기정체성을 획득하고 종족을 보존하기 위한 첫번째 단계인 영양섭취라고 해석할 수 있다. 「식인종들」이란 이 드라마에는 음식에 대한 이런 신학적이고 생물학적인 여러 해석이 나치에 대한 비판과 병행하고 있다.

타보리가 이 드라마에서 '아저씨'라는 인물로 아우슈비츠에서 죽은 자기 아버지를 형상화했음은 앞에서 밝힌 바 있다. 이처럼 타보리의 거의 모든 작품에는 자신의 개인사와 역사적 사건이 항상 맞물려 있다. 극한 상황에 처한 인간 군상들을 슬픔과 냉소주의라는 상이한 영역을 넘나들며 그리면서 이 드라마는 "굶주렸으면서도 먹기를" 거부하고 비인간성에 맞서 그들이 유일하게 할 수 있었던 행동으로 저항했던 사람들의 품위에 관해 이야기하고 있다.[9] 타보리는 이 연극의 프로그램에서 불행에 대한 감상이나 동정은 죽은 사람들에 대한 모욕이라면서 "그 사건은 눈물을 넘어서는 것"이라고 썼다. 그는 자신의 작품이 유머에서 나왔지 경건함에서 나온 게 아니라며 자신의 작품을 "음울한 미사"(schwarze Messe)라고 부른다. 연극평론가 프리드리히 루프트는 「식인종들」의 초연에 대한 비평에서 "이 특별하고 비연극적, 아니 반연극적인 연극의 밤은 악을 강렬하게 보여주면서 악을 해체시켰다"[10]고 썼다.

타보리가 이 작품에서 제기한 문제는 과거의 나치에 대한 문제 및 당시의 참여문제, 예를 들면 베트남 전쟁에 대한 논쟁을 야기시켰다. 또한 연극 형식에서도 「식인종들」에는 그때까지 독일에서 알려지지 않았던 액션극, 개방극, 오프 티어터 등의 형식이 도입되어 연극의 형식문제도 제기했던 것이다.

4

「기념일」(Jubiläum, 1983)은 히틀러 집권 50주년을 계기로 해서 씌어졌는데, 이 작품에는 다음과 같은 글이 전제되어 있다.

> 범죄자는 일반적으로 범죄현장으로 다시 되돌아온다. 때로는 희생자 역시.[11]

---

9) George Kistner: "Die Kannibalen", in; Klaus Völker: 앞 책, 233쪽 참조.

10) 앞 글.

「기념일」은 한두 쪽의 짧은 장면들을 위시한 12개의 장면으로 이루어져 있는데, 브레히트의 「제3제국의 공포와 비참」을 연상시킨다. 실제로 이 드라마에서는 「제3제국의 공포와 비참」 가운데의 한 장면인 '유태인 아내'에 대해 언급하며 자주 인용하여 이러한 사실을 확인시켜 주고 있다. 브레히트의 「제3제국의 공포와 비참」은 '자세의 대비도표'를 통해 나치 독재치하의 사회 관계를 중개하는 개인의 운명들을 형상화했다. 그러나 「기념일」에서는 과거에 일어난 일들을 현재와 연결시켜 과거사가 아직 완결되지 않았음을 강조한다. 우선 이 '장면연속'의 각 장면을 간략하게 살펴보기로 한다.

1장 나치에 희생된 죽은 자들이 묘지에서 자신들이 살았던 시절의 사건들을 회상하고 있다. 그들이 생생하게 다시 체험하는 과거의 장면들은 위르겐이라는 신나치주의자의 행동을 통해 현재와 혼합되는데, 상황들은 음산한 유머로 표현된다.
죽은 자들은 무덤 속에 앉아서 "가엾은 돼지"인 신나치주의자 위르겐이 무덤을 인종적 표어로 온통 더럽게 낙서하고 있는 것을 바라본다. 희생자 중의 한 사람인 아놀트 슈테른은 "데져라가 아니라 뒈져라일세, 여보게"라고 위르겐이 잘못 쓴 맞춤법을 고쳐준다.

2장 음악가였던 슈테른은 다른 묘지에 놓인 꽃을 가져와서 아내인 로테에게 그들이 처음으로 키스한 지 50주년이 되는 기념선물로 준다. 그들이 처음으로 함께 보낸 밤에

11) George Tabori: Theaterstück I, München-Wien 1994, 52쪽. 이후에는 본문의 인용문 다음에 Ts.로 표시하고 쪽수를 쓰기로 한다.

대한 추억에 도취해 있을 때, 묘지에 전화가 걸려온다. 전화를 건 사람은 위르겐이었으며 유태인을 모욕하는 욕설로 그들을 괴롭히다가 묘지에 나타나서 그들에게 총을 쏘아댄다.

3장 로테의 조카인 미치는 경련성 안면마비 환자로서 수용소에 "가망 없는 장애자"로 머물던 이전의 시간을 회상한다. 그 수용소는 어느 날 "불타버렸다." 그 후 로테가 그녀를 받아들여서 다시 학교에 다니게 되었을 때, 그녀는 자신을 경멸하며 멀리하는 위르겐을 사랑하게 된다.

4장 동성연애자인 미용사 오토가 로테의 머리를 감겨주면서 자신의 반려자인 헬무트에 대해 걱정한다. 헬무트는 위르겐의 아저씨이다. 헬무트는 양심의 가책으로 병원에서 거세를 하며 자기 조카가 신나치주의자라는 사실로 괴로워한다. 이제 그는 브레히트의 「유태인 아내」를 읽으면서 시간이 50년 되돌려져서 과거로 옮겨졌다고 느낀다. 그는 창틀이 덜커덩거리는 소리를 듣고 전기쇼크에 대한 기억으로 불안해한다.

5장 헬무트가 정신병원에서 퇴원하자 오토는 그를 위해 신경치료 교수 역할을 한다. 그러자 헬무트는 자신이 병원에서 목매달아 죽었다고 이야기한다. 오토는 헬무트의 장례식날 절망해서 약을 먹고 자살한다.

6장 위르겐은 매장꾼인 붐프가 무덤을 파는 것을 바라본다. 그 무덤은 미치의 무덤이었다. "누가 입을 씰룩거리며 경련하는 소녀에게 키스를 하겠니?"라는 악의에 찬 위르겐의 편지를 받고 미치는 가스오븐에 머리를 박고 자살한다. 붐프는 죽은 자는 아무 걱정이 없다고 말한다.

7장 위르겐은 죽은 헬무트와 대화를 나눈다. 위르겐은 죽은 자들이 "자신 속에 깃들여 있는 나치를 끌어낼 용기가 없었다고" 비난하면서 헬무트를 공격하고 도발한다. 모든 사람은 자신 속에 나치적인 요소를 감추고 있다는 것이 위르겐의 생각이다. 위르겐에게 나치가 된다는 것은 "그저 재미삼아" 하는 것이다. 이어서 위르겐의 독백은 놀이가 되는데, 이 연극에서 그는 집단수용소의 감시자로서 범죄행위를 한 자기 아버지를 해명하는 전후의 검사 역을 맡는다. 그러나 섬세한 헬무트가 양심의 가책으로 자기 형인 위르겐의 아버지 역할을 잘 하지 못해서 연극은 중단된다.

위르겐의 아버지는 전후에 제빵기술자가 되었고 후두암에 걸려 폴란드인 조수의 도움이 없으면 아무것도 못한다. 이 폴란드 조수 역은 아놀트가 맡고 위르겐은 자기 아버지 역할을 하면서 "위대한 의사이자 더 위대한 학자"였던 요제프 박사가 나치 추적 때문에 도피했었다고 개탄하며 나치였던 요제프 박사에게 열광한다.

8장 로테가 혼자 등장해서 견디기 힘든 삶을 비난하며 죽음만이 "화려한 그로테스크"였다고 독백한다. 그리고 브레히트의 「유태인 아내」에서 인용한 대사로 전화를 걸며 연기하다가 죽음을 다시 한 번 체험한다. 즉 전화실의 문이 잠기고 갑자기 계속 전화실에 물이 차 올라와서 그녀는 살려달라고 비명을 지르며 죽어간다.

9장 죽은 사람들은 묘지를 놀이터로 만들려는 기중기를 기다린다.

10장 죽은 사람들은 매장꾼인 붐프를 더욱 괴롭힌다. 그는 죽은 자들에 대해 아무것도 할 수 없고 "죽음의 저택은 현저하게 증가했다"고 위르겐에게 자신의 고통을 호소한다.

11장 미치가 숙제를 하려고 앉아 있다. 숙제는 "우리는 히틀러에 대해 무엇을 알고 있는가?"라는 에세이를 쓰는 것이다. 그러나 미치는 책에 씌어진 것이 모두 "헛소리"라고 생각하며 집단수용소에서 죽은 아이들과 의사 역할을 번갈아가며 연기한다. 그리고 그녀는 수용소에서의 실험에 책임 있는 의사들 가운데 어느 누구도 "아이들의 생명을 없앤 것 외에는 다른 잘못"을 저지르지 않았기 때문에 형을 선고받지 않았다고 말한다.

12장 아놀트는 120년 전에 태어나 바그너를 노래했고 아우슈비츠에서 목숨을 잃은 자기 아버지를 기억하며 바그너의 '파르치팔' 송가를 지휘한다. 그러나 아놀트는 아우슈비츠에서는 "빵을 구웠지 아버지들을 죽인 것이 아니라는" 기사를 신문에서 읽는다. 이때 아버지의 혼령이 「햄릿」에서의 혼령처럼 나타나 그에게 빵 한 덩어리를 주자 아놀트는 모든 사람에게 그 빵을 한 조각씩 잘라준다. 맛을 본 후 미치는 "맛이 기묘하다"고 말한다.

위의 줄거리 소개에서 보았듯이 나치에 희생된 과거의 유령들은 사라지지 않고 현재에도 배회한다. 타보리에 의하면 진정한 과거의 극복은 어떤 이론이나 관념으로 가능한 것이 아니라 과거를 생생하게 다시 한 번 체험한 후에야 비로소 가능하다. 이러한 자신의 생각을 타보리는 텍스트 「또 시작이다」에서 다음과 같이 쓰고 있다.

연극이 학문을 가르칠 수 있는 가능성은, 진정한 기억이란 오로지 감각적 기억을 통해 가능하다는 데 있다. 과거를 피부, 코, 혀, 엉덩이, 양 발과 배로 다시 생생하게 체험하지 않고 과거를 극복한다는 것은 불가능하다.[12)]

그런 의미에서 타보리는 「기념일」에서 다시 과거를 되돌려 보여주며 과거에 일어났던 일들이 현재에도 진행 중임을 보여준다. 그리고 이러한 현상을 보여주는 기법은 '음산한 유머'이다. 타보리의 블랙유머는 이 작품에서도 유감없이 발휘되고 있는데 죽은 자들은 끊임없이 과거의 상황과 현재 상황을 연결지어 농담을 한다. 그 중에서도 다음과 같은 농담은 라이트 모티프처럼 계속 반복되고 있다.

20명의 유태인을 어떻게 폴크스바겐 소형차에 태울 수 있는가? 두 사람은 앞에, 세 사람은 뒷좌석에, 나머지는 유골함 속에 넣어서.(Ts.II, 62쪽)

이 드라마는 마지막 장면에서 화해적인 영상이 아니라 가해자가 희생자의 해골에 키스하는 것으로 끝난다. 자신의 대부분의 다른 작품처럼 타보리는 「기념일」을 보쿰 캄머슈필에서 스스로 연출하여 초연했다. 이 「기념일」이란 작품으로 타보리는 1983년도 뮐하이머 극작가상을 받았다.

---

12) George Kistner: Jubilüum, in: Klaus Völker(Hrsg.): Bertelsmann Schauspielführer, Gütersloh/München 1992, 215쪽.

5

타보리의 작품 중 가장 유명한 드라마 가운데 하나[13]인 「나의 투쟁」(Mein Kampf, 1987)은, 히틀러와 역사상 그 희생자였던 유태인 헤르츨이라는 두 사람 사이의 불가사의한 우정을 중심으로 전개된다. 이 드라마는 5막으로 되어 있으며 무대의 배경은 1920년대 빈의 블루트가세에 있는 '떠돌이 합숙소'이다. 추운 겨울 어느 새벽, 스스로 '신'(Herr)이라고 자처하는 유태교식 음식 조리사인 롭코비츠와 성경과 카마수트라를 팔러 다니며 책을 쓰고 있는 슐로모 헤르츨이 시간을 소일하고 있다. 항상 그랬듯이 그들은 신과 세계에 대해 풍부한 상상력으로 익살을 떨며 입씨름을 벌인다. 이때 브라우나우 출신의 젊은 촌뜨기 아돌프 히틀러가 이들이 묵고 있는 숙박소에 들어온다. 이 기묘하게 뻣뻣하고 지나치게 과장되게 행동하는 젊은 방랑자가 "히틀러"라고 자기 소개를 하자 헤르츨이 말한다.

> 이상하군, 자넨 전혀 유태인같이 보이지 않아.(Ts. II, 154쪽)

가장 멋진 유태식 농담 가운데 하나인 이 한마디로 유태인 헤르츨과 히틀러 사이에 기묘한 우정이 시작된다.

이 첫 등장장면에서부터 두 사람의 성격 대비가 두드러지게 나타나는데, 여기서 히틀러는 웃음거리로, 헤르츨은 온화하고 위트

---

13) 「나의 투쟁」은 빈, 베를린, 취리히, 드레스덴과 뮌헨에서 대성공했으며 모스크바에서조차 입장권이 매진된 바 있다.(George Kistner: Mein Kampf, in: Klaus Völker: 앞 책, 312쪽)

가 있으며 현명하게 그려진다. 우선 히틀러와 헤르츨 사이의 차이는 예의범절이나 사회적인 태도에서 드러난다. 히틀러는 문에 노크를 하지 않은 채 들어와서 두 친구의 대화를 엿듣고 말참견을 한다. 이런 식으로 이후 히틀러의 예의 없는 행동이 자주 나타나는데, 예를 들면 합숙소라는 공동체에서 양말과 팬티 등을 아무렇게나 사방에 벗어던지거나 코딱지를 둥글게 만들어 툭 튀기기도 한다. 또한 히틀러는 유아기를 갓 벗어난 듯한 의존적 성격을 보인다. 예를 들면 빌을 씻겨달라고 하기도 하고 구두끈도 세내로 매지 못하며 치약 뚜껑도 올바로 닫아 놓지 못한다. 여기서 히틀러는 후의 독재자의 모습보다는 응석받이 성격의 모습과 자기 감정을 억제하지 못하는 우스꽝스러운 인물로 그려지고 있다.

반면 헤르츨은 인간적이고 위트가 있는 인물로 그려진다. 그는 히틀러가 무료숙박소 생활과 대도시 빈의 관습에 적응하도록 열성적으로 도와주면서 히틀러를 어머니처럼 돌봐주고 그의 구두를 닦아주며 발을 씻어주기도 한다. 이 발을 씻어주는 행위는 절대적인 헌신을 나타내며, 성경에 나오는 막달라 마리아나 신도들이 예수의 발을 씻어주는 것과 비유할 수 있다. 그러나 히틀러는 고마워할 줄 모르고 불평을 늘어놓으며 트집만 잡는다.

「나의 투쟁」에서 특이한 또 다른 인간 관계는 「파우스트」의 그레트헨을 암시하는, 같은 이름의 소녀와 헤르츨과의 관계이다. 미숙하고 순수한 존재로 설정되어 있는 그레트헨은 순진하게 헤르츨과의 성관계를 원한다. 그러나 헤르츨은 자신이 늙고 추하다면서 아버지처럼 그레트헨을 만류하며, 성인 남자로서 성적인 욕구를 자제하고 그레트헨의 순결을 지켜준다. 이 소녀와 늙은 유태인의 관계 역시 헤르츨과 히틀러의 관계만큼 그로테스크하지만 두 사람 사이의 관계는 순결하고 아름답다. 히틀러와 헤르츨 사이의 차이는 성에 대한 생각에서도 드러난다. 히틀러는 헤르츨에게 빈에서는 남녀가 "개처럼" 성관계를 맺는다는데 그것이 멋진 것인지, 죄가 아닌지 묻는다. 드라마에서의 이런 히틀러의 질문은 실제 히틀러의 생각을 반영하고 있다. 히틀러는 고향인 린츠나 빈에서나 어떤 여자와도 만난 적이 없으면서도 밤에는 수백, 수천의 소녀가 불쾌하고 다리가 구부러진 유태 후레자식에게 유혹당하는 악몽을 자주 꾸었다고 한다. 이와 같이 유년시대부터 히틀러가 성관계에 대해 지녔던 왜곡된 생각이 이 드라마에서는 미숙하고 불안한 가운데 동요하는 것으로 표현되고 있다. 이에 반해 그레트헨을 순결하게 지켜준 헤르츨은 성에 대해 비세속적이면서도 성숙한 생각을 다음과 같이 표현한다.

인간의 기쁨은 신의 기쁨일세.(앞 책, 168쪽)

이러한 두 사람 사이의 차이는 인종에 대한 히틀러의 생각에서도 나타난다. 이미 빈에 오기 전부터 종족에 대한 편견에 사로잡혀 있는 히틀러는 늘 유태인을 경멸하는 발언을 한다. 이 인종적 편견은 결국 인간 경시와 연결되는데 히틀러는 자신의 꿈은 세계 정복을 하는 것이며 앞으로 정치를 하겠다고 고백한다. 이 드라마에서 히틀러는 후의 독재자의 모습이 직접 드러나기보다 그와 같은 성향으로 발전할 수 있는 가능성만을 보여주고 있다. 「나의 투쟁」에서 아이로니컬한 것은 후의 히틀러에게 가장 특징적인 모든 요소들, 예를 들면 그의 콧수염과 헤어 스타일, "나의 투쟁"이라는 책 제목 등이 유태인 헤르츨의 농담이나 충고에 의해 이루어진다는 데 있다.

이처럼 미래를 알지 못하는 헤르츨은 히틀러를 계속 도와준다. 죽음을 상징하는 토트 부인이 와서 히틀러를 데려가려 할 때, 히틀러는 마침 소화가 안 되어 화장실에 들어가 있었고 헤르츨은 이 반갑지 않은 부인을 기다리게 하고 히틀러를 몰래 도주시킨다. 그녀는 히틀러가 무사히 도망친 것을 눈치채자 헤르츨에게 자신은 히틀러를 조수인 "죽음의 천사"로 필요했지 그의 시체가 필요했던 것이 아니라고 설명한다. 이 드라마에서 유태인이 겪어야 할 고난은 언제나 수수께끼로 남아 있다. 사랑에 대한 희망으로 히틀러를 돕고 충고하는 헤르츨은 히틀러가 장래에 무엇이 될지 모른다. 이후의 역사적 진행과정을 알고 있는 독자나 관객에게, 히틀러를 성심껏 돌보아주는 헤르츨의 행동은 더욱 희극적 아이러니를 느끼도록 한다. 드디어 히틀러는 정치적으로 상당한 경력을 쌓게 되며 충실한 추종자들이 그의 주위에 몰려든다. 이 중에는 히틀러-소녀단원으로 입단한 그레트헨도 끼여 있다. 이들 히틀러 추종자들은 헤르츨이 썼다는 책, 「나의 투쟁」이 숨겨진 곳을 알아내려고 오는데, 히틀러는 헤르츨이 쓴 "걸작" 속에 자신을 웃음거리로 만드는 내용이 포함되어 있을까 걱정되어 이 책을 압수하려 한 것이다. 그러나 그들이 발견한 책에는 오직 한 문장, 일찍이 할머니가 동화의 결말을 읽어주고 난 후 항상 덧붙여 말했던 한 문장만이 씌어 있을 뿐이다.

> 그리고 그들이 죽지 않았다면 그들은 아직 살아 있을 것이다.(앞 책, 199쪽)

헤르츨은 히틀러가 책의 나머지 내용이 어디 있느냐고 계속 추궁하자 자기 머릿속에 있다고 대답한다. 히틀러와 그 추종자들은 계속 답을 듣기 위해 협박하지만 그 순간 토트 부인이 히틀러를 데려가려고 다시 나타나면서 헤르츨은 이 곤경에서 벗어난다. 헤르츨은 토트 부인과 길을 떠나야 하는 히틀러의 물건을 싸고, 토트 부인은 히틀러를 데리고 떠돌이 숙박소를 떠나는 것으로 극은 끝을 맺는다.

히틀러가 1차 세계대전 전에 빈의 떠돌이 수용소에 머물며 유태인과 친분을 맺었던 사실을 교묘하게 허구화하여 드라마로 만든 이 '비극적 소극'은 현명한 유태인과 유아적인 반유태주의자 히틀러의 관계를 통해 "네 적을 너 자신처럼 사랑하라"는 성서의 가르침이 가능한가 질문하고 있다. 타보리가 이 질문에 대답하는 방식은 희극과 비극의 경계를 넘나들며 때로는 뻔뻔하게, 때로는 장난스럽게 이 의식을 첨예하게 형상화시켜 그의 인물들을 과장하고 강조하는 것이다. 그의 드라마에서는 유머와 고통, 사랑과 죽음, 살인에 대한 갈망과 다른 사람에 대한 내적인 극단적 동정, 이런 상반된 것들이 서로 쌍을 이룬다.[14] 또한 이러한 요소들은 서로의 얼굴과 역할을 바꿀 수 있는 한 쌍이기도 하다. 여기서 소극은 그 영역을 넘어 때로는 공포의 영역으로 나아가기도 한다.

6

타보리가 직접 연출하여 빈 아카데미 극장에서 초연한 「골드베르크 변주곡」(Goldberg Variationen, 1991)은 인류 역사상 가장 오래된 이야기, 즉 천지창조를 연극의 창조와 비유한다. 현재 우리가 살고 있는 힘든 이 세상을 생각한다면 이 이야기는 잔혹극이 되어야 하겠지만, 타보리에 의해 이 연극은 성서와 우주의 기원에 대한 농담과 익살이 된다. 신이 창조한 이 세계의 고통에서 진지한 농담이 나오고, 창조의 이야기에서 매력적인 희극이 나온다.

타보리에 의하면 성서는 희극적이다. 성경 속에서는 모든 것이

14) Peter von Becker: "Diese Stücke…", XIII쪽 참조.

빗나간다. 결코 공포감을 일으키지 못하는 유일신은 어릿광대에 불과하다. 신은 창세기 1장 1절에서 마지막 장까지 이리저리 뛰어다니면서 만사를 조정하려고 애쓰지만 모든 것이 뜻대로 되지 않고 뒤틀어진다. 타보리는 신이 무언가 아주 '독일적인 특성'을 지니고 있다면서, 신이 법과 질서를 외치고 현실에는 부적합한 이념과 개념에 가득 차서 자신의 반영에 불과한 인간의 불완전함을 끊임없이 한탄한다고 지적한다.[15] 그러나 성서에 대한 이런 '기지'나 부조리에 대한 '풍자'가 성서에 대한 경멸을 의미하는 것은 아니라고 타보리는 말한다.

연출가인 제이씨와 조연출 골드베르크는 예루살렘의 극장에서 성경에서 따온 장면들을 연습하려 한다. 우선 "아직 아무것도 빗나가지 않은", 연극이 시작되기 전의 텅 빈 무대는 천지창조 이전의 상태를 나타낸다. 여기에 골드베르크가 등장하여 무대장치를 점검하고 바흐 음악이 흐르면서 시연이 시작된다.

한편 연출가로서의 신은 우아하게 예루살렘의 극장을 느릿느릿 걸으며 항상 비열하고 음험한 농담을 하면서 "참 멋진 역이야!" 하고 자신의 역을 자찬한다. 그는 자신이 연출한 천지창조가 혹평을 받으리라는 걸 미리 예견하고 그 혹평을 탁월하게 정당화하고 있는 듯이 보인다. 그러나 공연연습은 모든 것이 빗나간다. 조명은 제때에 들어오지 않고 음향은 잘못되었으며 형편없는 무대배경에다 배우들은 불평을 터뜨린다. 아담 역의 배우는 무화과 잎이 너무 작다고 불평을 늘어놓고, 이브 역을 맡은 토멘티나 양은 나체로 무대에 등장하고 싶어하지 않는다. 그러자 골드베르크는 절망에 빠지고 제이씨는 자신의 능력을 의심하며 공연에서 발을 빼

15) George Tabori: "Kunst und Wahrheit", in: Mein Kampf, Maxim Gorki Theater Heft 3, Berlin 1990 참조.

고 싶어한다.

> 나는 이 연극에서 위트를 이야기하려 했네. 골드베르크. 다만 위트의 시대가 지나가 버린 거지. 난 발을 빼겠네.(앞 책, 314쪽)

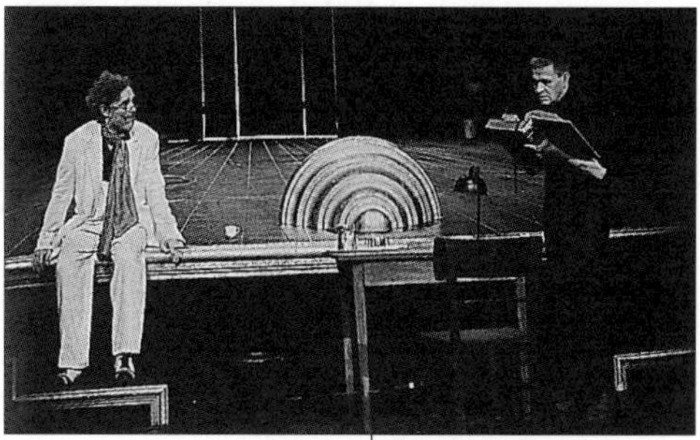

「골드베르크 변주곡」
연출/조지 타보리
무대장치/카를 에른스트 헤르만
비엔나아카데미극장, 1991

극장의 신인 제이씨의 유일한 위안거리는 여인들, 즉 무대장치가인 에르네스티나, 이브 역의 여배우, 그리고 극장의 청소부인 모프 부인이다. 그러나 신의 사랑은 어느 여인에게서도 성공하지 못하며 사랑을 되받지 못한다. 연출가는 자신의 모든 사랑을 극장에 쏟아야 하기 때문이다. "독신제도(獨身制度)는 교회에도 좋고 극장에도 좋다!"

이런 우여곡절을 겪으며 시연은 성서의 줄거리를 따라가며 진행되는데 매번 시행착오를 일으킨다. 그러면서도 기독교와 유태교의 전 구제사(救濟史)가 무대 위에서 공연된다. 먼저 땅과 바다가 창조되고 낙원의 식물과 동물들을 무대 장치가가 들고 온다. 꽃들로 장식된 소품들로 낙원을 상징하고 인간이 창조된다. 에덴 동산에서 뱀의 유혹으로 선악과를 따먹은 후 아담과 이브는 낙원에서 추방된다. 신은 이들을 낙원에서 추방하고 괴로워한다. 고통받는 자는 추방자인가, 추방당한 자인가? 이어서 카인과 아벨의 싸움을 무대 위에서 연습한다. 아벨 역의 배우는 카인 역의 배우가 휘두른 석기시대 몽둥이에 얻어맞아 피를 흘리며 바닥에 쓰러져 있다. 그동안 희생의 불 역할을 맡은 배우는 회색 외투를 펄럭이며 열심히 하늘로 올라가는 연기(煙氣)를 연기하고 있다. 애초의 연출 책인 성경과는 달리 이삭은 제물의 칼에 찔려서 실제로 상처를 입고 피를 흘린다.

다음 장면은 금송아지를 둘러싸고 벌어지는 춤판으로 신은 모세를 시켜 십계명을 전하는데, 이것은 "행복한 대신 칙하라"는 신의 지시이다. 마지막으로 상냥한 유태 젊은이인 예수는 십자가에서 실제로 죽게 되는데, 십자가 위에서 로마 군인에게 찔린 예수의 옆구리 상처가 치명적이었다.

신은 이처럼 혼돈에서 만물과 생명을 창조하고 마침내 자신의 형상을 따라 인간을 창조한다. 그러나 인간은 신에게 복종하지 않는다. 오직 조연출인 골드베르크만이 예외로서, 영원히 순종하는 이 선택된 유태인은 어떤 경우에도 신의 편을 든다. 그가 때때로 신에게 반항하더라도 그것은 더욱 겸손하게 순종하기 위해서이다. 그는 모든 매를 맞고 모든 고통을 참으며, 신에게 온갖 심술과 트집을 당하지만 그 괴롭힘을 즐긴다. 그는 십자가에서 죽을 때까지 자신을 괴롭히는 신을 사랑한다. 이 피압박자는 자신에게 스쳐 지나가는 성경 이야기에 자랑스럽게 굴종한다. 왜냐하면 그는 그 이야기가 언젠가 자신을 찬양하리라는 것을 알고 있기 때문이다. 이 '신학적 소극'에서 연출가 제이씨와 조연출 골드베르크는 하느님 아버지와 그 아들에 대한 비유이다. 신은 자신의 어깨에 세계의 무거운 짐을 얹고 아들이 속죄해야 할 죄를 창안해내야 하는 것이다.

「골드베르크 변주곡」에서도 「나의 투쟁」에서와 마찬가지로 인간이 '선'과 '행운'을 결정할 수 있는지 하는 문제가 다루어진다.

자비로운 신의 선물은 눈속임으로, 언제나 자기 주장을 관철시키기 위해 끝까지 물고 늘어지는 탈무드 식 억지 궤변으로 드러난다. 예를 들면 신은 골드베르크에게 죄악의 도시 니니베로 가서 그 곳 사람들에게 계명을 지키고 개선하지 않으면 멸망할 것이라고 예언하도록 명령한다. 골드베르크는 처음에 이 명령에 항의하면서 버티다가 결국 니니베로 떠난다. 그러나 신은 약속을 지키지 않아 골드베르크를 웃음거리로 만든다. 골드베르크가 약속 불이행에 대해 따지자 제이씨는 자신의 주무기인 위트를 순발력 있게 발휘하여 즉시 "자비"를 고안해낸다.

또 다른 드라마 「바빌론 블루스」(Babylon-Blues, 1991)에서 타보리는 수많은 짧은 스케치 속에서, 오이디푸스에서 스탈린에 이르는 인간들이 행복해지기를 원하기 때문에 그들의 파국을 어떻게 극복하는지 보여준다.

반면 「골드베르크 변주곡」에서는 카인과 아벨에서 예수에 이르는 인간들이 비록 그들이 행복하지 않더라도 자신들의 파국을 사랑하는 것을 보여준다. 이 연극은 말하자면 사랑스러운 피압박자들의 희극이다. 여기에는 풍자와 위트, 난센스와 깊은 뜻이 담긴 오묘함, 음울함과 익살이 서로 밀접하게 놓여 있다. 때때로 타보리가 쓴 실패작에서는 종종 한 가지 요소가 다른 요소 속으로 추락해버린다. 그러나 그의 걸작 가운데 하나인 「골드베르크 변주곡」에서는 한 가지 요소가 다른 요소에서 생겨난다. 어린애 같은 유치한 농담이 쓰디쓴 진지함으로 바뀌고, 지독한 진지함이 재치 있는 위트로 바뀐다.

「골드베르크 변주곡」은 성경 비판과 성서 해석인 동시에, 연극의 시연에서 흔히 볼 수 있는 장면에 대한 패러디이다. 그 외에도 타보리 드라마가 항상 그렇듯이 이 작품에도 나치가 자행한 유태인 학살에 대한 섬뜩하고 음산한 비꼼이 깃들여 있다.[16] 제이씨가 바르샤우 게토 출신인 유태인 조연출 골드베르크에게 연극 일이 지겨운가 하고 질문하자 골드베르크는 다음과 같이 대답한다.

골드베르크　여기 일은 묘 파기보다 낫죠.
제 이 씨　무덤을 파보았나?
골드베르크　어렸을 때, 바르샤우에서요.(앞 책, 302쪽)

7

이제까지 타보리의 대표적 드라마를 살펴본 바에 의하면 그의 작품에는 '망각에 대한 경고'가 깔려 있다. 나치라는 과거 청산과 관련하여 타보리는 악에 대해 생생하게 기억하지 않고 망각하며 침묵하는 것이야말로 바로 다시 악을 불러들이는 것임을 환기시킨다. 이런 관점에서 그는 예술가를 '마녀'로 간주하며 예술가의 임무를 주술에 비유한다. 예술가의 임무란 "추방자를 교묘하게 마음속에 불러내어 침묵하는 자에게 말을 걸며 잘못된 것에 의문을 제기하는 것"[17] 이기 때문이다.

진실이란 견딜 수 없는 고통이지만 인간은 이 고통을 감수해야만 하며, 타보리에 의하면 무대는 고통을 감수할 수 있는 좋은 장소라는 것이다. 그러나 타보리는 악에 대해 비판하고 고발하면서도 단순하고 획일화된 악의 개념에 반대한다. 그의 드라마에는 인

---

16) George Kistner: "Goldbergvariationen, in: Klaus Völker" (Hrsg.): 앞 책, 150쪽 참조.
17) George Tabori: "Kunst und Wahrheit", in: Maxim Gorki Theater-Heft 3, Mein Kampf, Berlin 1990, 7쪽.

간 천성의 혼합체인 고귀함과 터무니없음, 우스꽝스러움과 숭고함 등이 뒤섞여 있다. 또한 그가 창조한 모든 인물은 어떤 이념적인 양념을 치지 않는다면 항상 다면적인 모습을 띠고 있다. 타보리는 할리우드 영화식으로 한 인간을 '그런 사람'(Die-Da) 즉 '독일인', '나치' 등으로 낙인찍는 데에 반대한다. 예를 들면 「나의 투쟁」에 등장하는 히틀러는 우리가 영화나 만화에서 흔히 알고 있는 히틀러가 아니다. 타보리는 우리가 어처구니없거나 끔찍하게 여기는 말이나 생각들을 히틀러가 쓴 『나의 투쟁』에서 실제로 인용하면서도 할리우드 영화 속에서 천편일률적으로 각인된 그런 히틀러상을 그리지 않는다. 다시 말해 타보리는 역사적 사실은 그대로 유지하면서도 절대화된 신화로 고정된 히틀러상에 반대한다.

따라서 타보리는 과거에 대한 단순한 청산보다는 '왜 히틀러와 같은 현상이 일어날 수 있는가'라는 히틀러에 대한 논쟁을 중요시한다. 다른 말로 표현하자면 우리가 우리 속에 깃들인 '히틀러적인 요소'를 인식할 수 있을 때에만 히틀러를 올바로 극복할 수 있다는 것이다. 그런 의미에서 타보리는 오스트리아 사람들이 스스로를 히틀러의 첫번째 희생자라고 말하는 것은 가소로운 일이라고 말한다. "독일인이야말로 히틀러의 첫번째 희생자, 아니 히틀러야말로 히틀러의 첫번째 희생자"[18]라는 것이다. 이러한 사실을 올바로 인식하지 못한다면 히틀러 현상은 결코 사라지지 않을 것이라고 타보리는 경고한다.

---

18) Peter von Becker: "Der Vogelbür. Tabori. Eine Skizze", in: George Tabori: Mein Kampf. Akademietheater Programmbuch Nr.17. Wien 1987, 130쪽.

참고문헌

1차 문헌

Tabori, George : Theaterstücke I, München-Wien 1994.

Tabori, George : Theaterstücke II, München-Wien 1994.

2차 문헌

George Tabori im Gespräch mit Ursula Voss und Peter von Becker : Solche Begegnungen habe ich ein Leben lang gefürchtet und mir gewünscht, in : Spectaculum 53, Frankfurt a. M. 1992.

Haider-Pregler Hilde : Taboris Einübung in Abschiede, in : Spectaculum 59, Frankfurt a. M. 1995.

Kistner, George : Goldbergvariationen von George Tabori, in Schauspielführer, Hrsg. von Klaus Völker, Bertelsmann Lexikon Verlag, Gütersloh/München 1992.

Ders. : Jubiläum von George Tabori, in : 앞 책.

Ders. : Die Kannibalen von George Tabori, in : 앞 책.

Ders. : Mein Kampf von George Tabori, in : 앞 책.

Ohngemach, Gundula Leni : Die Wahrheit des Drehorgelspielers. Mein Kampf von George Tabori, in Richard Weber(Hrsg.) : Deutsches Drama der 80er Jahre, Frankfurt a. M. 1992.

Richard Weber(Hrsg.) : Deutsches Drama der 80er Jahre, Frankfurt a. M. 1992.

Stadelmaier, Gerhard : Schinder des Paradieses, in : Spectaculum 55,

Frankfurt a. M. 1993.
Tabori, George: Goldberg Variationen, Burgtheater Wien Programmbuch Nr. 76, 1991.
멜윈 머천트(지음) 석경등(옮김): 희극, 서울대학교 출판부, 1981.

작가연보

1914년	5월 24일 부다페스트에서 출생하여 부다페스트에서 유년시절 보냄.
1932~33년	베를린과 드레스덴에서 대학생활. 부다페스트에서 저널리스트와 번역가로 활동.
1933년	런던으로 이민.
1939~41년	불가리아와 터키에서 해외특파원.
1941~45년	근동에서 영국군으로 종군.
1943년	영국으로 귀환. BBC에서 근무.
1945년	미국으로 이주. 소설 「돌 아래」 출판.
1947년	「원죄」(소설), 할리우드와 뉴욕에 머묾. 앨프레드 히치콕을 위해 시나리오 시리즈를 씀.
1949년	「카라반 여행」(소설)
1951~52년	이태리와 프랑스에 체류.
1952년	「좋은 녀석」(소설), 「이집트로의 도주」(엘리아 카잔 연출)가 브로드웨이에서 공연됨.
1955년	「황제의 의상」 초연.
1954년	매카시 선풍 시기에 블랙 리스트에 오름.
1968년	「흑인연인」, 「식인종들」 초연(마틴 프리트/조지 타보리 연출).
1969년	「식인종들」이 베를린 쉴러 극장에서 공연됨.
1972년	「어릿광대들」 초연(조지 타보리 연출).
1975년	TV극 「몽유병자」가 자유 베를린 방송에서 방송. 브레멘 자유 한자도시 극장에서 연출가. 「지그문트의 기쁨」(Sigmunds Freude) 초연.
1976년	브레멘에서 「토크 쇼」 초연.

1977년	「굶는 광대」(카프카) 초연.
	브레멘에서 「햄릿」 연출.
	로테르담에서 「25시」 초연. 뮌헨 캄머슈필레 극장에 연출가로 감.
	「변신」(카프카) 초연.
1978년	「샤이록」—즉흥공연(셰익스피어) 초연.
1979년	엔첸스베르거의 「타이타닉호의 침몰」 연출.
	「어머니의 용기」 초연.
1980년	ZDF에서 TV극 「축제」.
1981년	베를린 시의 위대한 예술가상 수상.
	「축제」로 만하임 영화주간 대상 수상.
1982년	로테르담에서 「메디아」 초청 공연.
1983년	보쿰 극장에서 「기념일」 초연.
	같은 작품으로 뮐하임 극작가상 수상.
1984년	보쿰 극장에서 「핍쇼」 초연.
1985년	「M」(에우리피데스의 「메디아」에 따라) 초연.
1986년	「죽음의 뗏목」(하랄트 뮐러)을 뮌헨 캄머슈필레에서 연출.
1987년	「나의 투쟁」을 빈 아카데미 극장에서 초연.
1991년	「골드베르크 변주곡」 초연.

필자 소개

이상면
연세대학교 문과대학 독문학과 및 동대학원 졸업. 독일 베를린 자유대학에서 독문학, 연극학 영화학 전공. 현재 연세대학교 미디어아트 연구소 연구원.

이승진
한국외국어대학교 독일어과 및 동대학원 졸업. 독일 뷔르츠부르크 대학, 칼스루에 대학에서 수학. 칼스루에 대학에서 박사 학위 취득. 현재 원광대학교 독어독문학과 교수.

정민영
한국외국어대학교 독일어과 및 동대학원 졸업. 독일 뷔르츠부르크 대학에서 수학. 현재 한국외국어대학교, 동덕여자대학교 독문학과 강사. 저서로 『하이너 뮐러 연구』가 있고, 논문으로 「'호라치 사람들과 쿠리아치 사람들' 소재의 변용—베르톨트 브레히트와 하이너 뮐러의 경우」 외 다수가 있음.

염승섭
서울대학교 독어독문학과 졸업. 미국 인디애나 대학 비교문학 석사, 미국 라이스 대학 독문학 박사 학위 취득. 현재 계명대학교 교수.

송백희

이화여자대학교 독어독문학과 및 동대학원 졸업. 독일 프라이부르크 대학, 뮌헨 대학에서 독문학, 연극학, 예술사 전공. 현재 이화여자대학교, 국민대학교 강사.

장혜순

이화여자대학교 독어독문학과 졸업. 독일 튀빙겐 대학 독문학 석사, 마르브르크 대학 독문학 박사 학위 취득. 현재 이화여자대학교 강사.

이원양

서울대학교 독어독문학과 및 동대학원 졸업. 독일 괴테 인스티튜트 디플롬. 쾰른 대학 및 함부르크 대학에서 수학. 한양대학교 문과대학장 역임. 현재 한양대학교 교수.

장은수

한국외국어대학교 독어과 졸업. 오스트리아 빈 대학에서 독문과 석사 및 박사 학위 취득. 현재 한국외국어대학교, 한양대학교 강사.

최민숙

이화여자대학교 독어독문학과 및 동대학원 졸업. 독일 파더보른 대학에서 박사 학위 취득. 현재 이화여자대학교 교수.

임호일

고려대학교 독어독문학과 및 동대학원 졸업. 오스트리아 그라츠 대학에서 박사 학위 취득. 현재 동국대학교 교수.

이병애

서울대학교 독어독문학과 및 동대학원 졸업. 독일 괴테 인스티튜트 디플롬. 뮌헨 대학 수학. 한국 독어독문학회 부회장 역임. 현재 이화여자대학교 교수.

김미란

서울대학교 독어독문학과 및 동대학원 졸업. 독일 괴테 인스티튜트 디플롬. 독일 뮌헨 대학 수학. 현재 숙명여자대학교 교수.

이영희

이화여자대학교 독어독문학과 및 동대학원 졸업. 현재 한남대학교 교수.

김기선

서울대학교 독어독문학과 및 동대학원 졸업. 독일 뮌헨 대학에서 박사 학위 취득. 현재 성신여자대학교 교수.

윤시향

이화여자대학교 독어독문학과 및 동대학원 졸업. 독일 쾰른 대학교에서 수학, 독일 베를린 자유대학교 교수 연수. 현재 원광대학교 교수, 한국 독어독문학회 부회장, 한국 브레히트학회 부회장.

양혜숙

서울대학교 독어독문학과 졸업. 독일 튀빙겐 대학 철학부 독문학 석사, 이화여자대학교 독어독문학과 박사 학위 취득. 한국 독어독문학회 회장, 한국 공연예술 평론가 협회 이사, 괴테 협회 이사 역임. 현재 이화여자대학교 독어독문학과 교수, 한국공연예술원 원장, 한국 예술평론가 협회 부회장, 세계 비교문학회 고문, BESETO 국제 연극위원회 위원, 여성연극인회 회장, UNESCO 한국본부 문화분과 위원 겸 감사. 저서로 『표현주의 희곡에 나타난 현대성』 『연극의 이해』가 있고, 연구 업적으로는 "동-서독 무대예술의 비교 연구" "동구권 연극과 북한 연극의 비교 연구" "표현주의 연극에 나타난 그로테스크 연구" 등이 있음.

15인의 거장들

1판 1쇄 | 1998년 6월 20일
1판 2쇄 | 2005년 7월 30일

엮 은 이 | 양혜숙
펴 낸 이 | 강병선
펴 낸 곳 | (주)문학동네
출판등록 | 1993년 10월 22일 제406-2003-000045호

주　　소 | 413-756 경기도 파주시 교하읍 문발리 파주출판도시 513-8
전자우편 | editor@munhak.com
전화번호 | 031) 955-8888
팩　　스 | 031) 955-8855

ISBN 89-8281-124-9 03800

* 이 도서의 국립중앙도서관 출판시도서목록(CIP)은 e-CIP홈페이지(http://www.nl.go.kr/cip.php)에서 이용하실 수 있습니다. (CIP제어번호 : CIP2005001436)

www.munhak.com